ULLSTEIN

Das Buch

Lady Sophie York ist eine der begehrtesten Junggesellinnen der Londoner Gesellschaft: Tochter des Marquis von Brandenburg, bildschön und vermögend, kokett und naiv zugleich, ebenso leidenschaftlich wie gescheit. Und sie verliebt sich ausgerechnet in einen Mann, gegen dessen Zuneigung sie sich zutiefst sträubt: den gut aussehenden und charmanten Lebemann Patrick Foakes. Gebrandmarkt von ihrem Vater, ist Sophie jedoch fest entschlossen, nie einen Frauenhelden zu heiraten. Deshalb weist sie Patrick ab, als dieser um ihre Hand anhält. Stattdessen nimmt sie den Antrag seines schwerfälligen Freundes Lord Slaslow an. Patrick ist perplex – ein wenig erleichtert, aber vor allem verletzt. Denn der galante Schürzenjäger ist Sophie verfallen.
Als Patrick seinem Freund Slaslow einen Gefallen erweisen und in Verkleidung eine Brautentführung mimen soll, befinden sich Patrick und Sophie plötzlich in einer prickelnden und unwiderstehlichen Situation . . .

Die Autorin

Nach dem Studium in Oxford unterrichtet Eloisa James heute englische Literatur und hat sich als Autorin gefühlvoller historischer Romane eine große Fangemeinde geschaffen. Sie lebt mit ihrem Mann und ihrem Sohn in New Jersey.

Von Eloisa James ist in unserem Hause bereits erschienen:
Ekstase der Liebe

Eloisa James

Heiße Nächte der Leidenschaft

Roman

Aus dem Englischen
von Jutta Lützeler

Ullstein

Besuchen Sie uns im Internet
www.ullstein-taschenbuch.de

Umwelthinweis:
Dieses Buch wurde auf chlor- und säurefreiem Papier gedruckt.

Ullstein Verlag
Ullstein ist ein Verlag der Ullstein Buchverlage GmbH, Berlin.
Deutsche Erstausgabe
2. Auflage 2004

Titel der amerikanischen Originalausgabe: *Midnight Pleasures*
(Delacorte Press, Random House Inc., New York).
Übersetzung: Jutta Lützeler
Redaktion: Ulrike Kroneck
Umschlaggestaltung: Nele Schütz Design, München
Titelabbildung: Bridgeman Art Library, *The Ace of Hearts*
von Hans Buchner (1856–1941)
Gesetzt aus der New Baskerville
Satz: hanseatenSatz-Bremen, Bremen
Druck und Bindearbeiten: GGP Media GmbH, Pößneck
Printed in Germany
ISBN 3-548-25316-4

1. Kapitel

London, Dezember 1804
Brandenburg House
Mayfair, London

Lady Sophie York, die einzige Tochter des Marquis von Brandenburg, hatte bereits den Antrag eines Barons abgelehnt, der sie auf einem Balkon um ihre Hand bat. Sie hatte zwei Grafensöhne, eine Hand voll Baronets und einen Viscount abgewiesen, die ihr äußerst förmlich den gleichen Wunsch im Arbeitszimmer ihres Vaters vortrugen. Und schließlich hatte sie einen Marquis während einer Jagd und einen einfachen Mr Kissler in Ascot abgewiesen. Mädchen, die weniger vom Glück begünstigt waren als Sophie, konnten ihre Beweggründe nicht begreifen. Innerhalb von zwei Jahren hatte Sophie den meisten in Frage kommenden Junggesellen der feinen Gesellschaft einen Korb gegeben. Aber nach dem heutigen Abend würde es keine Anträge mehr geben, seien es nun eilige, maßvolle, gestammelte oder sonstige. Nach dem heutigen Abend würden sich die Neider einig sein: Das Mädchen hatte auf einen Mann von hohem Rang gewartet. Lady Sophie war mit einem Grafen verlobt und würde in der nächsten Saison eine Gräfin sein.

Sophie schnitt ihrem Spiegelbild eine Grimasse

und dachte an die neugierigen Gesichter und tiefen Knickse, mit denen sie am Abend beim Ball bei den Dewlands konfrontiert werden würde. Ein Gefühl der Unsicherheit machte sich in ihrem Magen breit, ein ungewöhnlicher Anflug von Befangenheit. War dies das richtige Kleid für die Bekanntgabe ihrer Verlobung? Es war aus hellsilberner hauchdünner Seide gearbeitet. Vielleicht würde sie diese Farbe im Ballsaal, inmitten der glänzenden Federn, der entblößten Busen und der bemalten Wangen der weiblichen Angehörigen der Beau Monde, zu blass erscheinen lassen. Silber war solch eine nonnenhafte Farbe. Ein Funken der Belustigung glimmte in Sophies Augen auf. Einer Nonne würden schon allein bei der Vorstellung die Sinne schwinden, ein tief ausgeschnittenes Kleid im französischen Stil zu tragen, das unterhalb der Brüste von Silberbändern zusammengehalten wurde, die um das Mieder herumführten. Der fließende Stoff des schmalgeschnittenen Rocks schmiegte sich kokett an die Rundungen ihrer Hüften.

In diesem Moment segelte die Marquise von Brandenburg in das Schlafzimmer.

»Bist du fertig, Sophie?«

»Ja, *Maman*«, erwiderte Sophie und verwarf die Idee, ihr Kleid zu wechseln. Sie kamen bereits zu spät zu dem Ball der Dewlands.

Die Augen der Marquise verengten sich, als sie Sophies Erscheinung musterte. Eloise selbst trug ein mit Blumen besticktes Kleid aus mausgrauem Satin, das am Saum mit Fransen verziert war. Es hatte zwar keinen Reifrock, aber der Schnitt erweckte diesen Eindruck. Es ähnelte sehr stark dem Stil, der zwanzig Jahre zuvor zur Zeit von Eloises Hochzeit modern gewesen war.

»Dieses Kleid«, sagte Eloise streng, »ist eine Schande.«

»Ja, *Maman.*« Das war Sophies übliche Antwort auf die Kommentare ihrer Mutter zu ihrer Kleidung. Sie nahm ihren Schal und ihren Retikül und wandte sich in Richtung Tür.

Eloise zögerte und ein unsicherer Ausdruck erschien auf ihrem Gesicht. Sophie blickte sie erstaunt an. Ihre Mutter war Französin und schien das Leben als eine Art Schlachtfeld anzusehen, auf dem sie der einzige General mit einer stehenden Armee war. Ihr Zögern sah ihr gar nicht ähnlich.

»Heute Abend«, sagte Eloise, »werden wir bekannt geben, dass du den Heiratsantrag des Grafen von Slaslow angenommen hast.«

»Ja, *Maman*«, stimmte Sophie ihr zu.

Es entstand eine kurze Pause. Sophie fragte sich, worin das Problem bestehen könnte. Ihrer Mutter fehlten niemals die Worte.

»Möglicherweise fordert er ein Pfand deiner Zuneigung.«

»Ja, *Maman.*« Sophie senkte den Blick, damit ihre Mutter ihre schelmische Erheiterung nicht sehen konnte.

Arme Mama! Sie war in einem französischen Konvent groß geworden und sehr wahrscheinlich ihrer Hochzeitsnacht schlecht vorbereitet entgegen gegangen. Dank der Tatsache, dass Eloise einen Engländer geheiratet hatte, der so besessen von Frankreich und allem Französischen war, dass er die französische Variante *Marquis* der englischen Form *Marquess* vorzog, war ihre Tochter in einem Haus aufgewachsen, in dem es von französischen Emigranten nur so wimmelte. Ihr Kindermädchen stammte aus Frankreich, die Bediensteten stammten aus Frankreich und der Koch war selbstverständlich ebenfalls Franzose. Eloise hatte keine Ahnung, wie weltlich sich die Gespräche im Kinderzimmer gestaltet hatten, noch bevor Sophie in die Gesellschaft eingeführt worden war. Das letzte, was Sophie benötigte, war eine Belehrung darüber, was Männer von Frauen wünschten.

»Du kannst ihm einen Kuss gestatten, vielleicht auch zwei, aber mehr nicht«, sagte Eloise nachdrücklich. »Ich bin sicher, du verstehst, wie wichtig diese Einschränkung ist, Sophie. Ich denke dabei nur an dich. An deine Reputation ...«

Nun blitzte es in Sophies Augen auf und sie richtete ihren Blick direkt auf ihre Mutter, die jedoch inzwischen eine Stelle an der Wand betrachtete.

»Du hast darauf bestanden, Kleider zu tragen, die im Grunde nichts weiter als Stofffetzen sind. Deine Weigerung, ein Korsett zu tragen, muss allen aufgefallen sein, und manchmal habe ich mich gefragt, ob du überhaupt ein Unterkleid trägst. Dein Verhalten, nennen wir es mal kokett, hat mich des Öfteren in Verlegenheit gestürzt. Es bietet sich dir hier die Chance auf eine ausgezeichnete Partie und ich *verlange*, dass du dir diese Chance nicht dadurch ruinierst, dass du Graf Slaslow Freiheiten gewährst.«

Sophie konnte spüren, wie ihr vor Zorn das Herz bis zum Hals schlug. »Willst du andeuten, dass mein Verhalten nicht korrekt war, *Maman*?«

»Ja, das würde ich so sagen«, erwiderte ihre Mutter. »Als ich in deinem Alter war, wäre es mir ebenso wenig in den Sinn gekommen, mit einem Mann alleine zu sein, wie nach Amerika zu reisen. Vor deinem Vater hat mich kein anderer Mann geküsst. Ich kannte meinen Platz und wusste, was sich in meiner Stellung geziemte. Du jedoch hast der Stellung, in die du hineingeboren wurdest, keinerlei Respekt gezollt. Du hast deinen Vater und mich immer wieder durch dein zügelloses Benehmen blamiert.«

Unwillkürlich spürte Sophie einen Anflug von Demütigung. »Ich habe nie etwas Unziemliches getan, *Maman*«, protestierte sie. »Heutzutage tragen alle diese Kleider und das Verhalten ist viel freier als zu der Zeit, als du in meinem Alter warst.«

»Ich übernehme einen Teil der Verantwortung; ich habe erlaubt, dass du mit deinen extravaganten Eskapaden fortfährst und ich habe über viele deiner Fehltritte hinweggesehen. Aber nun wirst du bald eine Gräfin sein, und was man einem jungen Mädchen noch als jugendlichen Übermut nachsieht, ist bei einer Gräfin unverzeihlich.«

»Welche Fehltritte? Ich habe nie einem Mann Freiheiten erlaubt!«

»Ich weiß, dass Keuschheit ein aus der Mode gekommenes Wort ist, aber es ist keineswegs eine unmoderne Wertvorstellung«, erwiderte ihre Mutter scharf. »Deine Scherze und dein kokettes Auftreten lassen dich erfahrener wirken als du bist. Im Grunde verhältst du dich nicht anders als eine erstklassige Kurtisane, Sophie!«

Einen Moment lang starrte Sophie ihre Mutter zornig an, aber dann holte sie tief Luft, um ihre Wut zu zügeln. »Ich habe niemals etwas Ungehöriges getan, *Maman*«, wiederholte sie mit fester Stimme.

»Wie kannst du das sagen? Lady Prestlefield hat dich erst kürzlich in den Armen von Patrick Foakes angetroffen, und zwar alleine in einem Salon«, gab ihre Mutter zurück. »Als du dich indiskret und im höchsten Maße ungehörig verhieltest, wurdest du noch dazu von einer der klatschhaftesten Frauen ganz Londons überrascht. Es wäre ja etwas anderes, wenn du dich mit Foakes verlobt hättest. Aber sich beim Küssen in einer Ecke ertappen zu lassen! Du hast mich gründlich bloßgestellt, Sophie. Ich werde es dir also noch einmal sagen – ich verbiete dir, Graf Slaslow mehr als nur ein harmloses Pfand deiner Zuneigung zu gewähren. Noch mehr von diesen hitzigen Umarmungen, und dein Ruf wird für immer ruiniert sein. Außerdem wird Slaslow allen Grund haben, die Verlobung zu lösen, wenn er dein zügelloses Wesen argwöhnt.«

»Maman!«

»Dein zügelloses Wesen«, wiederholte Eloise. »Welches du übrigens von deinem Vater geerbt hast«, fügte sie hinzu. »Er hat dich obendrein noch ermutigt. Seit er dich in deinem Studium der Sprachen unterstützt, leistet er deinem undamenhaften Wesen noch Vorschub. Es gibt kaum etwas Undamenhafteres als das Erlernen des Lateins.«

Sie hob die Hand, als Sophie zu einer Erwiderung ansetzte. »Glücklicherweise ist es damit nun vorbei. Wenn du eine Gräfin bist, wirst du zu beschäftigt mit den Angelegenheiten eines großen Haushalts sein, um dich mit solch fruchtlosen Dingen zu beschäftigen.«

Plötzlich erinnerte sich Eloise an ihren vordergründigsten Kummer. »Wenn du Foakes geheiratet hättest, wäre das Gerede verstummt, aber dein Ruf hat natürlich gelitten, seit du ihn abgewiesen hast.« Ohne Pause fuhr sie fort. »Niemand glaubt, dass er zu seinem Antrag auch tatsächlich gestanden hätte!« Der Ton der Marquise war bissig und eine unheilvolle Röte hatte sich auf ihrem Hals ausgebreitet.

»Ich konnte Patrick Foakes' Antrag nicht annehmen«, protestierte Sophie. »Er hat mich nur gefragt, weil Lady Prestlefield uns überrascht hatte. Er ist ein Lebemann, dem ein Kuss nichts bedeutet.«

»Ich weiß nicht viel über bedeutungslose Küsse«, erwiderte Eloise herrisch. »Es wäre schön, wenn meine Tochter das gleiche zarte Wesen besäße, das ich mir bewahrt habe. Und was spielt es für eine Rolle, dass Foakes ein Lebemann ist? Ein Lebemann kann einen ebenso guten Gatten abgeben wie jeder andere Mann auch. Er verfügt über umfangreiche Besitztümer – was willst du mehr?«

Sophie blickte auf die Spitzen ihrer zierlichen Schuhe hinunter. Es war schwer, ihre Aversion gegen Lebemänner zu erklären, ohne auf ihren geliebten Papa anzuspielen, der es sich zu Gewohnheit gemacht hatte, jeder Französin hinterherzujagen, die in London eintraf. Und wenn man die turbulente Situation in Frankreich betrachtete, so war er in den letzten sieben Jahren sehr beschäftigt gewesen.

»Ich möchte jemanden heiraten, der mich respektiert«, sagte sie.

»Dich respektieren! Du stellst es wirklich nicht sehr geschickt an, dieses Ziel zu erreichen«, sagte ihre Mutter und verzog abfällig den Mund. »Ich garantiere dir, dass es keinen Gentleman in ganz London gibt, der dich nicht für ein offenherziges Frauenzimmer oder gar schlimmeres hält. Als ich in die Gesellschaft eingeführt wurde, schrieb man Gedichte auf meine Sittsamkeit, aber ich wage zu bezweifeln, dass diese Verse auf dich zutreffen würden. Und manchmal«, schloss Eloise bitter, »glaube ich, dass du ganz auf deinen Vater kommst. Beide seid ihr dazu bestimmt, mich zum Gespött ganz Londons zu machen.«

Sophie holte erneut tief Luft und diesmal brannten ihr Tränen in den Augen.

Eloises Züge wurden weicher. »Ich möchte nicht zu streng sein, aber ich mache mir Sorgen um dich, Sophie. Der Graf von Slaslow wird einen ausgezeichneten Ehemann abgeben. Bitte gefährde deine Verlobung nicht.«

Sophies Wut schwand und wurde durch ein Gefühl der Schuld und des Mitgefühls ersetzt. Ihre Mutter musste eine Menge Demütigungen ertragen, weil ihr Gatte seine Vorliebe für Französinnen so öffentlich zur Schau stellte und Sophie hatte das Gerede gedankenlos verstärkt. »Ich wollte dir niemals eine Blamage zufügen, *Maman*«, sagte sie leise. »Ich war völlig überrascht, als Lady Prestlefield mich mit Patrick Foakes vorfand.«

»Wärst du nicht mit einem Mann alleine gewesen, hätte dich niemand überraschen können«, wies ihre Mutter sie mit unumstößlicher Logik zurecht. »Man darf seine Reputation nicht leichtfertig aufs Spiel setzen. Ich hätte nie gedacht, dass man meine Tochter einmal ein leichtes Mädchen nennen würde, aber genau so spricht man von dir, Sophie.«

Mit diesen Worten drehte sich Eloise um, verließ den Raum und schloss die Tür hinter sich.

Sophies Augen schwammen in Tränen. Es kam nicht selten vor, dass ihre Mutter sich wie eine rachsüchtige Furie aus einer griechischen Tragödie auf ein Mitglied des Haushalts stürzte, aber meistens war Sophie in der Lage, die bitteren Bemerkungen zu ignorieren.

An diesem Abend hatte Eloise jedoch einen Nerv getroffen. Sophie wusste, dass sie an der Grenze der Schicklichkeit entlangspazierte. Ihre Kleider waren die gewagtesten in ganz London und ihr Verhalten war sehr verführerisch.

Sophie hatte die langweilen Oden, die auf ihre Mutter geschrieben worden waren, schon oft gehört. »Unter tausend Jungfern, himmlisch rein / Seh' ich die Diana ihres Geschlechts, mit Flechten –« Eloises Haar hatte die gleiche rot-goldene Farbe wie ihr eigenes, aber das von Eloise lag glatt am Kopf an, und aus ihrem Chignon löste sich niemals eine Locke oder ein Band. Sophies Haar lockte sich und entkam immer wieder auf rebellische Weise den Schleifen und Nadeln. Zudem hatte Sophie sich das Haar abschneiden lassen, noch bevor irgendeine andere Frau in London daran gedacht hatte, die französische Mode zu kopieren, und nun, da jede junge Dame sich die Locken kürzte, ließ sie die ihren wieder wachsen.

Was ihre Mutter nicht verstand war, wie unermesslich schwer es ihr gefallen war, Patrick Foakes' Antrag abzulehnen. Sie betrachtete sich einen Moment lang mit leerem Blick im Spiegel und ließ sich dann auf das Bett sinken, als sie an den Cumberland-Ball im letzten Monat zurückdachte. Oh, welch himmlisches Gefühl hatte sie durchströmt, als Patrick ihr zu verstehen gab, dass er ihr nachstellte. Und dann das nervöse Flattern in der Magengegend, als sie von den komplizierten Schritten des Kotillon aufsah und seinem Blick begegnete.

Schon beim bloßen Gedanken an den lasziven Ausdruck in seinen Augen, an die Art, wie er in stummer Anerkennung die rechte Augenbraue hochzog, an die unglaublich maskuline Arroganz in seinem Blick, tat ihr Magen einen Satz. Den ganzen Abend lang hatte ihr das Herz in der Brust gehämmert, während ihr vor Erregung die Knie weich wurden und sich ein Kribbeln in ihrem ganzen Körper ausbreitete. Gegen zehn Uhr hatte Patrick Foakes solche eine Macht über sie gewonnen, dass sie nur noch für die Momente lebte, in denen er plötzlich neben ihr auftauchte oder sie sich bei einer Tanzdrehung umsah und am anderen Ende des Saals einen Blick auf sein schwarzes, mit silbernen Strähnen durchsetztes Haar erhaschte. Beim Essen, umgeben von der plaudernden Menge, die um den kleinen runden Tisch versammelt war, hatte ihr Herz jedes Mal ungestüm zu pochen begonnen, wenn sein Bein oder sein Arm sie aus Versehen berührte und ein betäubender Schauer an ihren Beinen entlangstrich.

Sie tanzten einmal miteinander; sie tanzten ein zweites Mal miteinander. Ein dritter Tanz wäre der Bekanntgabe ihrer Verlobung gleichgekommen.

Sophie wagte während des zweiten Tanzes, bei einem Malteser Branle, nicht zu sprechen, während die Schritte sie immer aufs Neue trennten und dann wieder abrupt zusammenbrachten. Sie befürchtete, dass Patrick das Schwindel erregende Zittern erahnen würde, das jedes Mal ihren Körper erfasste, wenn die Tanzfiguren sie wieder zusammenführten.

Als er schließlich schweigend ihren Arm nahm und sie aus dem Ballsaal geleitete, als wolle er eine Erfrischung holen, sie aber stattdessen in ein leeres Zimmer mit zierlichen Tischen und verzierten Stühlen führte, folgte sie ihm ohne Protest. Patrick lehnte sich gegen die hellbraune Wand und blickte herausfordernd auf sie hinunter. Sophies einzige Entschuldigung war, dass ihr die Erregung der letzten Stunden zu Kopf gestiegen war. Sie erwiderte kokett sein Lächeln und benahm sich genau wie die liederliche Person, für die ihre Mutter sie hielt.

Als Patrick sie jedoch in seine Arme zog, hatte

dieser Moment etwas Unausweichliches und die ungehemmte Sinnlichkeit und das fiebrige Drängen dieses Kusses kamen für sie wie ein Schock. Sophie war schon oft geküsst worden, und zwar so oft, dass ihre Mutter in Ohnmacht fallen würde, wenn sie es nur erahnte, aber dieser Kuss hatte nichts von den zarten Huldigungen, an die sie gewöhnt war.

Dieser Kuss begann ganz sanft und zaghaft und verwandelte sich in eine Entladung der Sinne; er begann als eine einfache Begegnung ihrer Lippen und endete mit versengenden Berührungen und leisen Seufzern. Patrick löste sich mit einem überraschten Fluch von ihrem Mund und beugte sich dann erneut über sie. Dabei zogen seine Hände eine heiße Spur über ihren Rücken und wanderten zu der Rundung ihres Hinterteils hinab.

Es wäre unfair zu behaupten, dass sie sich gerade küssten, als Lady Sarah Prestlefield in den Salon spazierte, oder vielmehr hineinschlich. Sie hatten sich immer wieder geküsst, aber in diesem Augenblick standen sie einfach nur dicht beieinander und Patrick rieb mit seinem Finger über ihre volle Unterlippe. Sie blickte verwirrt zu ihm auf und es wurde ihr bewusst, dass ihre kultivierte Weltgewandtheit, ihre raffinierte Art zu schäkern sie völlig im Stich gelassen hatten, und ihr keine geistreiche Bemerkung einfallen wollte.

»Merde!«, flüsterte Sophie und vertrieb die Erinnerung an diesen Abend. Sie konnte die laute Stimme ihres Vaters im Vorzimmer von Brandenburg House hören. Wahrscheinlich rief er, dass

sie sich beeilen möge. Sie wusste genau, warum er es so eilig hatte. Ihr Vater hatte einen neuen Flirt mit einer jungen französischen Witwe namens Mrs Dalinda Beaumaris begonnen und wollte sich bestimmt mit ihr auf dem Ball treffen.

Dieser Gedanke bestärkte sie in ihrem Entschluss. Es spielte keine Rolle, dass sie jede Nacht in ihre Kissen weinte, seit sie vor einem Monat Patrick Foakes' Antrag abgelehnt hatte. Wichtig war nur, dass sie recht daran getan hatte, ihn abzuweisen. Denk an den erleichterten Ausdruck in seinen Augen, als du ihm am nächsten Morgen in der Bibliothek deine Hände entzogen und höflich Nein gesagt hast, ermahnte sie sich streng. Denk daran.

Sie würde sich nicht das Herz von einem Wüstling brechen lassen, so wie es ihrer Mutter geschehen war. Sie würde sich nicht in eine verbitterte alte Frau verwandeln, die zusah, wie ihr Mann sich mit den Dalindas und Lucindas auf der Tanzfläche tummelte. Sie mochte ihren zukünftigen Gatten möglicherweise nicht davon abhalten, anderen Frauen nachzusteigen, aber sie konnte sicherlich das Ausmaß bestimmen, wie sehr es ihr wehtat.

»Ich bin keine Närrin«, sagte Sophie nicht zum ersten Mal zu sich selber.

Als sie ein Klopfen an der Tür hörte, stand sie auf.

»Herein!«

»Seine Lordschaft erwartet Sie im Vorzimmer«, sagte Philippe, einer der Lakaien.

Sophie machte sich keinerlei Illusionen über

die Formulierung der ursprünglichen Nachricht. Ihr Vater hatte Carroll angefahren: »Holen Sie den Fratz herunter!«, und Philippe war durch ein Nicken des Butlers losgeschickt worden. Carrolls gemessenes Auftreten und sein französischer Sinn für Würde schlossen aus, dass er solche Nachrichten überbrachte.

Sie lächelte. »Bitte informiere meinen Vater, dass ich mich sofort zu ihm gesellen werde.«

Als Philippe rückwärts das Zimmer verließ, nahm Sophie ihren Fächer von der Frisierkommode. Sie blieb erneut vor dem Spiegel stehen. Was sie sah, war eine Gestalt, die in ganz London die Herzen der Gentlemen entflammt und ungefähr zweiundzwanzig Heiratsanträge und unzählige trunkene Komplimente provoziert hatte.

Sie war klein und reichte Patrick nur bis zur Schulter. Ihr hauchdünnes silberfarbenes Kleid betonte jede Rundung, besonders die ihrer Brüste. Der Stoff versteifte sich über der hohen Taille, und so sah sie aus, als würden ihre üppigen Rundungen jeden Moment aus dem knappen Oberteil rutschen.

Sophie überlief ein Schauer. In letzter Zeit konnte sie sich nicht einmal mehr im Spiegel betrachten, ohne daran zu denken, wie sich ihre weichen Brüste gegen Patricks muskulöse Brust pressten. Es war Zeit zu gehen. Sie nahm ihren Schal und verließ das Zimmer.

2. Kapitel

Am Nachmittag vor dem Ball bei den Dewlands kam es im Außenministerium zu einer noch nie vorher da gewesenen Zusammenkunft junger Gentlemen, die der Minister, Lord Breksby, persönlich leitete. Breksby wurde langsam alt, aber im gleichen Maße wie die Anzahl seiner Lebensjahre wuchs die behagliche Einstellung zu der Macht, die er innehatte. Und obwohl er seine Gäste in einer etwas gebeugten Haltung empfing und ihm das weiße Haar auf exzentrische Art zur rechten Seite fiel, statt ordentlich zurückgebunden zu bleiben wie es sollte, war nichts Komisches an ihm.

Lord Breksby war nun schon seit sieben Jahren Englands Außenminister. Er betrachtete die zivilisierte Welt als ein Marionettentheater, in dem er so einige Fäden in der Hand hielt (Pitt war unwichtig, wie er seiner Frau schon oft gesagt hatte, denn dieser Mann wusste einfach nicht, was er wollte). Einer von Breksbys größten Vorzügen, die William Pitt und der englische Regierung im Allgemeinen zugute kamen, war sein Talent für kreative Manipulationen.

»Man muss die Waffen nutzen, die man zur Verfügung hat«, sagte er seiner Frau ein wenig wichtigtuerisch beim Nachtisch, der aus einer Götterspeise mit Organgengeschmack bestand.

Lady Breksby seufzte zustimmend und dachte sehnsüchtig an ein kleines Cottage auf dem Land in der Nähe ihrer Schwester, wo sie Rosen züchten konnte.

»England weiß seinen Adel nicht zu nutzen«, sagte er ihr zum wiederholten Male. »Natürlich stimmt es, dass aristokratische Lebemänner zu Ausschweifungen neigen – man muss sich nur die degenerierten Adligen ansehen, die sich um Charles II geschart haben.«

Lady Breksby dachte an die neue Rosensorte, die nach Prinzessin Charlotte benannt war. Konnte man sie dazu bringen, eine Wand hochzuranken? Sie hätte gerne eine Südwand, die mit Kletterrosen bedeckt war.

Lord Breksby jedoch dachte an die zügellosen Lebemänner von damals. Rochester mit all diesen frechen Gedichten über Prostituierte war vermutlich der schlimmste gewesen. Wer wusste schon, was er tatsächlich alles angestellt hatte. Er war in der Tat ein ziemlicher Höllenhund gewesen. Langeweile, das war Rochesters Problem.

»Na ja, das gehört nun alles der Vergangenheit an«, sagte Breksby nachdenklich und schob sich den Rest seiner Götterspeise in den Mund. »Unsere Lebemänner von heute sind nützliche Burschen, wenn man sie richtig anfasst. Sie haben Geld. Sie werden nicht gewählt. Und sie haben Klasse, meine Liebe. Das ist unverzichtbar, wenn man mit Ausländern zu tun hat.« Obwohl sein eigener Titel nur ein Ehrentitel war, hatte er sich als sehr nützlich herausgestellt. Lord Breksby war im Stillen der Meinung, dass die Zeit kommen würde, wenn England sich mehr auf seine Klasse als auf seine Marine würde verlassen müssen.

»Nimm zum Beispiel diesen Selim III.«

Lady Breksby blickte auf und nickte höflich.

»Er regiert zurzeit das Osmanische Reich, meine Liebe.«

Wenn sie es sich recht überlegte war die Prinzessin-Charlotte-Rose wahrscheinlich zu schwer, um eine gute Kletterrose abzugeben. Die besten Kletterrosen besaßen kleinere Blüten ... wie diese zauberhafte rosafarbene Sorte die sich damals in ihrem Heimatdorf um das Gartentor von Mrs Barnett rankte. Aber wie sollte sie nur herausfinden, wie diese Sorte hieß?

»Dieser Mann ist ganz geblendet von Napoleon, obwohl Napoleon erst vor sechs Jahren in Ägypten einmarschiert ist. Hält Napoleon für einen Gott, habe ich mir sagen lassen. Hat ihn als Kaiser anerkannt. Und nun will Selim seinen Sultantitel gegen den des Kaisers eintauschen! Sein Vater wird sich im Grab umdrehen.« Breksby überlegte, ob er noch eine Götterspeise nehmen sollte. Besser nicht. Seine Westen spannten bereits ein wenig.

Dann wandte er sich wieder dem vorherigen Thema zu. »Nun ist es an uns, den alten Selim zu blenden. Denn sonst schließt sich der Trottel noch Napoleon an und erklärt England den Krieg, daran besteht gar kein Zweifel. Und wie werden wir Selim blenden?«

Er blickte Lady Breksby triumphierend an, aber nach dreißig Jahren Ehe erkannte sie eine rhetorische Frage, wenn sie eine vor sich hatte. Also schaute sie einfach an ihrem Gatten vorbei und versuchte, vor ihrem geistigen Auge Mrs Barnetts Rosen heraufzubeschwören. Hatten sie einen Hauch Karmesinrot in der Mitte?

»Wir schicken ein Prachtexemplar unseres Adels hinüber. Genau so machen wir es. Wir blenden ihn mit einem echten englischen Gentleman. Er ist zwar kein Mitglied des Königshauses, kommt dem jedoch recht nah.«

Lady Breksby nickte pflichtschuldig. »Das klingt wunderbar, Liebster«, sagte sie.

Das Resultat dieser Unterhaltung, wenn man so will der Ertrag der nach Orangen schmeckenden Götterspeise, war zweierlei Couleur. Lord Breksby schickte eine Reihe von wunderschön geprägten Einladungen los, die von einem Boten des Königs in London ausgetragen wurden, und Lady Breksby schrieb einen langen Brief an ihre Schwester, die immer noch in dem kleinen Dorf namens Hogglesdon wohnte, in dem sie aufgewachsen waren. Darin bat sie ihre Schwester, am Haus von Mrs Barnett vorbeizuspazieren und sich nach dem Namen der Rose zu erkundigen.

Lord Breksbys Idee führte viel früher zu einem Resultat als die Lady Breksbys. Wie sich herausstellte, war Mrs Barnett leider verstorben, und ihre Tochter vermochte nicht zu sagen, wie die Rosensorte hieß. Aber der Bote des Königs kehrte triumphierend zum Außenministerium zurück, da er alle fünf Gentlemen in ihren Stadthäusern angetroffen hatte und diese in der Lage waren, Lord Breksby zu dem vorgegeben Termin zu treffen.

Alexander Foakes, der Graf von Sheffield und

Downes traf als Erster im Ministerium ein. Breksby blickte rasch auf, als der ältere Foakes-Zwilling angemeldet wurde. Dann stand er auf und streckte ihm leutselig die Hand entgegen. Sheffield war ein Prachtexemplar genau nach Breksbys Geschmack und bestätigte nur seine geniale Theorie. Er hatte Sheffield vor ungefähr einem Jahr auf eine sehr erfolgreiche und äußerst delikate Mission nach Italien geschickt.

»Guten Tag, Mylord«, sagte er. »Wie geht es Ihrer bezaubernden Frau und Ihren Töchtern?«

»Meiner Familie geht es sehr gut«, erwiderte Alex und nahm Platz. »Warum haben Sie mich herbestellt, Lord Breksby?«, fragte er und seine schwarzen Augen starrten in die des Außenministers.

Breksby lächelte freundlich. Er war zu alt, um sich von einem ungestümen jungen Mann aus der Ruhe bringen zu lassen. Stattdessen lehnte er sich zurück und legte die Fingerspitzen an die Schläfen. »Ich würde lieber warten, bis meine kleine Runde beinander ist«, sagte er. »Aber ich möchte Ihnen vorab versichern, Mylord, dass ich Sie nicht herbestellt habe, um Sie zu bitten, einen Auftrag für die englische Regierung anzunehmen. Keineswegs. Wir mischen uns nur ungern in das Privatleben eines Mannes ein, der Kinder hat.«

Alex zog sardonisch eine Augenbraue in die Höhe. »Es sei denn, die Regierung entschließt sich, ihre Bürger in die Armee zu zwingen.« Damit spielte er auf die Praxis an, Männer zusammenzutreiben und sie ohne Federlesens in den Krieg zu schicken.

»Ah«, erwiderte Breksby sanft, »aber unsere Adeligen zwingen wir niemals in den Dienst. Wir bauen auf die Güte ihres Herzens und ihren Wunsch, dem eigenen Land zu dienen.«

Alex hätte beinah verächtlich geschnaubt, zügelte sich jedoch. Breksby war ein gerissener, alter Machiavelli, den man besser nicht gegen sich aufbrachte.

»Ihre Anwesenheit hier ist jedoch nicht völlig überflüssig«, fuhr Breksby fort. »Ich habe ein Angebot für Ihren Bruder.«

»Er ist möglicherweise interessiert«, sagte Alex, der wusste, dass Patrick sich begierig auf die Chance stürzen würde zu reisen. Er war erst seit ungefähr einem Jahr wieder in England und langweilte sich, zumindest war das Alex' Eindruck, beinah zu Tode. Außerdem wirkte er gereizt wie eine Klapperschlange, seit Sophie York seinen Heiratsantrag abgelehnt hatte.

»Das dachte ich mir schon, in der Tat«, murmelte Breksby.

»Wohin wollen Sie ihn schicken?«

»Ich hoffte, er würde sich bereit erklären, im kommenden Sommer in das Osmanische Reich zu reisen. Es ist uns zu Ohren gekommen, dass Selim III sich nach Art des Monsieur Napoleon zum Kaiser krönen lassen will und wir würden gerne bei der so genannten Krönung einen englischen Vertreter anwesend wissen. Wenn man bedenkt, wie unangebracht es wäre, einen der königlichen Prinzen zu schicken« – Breksby zog die Augenbrauen in die Höhe und signalisierte damit seine Meinung über die dümmlichen und oft betrunkenen Söhne von König George – »so halte ich Ihren Bruder für einen prächtigen Botschafter Englands.«

Alex nickte. Patrick würde ohne Zweifel mit kostbarer Ladung an Bord seines Schiffes zurückkehren. Dies schien ihm ein annehmbarer Tausch.

»Nun, der Grund, warum ich Sie zu diesem kleinen Treffen gerufen habe«, sagte Breksby, »betrifft die Frage des Adelsstandes.«

»Des Adelsstandes?« Alex blickte ihn verständnislos an.

»Genau, genau. Zugegeben, Ihr Bruder wird England auf ausgezeichnete Art und Weise repräsentieren. Seine finanzielle Lage erlaubt es ihm, sich passend zu kleiden und die englische Regierung wird unserem Botschafter selbstverständlich ein kostbares Geschenk mitgeben. Wir denken da an ein mit Rubinen verziertes Zepter – ähnlich dem, das von König Edward II benutzt wurde. Ich denke, wir müssen diesem Exemplar jedoch mehr Rubine beifügen, da Selim sehr vulgär ist. Außerdem schätzt er diesen Edelstein ganz besonders. Aber die vorrangigste Frage ist: Was wird Selim von Patrick Foakes halten? Wenn man die heikle Situation zwischen unseren Ländern bedenkt, dann ist das ein wichtiger Punkt.«

»Patrick scheint das Wohlwollen der Anführer Albaniens und Indiens erlangt zu haben«, bemerkte Alex. »Ich glaube sogar, dass Ali ihn angefleht hat, einen Sitz in seinem Kabinett anzunehmen, und Sie wissen ja, dass Albanien von Türken regelrecht überrannt wird. Ich denke nicht, dass Selim ein Problem darstellen wird.«

»Sie haben mich nicht ganz verstanden, Verehrtester. Selim ist fasziniert von Titeln. *Kaiser Selim!*« Breksby schnaubte.

Alex, der gedankenverloren auf Breksbys Schreibtisch gestarrt hatte, hob den Kopf und blickte dem Außenminister direkt ins Gesicht.

»Sie wollen Patrick einen Titel verleihen.« Das war eine Bemerkung und keine Frage. Dann breitete sich ein Lächeln auf seinem Gesicht aus. »Wunderbar.«

»Es wird natürlich Schwierigkeiten geben.« Lord Breksby deutet jedoch durch seine Mimik an, dass dies kein größeres Hindernis für ihn bedeutete. »Ich denke jedoch, dass diese behoben werden können.« Alex lächelte. »Er kann die Hälfte meines Besitzes und die dazugehörige Hälfte meines Titels haben.« Alexander Foakes war der Graf von Sheffield *und* Downes, was bedeutete, dass er (zumindest dem Namen nach) gleich zweifach über ein Stück englisches Land regierte.

»Aber Verehrtester!« Breksby war über diesen Vorschlag schockiert. »So etwas könnten wir niemals tun. Einen Erbtitel aufteilen: oh nein, niemals, nein. Es wäre jedoch möglich ...« Ein listiger Ausdruck huschte über sein Gesicht. »Wir könnten den Antrag stellen, Ihren anderen Titel zu übertragen.«

Alex nickte nachdenklich. Er war tatsächlich nicht nur der Graf von Sheffield und Downes sondern auch Viscount Spencer.

»Ich dachte da an den schottischen Titel«, sagte Breksby.

Einen Augenblick lang wusste Alex nicht, wovon der Außenminister sprach. »Mein schottischer Titel?«

»Als Ihre Urgroßmutter Ihren Urgroßvater heiratete, ging der Titel ihres Vaters – Herzog von Gisle – verloren, da sie das einzige Kind war.«

»Oh, aber natürlich.« Alex wusste von seiner schottischen Urgroßmutter, hatte aber nie einen Gedanken an den verloren gegangenen Titel ihres Vaters verschwendet.

»Ich würde gerne den Antrag stellen, dass dieser Titel wieder eingesetzt wird«, sagte Breksby lebhaft. »Ich denke, dass dieser Fall große Aussichten auf Erfolg hat, wenn man bedenkt, wie wichtig es ist, Selim III für die englische Sache zu gewinnen. Wenn Selim nicht ausreichend von unserem Botschafter beeindruckt ist, möchte ich vermuten, dass das Türkische Reich es unserem alten Freund Napoelon nachtun wird und England in näherer Zukunft den Krieg erklärt. Ich denke, die Tatsache, dass Sie und Ihr Bruder Zwillinge sind, wird das Parlament ebenfalls günstig stimmen. Patrick Foakes ist schließlich nur auf Grund weniger Sekunden der *geringere* Bruder.«

Alex nickte. Wenn man bedachte, dass Breksby eine Idee erst dann vorschlug, wenn er von ihrem Erfolg überzeugt war, dann hegte Alex keinen Zweifel, dass Patrick innerhalb weniger Monate zum Herzog von Gisle ernannt werden würde.

»Ich bin nicht sicher –«, sagte er, aber in diesem Moment öffnete sich die Tür.

»Mr Patrick Foakes; der Graf von Slaslow; Lord Reginald Petersham; Mr Peter Dewland«, verkündete Lord Breksbys Diener.

Lord Breksby kam sofort zur Sache. »Gentlemen, ich habe Sie heute hergebeten, weil jeder von Ihnen im Besitz eines Klippers ist.«

»Du meine Güte«, sagte Braddon Chatwin, der Graf von Slaslow verwirrt, »ich glaube nicht, Sir. Es sei denn, mein Vermögensverwalter hat hinter meinem Rücken einen erworben.«

Lord Breksby warf ihm einen durchdringenden Blick zu. Offensichtlich waren die Berichte über Slaslows geistige Fähigkeiten nicht übertrieben gewesen. »Sie haben diesen Klipper bei einem Würfelspiel mit einem –«. Er hielt inne und hob die Augengläser, um etwas von einem Blatt Papier auf seinem Schreibtisch abzulesen. »Ach ja, bei einem Würfelspiel mit einem Mr Sheridan Jameson gewonnen. Ich glaube, er ist Kaufmann.«

»Oh, ja, Sie haben Recht«, erwiderte Braddon, sichtlich erleichtert. »Es war an dem Abend, an dem wir auf dem Weg nach Ascot in einem Gasthof Halt gemacht haben, Petersham. Erinnerst du dich noch?«

Petersham nickte. »Ich erinnere mich, dass du noch lange die Würfel hast rollen lassen, nachdem ich schon längst ins Bett gegangen war«, bestätigte er.

»Und ich habe ein Schiff gewonnen«, sagte Braddon fröhlich. »Jetzt fällt mir alles wieder ein.«

»Will die Regierung unsere Klipper requirieren?«, fragte Patrick Foakes ein wenig scharf. Er besaß drei Klipper und verspürte keinerlei Lust, einen von ihnen aufzugeben.

»Oh nein, aber nein, mitnichten«, protestierte Breksby. »Wie heißt es so schön, das Haus eines

Mannes ist seine Festung. Wir haben uns nur gefragt, ob einer von Ihnen bereit wäre, in den nächsten Monaten die Küste hinunterzusegeln und die Küste von Wales zu umrunden. Wir haben die Errichtung von Befestigungsanlagen an der walisischen Küste angeordnet, aber der Westen Englands ist sehr schwer zu bändigen.« Breksby runzelte die Stirn. »Sie wollen dort drüben einfach nicht unseren Anweisungen folgen.«

Alle fünf Männer blickten ihn erwartungsvoll an. »Wir wissen aus gewissen Quellen, dass Napoleon möglicherweise versuchen könnte, England von dieser Seite aus anzugreifen, und von Boulogne lossegelt und an der walisischen Küste landet.«

Braddon legte die Stirn in Falten. »Warum sollte er das? Es wäre doch viel schneller, auf direktem Weg den Kanal zu überqueren. Also, mir ist das in sechs Stunden gelungen.«

Was seine Mutter wohl ertragen haben muss, als er noch ein Kind war! Der Dummkopf weiß wahrscheinlich nicht einmal, dass der Kanal blockiert ist, dachte Breksby. Dann sagte er mit äußerster Höflichkeit: »Ich fürchte, dass Napoleon zurzeit eine Blockade im Kanal errichtet hat, Mylord. Genau aus diesem Grund möchte ich einen der Gentlemen auch bitten, diese Aufgabe zu übernehmen. Ich könnte natürlich unsere Marine beordern, die walisischen Befestigungsanlagen zu inspizieren, aber wir benötigen im Moment jedes Schiff, um mit Monsieur Napoleons Blockade fertig zu werden. Kurz gesagt, wir wären sehr dankbar, wenn einer von Ihnen die Aufgabe übernehmen könnte.«

»Nun, ich kann das nicht übernehmen, solange die Saison noch andauert«, sagte Braddon prompt. »Ich habe mich heute Morgen verlobt, und nun teilt meine Mutter mir mit, dass ich an einer Reihe von Anlässen teilnehmen muss.« Es entstand eine kurze Pause. »Und ich muss mich natürlich noch verheiraten«, fügte Braddon hinzu.

Lord Breksby blickte ihn neugierig an. Er wusste immer gerne genau, welche Bündnisse in den adligen Kreisen geschlossen wurden.

»Darf ich fragen, ob Lady Sophie York Ihren Antrag angenommen hat?«

»Das hat sie.« Braddon strahlte.

Alex begegnete Patricks Blick, als sie beide sich erhoben, um dem zukünftigen Bräutigam zu gratulieren. Nur Alex sah das höhnische Funkeln in den schwarzen Augen seines Zwillingsbruders, das spöttische Zucken seiner Lippen.

Patrick wandte sich abrupt an Lord Breksby. »Ich mache es«, sagte er mit knapper, kühler Stimme.

Lord Breksbys strahlte. Er war ebenfalls aufgestanden und beute sich leicht nach vorne, wobei seine gespreizten Finger auf der Tischplatte ruhten.

»Großartig, ganz ausgezeichnet. Wenn Sie mir in dem Fall ein paar Minuten Ihrer kostbaren Zeit opfern könnten, würde ich Ihnen zeigen, wo sich die Befestigungsanlagen befinden *sollten.*« Breksbys Stimme troff vor Ironie. Die Waliser waren ein schwieriges und hartnäckiges Volk, das keinerlei Anstalten machte, sich der englischen

Herrschaft unterzuordnen. Breksby hatte nur geringe Hoffnung, dass die Befestigungsanlagen existierten.

Patrick nickte. Als sich die anderen hastig und erleichtert verabschiedeten, nahm Patrick wieder Platz. Sein Bruder blieb ebenfalls im Raum.

Als die drei alleine waren, erklärte Breksby knapp die Situation im Osmanischen Reich.

»Ich werde den Titel nicht benötigen«, verkündete Patrick und sein Ton duldete keine Widerrede.

Alex grinste in sich hinein. Er hatte Breksby gerade sagen wollen, dass sein Bruder den Titel nicht unbedingt annehmen würde, nur weil sich das Parlament möglicherweise dazu überreden ließ, Patrick die Herzogwürde zu verleihen.

Aber Breksby tat wenig, ohne vorher ausreichende Erkundigungen einzuziehen. Er wusste, dass Patrick Foakes mehr Geld besaß als beinah jeder andere Gentleman in London, seinen Bruder mit eingeschlossen. Er war ihm außerdem nur zu gut bekannt, dass Foakes keinen Titel anstrebte und dazu obendrein auch gar keine Notwendigkeit sah. Seines Wissens nach hatte Patrick Foakes seinem Bruder den Titel niemals geneidet.

Aber Foakes war auch ein brillanter Taktiker, ein Mann, der sich während seiner Reisen durch den Osten schon häufig in brenzligen Situationen wiedergefunden hatte. Wer außer ihm konnte Selims leidenschaftliche Gier nach westlichem Prunk verstehen?

»Sie müssen ihn ja nicht benutzen«, sagte Breksby mit berechnendem Desinteresse. »Sie können den Titel nach Ihrer Rückkehr aus der Türkei sogar wieder zurückgeben. Uns stört das nicht weiter. Wir wollen jedoch auf keinen Fall, dass Sie diese Botschaftermission dadurch gefährden, dass Sie den Titel von vornherein ablehnen.«

Patrick saß völlig entspannt in seinem Sessel und durchdachte die Angelegenheit.

Breksby legte seine Fingerspitzen an die Schläfen und beobachtete die Brüder. Die Foakes-Zwillinge boten ein eindrucksvolles Bild. Beide Männer waren langbeinig und glichen einander wie ein Ei dem anderen. Sie hatten widerspenstiges schwarzes Haar, das von silbernen Strähnen durchzogen war, und Augenbrauen, die sich auf teuflische Weise nach oben wölbten. Wie sie lässig und mit entspannten Muskeln in ihren Sesseln saßen, ähnelten sie gestreiften Katzen, die im Sonnenlicht schlummerten. Hätte Breksby die Fantasie besessen, dieses Bild zu berichtigen, dann wäre es zutreffender gewesen, sie als gefährliche Tiger zu bezeichnen, deren Gelassenheit so malerisch wie vorübergehend war.

Als Patrick die Achseln zuckte und Breksby damit zu verstehen gab, dass er den Antrag für den Titel ruhig stellen mochte, durchströmte den Außenminister ein Gefühl von Selbstzufriedenheit.

»Es wird an die sechs Monate dauern, bis Ihr Titel bestätigt ist. Wenn Sie nächstes Jahr im Spätsommer oder Anfang Herbst aufbrechen wollen«, sagte er im Plauderton, »dann dürften Sie rechtzeitig zur Krönung in Konstantinopel eintreffen. Unsere Kunsthandwerker werden im April das

Geschenk des Königs, ein mit Rubinen besetztes Zepter, fertig haben. In dieser Hinsicht erwarte ich keine Komplikationen.«

»Ich möchte nicht, dass das an die Öffentlichkeit gelangt«, sagte Patrick kurz angebunden. Aber sie beide wussten, dass die Gesellschaft von London monatelang von nichts anderem reden würde, wenn Patrick erst einmal Herzog von Gisle war.

Breksby ignorierte geschickt diese Bitte. Er stand auf und ging um seinen Schreibtisch herum. Alex und Patrick erhoben sich ebenfalls. An der Tür blieb Breksby stehen, ein feistes Lächeln auf den Lippen.

»Darf ich der Erste sein? Euer Gnaden ...« Er machte eine Verbeugung, und sein absurdes Haar flog nach rechts.

Erst als sie das Gebäude verlassen hatten, platzte Patrick heraus. »Dieser aufgeblasene, kleine Fatzke! Ihm hat die Maskerade auch noch Spaß gemacht. Soll er doch einen der königlichen Prinzen in die Türkei schicken.«

Alex grinste. »Versuch nicht, mir etwas vorzumachen, Patrick. Du kannst es doch gar nicht abwarten, zu der Krönung aufzubrechen. Du würdest dir nie die Gelegenheit entgehen lassen, ins Osmanische Reich zu reisen.«

»Du hast natürlich Recht.« Nun grinste auch Patrick, und das Lächeln machte die strengen Linien seiner Züge weicher. »Ich habe eine Menge über Selim gehört, als ich in Lhasa war.« Patrick hatte vier Jahre damit verbracht, Tibet, Indien und Persien zu bereisen.

»Ach ja? Wie ist er denn so?«

Erneut feixte Patrick. »Selim ist ein rechter kleiner Stutzer. Damals unternahm er gerade eine Reise durch die Hauptstädte Europas. Er trieb seinen Vater in den Wahnsinn, indem er alle möglichen europäischen Bräuche, Kleidung *und* Frauen nach Konstantinopel brachte.«

»Glaubst du, dass er tatsächlich seine Armee hinter Napoleon stellen könnte?«

»Ich halte das für wahrscheinlich«, erwiderte Patrick und seine Miene wurde ernst.

Sie hatten die wartenden Kutschen erreicht.

»Weißt du was, kleiner Bruder«, zog Alex ihn auf, »jetzt hast du mich überflügelt.«

Patrick blickte ihn einen Moment lang verwirrt an. Dann begann es in seinen Augen zu funkeln. »Verdammt, du hast Recht! Du bist nur ein Graf und ich ein Herzog!«

Alex lachte. Die beiden Brüder waren sich immer schon darin einig gewesen, dass Alex' Titel nur ein nutzloses Hindernis waren.

Patricks Augen wurden schmal. »Wäre ich letzten Monat schon ein Herzog gewesen, dann hätte sie meinen Antrag akzeptiert«, sagte er mit schneidender Stimme.

Alex wusste genau, von wem die Rede war. Er schüttelte den Kopf. »Lady Sophie ist nicht so eine Frau, Patrick.« Sophie York war die engste Freundin seiner Frau; Alex wusste nicht, warum sie den Antrag seines Bruders abgelehnt hatte, aber er bezweifelte, dass ihre Weigerung darin begründet lag, dass Patrick keinen Titel besaß.

»Warum hat sie dann Braddon genommen? Braddon!«, stieß Patrick ungestüm hervor.

»Ich wusste gar nicht, dass du dich so sehr für die Zukunft von Lady Sophie interessierst.« Alex betrachtete das Gesicht seines Bruders eingehend.

Patrick hörte ihm gar nicht zu. »Braddon ist fett, dumm und besitzt ungefähr nur ein Drittel dessen, was ich besitze. Aber er ist ein Graf, Alex. Er ist ein Mitglied unseres ehrenwerten Adels.«

»Du bist unfair«, sagte Alex. »Vielleicht liebt sie ihn ja.«

Patrick schnaubte verächtlich. »Liebe! Es gibt keine einzige Frau in der feinen Gesellschaft, die an so etwas Dummes glaubt!« Dann fügte er hastig hinzu: »Natürlich mit Ausnahme von Charlotte.«

Alex lächelte beim Gedanken an seine Frau. »Ich wusste nicht, dass du dich so für Lady Sophie interessierst, Patrick«, wiederholte er.

»Tue ich auch nicht.« Patrick zuckte die Achseln. »Sie kann tun, was ihr beliebt.« Er warf seinem Bruder einen kläglichen Blick zu. »Aber ich bin ein schlechter Verlierer, Alex. Das weiß niemand besser als du. Es wurmt mich, dass ich nur deshalb verloren habe, weil Braddon einen Titel besitzt und ich nicht.«

Alex schwieg einen Moment lang. Er sah keinen Sinn darin, Patrick noch einmal darauf hinzuweisen, dass Sophie York Braddon aus einem anderen Grund vorgezogen hatte. Wer weiß? Vielleicht wollte sie ja doch eine Gräfin werden.

»Gehst du heute Abend zu dem Ball bei den Dewlands?«

»Eigentlich wollte ich nicht hingehen«, erwiderte Patrick. »Aber ich werde heute Abend mit Braddon speisen und er wird im Anschluss zu dem Ball gehen wollen.« Wieder begegnete er Alex' Blick. »Er wird mich wahrscheinlich bitten, sein Trauzeuge zu werden«, sagte er und ein ironischer Zug umspielte seine Lippen.

»Ich werde versuchen, da zu sein«, sagte Alex und legte einen Arm um die Schultern seines Bruders. »Warte nur, bis die kupplerischen Mamas Wind von der Neuigkeit bekommen«, sagte er schadenfroh. »Du wirst eine Sensation sein.«

Patrick schüttelte es bei diesem Gedanken. »Ein weiterer Grund, sofort nach Wales aufzubrechen.«

3. Kapitel

Als Lady Sophie York im Ballsaal der Dewlands angekündigt wurde, erhob sich ein leises Stimmengewirr. Sophie war ein wildes, unbändiges Mädchen – das schlimmste Beispiel für die Jugend von heute, murmelten die altern Jungfern in den Ecken des Raums.

Für die männlichen Richter der Londoner Mode war sie jedoch die schönste Frau Englands. Sie war klein, aber umwerfend schön; sie war kokett, zugleich jedoch die Tochter der förmlichsten Aristokratin Londons, nämlich der Marquise von Brandenburg. Eloises kühle, französische Ermahnungen hatten schon so mancher Reputation eines jungen Mädchens geschadet, das den schmalen Grad zwischen ungebührlichem Verhalten und purer Schamlosigkeit überschritt. Es war nur natürlich, dass Eloises bissige Kommentare über die Anständigkeit von jungen Damen die Freizügigkeit ihrer eigenen Tochter umso köstlicher, umso bemerkenswerter machten.

Sophie blieb am oberen Ende der Treppe stehen, während sich ihr Papa in die Menge stürzte, um sich (ohne Zweifel) auf die Suche nach der lieblichen Dalinda zu machen. Ihre Mama folgte ihm mit strenger Miene und ihr kerzengerader Rücken verriet ihren Zorn, der durch die Jahre kaum geringer geworden war. Sophie suchte zwischen den Gästen nach, wie sich einredete, Lord Slaslow.

Innerlich wusste Sophie jedoch, dass diese Lüge nur ihre Schwäche und ihren Mangel an Moral verdeutlichte, wie ihre Mutter es womöglich ausgedrückt hätte. Sie suchte in Wahrheit nach einem Mann, der so breite Schultern besaß, dass er sich in feinem Wolltuch beinah unbehaglich zu fühlen schien. Sie suchte nach zerzaustem Haar, das mit silbernen Strähnen durchzogen war. Sie hatte Patrick nicht mehr gesehen, seit sie seinen Heiratsantrag abgelehnt hatte und nun konnte sie ihn nicht entdecken.

Ihre Mutter, die bereits am Fuß der Treppe angelangt war, drehte sich verärgert zu ihr um.

»Sophie!«, zischte sie.

Nachdem Sophie gehorsam die restlichen Stufen hinuntergegangen war, packte Eloise mit stählernem Griff ihr Handgelenk.

»Hör auf, dich so zur Schau zu stellen!«

Die Gentlemen stürzten sich auf Mutter und Tochter und umringten Sophie. Sie flehten sie um einen Tanz an, reichten ihr Tanzkarten und warfen ihr schmachtende Blicke zu. Eloise begnügte sich damit, Sophie tadelnd anzuschauen, bevor sie sich in die Ecke der Anstandsdamen zurückzog, wo nur jene Damen sitzen durften, deren Titel sich mit ihrer Bissigkeit messen konnte.

Lachend schenkte Sophie ihre Aufmerksamkeit den eifrigen Gentlemen, auch wenn das ganze Unterfangen unaufrichtig war. Am nächsten oder spätestens am übernächsten Tag würde in der *Times* eine diskrete Bekanntmachung erscheinen:

Der Graf von Slaslow verkündet seine baldige Vermählung mit Lady Sophie York, der Tochter des Marquis von Brandenburg. Die Zeremonie wird in der Kirche von St. George stattfinden und der offizielle Empfang wird im Saal des Hosenbandordens im St. James's Palace abgehalten.

Dann würde die schwatzende Schar von ihr ablassen und in ganz London bekannt werden, dass sich die große Erbin, Sophie York, endlich einen Ehemann ausgesucht hatte. Bis Februar würde sie mit Braddon Chatwin, dem »Liebenswerten Grafen«, wie er des Öfteren genannt wurde, verheiratet sein. Braddon war tatsächlich liebenswert und würde einen angenehmen Gatten abgeben. Er mochte Pferde wahrscheinlich lieber als menschliche Wesen, aber er wettete nicht übermäßig bei den Rennen.

Und er machte den Eindruck, als wäre er zu freundschaftlicher Zuneigung fähig. Dies war genau das Gefühl, das Sophie in die Verbindung einzubringen gedachte. Sie würden schöne Kinder haben (ein wichtiger Punkt) und Braddon würde seine Mätressen unauffällig im Hintergrund halten. Es wäre zu abschätzig, ihn nur verlässlich zu nennen, dachte Sophie, als der erste Tanz des Abends begann. Braddon war gütig und, so weit sie wusste, hatte er keine größeren Laster. Sie würden glücklich miteinander werden.

Der Abend nahm seinen Verlauf und weder ihr Verlobter, noch jemand anderes Wichtiges tauchte an ihrer Seite auf. Sophie tanzte voller Eleganz und mit außergewöhnlicher Grazie; nur die Aufmerksamen bemerkten, dass ihr ansteckender Humor an diesem Abend leblos wirkte, wenn nicht sogar gänzlich fehlte. Ein junger Beau bemerkte, dass seine dahingeplapperten Liebesbezeugungen mit einer kühlen Abfuhr quittiert wurden statt mit einer freundlichen Bemerkung, wie es sonst der Fall war.

Sophie kam sich vor wie auf einem Hochseil, das in Schwindel erregender Höhe über einer Schar junger Männer gespannt war, deren alberne Bemerkungen und schwitzigen Hände ihren Balanceakt erschwerten.

Sie hörte auf, sich nach dem schwarzen, mit silbernen Strähnen durchzogenen Haarschopf umzuschauen. Es war doch sinnlos. Bald würde sie eine Gräfin sein und nicht Patrick Foakes' Gemahlin.

Sie ging am Arm von Peter Dewland, dem Sohn der Gastgeberin, zu Tisch. Peter war ein freundlich dreinblickender eleganter Gentleman, den Sophie bereits seit Jahren kannte. Er war ein erholsamer Begleiter, denn er erwartete anscheinend keineswegs, dass ihm die ungekrönte Schönheit Londons in die Arme sank. Im Gegenteil, dachte Sophie anerkennend, Peter hat mir noch nie in irgendeiner Form den Hof gemacht.

»Wie geht es Ihrem Bruder?«, fragte Sophie. Peters älterer Bruder hatte sich bei einem Reitunfall grausame Verletzungen zugezogen und war die letzten drei Jahre mehr oder weniger ans Bett gefesselt gewesen.

»Es geht ihm schon viel besser«, verkündete Peter strahlend. »Er wurde in letzter Zeit von einem deutschen Arzt behandelt, der sich seit ein paar Monaten bei Hofe aufhält. Haben Sie schon von ihm gehört? Der Name des Arztes lautet Trankelstein. Ich hatte es ja für kompletten Unsinn gehalten, aber Trankelsteins Massagen scheinen tatsächlich zu helfen. Quill – so nennen wir Erskine innerhalb der Familie – ist mittlerweile in der Lage, sein Schlafzimmer zu verlassen und die Schmerzen haben nachgelassen. Er verbringt beinah jeden Tag im Garten und möchte am liebsten gar nicht mehr ins Haus zurückkehren.«

Sophie brachte zum ersten Mal an diesem Abend ein echtes Lächeln zu Stande, das ihr Gesicht aufleuchten ließ. »Oh, Peter«, sagte sie und bemerkte nicht einmal, dass sie ihn beim Vornamen nannte, »das ist ja wirklich wunderbar!«

»Wenn Sie möchten«, schlug Peter ein wenig schüchtern vor, »können Sie Quill besuchen, Lady Sophie. Er sitzt heute Abend in der Bibliothek, und ich weiß, dass er Ihnen gerne für das Feuerwerk danken möchte, das Sie mit arrangiert haben.«

»Ich kann keinen Dank dafür annehmen«, protestierte Sophie. »Das Feuerwerk geht ausschließlich auf die Bemühungen des Grafen und der Gräfin von Sheffield zurück. Ich gehörte zufällig zu der Gruppe, die Vauxhall besuchte.« Der Ausflug nach Vauxhall und das daraus resultierende Feuerwerk im Garten der Dewlands hatten sich vor über einem Jahr zugetragen. Sophie hatte, umringt von Verehrern, in der Hitze des Londoner Sommerabends dagestanden und den herrlichen, sich drehenden Feuerwerkskörpern zugesehen, die den Himmel erleuchteten. Um genau zu sein hatten ihre Bewunderer dem Feuerwerk zugesehen. Sophie beobachtete währenddessen ihre liebste Freundin Charlotte, die neben dem Grafen von Sheffield und Downes – Patrick Foakes' Zwillingsbruder – stand. Sie sah die heimliche Röte, die Charlottes Wangen wärmte, als sich diese, durch die samtige Nacht und die funkelnden Lichter am Himmel vor den Augen der Klatschmäuler geschützt, gegen Alex' Brust lehnte.

Sophie hatte Charlotte am nächsten Tag aufgezogen und sie ausgelacht, weil sie so nah bei Alex gestanden, innig zu ihm aufgeblickt und ihm erlaubt hatte, mit seinem Arm ihre Taille zu umfangen. Nun verstand Sophie Charlottes überraschendes Verhalten.

Ihr eigener Körper war ihr fremd geworden. Sie war gereizt, weil sich der andere Foakes-Zwilling nicht im Ballsaal befand. Sie vermisste das zu Kopf steigende Gefühl der Vertrautheit, das ihr noch fremd war. Ihr Verstand war zum Verräter geworden und ihre Gedanken waren nicht mehr in der Lage, sich auf ihren zukünftigen Ehemann zu konzentrieren, sondern schweiften immer wieder ab und kreisten um verruchte, schwarze Augen und einen lachenden Mund.

Es war abstoßend, armselig, peinlich – sie unterbrach ihre stillen Selbstvorwürfe und stand auf. »Sollen wir jetzt Ihren Bruder aufsuchen?«

Peter erhob sich höflich und ließ den schmackhaften Fasan auf seinem Teller ohne einen weiteren Blick zurück. »Es wäre mir ein Vergnügen«, erwiderte er. »Ich werde meine Mutter bitten, uns zu begleiten.«

Sophie nickte, überrascht über ihre eigene Gedankenlosigkeit. Ihre Reputation würde ernsthaften Schaden nehmen, wenn sie erneut mit einem Mann verschwände.

Viscountess Dewland betrachtete das Paar mit einem wohlwollenden Lächeln und verließ den behaglichen Kreis der Klatschmäuler, um in die Bibliothek zu schlendern. Man wird mich nie dabei ertappen, dass ich mich abfällig über Sophie Yorks Verhalten äußere, dachte sie. Das Kind hat ein gütiges Herz.

Mit dem wachsamen Auge einer Mutter bemerkte Kitty Dewland, dass Lady Sophie keine Anziehungskraft auf ihren geliebten Peter auszuüben schien. Wenn sie sich nicht irrte, und das kam ihrer eigenen Überzeugung nach sehr selten vor, dann war die junge Frau ganz offensichtlich in den Grafen von Slaslow verliebt. Die Gerüchte, die ihr über die bevorstehende Bekanntgabe ihrer Verlobung zu Ohren gekommen waren, bestätigten ihren Eindruck.

Kitty seufzte romantisch berührt. Welch wunderbaren Abend hatte sie selber doch erlebt, als die Verlobung mit ihrem lieben Thurlow verkündet wurde. Ein wenig rühmliches, aber köstliches Triumphgefühl hatte sie durchströmt, als sie inmitten der anderen jungen Damen ihre Runde durch den Saal machte und die Gewissheit auskostete, dass *ihre* Zukunft gesichert war! Kitty rief sich innerlich zur Ordnung und betrat die Bibliothek, um Quill und Lady Sophie einander vorzustellen.

Quill – oder Erskine – war ganz und gar nicht das, was Sophie erwartet hatte. Sie erinnerte sich vage an ein schmales, bleiches Gesicht, das während des Feuerwerks im Garten der Dewlands hinter der Fensterscheibe auftauchte. Aber das Gesicht, das aus dem Ohrensessel zu ihr hoch blickte, war braun gebrannt und viel dunkler, als das der meisten Gecken in London, die an Amüsements im Haus und an gemächliche Ausflüge in überdachten Kutschen gewöhnt waren. Quills Gesicht war hager und von Schmerzen gezeichnet, aber auffallend intelligent und sehr gut aussehend.

Nun stand er vor ihr und seine kühlen Lippen streiften ihren Handrücken. Es schien ihm keine Probleme zu bereiten, aufrecht zu stehen, und erst als er sich wieder in den Sessel sinken ließ, bemerkte sie, welche Anstrengung es ihn kostete, sich zu erheben. Schnell nahm sie auf der erstbesten Sitzgelegenheit Platz, die sie entdeckte, und zwar auf einem kleinen, gepolsterten Hocker vor dem Kamin. Sie wollte Quill kein Unbehagen verursachen, weil er in Gegenwart einer Dame nicht stehen bleiben konnte.

Peter zog einen der schweren Ledersessel heran und seine Mutter ging zu dem Ehrenwerten Sylvester Bredbeck hinüber, der sich in die Bibliothek zurückgezogen hatte, um seinen von der Gicht befallenen, linken Knöchel auszuruhen.

Quill betrachtete Sophie unter schweren Augenlidern und sein Gesicht war so ausdruckslos, dass man keinerlei Verlegenheit darauf erkennen konnte, sollte er tatsächlich welche empfinden.

»Genießen Sie den Ball, Lady Sophie?«, fragte er gedehnt.

Sophie errötete ein wenig. Sie spürte Spott, fühlte sich an diesem Abend jedoch geistig nicht agil genug, um darauf zu reagieren. Um genau zu sein schienen sich alle schlagfertigen Bemerkungen, die eine Unterhaltung zwischen den Männern und Frauen der feinen Gesellschaft charakterisierten, aus ihrem Gedächtnis verflüchtigt zu haben.

»Nicht besonders«, erwiderte sie aufrichtig.

»Hm«, murmelte Quill, und sein Blick bemerkte die leicht herabhängenden Winkel ihres Mundes. »Vielleicht würden Sie sich gerne eine Pause von dem unablässigen Frohsinn dort unten gönnen? Wir könnten eine Partie Backgammon spielen, wenn Sie möchten?«

Sophie dachte hastig nach. Damen zogen sich nicht in die Bibliothek zurück, um während eines Balls Backgammon zu spielen. Andererseits wurde sie von niemand geringerer als der Gastgeberin höchstpersönlich begleitet und es wäre sehr angenehm, ihren angestrengten Nerven eine kleine Erholung zu verschaffen. Weder Braddon noch Patrick würden die Bibliothek betreten, also war ihr ein Moment der Ruhe sicher, bevor sie in den Ballsaal zurückkehren musste.

Sie hob den Blick und begegnete Quills grünen Augen. »Es würde mir sehr große Freude bereiten, Ihnen Gesellschaft zu leisten.«

Auf das Nicken seines Bruders hin sprang Peter auf und holte einen kleinen Tisch herbei, dessen Oberfläche aus einer Einlegearbeit in Form eines

Backgammonspiels bestand. Sophie und Quill legten schweigend die Steine auf das Brett, während der flackernde Widerschein des Kaminfeuers von den mit Walnussholz getäfelten Wänden zurückgeworfen wurde und unstet über die schwarzen und weißen Steine, Sophies schlanke Finger und Quills rotbraune, glänzende Haarsträhnen glitt.

Die Partie verlief ruhig, bis Sophie zum zweiten Mal einen Pasch warf.

Quill hob den Blick und schaute mit einem Glitzern in den Augen zu seinem Bruder hinüber. »Wen hast du mir denn hier gebracht, um meine Einsamkeit zu mildern, Peter? Eine Meisterin dieses Spiels?« Belustigt musterte er Sophie. »Welch ein Glück, dass ich zu sehr Gentleman war, ein Pfand vorzuschlagen!«

Sophie erwiderte seinen Blick mit einem zurückhaltenden Lächeln. Ihr einziges Talent bei Brettspielen bestand darin, immer wieder einen Pasch zu werfen, damit hatte sie ihren Großvater immer zur Verzweiflung getrieben, als sie noch ein Kind war. Sie nippte an ihrem Glas, das neben ihrem Ellbogen stand, und fühlte sich schon um einiges fröhlicher. Die Bibliothek war ein schimmerndes Refugium, eine ruhige, vom flackernden Feuerschein erhellte Oase, in die sie sich vor dem ungezügelten Hunger flüchten konnte, der ihren Körper in Besitz genommen zu haben schien.

Als sie den nächsten Pasch warf, quittierte sie Quills gemurmelten Protest mit einem schadenfrohen Lächeln und sie grinste ihn mit unverholener Freude an, als es ihr am Ende des Spiels gelang, einen letzten Pasch – mit zwei Sechsen! – zu werfen.

Genau in diesem Moment betraten die beiden Männer, nach denen sie den ganzen Abend Ausschau gehalten hatte, nämlich Braddon Chatwin, der Graf von Slaslow, und sein guter Freund Patrick Foakes, die Bibliothek. Braddon steuerte direkt auf die Frau zu, mit der er gerade gegenüber seinem alten Schulfreund voller Stolz geprahlt hatte.

Patrick blieb jedoch an der Tür stehen. Das Kaminfeuer hinter Sophie ließ ihr Haar aufleuchten und verlieh ihm die Farbe von reifen Pfirsichen, wenn nicht gar die von in Flaschen gegärtem Aprikosenwein. Sie hatte das Haar aufgesteckt, aber die Locken, die ihr auf den Rücken herabhängen sollten, waren nach vorne gefallen. Sie schienen in fünfzig verschiedenen Schattierungen zu schimmern, die von Rot über Gold bis zum reinsten Sonnengelb changierten. Zudem hatte sich ihr feines Haar zu immer kleineren Löckchen geformt, die Sophies Kopf das Aussehen eines weichen, daunigen Pfirsichs verliehen. Dies und die verheißungsvolle sonnige Farbe bargen das Versprechen, dass ihr Haar so weich sein würde wie eine reife Sommerfrucht an den Lippen.

Patrick hätte beinah auf dem Absatz kehrt gemacht. Sophie lachte und ihre Augen funkelten. Das änderte sich jedoch schlagartig, als sie ihn erblickte. Ihr Lächeln verschwand einen Moment lang völlig und dann fuhren ihre Mundwinkel wieder in die Höhe, ohne dass das Lächeln ihre

Augen erreichte. Sie hat wahrscheinlich Angst, dass ich Braddon verrate, wie geübt sie in der Kunst des Küssens ist, dachte Patrick mürrisch.

Braddon war wie ein übereifriger Welpe zu der Gruppe vor dem Kamin geeilt, hatte alle begrüßt und stand nun da und strahlte auf seine zukünftige Braut hinunter. Patrick hingegen schlenderte langsam auf den Kamin zu. Sollte ihn doch der Teufel holen, wenn er sich durch ein anziehendes Frauenzimmer aus der Fassung bringen ließ, das den Nerv besessen hatte, ihn wegen eines Titels abzuweisen. Sie hatte bekommen, was sie wollte. Nun war sie mit dem einzigen Grafen verlobt, der dieses Jahr auf dem Heiratsmarkt im Angebot war, und wenn man bedachte, dass es ansonsten nur einen unverheirateten Herzog gab, nämlich den alten Siskind mit seinen acht Kindern, dann hatte sie sich den Besten geangelt – zumindest, bis er selber Herzog würde. Patricks Augen glühten vor unbändigem Zorn.

Sophie warf einen Blick auf sein Gesicht und wandte sofort hastig die Augen ab. Dabei stieg ihr eine leichte Röte in die Wangen, zart wie der pinkfarbene Champagner in ihrem Glas. Braddon hatte sich auf den Teppich geworfen und rückte die Backgammonsteine zurecht. Er war entzückt, weil er feststellte, dass seine zukünftige Frau das Spiel beherrschte. Sophie zwang sich, ihn anzulächeln.

Aus dem Schatten seines hohen Ohrensessels hatte Quill beobachtet, wie die charmante Lady Sophie zuerst erstarrte und dann eine oberflächliche Fröhlichkeit an den Tag legte; er drehte sich zur Seite, um herauszufinden, wer sie von einer bezaubernden jungen Frau in eine glatte, unterkühlte Dame der Gesellschaft verwandelt hatte.

Also tauchte eine schlanke braune Hand aus dem Sessel auf und eine sarkastische Stimme sagte gedehnt: »Patrick, du alter Halunke, komm her und begrüße mich.«

»Quill!«

Blitzschnell trugen Patricks lange Beine ihn zu dem Sessel und seine schwarzen Augen strahlten vor Freude. »Mein Gott, Mann, ich dachte, du wärst ans Bett gefesselt!«

»Nun, das war ich bis vor ein paar Monaten auch.«

»Du siehst großartig aus.«

»Ich lebe noch«, erwiderte Quill schlicht.

Patrick ging vor dem Sessel in die Hocke. »Ich habe an dich denken müssen, als ich in Indien war und mir ein Maharadscha androhte, mich köpfen zu lassen, nur weil ich nicht vor seinem kleinen Götzen niederknien wollte. Er erinnerte mich an deine Tyrannei in der Schule.«

Sophie konnte es kaum ertragen. Patrick befand sich auf gleicher Höhe mit ihr, da sie auf dem niedrigen Schemel saß und er direkt neben ihr hockte. Ihre Augen wanderten instinktiv an seinem Körper hinunter und verharrten an den engen Hosen, die seine muskulösen, harten Oberschenkel umspannten. Ruckartig wandte sie den Kopf ab wie ein nervöser Hase im hohen Gras, aber es war bereits zu spät. Sophie schluckte hart und rückte unmerklich zur anderen Seite ihres gepolsterten Schemels.

Patrick, dem inzwischen bewusst wurde, dass

der ehrgeizige kleine Fratz immer noch eine äußerst belebende Wirkung auf seinen Körper hatte, fühlte sich unbehaglich. Ein lieblicher Duft, ein unschuldiger, süßer Duft nach Kirschblüten, der seine Sinne entflammte, drang ihm von der rechten Seite in die Nase. Am liebsten hätte er Sophie über die Schulter geworfen und in ein Schlafzimmer getragen.

Patrick fuhr in die Höhe und sein Gesichtsausdruck wirkte plötzlich regelrecht bedrohlich. Als er auf den Schemel hinunterblickte, stand in seine Augen ein sardonisches Glitzern.

»Lady Sophie, zu Ihren Diensten.« Er verbeugte sich höflich. »Ich muss mich entschuldigen; ich hatte Sie vorher gar nicht gesehen.«

Sophie errötete erneut. Natürlich hatte er sie gesehen. Sein flüchtiger Blick hatte sie in ein unbewegliches Etwas verwandelt. Sie senkte ebenso höflich das Kinn zum Gruß, da sie ihrer Stimme nicht traute.

Er war noch genauso schön wie vor einem Monat, obwohl seine Augen nun nicht mehr einen Ausdruck der Verführung bargen sondern Spott. Sein Haar wirkte ungebändigt, obwohl er es mit der sorglosen Eleganz frisiert hatte, die die Gentlemen in London gerade bevorzugten. Aber Patricks Haar roch nicht nach Pomade und Haaröl, sondern nach windgepeitschten Ausritten und frischer Luft. Es war schwarz wie Ebenholz, mit Ausnahme der rebellischen, silbernen Strähnen, die den Eindruck erweckten, als sei sein Haar in Mondlicht getaucht worden.

Sophie rief sich zur Ordnung. Unter den spöttischen Blicken dieses erfahrenen Lebemannes schmolz sie ja dahin wie Schnee in der Sonne. Und Viscountess Dewland, die immer noch mit Sylvester Bredbeck plauderte, wurde offensichtlich langsam unruhig.

Sophie erhob sich anmutig. Sie schenkte Quill ein Lächeln, und zwar ein echtes Lächeln, das ihre Augen aufleuchten ließ und ihre Mundwinkel umspielte. Quill erhob sich ebenfalls, schwankte dabei aber er ein wenig und suchte Halt an der Armlehne seines Sessels.

Sophie machte einen tiefen Knicks. »Bitte, bleiben Sie doch sitzen.«

Quills Miene war schmerzverzerrt, verriet aber dennoch großes Mitgefühl. »Lady Sophie, es wäre mir eine außerordentliche Ehre, Sie in Zukunft wieder zu treffen. Vielleicht gewähren Sie mir eine Revanche, wenn ich mehr Glück habe.«

»Das würde mir große Freude machen«, sagte Sophie.

Sie wandte sich Quills Bruder, Peter, zu und lächelte ihn warmherzig an. Dann glitten ihre Augen kühl über Patrick hinweg und richteten sich auf ihren Verlobten, der neben ihr stand.

»Mylord.«

Sie nahm Braddons dargebotenen Arm und überquerte den mit einem karmesinroten und rubinfarbenen Blumenmuster verzierten Perserteppich. Sie war sich der Männer, deren Blicke ihr folgten, sehr wohl bewusst – zum einen Quill, der noch nicht wieder Platz genommen hatte und ihr auf so mitfühlende Art hinterherlächelte, dass sie am liebsten in Tränen ausgebrochen wäre, und zum anderen Patrick, dessen Lippen ein spöttisches Lächeln umspielte und dem sie am liebsten eine Vase an den Kopf geworfen hätte. Ich werde mich nicht nach diesem – diesem unzuverlässigen Verführer umsehen, dachte sie. Und das tat sie auch nicht.

Was Patrick anging, so sah er Sophie, die der Bekanntgabe ihrer Verlobung mit Braddon Chatwin entgegenging, mit einem Anflug von Zorn hinterher, der ihm eine Hitzewelle durch den Körper jagte. Er verspürte den unbändigen Drang, quer durch den Raum zu stürzen, sie über seinen Arm zu beugen und ihr den selbstsicheren Schwung ihrer Hüften auszutreiben, mit dem sie an Braddons Seite davonging.

Er wusste, er war sich ganz sicher, dass er nur einen einzigen Moment benötigen würde, Sophie in die errötete, zitternde Frau zu verwandeln, die er im Arm gehalten hatte – die Frau, deren Verwirrung so anrührend echt ausgesehen hatte, dass er beinah hätte glauben können, dass sie doch nicht das erfahrene Frauenzimmer, das kleine Biest war, das beinah jeden Gentleman in London geküsst hatte. In diesem Fall hätte er womöglich ... Was hätte er?

Als Peter sich entschuldigte und zurück in den Ballsaal trottete, machte Patrick keine Anstalten, ihm zu folgen. Er ließ sich auf den Hocker fallen, vom dem Sophie sich erhoben hatte und seine großen braunen Hände ordneten die Backgammonsteine. Patrick schaute schließlich auf und entdeckte, dass Quills kühler Blick auf ihn gerichtet war.

Quill war schon immer mit eiserner Zurückhaltung gesegnet gewesen, sogar, als sie noch Jungen waren und unter den Demütigungen des gemeinschaftlichen Schulalltags litten. Patrick bekam stets hitzige Wutanfälle und stürzte sich auf seinen Zwillingsbruder Alex, dem er verzweifelt versuchte, den Kopf in den Boden zu hämmern; Quill hingegen drückte sich mit wenigen zielsicheren Worten aus.

Nun legte er den Kopf gegen das tiefbraune Leder und schloss die Augen. Als er sprach, enthielt seine Stimme keinerlei versteckte Andeutung.

»Erinnere ich mich richtig, dass Braddon dir schon einmal eine deiner Frauen ausgespannt hat – eine rothaarige Schauspielerin?«

»Arabella Calhoun. Er hat sie immer noch. Sie ist seit letztem Sommer seine Geliebte.« Patricks harte Augen forschten in Quills regungsloser, undurchsichtiger Miene. »Lady Sophie«, fügte er heftig hinzu, »war niemals ›eine meiner Frauen‹. Sie hat mir eine glatte Abfuhr erteilt.«

Daraufhin riss Quill die Augen auf. »*Du* hast dich getraut?«

Angesichts Quills amüsiertem Blick entspannten sich endlich Patricks Züge und seine Mundwinkel verzogen sich zu einem Grinsen.

»Es war ein ziemlicher Schock«, räumte er ein.

»Ja, besonders, wenn man all die Frauen bedenkt, die dir im letzten Jahr nachgejagt sind ...« Quill wedelte träge mit der Hand. »Peter hält mich über den Londoner Klatsch auf dem Laufenden. Seit dein Bruder sich vermählt hat, bist du doch regelrecht der Liebling der Gesellschaft geworden, oder nicht?«

»Nein.«

»Du musstest dich sicherlich des Öfteren vor den Mamas von Töchtern im heiratsfähigen Alter in Sicherheit bringen, nachdem du drüben in Indien so unverschämt reich geworden bist, dass einem die Worte fehlen?«, fügte Quill boshaft hinzu.

»Sollen wir spielen?«

»Von der liebenswürdigen Sophie York abserviert! Ich muss Mutter bitten, sie einmal zum Tee einzuladen.«

»Sie wird in Zukunft sehr beschäftigt sein«, sagte Patrick mit gleichgültiger Stimme. »Ich vermute, sie sind nun dort draußen und nehmen die Glückwünsche entgegen.«

Quill schwieg einen Moment. »Ach, so weit ist es schon gediehen?«

»Ja. Sie ist keine Närrin«, zitierte Patrick unwissentlich Sophies eigene Einschätzung. »Sie hat sich für den Titel entschieden.«

»Unglücklicherweise ist Braddon ein Schafskopf. Er wird sie innerhalb eines Monats in den Wahnsinn treiben.« Quills tief liegende Augen beobachteten seinen Jugendfreund mit scheinbarer Gleichgültigkeit.

»Sollen wir spielen?«, wiederholte Patrick mit rauer, ungeduldiger Stimme.

»Na gut.«

Durch die dicken Türen aus Walnussholz drang der schwache Lärm des Festes, aber in der Bibliothek hörte man nur das Klicken der Spielsteine auf der glatten Oberfläche des Bretts. Eine Marmorbüste Shakespeares blickte stumm auf die gebeugten Köpfe der Männer hinunter.

Nach dem dritten Spiel unterbrach Patrick plötzlich die friedliche Atmosphäre, die Quills Gelassenheit und das flackernde Kaminfeuer geschaffen hatten.

Er blickte Quill voller Selbstironie an. »Soll ich hineingehen und dem glücklichen Paar gratulieren?«

Quills zusammengekniffene Augen verrieten absolut nichts. Schließlich sagte er gedehnt: »Ich werde zu Bett gehen. Du hast mich mit deinen Emotionen völlig ermüdet.« Er stemmte sich hoch und stützte sich dann auf die hohe Lehne des Ledersessels.

»Ich bin froh, dass du sicher aus dem Orient zurückgekehrt bist, Patrick.«

»Tut mir Leid wegen dieses verdammten Gauls.«

Quill schmunzelte. »Schuld war meine Reiterei. Ich hoffe, ich sehe dich bald wieder.«

Gemeinsam verließen sie die Bibliothek. Der Körper des einen Mannes war ein fließendes Muskelspiel, das nur durch die engen Beinhosen des Londoner Gentleman maskiert wurde. Der Körper des anderen Mannes war nicht minder muskulös, aber diese Muskeln waren knotig und verkrampft und weigerten sich, den Befehlen ihres Herrn zu folgen. Eiserne Selbstkontrolle half Quill, den Perserteppich zu überqueren und sich in das Refugium seines Bettes zurückzuziehen; kontrollierte Leidenschaft führte Patrick in die andere Richtung, zu den schimmernden, aufreizenden Locken einer Frau, die er mit einer Heftigkeit begehrte, die er an sich selber verachtete.

4. Kapitel

Lakaien in tristen braunroten Uniformen standen immer noch steif in der mit Marmor verkleideten Eingangshalle herum, als Patrick die Bibliothek verließ und die Treppe hinunterging, doch langsam leerte sich das Haus der Dewlands. Als er eine Stunde zuvor die Stufen hinaufgegangen war, war die warme Luft von Stimmen, Schritten und dem Klang der Instrumente erfüllt gewesen, aber nun hallten seine Schritte laut von den Wänden wider.

Er betrat den Ballsaal. Die Kerzen in den Halterungen an den Wänden brannten immer noch hell, aber die des Kandelabers über der Tanzfläche tropften und verloschen bereits, da sie schon vor Stunden angezündet worden waren. Die Mitte des Ballsaals wirkte zu dieser späten Stunde wie eine große Höhle und die langen Schatten der restlichen Gäste griffen wie Finger nach den erhellten Wänden. Hier und dort wandelten Damen in bunten Kleidern und leicht ergraute Herren umher. Es waren jene störrischen Getreuen des Morgengrauens, für die ein Abend ein Fehlschlag war, wenn sie vor sechs Uhr morgens nach Hause zurückkehrten.

Sie war natürlich bereits gegangen. Lady Sophie würde man nie unter den letzten Gästen eines Festes antreffen. Das entspräche nicht der Mode.

Besser man ging, bevor jemand gähnte oder bevor der Verehrer des Abends unschicklich berauscht war. Aber Braddon ... Braddon, der arme Trottel, wusste nie, wann es Zeit war zu gehen.

Patrick musste nicht lange nach ihm suchen. Braddon lümmelte sich in einem Sessel in der Ecke des Saals und unterhielt sich mit jemandem, den Patrick nicht sehen konnte, da ihm Braddons wild gestikulierenden Hände die Sicht versperrten. Er redete wie ein Wasserfall. Bestimmt über Pferde, dachte Patrick und verspürte unfreiwillig einen Anflug von Zuneigung für seinen Schulfreund. Der gute alte Braddon. Es war eine Schande, dass die englische Gesellschaft zahlenmäßig so begrenzt war, dass die Frauen unter Männern aufgeteilt wurden, die sich kannten, seit man sie mit sechs oder sieben Jahren in die kalten Flure Etons verbannt hatte.

Aber seine Schritte beschleunigten sich, als er erkannte, mit wem sich Braddon unterhielt. »Alex!« Das Wort hallte laut durch den sich leerenden Saal.

Sein Zwilling blickte auf, und ein Lächeln erhellte seine schwarzen Augen. »Ich habe auf dich gewartet, was keine leichte Aufgabe war. Braddon nimmt wieder mal einen Anlauf.«

Patrick setzte sich neben seinen Bruder und spürte, wie die Anspannung von ihm abfiel.

Braddon lehnte sich nach vorne, seine Augen funkelten und sein breites Kinn zitterte vor Aufregung.

»Diesmal ist es nicht nur ein Anlauf, Patrick – diesmal ist es das Wahre! Mein Leben ist geregelt, komplett, unter Dach und Fach.« Er lächelte und verschränkte die Hände über seiner bestickten Weste.

»Meine Glückwünsche«, sagte Patrick leise.

Braddon schien die unterschwellige Drohung in Patricks Stimme nicht gehört zu haben und sprach hastig weiter. »Mein Gott, sie ist wunderschön. Sie hat den schönsten, runden kleinen Popo, den ich je gesehen habe, und ihre Brüste – sie sind wie – wie ...« Braddon fehlten die Worte, und das nicht zum ersten Mal in seinem Leben. »Nun, sie sind groß und wunderschön, wirklich recht groß für eine so kleine, zierliche Person.«

Eine eisige Kälte kroch Patrick den Rücken hinauf, und seine Hände begannen zu zittern. Er würde diesen Hurensohn bald schlagen müssen. Das Blut pulsierte ihm hart durch die Schläfen.

»Ich habe sie zufällig an der Stalltür erwischt«, fuhr Braddon fort, der Patricks Gesichtsausdruck überhaupt nicht bemerkte. »Ich stand dicht hinter ihr und habe nach ihr gefasst und sie gekniffen, und bei Gott, ich habe noch nie –«

Seine Stimme brach ab, als aus dem Sessel gegenüber eine Hand auf ihn zuschoss, ihn an der Halsbinde packte und diese wie einen Knebel drehte. Der Stoff schnürte ihm die Luftröhre ab und Braddon verharrte völlig regungslos mit offen stehendem Mund und machte keinerlei Anstalten, sich zu befreien.

Um die Wahrheit zu sagen verharrten beide Männer völlig regungslos, bis Patrick erkannte, dass er ganz und gar kein Recht hatte, einen Mann zu tadeln, der seine zukünftige Frau gekniffen hatte. Er schleuderte Braddon zurück in dessen Sessel, der verdächtig knarrte, als ungefähr hundertzwanzig Kilo zurück in die samtenen Polster plumpsten.

Alex' kühle Stimme unterbrach die Stille, die sich über den Saal gelegt hatte. Die wenigen Leute, die den Ball noch nicht verlassen hatten, waren wie elektrisiert, als sie das protestierende Ächzen des Sessels vernahmen. Sie wirkten wie Hunde, die die Witterung eines Hirsches aufgenommen hatten. Etwas geschah, und das war weitaus interessanter als der schale Klatsch, der zu dieser späten Stunde aufgewärmt wurde.

»Braddon«, bemerkte Alex, »hat eine neue Geliebte gefunden, Patrick.«

Braddon starrte Patrick mit seinen verwirrten Welpenaugen an. »Ich dachte, du machst dir überhaupt nichts aus Arabella«, sagte er mit bekümmerter Stimme. »Du hättest mir schon früher sagen können, dass du verstimmt warst, als ich sie übernahm.«

Patrick lehnte sich in seinem Sessel zurück und zwang seinen Körper, sich zu entspannen. »Frag mich bitte das nächste Mal, wenn du in meinem Revier wildern willst«, sagte er gedehnt.

Die Gäste auf der anderen Seite des Ballsaals bildeten wieder einen Kreis und ihre Stimmen vereinten sich zu einem eifrigen Gemurmel. Jeder wusste von Foakes' ehemaliger Geliebten, der Schauspielerin Arabella Calhoun, die sich in die Protektion des Grafen von Slaslow begeben hatte. Es war jedoch eine faszinierende Vorstellung, und niemand hätte gedacht, dass es Foakes auch nur im Geringsten kümmerte.

Man hatte sich sogar erzählt, dass Foakes ihren Mietkontrakt um sechs Monate verlängert und Slaslow anschließend eine Kopie der Rechnung zugeschickt hatte, auf die er hastig seine Glückwünsche gekritzelt hatte. Faszinierend. Als die neugierigen Blicke, die zu Slaslow und den Foakes-Brüdern hinüberwanderten, keine weiteren Aufregungen für diesen Abend zu erwarten hatten, bewegte sich die kleine Gruppe langsam auf die Tür zu. Besser, man begab sich nun in einen Klub und nahm noch einen letzten Brandy, bevor man nach Hause ging.

Braddon fühlte sich äußerst unwohl, wie er so dasaß und Patricks schmale Augen auf sich spürte.

»Verdammt, Mann, Arabella hat sich vor ewigen Zeiten in meine Obhut begeben! Du konntest doch nicht erwarten, dass ich die Frau auf ewig behalten würde.« Er steigerte sich ein wenig in einen Anflug von Entrüstung hinein. »Ich habe ihre Miete für die nächsten sechs Monate bezahlt *und* ich habe ihr eine Smaragdkette geschickt. Was hast du von mir erwartet, Patrick? Dass ich sie heirate, vermaledeit noch mal?«

Patrick setzte zu einer Antwort an, schloss jedoch den Mund wieder.

Alex' gelassene Stimme mischte sich ein. »Ich würde gerne mehr von deiner Madeleine hören. Wo hast du sie gefunden?«

Braddons Augen wanderten unruhig zu Alex hinüber und anschließend wieder zu Patrick zurück. Diesmal richtete er sich in echtem Zorn auf. »Du kennst Madeleine nicht, oder? Sie gehört mir, Foakes, *mir ganz allein*!«

Angesichts dieses Ausbruchs zuckte es unfreiwillig in Patricks Mundwinkeln. »Mein Gott, Braddon, wir haben doch nun schon genug geteilt, findest du nicht auch?«

»Nun, Arabella war eine Sache.« Nun blitzte es in Braddons Augen wütend auf. »Aber das mit Madeleine ist etwas Anderes. Sie wird mir gehören, mir ganz allein, und das für immer.«

»Ein ungewöhnliches Arrangement«, bemerkte Alex.

Braddon wandte sich streitlustig an Alex und wirkte dabei wie eine Bulldogge, die zwei Herren gehorchen will. »Ganz und gar nicht. Mein eigener Vater hatte sechsunddreißig Jahre lang ein und dieselbe Geliebte. Gott weiß, dass ich immer noch ihre Rechnungen bezahle. Nicht, dass es mich stört. Sie ist ein nettes altes Ding, und sehr gütig. Sie war außerdem sehr schön, ganz anders als meine Mutter. Manchmal besuche ich sie, trinke Tee mit ihr und unterhalte mich über meinen Vater.«

Alex sprach das Offensichtliche aus. »Deine Verlobte ... deine zukünftige Gattin ... ist eine sehr schöne Frau.«

»Das ist nicht dasselbe.« Braddon wurde nun völlig ernst und versuchte, etwas zu erklären, das er in den Jahren, seit ihm sein Vater Mrs Burns vorgestellt hatte, mühsam begriffen hatte. Der ehemalige Graf von Slaslow hatte seinem Erben absoluten Respekt abverlangt und ihm einen Blick zugeworfen, der Braddon bis ins Mark erschütterte, als er sich nicht sofort vor Mrs Burns verbeugte. Und so hatte Braddon sich vor der Geliebten seines Vaters verbeugt, als stünde König George höchstpersönlich vor ihm.

Sie hatten sich anschließend zum Tee niedergelassen, er, sein Vater und Mrs Burns und er hatte fasziniert das wunderschöne Haus betrachtet, den eleganten Garten, der durch die breiten, venezianischen Fenster zu sehen war, und schließlich das Bild eines Kindes auf dem Piano – sein Bruder! Dann hatte er von Mrs Burns erfahren, dass sein Bruder mit sieben Jahren gestorben war. Sein Vater war nach dieser Mitteilung ein wenig schwerfällig zu Mrs Burns hinüber gegangen und hatte ihr fest die Hand auf die Schulter gelegt.

In diesem Moment verstand Braddon ohne Missgunst, dass sein Vater diesen Jungen mehr geliebt hatte als ihn, Braddon, oder seine Schwestern. Und dass er Mrs Bruns liebte, und nicht seine Frau.

Braddon hatte für diese Erkenntnis angestrengt nachdenken müssen, was ihm prinzipiell nicht besonders leicht fiel. Aber er wusste, dass er das, was sein Vater mit Mrs Burns teilte, ebenfalls wollte. Als es mit seinem Vater nun zu Ende ging und er wie in riesiger Fleischkloß in seinem Schlafzimmer lag, da bestach er den Kammerdiener seines Vaters, eine Stunde lang jeden aus dem Zimmer fern zu halten. Anschließend schmuggelte er Mrs Burns hinein.

Bevor er den Raum verließ, sah er, wie sie an seinem Bett saß und sein Vater, der seit zwei Tagen nicht gesprochen hatte, das Wort »Geliebte« flüsterte. Als der alte Graf von Slaslow in jener Nacht starb, ohne ein weiteres Wort gesprochen zu haben, da traf Braddon eine Entscheidung.

Ja, er würde sich verheiraten, wie seine Mutter, die alte Hexe, es ständig von ihm verlangte. Und er würde die nötigen Kinder zeugen, so viele, wie nötig waren, um einen Sohn zu Stande zu bringen. Bis jetzt hatte er bereits drei adligen Damen einen Antrag gemacht; die Dritte war ihm schließlich in die Falle gegangen. Dieser Teil seines Lebens war also geregelt. Aber er wollte eine Mrs Burns, die ihm ganz alleine gehörte.

Das Wunderbare war, dass er tatsächliche eine Mrs Burns gefunden hatte.

»Sie heißt Madeleine, Miss Madeleine Garnier«, sagte er mit starrer Miene, für den Fall, dass Patrick versuchen sollte, einen früheren Anspruch geltend zu machen.

In Patricks Augen funkelte es und Braddon entspannte sich.

»Noch nie im Leben von ihr gehört. Du wilderst also nicht in meinem Revier, mein Ehrenwort.« Falls Patrick im Stillen hinzufügte: »Zumindest nicht, was Madeleine angeht«, dann bestand kein Anlass, es laut auszusprechen. Sein Bruder musterte ihn jedoch eindringlich und spürte den ausgelassenen Nachsatz. Einer der Nachteile des Daseins als Zwilling war, dass der andere eine heimliche Lügen sofort entdeckte.

Patrick räusperte sich. »Kennst du Madeleine schon lange?«

Braddons Mund wurde erneut schmal. »Für dich heißt sie ›Miss Garnier‹.« Dann fiel ihm auf, wie albern das klang und er blinzelte.

»Ich bin ihr vor ein paar Wochen begegnet. Das erzählte ich auch gerade Alex, als du auftauchtest. Es ist Schicksal; es gibt keine andere Erklärung dafür. Ich habe endlich eine Ehefrau gefunden – meine Mutter ist überglücklich darüber – *und* ich habe Madeleine getroffen. Und all das in einer Woche. Und weißt du, was noch?«, fügte Braddon voller Selbstbewusstsein hinzu. »Die Vorstellung, Sophie York zu heiraten, ist mir gar nicht so unangenehm. Sie hat Rückgrat. Vielleicht kann sie mir sogar meine Mutter vom Hals halten. Vielleicht streiten sie sich und meine Mutter wird sich weigern, unser Haus zu betreten.«

Er strahlte wie ein Mann, dem ein Blick in den Himmel gewährt worden war.

»Du wirst aber immer noch mit *ihrer* Mutter zu kämpfen haben«, sagte Patrick gedehnt. Er persönlich mochte die gestrenge Marquise von Brandenburg, aber sie würde Braddon in Angst und Schrecken versetzen.

Braddon schüttelte sich merklich. »Ich werde nicht oft zu Hause sein. Ich denke, ich werde Madeleine ein Haus in Mayfair kaufen. Was meint ihr?«

Patrick spürte, wie sich erneut Unbehagen in ihm breit machte. »Das kannst du nicht tun«, fuhr er Braddon an. »Dein eigenes Haus befindet sich doch in Mayfair. Warum kaufst du Miss Garnier kein Haus in Shoreditch?«

»Nein.« Braddons Unterkiefer schob sich entschlossen nach vorne.

Patrick gab auf. Er hatte diesen Blick schon häufiger gesehen, wenn Braddon sich zu einem äußerst idiotischen Plan entschlossen hatte.

»Ich möchte Madeleine in meiner Nähe haben. Ich schäme mich ihrer nicht.«

»Es geht nicht darum, ob du dich schämst«, warf Alex ein. »Du willst doch nicht die Gefühle deiner zukünftigen Frau verletzen. Wenn Lady Sophie deine Gräfin wird, könnte sie deiner Geliebten jede Woche auf der Straße begegnen.«

»Deshalb habe ich mir doch Sophie York ausgesucht«, entgegnete Braddon triumphierend. »Sie ist schwer auf Draht. Es wird sie ganz bestimmt nicht stören. Ich habe sogar vor, die beiden nach einer Weile miteinander bekannt zu machen.«

Patrick starrte ihn verdattert an. Sein alter Freund hatte letztlich doch noch den Verstand verloren. Das war die einzige Erklärung. Wer würde sich eine Geliebte wünschen, wenn er Sophie hatte?

Und Sophie! Was würde aus ihr werden, wenn ihr schafsköpfiger Ehemann anfing, überall mit seiner Geliebten herumzustolzieren? Patrick wurde beim bloßen Gedanken daran die Brust eng. Er warf seinem Bruder einen verzweifelten Blick zu.

»Ich habe Sophie York während des vergangenen Jahres sehr häufig gesehen«, sagte Alex betont langsam. »Sie ist die engste Freundin meiner Frau, weißt du. Ich würde sie nicht gerade als sehr welterfahren beschreiben. Sie ist sogar recht naiv für eine Frau, die schon vor zwei Jahren in die Gesellschaft eingeführt wurde.«

»Sie mag naiv sein«, erwiderte Braddon mit einem gewissen Maß an Ungeduld, »obwohl ich das persönlich nicht glaube. Du musst doch die Geschichten über sie gehört haben – mein Gott, man könnte meinen, sie hätte bereits jeden Mann in London geküsst. Nicht, dass es mich kümmert. Jedenfalls mag sie naiv sein, aber was die Ehe angeht, so kennt sie sich bestimmt sehr gut aus. Sieh dir doch nur ihren eigenen Vater an! Seine Aktivitäten können ihr doch nicht verborgen geblieben sein. Und ich habe nicht vor, es ihrem Vater nachzutun. Madeleine möchte nicht an gesellschaftlichen Anlässen teilnehmen. Sie ist nicht diese Sorte Frau. Also werde ich nicht vor den Augen meiner Frau mit meiner Geliebten über das Parkett walzen. Ich sehe sogar einem sehr friedlichen Eheleben entgegen. Ich werde mir Mühe geben, Sophie nicht bloßzustellen oder ihr zu viel abzuverlangen. Nachdem der Erbe da ist, gehe ich meine eigenen Wege und wir werden Freunde bleiben. Schließlich bekommen Damen nicht gerne Kinder. Das ruiniert ihre Figur. Vielleicht haben wir sogar Glück und bekommen beim ersten Versuch Zwillinge; dann müssen wir uns nicht weiter bemühen. Klingt das nicht nach einem guten Plan, Patrick?« Braddon warf ihm einen geradezu flehenden Blick zu.

In Patricks Augen blitzte eine unübersehbare Drohung auf, als er seinen Blick erwiderte. Er sagte jedoch nichts.

Nach ein paar Sekunden verzogen sich Braddons Lippen zu einem Schmollmund. »Du bist wirklich ein Neidhammel! Wirklich und wahrhaftig! Du wolltest Arabella nicht mehr – verdammt, du bist sogar losgegangen und hast sie bei einer

Hausparty zurückgelassen, ohne dich von ihr zu verabschieden. Und dann bist du sechs Tage lang nicht zurückgekehrt. Sechs verdammte Tage! Was hast du erwartet? Damals hast du dir nichts daraus gemacht. Was stört es dich also jetzt, ob ich sie verlasse?«

»Warum zum Teufel soll es mich kümmern, ob du Arabella verlässt?«, schrie Patrick zurück. »Das hier hat nichts mit Arabella zu tun!« Seine Worte hallten in dem leeren Ballsaal wider. Er war fuchsteufelswild.

Braddon sprang erregt auf und machte ein paar Schritte. »Warum bist du dann so wütend auf mich? Was kümmert es dich, ob ich mir eine Geliebte nehme, wenn du Madeleine noch nie zuvor gesehen hast?«

Patrick blinzelte. Er bemerkte den neugierigen Blick seines Bruders. Was für ein Schlamassel.

»Es kümmert mich«, sagte er und wählte seine Worte sorgfältig, »wie du Sophie York behandelst.«

»Du bist tatsächlich ein Neidhammel!«, brach es aus Braddon hervor, dem vor Zorn die Augen ein wenig aus dem Kopf hervortraten. »Ich weiß, dass du ihr keinen Antrag gemacht hast! Ich habe davon gehört, wie du Sophie in einem leeren Zimmer betatscht hast, und dann dachtest du, sie wäre nicht gut genug für dich! Nun, ich habe nicht deine Ansprüche, Patrick Foakes. Sophie ist gut genug für mich.«

Sogar Braddons dummes, langes Gesicht kann ein bisschen Würde annehmen, wenn es darauf ankommt, dachte Alex fröhlich und schlug die Beine übereinander.

Patrick sprang blitzschnell auf die Füße. »Du verdammter Idiot!«, schrie er zurück. »Ich habe um sie angehalten, du Trottel, ich habe um sie angehalten!«

Einen Moment lang herrschte absolute Stille. Braddon starrte ihn heftig blinzelnd an und biss sich auf die Unterlippe. Dadurch ähnelte er, nach Alex' schonungsloser Meinung, umso mehr einer Bulldogge.

»Du hast ihr einen Antrag gemacht? *Du*? Und sie wollte dich nicht?«

Plötzlich musste Patrick grinsen.

Wer konnte schon auf einen Dummkopf wie Braddon lange wütend bleiben? Er setzte sich wieder hin.

»Das stimmt. Ich bin am nächsten Morgen um zehn Uhr vor ihrer Haustür aufmarschiert. Dabei hatte ich mich nur mit ein wenig Brandy gestärkt. Ich habe ihrem Vater die Frage ohne viel Federlesens gestellt, aber sie konnte sich nicht für die Idee begeistern.«

In Patrick keimte ein merkwürdiger Anflug von Beschützerinstinkt auf, als er sich an Sophies große, unsichere Augen erinnerte. Sie hatte nicht erwartet, dass er erscheinen würde, das war offensichtlich. Was nicht gerade für seine Reputation sprach. Aber er war dort gewesen und hatte seine Absichten erklärt. Und sie hatte Nein gesagt. Er wollte wirklich nicht darüber reden, warum sie ihn abgelehnt hatte.

»Ich kann es nicht glauben«, sagte Braddon mit tonloser Stimme. »Ich – ich, Braddon Chatwin, habe einem der Foakes-Männer eine Frau abspenstig gemacht. Arabella zähle ich natürlich nicht mit. Erinnerst du dich«, wandte er sich gegen Alex, der sich in seinem Sessel köstlich amüsierte, »weißt du noch, als du aus Italien zurückgekehrt bist und ich dir von der schönsten Frau Londons erzählte, von der Frau, die ich heiraten wollte, und verdammt, zwei Wochen später warst du mit ihr verlobt.«

Alex lachte. »Meine Frau«, sagte er und neigte ironisch den Kopf. »Das verdanke ich alles dir, Braddon.«

»Sophie York hat dich abgewiesen und meinen Antrag akzeptiert?«, fragte Braddon Patrick.

Patrick verdrehte die Augen. Einen Augenblick dachte er, sein Freund würde einen Luftsprung vollführen.

Alex erhob sich. »Gentlemen, so faszinierend diese Unterhaltung auch ist, aber ich muss nun leider nach Hause.«

Patrick blickte zu ihm hoch. »Stehst du etwa unter dem Pantoffel?«, fragte er.

Sein Zwillingsbruder lächelte ihn ohne Scham an. »Charlotte macht sich Sorgen, wenn ich zu spät noch unterwegs bin. Sarah wacht immer noch gelegentlich nachts auf, weil sie gestillt werden muss –«

»Igitt!«, unterbrach Braddon ihn. »Ich kann nicht begreifen, warum du deiner Frau erlaubst, das Kind selber zu stillen, Alex. Das ist geschmacklos.« Seine Unterlippe schoss hervor, ein Zeichen, dass er angestrengt nachdachte. »Ich werde Madeleine nichts dergleichen erlauben, das garantiere ich dir. Eine gute Amme, das ist genau das Richtige. Ich werde Madeleine nicht gestatten, sich in eine Milchkuh zu verwandeln.«

»Ich werde die Anspielung übergehen, dass meine Frau eine Kuh ist«, murmelte Alex. Sein Blick begegnete dem Patricks. »Sehen wir dich morgen Abend?«

»Natürlich wird er kommen«, mischte sich Braddon ein. »Er ist schließlich mein Trauzeuge. Er muss doch zum Verlobungsdiner kommen.«

Patrick zuckte die Achseln. »Warum nicht? Ich möchte deine kleinen Kälber sehen, Bruderherz.«

»Igitt«, wiederholte Braddon mit Nachdruck. Dann tauchte ein erschrockener Ausdruck auf seinem Gesicht auf. »Du glaubst doch nicht, dass Sophie sich dieses Stillen von deiner Frau abgucken wird, Alex? Das werde ich nämlich nicht zulassen. Nicht in meinem Haus. Das ist abstoßend.«

Alex warf seinem Zwillingsbruder einen warnenden Blick zu.

Unbändige Wut schien Patrick regelrecht ein Loch in den Rücken zu brennen. Aber er registrierte im Stillen Alex' unausgesprochenen Ratschlag. Sophie York, und die Art und Weise, wie Braddon über sie sprach, gingen ihn nichts an.

»Nun.« Braddon zog fröhlich seine bestickte Weste nach unten. »Möchtest du gerne bei Arabella vorbeischauen und ihr Hallo sagen, Patrick? Du weißt doch, dass sie zurzeit im *Duke's Theater* in Dorset Garden auftritt, und ich bin sicher, dass sie dich gerne sehen würde. Sie spielt die Julia, eine recht gute Rolle für sie, nicht wahr? Obwohl Bella keine Julia ist, für die man sterben möchte. Wisst ihr, als ich unsere Verbindung löste, schickte sie mir eine Nachricht. Darin schrieb sie mir ganz kühl, ich sei ihr Leben und ihre Freude, oder einen Unsinn dieser Art, und da meine Leidenschaft für sie abgekühlt sei, verspüre sie den Wunsch nach Sicherheit – und das Höchste ist, dass sie von mir ein Haus will. So eine Füchsin.«

Patrick schritt vor ihm her aus dem Ballsaal. »Und erfüllst du ihren Wunsch?«, fragte er nach hinten gewandt.

Es entstand eine kurze Pause. Patrick warf Braddon einen amüsierten Blick zu. »Du bist wirklich leicht herumzukriegen.« Er verlangsamte seine Schritte, bis er neben seinem Freund her ging. »Gib mir Bescheid, wenn sie ein Haus gefunden hat, und ich gebe die Hälfte dazu«, sagte er, als ihre Stiefel durch die leere Marmorhalle polterten. Viscount und Viscountess Dewland hatten sich schon längst ins Bett begeben und nur der müde Butler wünschte ihnen einen gute Nacht.

»Ich bin sehr wohl in der Lage, das Geld aufzubringen«, sagte Braddon abwehrend.

»Nun, ich kann dich kaufen und wieder verkaufen«, sagte Patrick gedehnt. »Und ich würde gerne etwas zu Arabellas Haus beisteuern.«

Braddon schaute ihn an und in seinen hellblauen Augen lag kein Neid, sondern reine Neugier. »Du bist also wirklich reich wie ein Nabob aus Indien zurückgekehrt.«

Patrick zuckte die Achseln und warf sich das Haar aus der Stirn. »Mein Vater hat mich ganz alleine in den Osten losgeschickt, weißt du. Es hat nicht viel Spaß gemacht, ohne Alex auf den Putz zu hauen. Es ist alles ganz wie von selbst gekommen.«

Und das war es tatsächlich. Sein wendiges, spöttisches Naturell hatte unglaubliches Vergnügen an dem delikaten Rhythmus der indischen Verhandlungstaktiken und Handelsbräuche gefunden.

Es machte ihm Spaß, Handelsrouten auszutüfteln, seltene Gewürze aufzutun, Schiffe mit Fässern voller Pfauenfedern, mit feinen goldenen Vogelkäfigen oder mit fließenden Seidenstoffen zu beladen, die so fein waren, dass sie bei der Berührung mit einem Fingernagel zerrissen. Er ging große Risiken ein und machte noch größere Gewinne. Zurzeit wurde sein Vermögen in England vielleicht nur von dem seines Bruders und weniger anderer übertroffen. Jene Gentlemen in London, die ihre finanzielle Ambitionen darauf beschränkten, ein Pferd für das nächste Rennen in Ascot zu trainieren, waren eine aussterbende Rasse.

Alex stieg in seine Kutsche und winkte ihnen zum Abschied zu. Patrick verwarf Braddons Vorschlag, die Hintertür des *Duke's Theater* aufzusuchen und gab dann aus einem plötzlichen Impuls heraus seinem Kutscher ein Zeichen, ohne ihn zu fahren. Dann stand er auf der verlassenen Straße und sah seiner gut gefederten Kutsche hinterher, die um eine Ecke verschwand.

Ein leichter Regen hatte eingesetzt. Londons Luft roch nach Staub, der sich auf das Pflaster senkte, und nach Pferdedung. Patrick zog seinen Umhang enger um sich und machte sich mit großen, ausholenden Schritten auf den Weg. Während er so dahinmarschierte, löste sich die Anspannung in seinen Beinmuskeln und in seinem Magen löste sich ein Knoten, den er vorher gar nicht wahrgenommen hatte. Auch sein Kopf schien wieder klar zu werden.

Patrick war bereits durch die heißen, stickigen Gassen von Whampao Reach, dem Hafen Kantons gegangen, unter den zierlichen Bögen Bagdads entlanggeschlendert und durch die abgelegenen Straßen der Bergdörfer in Tibet gewandert. In einer kleinen Seitenstraße von Lhasa hatte er zum Beispiel einen Schwarm Prachtfinken singen hören; jene kleinen schwarzen und roten Singvögel, die er später nach England exportierte und die daraufhin in London der letzte Schrei wurden.

Er schlief schon unter normalen Umständen mehr schlecht als recht und bei seinen Spaziergängen kamen ihm ganz von alleine die besten Ideen. Aber nun brütete Patrick nur vor sich hin, statt nachzudenken. Schon allein die Erinnerung an die süßen Rundungen von Sophie Yorks Brüsten – die sie in diesem albernen Kleid vor der ganzen Welt zur Schau gestellt hatte! – verursachte ein loderndes Feuer in seinen Lenden. Und so marschierte er durch die Straßen und befahl sich, Sophie aus seinen Gedanken zu verbannen.

Mein Gott, er hatte eine Geliebte in Arabien gehabt, wie hatte sie noch geheißen? Perliss. Bis ein Pascha Gefallen an ihr fand und sie an ihm, und seine Geliebte wenige Stunden später eine ehrenwerte Ehefrau wurde. War es die vierundzwanzigste oder fünfundzwanzigste Gemahlin des Paschas? Er hatte nicht mit der Wimper gezuckt, obwohl er Perliss' unumstrittene Künste und ihre grazilen langen Beine ein paar Tage schmerzlich vermisste.

Aber nun! Er hatte das junge Ding erst ein paar Mal geküsst, Himmel noch mal. Er hatte Sophie schon vor diesem Kuss einmal in den Armen gehalten, aber zu diesem Zeitpunkt hatte seine Schwägerin im Nebenzimmer fast im Sterben gelegen. Sogar in jener Situation war er sich Sophies Körper sehr wohl bewusst gewesen, obwohl er wusste, dass Sophie ihn gar nicht als Mann wahrnahm, sondern Charlottes Tod betrauerte. Natürlich war Charlotte in jener Nacht nicht gestorben.

Patrick hatte sich in Geduld gefasst und auf den richtigen Zeitpunkt gewartet. Sophie kehrte einen Tag, nachdem Charlottes Kind gesund auf die Welt gekommen war, nach Hause zurück. Patrick war die Jagd vertraut und er folgte ihr mit Absicht nicht, sondern wartete, bis der Adel Ende November langsam nach London zurückkehrte.

Als er sie jedoch endlich aus ihrem Dornröschenschlaf erweckt und in eine errötende Frau verwandelt hatte, die ihn stumm anflehte und sich in seine Arme schmiegte, da hatte sie ihn abgewiesen. Er wollte sie natürlich nicht wirklich heiraten, aber wenn man die Umstände bedachte ...

Seit seinem Heiratsantrag waren Wochen vergangen, und er hatte bei keiner anderen Frau gelegen, sondern immer nur an Sophies Körper gedacht. Offensichtlich war er einfach nur frustriert und sexuell völlig ausgehungert. Wenn er genug Verstand besäße, würde er zum *Duke's Theater* hinübergehen und Arabella fragen, ob sie ihn um der alten Zeiten willen noch einmal mit in ihr Bett nähme.

Aber seine Füße gehorchten ihm nicht. Sie steuerten nach Hause und ignorierten die unbändige Anspannung, die in seinen muskulösen Gliedern pulsierte. Er sollte verdammt sein, wenn er Sophie gestattete, Braddon zu heiraten. Patricks Augen wurden schmal, als unwillkürlich ein Bild vor seinem geistigen Auge entstand: Braddon, der ordentlich seine bestickte Weste ablegte, um seine Pflicht zu tun – aber nur, bis der Erbe da war.

Was sollte Sophie tun, nachdem Braddon seinen Erben hatte? Eine von diesen oberflächlichen, gelangweilten Gesellschaftsmatronen werden, die sich einen Liebhaber aus der feinen Gesellschaft nahmen, oder noch schlimmer, mit ihrem Gärtner schliefen?

Patrick fand sich vor seinem Haus wieder. Der Spaziergang hatte an diesem Abend nicht seine magische Wirkung gezeigt. Sein Herz raste und seine Hände waren zu Fäusten geballt.

Die Verlobungsparty. Langsam stieg er die Stufen hinauf, und sein dankbarer Butler entschwand hastig in den Dienstbotentrakt und sein Bett. Patrick betrat sein Schlafzimmer und entließ seinen müden Kammerdiener mit einem Wink.

Das Dinner, dass Charlotte für Sophie geben würde.

Ich werde mit ihr reden, dachte Patrick. Reden, ach was! Es juckte ihn in den Fingern, über die zarten Wölbungen von Sophies Brustwarzen zu reiben. Er sehnte sich danach, Sophie ungestüm gegen seinen harten Körper zu pressen und das betörende Zusammentreffen seiner Muskeln mit ihren nachgiebigen, weichen Rundungen zu genießen, die zu einer Vereinigung bestimmt waren.

Ich werde mit ihr reden, entschied Patrick. Ich werde nur mit ihr reden.

Lord Breksby ging an diesem Abend mit einem Gefühl von Selbstzufriedenheit zu Bett. Er legte sich zurück und verschränkte die Hände hinter dem Kopf, der mit einer Schlafmütze bedeckt war.

»Ich sage dir was, meine Liebe«, sagte er zu seiner schläfrigen Frau, »manchmal halte ich mich selber für ein Genie. Wirklich, das tue ich.«

Lady Breksby hatte dem nichts entgegenzusetzen – um genau zu sein, gab sie nur ein Grunzen von sich –, und so überließ sich Lord Breksby nach einer Weile dem Schlaf.

Er träumte von mit Rubinen besetzten Zeptern; sie träumte von Rosen.

Patrick träumte, dass er mit Sophie York tanzte, wobei er ein riesiges Siegel trug, das ihn zum Herzog des englischen Königreichs erklärte. Lady Sophie träumte, dass sie ihren zukünftigen Mann, Braddon Chatwin, küsste, als er sich plötzlich in einen langohrigen Hasen verwandelte und zu ihrer Erleichterung davonhoppelte.

Nur Alex träumte in dieser Nacht nichts. Baby Sarah zahnte und schrie die halbe Nacht. »Wir sollten uns freuen, dass sie gesunde Lungen hat«, bemerkte seine Frau um drei Uhr morgens verschlafen. Alex seufzte nur und kehrte ins Kinderzimmer zurück. Wenn sich der Graf von Sheffield dabei ausmalte, mit seinem Bruder ins Osmanische Reich zu segeln und das feuchte und wimmernde Kind in seinen Armen weit zurückzulassen, wer konnte es ihm verdenken?

5. Kapitel

Als Sophie gebadet, angekleidet und gekämmt in der Kutsche saß, die sie zu ihrem Verlobungsdiner bringen würde, verspürte sie ein unbändiges Glücksgefühl. Sie war alleine. Die Kutsche würde sie eine Stunde zu früh am Haus der Sheffields absetzen, so dass sie mit Charlotte etwas Zeit alleine verbringen konnte. Sie lehnte sich behaglich in die lachsfarbenen Samtpolster zurück.

Ihre Mutter, die Marquise, saß stets so kerzengerade, als hätte sie eine Eisenstange verschluckt, und umklammerte mit behandschuhten Händen eine Schlaufe, die an der Wand der Kutsche befestigt war. Sophie hingegen kam zu dem Schluss, dass sich ihr Rücken ganz wunderbar an die Sitze schmiegte.

Ein verwegener Anflug von Wollust durchflutete sie und ihre vibrierenden Nerven ließen ihr Herz schneller schlagen. Die Ursache für das Schwindel erregende Glücksgefühl war die einfache, alberne Tatsache, dass Patrick Foakes ebenfalls zu der Dinnerparty eingeladen war. Sie würde ihn sehen, und wenn nach dem Essen formlos zum Tanz aufgespielt würde ... Sie rechnete eigentlich fest damit, und in diesem Fall bestand die Chance, dass er sie vielleicht, nein, ganz bestimmt, in den Armen halten würde. Schließlich tanzte Charlotte für ihr Leben gern und war sehr an Sophies und Patricks Zukunft interessiert. Nicht, dass ich eine Zukunft mit Patrick Foakes haben werde, ermahnte sich Sophie hastig.

Die Kutsche holperte ratternd über die Pflastersteine und bog ein wenig zu schnell um eine Ecke. Sophie musste schnell nach dem Riemen greifen, wurde aber dennoch gegen die gepolsterte Wand geschleudert. Das war der Nachteil, wenn man so klein war. Sie konnte sich nicht mit den Füßen gegen den Boden stemmen, wie es den Männern möglich war. André fuhr wieder einmal zu schnell. Er hielt sich für eine Mischung aus einem Kutscher und einem Eilboten und hatte sich sogar ein Kunststück angeeignet, bei dem er die Lederschnur der Peitsche laut durch die Luft knallen ließ.

Die Pferde trabten weiter und die Kutsche rollte wieder schwankend und quietschend durch die Straßen. Sophie streckte einen Fuß aus und betrachtete gedankenverloren ihren Schuh. Das Kleid, das sie an diesem Abend trug, war aus einem golden schimmernden Bronzestoff gearbeitet. Sie kleidete sich niemals in Weiß. Weiß war die Lieblingsfarbe ihrer Mutter, so wie auch die von beinah jedem anderen unverheirateten Mädchen in London. Weiß symbolisierte Unschuld, Verlobung und Jungfräulichkeit. Sophie ließ ungeduldig den Fuß sinken.

Gold wirkte ganz und gar nicht unschuldig. Wie lautete noch der Name des Stücks, das sie vergangene Woche gesehen hatte? *Der Triumph des Eros*? Nein, das war es nicht. *Der besiegte Amor*? Nein, das Stück hatte sich nicht um Amor, den Gott der Liebe, sondern um Eros, den Gott der Leidenschaft gedreht. Eros war darin in einer kleinen, blassgoldenen Toga auf der Bühne herumgetänzelt und hatte seine goldenen Pfeile abgeschossen. Das Stück an sich war schrecklich gewesen, eine dieser Tragödien, in der sich die tugendhafte junge Frau (dank Eros) in einen Schurken verliebt. Am Ende hatte sie sich – Sophies Meinung nach auf recht unglaubwürdige Weise – von einer Brücke gestürzt.

Genau das brauche ich, dachte Sophie. Einen kleinen Gott in einer zu meinem Kleid passenden Toga, der Patrick Foakes einen fetten Pfeil in den Rücken schießt. Wenn sie jedoch genauer darüber nachdachte, so hatte Eros in dem Stück genau das mit dem Schurken getan – und dann war der Mann hingegangen und hatte die Heldin einfach mit einem Kind sitzen gelassen.

Ein heimliches Lächeln umspielte Sophies rote Lippen. Sie hegte keinerlei Befürchtung, dass es Patrick bei ihrem Anblick an Leidenschaft mangelte. Sie konnte es an der Art ablesen, wie sich seine Augen verdunkelten, wenn er sie sah. Sie brauchte also keinen Eros, sondern einen Amor ... ja genau, einen Amor in einem reinen, weißen, jungfräulichen Nachtgewand, der Patrick Foakes mit einem seiner Pfeile durchbohrte. Denn es gab eine unumstößliche Tatsache im Leben, und zwar die, dass Lebemänner sich niemals verliebten, vor allem nicht in ihre Ehefrauen. Und wenn dies doch einmal geschah, dann war es nie von langer Dauer.

Der Gedanke beruhigte Sophie und sie tat einen tiefen Atemzug. Der Traum, dass Patrick

Foakes sich in sie verlieben könnte, war genau das: ein Traum. Was immer er auch von ihr wollte, es war bestimmt nicht die Ehe. Sie würde ihn später sehen, aber es war bei einem Dinner anlässlich ihrer Verlobung mit einem anderen Mann.

Dennoch schlug ihr Herz einen übermütigen Takt. Sogar ihr Haar, das ihr in wohl geordneten Locken den Rücken hinabfiel, fühlte sich duftig und seidig an und schien nur auf eine Berührung zu warten.

Die Kutsche hielt mit einem abrupten Ruck, als André die Pferde vor dem Haus der Sheffields zum Stehen brachte. Das Gespann bäumte sich auf und kam mit einem lauten Klirren des Geschirrs und einem störrischen Stampfen der Hufe wieder auf dem Boden auf.

»Besser, du lässt seine Lordschaft den Trick mit den Gäulen nicht sehen, Andy«, rief einer der Lakaien frech. Er sprang von seinem Posten herunter, ging schnell um die Kutsche herum und öffnete den Schlag. Jeder wusste, dass die junge Lady sich niemals über die holprige Fahrt beschweren würde, aber, Gott sei ihnen gnädig, die Marquessa, oder wie auch immer ihr Titel lautete, konnte einem schon ordentlich Bescheid stoßen, wenn ihr der Sinn danach stand.

Um ehrlich zu sein fühlte sich Sophie doch ein wenig durchgeschüttelt. Zuerst war sie mit der Schulter gegen die Ecke der Kutsche geprallt und anschließend beim Anhalten der Kutsche abrupt nach vorne geschleudert worden, wo sie zwischen den Sitzen auf den Knien landete.

»Philippe«, sagte sie und ließ sich beim Aussteigen von dem Lakaien helfen, »würdest du André bitte ausrichten, dass ich mir vorkomme wie ein Topf Sahne, den die Köchin unbedingt zu Butter verarbeiten will!«

Philippe zog den Kopf ein, um sein Grinsen zu verbergen. »Ja, Mylady, ich werde es ihm ausrichten«, sagte er, wobei seine Stimme hinter seiner hohen Halsbinde ganz dumpf klang.

Sophie lief leichtfüßig die marmornen Stufen von Sheffield House hinauf und blieb stehen, um dem beleibten Butler zuzulächeln, der sie in der offenen Tür erwartete.

»Wie geht es Ihnen, McDougal?«

»Ach, Lady Sophie, Sie sehen heute Abend aber hübsch aus«, sagte McDougal und schob die Tür zu. Sophie reichte ihm ihren Samtumhang.

Dann sah sie ihn fragend an, und McDougal zwinkerte ihr zu. »Sie finden die Gräfin in ihren Gemächern.«

Als Sophie hinter der Biegung der großen Marmortreppe verschwand, die in den oberen Teil von Sheffield House führte, lächelte McDougal vergnügt. Was für ein hübsches kleines Ding Lady Sophie doch war. Klein wie eine Hummel und zierlich wie eine Fee, aber ihr Lächeln – mit ihrem Lächeln konnte sie das Licht des Mondes erwärmen.

Als Sophie das Schlafzimmer betrat, drehte sich Charlotte, die auf dem Hocker vor ihrer Frisierkommode saß, strahlend zu ihr um.

»Sophie! Wie schön, dich schon so früh zu sehen.«

»Nein, bleib sitzen, Liebes.« Behände beugte

sich Sophie hinunter, um Charlotte einen Kuss auf die Wange zu drücken. »Ich sehe, dass Marie etwas sehr Kompliziertes plant.« Charlottes Zofe kämmte das Haar ihrer Herrin, um ein aufwändiges Geflecht aus Haaren, Seidenbändern und Blumen zu kreieren.

»*Bonsoir,* Marie.«

»*Mon Dieu!*«, rief Marie nur. »Schauen Sie sich Ihr Kleid an!«

Sophie blickte gehorsam an sich herunter. Die Vorderseite ihres Kleides war von dem Sturz in der Kutsche an den Knien völlig zerknittert.

Marie eilte durch das Zimmer und zerrte an einem Klingelzug. »Ich werde sofort jemanden herbeirufen, Lady Sophie, der sich darum kümmert. Bitte, ziehen Sie doch das Kleid aus. Hier« – sie streckte ihr ein Negligee aus fließender Seide hin – »Sie können ja das hier überstreifen, bis ihr Kleid geplättet ist.«

Sophie bückte sich gehorsam, damit Marie ihr das elegante Kleid über den Kopf ziehen konnte. Dann nahm sie auf dem Bett Platz.

»Vergiss nicht, dass ich mein Unterkleid anfeuchte, Marie«, sagte sie schelmisch.

»*Mais oui,* Mylady, *naturellement*«, hauchte Marie und reichte dem knicksenden Dienstmädchen, das in der Tür erschien, vorsichtig das Kleid. Sophie zog das Negligee enger und schob die Ärmel nach oben.

»Wie geht es den Mädchen, Charlotte?«

»Es geht ihnen gut, mit Ausnahme von Pippa, die inzwischen jeden herumkommandiert. Sie ist eine richtige kleine Despotin.«

»Dazu hatte sie doch schon immer den Hang.« Sophie lachte. »Weißt du noch, wie sie ein Kindermädchen nach dem anderen aus dem Haus vertrieb – und da war sie erst ein Jahr alt. Nun ist sie, wie alt? Zwei oder drei? Warte, bis sie sechzehn ist!«

»Das stimmt«, gab Charlotte kläglich zu.

»Schau her, Charlotte. Verglichen mit mir bist du ein Riese!« Die weichen Ärmel des mit Spitzen besetzten Negligees wollten nicht oben bleiben und fielen Sophie immer wieder über die Hände.

Charlotte schnitt Sophie im Spiegel eine Grimasse. »Ich komme mir tatsächlich wie ein Riese vor, wenn ich neben dir gehe.«

»Pah. Du siehst aus wie eine Prinzessin und ich wie dein Page«, sagte Sophie verschmitzt. Ihre rauchblauen Augen funkelten vor Belustigung.

»Hurra!«, rief Charlotte aus. »Du bist zurück!«

»Was um Himmels Willen meinst du damit?«, fragte Sophie stirnrunzelnd.

»Du siehst wieder glücklich aus«, sagte Sophie. »Du hast in den letzten Wochen einen so zerbrechlichen Eindruck gemacht ...«

»Wie eine Motte, die zu nah an die Flamme geflogen ist?«

»Diesen Vergleich hätte ich nicht gerade gewählt«, erwiderte Charlotte. »Du wirktest eher wie ein Mensch, der eine schwere Entscheidung getroffen hat und sich fragt, ob es die richtige war.«

»Du bist sehr offen«, sagte Sophie und ihre Augen begegneten im Spiegel erneut denen Charlottes.

Charlotte wandte sich auf dem Schemel vor der

Frisierkommode um, ohne auf Marie Rücksicht zu nehmen, die heftig protestierte und zahlreiche Haarnadeln auf den Boden fallen ließ.

»Bist du sicher, Sophie? Absolut sicher?«

Sophie nickte und erwiderte Charlottes Blick, ohne mit der Wimper zu zucken.

»Denn wenn ...«, Charlotte verstummte. Dann fuhr sie fort. »Nun, Braddon ist natürlich ein netter Kerl, aber er ist nicht sehr –«

»Gut aussehend? Interessant? Intelligent?«, zählte Sophie mit spöttisch verzogenen Mundwinkeln auf.

»Wie kannst du ihn nur heiraten?«, fragte Charlotte hitzig. »Erkennst du denn nicht, dass es einfach besser ist, jemand gut Aussehendes und Intelligentes zu heiraten?

»Ich möchte deinen Schwager nicht heiraten, Charlotte«, sagte Sophie geduldig. »Du musst mir schon zutrauen, dass ich selber weiß, was gut für mich ist. Ich möchte keinen Lebemann heiraten.«

»Aber Braddon ist auch ein Lebemann«, beharrte Charlotte. »Ich erinnere mich noch ganz genau, dass du mir erzähltest, Braddon habe mehr Mätressen, die von ihm abhängig sind, als ein Anwalt Rechtsfälle.«

In Sophies Augen blitzte es amüsiert auf. »Es geht mir ja gar nicht darum, ob Braddon nun ein Lebemann ist oder nicht. Nein, ich mag Braddon einfach. Er ist vertrauenswürdig, hegt keine tieferen Gefühle und wird, was seine Geliebten angeht, sehr diskret sein. Das hat er mir selber versichert.«

»Du meinst, du hast mit ihm über seine Mätressen gesprochen?« Charlotte war entsetzt und fasziniert zugleich.

»Er hat das Thema angeschnitten. Ich muss zugeben, dass ich selber ein wenig überrascht war.« Sophie gab sich größte Mühe, den Zweifel aus ihrer Stimme zu verbannen. »Das ist genau die Art Ehe, die wir führen werden, Charlotte: eine ruhige, vernünftige und freundliche Verbindung. Ich möchte eine friedvolle Ehe. Du wolltest diese Art von Beziehung nicht, und du und Alex, ihr seid glücklich miteinander. Aber ich möchte eine Ehe, in der keiner der Gatten blind vor Leidenschaft ist. Erinnere dich, wie Alex sich dir gegenüber verhalten hat.« Sophie zögerte und fuhr dann unbeirrt fort. »Als du nach Schottland reisen musstest.«

»Du brauchst gar nicht so zart fühlend zu sein«, sagte Charlotte trocken. »Alex hat sich wie ein ausgemachter Teufel aufgeführt, das stimmt. Aber wir haben die Sache geklärt, und nun –« Sie betrachtete sich im Spiegel. Die eine Hälfte ihres Haars hing unfrisiert herunter, während die andere Seite bereits aufgesteckt war. Maries Hände waren eifrig damit beschäftigt, ein karmesinrotes Band in ihre Locken zu flechten, um dann die Strähnen zu den anderen zu stecken. Der bloße Gedanke an ihren Gatten trieb Charlotte eine Röte in die Wangen, die beinah der Farbe der Haarbänder glich.

»Ich weiß, was du meinst.« Sophies Stimme klang leidenschaftslos und verzweifelt zugleich. »Aber die *grand amour* ist nicht das Richtige für mich, Charlotte. Ich weiß, du wünschst mir die gleiche Glückseligkeit, die du gefunden hast.

Aber wir schmieden auf ganz unterschiedliche Art und Weise unser Glück. Mir wäre das Wagnis, einen Mann zu heiraten, den ich so leidenschaftlich liebe wie du Alex liebst, viel zu riskant. *Deine* Eltern sind glücklich; meine sind es nicht.«

Charlotte machte Anstalten, etwas zu erwidern, und so sprach Sophie hastig weiter. »Ich möchte sicherlich keine Vermutungen über die Ehe deiner Eltern anstellen. Ich wollte nur sagen, dass die Umstände der Ehe meiner Eltern überall bekannt sind. Es gibt selten einen Monat, in dem mein Vater nicht unter einem anderen Namen in der *Morning Post* auftaucht. Meine Mutter stellt keine Französin unter siebzig ein, was bedeutet, dass wir in unserem Haus mehr Bedienstete in den Altersruhestand entlassen haben, als deine Mutter in ihrem ganzen Eheleben eingestellt hat!«

Charlotte seufzte. Sophies Logik war unbestreitbar, aber ihre Worte ergaben dennoch keinen Sinn.

»Ich weiß nicht, was deine Eltern damit zu tun haben, ob du nun Braddon oder Patrick heiratest.«

»Ich mag Braddon«, beharrte Sophie. »Ich werde mich nie leidenschaftlich in ihn verlieben, und daher werde ich auch nicht verbittern, wie meine Mutter, wenn Braddon sich mehr seinen Mätressen zuwendet als mir. Bei Patrick ... nun, das wäre etwas anderes.«

»Du weißt, dass Patrick heute Abend ebenfalls zu den Gästen zählt?«

Sophie hob abrupt den Kopf. Sie hatte ruhelos ihren blassgoldenen Schuh betrachtete, den sie immer wieder gegen die Fransen von Charlottes Tagesdecke hatte schwingen lassen.

»Ja.«

In den Tiefen von Sophies Augen sah Charlotte eine schmerzliche Verwirrung, eine schlummernde Frage, die ihr ein sanftes Lächeln auf die Lippen zauberte. Vielleicht bedeuteten Sophies Worte nichts – oder zumindest nicht viel. Wenn sie vielleicht eine Möglichkeit fand, Sophie und Patrick an diesem Abend zusammenzubringen ...

Ein kurzes Klopfen ertönte, und ein Dienstmädchen betrat eilig das Zimmer. Sie trug Sophies goldenes Abendkleid so vorsichtig auf ihren ausgestreckten Armen herein, als wäre es ein Altartuch, das sie einer heidnischen Göttin als Opfergabe darbrachte.

»Mylady«, stammelte sie und vollführte einen Knicks, während sie immer noch die Arme ausgestreckt hielt.

»Meine Güte, Beth«, tadelte Marie sie mit dem Vorrecht eines angesehenen Mitglieds des Haushalts. Sie war sogar noch mehr als das, denn sie rangierte gleich unterhalb des Kammerdieners des Grafen, der wiederum direkt dem Butler unterstand. »Du musst lernen, dich anmutiger zu bewegen, wenn du Kammerzofe werden willst. Geh nun wieder nach unten.«

Auf dem Weg zur Tür stolperte Beth, aber dann schloss sich die Tür ohne weitere Zwischenfälle hinter ihr.

»Nun zu Ihnen, Lady Sophie.«

Als Marie auf sie zutrat, stand Sophie auf. Zuerst befeuchtete Marie flink Sophies fast durchsichtiges Unterkleid, so dass der feine Stoff ihr an den Beinen klebte. Dann streifte sie Sophie das Kleid über den Kopf, wobei sie Acht gab, ihr nicht das Haar in Unordnung zu bringen.

Das Kleid, das nach Orangenblüten und ein wenig nach dem Plätteisen roch, glitt mit einem sanften Rascheln über Sophies Schultern. Während die Seide nach unten auf ihre Füße fiel, bauschte sich der Stoff im Luftzug auf und berührte kaum ihren Körper.

»So«, sagte Marie zufrieden, nachdem sie die Haken auf Sophies Rücken geschlossen hatte. »Wenn Sie mir eine Minute geben, Myladys Zöpfe fertig zu stecken, werde ich Ihre Locken ordnen.«

»Das ist ein wunderschönes Kleid«, sagte Charlotte zu Sophie, während Marie geschickt die letzten Flechten befestigte.

»Danke«, erwiderte Sophie. »Ich habe es mir von Madame Carême kommen lassen.«

Marie steckte ohne Federlesens ein paar zusätzliche Nadeln in Charlottes Frisur, damit diese auch ganz sicher hielt, und als Charlotte sich erhob, fühlte sie sich ein wenig kopflastig. Sie durchquerte den Raum und stellte sich vor Marie hin, die auf einen Hocker geklettert war und bereits darauf wartete, ihr ein karmesinrotes Abendkleid über den Kopf zu ziehen. Ein Nachteil ihrer Körpergröße war, dass ihre Zofe auf einen Hocker klettern musste, um ihr beim Ankleiden – und auch beim Entkleiden – behilflich zu sein.

An der Tür war ein leichtes Klopfen zu hören. Marie eilte hinüber und knallte dann der Person auf dem Gang frech die Tür vor der Nase zu.

»Das war Keating, Mylady. Die Heppleworthes sind eingetroffen.«

Charlotte streckte die Hand aus und Marie befestigte ein schmales Rubinarmband an ihrem Arm. Sophie trat neugierig näher.

»Was für ein wunderschönes Schmuckstück, Charlotte.« Der tiefe Burgunderton fand sich im Schimmer von Charlottes Kleid wieder und unterstrich ihr dunkles Haar.

»Ein Geburtstagsgeschenk meines liebenden Gatten«, sagte Charlotte schelmisch. »Zur Feier unseres friedvollen Ehelebens.«

»Ich glaube eher, dass du ihm einen Nachttopf an den Kopf geworfen hast und er auf diese Weise versucht, sich den Zutritt zu deinem Schlafgemach zurückzuerobern«, neckte Sophie sie.

Charlotte zog die Nase kraus. »Sollen wir nach unten gehen und die Fantasie der anwesenden Männer anregen?«

Sophie betrachtete sich im Spiegel und zog dann absichtlich ihren Ausschnitt nach unten, so dass der goldene Stoff gerade eben ihre Brustwarzen bedeckte.

Charlotte schmunzelte. »Du könntest kaum verlockender aussehen, Sophie.«

»Nun ja.« Sophies Augen funkelten vor Aufregung. »Ich sehe keinen Grund, warum ich beim Dinner nicht jeden der anwesenden Männer für mich interessieren soll. Ich bin nur verlobt, nicht tot!«

»Oh Sophie! Manchmal bist du eine typische Französin!«

»Abends gebe ich mich gerne französisch«, erwiderte Sophie. »Man kann sich den ganzen Tag lang wie eine Engländerin verhalten, besonders auf dem Rücken eines Pferdes, aber nach sechs Uhr kann man sich französisch kleiden – und französisch denken.«

Charlotte dachte einen Moment lang über diese Worte nach, während sie gemeinsam den Korridor entlanggingen. »Wie französisch wirst du sein, wenn du erst einmal verheiratet bist?«, fragte Charlotte.

Sophie warf ihrer Freundin einen belustigten Blick zu. »Versuchst du herauszufinden, ob ich meinem Gatten treu sein werde, Charlotte?«

»Ja.«

»Ich werde ihm treu sein«, sagte Sophie. »Denn es ist mir viel zu kompliziert, eine Liaison zu beginnen. Ich werde natürlich flirten und mir einen Cicisbeo, einen Gesellschafter, suchen. Eine verheiratete Frau muss schließlich Bewunderer haben. Aber nein, ich werde niemandem Zutritt zu meinem Schlafzimmer gewähren. Warum sollte ich?« Sie zog auf charmante Art die Schultern hoch.

Dieses Achselzucken ist durch und durch französisch, dachte Charlotte. Aber Sophies lückenhaftes Wissen über die Vergnügungen im Schlafgemach ist typisch englisch. Charlotte konnte sich ein Lächeln nicht verkneifen. Wenn Patrick auch nur annähernd seinem Zwillingsbruder Alex glich, dann würde er schon dafür sorgen, dass Sophie genau wusste, was sie aufgab, wenn sie Braddons Ring an ihren Finger steckte.

Gemeinsam gingen sie die Marmorstufen der Treppe hinunter. Charlotte bewegte sich auf den

Gelben Salon zu, in dem die Party stattfinden würde.

»Großartig«, flüsterte Sophie Charlotte zu, als sie bemerkte, in welche Richtung sie gingen. »Dieser Raum passt ganz ausgezeichnet zu meinem Kleid.«

Charlotte verdrehte die Augen. Der Gelbe Salon war mit Vorhängen und Polstern in einem blassen Bernsteinton und einem aufwändigen Axminster-Teppich in einer etwas dunkleren Farbe eingerichtet. Sophie hatte Recht. Als sie den Raum betraten, ließen die safranbraunen Töne ihr Kleid wie pures Gold schimmern.

Patrick war noch nicht eingetroffen. Sophie hatte einen sechsten Sinn für ihn entwickelt und wusste sofort instinktiv, wann er sich in einem Raum befand und wann nicht.

Braddon trat auf sie zu, und sie blieb stehen und vollführte einen Knicks. Braddon grinste und machte eine Verbeugung. Als er sich wieder aufrichtete, zog er automatisch seine Weste nach unten, um seine beleibte Taille zu bedecken. Sophie senkte höflich den Blick.

Braddon verbeugte sich vor Charlotte, bevor er wichtigtuerisch Sophies Arm ergriff. An diesem Abend würde er seine zukünftige Frau offiziell seiner Familie vorstellen und er hatte sorgfältig über die Reihenfolge dieser ganzen Angelegenheit nachgedacht.

»Zuerst meine Mutter«, flüsterte er und schob Sophie auf das andere Ende des Salons zu. »Dann meine Schwestern und zum Schluss meine Patentante. Sie kann eine schreckliche Nervensäge sein, denn sie ist auch noch eine Herzogin und ...«

Braddons Familie war allgemein bekannt und nur die nachsichtigen Mitglieder der feinen Gesellschaft bezeichneten sie als »schwierig«. Der durchschnittliche Gentleman nannte die Gräfin von Slaslow einen der Hölle entsprungenen Drachen. Aber Sophie hatte beinah zwanzig Jahre mit den bissigen Kommentaren ihrer eigenen Mutter überlebt, und keine noch so große Unhöflichkeit konnte sie noch erschüttern.

Braddon blieb vor seiner Mutter stehen und nahm dabei eine Körperhaltung ein, als wolle er sich jeden Moment auf die andere Seite des Raums flüchten. Sophie fand, dass Prudence Chatwin erstaunlich jung aussah für eine Person mit solch einem schlechten Ruf. Ihr Gesicht war verblüffend faltenfrei, wenn man bedachte (Sophie stellte eine schnelle Rechnung an), dass sie mindestens fünfzig sein musste.

Sophie vollführte einen tiefen Knicks und senkte ergeben den Kopf.

Die Gräfin erhob sich. »Lady Sophie«, sagte sie. Ihr Ton war süß wie Sirup, aber dennoch laut genug, um bis auf die andere Seite des lang gestreckten Raums zu dringen. »Wir sind Ihnen ja so dankbar, dass Sie unseren armen Sohn von den Qualen des Junggesellendaseins erlöst haben.« Sie richtete ihren strengen Blick auf ihren Braddon, der bereits vor Angst zitterte. »Wussten Sie schon, dass ihn bereits mehr als drei junge Damen abgelehnt hatten? Was sie sich nur gedacht haben? Aber sie waren auch sehr jung; es bedurfte offensichtlich eines reiferen Auges, Braddons glänzende Vorzüge zu erkennen.«

Sehr gut, dachte Sophie anerkennend. Es war ihr mit einem Streich gelungen, Braddon als Bummelanten darzustellen und Sophie zu einer verzweifelten, ältlichen Jungfer abzustempeln.

»Da haben Sie wohl Recht«, murmelte Sophie. Es lag bestimmt nicht in ihrer Absicht, mit Braddons Mutter die Schwerter zu kreuzen.

»Und wie geht es Ihrer lieben Mutter?« Die Frage wurde von einem giftigen Lächeln begleitet.

»Meiner Mutter geht es sehr gut, danke. Ich bin sicher, sie wird jeden Moment eintreffen.«

»Die Arme«, sagte die Gräfin verständnisvoll. »Wir wissen alle, unter welcher Bürde sie zu leiden hat. Ihr Vater ... Nun, kein Wort darüber!«

Sophie zog erneut den Kopf ein und biss sich auf die Lippen.

»Ich muss Sie nun meinen Schwestern vorstellen«, mischte sich Braddon ein. »Wenn du uns entschuldigen würdest, Mutter.« Er versuchte, Sophie hastig auf die andere Seite des Raums zu zerren.

Aber Sophie ließ sich Zeit. Sie musste sich erst sammeln, bevor sie Braddons Schwestern gegenübertreten konnte.

»Sie kann nichts dafür«, sagte Braddon bedrückt. »Mama sagt einfach, was ihr in den Kopf kommt, und –«

»Und alles, was ihr in den Kopf kommt, ist unangenehm«, beendete Sophie den Satz für ihn.

»Ja«, gab Braddon zu. Ungelenk tätschelte er Sophie den Arm. »Das heißt nicht, dass sie nicht froh wäre, dass Sie mich heiraten. Denn das ist sie. Sie hat mir letzte Woche wohl hundert Mal gesagt, dass sie nie gedacht hätte, dass ich es so gut treffen würde. Es ist einfach nur, dass sie gar nicht merkt, was sie sagt, oder wie es wirkt, oder so. Und mich haben nicht mehr als drei Damen abgelehnt«, fügte er empört hinzu. »Es waren vor Ihnen nur zwei, und Sie haben mich genommen.«

Sophie lächelte angesichts Braddons verworrener Ausdrucksweise. »Meine Mutter ist auch nicht sehr tolerant.« Obwohl Mama dem alten Drachen nicht das Wasser reichen kann, dachte sie im Stillen.

Genau in dem Moment, in dem sie vor Braddons zweiter Schwester einen Knicks vollführte, spürte sie Patricks Anwesenheit. Drei junge Damen, die in der Nähe der Tür beieinander standen, begannen loszukichern. Sophies Rücken versteifte sich. Sie würde sich nicht umdrehen. Sie lächelte die sommersprossige Frau vor sich freundlich an. Margaret hatte offensichtlich versucht, ihr Haar zu einem Chignon zu frisieren, aber zahlreiche Strähnen hatten sich gelöst und das Ergebnis wirkte sehr unordentlich.

»Lady Sophie«, zischte Margaret ihr regelrecht zu, »Wie viele Kinder planen Sie denn, unserem Familienoberhaupt zu schenken?«

Sophie schreckte ein wenig alarmiert zurück.

»Hm, ich bin noch nicht sicher«, sagte sie, während sich ihre Gedanken bei der Suche nach einer passenden Antwort geradezu überschlugen. »Das müssen wir Gottes Willen überlassen«, antwortet sie schließlich.

Margarets Augen nahmen einen wohlwollenden Ausdruck an. »Kinder sind das größte Geschenk Gottes, Lady Sophie. Und als Familienoberhaupt muss der Graf von Slaslow mindestens fünf, oder besser noch sechs Kinder bekommen. Man kann gar nicht vorausschauend genug sein.« Sie trat einen Schritt zurück. »Ich habe Sie natürlich schon beim Tanzen und bei anderen Gelegenheiten gesehen, aber in diesem Licht habe ich Sie noch nie betrachtet.« Ihre Augen musterten Sophies Mitte. Sophie wandte den Kopf zur Seite und sah ihren Verlobten fragend an, doch Braddon wich ihrem Blick aus.

»Ihre Hüften sehen breit genug aus«, verkündete Margaret ohne Umschweife. »Natürlich müssen Sie so schnell wie möglich das erste Kind bekommen. Wissen Sie vielleicht, ob Ihre Mutter an irgendeinem Gebrechen leidet? Mir scheint, sie hat nur ein Kind bekommen, es sei denn, Sie haben noch tot geborene Geschwister?« Margaret wartete auf eine Antwort.

»Nicht, dass ich wüsste.«

Margaret schürzte die Lippen. »Wir müssen das Beste hoffen.« Dann runzelte sie die Stirn. »Der Titel Ihres Vaters wird mit seinem Tod aussterben, Lady Sophie. Ich bin sicher, dass Sie daher die Bedeutung dieser Sache kennen.«

»Der Titel wird an meinen Cousin gehen«, fühlte sich Sophie verpflichtet einzuwenden.

Margaret verzog sie Lippen. »Ein Cousin ist nicht dasselbe wie ein *Sohn,* Lady Sophie. Ich bin sicher, dass Ihr Vater seinen Titel als ausgelöscht betrachtet.«

Sophie war überzeugt, dass ihr Vater sich wenig Gedanken über seinen Titel machte. Wenn er wirklich einen Sohn gewollt hätte, hätte er auch nach den ersten zwei Monaten ihrer Ehe das Bett ihrer Mutter aufgesucht. Zumindest lautete so die Version ihrer Mutter bezüglich der damaligen Ereignisse.

»Das wichtige ist«, fuhr Margaret fort, »dass Sie so bald wie möglich anfangen. Sie sind kein junges Mädchen mehr und das Gebären ist für ältere Frauen nicht so leicht.«

Sophie spürte, wie sich langsam ein heißes Brennen auf ihrem Rücken ausbreitete. »Ich bin nicht ganz zwanzig Jahre alt«, sagte sie ein wenig steif. »Ich bin sicher, dass es mir noch möglich sein wird, Seiner Lordschaft acht oder neun Wonneproppen zu schenken.« Sie bedachte Braddon mit einem lieblichen, wenn auch etwas panischen Lächeln.

»Das ist eine ausgezeichnete Einstellung.« Margaret entspannte sich ein wenig, da sie sah, dass Braddons Zukünftige mehr innere Werte besaß, als sie anfangs angenommen hatte. »Ich schenkte meinem Mann das erste Kind neun Monate nach unserer Hochzeit und ich bin stolz auf die Tatsache, dass sieben Kinder folgten, und zwar in fast ebenso vielen Jahren.«

»Meine Güte«, sagte Sophie schwach.

»Lady Sophie könnte kaum etwas Besseres tun, als Sie als Vorbild zu wählen, Mrs Windcastle«, mischte sich eine amüsierte, spöttische Stimme ein. »Ich bin sicher, Lady Sophie wird dem guten alten Braddon eine äußerst, hm, fruchtbare Gemahlin sein.«

Braddon warf seinem Freund einen vorwurfsvollen Blick zu.

»Vergib mir, vergib mir«, murmelte Patrick und in seinen Augen tauchte ein verschmitztes Grinsen auf. »›Fruchtbar‹ klingt vielleicht zu sehr nach den Ställen.«

»Ganz und gar nicht.« Margaret Windcastle war nicht gewillt, das Thema, das ihr so am Herzen lag, fallen zu lassen. »Ich sehe keinen Grund, warum das Thema Kinder nicht in den Salon einer jeden Dame gehört. Viel zu viele adelige Damen zittern regelrecht bei dem Gedanken an Kinder – und was passiert? Die Linie ihrer Ehemänner stirbt aus. Der Titel wird nicht weitergegeben.« Ihre Stimme senkte sich dramatisch. *»Stellen Sie sich vor, es gäbe keine Grafen von Slaslow mehr!«*

»Nun, Lady Sophie könnte doch ganz gegen die Idee des Kindergebärens sein«, erwiderte Patrick mit zuckersüßer Stimme. »Das wäre doch eine Katastrophe für die zukünftigen Grafen von Slaslow.«

Braddon zerrte wieder an seiner Weste und blickte auf Sophie hinunter. Sie schien sich ein Kichern verkneifen zu müssen. »Wir gehen jetzt besser zu meiner Patentante.«

Margaret lächelte strahlend. »Nein, Lady Sophie hat gerade verkündet, dass sie plant, acht oder neun Kinder zu bekommen.«

»Acht oder neun?« Der neckende Ton in Patricks Stimme verleitete Sophie, ihm in die Augen zu sehen. »Meine Güte, und ich dachte tatsächlich, Lady Sophie sei nur eine oberflächliche Dame der feinen Gesellschaft.«

Sophie konnte sich nicht helfen und ihre Mundwinkel verzogen sich zu einem Lächeln. »Ganz und gar nicht«, wiederholte sie Margarets Worte. »Obwohl ich immer die Ambition hegte, zehn Kinder zu bekommen – das ist doch eine schöne, runde Zahl – muss ich nun erkennen, dass ich mich in meinem fortgeschrittenen Alter mit einer kleineren Anzahl begnügen muss.«

»Ausgezeichnet«, rief Patrick. »Ich liebe Frauen, die keine Angst vor dem Altern haben, du nicht, Braddon?«

Barddon starrte jedoch in fassungslosem Entsetzen auf seine zukünftige Braut hinunter. Hatte sie wirklich gesagt, sie wolle zehn Kinder? Hatte er unvorsichtigerweise einer Zuchtstute wie seiner Schwester die Ehe versprochen?

»Ich freue mich auf das Alter«, sagte Sophie mit zuckersüßer Stimme. »Männliche Aufmerksamkeiten können so ... ermüdend sein, finden Sie nicht auch, Margaret? Ich darf Sie doch Margaret nennen? Schließlich sind wir doch bald Schwestern.«

Margaret lächelte. »Aber natürlich, liebste Sophie.«

»Ja, Männer können sehr anstrengend sein«, fuhr Sophie fort. »Die Art, wie sie betteln und flehen.«

Patricks Augen funkelten sie anzüglich an. »Männer betteln und flehen, ja?«

»Genau«, beteuerte Sophie. »Sie betteln und flehen.«

Braddon schluckte. »Es ist Zeit, meine Patentante zu begrüßen«, platzte er heraus und zog Sophies Hand in seine Armbeuge. »Entschuldige uns bitte, Margaret. Dein ergebenster Diener, Foakes.«

Sophie konnte nicht widerstehen. Sie lächelte die fruchtbare Mrs Windcastle an und warf Patrick dann unter gesenkten Wimpern einen koketten, herausfordernden Blick zu.

Herrisch erwiderte er ihren Blick und in seinen teuflisch funkelnden Augen lag ganz bestimmt kein Flehen oder Betteln. Das Versprechen, das sie stattdessen darin fand, ließ sie bis ins Mark erzittern. Seine Augen wanderten von ihrem Gesicht zu ihren Brüsten hinunter und glitten anschließend über ihren restlichen Körper. Ein heißes Gefühl strich über ihre Beine und die Knie wurden ihr weich.

Als sie mit Braddon davonging, schaute Sophie unwillkürlich auf ihren Ausschnitt hinunter. Sie hatte plötzliche das Gefühl, als hätte sie ihr Kleid verloren und ihre Brüste wären nun einer sanften, streichelnden Brise ausgesetzt. Aber es war alles in bester Ordnung. Die von Madame Carême so raffiniert entworfenen Mieder hielten sogar den verwegensten Blicken eines Lebemanns stand.

6. Kapitel

Während des Diners plauderte Sophie gut gelaunt mit Braddon zu ihrer Rechten und Braddons Freund David Marlowe zu ihrer Linken. Patrick Foakes ignorierte sie dabei auf das Entschiedenste. Er saß ihr an der langen Tafel ein ganzes Stück entfernt diagonal gegenüber. Sie konnte ihn nur sehen, wenn sie unter gesenkten Lidern einen verstohlenen Blick in seine Richtung riskierte, was sie jedoch nur ein paar Mal tat. David war ein bezaubernder, jungenhafter Hilfsgeistlicher, der vom Land angereist war, um Braddons zukünftige Frau kennen zu lernen.

»Sie sind sehr tapfer, es mit Braddon aufzunehmen«, sagte er.

»Warum?« Sophie nahm einen weiteren Schluck Champagner. Sie konnte spüren, wie ihr der Alkohol zu Kopf stieg, aber sie ließ es geschehen. Sie ließ es zu, dass das prickelnde Getränk ihr Urteilsvermögen trübte und sie mit atemloser, trunkener Freude erfüllte.

»Braddon war in der Schule wirklich ein harter Brocken«, schmunzelte David. »Wir waren Freunde – ich, Patrick, Alex und Quill – und wir hatten es uns zur Aufgabe gemacht, Braddon durchzuboxen. Aber es war nicht einfach. Jemand musste ihm in der Nacht vor jeder Prüfung die Fakten in den Kopf hämmern. Nicht, dass das so schwierig gewesen wäre«, fügte David hastig hinzu, als ihm einfiel, dass er die geistigen Fähigkeiten von Sophies zukünftigem Gatten besser nicht beleidigen sollte. »Das wirkliche Problem waren Braddons Streiche. Er wäre einige Male beinah von der Schule verwiesen worden.«

»Streiche?« Sophie hörte nur mit halbem Ohr zu. Weiter unten an der Tafel flirtete dieses junge französische Ding Daphne Boch wie der Teufel mit Patrick. Unter dem Tisch klopfte Sophies Schuh ungeduldig auf den Boden, als sie sah, wie Daphne sich zu Patrick hinüberlehnte und auf liederliche Weise mit ihrer Schulter an seinem Arm entlangstreifte.

David redete immer noch und Sophie musste sich zwingen, seinen Worten wieder ihre Aufmerksamkeit zu schenken.

»Nehmen Sie zum Beispiel das eine Mal, als Braddon glaubte, er könne Master Woolton foppen und ihn glauben machen, er sei sein eigener Onkel. Wissen Sie, Braddons Onkel ist ein berühmter Forscher. Und Woolton hatte gegenüber Braddon erwähnt, dass er seinen Onkel gerne kennen lernen würde. Also reifte in Braddon die Idee heran, er könne mit einer passenden Verkleidung seinen Onkel darstellen. Er wollte Woolton erzählen, wie erstaunlich intelligent Braddon sei, damit dieser dann netter zu Braddon wäre.«

Sophie konnte sich einer gewissen Faszination nicht erwehren. »Das ist absurd. Wie alt war er denn zu diesem Zeitpunkt?«

»Ungefähr dreizehn, vielleicht vierzehn.« Wieder lachte David. »Glauben Sie mir, wir taten unser Bestes, ihm diese Idee auszureden, aber Braddon war überzeugt, dass es funktionieren würde. Braddon hat eine große Schwäche für die Schauspielerei, wissen Sie, und deshalb –« Abrupt hielt er inne. Man erzählte einer Dame nicht, dass die Geliebten ihres zukünftigen Gatten meist Schauspielerinnen waren.

»Und deshalb ...?«, hakte Sophie nach.

»Und deshalb enthalten viele seiner Streiche ein theatralisches Element«, vollendete David den Satz ausweichend. »Braddon ist am glücklichsten, wenn er einen großen Umhang anziehen und sich einen falschen Schnurrbart ankleben kann.«

»Was wurde aus Mr Woolton?«

David schüttelte es merklich. »Braddon ging zur High Street und erstand einen ganz lächerlichen Umhang. Ich kann mir gar nicht vorstellen, für wen er ursprünglich geschneidert war. Er war schwarz mit einem roten Satinband am Saum – es war das auffälligste Kleidungsstück, das Sie sich vorstellen können. Aber Braddon behauptete, dass Forscher so etwas trügen. Und er klebte sich eine Menge falscher Haare ins Gesicht.«

»Und was passierte dann?«

»Es war natürlich ein Desaster. Woolton durchschaute ihn ohne Zweifel vom ersten Moment an, obwohl Braddon immer noch behauptet, dass Woolton ihm höflich einen Kaffee anbot und der Streich erst aufflog, als er fragte, wo Braddon den Umhang gekauft habe. Braddon erwiderte daraufhin, es sei ein Geschenk des Tringelloo-Stammes aus den oberen Regionen der Alpen.«

Sophie wandte den Kopf und bedachte Braddon mit einem langen, nachdenklichen Blick. Er kaute eifrig und wedelte mit der Gabel herum, während er sich mit Barbara Lewiston zu seiner Rechten unterhielt.

»Das ist schwer zu glauben«, sagte sie schließlich und wandte sich wieder David zu. »Offen gesagt hätte ich Braddon diese Fantasie gar nicht zugetraut.«

»Oh, die Details hat er sich auch nicht ausgedacht«, gestand David. »Das war natürlich Patricks Werk. Er war von uns derjenige mit der lebhaften Fantasie. Patrick dachte sich eine Menge Geschichten aus, die angeblich tatsächlich in den Tiefen Afrikas und hoch oben in den Alpen geschehen waren und Braddon sollte sie Woolton erzählen ... aber daraus wurde nichts, denn es stellte sich heraus, dass die Schwester Wooltons einen Laden auf der High Street besaß und Braddon den Umhang verkauft hatte! Und Woolton hatte das Kleidungsstück dort gesehen; wollte es womöglich schon immer für sich haben, der alte Trottel. Und so kam er Braddon auf die Schliche. Er hat es auch nicht sehr freundlich aufgenommen und Braddon im Anschluss drei Wochen Stubenarrest aufgebrummt.«

»Du meine Güte«, sagte Sophie. »Ihre Schulzeit klingt ja viel aufregender als meine.«

»Nicht in Eton.« David dachte einen Moment lang nach. »Der Unterricht war langweilig, aber Braddon dachte sich immer einen Streich aus und Patrick – Patrick ist ein echter Teufelskerl, müssen Sie wissen – er stachelte Braddon bei den schlimmsten Streichen regelrecht an. Und so haben die beiden unser Leben ein bisschen spannender gemacht.«

Sophie riskierte einen weiteren Blick in Patricks Richtung. Zu ihrem Entsetzen schaute er sie in dem Moment ebenfalls an und in seine Augen lag solch eine spöttische Belustigung, dass sie errötete und sich abrupt wieder David zuwandte.

»Ich glaube gerne, dass sich Patrick Foakes an Lug und Trug beteiligt hat«, sagte sie scharf. Warum konnte sie nicht endlich begreifen, dass Patrick der schlimmste aller Lebemänner war. Schließlich hatte sie sich geschworen, diese Sorte Männer zu meiden.

»Nein, da irren Sie sich«, widersprach David. »Er ist sogar sehr pingelig, was die Wahrheit angeht. Ich weiß noch, dass er stundenlang mit seinem Bruder über die Moral von gesellschaftlichen Flunkereien streiten konnte. Patrick hasst Lügen. Er wurde immer sehr wütend, wenn Alex kleine Ausreden benutzte; auch wenn er damit nur der Musikstunde entkommen wollte.«

Genau in diesem Moment erhob sich Charlotte und gab den Damen das Signal, die Herren alleine zu lassen. Dankbar reihte sich Sophie beim Verlassen des Speisezimmers hinter ihrer Mutter ein.

Nachdem sich die Damen in Charlottes Salon versammelt hatten, klatschte diese in die Hände, um die Aufmerksamkeit ihrer weiblichen Gäste auf sich zu ziehen. »Wir sollten heute Abend ein wenig tanzen, finden Sie nicht?«

Die jüngeren Mädchen schnatterten aufgeregt und forderten, tanzen zu dürfen. Sogar Sophies

Mutter bemerkte, dass es ganz angemessen wäre, wenn sich die Gäste zu ein oder zwei Volkstänzen zusammenfänden.

Und so kam es, dass die Männer in den Gartensalon geführt wurden, als sie sich vom Tisch erhoben. Beim Betreten des Raums brachten sie das schwache, wohlduftende Aroma von Cognac und den anhaltenden, holzigen Geruch der Zigarren mit sich. Überrascht stellten sie fest, dass die Damen den Lakaien eifrig Anweisungen gaben, Stühle aus dem Raum zu tragen und die Sofas gegen die Wand zu schieben.

Charlotte befand die Gesellschaft für zu klein, um den Ballsaal von Sheffield House zu nutzen, in dem sich ihre Gäste winzig und verloren vorgekommen wären. Aber zehn Paare waren genau die richtige Zahl für den Gartensalon. Außerdem hatte sie angesichts der ungewöhnlich warmen Nacht sämtliche Türen öffnen lassen, und die Lakaien arrangierten große Fackeln entlang der Terrasse. Schließlich wurde eine nach der anderen entzündet, bis ihre goldenen Lichtkegel in den warmen, schwarzen Londoner Nachthimmel hinaufzeigten.

Der Graf von Sheffield und Downes, der zu den letzten Herren zählte, die den Salon betraten, betrachtete die Szene mit zusammengekniffenen Augen. Wo zum Teufel kamen diese monströsen Fackeln her? Und warum wusste er nichts von der zwölfköpfigen Musikantentruppe, die just in diesem Moment am anderen Ende des lang gestreckten Raums ihre Instrumente stimmte? Und was sagte seine anstrengende Frau gerade?

»Ich bin sicher, du bist ganz meiner Meinung, Alexander, Liebster?«, sagte Charlotte einschmeichelnd und machte vor ihm einen Knicks. Statt einer Antwort deutete Alex eine elegante Verbeugung an, aber als er sich wieder aufrichtete, nahm er seine Frau auf die Arme und trug sie aus dem Raum.

Die Damen, die Alexanders Manöver bemerkten, stießen einen leisen, überraschten Schrei aus, aber Charlotte kicherte nur. Sophies Mutter schüttelte missbilligend den Kopf und wandte sich wieder der Unterhaltung mit ihrem zukünftigen Schwiegersohn zu.

Draußen auf dem Gang ließ Alexander Charlotte langsam an seinem Körper hinuntergleiten, bis ihre Schuhe den Boden berührten, hielt sie aber weiterhin mit den Armen umfangen.

»Was hast du heute Abend vor, mein Weib?«

Charlotte konnte Alex große Hände auf ihrem Rücken spüren, die langsam nach unten glitten, während sein Atem ihr Ohr liebkoste.

»Alex!«, zischte sie. Immer wieder kamen Lakaien an ihnen vorbei, die den Gartensalon betraten oder verließen.

»Planst du etwa, die zauberhafte Sophie bei der Wahl ihres Gatten zu beeinflussen?« Alex' Hände wanderten noch ein wenig weiter nach unten, so dass Charlottes Widerstand dahinschmolz.

»Nein!«

Alex biss ihr sanft ins Ohr.

»Na gut, ja! Ich dachte, ich könnte deinem Bruder die Chance geben ...«

»Ich liebe es, wenn deine Stimme so heiser

klingt«, verriet Alex seiner Gattin. »Warum gehen wir nicht nach oben und sehen nach den Kindern?«

»Nein!«

»Doch.« Warme Lippen wanderten an ihrem Hals entlang.

»Nein.« Charlotte befreite sich aus Alex' Armen und lächelte ihn an. »Du bist ein niederträchtiger Schurke«, warf sie ihm vor. »Denk nur, was Sophies Mama von uns denken würde. Du weißt doch, wie streng die Marquise ist.«

»Sie denkt das, was sie schon immer gedacht hat«, erwiderte Alexander nachdenklich. »Dass du ein zügelloses, kleines Luder bist, das mich vom rechten Weg abgebracht und dann das Gleiche mit Sophie getan hat ... und wenn sie Anlass zu dem Glauben hätte, dass du diese wunderbare Partie vereiteln willst, die sie Sophie eingeredet hat, dann würde sie dir bei lebendigem Leib die Haut abziehen, meine Liebe.«

»Nun, wir werden es ihr einfach nicht sagen.« Charlotte blickte Alex flehend an. »Du musst mir helfen, Alex. Willst du nicht, dass dein Zwillingsbruder glücklich wird?«

»Ich bin nicht sicher, ob Sophie Patrick glücklich machen würde«, sagte Alex. »Er scheint nicht sehr begierig darauf zu sein, sich zu vermählen.«

»Das ist doch gar nicht der Punkt. Sie stehen kurz davor, sich zu verlieben. Und wenn Sophie Braddon heiratet und sich *dann* in Patrick verliebt –«

»Ich verstehe, was du meinst.« Alex rieb sich über das Kinn.

»Oder was, wenn Patrick die falsche Frau heiratet, und das nur aus verletztem Stolz, weil Sophie ihm einen Korb gegeben hat?«

Alex wusste von den Gefahren einer Ehe mit der falschen Frau. Er hakte sich bei seiner Gräfin unter und steuerte mit ihr auf die Tür zum Gartensalon zu.

»Was soll ich tun?«, fragte er und lächelte sie verschwörerisch an.

»Schaff mir Braddon aus dem Weg«, antwortete Charlotte wie aus der Pistole geschossen.

Der Graf und die Gräfin betraten den Salon, als wäre nichts geschehen, so als würden Grafen ihre Gräfinnen alle Tage ohne ein Wort aus dem Raum tragen.

Patrick lehnte am Piano, während Daphne Boch eine melancholische Melodie spielte und dabei sehnsüchtig zu ihm aufschaute.

Charlotte kniff ihren Mann in den Arm. »Siehst du?«

Alex blickte sie mit seinen schwarzen Augen liebevoll an. »Euer Wunsch sei mir Befehl, Gräfin.« Dann fügte er viel sagend hinzu: »Wie üblich.«

Charlotte stieg die Röte in die Wangen, als ihr Mann auf die Gruppe am Piano zuschlenderte.

Als Braddon sich vor Sophie verbeugte, bemerkte diese aus den Augenwinkeln, dass Patrick – ganz selbstverständlich! – Miss Boch um den ersten Tanz, einen Kotillon, bat. Während Sophie und Braddon sich sittsam und steif über die Tanzfläche bewegten, bestand zwischen ihren Körpern ein Abstand, der weitaus größer war, als es die Schicklichkeit verlangte. Sophie begegnete dem

Blick ihrer Mutter, in dem ein wohlwollendes Lächeln lag.

Sie tanzten gerade recht schwerfällig auf das andere Ende des Raums zu, als Braddon Sophie abrupt nach hinten zog.

»Tut mir Leid, Lady Sophie«, sagte Braddon und schnaufte ein wenig auf Grund der ungewohnten Anstrengung. »Foakes ist ein rücksichtsloser Tänzer. Schon immer gewesen.«

Sophie blickte sich neugierig um. Patrick schien das Wohlbefinden der anderen Tänzer tatsächlich völlig außer Acht zu lassen. Er und Daphne bewegten sich schwungvoll über die Tanzfläche, wobei er Daphnes Hände hoch in die Luft hielt. Vielleicht waren Daphnes Wangen daher so rosig, oder vielleicht lag es auch an dem Tanzstil ihres Partners. Plötzlich vollführte Patrick eine Reihe improvisierter, schneller Drehungen und wirbelte Daphne immer wieder im Kreis herum, bis das junge Mädchen lachend protestierte. Als sie das untere Ende des Raums erreichten, lächelte Patrick seine Partnerin gut gelaunt an.

»Mylord, in meinem Kopf dreht sich alles!«, rief Daphne ein wenig spröde und Sophie zog die Nase kraus, als sie und Braddon ihre schickliche Darbietung beendeten und stehen blieben.

»Das wäre geschafft«, sagte Braddon mit einem Seufzer und wischte sich mit einem großen seidenen Taschentuch die Stirn. »Ist ein bisschen heiß hier drinnen, nicht wahr? Würden Sie gerne nach draußen gehen? Dagegen kann wohl Dank unseres Zustands niemand etwas einzuwenden haben.«

Sophie starrte ihn an und war sich nicht ganz sicher, was er damit meinte.

»Wir sind verlobt«, erklärte Braddon geduldig. Er war daran gewöhnt, dass man ihn nicht verstand, und nahm es niemandem übel.

»Oh ja«, murmelte Sophie. Sie gestattete ihm, sie auf die Terrasse hinauszuführen, wo sich bald auch die Mehrheit der anderen Tänzer einfand. Als Sophie sah, wie Patrick Daphne Boch auf die Terrasse führte, wandte sie sich ab.

»Kommen Sie, Braddon«, sagte sie kurz angebunden.

Braddon blickte sie überrascht an. Seine Verlobte hatte ihn noch nie beim Vornamen genannt. Und nun ging sie auch noch an den Töpfen vorbei, die die Terrasse säumten, und steuerte auf einen der Gartenpfade zu.

»Oh, ich muss schon sagen«, murmelte Braddon überrascht und stürzte ihr nach.

Sophie blieb just außerhalb des Lichtscheins der Fackeln stehen.

»Sie haben ganz Recht, mein Herr«, sagte Sophie und tätschelte beruhigend Braddons Arm. »Dank unseres *Zustands* kann wirklich niemand schlecht von uns denken.« Sie gingen ein Stück den mit roten Ziegeln gesäumten Weg entlang.

»Es ist recht dunkel hier draußen«, sagte Braddon und er klang ein wenig ratlos. Was taten sie hier draußen im Garten? Was würden die Leute denken? Ihm kam das alles merkwürdig vor.

Sophie blieb stehen und lehnte sich gegen einen Baum. Im weichen Licht des Mondes schimmerte ihr Kleid wie pures Gold.

»Würden Sie mich gerne küssen?«

Braddon blickte überrascht auf sie hinunter. »Nein«, antwortete er, ohne lange nachzudenken.

»Nein?«

»Das heißt, ja, natürlich«, stammelte Braddon, dem klar war, dass der schockierte Ausdruck auf Sophies Gesicht ein schlechtes Omen für ein friedliches Eheleben bedeutete. »Ich denke einfach nicht auf diese Art und Weise an Sie«, fügte er hastig hinzu und machte damit alles nur noch schlimmer.

»Sie denken nicht auf diese Art und Weise an mich?«

Zu seiner Erleichterung schien Sophie nicht zu der hysterischen Sorte Frau zu gehören. Sie sah eher nachdenklich und wirklich sehr bezaubernd aus. Er bevorzugte zwar Frauen mit etwas mehr Fleisch auf den Rippen, aber Braddon war sicher, dass Sophie York eine sehr hübsche Gräfin abgeben würde.

»Sie sind sehr schön«, sagte er in der Hoffnung, dass sie dieses Friedensangebot annahm.

»Danke, Braddon.« Sophie seufzte. »Ich denke, wir kehren besser zu den anderen Gästen zurück.«

Ihre Gedanken überschlugen sich angesichts dieser Blamage. Sie würde einen Mann heiraten, der sie nicht küssen wollte, und der Mann, den sie küssen wollte, ignorierte sie völlig.

Genau in diesem Augenblick tauchte Alex in der hohen Terrassentür auf und lächelte freundlich. »Lady Sophie, dürfte ich Ihren Verlobten einen Augenblick entführen?«

Nachdem er sich schnaufend vor ihr verbeugt

und anschließend seine Weste nach unten gezogen hatte, folgte Braddon Alex glücklich ins Haus und ließ Sophie alleine und verloren auf der Terrasse zurück. Sie schlenderte zur linken Seite der Terrasse, denn auf der anderen Seite war *er.*

Lucien Boch begrüßte sie lächelnd. Er war ihr der liebste unter ihren Verehrern, aber dennoch betrachtete sie ihn mit kühler Vorsicht. Schließlich war es Luciens Schwester, die wie eine alberne Gans an Patricks Arm hing.

»Wehe mir!«, sagte Lucien, und in seinen schwarzen Augen blitzte es charmant. »Aus irgendeinem Grund bin ich bei meiner Lieblingsengländerin in Ungnade gefallen. Versprechen Sie mir, dass es nichts mit Ihrer bevorstehenden Vermählung zu tun hat, Lady Sophie! Mein Herz wird Ihnen auf ewig zu Füßen liegen ... Vermählung hin oder her.«

Angesichts dieses Unsinns konnte sich Sophie ein Lächeln nicht verkneifen.

Lucien beugte sich vor und sein französischer Akzent verlieh seinen Worten einen äußerst verführerischen Klang. »Ich muss Ihnen sagen, Lady Sophie, dass ein echter Franzose sich nie durch eine lumpige Eheschließung daran hindern lassen würde, seiner wahren Liebe sein Herz zu Füßen zu legen. Niemals.«

»Davon bin ich in Ihrem Fall überzeugt«, erwiderte Sophie mit einem Lachen. »Aber wir, die wir nur halbe Franzosen sind ... nun, wir fühlen uns an die Konventionen gebunden.«

»Welch schrecklicher Verlust«, sagte Lucien bedauernd. »Sie müssen mir aber zumindest versprechen, werte Dame, dass ich Ihr Kavalier bleiben darf, wenn Sie eine Gräfin geworden sind. Ich werde –« Was immer Lucien auch an übertriebenen Versprechungen abgeben wollte, so wurde er von Charlotte unterbrochen, die laut in die Hände klatschte.

»Hört, hört«, sagte sie fröhlich. »Bevor wir den heutigen Abend beenden, wollen wir noch ein altmodisches Spiel spielen. Ich schlage vor, wir spielen Verstecken. Oder vielleicht doch lieber Blinde Kuh?«

»Verstecken!«, riefen die jungen Damen.

»Dann also Verstecken«, sagte Charlotte. Sie hielt ein langes, lilafarbenes Tuch in die Höhe. »Da diese Party ihr zu Ehren stattfindet, fängt Lady Sophie an. Wer sie findet, muss das Tuch nehmen und ist selber an der Reihe. Es gibt nur eine Regel: derjenige, der das Tuch hat, muss ehrlich antworten, wenn er danach gefragt wird.«

Es gab einige Einwände und Fragen und Charlotte musste erneut die neuen Regeln erklären – vor allem, was es mit dem Tuch auf sich hatte. Bald bemerkte sie das Leuchten in den Augen ihrer Gäste, denen klar wurde, dass sich während des Spiels endlose Möglichkeiten zu Tändeleien bieten würden. Auf Charlottes Anweisung hin nahmen Lakaien die erleuchteten Fackeln und verteilten sie entlang der gewundenen Pfade, so dass der Garten bald wie ein nächtlicher Sternenhimmel funkelte.

Bevor Sophie wusste, wie ihr geschah, stürzte Charlotte auf sie zu und band ihr das Tuch um den Hals. »Geh zum Sommerhaus!«, flüsterte

Charlotte und versetzte ihr einen sanften Schubs. Ohne lange nachzudenken lief Sophie den Gartenpfad entlang.

Sie fühlte sich elend und erbärmlich. Was, wenn Charlotte mit ihrer beharrlichen Meinung Recht hatte, dass es ein Fehler war, Braddon zu heiraten? Sophie erreichte das Sommerhaus und ließ sich auf eine weiße Bank sinken. Sie war dankbar für den Moment der Stille. In der Ferne hörte sie Charlottes hohe, klare Stimme, die bis hundert zählte.

Nein, es war richtig, Braddon zu heiraten. Denn wenn sie mit kühlem Kopf über den Verlauf des Abends nachdachte, dann war es nicht Braddons fehlender Wunsch, sie zu küssen – wen kümmerte das überhaupt? –, sondern Patricks Flirt mit Daphne Boch, der sie so unglücklich machte. Und diese brennende Eifersucht war genau das Gefühl, das sie durch die Vermählung mit Braddon zu meiden suchte.

Sophie lehnte ihren Kopf gegen den Gitterrahmen der Gartenlaube und schloss die Augen. Ihre Gedanken ordneten sich und alle Qual fiel von ihr ab. Ich sollte die Heirat mit Braddon vorantreiben, dachte sie. Denn wenn ich erst einmal Braddons Frau bin, dann werde ich aufhören, mich nach Patrick Foakes, dem schlimmsten Lebemann von allen, zu verzehren.

Überrascht riss sie die Augen auf, als sie spürte, wie jemand sanft an dem Tuch zog, das um ihren Hals lag.

»Oh! Ich habe Sie gar nicht näher kommen gehört«, sagte sie schwach.

»Hmmm.« Patrick Foakes zog stärker an dem Tuch und Sophie neigte gehorsam den Kopf, als der seidige Stoff von ihrem Hals glitt. Plötzlich erfasste sie eine Scheu, als sie Patricks Blick begegnete.

»Denken Sie über die Freuden der Ehe nach?« Seine Stimme klang sanft, beinah harmlos.

Sophie erhob sich. Sie machte sich keinerlei Illusionen, wohin diese Unterhaltung führen würde. Sie machte einen Schritt nach vorne, aber Patrick stand im Eingang der Laube und hatte das eine Bein auf die oberste Treppenstufe gestellt. Er rührte sich nicht von der Stelle, als sie näher kam.

Erregung erfasste ihren Körper und ein elektrisierendes Gefühl der Schwäche ließ ihr die Knie weich werden.

»Die Freuden der Ehe«, wiederholte sie nachdenklich und anzüglich zugleich. Ein leises Lächeln tauchte in ihren Mundwinkeln auf. »Sind sie sehr süß?« Sie legte den Kopf zur Seite wie ein neugieriges Rotkehlchen.

»Ich glaube schon.« Patricks Miene war völlig unbeweglich. Sophie York war ein unglaublich aufreizendes Geschöpf. Er sollte verdammt sein, wenn er je zuvor solch eine verführerische Frau gesehen hatte. Ihre Haare waren zur Seite gefallen, und das Mondlicht tauchte ihren lilienweißen Hals in ein schimmerndes Licht.

Er stieg die Treppe zur Laube hinauf. Seine große Hand vergrub sich in ihren Locken und zog ihren Kopf zur Seite.

»Was tun Sie da?« Sophie war keineswegs beunruhigt, denn wenn sie ehrlich war, hatte sie den ganzen Abend auf diesen Moment gewartet. Sein kräftiger Körper war ihr so nah, dass sie seine Hitze durch den dünnen Stoff ihres Kleides spürte.

»Kennen Sie das Gedicht mit der Zeile: ›Deine Lippen sind rot, weich und süß‹?«, fragte Patrick mit rauer Stimme. Sie spürte, wie seine Finger durch ihre seidigen Locken glitten. »Kennen Sie das Gedicht, Sophie?«

»Nein«, erwiderte sie ein wenig zittrig. Wieder zog er an ihrem Haar, und ihr Kopf neigte sich zur Seite, während seine rechte Hand sie gegen seinen muskulösen Körper presste. Ihr leises Aufstöhnen verhallte in der Nacht, als seine warmen Lippen ihre dargebotene Kehle liebkosten.

»›Deine roten, weichen Kirschlippen verraten, diese süße Frucht ist zum Probieren bereit.‹«, sagte Patrick langsam und unterstrich jedes seiner Worte mit einem Kuss.

»Ist das eine der ›Freuden der Ehe‹?« Sophie bemühte sich verzweifelt, trotz der erregenden Empfindungen, die er in ihr geweckt hatte, vernünftig zu bleiben.

»Eine von ihnen«, bejahte Patrick ihre Frage. Er presste sie an sich, während seine Hände über ihren schmalen Körper wanderten. Als sie über die Rundungen ihres Popos glitten und an der empfindsamen Rückseite ihrer Schenkel angelangten, entfuhr Sophie ein Keuchen. Schließlich kehrten Patricks Hände zu ihren üppigen Brüsten zurück und befreiten sie mühelos aus Madame Carêmes knappem Mieder.

»Ich weiß nicht, ob ...«

Sophie verstummte, als Patricks Mund sich fordernd auf ihren legte und ihr ungeahnte Sinnesfreuden verhieß. Unaufgefordert öffneten sich ihre Lippen, während ihre Hände nach oben wanderten und sich in seinem lockigen Haar vergruben.

Als Patrick sich von ihr löste, um auf die Geräusche zu lauschen, die vom Haus zu ihnen herüberdrangen, strebte sie ihm ungeduldig entgegen und bot ihm ihren Mund zum Kuss.

»Du bist ein kostbares Juwel«, sagte Patrick mit heiserer, hilfloser Stimme. »Oh, Sophie.«

Sophie lächelte und empfand in der Dunkelheit des Sommerhauses eine zu Kopf steigende Verwegenheit. »Wenn ich ein kostbares Juwel bin, wissen Sie mich dann auch angemessen zu würdigen?«

Statt einer Antwort zog Patrick sie mit einem Funkeln in den Augen ungestüm ein weiteres Mal an sich.

»Seltsam.« Seine Stimme war weich wie Samt. »Sie scheinen weiter zu spielen, obwohl wir das Tuch haben.« Sophie hörte natürlich auch die aufgeregten Rufe der anderen Gäste in der Ferne.

Das Geräusch brachte sie wieder zu Sinnen. »Nein! Man könnte uns sehen!«

Patrick hielt augenblicklich inne und löste seine Lippen von den ihren. »Das ist das einzige, was Sie interessiert, nicht wahr?« Sein Mund verzog sich. »Wenn uns jemand entdeckte, müssten Sie mich heiraten statt Ihren Grafen.«

Sophie begriff die Bedeutung seiner Worte gar

nicht. Das Mondlicht, das durch das Dach der Gartenlaube fiel, erhellte die Konturen von Patricks Gesicht und betonte die raue Schönheit seiner Wangenknochen und die dunklen Schatten, die seine Wimpern warfen.

Ohne nachzudenken hob sie die Hand an seine Wange. »Wie schön du bist«, flüsterte sie.

Aber Patrick schreckte vor ihrer Berührung zurück. »Ich fürchte wirklich, Lady Sophie, dass Ihr Verlobter Sie bereits vermisst.« Seine Stimme klang galant, aber sein Gesicht wirkte völlig unnachgiebig.

Sophie wollte etwas sagen, hielt dann jedoch inne. Er hatte Recht.

Angesichts des vielsagenden Schweigens zwischen ihnen verdüsterte sich Patricks Miene. Ohne zu zögern band er sich das lilafarbene Tuch um den Arm. »Es war bezaubernd, Sie wiederzusehen, Gräfin. Wie immer.«

Sophie fröstelte trotz der warmen Nachtluft und langsam kullerten zwei Tränen über ihre Wangen.

O Gott, jetzt war es passiert. Ihr Leben war ruiniert. Sie hatte sich in einen Lebemann verliebt, auch ohne ihn vorher zu heiraten. Zwei weitere Tränen folgten.

Unbewusst imitierte sie die Haltung ihrer Mutter und richtete sich kerzengerade auf. Zumindest würde *er* es nie erfahren ... und das Gleiche galt für den Rest der Welt. Sie würde von nun an dafür sorgen, dass ganz London glaubte, dass sie Braddon abgöttisch liebte. Sollten sie jemals auch nur vermuten, was sie für Patrick empfand, wäre die Blamage nicht auszudenken. Erneut überlief Sophie ein Frösteln.

Als sie den Garten verließ, traf sie auf zwei junge Damen, die aufgeregt über Tücher und gestohlene Küsse plapperten und gemeinsam stürzten sie durch die Türen ins Haus. Dabei klang Sophie das eigene Kichern hohl und unecht in den Ohren wider.

Wie es für das englische Klima typisch war, schlug das Wetter plötzlich um. Regenböen löschten die zischenden Fackeln und die Lakaien zogen die Verandatüren hinter den Mädchen zu.

Braddon saß neben seiner Mutter und blickte dankbar zu ihr auf, als Sophie näher kam. »Mylord.« Sie schenkte ihm ein strahlendes Lächeln.

Braddon verbeugte sich vor ihr. »Lady Sophie, ich glaube, es wird wieder zum Tanz gespielt. Würden Sie mir die Ehre erweisen?«

Als sie recht schwerfällig eine Gavotte begannen, überkamen Sophie einen Moment lang Zweifel. Vor ihr lag ein Leben voller schwerfälliger Tänze. Nichts konnte sie zu der Annahme verleiten, dass Braddons Taillenumfang sich nach ihrer Heirat verringern würde. Es sah sogar eher danach aus, als ob Braddon den mächtigen Bauch seines verstorbenen Papas bekommen würde.

Aber als sie am anderen Ende des Raums ankamen, blickte sie auf und begegnete Braddons freundlichen, blauen Augen, die sie anstrahlten. »Hatten Sie Spaß im Garten, Lady Sophie? Da hat sich Lady Sheffield ja ein teuflisches Spiel ausgedacht, was? Ich hatte das Tuch auch eine Weile«, gestand er ihr, »aber dann kam Patrick Foakes anstolziert und hatte auch eines, das meinem aufs Haar glich. Es sieht wohl so aus, als hätten sie Schindluder mit uns getrieben. Also so was.«

Sophie dachte verwundert über seine Worte nach. Schindluder war wohl genau der richtige Ausdruck. Zwei Tücher – und wieso hatte Patrick sie so schnell gefunden?

»Braddon«, sagte sie, »können wir uns einen Moment hinsetzen? Ich würde gerne etwas mit Ihnen besprechen.«

Braddon wirkte ein wenig beunruhigt. Damen, die sich unterhalten wollten, schnitten seiner Erfahrung nach selten ein angenehmes Thema an.

Und so war er tatsächlich einen Moment später zutiefst schockiert.

»Aber – aber – Lady Sophie!«

»Ich kann einfach nicht warten. Meine Gefühle für Sie sind zu stark.« In Sophies Blick lag ein Ausdruck süßer Qual, als sie zu Braddon aufschaute.

Doch sie erkannte schnell, dass es keinen Sinn hatte, weiterhin zu behaupten, dass sie aus Liebe mit ihm durchbrennen wollte. Diese Vorstellung würde bei Braddon und seinem prosaischen Gemüt keinen Anklang finden. Sie senkte die Stimme.

»Es ist wegen meiner Mutter. Sie treibt mich an den Rand des Wahnsinns. Sie und ich« – sie legte die Hand auf Braddons Arm – »wir sind erwachsen, mein Gott.«

»Das stimmt.« Braddon war immer noch unsicher, aber als Sophie ihre Mama erwähnte, verspürte er einen Anflug von Mitgefühl für seine Verlobte. Da hatten sie nun wirklich etwas gemeinsam. »Ich weiß genau, was Sie meinen«, gestand er. »Meine Mutter hat ... nun, Sie kennen sie ja.«

»Dann wollen wir durchbrennen!« Sophie blickte Braddon hoffnungsvoll an.

»Das geht nicht, meine Liebe.« Braddon schüttelte den Kopf. »Das wäre nicht richtig. Und außerdem würde meine Mutter mir das nie verzeihen und es mir mein Leben lang vorwerfen. Wissen Sie, sie spricht heute noch davon, als ich einmal ihr Verbot missachtete und davonlief, um einen Hahnenkampf anzusehen. Und da war ich erst zwölf Jahre alt.«

Sophie lehnte sich nach vorne und schaute Braddon so betörend wie möglich an. Sie zog sogar einen kleinen Schmollmund.

»Oh Braddon, Sie haben doch wohl keine Angst vor Ihrer Mutter, oder?«

»Natürlich habe ich das«, erwiderte Braddon. »Meine Mutter ist ein Angst einflößender, alter Drache, da können Sie jeden fragen. Außerdem« – und dabei blickte er sie misstrauisch an – »geht es hier nicht eigentlich darum, dass *Sie* Angst vor *Ihrer* Mama haben?«

Sophie war gerade dabei, ihre Argumente für eine neue Attacke zurechtzulegen, als sich eine strenge Stimme in ihre Unterhaltung einmischte. Sophies Mutter, die Marquise, stand vor ihnen, und ihr hervorgereckter Busen verriet äußerste Abscheu.

»Diese Party«, sagte sie erbittert, »ist ein Affront.«

Automatisch sah sich Sophie nach ihrem Vater um. Da war er ja. Er saß ganz harmlos neben Sylvester Bredbeck, nachdem er sich schon den ganzen Abend über korrekt verhalten hatte – zumindest in den Momenten, in denen Sophie ihn beobachtete hatte.

Braddon erhob sich hastig und bot der Marquise seinen Stuhl an.

Eloise setzte sich, obwohl sie offensichtlich viel lieber nach ihrer Kutsche verlangt hätte. »Miss Daphne Boch ist unauffindbar«, sagte sie mit eisiger Stimme, »und das Gleiche gilt für Patrick Foakes, den Bruder des Gastgebers.« Sie richtete einen Blick auf ihre Tochter, der einem Basilisken zur Ehre gereicht hätte. »Wie es scheint, wurden sie das letzte Mal gesehen, als sie in Richtung Garten gingen. Miss Daphnes Bruder kann sie scheinbar nirgends finden.«

Braddon schluckte. »Ich bin sicher, sie werden bald wieder auftauchen«, sagte er, denn ihm waren die Gerüchte, die um Sophie und Patrick im Umlauf waren, nur zu gut bekannt.

Sophie starrte auf die Hände in ihrem Schoß hinunter, die sie ohne es zu merken ineinander verkrallt hatte. Sie befürchtete, dass sie sich nie wieder voneinander lösen würden.

»Ich bin sicher, *diese* junge Dame wird nicht so töricht sein und Foakes Antrag ablehnen.« Eloise warf ihrer Tochter erneut einen zornigen Blick zu. Es ärgerte Eloise bis ins Mark, dass sich ihre Tochter mit einem Mann blamiert hatte, der es sich ganz offensichtlich zum Hobby machte, junge Damen zu kompromittieren. Foakes musste verzweifelt auf der Suche nach einer Braut sein oder etwas in der Art.

Sophie spürte, wie Braddon tröstend seine Schulter gegen sie presste, als er sich einen Stuhl heranzog. Sein Stimme klang beschwichtigend. »Patrick hat mir erzählt, dass Lady Sophie seinen Antrag abgelehnt hat, und ich muss sagen, ich bin sehr glücklich, dass sie noch frei war, meinen Antrag anzunehmen.«

Braddon nahm Sophies verschlungene Hände in die seinen und löste sie mit einem kurzen Ruck voneinander. Dann hob er ihre leblosen Finger mit einer romantischen Geste an die Lippen und drückte ihnen einen Kuss auf.

Die Marquise betrachtete Braddon wohlwollend. Hier war endlich mal ein junger Mann mit den richtigen Ansichten, und außerdem verstand er es noch, sich nett auszudrücken. Er erinnerte Eloise an die Stutzer, die ihr in ihrer Jugend den Hof gemacht hatten.

Sophies Herz raste. Patrick würde heiraten und diese französische Schlampe Daphne zur Frau nehmen.

»Maman«, sagte sie und hob endlich den Kopf. »Ich glaube, ich bekomme Kopfschmerzen. Darf mich Lord Slaslow nach Hause begleiten?«

Eloise richtete einen strengen Blick auf ihre Tochter. Wollte sie ihre Verlobung durch ein überstürztes, unbedachtes Verhalten ruinieren, durch das der Graf eine schlechte Meinung über sie entwickeln könnte? Nein. Sophie sah tatsächlich recht blass und unwohl aus. Ein Ausdruck mütterliche Sorge erschien auf Eloises Zügen.

»Natürlich«, erwiderte sie. »Ich werde deinen Vater suchen, und wir werden uns sobald wie möglich verabschieden. Und ich werde dich und Lord Slaslow bei unseren Gastgebern entschuldigen, sobald ich sie gefunden habe.« Sie sah sich im Gartensalon um, aber weder Alex noch Charlotte waren zu sehen.

»Fahr sofort nach Hause, Sophie, und lass dir von der Köchin eine gewürzte, heiße Milch zubereiten. Bei Kopfschmerzen hilft nichts besser als eine gewürzte, heiße Milch.«

Sophie lächelte ihre Mutter an und umklammerte mit kalten Fingern Braddons Samtumhang. Braddon ist solch ein zuvorkommender Mensch, dachte sie dankbar, während er sie rasch aus dem Raum voll plaudernder Paare führte. Alle sprachen sie nur von dem Verschwinden von Daphne Boch, Patrick Foakes *und* Daphnes Bruder Lucien. Alle waren sich einig, dass Lucien Patrick gefordert hatte, und sie in diesem Moment ihre Sekundanten wählten.

In der Zwischenzeit hatte sich Sophie eine andere Taktik ausgedacht. »Sehen Sie, Braddon«, sagte sie und setzte sich auf die andere Seite der Kutsche, direkt neben ihren zukünftigen Verlobten, »wir brauchen einen Plan, wie wir diesen langen, steifen Partys und ermüdenden Verpflichtungen entgehen können, bei denen wir uns in den nächsten vier Monaten furchtbar langweilen werden ... es sei denn, wir schmieden einen Plan.«

»Einen Plan«, wiederholte Braddon.

Blitzte da etwa ein Funken von Interesse in seinen Augen auf?

»Ich dachte mir, Sie könnten sich einen großen dunklen Umhang besorgen«, sagte Sophie verschwörerisch. »Und vielleicht könnten Sie sich einen falschen Bart besorgen, wie ihn die Schauspieler tragen. Natürlich nur, wenn Sie wissen, wo man so etwas findet.«

»Mein Gott, da weiß ich genau das Richtige!« Braddon war ganz aufgeregt. »Aber wozu denn?«

»Für unsere Flucht«, rief Sophie. »Wenn wir erst einmal verheiratet sind, werden wir natürlich ein häusliches, ruhiges Leben führen. Ohne solche theatralischen Eskapaden. Wahrscheinlich werden wir nur selten ins Theater gehen. Dies wäre ein letztes Abenteuer – und wir benötigen nur einen brillanten Plan, um es durchzuführen!«

»Ach ja«, seufzte Braddon sehnsüchtig. Visionen von gemieteten Perücken und einem gelockten Schnauzbart tauchten vor seinem geistigen Auge auf.

»Denn wenn wir unseren Müttern gestatten, diesen Teil unseres Lebens zu bestimmen«, sagte Sophie ernsthaft, »dann werden sie versuchen, in unserer Ehe ebenfalls sämtliche Entscheidungen zu treffen. Meine Mutter hat sogar verkündet, dass sie jede freie Minute mit mir verbringen will, wenn ich erst einmal verheiratet bin.«

»Wirklich?«, fragte Braddon mit tonloser Stimme.

»Ja, und ich denke, dass es noch schlimmer wird, wenn wir erst einmal Kinder haben. Denn unser beider Mütter werden ständig in unserem Haus ein- und ausgehen und erwarten, von den

Kindern unterhalten zu werden. Wir müssen einen Schritt in unsere Freiheit tun.«

Braddon war ein wenig verwirrt. Was redete sie nur immerzu von Freiheit? »Ich verstehe nicht, warum ich einen Umhang kaufen soll.«

»Sie brauchen den Umhang, damit niemand Sie erkennt, wenn wir durchbrennen«, erklärte Sophie. »Die Menschen achten meist nur auf die Kleidung. In einem Umhang und mit einem falschen Bart könnten Sie sich als jedermann ausgeben.«

Einen Moment lang herrschte Stille. »Das mag stimmen«, räumte Braddon ein, »aber ich verstehe dennoch nicht –«

»Wenn Sie mich nicht entführen wollen«, unterbrach ihn Sophie verzweifelt, »dann brauchen wir eigentlich gar nicht erst zu heiraten. Und wenn Sie morgen Abend nicht zu meinem Haus kommen, werde ich Sie niemals heiraten, Braddon Chatwin!« Zu seinem Entsetzen musste Braddon erkennen, dass seine Verlobte offensichtlich einen Hang zu Hysterie hatte. Und so wie sie seinen Arm umklammerte, würde sie seinen Samtumhang völlig zerknittern.

Vor seinem geistigen Auge tauchte das Gesicht seiner Mutter auf, wenn er ihr mitteilte, dass Sophie die Verlobung gelöst hatte. Aber noch stärker war in ihm das unbändige Verlangen nach Fettschminke und Klebstoff, mit dem man sich einen falschen Bart im Gesicht befestigte. Es machte solch einen Spaß, sich einen wallenden Umhang über die Schultern zu werfen. Ganz in Schwarz gekleidet, würde ihn niemand als »dummen Slaslow« bezeichnen oder ihn mit anderen, noch weniger schmeichelhaften Spitznamen betiteln.

»Sie brauchen deshalb gar nicht so reizbar zu sein«, sagte er schließlich. »Na gut. Ich mache es.«

Sophie wusste, dass sie ihren Erfolg festigen musste, bevor Braddon noch einmal darüber nachdachte oder, was noch schlimmer wäre, den Plan mit einem vernünftigen Freund besprach.

»Ich erwarte Sie morgen Abend«, erwiderte sie mit fester Stimme. »Morgen um Mitternacht. Und erzählen Sie es bestimmt niemandem, Braddon. Die Leute können einem jeden Spaß verderben.«

Sophie senkte die Stimme zu einem aufgeregten Flüstern. »Mitternacht ist die beste Zeit für ein Entführung ... ich werde dafür sorgen, dass eine Leiter an meinem Fenster steht. Wenn Sie in Ihrem Umhang auftauchen, können Sie die Leiter hochsteigen und mich davontragen!«

Braddon war fasziniert von der Idee, mit wehendem Umhang eine Leiter hinaufzuklettern und mit einer hübschen Jungfrau in die Nacht zu entschwinden. Und da er Sophie sowieso heiraten würde, konnte er es ebenso gut hinter sich bringen.

»Na gut«, stimmte er zu. »Um Mitternacht also.«

Die Kutsche hielt mit einem Ruck. Als der Lakai den Schlag öffnete, stieg Braddon aus und fühlte sich viel schneidiger als beim Einsteigen. Er streckte die Hand aus, und Sophie legte ihre kleinen Finger vertrauensvoll hinein. Als er sie die Marmorstufen zur Tür hinaufführte, blieb sie eine Stufe über ihm stehen, so dass ihre Gesichter auf gleicher Höhe waren.

»Sie sind mein Held«, flüsterte sie.

Wie hypnotisiert beugte sich Braddon vor und seine Lippen streiften ehrfürchtig die ihren. Dann verbeugte er sich und verschwand.

Sophie betrat müde aber zufrieden das Haus. Was machte es nun noch, wenn Patrick Foakes ein schreckliches französisches Mädchen heiratete, das sich ihm an den Hals geworfen hatte? Sie, Sophie, würde lange verheiratet sein, bevor Patrick mit Lucien Boch den Ehekontrakt arrangiert hatte. Und wenn sie erst einmal vermählt war, würde sie weder an Patrick noch an seine beunruhigenden Augen oder seine leichten Berührungen denken. Nie wieder.

Im Haus der Sheffields ertönte ein leises, aufgeregtes Zischen, als Patrick Foakes Schulter an Schulter mit seinem Bruder, dem Grafen, durch die Terrassentüren in den Gartensalon geschlendert kam. Miss Daphne Boch war nirgends zu sehen!

Barbara Lewnstown hielt sich für eine besondere Freundin Daphnes und war eifrig damit beschäftigt gewesen, Daphnes zukünftiges Eheleben mit Patrick zu kommentieren.

»Oha«, rief sie Patrick ungezwungen zu. »Wo ist denn meine liebe Daphne?«

Patrick wirkte außerordentlich desinteressiert. »Sobald wir das Haus verlassen hatten, stach sie eine Biene unter dem Auge. Es schwoll ganz fürchterlich an«, fügte er hinzu, als Barbara erschrocken aufkreischte. »Charlotte hat sie fortgeführt und ihr eine Schlammpackung aufgelegt.«

Von einer Romanze zu einem geschwollenen Bienenstich ... Nicht einmal die schlimmsten Klatschmäuler konnten die Überzeugung hegen, dass Patrick dem armen Mädchen am nächsten Morgen einen Antrag machen musste. Möglicherweise brachte dieser Stich ihn ein für alle Mal von ihr ab, argumentierten sie. Sein Ton war viel zu leidenschaftslos für jemanden, den das schreckliche Schicksal des Mädchens berührt hatte. O Gott, Daphne konnte wahrscheinlich eine Woche oder länger nicht an gesellschaftlichen Anlässen teilnehmen.

7. Kapitel

Braddon Chatwin wachte am nächsten Morgen mit einem angenehmen Gefühl der Vorfreude auf. Einen Moment lang starrte er verschlafen zu den blauen Stoffbahnen aus Chintz hinauf, die sein Bett schmückten. Er hatte in der Nacht einen wirren Traum von schwarzen Umhängen und falschen Bärten gehabt.

Dann kehrte die Erinnerung zurück. Lady Sophie York wollte durchbrennen und verlangte von ihm, dass er einen Umhang und einen Schnauzbart trug, und sie drohte, ihn nicht zu heiraten, wenn er nicht um Mitternacht bei ihr erschien. Mühsam versuchte Braddon, Sophies wirre Forderungen zu enträtseln.

Im kalten Tageslicht betrachtet war die Sache schlicht und ergreifend völlig verrückt, anders konnte man es beileibe nicht nennen. Wenn sie gemeinsam nach Gretna Green durchbrannten, würden die Leute unzweifelhaft annehmen, dass sie die Hochzeitsnacht vorweggenommen hatten. Aber der Gedanke liegt ihr völlig fern, schoss es Braddon selbstzufrieden durch den Kopf. Wohlerzogene junge Damen aus gutem Haus wussten gar nichts über Sex, und so ahnte Sophie natürlich nicht, was die Leute über ein Paar sagen würden, das miteinander durchgegangen war. Da es jedoch keinen Grund gab, warum Braddon und

Sophie nicht in ungefähr vier Monaten ganz ehrbar in der Kirche von St. George heiraten sollten, würden die Leute natürlich Vermutungen anstellen, warum sie den Ehebund so übereilt geschlossen hatten. Es war ja schließlich keine Liebesheirat, oder so etwas.

Was den Grund anging, *warum* Sophie überhaupt durchbrennen wollte, so schob Braddon diese Frage gedanklich weit von sich. Er war schon vor langer Zeit zu der Überzeugung gelangt, dass es unmöglich war, die Frauen zu verstehen.

Er klingelte nach seiner heißen Schokolade und verschränkte dann die Arme hinter dem Kopf. Nun musste er einfach sein Talent für Streiche nutzen und sich einen Plan ausdenken, mit dem er seine zukünftige Frau hinters Licht führen konnte. Mit anderen Worten, er brauchte einen Plan, mit dem er ihren Streich durchkreuzen konnte. Denn um nichts in der Welt würde er so dumm sein und nach Schottland durchbrennen, wenn gar kein Grund dafür bestand.

Außerdem würde die Reise in den Norden mindestens zwei oder drei Tage dauern und das gleiche musste man noch für die Rückfahrt einkalkulieren. Wenn sie nicht noch länger benötigen würden. Du meine Güte, eine Reise nach Schottland im Dezember! Zugegeben, es war in diesem Jahr noch keine Schneeflocke gefallen, aber er sollte verdammt sein, wenn er Madeleine eine Woche alleine ließ. Und sei es auch nur für eine Woche. Nicht, wenn der bloße Gedanke an sie sein Herz schneller schlagen ließ und er am liebsten sofort aus dem Bett gesprungen und zu den Ställen ihres Vaters gefahren wäre, um einen Blick auf sie zu erhaschen.

Braddons Augen verdunkelten sich vor Ärger. Nicht, dass ihn Madeleine freudestrahlend begrüßte, wenn er dort ankam. Zu seinem großen Ärger erwies sie sich als äußerst keusch. Er konnte keinerlei Anzeichen entdecken, dass sie angesichts seiner flehenden Briefen, seiner Geschenke (die sie nicht annahm) oder seiner anderen Bemühungen nachgeben und seine Geliebte werden würde. Sie hatte ihm einfach nur mitgeteilt, dass sie an dieser Position nicht interessiert sei und das war's. Er hatte ihr vergeblich erklärt, dass die Tochter des Besitzers von *Vincent's Pferdemarkt* nicht damit rechnen konnte, eine gute Partie zu machen oder überhaupt geheiratet zu werden.

Braddon kaute nachdenklich auf seiner Unterlippe herum, als Kesgrave ihm seine heiße Schokolade reichte, die er jeden Morgen trank. Vielleicht machte sich Madeleine Sorgen um ihre Zukunft. Schließlich war die Stellung einer Kurtisane riskant und sie glaubte womöglich nicht, dass er ein so ungewöhnliches Verhalten im Sinn hatte. Vielleicht sollte er seinen Vermögensverwalter zu sich bestellen und einen Kontrakt aufsetzen lassen, mit dem er eine ordentliche Summe auf Madeleine übertrug. Dann würde sie verstehen, dass ihre Beziehung ewig währen würde, nicht nur eine kurze Weile.

Braddon nippte gedankenverloren an seiner Schokolade. Das wahre Problem bestand darin, Lady Sophie nach seiner Pfeife tanzen zu lassen, während es so aussah, als würde er nach ihrer tanzen. Wenn er Sophie nun eine Absage zukommen ließe, würde sie die Verlobung ganz bestimmt lösen, dessen war er sich sicher. Braddon hatte schon einige hysterische Frauen erlebt, denn schließlich hatte er drei ältere Schwestern und Sophie machte auf ihn ganz den Eindruck, als stünde sie kurz davor, die Fassung zu verlieren. Nein, er musste um Mitternacht bei ihr erscheinen, *ohne* in Gretna Green zu enden.

Braddon schwang die Füße aus dem Bett. Er hätte nicht an Madeleine denken sollen. Nun würde er garantiert nichts zu Stande bringen, bevor er sie nicht sah und ihr vielleicht einen Kuss stahl, wenn ihr Vater gerade nicht hinsah.

Mein Gott, ihr Vater konnte so bissig werden wie die Bulldogge des Metzgers! So wie er sich ständig aufführte und behauptete, dass Braddon Madeleines Ruf ruiniere und ähnlichen Unsinn, konnte man meinen, seine Tochter sei tatsächlich eine Dame. Braddon konnte offensichtlich keinem von beiden begreiflich machen, dass Frauen, die über Pferdeställen lebten, gar keinen Ruf besaßen, sondern sich höchstens einen machten. Braddon lachte in sich hinein.

Als sein Diener Kesgrave kam, um ihm beim Ankleiden zu helfen, erzählte er ihm das Wortspiel, aber Kesgrave warf ihm nur den üblichen ausdruckslosen Blick zu und fragte: »Würden Sie heute gerne den blauen Cut tragen, Mylord?«

Braddon seufzte. Bei all den begriffsstutzigen Menschen um ihn herum war es ein Glück, dass er ein so ausgeglichener Kerl war.

»Ich werde den lausgrauen tragen, Kesgrave. Sie wissen, welchen ich meine.«

»Es heißt nicht lausgrau, Mylord«, korrigierte Kesgrave ihn, »sondern mausgrau.«

»Genau den meine ich. Ich werde ausreiten.«

»Vor dem Frühstück?«, fragte Kesgraves noch eine Spur vorwurfsvoller.

Verdammt, er hatte es langsam satt, Dienstboten um sich zu haben, die ihn schon als kleinen Junge gekannt und herumkommandiert hatten.

»Ich reite aus«, platzte es gegen seinen Willen ein wenig trotzig heraus. Sobald er angekleidet war, schlich sich Braddon aus der Haustür wie ein kleiner Junge, der sich in den Park davonmachte. Dann schwang er sich auf sein Pferd und trabte in Richtung Blackfriars, wo sich *Vincent's Pferdemarkt* befand.

In den lang gestreckten, niedrigen Stallgebäuden herrschte eine friedliche Ruhe. Es war viel zu früh für die kleinen Menschentrauben, die sich später am Tag unter den großen Eichen im Hof bildeten und unruhig zusahen, während die Stallburschen tänzelnde Araber und das eine oder andere kräftige Quarterhorse herausführten.

Braddon ließ sich schwerfällig vom Pferd gleiten und warf die Zügel einem Burschen zu, der sich vor dem Stall herumdrückte, in der Hoffnung, einen Shilling zu verdienen.

Dann schlenderte der Graf von Slaslow auf das Gebäude zu. Madeleine hielt sich wegen der lächerlichen Sorge ihres Vaters um ihren »Ruf« an den Nachmittagen fast nie in den Ställen auf. Aber eigentlich war Braddon ihm dankbar dafür, denn so musste er nicht mit jedem dahergelaufenen eleganten Offizier konkurrieren, der zufällig auf der Suche nach einer abgehalfterten Mähre hereinspazierte.

Braddon ging schnell die lange Stallgasse entlang. Es roch ein wenig nach klebrig-süßen Breiumschlägen, und wo es Umschläge gab, da war Madeleine gewöhnlich nicht weit. Sie war nämlich für die kleineren Verletzungen wie verstauchte Sprunggelenke und Vorderbeine zuständig.

Madeleine befand sich in der letzten Box auf der rechten Seite, wo sie vor dem angehobenen Vorderbein eines Pferdes auf dem Boden kniete. Sie musste Braddons polternde Schritte auf dem Steinboden gehört haben, aber sie blickte nicht auf, sondern redete sanft auf die braunäugige Stute ein, während sie ihr den Umschlag anlegte.

Braddon wartete einen Moment und trat unruhig von einem Fuß auf den anderen.

»Mylord«, sagte Madeleine, ohne sich umzudrehen. »Wenn Sie nicht zu sehr beschäftigt sind, könnten Sie mir helfen und Gracies Kopf halten.«

»Woher wussten Sie, dass ich es bin?« Braddon trat an den Kopf des Pferdes und hinderte Gracie daran, Madeleine in den Nacken zu prusten.

Madeleine warf ihm einen Blick über die Schulter zu. »Sie erscheinen doch jeden Morgen um diese Zeit hier, Mylord.«

»Hmmm.« Braddon war durch ihren sachlichen Ton ein wenig aus dem Konzept gebracht. Wünschte sich Madeleine nicht, dass er vorbeikam? Er ließ das Halfter des Pferdes los und ging neben ihr in die Hocke. Dabei gab er sich die größte Mühe, nicht vor Anstrengung zu schnaufen.

»Was ist denn mit ihr los?«

»Sie hat sich das rechte Vorderbein verstaucht«, antwortete Madeleine kurz angebunden.

Braddon warf einen flüchtigen Blick auf das Bein und rückte dann näher an Madeleine heran.

»Mylord!«

Sie ist zornig auf mich, dachte Braddon resigniert. Heute wird es wohl keine Küsse geben. Du meine Güte, hatte er sich etwa in eine französische Miss verliebt, die ein teuflisches Temperament und zugleich die Moral einer Nonne besaß? Sie war bei weitem nicht so schön wie Arabella, die Geliebte, die er Patrick im vergangenen Jahr ausgespannt hatte. Eine unbeteiligte Person würde sie sogar klein und rundlich nennen.

Aber beim bloßen Anblick Madeleines schlug Braddons Herz schneller. So wie sie vornübergebeugt dem Pferd das Vorderbein einrieb und seinem Blick auswich, konnte er die üppigen Kurven ihrer Brüste ausmachen, die zwischen ihren Armen zu sehen waren. In seinen Augen begann es zu funkeln, und es juckte ihn in den Fingern, seine Hand unter ihren Arm zu schieben.

»Nein!«

Erschrocken fuhr Braddons Kopf in die Höhe, und sein Blick begegnete dem ihren.

»Warum nicht?«, fragte er beherzt.

Madeleine rappelte sich hoch und zog ihren steifen, dicken Rock zu Seite. Ihr französischer Akzent war stärker ausgeprägt, wie es immer geschah, wenn sie erzürnt war.

»Bitte versuchen Sie nicht, mich aus dem Konzert zu bringen.«

»Aus dem Konzert?«

Braddon war verwirrt und sein Mund stand ein wenig offen. Es war schwierig, seine Gedanken beieinander zu halten, wenn Madeleine mit ihrem wogenden Busen direkt vor ihm stand. Sie hatte solch üppige Hüften ...

»Oh, Sie meinen wohl aus dem Konzept bringen?«

»Das habe ich doch gesagt«, erwiderte Madeleine ungeduldig. Was sollte sie nur mit diesem einfältigen Lord anstellen? Wie konnte sie vernünftig ihre Arbeit tun, wenn er ihr ständig durch die Ställe folgte, ihren Busen anstarrte und ihren Seelenfrieden störte?

In manchen Situationen funktionierte Braddons einfältiges Hirn recht gut. Er riss Madeleine so schnell in seine Arme, dass ihr keine Zeit blieb, nach ihrem Vater zu rufen, bevor sein Mund sich auf den ihren presste. Während des Kusses verließ Braddon gleichzeitig rückwärts Gracies Box und bewies damit, dass er sehr wohl zwei Dinge zugleich tun konnte, was einige seiner Freunde strikt bestritten hätten.

Gegen ihren Willen entspannte sich Madeleine. Das Leben hatte ihr in den vergangenen Jahren hart zugesetzt und es war ein himmlisches Gefühl, von Braddon umarmt zu werden. Wenn er sie hielt, dann hatte sie das Gefühl, als könne ihr nie wieder etwas Böses geschehen.

Sie rief sich zur Ordnung und versetzte Braddons Brust einen Stoß. Er flüsterte ihr etwas ins

Ohr – ohne Zweifel wieder eines seiner hochtrabenden Versprechen –, aber sie begriff dennoch, worauf er hinauswollte. Ihr schafsköpfiger Freier war doch kein echter Freier. Er war das, was ihre Mama damals in Frankreich einen *libertin* genannt hätte. Er wollte sie ruinieren und nicht heiraten.

Braddons Arm stahl sich wieder um ihre Schultern.

»Schauen Sie nicht so traurig, Madeleine«, flüsterte er, aber sie hörte seine Worte dennoch klar und deutlich. »Ich hasse es, wenn Sie so traurig aussehen.«

Einen Moment lang verharrte Madeleine regungslos und blickte verwirrt in Braddons blaue Augen.

»Ich bin nicht traurig«, sagte sie. »Ich habe nur einen Moment lang an meine Mutter gedacht.«

»Sie sahen traurig aus«, beharrte Braddon.

»Ich vermisse sie«, rutschte es Madeleine unfreiwillig heraus. Sie wollte ihrem unmoralischen Verehrer auf keinen Fall ihre Gefühle offenbaren.

Braddon küsste sie aufs Ohr. »Eines Tages werden Sie selber Mutter sein, Madeleine. Sie werden Ihre eigenen Kinder haben, und dann werden Sie all das vergessen.«

Madeleine holte tief Luft.

»Nicht, wenn Sie Ihren Willen durchsetzen«, wies sie ihn zurecht. »Sie wollen mich zu einer Kurtisane machen und solche Frauen bekommen niemals Kinder. Bei solch einem Lebenswandel wäre das gar nicht möglich.«

Braddon grinste. Es war ganz typisch für Madeleines unbeirrbaren, französischen Menschenverstand, dass sie ihn gleich auf diesen nachteiligen Umstand im Leben einer Mätresse aufmerksam machte.

»Wir werden Kinder haben«, sagte er voller Überzeugung. »Das wusste ich in dem Moment, als ich Sie sah. Ich wollte nie kleine Bälger um mich haben, bevor ich Sie traf.«

Madeleines Herz schmolz dahin. Dieser englische Lord war ganz nach ihrem Geschmack, wenn nur die Umstände anders wären. Er schien zwar nicht besonders helle zu sein, aber er besaß ein grundgutes Herz. Außerdem gab ihr seine kräftige Gestalt ein Gefühl der Sicherheit. Madeleine war der Meinung, dass Männer groß und kräftig sein sollten. Und sie könnte ihn davon abhalten, sich zu sehr zum Narren zu machen ... Aber nein. Sie würde niemals die Kurtisane eines Mannes werden, auch wenn sie ihr Leben lang unverheiratet bleiben musste.

Sie schob ihn von sich. »Bitte, gehen Sie weg!«

Braddon blickte Madeleine prüfend an und ihre Züge hatten tatsächlich wieder einen grimmigen Ausdruck angenommen.

»Ich muss vielleicht ein paar Tage verreisen.« Schien sie traurig darüber zu sein? Nein, Braddon konnte sich nicht vormachen, dass dem so war.

»Gut. Dann kann ich vielleicht endlich ungestört meine Arbeit tun.«

Nein, sie sah ganz bestimmt nicht traurig aus. Es entstand eine kleine Pause.

»Wo fahren Sie hin?«

»Ich muss durchbrennen«, sagte Braddon. »Das

heißt, Lady Sophie möchte durchbrennen, ich nicht, also werde ich eine Leiter hinaufsteigen und sie entführen, aber ich werde nicht wirklich mit ihr nach Gretna Green reisen, weil ich gar nicht durchbrennen will. Außerdem brennt niemand mitten im Winter durch.«

Madeleines Herz begann schmerzhaft zu pochen. »Wünscht Lady Sophie ernsthaft eine Entführung?«

»Ja«, sagte Braddon, aber sein Ton verriet leise Zweifel. »Ich bin nicht sicher, ob sie als Ehefrau wirklich so geeignet ist, wie ich Ihnen zuvor erzählt habe. Gestern Abend war sie regelrecht hysterisch und teilte mir mit, dass sie mich nicht heiraten werde, wenn ich nicht um Mitternacht über eine Leiter in ihr Zimmer steige und mit ihr durchbrenne.«

Trotz der Traurigkeit, die sie ergriff, hätte Madeleine beim Anblick von Braddons jämmerlicher Miene fast laut gelacht.

»Ich kann nicht wieder von vorne anfangen, Madeleine – Maddie!« Es war ihm wieder gelungen seine langen Arme um sie zu schlingen. Den Mund an ihr Haar gepresst sprach er weiter. »Ich müsste wieder von vorne anfangen und ins *Almack's* gehen und ein Mädchen suchen, das halbwegs annehmbar erscheint. Ich darf Lady Sophie nicht ziehen lassen. Ich muss einfach einen Weg finden, um mit ihr durchzubrennen, ohne es tatsächlich zu tun.«

Zumindest scheint er keine tiefen Gefühle für seine zukünftige Frau zu hegen, dachte Madeleine gequält.

»Was haben Sie gegen eine Entführung einzuwenden?« Madeleine hielt es für eine annehmbare Alternative.

Braddon blickte empört in Madeleines mitleidlose braune Augen.

»Werden Sie mich denn nicht vermissen? Ich werde eine Woche bis Gretna Green und zurück brauchen, wenn wir nicht aufgehalten werden. Mein Gott, ich könnte zwei volle Wochen fort sein!«

»Ich werde Sie nicht vermissen«, erwiderte sie. »Und nach Ihrer Heirat werden Sie in den Ställen nicht mehr willkommen sein.«

»Nun, ich würde Sie vermissen«, sagte Braddon standhaft. »Und ich glaube Ihnen kein Wort. Ich glaube, Sie würden mich auch vermissen. Außerdem will ich mich so früh noch nicht vermählen.« Er presste Madeleine ein weiteres Mal an sich, ließ sich dann auf einen Strohhaufen sinken und zog sie auf seinen Schoß.

Sie protestierte zuerst, entspannte sich dann jedoch in seinen Armen. Braddon zog sie an seine Brust und genoss es, wie sich Madeleines weiche Rundungen an seine Beine schmiegten.

»Sie werden sich Ihre Kleidung ruinieren.«

»Meine praktische Maddie«, flüsterte Braddon in ihr Haar.

Die praktische Maddie hatte das Gefühl, als würde ihr jemand einen Dolch ins Herz stoßen.

»Warum tun Sie nicht so, als hätten Sie sich ein Bein gebrochen?« In dem Moment, in dem sie dies aussprach, verfluchte sie sich selber. Warum zeigte sie auch noch Interesse an seinen Heiratsplänen?

»Ein Bein brechen? Wie meinen Sie das?«

»Wenn Sie sich das Bein brechen, können Sie keine Leiter hinaufklettern«, erklärte sie schroff.

Braddon dachte gründlich darüber nach.

»Verdammt, Sie haben Recht, Maddie, Sie sind großartig! Ich werde Lady Sophie eine Nachricht schreiben und ihr mitteilen, dass ich mir ein Bein gebrochen habe. Das wird ihr Gelegenheit geben, sich ihre verrückte Idee aus dem Kopf zu schlagen.«

»War sie wirklich hysterisch?«

Er runzelte die Stirn. »Sie war nahe dran.«

»Nun, dann wird Sie Ihrer Nachricht wahrscheinlich keinen Glauben schenken«, sagte Madeleine. »Ich würde es jedenfalls nicht tun. Ich würde annehmen, dass Sie nur versuchen, sich zu drücken und zu spießig sind, mit mir durchzubrennen.«

Entsetzt lauschte sie ihren eigenen Worten. War da ein Anflug von Erbitterung in ihrer Stimme? Sie durfte nicht einmal flüchtig daran denken, einen Grafen des englischen Königreichs zu heiraten! Mein Gott, es war offensichtlich, dass ihm nicht einmal die Idee gekommen war, sie, Maddie, zu heiraten.

»Sie glauben, Lady Sophie würde meiner Nachricht nicht glauben?«

»Sie könnte die Verlobung mit Ihnen lösen.«

Madeleine ignorierte die leise Stimme in ihrem Herzen, die beim Gedanken an eine gelöste Verlobung jubilierte.

»Glauben Sie wirklich?«, fragte Braddon mit offensichtlichem Entsetzen. Er umklammerte Madeleine ein wenig fester, als er an den Zorn seiner Mutter dachte. Dann richtete er sich auf.

»Ich hab's! Ich muss mir tatsächlich das Bein brechen! Ich werde von einem Pferd fallen, und dann muss ich nur noch jemanden finden, der Sophie von dieser verdammten Leiter holt und in mein Haus bringt. Dann sieht sie mit eigenen Augen meinen Gips und kann mir keinen Vorwurf mehr machen.«

Madeleine seufzte. Ihr englischer Lord brauchte wahrlich jemanden, der auf ihn Acht gab.

»Seien Sie doch nicht solch ein Schafskopf! Es ist gar nicht so einfach, sich das Bein brechen.«

»Doch, für mich schon«, erwiderte Braddon. »Ich habe mir das linke Bein gebrochen, als ich ein junger Kerl war, und der Arzt sagte mir, ich solle es vorsichtig angehen, da ich es mir im Handumdrehen wieder brechen könne. Ich muss also auf der linken Seite vom Pferd fallen und zusehen, dass das Bein dazwischen gerät, und dann ist es sicherlich gebrochen.«

Eine kalte Hand griff nach Madeleines Herzen. »Es würde wahrscheinlich nicht richtig heilen, und Sie müssten den Rest ihres Lebens humpeln. Dann wird Lady Sophie sie ganz bestimmt nicht mehr nehmen.«

»Glauben Sie?«

»Damen tanzen gerne«, sagte Madeleine mit der Überzeugung eines Menschen, der sich nicht einmal daran erinnern konnte, einer wahren Dame begegnet zu sein. »Keine Dame würde je einen Mann heiraten, der humpelt und nicht tanzen kann.«

»Oh.«

Madeleine entdeckte, sehr zu ihrem Unwillen, dass sie dem untröstlichen Ton in Braddons Stimme nicht widerstehen konnte. »Ich könnte Ihnen einen Gips anlegen«, schlug sie ihm vor.

»Wovon zum Teufel reden Sie?« Braddon hatte jeden Gedanken an die geplante Entführung beiseite geschoben und liebkoste Madeleines zartes Ohr mit den Lippen.

»Wir haben alles Notwendige hier ... für den Fall, dass eines der Pferde eine Schiene benötigt. Ich könnte Ihnen einen Gips machen, und jedermann wird glauben, dass Sie sich tatsächlich das Bein gebrochen haben.«

Braddon stieß einen Freudenschrei aus und drückte sie überschwänglich an sich. »Das ist meine Maddie!«

Als Madeleine ihm erschrocken den Kopf zuwandte und ihn hastig ermahnte, leiser zu sein, presste Braddon ungestüm seine Lippen auf ihre, und es dauerte eine ganze Weile, bis sie sich daran machten, ihren Plan in die Tat umzusetzen.

Vierzig Minuten später hatte sie ihm, trotz seiner zaghaften Proteste wegen Kesgraves unabwendbarer Missbilligung, seine besten Hosen an der Seite aufgeschnitten und einen recht überzeugend wirkenden Gips am linken Unterschenkel angebracht.

Es war zu einer, wie Maddie fand, peinlichen Situation gekommen, als sich Braddon weigerte, ihr sein nacktes Bein zu zeigen und darauf bestand, die erste Schicht selber aufzutragen. Sie nahm jedoch Rache, indem sie ihm genug Gipsmaterial auftrug, um das Bein eines Elefanten zu verarzten.

Als Braddon schließlich auf Madeleines Schulter gestützt aus dem Stall humpelte, war er beinah selber davon überzeugt, dass er sich das Bein verletzt hatte.

»Glauben Sie nicht, dass der Gips ein bisschen dick geraten ist?« Braddon betrachtete mit zweifelnder Miene den weißen Wulst, der sein Bein vom Knöchel bis zum Knie bedeckte.

»Oh nein«, versicherte Madeleine ihm. »Ihr Bein war sehr schlimm gebrochen. Wenn Sie ein Pferd wären, hätten wir Sie notschlachten müssen.«

Braddon warf dem Jungen, der auf sein Pferd aufgepasst hatte, zwei Shilling zu. »Du bindest es besser im Stall an und rufst mir eine Droschke.«

Der Junge betrachtete ihn neugierig. »Haben Sie sich verletzt, Milord?«

Braddon seufzte und warf ihm eine weitere Münze zu. »Die Droschke«, ermahnte er den Jungen.

»Kommt sofort, Milord.« Der Bursche rannte zur Straße und ließ das Pferd an einen Pfahl gebunden zurück.

»Ich hoffe doch, er wird sich später an mein Pferd erinnern«, sagte Braddon ohne große Überzeugung. Langsam humpelte er auf das Tor von *Vincent's Pferdemarkt* zu, wobei er seinen linken Stiefel mit spitzen Fingern in der einen Hand trug. Kesgrave würde ihn umbringen, wenn er den Stiefel mit Fettfingern beschmutzte, gebrochenes Bein hin oder her.

»Keine Sorge«, sagte Madeleine. »Ich werde Ihr Pferd retten.«

Braddon blickte liebevoll auf ihr weiches, zerzaustes Haar hinunter.

»Sie wissen, dass ich Sie liebe, nicht wahr?«

Madeleine blieb stehen und packte ihn am Arm. »Reden Sie nicht so! Was, wenn Papa Sie hört! Sie flüstern nicht einmal.«

Braddon zuckte die Achseln. »Ich bin ein verletzter Mann. Was kann er schon tun? Und es stimmt. Ich liebe Sie, Maddie.«

»Pah, Sie sind ein Lebemann!«, erwiderte Madeleine unhöflich. »Sie lieben mich nur, weil ich Ihren Forderungen nicht nachgegeben habe.« Sie waren inzwischen an der Straße angekommen und die Droschke wartete bereits mit geöffnetem Schlag.

Madeleine drehte sich um und wäre beinah ohne ein Wort des Abschieds gegangen. Da fiel ihr plötzlich etwas ein. »Sie müssen wieder herkommen, wenn Sie den Gips entfernen wollen. Es sei denn, Sie möchten Ihrem Diener sagen, dass es eine Täuschung war.«

»Nein!« Die bloße Vorstellung entsetzte Braddon maßlos. »Kesgrave ist ein alter bärbeißiger Bursche. Er würde den Witz an dieser Sache nicht sehen. Ich werde es niemandem sagen. Madeleine ...«

Das kurvenreiche, üppige Mädchen blieb stehen und drehte sich zu ihm um. Das weiche Sonnenlicht im Hof zauberte einen goldenen Schimmer auf ihr braunes Haar.

»Danke, dass Sie mir geholfen haben.«

Madeleine lächelte ihn mit einem Mal strahlend an. »Es geziemt sich schließlich für eine Kurtisane, die Heirat ihres Herrn zu vereiteln«, sagte sie. Dann lachte sie laut auf, als sie den empörten Ausdruck sah, der sich auf Braddons Zügen widerspiegelte.

»Sie sind nicht nur eine Kurtisane!«, protestierte er.

»Ich bin gar keine Kurtisane«, wies ihn Madeleine zurecht, drehte sich wieder um und verschwand schnell im Schatten des Stalles.

Von dort aus beobachtete sie Braddon, der ungelenk in die Droschke stieg und laut fluchte, als sein Gips laut gegen die Tür stieß. Zum Glück hatte er sich nicht wirklich das Bein gebrochen, denn dann hätte dieses kleine Missgeschick höllisch wehgetan.

Es fiel ihr schwer, nicht wehmütig zu werden, während sie Braddon dabei zusah, wie er seinen kräftigen Körper in die Mietkutsche quetschte. Das Leben als seine Geliebte wäre bestimmt himmlisch.

Dann schreckte Madeleine aus ihren Gedanken hoch. Die arme Gracie! Sie hatte sie einfach mitten beim Verarzten des Vorderbeins alleine gelassen.

Gracie war alles andere als arm dran. Die Stute hatte gerade den letzten Rest des Breis aufgeleckt, der für ihr Bein gedacht war, und als Madeleines Vater im Stall erschien, überschüttete seine Tochter das Tier gerade wütend mit einem Schwall Französisch.

8. Kapitel

Patrick starrte seinen alten Freund völlig ungläubig an und lachte dann. Es war ein brutales, kurzes Lachen, das nichts mit Humor zu tun hatte.

»Sie ist deine Braut – entführ' du sie doch.«

Braddon blickte ihn flehend an. Patrick war der einzige Freund, dem er vertrauen konnte, ihm bei solch einem Streich zu helfen. Dann zeigte er auf den unförmigen Gips, den er auf einem gepolsterten Hocker vor sich abgelegt hatte.

»Verdammt, Mann, mit dem Bein komme ich doch nicht die Leiter hinauf!«

Patrick zuckte die Achseln »Dann kannst du auch nicht durchbrennen.«

»Das ist es ja«, kreischte Braddon. »Ich will ja gar nicht durchbrennen. Wenn du auf diese Leiter steigst und Lady Sophie herbringst, dann sieht sie mit eigenen Augen, wie es um mein Bein bestellt ist. Dann wird sie begreifen, dass eine Entführung unmöglich ist. Ich stecke wirklich in einer verflixten Klemme, Patrick; du musst mir einfach helfen.«

»Lass ihr doch eine Nachricht zukommen.«

Braddon schob die Unterlippe vor, wie es ganz typisch für ihn war. »Sophie wird mir den Laufpass geben. Sie scheint mir die hysterische Sorte Frau zu sein. Gestern Abend hat sie mir gesagt, dass sie mich nicht heiraten wird, wenn ich nicht diese vermaledeite Leiter hinaufsteige. Hey!«, sagte er plötzlich. »Jetzt weiß ich, warum du dich aufführst wie ein Bär mit Kopfschmerzen.« Er grinste und musterte neugierig Patricks Miene. »Du verheiratest dich selber, nicht wahr? Und zwar mit Miss Boch. Warst wohl schon unterwegs und hast Eheringe anprobiert, wie?«

Angesichts Patricks zornigem Blick wäre ihm beinah das Herz in die Hose gerutscht.

»Stell dich nicht dümmer an, als ich es von dir kenne, Braddon.«

Wieder zog Braddon einen Flunsch. »Ich hasse es, wenn du diesen eisigen Ton verwendest«, sagte er. »Du kannst bärbeißiger sein als dein Bruder, und das soll etwas heißen. Was ist denn in dich gefahren? Gestern haben alle nur noch davon gesprochen, dass du mit Miss Boch durch den Mondschein spaziert bist.«

Plötzlich blitzte es in Patricks Augen auf. »Gestern Abend«, sagte er langsam. »Bevor du gegangen bist?«

»Das stimmt«, bestätigte Braddon. »Dachtest du, meine Mutter würde es nicht bemerken, wenn ihr beide ein Weilchen verschwindet, um miteinander zu schmusen, und dann nicht zurückkommt?«

»Das Mädchen wurde von einer Biene gestochen und fing an zu flennen«, erwiderte Patrick und schien mit seinen Gedanken ganz woanders zu sein. »Wann hast du von meiner angeblichen Verlobung gehört? Bevor oder nachdem Sophie dir vorschlug, eure Verlobungszeit zu verkürzen?«

»Oh nein«, sagte Braddon. »Damit kommst du

nicht durch! Sophie schlug mir die Entführung lange vor dem Skandal um dich vor.« Er plusterte sich ein wenig auf. »Ich habe es dir doch gesagt, Patrick. Dies mag das einzige Mal sein, dass ich den Foakes-Brüdern eine Frau ausspanne, aber Sophie betet mich an.«

Er schwieg einen Moment. »Weißt du, vielleicht solltest du doch nicht auf diese Leiter hinaufsteigen.« Braddon zupfte nachdenklich an seiner Unterlippe. »Glaubst du, sie könnte Anstoß daran nehmen?«

Patrick blickte ihn empört an. Trotz der freundschaftlichen Bande, die seit Jungentagen zwischen ihnen bestanden, fragte er sich, wie Braddon überhaupt den Tag überstand, ohne ermordet zu werden.

»Das wird sie ohne Frage«, sagte er kühl. »Also beauftragst du besser einen deiner Lakaien mit dieser Sache, denn ich werde es bestimmt nicht tun.« Mit einem Schluck leerte er das Glas Brandy, das er in der Hand hielt.

»Das kann ich nicht«, protestierte Braddon. »Wie kann ich einen Lakaien in das Schlafgemach einer adligen Dame schicken – noch dazu in das meiner zukünftigen Frau? Nein, du musst es tun, Patrick, denn ich habe einen Boten zu Alex gesandt, und er ist nicht erschienen. Also hat er die Nachricht sicher nicht bekommen.«

»Alex ist auf dem Land«, sagte Patrick.

»Na, da siehst du es«, sagte Braddon. »Mir wäre es ja lieber, wenn du es nicht machtest, wegen dieses Zwischenfalls zwischen dir und Sophie, aber ich muss nun mal mit dir vorlieb nehmen. David kann ich auch nicht zu ihrem Fenster hinaufschicken; schließlich ist er ein Geistlicher. Und außerdem hat er ebenfalls nicht auf meine Nachricht reagiert. Gott weiß, dass Quill in einem schlimmeren Zustand ist als ich und er kann bestimmt keine Leiter hinaufklettern.«

»Das darf doch alles nicht wahr sein«, murmelte Patrick mürrisch.

»Ich sag dir was«, sagte Braddon um einiges fröhlicher. »Du kannst meinen Schnurrbart und meinen Umhang tragen, und dann merkt sie gar nicht, dass du es bist.«

Patrick schenkte sich noch einen Brandy ein. »Warum sollte ich?«

»Was meinst du mit ›warum sollte ich‹! Weil wir Freunde sind, deshalb. Weil du praktisch mein Bruder bist. Weil du meine Mutter gut kennst und genau weißt, was sie mit mir macht, wenn Sophie mich abserviert!«

Patrick unterdrückte ein Seufzen. Braddon blickte ihn mit seelenvollen Augen an wie ein Retriever, der genau wusste, dass man einen Knochen hinter dem Rücken versteckt hielt.

Ach, zum Teufel damit. Sophie wollte ihn nicht heiraten, also warum sollte er nicht den Kuppler für den Mann spielen, den sie sich statt seiner erwählt hatte?

Braddon redete immer noch auf ihn ein. »Hier, sieh her, Patrick!« Er hielt einen großen Sack in die Höhe und zog ein schwarzes Etwas hervor, das aussah wie ein stacheliger Igel.

»Was in Gottes Namen ist das?«

»Ein Bart«, erwiderte Braddon fröhlich. »Ich

habe ihn vom besten Händler erworben, und zwar von Henslowe, der sämtliche Kostüme für das *Drury Lane Theater* liefert. Und ich habe auch einen Umhang. Schau –«

Patrick zog eine Grimasse und trank ein paar Schlucke Brandy. Was kümmerte es ihn, ob Lady Sophie York den Wunsch verspürte, ihre Reputation durch eine Entführung zu ruinieren? Was ging es ihn an? Rein gar nichts. Warum sollte er dann nicht diese verdammte Leiter hinaufklettern und sie holen?

Braddon hatte ihn nicht aus den Augen gelassen und erkannte nun die verräterischen Zeichen. »Du machst es!«, jubelte er begeistert. »Ich wusste es, Patrick. Ich wusste, ich kann mich auf dich verlassen. Verdammt, Mann, du bist doch wirklich für jeden Streich zu haben!«

»Ich bin wohl eher geisteskrank«, widersprach Patrick. Übellaunig betrachtete er Braddons Bein. »Wie lange musst du dieses Ding überhaupt tragen?«

»Oh, ein paar Wochen«, antwortete Braddon unbekümmert.

Patrick blickte ihn unter pechschwarzen Augenbrauen durchdringend an. »Ich dachte, ein gebrochener Knochen braucht sechs Wochen, bis er wieder zusammengewachsen ist?«

»Ja, du hast wahrscheinlich Recht«, stimmte ihm Braddon zu. »Aber du machst dich jetzt besser auf den Weg, Patrick. Sophie erwartet mich um Mitternacht vor ihrem Fenster – verdammt spät für eine Entführung, wenn du mich fragst – und wir haben schon zwanzig vor.«

Patrick fing den schwarzen Igel auf, den Braddon ihm zuwarf. Das Gebilde fiel in zwei Teile und entpuppte sich als Bart und Schnurrbart. Anschließend warf Braddon ihm noch eine kleine Flasche zu. »Hier, kleb ihn damit fest. Du kannst den Spiegel über dem Kamin benutzen.«

Patrick schraubte den Verschluss der Flasche auf und roch daran. »Nein!«, sagte er und seine Stimme duldete keine Widerrede.

»Nun, dann trag zumindest den Umhang«, drängte Braddon. »Er hat eine Kapuze und so wird sie dich nicht erkennen. Zumindest, bis sie am Boden angelangt ist. Ich will nicht, dass sie zu kreischen anfängt und das ganze Haus weckt. Sophie wird bestimmt nicht erfreut sein, wenn sie erkennt, dass du statt meiner die Leiter hochgeklettert bist.«

Patricks Meinung nach war das eine ziemlich untertriebene Einschätzung von Sophies Reaktion.

Aber Braddon fuhr unbekümmert fort. »Außerdem brauchst du den Umhang, um Sophie damit einzuhüllen, sobald ihr am Fuß der Leiter angekommen seid. Wenn du mitten in der Nacht mit ihr gesehen würdest, wäre der Ruf meiner zukünftigen Frau ruiniert.«

In Patricks Augen blitzte es amüsiert auf. »Du bittest mich, mitten in der Nacht und ohne das Wissen ihrer Eltern das Schlafgemach deiner zukünftigen Frau zu betreten und sie in eine Kutsche zu bringen, und nun machst du dir Sorgen um ihren Ruf?« Er warf sich den Umhang um die Schultern und zog die Kapuze hoch, als er über dem Kamin sein Spiegelbild erblickte. »Mein Gott, ich sehen aus, wie eine Karikatur – wie ein mittelalterliches Abbild des Todes. Jetzt brauche ich nur noch ein Seil als Gürtel und eine Sense.«

Braddon zupfte an seiner Lippe. »Sophie ist kompromittiert, wenn euch jemand erkennt. Du solltest sie also auf dem Weg zur Kutsche in den Umhang hüllen, damit niemand ihr Gesicht sehen kann. Ich meine, was, wenn jemand zufällig zu dieser Stunde die Straße entlanggeht?«

Patrick seufzte. Die Situation war lächerlich. Am besten holte er Sophie und setzte sie ganz schnell bei Braddon ab.

»Ich nehme an, du hast dir schon überlegt, was du mit ihr machst, sobald sie dein Haus betreten hat?«

Braddon nickte. »Ich schicke sie zum Haus meiner Großmutter. Sie wohnt nur ein paar Straßen entfernt und ich habe die Haushälterin vorgewarnt. Großmutter ist auf dem Land und so wird die Haushälterin Sophie morgen einfach nach Hause begleiten, ohne dass jemand etwas erfährt.

Der Umhang war doppelt so voluminös wie sein Reitmantel und Patrick hegte keinen Zweifel, dass er schlichtweg albern aussah. Aber erst, als er im stockdunklen Garten von Brandenburg House stand und unter seiner Kapuze hervor die Leiter betrachtete, die unschuldig an einem Fenster lehnte, wurde ihm in aller Deutlichkeit bewusst, wie lächerlich sich dieser Abend entwickelt hatte. Beinah hätte er kehrt gemacht und den Garten verlassen, aber just, als er auf dem Absatz kehrt machen wollte, hörte er über sich eine leise Stimme.

»Lord Slaslow!«

Patrick blickte hinauf. Das einzige, was er undeutlich ausmachen konnte, waren Sophies kleiner Kopf und ihre schmalen Schultern, die aus dem Fenster gebeugt zwischen den Leiterholmen auftauchten.

»Nun kommen Sie schon herunter«, raunte er, »wenn Sie unbedingt durchbrennen wollen.« Ich gebe ja wirklich einen prächtigen Romeo ab, schoss es ihm durch den Kopf.

»Lord Slaslow – Braddon – ich kann nicht«, flüsterte Sophie unglücklich.

Patrick trat ein wenig näher. »Warum nicht?«

Sophie starrte auf die dunkle Gestalt hinunter. Braddons Stimme klang überraschend rau; normalerweise befleißigte er sich eines sanften, vornehmen Lispelns. Er war unzweifelhaft verärgert über die unkonventionellen Art und Weise, mit der sie ihn gezwungen hatte, mitten in der Nacht in ihrem Garten zu erscheinen und sie zu entführen.

»Lord Slaslow, könnten sie eine Minute zu mir heraufkommen, damit ich kurz mit Ihnen reden kann, bevor wir durchbrennen? *Bitte.*«

Sophie hörte so etwas wie ein ungeduldiges Knurren. Dann bewegte sich die Gestalt auf das Haus zu und nervös umklammerte sie die Leiter. Was, wenn die Leiter nach hinten kippte und ihr Verlobter zu Boden stürzte? Das würde die Dienerschaft mit Sicherheit wecken. Und was, wenn Braddon sich verletzte? Er war nicht gerade ein leichtfüßiger Mann.

Aber er schien die Leiter mit müheloser Eleganz zu meistern. Sophie kicherte nervös vor sich hin und fragte sich, ob er tagsüber geübt hatte. Als sich Braddon dem Fensterbrett näherte, wich sie hastig zurück und nahm auf der Bettkante Platz. Sie hatte sämtliche Kerzen gelöscht, so dass nur noch ein schwacher Lichtschimmer durch das Fenster hereinfiel.

Sophie hätte beinah erschrocken aufgeschrien, als die große, verhüllte Gestalt ein Bein über den Fenstersims schwang. Dann schien er sie auf dem Bett sitzend wahrzunehmen und verharrte ein paar Sekunden lang regungslos. Sophie konnte beinah spüren, wie Braddons Augen langsam über ihren Körper glitten, obwohl sein Gesicht gänzlich von der Kapuze seines Umhangs verhüllt war.

Schließlich schwang er auch das andere Bein hinüber und sprang leichtfüßig in den Raum. Er sagte nichts, sondern lehnte sich einfach nur gegen den Fenstersims, so dass sich seine breiten Schultern im Mondlicht gegen den Nachthimmel abzeichneten. Sophie schluckte nervös.

»Sie fragen sich vermutlich, warum ich noch nicht bereit bin, mit Ihnen durchzubrennen.« Sie schwieg einen Moment lang. »Der Grund, warum ich Sie gebeten habe ... nun, Lord Slaslow, ich habe Sie heraufgebeten«, sprudelte es aus ihr heraus, »weil ich erkannt habe, dass ich mich wie eine dumme Gans verhalten habe. Ich weiß, Sie werden furchtbar wütend sein, aber ich kann einfach nicht diese Leiter mit Ihnen hinuntersteigen, nicht heute Nacht und nicht ... niemals.« Sophie versuchte, Braddons Miene zu ergründen, aber sie konnte nur die Umrisse seines Körpers erkennen. Sein Umhang war wirklich sehr störend.

»Ach?«

Hastig sprach sie weiter. »Ich war den ganzen Tag furchtbar unglücklich und habe immer wieder darüber nachgedacht. Ich weiß, wie sehr Sie sich darauf gefreut haben, durchzubrennen, und so wollte ich es Ihnen nicht einfach in einem Brief mitteilen, aber ich kann nicht mit Ihnen durchbrennen – und ich möchte Sie auch nicht heiraten!«

Bei diesen Worten verschränkte ihr Verlobter – dessen kräftige Gestalt Sophie immer mehr einschüchterte – die Arme vor der Brust.

Aber er fragte nur: »Warum?«

»Ich weiß, wie viel Ihnen dies bedeutet, ich meine die Heirat – wegen Ihrer Mutter –, und es tut mir sehr Leid, aber ... es wäre einfach nicht richtig!« Unglücklich verstummte Sophie.

Die bedrohliche Stille am Fenster zwang sie weiterzureden, und alle Gedanken, die ihr an diesem Tag durch den Kopf gegangen waren, sprudelten einfach aus ihr heraus.

»Verstehen Sie, ich dachte, wir würden in unserer Ehe wunderbar miteinander auskommen, weil wir nicht ... weil wir nichts füreinander empfinden. Nun, so ganz trifft das natürlich nicht zu«, fügte sie hinzu. »Denn ich mag Sie sehr gerne, Braddon, äh, Lord Slaslow. Aber wir – ich – nun, ich hege nicht die Gefühle für Sie, die eine Frau für ihren Mann empfinden sollte!«

Einen Moment lang herrschte Schweigen. »Nein?«, fragte er.

»Nein!«

»Aha.«

An Braddons Stimme klingt wirklich etwas seltsam, dachte Sophie. Sie war viel tiefer als gewöhnlich und enthielt einen samtigen Unterton, der ihr ein nervöses Flattern in der Magengegend verursachte. Vielleicht lag es daran, dass sie zum ersten Mal miteinander alleine waren, mit Ausnahme des Moments im Garten, als er ihr gesagt hatte, dass er sie nicht küssen wolle. Die Erinnerung daran bestärkte ihren Entschluss.

»Erinnern Sie sich, als wir im Garten waren und Sie mich nicht küssen wollten, weil Sie nicht auf diese Art und Weise an mich denken? Nun, ein Mann sollte aber auf diese Art an seine Frau denken!«, endete Sophie trotzig.

Noch immer gab er keine Antwort. Dann erhob er sich mit einer geschmeidigen Bewegung und trat ein paar Schritte auf das Bett zu. Sophie starrte angestrengt auf sein Gesicht, aber die Kapuze des Umhangs war so groß, dass sie nichts erkennen konnte. Starke Hände umfassten ihren Kopf und sie spürte, wie sich seine dunkle Gestalt über sie beugte.

»Wollen wir es ausprobieren?«, murmelte er mit rauer Stimme und seine Lippen legten sich auf ihre ... harte, fordernde Lippen, die sich aufreizend und erregend auf ihren Mund pressten.

»Oh!«, keuchte Sophie atemlos. Nun bog Braddon sie nach hinten – oder fiel sie zurück? Ihre Lippen öffneten sich ganz wie von selbst unter seinen Liebkosungen und seine Zunge drang ungestüm in ihren weichen Mund, bis ein verzehrendes Feuer ihre Glieder entlangraste. Niemand hatte sie je zuvor so geküsst bis auf Patrick ... und so sagte eine leise, innere Stimme in ihr trotzig: »Da siehst du. An Patrick Foakes ist nichts Besonderes!« Dann verlor sich die Stimme in einem Sturm der Sinne.

Was Patrick betraf, so dachte er an gar nichts mehr. Er hatte Sophie endlich dort, wo er sie haben wollte, nämlich auf einem Bett, und die Entdeckung, dass ihre Lippen genauso berauschend waren wie zuvor, trug nicht gerade dazu bei, dass er einen vernünftigen Gedanken fassen konnte. Sein Mund wanderte heiß über ihre Haut und seine warme Zunge zog die Umrisse ihrer Lippen nach. Dann drang sie in Sophies Mund und Patrick küsste sie, bis ihr Körper sich ihm bebend entgegenbog und ihre Finger sich in seinen Locken vergruben.

Das Gewicht auf einen Arm gestützt beugte er sich über sie und zog sich dann wieder ein wenig von ihr zurück, um ihre Lippen mit leichten Küssen zu bedecken. Ihr leises Stöhnen zerriss die mitternächtliche Stille und Sophie wandte den Kopf und suchte seine Lippen, damit sie wieder Besitz von ihrem Mund ergriffen. Patricks heiße Lippen legten sich ganz sanft auf ihre, glitten anschließend jedoch spielerisch über ihre Wangenknochen und bedeckten ihre Augenlider mit leichten Küssen. Sie keuchte erregt, als er endlich seinen Mund auf ihren presste, seine Zunge immer wieder zwischen ihre Lippen stieß und sein Daumen durch das Nachtgewand rau über die Knospe ihrer Brust strich.

Ein ersticktes Wimmern entrang sich ihrer Kehle, und dennoch ... und dennoch ... Tief in ihrem Inneren wollte sie dies nicht bei Braddon empfinden. Selbst wenn Braddon – recht überraschend – in der Lage war, in ihr diese Leidenschaft zu wecken, wollte sie dennoch nicht Braddons Frau werden.

Daher wandte sie abrupt den Kopf ab und rief heiser: »Nein!« Als seine Lippen jedoch nicht von ihrem Mund ablassen wollten, und seine fordernde Zunge ein heißes Brennen in ihrem Leib entzündete, keuchte Sophie schluchzend. »Nein«, flüsterte sie immer wieder, »Nein, nein, nein.« Schließlich stießen ihre kleinen Hände gegen Patricks Brust und Sophie richtete sich auf und starrte nach vorne. Ihr Verlobter blieb auf einen Ellenbogen aufgestützt auf dem Bett liegen. Sie konnte seinen nachdenklichen Blick auf sich spüren, aber sie weigerte sich, ihn anzusehen.

»Es macht keinen Unterschied, Braddon«, stieß Sophie atemlos hervor. »Ich weiß nicht warum ... warum wir dies hier tun, aber ich will dich dennoch nicht heiraten.« Sie starrte unbeweglich nach vorne und rührte sich nicht, als kräftige Hände sich sanft in ihren Locken vergruben, die sich über ihren Rücken ergossen. Als er nichts erwiderte, drehte sie sich schließlich widerstrebend um.

Eine Sekunde lang setzte ihr Herzschlag aus.

Die Kapuze war nach hinten gerutscht und im schwachen Mondlicht ... Nun, ihr Körper hatte die ganze Zeit gewusst, dass es nicht Braddon war, aber nun erkannten ihre Augen den Schwung der langen Wimpern und das schwarz-silberne Haar, die sardonisch geformten Augenbrauen und das kantige Kinn ... Ihr Verstand begriff langsam, was ihr Körper durch die Berührung seiner Hände und den Druck seines muskulösen Oberschenkels durch ihr Gewand längst gewusst hatte.

»Oh«, flüsterte sie wie ein kleines Mädchen.

Patrick lächelte sie spöttisch an, während seine Hand immer noch ihr Haar liebkoste.

Dann wickelte sich die Hand um die seidigen Strähnen und zog Sophies warmen Körper aufreizend langsam zurück auf das Bett.

»Ich verspreche dir«, sagte eine raue Stimme dicht an ihrem Ohr, »dass ich genau das Richtige für dich empfinde, Sophie.« Seine Zunge glitt verführerisch über ihr Ohr und sein warmer Atem lähmte ihre Vernunft und entfachte eine verzehrende Hitze zwischen ihren Schenkeln. Ihr Körper entspannte sich unwillkürlich, als Patrick ihr Gesicht zu sich herunterzog und seine Lippen heiß auf ihre presste. Ihre Zweifel verflogen und sie konnte nur noch daran denken, dass dies richtig und gut war. Sie warf die konfusen Gedanken an Umhänge und Entführungen, Heirat und Verlobungen, die sie am Tag so geplagt hatten, über Bord.

Als Sophies zierliche Finger sanft seine Wangen berührten und an seinem kantigen Kinn entlangstrichen, löste sich auch in Patrick etwas. Ihre Lippen teilten sich unter seinen und erzählten von der ewigen Verlockung der Verführten, die den Verführer verführt.

Beinah hätte er ein Knurren hervorgestoßen,

als er sich zur Seite rollte und sie unter seinem Körper begrub. Sophie stöhnte, als sich sein muskulöser männlicher Körper auf sie legte. Sofort warf er sich wieder auf die Seite.

»Es tut mir Leid, mein Liebes«, sagte er, aber seine Worte drangen nur undeutlich durch den Nebel ihrer enttäuschten Sinne zu ihr durch. »Ich vergaß, wie klein und zart du bist.«

Sophie machte sich nicht die Mühe zu antworten. Etwas in ihr sehnte und verzehrte sich danach, dass sich sein Körper wieder auf den ihren legte und sie mit seinem berauschenden Gewicht auf das Bett presste. Sie packte ihn ungestüm an den Schultern, bog sich ihm entgegen und bot ihm mit geöffneten Lippen ihren Mund dar. Also drückte Patrick sie mit einem Bein auf das Bett, während seine Lippen sich erneut sanft auf ihre legten.

Seine Hände begannen, über ihren Körper zu wandern, und schoben die weichen Stoffbahnen ihres Oberteils auseinander, bis ihre makellosen, weißen Brüste sich nackt seinen Blicken darboten.

»O Gott, Sophie, du bist so wunderschön, so unendlich schön«, und dann verstummte Patricks Stimme, als er seinen Mund in ihren weichen Rundungen vergrub. Sophies Körper wand sich unter den Berührungen seiner Lippen und stieß immer wieder ein hilfloses, leises Stöhnen aus, das Patrick heiß das Blut durch die Adern jagte. Er schob eine Hand unter ihr Gewand und strich über die weichen Locken zwischen ihren Schenkeln, bis seine Finger schließlich ihre feuchte Verheißung fanden.

Sophies Körper wurde ganz steif.

»Was tust du da?« Ihre vor Leidenschaft zitternde Stimme klang verängstigt und eine kleine Hand umklammerte mit stahlhartem Griff sein Handgelenk.

Patrick hielt sofort inne, ohne jedoch seine Hand fortzunehmen. Das Gefühl breitete sich wie ein Lauffeuer bis in jeden Winkel ihres Körpers aus und ihre Augen blickten im bleichen, weißleuchtenden Mondlicht verwirrt zu ihm auf.

»Ich werde nichts tun, was du nicht auch willst, Liebes«, versprach er mit rauer, heiserer Stimme, und seine Lippen strichen über ihr Gesicht und zwangen ihre Lippen auseinander. Dann stieß seine Zunge so fordernd in ihren Mund, dass sie plötzlich die Geschichten über all das begriff, was sich zwischen Mann und Frau abspielte. Seine Finger bewegten sich zwischen ihren Schenkeln und tauchten immer wieder in sie ein, bis ihre Sinne in einem Strudel der Ekstase hinabgerissen wurden.

»O Gott«, flüsterte Sophie plötzlich. »Das ist wohl das Liebesspiel.«

Patricks Gedanken überschlugen sich und plötzlich sah er Sophies unerfahrene Liebkosungen, das überraschte Zittern ihrer Haut bei jeder seiner Berührungen und das schockierte Erstaunen in ihren blauen Augen in einem ganz neuen Licht. Er hatte den Fehler begangen, sie in sexuellen Dingen für ebenso erfahren zu halten wie bei ihrer Kleidung und ihrer Konversation ... Er ließ seine Finger zu der weichen Haut ihrer Schenkel gleiten.

»Liebste, ich kann dich gar nicht sehen.« Er gab ihr einen sanften Kuss auf die Nase. »Darf ich eine Kerze anzünden?«

Sophie starrte ihn fasziniert an. »Simone, meine Zofe, sagte, dass der Mond heute Nacht ungewöhnlich schwach leuchtet«, erwiderte sie schließlich.

»Hmmm.« Patrick küsste sie kurz auf die Lippen, um sie zu beruhigen und weil er das unbändige Bedürfnis danach verspürte. Dann stand er auf und entzündete ein Streichholz. Die Flamme erhellte flackernd den Raum und er hielt sie an eine Kerze auf Sophies Nachttisch. Dann setzte er sich wieder auf die Matratze, die sich unter seinem Gewicht nach unten senkte.

»Wie du mich ansiehst!«, flüsterte Sophie halb schüchtern, halb vorwurfsvoll. Sie setzte sich abrupt auf, zog das Oberteil ihres Nachtgewands zurecht und strich sich den Rock über die Knie.

»Ich schaue dich an wie ein Mann die Frau ansieht, die er mehr als alles andere auf der Welt will«, sagte Patrick leichthin, doch in seinen Augen loderte ein leidenschaftliches Feuer.

»Oh«, flüsterte Sophie. Patrick hatte den Umhang abgeworfen und darunter kam ein feines Batisthemd zum Vorschein, dessen Kragen an der Brust offen stand.

»Ich habe noch nie das Hemd eines Mannes ohne Halsbinde gesehen«, sagte sie überflüssigerweise.

Ein leises Lächeln flog über sein Gesicht. Dann zog er sich mit einer schnellen Bewegung das Hemd aus den Hosen, streifte es über den Kopf und warf es neben das Bett. Sophies Augen weiteten sich bewundernd. Als das Hemd auf den Boden fiel, flackerte die Kerzenflamme unruhig im plötzlichen Luftzug. Orangefarbene Schatten zuckten über seinen gebräunten, muskulösen Oberkörper.

Sophie wollte etwas sagen, unterließ es jedoch, denn ihr fiel nur ein überraschtes »Oh« ein und sie hatte es satt, wie ein albernes Dummerchen zu klingen. Also sagte sie nichts, sondern schöpfte Mut aus Patricks dunklen Augen und berührte seine Brust, wie er es bei ihr getan hatte. Man hätte es beinah züchtig nennen können, wie sie nebeneinander auf dem Bett saßen, wenn ... Sie legte erst die eine und dann die andere Hand flach auf seine Brust. Dann strich sie mit einem Finger über Patricks Brustwarze, bis er ein atemloses Keuchen ausstieß und sich seine Augen vor Verlangen verdunkelten.

Sophies Blick begegnete dem seinen und ein leichtes Lächeln ließ ihre Mundwinkel in die Höhe fahren. Sie wiederholte die Berührung langsam mit beiden Händen und spürte Patricks Herzschlag unter ihren Fingern. Sein Herz pochte ungestüm wie das des kleinen Maulwurfs, den sie einmal bei Anbruch der Dämmerung im Garten gefunden hatte.

Gerade, als sie sich an das Gefühl der Macht über ihn gewöhnt hatte und sich entspannte, rissen Patricks Hände sie plötzlich vom Bett hoch und setzten sie auf seinen Schoß. Nun waren ihre Hände an seiner Brust gefangen und ihr Herz pochte ungestüm. Sein Geruch erinnerte sie an den Duft einer Mittsommernacht und durch ihre Adern jagte die Verrücktheit einer solchen Nacht, die einen trunken machen konnte wie ein starker Wein. Zudem roch er sehr männlich und ein wenig nach Brandy. Sie hielt den Atem an und ... wartete ab.

Patrick blickte in ihre vertrauensvollen Augen und schloss einen Augenblick lang die eigenen Lider. Er kämpfte gegen eine Welle des Verlangens an, die ihn in einen Satyr zu verwandeln drohte, der sie auf den Rücken werfen und sich auf sie stürzen wollte. Stattdessen küsste er sie auf die schmale Nase.

»Du wirst mich heiraten«, sagte er mit tiefer, zuversichtlicher Stimme.

Sophie stieß ein benommenes, wehrloses, leises Seufzen hervor. Und dann, ohne auch nur einen Moment darüber nachzudenken, warf sie tausend Kindheitsschwüre in den Wind.

Patrick hob ihr Kinn in die Höhe, damit er ihr in die Augen sehen konnte.

»Sophie?«

»Na gut«, sagte sie und ihre Worte klangen weder kokett noch verärgert. »Na gut, ich werde dich heiraten.« Aber die Frage interessierte Sophie in diesem Moment nicht sonderlich. Sie spürte nur den warmen, rosigen Schimmer auf ihren Wangen und das heiße Brennen in ihrem Leib.

»Patrick?« Sie blickte ihn unverwandt an.

Er senkte den Kopf, bis seine Lippen dicht bei ihren waren und sein warmer Atem liebkoste sie, als er sprach.

»Es wäre nicht richtig, Sophie«, sagte er und seine Stimme war ganz heiser vor Verlangen. »Wir müssen warten.«

Durch Sophies Körper jagte jedoch eine freudige Erregung. Ja, sie würde einen Lebemann heiraten. Aber sie heiratete auch einen Lebemann, den sie ganz sicher liebte ... Kühn richtete sie sich auf und zog mit der Zunge die gemeißelten Konturen seines Mundes nach. Er verstärkte seinen Griff um ihre Mitte, sagte jedoch nichts. Ihre Hände lösten sich von seinem Hals, glitten über seine muskulöse Brust und wanderten schließlich zu den weichen Haaren hinunter, die sich über seinem Hosenbund kräuselten.

Sie wagte einen Blick auf sein Gesicht. Seine Züge trugen einen aufreizenden Ausdruck und ein sinnliches Versprechen lag in seinen dunklen Augen und den im Schatten liegenden Konturen seiner Wangen. Sophie lächelte, und widerstrebend erwiderte Patrick das Lächeln.

»Du bist ein teuflisches Wesen«, murmelte er.

»Oh je.« Sophie schürzte spöttisch die Lippen. »Und du bist ein Erzbischof?«

Patricks Hand fand erneut die üppigen Rundungen ihrer Brüste. Sie stöhnte auf und ihr Kopf fiel nach hinten, aber Patrick zog ihren Kopf an sich, um sie immer wieder verzehrend zu küssen ... Plötzlich lagen sie wieder auf dem Bett und als Patrick diesmal ihr Gewand nach oben streifte, erbebte sie nur erwartungsvoll.

Er erhob sich einen Moment und kehrte dann ohne Kleidung zu ihr zurück.

»Oh je«, sagte Sophie mit vor Schreck geweiteten Augen. »Du ... du bist ja splitternackt!«

In Patricks Augen blitzte es amüsiert auf. »Du auch.«

Sophie blickte verwirrt an ihrem Körper hinunter. Er kam ihr gar nicht mehr vor wie ihr eigener Körper und sie hatte nicht bemerkt, dass Patrick ihr das Nachtgewand ausgezogen hatte. Ein Strudel aus heißen, verzehrenden Gefühlen und Empfindungen jagte über ihre rosig-weiße Haut, wie sie es zuvor weder erlebt noch erträumt hatte. Sie sah zu, wie Patricks Hand aufreizend langsam über ihre Brüste glitt, dann weiter über ihren Bauch nach unten strich ... und dann musste sie den Blick abwenden.

Stattdessen betrachtete sie seinen Körper. Und während Patricks Hände ihre Sinne verzauberten und seine Lippen sie erbeben und erzittern ließen, sah sie die Stellen seines Körpers an, die ihren Blicken nicht verborgen waren.

Eine leise Stimme durchbrach den erotischen Zauber, der über dem Schlafgemach hing. »Das ist unmöglich«, sagte Sophie entschieden. »Ich fürchte, wir sind nicht passend, hm, gebaut.«

Patrick versuchte verzweifelt, sein unbändiges Verlangen zu zügeln. Seine Selbstbeherrschung hing an einem sehr, sehr dünnen Faden. Er richtete sich auf und beugte sich über das rosige, aber auch ängstliche Gesicht seiner Sophie.

»Du musst mir vertrauen, Geliebte.« Er strich mit den Lippen immer wieder sanft und aufreizend über ihren Mund.

Sophie stöhnte lustvoll. »In dieser Sache kann ich meine Möglichkeiten wohl besser beurteilen als du«, argumentierte sie dennoch.

»Logik«, murmelte Patrick. »Logik ist etwas für Narren. Gott hat unsere Körper füreinander geschaffen, Sophie.«

Sie spürte eine verräterische Schwäche zwischen ihren Schenkeln; jeder Zentimeter ihres Körpers schrie danach, dass er fortfuhr. Ihre Gedanken überschlugen sich. Mit seinen Küssen verschloss er sanft ihre Augen und dann fuhr sein Körper fordernd mit der stummen Verführung fort.

Atemlos öffnete Sophie die Lippen.

»Es stimmt jedoch«, murmelte Patrick an ihrem Mund, »dass es beim ersten Mal für Frauen nicht sehr schön ist.«

Aber Sophie kümmerte dies nicht mehr.

Ihre Arme schlangen sich um seinen Hals und ihr Körper bog sich seinem drängend entgegen. Wie ein Staudamm unter einer Flutwelle brach nun Patricks letzter Rest an Selbstbeherrschung zusammen. Als er in Sophie eindrang, erstickte er ihren Schrei mit seinen Lippen. Dann verharrte er einen Moment lang völlig regungslos.

»Es tut mir Leid ... es tut mir so Leid.«

Patrick klingt tatsächlich so, als täte es ihm Leid, dachte Sophie und ihre Gedanken wandten sich von dem scharfen Schmerz ab, den ihr sein Eindringen bereitet hatte. Sie konzentrierte sich auf die sanften Worte, die er an ihrem Haar, an ihrem Ohr und an ihrem Hals flüsterte.

Dann begann er, langsam und immer wieder in sie einzudringen. Zuerst spürte sie einen brennenden Schmerz zwischen ihren Schenkeln, aber dann ließ er langsam, ganz langsam nach, oder vermischte er sich mit einer anderen Empfindung. Immer wieder entrang sich ihrem Mund ein heiseres Stöhnen.

Als Patrick, der immer noch eisern an seiner Selbstbeherrschung festhielt, sich ein wenig zurückzog und seine Hände unter Sophies Gesäß schob, begann sie, sich unter ihm zu winden. Ihr Körper strebte seinem entgegen und ihr ganzes Denken konzentrierte sich auf die eine Stelle in ihrem Leib. Schließlich explodierte der kleine Funke und eine sengende Hitze strömte durch ihre Glieder und trieb ihren Körper gegen Patricks wie eine Flutwelle, die auf die Küste prallt.

Patricks Zurückhaltung entlud sich in einem erlösenden Schrei, als er mit einer Wollust in sie stieß, die er noch nie zuvor erlebt hatte. Er ergab sich mit einem Gebet und rief immer wieder ihren Namen, der sich in den langen, zerzausten Locken verlor, die auf dem Bett ausgebreitet waren.

Und wieder zuckte und flackerte die Kerzenflamme auf dem Nachttisch, als vom offenen Fenster her eine mitternächtliche Brise über ihre Körper strich.

9. Kapitel

Am Ende des Korridors setzte sich Sophies Mutter abrupt in ihrem prächtigen Bett auf. Eloise schlief darin allein, seit sie ihren Gatten ungefähr zwei Monate nach ihrer Vermählung in den Armen eines Hausmädchens angetroffen hatte. Ihr barscher Befehl, nie wieder ihr Schlafgemach aufzusuchen, war von dem Marquis mit starrer Miene aufgenommen worden. Seitdem störten sie nachts nur noch die Geräusche, die ihr spät nach Hause kommender Mann oder ein auf Abwege geratener Bediensteter verursachte.

Ohne Zögern zerrte sie an dem samtenen Klingelzug, der neben ihrem Bett hing. Die Marquise störte die Dienerschaft nachts normalerweise nur ungern, aber sie besaß ein unerschütterliches Vertrauen in ihren tiefen Schlaf (eine Gabe, wie sie mit einem bedeutsamen Seitenblick auf ihren Mann stets verkündete, die sie ihrem reinen Gewissen verdankte). Wenn sie aufgewacht war, dann aus einem guten Grund. Sie hatte ein Stöhnen und einen Schrei gehört, dessen war sie sich ganz sicher. Vielleicht wurde draußen vor dem Haus ein Gentleman ausgeraubt, und in diesem Fall war es ihre Pflicht, der armen Seele zu Hilfe zu eilen. Wieder zog sie an dem Klingelzug.

Schließlich erschien ihre Zofe, die ein wenig benommen und zerzaust aussah. Sie machte einen

Knicks, den Eloise als wenig akkurat einstufte, und fragte: »Ja, Mylady?«

»Ich habe ein Geräusch gehört«, fuhr Eloise sie an. »Carroll soll sofort vor dem Haus nachsehen.«

Ihre Zofe knickste erneut und verschwand. Eloise lag starr unter ihrer Decke und starrte zu dem roséfarbenen Baldachin ihres altmodischen Himmelbetts hinauf. Ihr war ein schrecklicher Gedanke gekommen. Was, wenn ihr Mann inzwischen Frauen in ihr Haus schmuggelte? Es hatte wie eine Frauenstimme geklungen, wenn sie es sich bei wachem und klarem Verstand recht überlegte. Ja, sie hatte das Stöhnen einer Frau gehört. Es erinnerte sie sogar an den Moment, als bei dem zweiten Hausmädchen die Wehen einsetzten, und zwar mitten im Salon und ohne ein Wort der Vorwarnung. Egal, wie verzweifelt die Haushälterin auch die Hände gerungen und ihr versichert hatte, alle hätten angenommen, das Mädchen sei einfach nur ein wenig kräftig für sein Alter, so erinnerte sich Eloise immer noch mit einem Anflug von ohnmächtigem Zorn an die Szene. Die Herzogin von Beaumont war zum Tee gekommen, und dann diese Blamage! Eloise würde es so lange sie lebte nicht mehr vergessen.

Der Gedanke an die Herzogin von Beaumont erinnerte sie an Braddon Chatwin. Waren die beiden nicht miteinander verwandt? Eloise war sich sicher, dass es sich bei der Herzogin um die Patentante von Braddon handelte. Er war ein netter, junger Bursche mit angenehmen Manieren. Natürlich ein Trottel, aber das waren ja alle Männer. Und er brachte einen sehr guten Stammbaum mit in die Ehe. Es würde bestimmt sehr nett, mit der Herzogin von Beaumont verwandt zu sein.

Sie hörte, wie Hausschuhe über den Flur liefen und schließlich schlüpfte Eloises Zofe zurück in das Schlafzimmer der Marquise.

»Oh, Mylady, alle sind in heller Aufregung! Carroll hat im Garten hinter dem Haus eine Leiter gefunden und sie ist gegen die Wand gelehnt.« Sie schwieg einen Moment lang, da ihr Instinkt ihr riet, es besser dem Butler zu überlassen, der Marquise zu sagen, dass die Leiter vor Lady Sophies Fenster stand.

Eloise kletterte aus dem Bett und knotete entschlossen ihren Morgenmantel zu. Ohne ein Wort marschierte sie durch die Verbindungstür in den Ankleideraum ihres Mannes und von dort aus in sein Schlafzimmer. Sie war sich ganz sicher, wo die Leiter stand – direkt vor dem Fenster ihres Mannes, da hatte sie gar keinen Zweifel. Die Dinge waren offensichtlich an einem Tiefpunkt angelangt, wenn sich die Mätressen ihres Mannes über eine Leiter in das Haus stahlen wie ein Lüstling in ein Bordell.

Daher war sie äußerst überrascht, als sie die Tür zu Georges Schlafgemach aufriss und den Marquis friedlich schlummernd und alleine in seinem Bett vorfand. Außerdem waren seine Fenster fest verschlossen und sein Schnarchen verriet, dass er offensichtlich mehr getrunken hatte als gut für ihn war, bevor er zu Bett gegangen war. Und er erwartete eindeutig keine Besucher.

Eloise eilte zum Bett ihres Gatten hinüber, packte ihn am Oberarm und schüttelte ihn heftig.

»Einbrecher, George, Einbrecher!« In der Aufregung fiel ihr gar nicht auf, dass sie ihren Mann beim Vornamen nannte, eine Höflichkeit, die sie ihm seit Jahren nicht mehr gewährt hatte.

»Hä? Was ist los? Einbrecher?« Der Marquis setzte sich auf und das Haar fiel ihm auf geradezu groteske Art und Weise über das eine Auge. Eloise stockte überrascht der Atem. War George etwa, ohne dass sie es bemerkt hatte, alt geworden? Sein dunkles Haar war mit grauen Strähnen durchsetzt, und wie er sie so verschlafen anblickte, sah er aus wie ein alter Mann. Aber seine Beine, die er in diesem Moment aus dem Bett schwang, um sich seinen Bademantel überzustreifen, waren jedoch immer noch kräftig und muskulös. Wie es schien, schlief George immer noch ohne Nachthemd.

Eloise folgte ihm beinah ein wenig melancholisch gestimmt aus dem Raum. Die Erinnerung an die ersten Monate ihrer Ehe war trotz der vergangenen zwanzig Jahre nicht verblasst. Wie viel Spaß es gemacht hatte, wenn der Marquis – George – ihr von der Verbindungstür zwischen ihren Zimmern zugezwinkert hatte und nackt, wie Gott ihn geschaffen hatte, auf ihr Bett zugeschlendert kam.

Nostalgie war jedoch das letzte, woran George interessiert war, als er die Haupttreppe hinunterstürzte. Er wollte gerade in den Garten hinter dem Haus rennen, als Carroll ihn am Arm packte.

»Mylord.« Etwas in Carrolls Ton ließ George das Blut in den Adern gefrieren. »Die Leiter hat sich an das Fenster der jungen Lady angelehnt, Mylord.«

»Die Leiter hat sich angelehnt«, wiederholte George, während er über den Sinn dieser Worte nachgrübelte. »Sie hat sich angelehnt? Warum zum Teufel können Sie nicht Englisch reden, wie der Rest der menschlichen Rasse, Carroll?«

Carroll verkniff sich eine Erwiderung, die seinen Herrn an seine französische Nationalität erinnerte und sagte stattdessen stoisch: »Das obere Ende der Leiter lehnt an Lady Sophies Schlafzimmer, Mylord. Und«, fügte er mit einer gewissen Genugtuung hinzu, »das Fenster der jungen Miss steht offen.«

George starrte ihn perplex an. »Ihr Fenster steht offen?«, wiederholte er.

»Offen«, bestätigte Carroll beinah herzlich. »Es scheint mir, dass sie durchgebrannt ist, Mylord.«

»Durchgebrannt.«

Carroll begnügte sich mit einem Nicken. Er sah, dass die Marquise mit schnellen Schritten auf sie zukam und er wollte nichts mit ihr zu tun haben, wenn sie diese unbedeutende, nichtige Neuigkeit erfuhr.

»Vielleicht möchten Mylord in ihrem Zimmer nach einer Nachricht suchen.« Mit diesem Ratschlag verschwand Carroll unauffällig durch die Tür zum Dienstbotentrakt.

Dort kam er gerade rechtzeitig an, um die wachsende Belustigung der Dienerschaft im Keim zu ersticken. Eloise war, was solche Dinge anging, sehr förmlich und so wollten sich die Bediensteten beinah totlachen angesichts der Neuigkeit, dass ihre Tochter nach Gretna Green durchgebrannt war.

Carroll hielt ihnen eine strenge Predigt und befahl ihnen, nichts über die Schande auszuplaudern, die die hochherrschaftliche Familie ereilt hatte (obwohl das eigentlich verlorene Liebesmüh war!). Dann schickte sie alle zu Bett, aber erst, nachdem er unauffällig nachgezählt und sich davon überzeugt hatte, dass alle siebzehn Lakaien in ihren eigenen Betten liegen würden. Lakaien, das wusste er sehr gut, waren für die jungen Damen eine ständige Versuchung und er würde niemals über die Schande hinwegkommen, wenn Lady Sophie ein Auge auf einen seiner Burschen geworfen hätte.

In der Zwischenzeit hatte sich der Marquis von Brandenburg nicht von der Stelle gerührt und starrte auf die Fliesen aus italienischem Marmor hinunter, die die Eingangshalle zierten.

Seine Frau gesellte sich schweigend mit einer brennenden Kerze zu ihm. Sie war nicht die Sorte Frau, die duftige Negligees über ihrem Nachthemd trug; sie war in ein strapazierfähiges Gewand aus blauer, grober Baumwolle gehüllt, das sie von Kopf bis Fuß bedeckte.

»Nun?«, fragte Eloise ein wenig streitlustig. Und dann fügte sie eindringlicher hinzu: »George, George, was ist denn?«

Ihr Mann hob den Kopf und blickte sie an. »Sie ist weg. Carroll sagt, dass Sophie durchgebrannt ist. Unsere kleine Sophie.«

Vielleicht zum ersten, aber auch letzten Mal in ihrem Leben blieb Eloise auf unelegante Weise der Mund offen stehen.

»Nein!«

»Die Leiter lehnt an ihrem Fenster und ihr Fenster steht offen«, sagte George unglücklich. »Ich denke, es gibt keine Möglichkeit, dies zu vertuschen, nicht wahr?«

Eloise klappte entschlossen den Mund zu. »Das ist unmöglich«, flüsterte sie. »Sie würde mir, uns, so etwas niemals antun. Die Schande ... eine Tochter, die durchgebrannt ist ...«

»Du denkst doch nicht, dass wir zu nachgiebig mit ihr waren, oder?« Georges Gesicht wirkte eingefallen. »Ein paar Mal hatte ich vor, etwas über ihre Kleider zu sagen, aber ich dachte, ich würde auf meine alten Tage einfach nur altmodisch.«

»Unsinn«, sagte Eloise unsicher.

Sie drehte sich um und blickte starr in der Eingangshalle umher. Dann wirbelte sie herum und betrachtete ihren regungslosen Mann. »Komm schon, George. Wir müssen nachsehen, ob sie eine Nachricht hinterlassen hat. Vielleicht ist sie noch nicht weit. Wenn ja, dann müssen wir sie heute Nacht noch einholen.«

Gehorsam folgte George ihr die Treppe hinauf. Mann und Frau marschierten Schulter an Schulter den Flur entlang, aber keinem fiel auf, dass sie zum ersten Mal seit genau zwanzig Jahren so nah beieinander gingen.

Eloise blieb stehen und stieß dann die Tür zum Schlafzimmer ihrer Tochter auf. Das Fenster stand tatsächlich offen und die zarten Musselinvorhänge bauschten sich sacht in der nächtlichen Brise. Das Zimmer war dunkel, aber Eloise konnte zwei schwarze Punkte erkennen, die über dem

Fensterbrett aufragten – offensichtlich die Holme der Leiter.

»Kannst du eine Nachricht entdecken?«, fragte George, der hinter ihr stand und an ihr vorbei in den Raum hineinlugte.

Eloise hob die Kerze, die sie in der Hand trug, und ging zu der Kommode hinüber. Nichts, und auch auf dem marmornen Kaminsims stand kein Brief. Sie wollte sich gerade umdrehen und den Rest des Raumes absuchen, als George dicht hinter auftauchte. Eloise unterdrückte einen Aufschrei. George schnaufte schwer und die Kerze verlöschte. Nun standen die beiden im Stockdunkeln da. Das einzige Licht stammte von den flackernden Wandhaltern auf dem Gang, die Eloise zuvor entzündet hatte.

»Eloise, wir müssen ihr so schnell wie möglich nach!«, sagte George mit einem seltsam drängenden Unterton in der Stimme. Er packte sie an den Schultern und schob sie auf die Tür zu. Eloise kam sich vor wie ein Bündel Wäsche, besonders, als George sie in seiner Eile, sie aus dem Zimmer zu schieben, gegen den Türrahmen stieß.

Im Flur riss sie sich von ihm los. »Was zum Teufel ist in Sie gefahren, Mylord?«

George seufzte. Das war es wohl mit dem vertraulichen Umgangston. Offensichtlich herrschte nun wieder Kriegszustand.

»Wir müssen uns ankleiden und sofort in die Kutsche steigen, Eloise. Wenn wir jetzt aufbrechen, haben wir noch eine gute Chance, sie heute Nacht oder morgen einzuholen, bevor sie die

Grenze überqueren. Wie Sie wissen, braucht man mindestens zwei Tage bis nach Schottland.«

»Aber wer ist es?«, fragte Eloise kläglich. »Ich habe Sophie stets versichert, sie könne heiraten, wen sie möchte. Warum sollte sie durchbrennen? Warum hat sie keine Nachricht hinterlassen? Sie muss uns doch eine Nachricht geschrieben haben!« Eloise steuerte wieder auf Sophies Schlafzimmertür zu.

George packte sie mit eisernem Griff am Arm. »Wir haben keine Zeit für die Nachricht, Eloise. Sie müssen sich sofort anziehen. Wenn wir sie rechtzeitig einholen, können wir so tun, als wären wir spät von einem Ball zurückgekehrt.« Er zerrte seine Frau zu ihrem eigenen Zimmer und schob sie hinein.

»Hier, ziehen Sie das hier an!« George zog wahllos ein Kleid aus dem Schrank. Eloise blickte verstört auf das safranfarbene Ballkleid.

»Ich kann nicht.«

Obwohl seine Frau eine der zähesten Damen der Londoner Gesellschaft war, stand sie allem Anschein nach kurz davor, in Tränen auszubrechen.

»Doch, das das können Sie.« Er löste den Gürtel ihres Morgenmantels, und Eloise umklammerte instinktiv die Vorderseite ihres Nachthemds.

»Sie haben fünf Minuten«, sagte George sehr langsam, aber sein Tonfall ließ keinerlei Spielraum für Diskussionen. »Ich werde nun die Kutsche bestellen. Ich komme in fünf Minuten zurück und dann sind Sie zum Aufbruch bereit.«

Eloise nickte benommen. Als er wieder in der

Tür auftauchte, trug sie statt eines Ballkleids ein streng geschnittenes Straßenkleid aus blauer Serge. Es stand am Rücken offen, da Eloise es nicht hatte zuhaken können.

»Nein, Sie müssen ein Ballkleid tragen.« Als Antwort auf ihre stumme Frage fuhr er fort: »Wir haben erst halb zwei morgens, Eloise. Wir müssen so aussehen, als kämen wir von einem Ball zurück.«

Eloise nickte. George zog ihr mit einer energischen Bewegung das Kleid von den Schultern und entblößte die weiße Haut ihres Busens. Eloise bedeckte sich hastig.

»Sie gehen und ich kleide mich an«, sagte sie heiser.

Ihr Gatte trat einen Schritt zurück und ein sardonisches Lächeln umspielte seine Mundwinkel. »Wissen Sie, dass ich seit Sophies Geburt nicht mehr in diesem Zimmer war, Eloise? Ich wurde hereingebeten, um das Kind zu begutachten – ich glaube, man gestattete mir fünf Minuten –, und danach bin ich nie wieder über die Schwelle getreten.«

Ihre Blicke begegneten sich einen Moment lang und dann ging George in sein Zimmer.

Eloise zog das Ballkleid an und steckte sich hastig das Haar hoch. Dann rannte sie durch ihr Ankleidezimmer in den angrenzenden Raum. Wortlos hakte George ihr das Kleid zu und dann stiegen sie die Treppe hinunter. Sofort trat Carroll zu ihnen.

»Die Marquise und ich nehmen noch an einer späten Verpflichtung teil«, verkündete George.

»Sie werden sich freuen zu hören, dass sich Ihr Verdacht nicht bewahrheitet hat. Lady Sophie liegt brav in ihrem Bett und hegt keinerlei Pläne, durchzubrennen.«

Carroll verbeugte sich und murmelte, wie sehr ihn die Neuigkeit freue. Er hielt die Tür auf, als der Marquis und Marquise mit unziemlicher Hast in die wartende Kutsche kletterten.

›Und wo wollt ihr mitten in der Nacht hin, wenn nicht zur Poststraße nach Gretna Green?!‹, hätte Carroll seine Herrschaft gerne gefragt, wagte es aber nicht. ›Und was soll ich mit der Leiter tun? Und wollen Sie mir wirklich weismachen, dass Lady Sophie morgen früh um sieben völlig ungerührt nach ihrer heißen Schokolade klingeln wird?‹

Nun, eine Frage konnte er sich selber beantworten. Ohne weiteres Aufhebens befahl Carroll Philippe, die Leiter aus dem Garten zu entfernen.

Oben in Sophies Schlafgemach stützte sich Patrick auf den Ellenbogen und betrachtete das Gesicht von Braddons – nein, *seiner* zukünftigen Frau. Unter seinen Blicken öffnete Sophie die Augen und schaute zu ihm auf. Im dämmrigen Licht wirkten ihre Augen beinah mitternachtsblau.

Patrick strich mit dem Finger über ihre Unterlippe. »Wir müssen Braddon nun eine neue Frau suchen. Wir können ihn schließlich nicht einfach in der Patsche sitzen lassen. Was für ein Jammer, dass du keine Schwester hast, Liebste!«

»Oder du«, sagte Sophie verschmitzt. Eine verräterische Röte stieg ihr in die Wangen. Sie lag unbekleidet im Bett (wenigstens schien sie mit einem Laken zugedeckt zu sein) und unterhielt sich mit Patrick, den sie heiraten würde und mit dem sie gerade –

»Deine Eltern waren eben hier«, sagte Patrick. Sein Grinsen wurde breiter. »Du hast geschlafen wie ein Baby.«

»Was?«, brach es mit einem erstickten Aufschrei aus ihr heraus.

Der Finger, mit dem Patrick eben noch über ihre Lippe gerieben hatte, wanderte nun ihren Hals entlang. »Deine Mutter hat uns nicht gesehen, aber dein Vater. Er hat deine Mutter praktisch auf den Flur hinausgedrängt. Offensichtlich glaubt sie, dass du durchgebrannt bist. Sie hat nach einer Nachricht gesucht.« Seine Finger wanderten unter das Laken.

Sophie richtete ihren Blick fest auf sein Gesicht und versuchte, seine Berührungen zu ignorieren. »Willst du etwa behaupten, dass mein Vater dich gesehen und *nichts gesagt* hat?«

Patrick nickte.

»Aber warum?« Sophie schaute ihn mit großen, weit aufgerissenen Augen an. »Warum zum Teufel hat er dich nicht gefordert oder hat mich eine Metze geschimpft?«

»Eine Metze?« Patrick blickte sie verwundert an. »Woher hast du denn diesen altmodischen Ausdruck, Liebste?«

Sophie errötete. »Ich ... so nennt meine Mutter manche Frauen.«

»Hm.« Patrick schob ein Bein auf Sophies Schenkel und sie errötete noch heftiger. »Ich glaube, er wollte mir die Gelegenheit geben, unauffällig zu verschwinden«, sagte Patrick.

»Oh!«, entfuhr es Sophie und ihr Gesicht wurde feuerrot.

Patrick verlagerte das Gewicht seines Beins und plötzlich war jeder Nerv in ihrem Körper in Aufruhr. Er beugte den Kopf und strich mit den Lippen über ihren Mund, als ein scharrendes Geräusch ertönte und das obere Ende der Leiter zu wackeln begann, noch einmal gegen die Mauer stieß und dann verschwand.

»Oh weh«, murmelte Patrick dicht an Sophies Mund. »Wir werden wohl bald entdeckt werden.«

Sophie gab keine Antwort. Ihre Hände erforschten die glatte Haut auf Patricks Rücken, während sein Mund sich auf ihre Lippen presste und ihr eine verzehrende Hitze durch die zitternden Gliedmaßen jagte.

Widerstrebend löste sich Patrick von ihr, setzte sich auf und fuhr sich durch das Haar. »Liebste, ich mache mich wohl besser auf den Weg.« Er blickte auf Sophie hinunter, die ganz still dalag. Langsam streckte er die Hand aus und strich ihr mit dem Handrücken über die Wange.

»Du bist die schönste Frau, die ich je gesehen habe«, sagte er mir rauer Stimme.

Ein Lächeln huschte über Sophies Lippen. »Als ich mich letzten Monat weigerte, dich zu heiraten, wirktest du aufrichtig erleichtert.«

»Wirklich?« Patrick lachte. »Um ehrlich zu sein, war ich zutiefst gekränkt.«

»Oh.« Sophie nickte. Das erklärte, warum Patrick statt Braddon die Leiter hinaufgeklettert war. Ihr gefiel der Gedanke ganz und gar nicht, dass ihre Zukunft durch die kindische Rivalität zwischen zwei Männern entschieden wurde, aber sie war in diesem Moment einfach zu glücklich, um sich darüber Sorgen zu machen.

»Warum hast du mich also abgewiesen?«, fragte Patrick.

Ein Schatten flog über Sophies Züge. »Es lag nicht an dir, Patrick.« Sie errötete. »Ich war sehr ver–«, Sie fing sich rechtzeitig. »Nun, ich habe einfach nicht sehr realistisch gedacht. Ich dachte ... ich weiß nicht, was ich gedacht habe.« Sie hob noch einmal an. »Ich weiß jetzt, dass ich sehr feige war.«

Patrick streifte gerade sein Hemd und seine Hosen über, aber bei ihren Worten drehte er sich um und schaute Sophie überrascht an. Feige? Gerade, als er zu einer Erwiderung ansetzen wollte, stellte sie ihm eine Frage.

»Wie willst du von hier verschwinden? Ich glaube, die Leiter ist verschwunden.«

»Natürlich durch den Vordereingang.« Patrick setzte eine arrogante, überhebliche Miene auf, die ihm Generationen von adligen Vorfahren mitgegeben hatten. »Es würde mich doch sehr wundern, wenn eurer Butler meine Anwesenheit im Haus hinterfragen würde.«

»Wo, glaubst du, sind meine Eltern?«

»Ich nehme an, dein Vater wird dem Kutscher Anweisung geben, eine Zeit lang die Poststraße entlangzufahren, und ihm dann befehlen, kehrt zu machen.« Patricks Stimme klang einen Moment lang gedämpft, als er sich den großen Umhang umlegte. »Du dürftest dich morgen auf eine Menge Fragen gefasst machen, Liebling. Ich glaube, deine Mutter wird ganz besonders auf deinen Vater wütend sein.«

»Sie ist ständig wütend auf ihn«, erwiderte Sophie.

Patrick warf ihr einen fragenden Blick zu.

»Er schläft zu häufig mit anderen Frauen«, erklärte sie bereitwillig.

Patrick ließ sich in Braddons wallendem Umhang auf der Bettkante nieder.

Sophie blickte mit schweren Lidern zu ihm auf. »Meine Mutter ist, was seine Mätressen angeht, nicht sehr tolerant. Aber du musst dir keine Sorgen machen; ich werde sehr tolerant sein.«

Patrick lächelte ein wenig verkniffen. »Ich hoffe, du wirst keinen Anlass zur Toleranz bekommen.«

Sophie fiel langsam wieder in einen leichten Schlummer. »Du hast wirklich nichts zu befürchten, Patrick. Ich gehöre nicht zu der Sorte Frauen, die Schwierigkeiten machen. Jetzt, da ich dich heiraten werde, will ich mich darüber nicht beschweren.« Sie schloss die Augen.

Patrick beobachtete mit schmalen Augen, wie sich Sophies Gesicht entspannte und sie ins Reich der Träume entschwand. Es versetzte ihm einen Schock, als er erkannte, dass sie keinerlei Vertrauen in seine Fähigkeit besaß, sich von anderen Frauen fern zu halten. Sie drehte sich ein wenig zur Seite und schmiegte die Wange in ihre Hand.

Patrick strich über Sophies seidige Lockenpracht, die sich auf dem Laken ausbreitete. Sie musste geblutet haben, als er ihr die Jungfräulichkeit nahm, aber sie hatte kein Wort gesagt. Sie war also doch kein Feigling. Aber sie hatte kein Vertrauen in ihn. Warum nicht? Was konnte sie über ihn gehört haben? Vielleicht Geschichten über sein Verhalten aus der Zeit, bevor sein Vater ihn ins Ausland geschickt hatte. Aber Patrick wollte nichts Ungewöhnliches einfallen, außer den üblichen Streichen eines kräftigen zwanzigjährigen Burschen. Da Sophie sich jedoch bereit erklärt hatte, Braddon zu heiraten, dessen Reputation nicht die Beste war, mussten über ihn selber wahrlich schlimme Geschichten im Umlauf sein. Nein, er hatte Braddons Titel vergessen. Sophie hatte eine Gräfin werden wollen. Nun würde sie sogar eine Herzogin werden.

Patricks Züge verkrampften sich. Warum auch immer sie gezögert hatte, ihn zu heiraten, so blieb ihr nun keine Wahl. Sie gehörte ihm, ihm ganz allein. Er stand auf, beugte sich ein letztes Mal über sie und strich beinah wie unter Zwang über die köstlichen Rundungen ihres entspannten Körpers. Gott, er sah besser zu, dass er verschwand, bevor er wieder den Kopf verlor.

Patrick richtete sich auf. Geschmeidig wie eine Raubkatze ging er zu Sophies Kommode hinüber und steckte sich die Perlenkette in die Tasche, die sie am Abend getragen hatte. Dann verließ er den Raum und schloss leise die Tür hinter sich. Langsam ging er die Treppe hinunter und gab sich dabei keinerlei Mühe, das laute Geräusch seiner entschlossenen Schritte auf den marmornen Stufen zu dämpfen.

Carroll hatte Philippe in der Eingangshalle postiert und ihm Anweisung gegeben, darauf zu warten, dass die Herrschaften von dem Ball zurückkehrten. Der Lakai blickte verwirrt auf, als ein feiner Pinkel in einem schwarzen Umhang gemessenen Schrittes die Treppe herunterkam. Zuerst starrte er ihn mit offenem Mund an, aber dann kam Carrolls ausgezeichnetes Training zum Tragen und Philippe nahm Haltung an. Dann sprang er zur Tür und hielt sie ihm mit gesenktem Kopf auf.

Patrick warf ihm einen amüsierten Blick zu, während er aus der Tür schlenderte. Dann blieb er stehen.

»Ich war nicht hier«, sagte er sanft.

Philippe nickte. Er war nicht umsonst gebürtiger Franzose.

»Es ist jedoch möglich, dass ein Dieb im Haus war«, fügte Patrick hinzu.

Philippes Blick schweifte unruhig zur Seite und er wünschte, Carroll wäre bei ihm.

»Ein Dieb, Sir?«

»Unglücklicherweise«, murmelte Patrick. »In London treibt ein Dieb sein Unwesen, der eine Leiter mitbringt, durch offene Fenster steigt und sämtliche Juwelen stiehlt, die offen im Zimmer herumliegen. Es ist durchaus möglich, dass der Dieb heute Nacht unterwegs ist.«

Philippe kroch ein Anflug von Panik den Nacken hinauf. Was sollte er als Nächstes tun? Unter dem Blick des groß gewachsenen Aristokraten wurde ihm beinah schwindelig.

»Vielleicht sollte ich einen Bow Street Runner

rufen«, schlug er vor, nachdem er zuerst schwer schlucken musste.

Dies wurde mit einem kühlen Lächeln begrüßt. »Das wäre ohne Zweifel sehr weise.« Patrick stieg beschwingt die Stufen zum Trottoir hinunter. Unter Philippes Blicken sprang er in eine Kutsche, die an der Ecke wartete. Erst dann wagte der Lakai, auf die Banknote in seiner Hand hinunterzublicken.

»Hallo!« Philippe hatte mehr Geld bekommen, als er in drei Jahren verdiente ... genug, um seine kleine Schwester aus ihrer Stellung als Küchenmädchen zu befreien, die sie so sehr hasste, und ihr eine Ausbildung bei einem Umhangschneider zu beschaffen. Dankbarkeit machte sich in ihm breit.

Dann drehte er sich schnell um und rannte in den Dienstbotentrakt. Ihm war gerade das Gerücht über einen Juwelendieb zu Ohren gekommen, der so lautlos über eine Leiter in die Häuser stieg, dass die schlafenden Bewohner keinen Laut hörten.

Und so kam es, dass ungefähr eine Stunde später die äußerst verärgerte Marquise und ihr Gatte bei ihrer Rückkehr das Haus hell erleuchtet vorfanden und eine kleine Truppe Bow Street Runner antrafen, die ungelenk im Salon herumstanden.

Eloise blieb völlig verwirrt stehen, als sie ihre Tochter erblickte, die sich hastig angekleidet und das Haar mit einem einfachen Band zurückgebunden hatte. Offensichtlich preschte sie in diesem Moment doch nicht die Poststraße in Richtung Gretna Green entlang. Eloise wurde von den starken Händen ihres Mannes in den Raum geschoben.

»Was ist hier los?« Die Stimme des Marquis klang scharf und die kleine Gruppe drehte sich abrupt um.

Die Stimmung des Vorgesetzten der Polizisten besserte sich merklich. Hier war ja endlich der Herr des Hauses, mit dem man reden konnte.

»Es ist so, Mylord«, sagte Grenable wichtigtuerisch. »Es gab einen Diebstahl im Haus.«

»Einen Diebstahl?«

»Ja, Sir. Ihre Tochter vermisst eine wertvolle Perlenkette –«

»Perlen?«

Grenable warf einen Blick auf die Herrin des Hauses. Sie sah ein wenig benommen aus.

»Ja, Mylady, offensichtlich fehlt eine Perlenkette.« Grenable wandte sich wieder an den Marquis. »Es hat in der Vergangenheit schon etliche solcher Diebstähle gegeben. Wir haben unter dem Fenster der jungen Dame die Spuren von einer Leiter und mehrere Fußabdrücke gefunden. Ich vermute also, dass wir es hier mit einer Bande zu tun haben. Wahrscheinlich sind sie hergekommen, haben die Leiter aufgestellt, und dann ist einer von ihnen mucksmäuschenstill hinaufgeklettert. Die junge Dame hat zugegeben, dass ihre Perlen ganz offen auf der Kommode in ihrem Zimmer lagen, geradezu als Aufforderung zum Diebstahl, wenn Sie mir die Bemerkung verzeihen wollen.« Er wies mit dem Kopf auf Sophie, die verwirrt nickte.

Erst langsam begriff sie die Situation. Die überraschenden Ereignisse der letzten Stunde erleichterten es ihr nicht gerade, ihre Gedanken zu ordnen. Sie war alleine in ihrem Bett aufgewacht und durch Simones hysterische Worte aufgescheucht worden. Die Zofe ihrer Mutter hatte anscheinend bemerkt, dass das Haus ausgeraubt worden war. Oder hatte es einer der Lakaien entdeckt? Niemand schien wirklich etwas Genaues zu wissen. Jedenfalls lenkte der pochende Schmerz zwischen ihren Schenkeln ihre Aufmerksamkeit immer wieder von dem Verlust ihrer Perlen ab. Außerdem hatte Patrick sie ohne ein Wort des Abschieds verlassen, wenn ihre Erinnerung sie nicht trog.

Grenables unangenehme Stimme riss sie erneut aus ihren Gedanken. Er war ein untersetzter, schmieriger Mann mit einem ungepflegten Bart. »Ich werde die junge Dame sehr genau befragen müssen«, sagte er. »Es ist mir nicht ganz klar, warum Lady Sophie gestern Abend ihr Fenster geöffnet hat, wenn man bedenkt, dass ihre Zofe beteuert, sie habe es vor dem Zubettgehen fest verschlossen.«

Sophie schluckte nervös und hob den Blick. Ihre Mutter beobachtete sie stirnrunzelnd und sogar ihr Vater musterte sie scharf. Sie kam sich vor wie bei einer Theateraufführung, für die sie ihren Text nicht gelernt hatte.

»Ich wollte einfach etwas frische Nachtluft genießen«, sagte sie mit zittriger Stimme. Als sie obendrein einen wohlwollenden Ausdruck in den Augen ihres Vaters sah, brach sie in Tränen aus.

Sie weinte, weil Patrick sich nicht von ihr verabschiedet hatte und weil sie nicht begriff, warum sie seiner Verführung so gedankenlos nachgegeben hatte.

Und so wurden Grenables Untergebene Zeuge, wie er unbehaglich von einem Fuß auf den anderen trat, weil er die junge vornehme Dame zum Weinen gebracht hatte.

Ihr Vater war sofort an ihrer Seite, aber Eloise reagierte etwas langsamer. Der Anblick von Sophies Tränen überraschte sie, denn wenn sie sich recht erinnerte, hatte ihre Tochter seit sie sechs oder sieben war in ihrer Anwesenheit nicht mehr geweint. Doch da saß sie und unterdrückte ein Schluchzen – und das auch noch wegen des Verlustes einer Perlenkette!

»Sie hat einen Schock«, sagte George tröstend und blickte dann unverwandt in die erstaunten Augen seiner Frau. »Es kann einen schon erschrecken, dass in der Nacht ein räuberischer Krimineller durch das eigene Schlafzimmer geschlichen ist.«

Eloise drehte sich um und warf Grenable einen eisigen Blick zu. Unwillkürlich trat er einen Schritt zurück. »Ich wüsste nicht, welche Hinweise meine Tochter Ihnen zur Ergreifung des Kriminellen geben könnte, der heute Nacht in unsere Haus eingebrochen ist«, sagte sie scharf. »Ich schlage vor, Sie machen sich ohne Verzögerung daran, die Straßen zu durchkämmen.«

Grenable schluckte. Natürlich hatte die Marquise Recht. Die Sache mit dem offenen Fenster war ihm einfach ein wenig seltsam vorgekommen. Er tat besser daran, zur Bow Street zurückzukehren und eine Beschreibung der Perlenkette an die bekannten Hehler zu schicken. Er rieb sich die Hände und verbeugte sich tief, als die Marquise ihre Tochter aus dem Raum führte.

»Ich stimme ihr voll und ganz zu«, wandte er sich an den Marquis, als sich die Tür hinter Eloise und Sophie schloss. »Es gibt hier nichts mehr für mich zu tun. Ich muss Sie jedoch darauf aufmerksam machen, Mylord, dass die Chancen sehr gering sind, die Kette der jungen Dame zurückzubekommen.«

Der Marquis wirkte erstaunlich ruhig, als er Grenable die Hand gab. »Tun Sie Ihr Bestes, Mann, tun Sie einfach nur Ihr Bestes. Ich zähle nicht zu denjenigen, die die Runners kritisieren. Nach dem zu urteilen, was mir bis jetzt zu Ohren gekommen ist, sind Sie wirklich eine ganz ausgezeichnete Truppe. Gute Männer, und immer auf der Jagd nach Übeltätern.«

»Ja«, erwiderte Grenable ein wenig unsicher. »Wir tun wirklich unser Bestes.« Bevor er darüber nachdenken konnte, wie ihm geschah, stand er auch schon vor der Haustür und machte sich auf den Weg zurück in die Bow Street.

Einer seiner Grundsätze war, es seinen Männern niemals zu zeigen, wenn er verunsichert war, und so beschloss Grenable, das merkwürdige Verhalten des Marquis zu vergessen. Was bedeutet so einem Mann schon eine Perlenkette? Grenable sollte besser seinem Glücksstern danken, dass dieser Aristokrat keinen Aufstand machen würde, wenn die verdammte Perlenkette nicht wieder gefunden wurde. Der Gedanke besserte seine Laune.

Carroll, der Butler der Familie, war noch besser gelaunt, als er erkannte, dass sein Herr scheinbar nicht die Absicht hegte, ihn wegen seiner verleumderischen Behauptung, Lady Sophie sei durchgebrannt, zu entlassen.

»Verschwenden Sie keinen Gedanken mehr daran, Carroll«, sagte George aufgeräumt. »Das war wirklich eine ganz nahe liegende Annahme. Ich hatte es ja selber schon geglaubt. Aber wir haben Ihnen ja gesagt, dass Lady Sophie friedlich in ihrem Bett lag, nicht wahr? Es ist nur ärgerlich, dass ihre Mutter und ich nichts von dem Dieb wussten, als wir zu dem Ball aufbrachen. Aber das Wichtigste ist, dass Lady Sophie unbeschadet in ihrem Bett schlummerte.« »Gute Nacht, Carroll.« Und damit ging der Marquis davon und rieb sich zufrieden die Hände.

Seltsames Verhalten für einen Mann, der gerade einen Batzen Geld an einen Dieb verloren hat, dachte Carroll. Aber was geht es mich an?

10. Kapitel

Als Patrick Foakes am nächsten Morgen die Stufen von Brandenburg House hinaufstieg, war er ein wenig müde. Schließlich hatte er fast die ganze Nacht kein Auge zugetan. Braddon hatte die Neuigkeit von seiner konfiszierten Braut wirklich sehr schlecht aufgenommen. Die Vehemenz seiner Reaktion überraschte Patrick ehrlich gesagt, vor allem, weil er Braddons lockere Einstellung gegenüber den meisten Dingen kannte. Er würde niemals den Moment vergessen, als Braddon sich eine Portflasche packte und anfing, damit den Gips an seinem Bein zu zertrümmern. Eine Sekunde dachte Patrick, sein Freund habe durch den Schmerz den Verstand verloren, aber Braddon war einfach nur stocksauer. Braddon war schon immer sehr nervös, wenn es seine Mutter betraf, dachte Patrick, während er darauf wartete, den Herrschaften in Brandenburg House angekündigt zu werden. Und Braddons Heirat ist im Grunde eine Angelegenheit von Braddons Mutter.

Der Butler der Brandenburgs kehrte zurück, verbeugte sich und verkündete erhaben: »Der Marquis erwartete Sie in der Bibliothek.«

Seit Patricks letztem Besuch vor einem Monat hatte sich dort nichts verändert. Abgesehen vielleicht vom Verhalten des Marquis von Brandenburg. Beim letzten Mal war er ihm freundlich entgegengekommen und hatte ihn überschwänglich begrüßt. Patrick erinnerte sich, dass er ein wenig überrascht darüber war, dass der Marquis sich zu freuen schien, den Mann zu begrüßen, der am Abend zuvor dem Ruf seiner Tochter immensen Schaden zugefügt hatte. Aber inzwischen war Sophie tatsächlich ruiniert und die Augen des Marquis waren eiskalt wie ein nordischer Gletscher.

Als Patrick den Raum betrat, entließ George Carroll mit einem kurzen Nicken. Keiner von beiden sprach ein Wort, bis Carroll mit einer Verbeugung die Bibliothek verlassen und die schweren Eichentüren hinter sich geschlossen hatte.

Patrick hielt dem wütenden Blick seines zukünftigen Schwiegervaters gelassen stand, während er auf ihn zuging und sich vor ihn hinstellte. »Ich bin gekommen, um Sie um die Hand Ihrer Tochter zu bitten«, sagte er sanft.

Statt einer Antwort hob George die Faust und schlug Patrick mit dem ganzen Zorn einer schlaflosen Nacht ins Gesicht. Es ertönte ein lautes Klatschen, als seine Hand zuerst Patricks harten Wangenknochen traf, nach oben abrutschte und ihm noch einmal im Augenwinkel traf. Patrick taumelte nach hinten und hielt sich an der Kante von Georges Schreibtisch fest. Dann richtete er sich auf und blickte den Marquis an.

George keuchte vor Anstrengung. »Ich hätte nicht gedacht, dass Sie mir das gestatten würden«, sagte er.

»Ich habe es verdient«, erwiderte Patrick nur.

George kam sich inzwischen vor wie ein Narr. Er

war zu alt für Boxübungen in der Bibliothek. Er schleppte sich zu der Sitzgruppe vor dem Kamin und ließ sich in einen Sessel fallen, ohne sich zu vergewissern, ob Patrick ihm folgte. Dieser gesellte sich zu ihm und nahm ebenfalls Platz.

»Ich bin letzte Nacht die Leiter zum Fenster Ihrer Tochter hinaufgeklettert, um ihr dabei zu helfen, mit dem Grafen von Slaslow durchzubrennen«, sagte Patrick ruhig.

Er warf einen Blick auf das Gesicht des Marquis, das, wenn möglich, noch roter geworden war.

»Wovon zum Teufel sprechen Sie?«

»Die Entführung«, fuhr Patrick fort, der sich zurücklehnte und die Augen schloss, »war Lady Sophies Idee. Slaslow selber war ganz eindeutig gegen den Plan, und als er sich gestern das Bein brach, überredete er mich, Ihre Tochter zum Haus seiner Großmutter zu bringen. Er wollte Lady Sophie davon überzeugen, dass es angesichts seiner Verletzung weder wünschenswert noch möglich sei, mit ihr durchzubrennen.«

Auf der anderen Seite des Kamins herrschte absolute Stille.

»Als ich im Zimmer ihrer Tochter ankam, hatte sie sich bereits entschieden, die Verlobung mit Slaslow zu lösen.«

»Ich nehme an«, sagte George sarkastisch, »dass sie inzwischen ihre Ansichten über Ihren Heiratsantrag geändert hat?«

»Ich denke doch.«

»Und was für ein Skandal das werden wird.« Die Stimme des Marquis klang müde.

»Nicht so groß, wie der, den es gegeben hätte,

wenn Ihre Tochter mit dem Grafen von Slaslow durchgegangen wäre«, erwiderte Patrick.

George starrte mit schwerem Herzen in die sterbende Glut des Feuers. Sophie würde nicht nur die Verlobung mit einem Grafen brechen; wenn er sich nicht täuschte, würde sie auch gezwungen sein, mit ungebührlicher Hast einen anderen Mann zu heiraten.

»Es wird nur eine kurzlebige Sensation verursachen«, sagte Patrick ruhig. »Ich werde meine Braut auf eine ausgedehnte Hochzeitsreise nehmen, und wenn wir wieder zurückkehren, amüsiert sich die feine Gesellschaft bereits über einen anderen Skandal.«

»Was soll ich meiner Frau sagen? Sie wird ein kleines bisschen neugierig sein zu erfahren, warum ihr beiden so schnell heiraten müsst, nachdem gerade erst Sophies Verlobung mit einem anderen Mann bekannt gegeben wurde.«

»Warum sagen Sie ihr nicht die Wahrheit?«

»O Gott, nein.« George starrte mit gerunzelter Stirn ins Feuer. »Eloise wirkt ziemlich hart, aber im Grunde ist sie sehr naiv. Es wäre ein schrecklicher Schlag für sie, herauszufinden, dass unsere Tochter vor der Hochzeit verführt wurde.«

Patrick ergriff ein schmerzliches Schuldgefühl. Im kalten Morgenlicht war er über sein Verhalten selber schockiert. Was war nur letzte Nacht in ihn gefahren? Was hatte Sophie nur an sich, das ihn zu solch einer zügellosen Leidenschaft getrieben hatte? Er hatte gegen jede einzelne gesellschaftliche Regel verstoßen, die man ihm seit seiner Kindheit beigebracht hatte.

»Sagen Sie der Marquise, dass es ein Fall von wahrer Liebe ist.«

»Wahre Liebe!«, spottete George. »Meine Frau war noch nie für romantische Flausen zu haben.«

»Warum haben Sie dann verhindert, dass sie mich letzte Nacht in Lady Sophies Bett entdeckte?«

»Das sagte ich doch bereits. Es wäre ein schwerer Schlag für sie ... Sie würde denken, dass Sophie ihrem Vater nachschlägt. Aber das tut sie nicht«, sagte George und starrte seinen zukünftigen Schwiegersohn wütend an.

Patrick begegnete dem Blick des Marquis gelassen, obwohl ihm das angesichts seines zuschwellenden Auges nicht gerade leicht fiel. »Ich weiß«, sagte er mit einem ironischen Lächeln.

Georges Gesicht glühte, als er daran erinnert wurde, dass seine Tochter die Hochzeitsnacht vorweggenommen hatte.

»Ich werde gut auf sie Acht geben«, sagte Patrick ruhig.

»Ich weiß, ich weiß«, murmelte George. »Ich war immer der Meinung, dass Sie mit Ihnen glücklich werden könnte. Auch wenn ich gehofft hatte, dass sie einen gesetzteren Burschen finden würde. Braddon und Sie, sie sind beide vom gleichen Schlag, nicht wahr? Beides Lebemänner.« Er warf dem jungen Mann einen reumütigen Blick zu und erhob sich mühsam aus dem Sessel. »Ich habe mich nicht immer so verhalten, wie ich es sollte.«

Patricks Lippen zuckten, aber es gelang ihm, ein Grinsen zu unterdrücken. Das von einem Mann, dessen Name regelmäßig in den Klatschspalten sämtlicher Postillen Londons auftauchte? Patrick konnte wohl kaum hoffen, George klar machen zu können, dass er nicht vorhatte, sich nach seiner Vermählung mit Sophie eine Geliebte zu nehmen. George mit seiner turbulenten außerehelichen Vergangenheit war davon überzeugt, dass Lebemänner sich niemals besserten.

George hob zu einer Erklärung an. »Meine Frau hat ein heftiges Temperament, und manchmal war Sophie ... nun, sie hat mehr mitbekommen, als gut für sie war.«

Patrick stand auf und seine entspannte Zurückhaltung gab nichts von seinem heftigen Interesse an Georges Beichte preis.

»Sie ist ein gutes Kind, meine Sophie.« George ging auf die Tür zu, um seine Tochter in die Bibliothek rufen zu lassen, damit Foakes ihr erneut einen Antrag machen konnte. »Sie ist ein gutes Mädchen. Sie hat mir mehr als einmal aus der Patsche geholfen und mir beigestanden, wenn ihre Mutter sich wie ein Hausdrachen aufführte.«

Patrick trat hinter ihn.

»Wie war Lady Sophie Ihnen denn in diesen Situationen behilflich?« In seiner Stimme schwang leise Neugier mit.

»Oh, sie lächelte lieblich und erzählte ihrer Mutter, ich hätte sie mit zum Rennen genommen oder so etwas in der Art.« Georges große Augen waren voller Selbstvorwürfe. »Glauben Sie, dass Sophie wegen meiner Indiskretionen diesen infamen Plan ausgeheckt hat, mit Slaslow durchzubrennen? Hat sie Sie letzte Nacht in ihr Bett gelassen, weil ich ein solcher –«

»Ich übernehme die alleinige Verantwortung für das, was letzte Nacht geschehen ist. Lady Sophie ist von Grund auf unschuldig. Sie hatte keine Ahnung, was passieren könnte, als ich über die Leiter in ihr Zimmer kletterte.«

»Wirklich?« Einen Moment lang weiteten sich die Augen des Marquis vor Überraschung. »Sie ist –« Warum zum Teufel versuchte er, den zukünftigen Mann seiner Tochter davon zu überzeugen, dass sie eine Art weiblicher Wüstling war? Denn das war sie natürlich nicht. Sophie hatte in der Vergangenheit nur so überzeugend gelogen, um ihn vor dem Zorn ihrer Mutter zu schützen. Und so war er zu der Überzeugung gelangt, dass seine eigene unberührte Tochter eine erfahrene Dame der Gesellschaft war. Einen Moment lang plagten George schwere Selbstvorwürfe.

Als er gerade etwas sagen wollte, öffnete sich die Tür und Carroll betrat die Bibliothek.

»Mylord?«

»Bitten Sie Lady Sophie, sich zu uns zu gesellen, Carroll.«

Carroll warf Patrick Foakes einen flüchtigen, abwägenden Blick zu. Natürlich wusste der ganze Haushalt von Foakes' Antrag, den Lady Sophie abgewiesen hatte. Und der ganze Haushalt wusste ebenfalls, dass gerade erst Lady Sophies Verlobung mit dem Grafen von Slaslow gefeiert worden war. Was hatte Foakes also im Haus zu suchen?

Sophie kam langsam die Treppe herunter und ließ dabei die Hand das Geländer hinabgleiten. Sie trug ein erstaunlich sittsames Hauskleid mit einem hohen Kragen, der mit einer Reihe Stoffrosen verziert war. Sie hatte dieses Kleid erst einmal zuvor getragen und es als unbeschreiblich unmodern abgetan. Aber an diesem Morgen, an dem sie immer wieder von einem ungeheuren Schamgefühl erfasst wurde, wollte Sie Patrick – und ihrem Vater! – zeigen, dass sie kein lockeres Frauenzimmer war, auch wenn sie sich vergangene Nacht so aufgeführt hatte.

Zum vierzigsten Mal an diesem Morgen stieg Sophie eine zarte Röte in die Wangen. War sie überhaupt in der Lage, die Bibliothek zu betreten? Was musste ihr Vater von ihr denken? Vor Nervosität hatte sie Magenkrämpfe. Aber sie konnte die Zeit nicht anhalten, egal, wie langsam sie auch die Treppe hinunterging. Carroll öffnete ihr die Türen zur Bibliothek und dahinter erblickte sie ihren Vater.

Widerstrebend begegnete sie seinem Blick, aber was sie darin erblickte, machte ihr Mut. George sah nicht so aus, als wolle er sie vor die Tür setzen.

»Sophie«, sagte er barsch. »Es scheint, dass du doch Patrick Foakes heiraten wirst und nicht den Grafen von Slaslow.«

Sie senkte den Blick und ihre Wangen färbten sich tiefrot. »Ja, Papa«, flüsterte sie.

»Wir müssen uns nur überlegen, was wir deiner Mutter sagen.« George seufzte. »Wie ich Foakes bereits gerade mitteilte, werde ich es nicht zulassen, dass sie die Wahrheit erfährt. Sie würde sich darüber zu Tode ärgern.«

»Ja, Papa.« Sophies Hals war wie zugeschnürt.

»Nun, ich lasse euch jetzt allein«, murmelte George. »Aber nicht für lange!«, bellte er, als er den amüsierten Blick seines zukünftigen Schwiegersohns sah. Brachte diesen Burschen denn nichts aus der Fassung? Ein Auge war praktisch zugeschwollen und an seiner Wange zeigte sich eine deutliche Beule, und dennoch sah Patrick Foakes aus wie ein Stutzer ersten Ranges. Es war wirklich zu ärgerlich. George verließ das Zimmer und hatte Mühe, seine Verärgerung im Zaum zu halten.

Sophie holte tief Luft, aber es war ihr zu peinlich, den Blick zu heben. Sie hörte, dass Patrick auf sie zukam, und als er stehen blieb, konnte sie seine Stiefelspitzen ausmachen.

»Du siehst heute Morgen ganz bezaubernd aus, Sophie. Es ist eine neue Sophie, eine sittsame, scheue ...« Patrick ließ den Satz absichtlich unvollendet.

Sofort hob Sophie den Blick und in ihren Augen blitzte es gefährlich. »Mach dich nicht über mich lustig!«

Patricks große Hand umfasste ihr Kinn. »Warum nicht? Wir werden die Ehe nur überleben, wenn wir uns ab und zu lustig über uns machen können, Liebste.«

Erst dann registrierte Sophie den Zustand seines Gesichts. »Was ist passiert, Patrick?« Sie streckte die Hand aus und berührte sacht die dunkle Schwellung an seinem Auge.

»Ich habe bekommen, was ich verdient habe«, erwiderte Patrick. »Nichts, worüber du dir Sorgen machen müsstest.« Er nahm ihre Hand in die seine und führte sie an seinen Mund. Dann drehte er sie um und drückte die Innenseite sanft an seine Lippen.

»Ich habe deinen Vater ganz offiziell um deine Hand gebeten«, sagte er und in seinen Augen funkelte es amüsiert.

»Wirklich?« Sophie konnte keinen klaren Gedanken fassen.

Patrick wollte nicht, dass sie die nackte Wahrheit erfuhr; und zwar, dass ihr in dieser Sache gar keine Wahl blieb, seit sie seinen Küssen nachgegeben hatte. Er hatte schon den ganzen Morgen mit seinem Gewissen gerungen – um ehrlich zu sein, seit er vergangene Nacht Brandenburg House verlassen hatte.

»Wollen Sie meine Frau werden, Lady Sophie?«

Sophie schenkte ihm gar nicht ihre volle Aufmerksamkeit. Patricks Lippen liebkosten die Mitte ihrer Handfläche und aus irgendeinem Grund machte ihr diese einfache Geste die Knie weich. »Ja«, sagte sie schwach.

Patrick runzelte die Stirn. »Es tut mir aufrichtig Leid, dass unser Verhalten letzte Nacht die Wahl deines Ehegatten stark eingeschränkt hat«, sagte er förmlich. »Ich bin mir jedoch sicher, dass wir uns ebenso gut zusammenraufen werden, wie du es mit Braddon getan hättest.«

Sophies Blick wanderte über Patricks schwarz gelocktes Haar und seine tief liegenden Augen. Was redete er da? Sie würde sich nie einfach nur mit ihm »zusammenraufen«. Die bloße Vorstellung, mit Patrick im gleichen Haus – im gleichen Bett – zu schlafen, jagte ihr einen Schauer der Erregung über den ganzen Körper.

Im Grunde wollte sie nur eines von ihm. Dass er sie in die Arme nahm, wie er es vergangene Nacht getan hatte. Als könne er ihre Gedanken lesen, zog Patrick sie sanft an sich.

»Sophie«, sagte er eindringlich. »Ich möchte mich wirklich dafür entschuldigen, dass ich deine Heirat mit Braddon vereitelt habe. Ich weiß, du hast dich darauf gefreut, Gräfin zu werden.«

Sie schaute ihn ungläubig an. Hielt er sie wirklich für so oberflächlich, dass es ihr wichtig war, einen Mann mit einem Titel zu heiraten?

Bevor sie etwas erwidern konnte, beugte Patrick seinen Kopf über sie, legte seinen Mund auf den ihren und zog sie an sich. Trotz ihres unförmigen Kleides war er erregt, seit sie den Raum betreten hatte.

Als Patricks Hand durch ihre Locken fuhr und die kunstvolle Frisur zerwühlte, die Simone am Morgen so mühsam arrangiert hatte, sagte Sophie kein Wort. Sie schmiegte sich an ihn und erschauderte als sich ihre Brüste gegen seine Brust pressten und seine Zunge immer wieder sehnsüchtig in ihren Mund fuhr. Ihre Arme legten sich wie von alleine um seinen Hals. Als Sophies Zunge scheu der seinen entgegenkam, stieß Patrick einen Fluch aus, löste ihre Arme von seinem Hals und trat einen Schritt zurück.

Völlig regungslos starrte er die schöne Frau an, die vor ihm stand. Sophies Vater hätte es amüsiert, seinen zukünftigen Schwiegersohn ihn diesem Zustand zu sehen. Von dem Gehabe des eleganten, weltmännischen Stutzers war keine Spur mehr zu sehen. Patricks Augen waren tiefschwarz und sein Atem ging schwer. Sein einziger Gedanke galt dem unbändigen Verlangen, Sophie auf den Teppich vor dem Kamin zu zerren und zu lieben.

»Verdammt«, stieß er schließlich mühsam hervor und fuhr sich durch das zerzauste Haar.

Dann begegnete er Sophies verwirrtem Blick. Unfreiwillig wanderten seine Augen zu ihren geschwollenen karmesinroten Lippen hinunter, und er streckte erneut die Hand aus und zog ihren Körper gegen die harte Schwellung in seinen Hosen.

»Wir müssen sofort heiraten, Sophie«, murmelte er an ihrem Hals. »Ich sterbe, wenn ich dich nicht bald in meinem Bett habe.«

Sophie lächelte an seiner Schulter. Dann hob sie den Kopf und schlang einen weißen, schlanken Arm um seinen Hals.

»Ich verstehe nicht, warum wir nicht ein paar Monate warten sollten, bevor wir heiraten«, erwiderte sie keck. Sanft berührte sie mit den Fingerspitzen ihrer anderen Hand seinen Mund und stieß ein leises Keuchen aus, als feuchte, drängende Lippen plötzlich ihren Zeigefinger umschlossen.

»Du hast eines vergessen, Liebste«, sagte Patrick mit samtweicher Stimme. »Wir müssen wirklich sofort heiraten.«

Ein zittriges Lächeln umspielte Sophies Mundwinkel. Plötzlich fühlte sie sich ganz leicht, und kühn lehnte sie sich ganz leicht nach vorne, bis ihr Leib in Kontakt mit Patricks Hosen kam. »Deshalb?«

Patrick stöhnte auf. »Nein!«

Aber er nahm ihre Herausforderung an und plötzlich war Sophie zu keinem klaren Gedanken fähig, als Patricks große Hände sich um ihr Gesäß legten und ihre Körper gegeneinander pressten, die wie füreinander geschaffen schienen.

»Wenn nicht deshalb ... warum dann?«, stieß sie atemlos hervor.

Patrick trat einen Schritt zurück. »Komm mir nicht zu nah, du Hexe! Natürlich wegen letzter Nacht.« Er wandte den Kopf und sah Sophies verwirrten Blick. »Du könntest bereits ein Kind in dir tragen, Sophie.«

»Ein Kind?« Sie errötete. Natürlich wusste sie das. Sie hatte ihre Mutter oft genug über die Abwesenheit ihres Vaters in ihrem Ehebett und den daraus resultierenden Kindermangel schimpfen gehört. Ganz zu schweigen von den eindeutigen Kommentaren der Dienstmädchen, die unentwegt über die zahllosen Möglichkeiten zu sprechen schienen, wie man eine Empfängnis verhinderte.

»Wir sollten in Zukunft vorsichtiger sein«, sagte Patrick stirnrunzelnd.

»Du bist doch nicht wirklich eine dieser Frauen, die wie Braddons Schwester besessen vom Kinderwunsch sind, oder?«

Sophie zögerte. Sie war nicht besessen, aber ... was meinte er? Natürlich wollte sie Kinder. Und wollte nicht jeder Mann einen Sohn? Sogar Braddon hatte ganz deutlich gesagt, dass er einen Erben brauchte.

»Mögen Sie denn keine Kinder, Sir?«

»Mein Gott, Sophie, nenn mich Patrick. Nach letzter Nacht –«

Angesichts des spöttischen Ausdrucks in seine Augen errötete Sophie aufs Neue.

»Und nein«, fuhr er fort, »ich mag Kinder nicht besonders. Am liebsten hätte ich gar keine.«

»Aber ... willst du denn keinen Erben?«, stammelte sie.

Patrick schenkte ihr ein frivoles Lächeln. »Ich habe keinen Titel, den ich einem Jungen vererben könnte. Warum sollte ich mir also Gedanken darüber machen? Außerdem hat mein Bruder schon zwei Kinder, und ich bin sicher, es werden noch mehr werden. Es gibt also genügend Familienmitglieder, die meine Millionen erben können«, sagte er mit einem deutlich ironischen Klang in der Stimme.

»Willst du wirklich gar keine Kinder?«, fragte Sophie verwirrt.

Patrick bemerkte den Unterton in ihrer Stimme und blickte sie an. Dann nahm er ihre Hand und zog sie zu dem niedrigen Sofa hinüber.

»Ist es dir ein großes Bedürfnis, Mutter zu werden? Wenn ja, dann bedauere ich noch mehr, was gestern geschehen ist. Ich nahm an, du teiltest Braddons nüchterne Haltung gegenüber Kindern. Meiner Erfahrung nach sind vornehme Damen nicht besonders an Nachwuchs interessiert.«

Sophie schluckte. Sie wusste nicht, was sie sagen sollte. Sollte sie das Sehnen erwähnen, das sie tief in sich verspürte, wenn sie Charlotte mit ihren Babys sah? Patrick schien solch eine Abneigung gegen die Vorstellung zu hegen, und sie erkannte, dass der Gedanke, ihn nicht zu heiraten, für sie unerträglich war.

»Ich dachte immer, ich würde Kinder haben«, sagte sie mit schwacher Stimme.

Patrick umklammerte Sophies Hand und versuchte ihr in die Augen zu schauen, aber sie hielt den Blick starr auf das Rosenmuster ihres Kleides gerichtet.

»Nun, vielleicht könnten wir ein Kind bekommen«, brach er schließlich das Schweigen. »Ich will mich ja in unserer Ehe nicht als Tyrann aufspielen, Sophie. Wenn du ein Kind möchtest, dann werden wir eines bekommen.«

Nur eins? Da sie ein Einzelkind war, hatte Sophie immer geplant, viele Kinder zu haben, damit sie miteinander spielen konnten. Oh, sie wollte nicht zehn Kinder, wie sie Braddons Schwester frivol gesagt hatte, aber sie wünschte sich ganz bestimmt mehr als eins. Sie hatte ihre ganze Kindheit alleine ohne Spielkameraden im Kinderzimmer zugebracht.

Aber dann dachte sie an all die kindischen Pläne, die sie in den letzten vierundzwanzig Stunden über Bord geworfen hatte. Sie war immer fest entschlossen gewesen, niemals einen Lebemann zu heiraten und nun nahm sie eines der berüchtigtsten Exemplare ganz Londons zum Mann. Sie würde also die Frau eines Lebemanns werden und nur ein Kind haben.

Sophie hob den Blick und begegnete Patricks schwarzen Augen. Was sie darin las, bestärkte sie in ihrem Entschluss. Es war besser, Patrick zu heiraten und ihn mit anderen Frauen zu teilen, als ihn gar nicht zu bekommen. Und wenn sie nur ein Kind haben würde, dann sollte es so sein. Sie würde dieses Kind so zärtlich lieben, dass es sich niemals einsam fühlen würde.

Patrick wirkte ein wenig besorgt, also lächelte Sophie ihn ermutigend an. »Ein Kind wäre schön, Patrick.«

Erleichterung erfüllte ihn. Er wusste nicht, warum ihn der Tod seiner Mutter bei der Niederkunft so sehr berührt hatte – es schien, als sei dies bei seinem Bruder Alex gar nicht der Fall. Aber Patrick entsetzte die Vorstellung, mitanzusehen, wie seine Frau die Qualen einer Geburt durchmachte. Obwohl sein Bruder Alex Charlotte beinah verloren hätte, als sie im letzten Jahr ihrer Tochter Sarah das Leben schenkte, hoffte Alex immer noch auf einen Jungen. Aber Patrick würde eine Frau niemals dem Risiko aussetzen, zu sterben, nur um Kinder in die Welt zu bringen. Kinder waren es nicht wert – jedenfalls fiel ihm kein Grund ein.

Patrick nahm Sophies Hände und hob sie an sein Kinn. »Würdest du gerne die Hochzeitsreise auf meinem Klipper verbringen, Sophie? Ich fürchte, Napoleon macht es uns unmöglich, eine zivilisierte Reise auf den Kontinent zu unternehmen.«

Plötzlich fiel Sophie etwas ein und sie entzog ihm abrupt ihre Hände.

»Wirst du nicht Daphne Boch heiraten?«

Patrick zog überrascht eine Augenbraue in die Höhe. »Das französische Mädchen? Nun ja, ich habe sie natürlich kompromittiert, aber dich im viel stärkeren Maße, findest du nicht?«

Sophie starrte ihn schockiert an.

»Um Himmels Willen!«, entfuhr es Patrick. »Natürlich habe ich Daphne Boch nicht kompromittiert! Das Mädchen wurde von einer Biene gestochen und musste sich einen Tonumschlag auflegen lassen. Wenn ich mit Daphne Boch verlobt wäre, wäre ich letzte Nacht sicherlich nicht in deinem Zimmer geblieben, Sophie.«

Sie brachte ein unsicheres Lächeln zu Stande. Sie war froh zu hören, dass Patrick nicht die Verpflichtung hatte, Daphne Boch zu heiraten. Aber seinem anderen Argument schenkte sie kaum Beachtung. Natürlich wäre er in ihrem Zimmer geblieben. Sie hatte sich ihm ja praktisch an den Hals geworfen. Nach und nach fielen ihr die Einzelheiten der vergangenen Nacht wieder ein. Was zum Teufel hatte sie sich dabei gedacht, einen Gentleman in ihrem Zimmer zu empfangen? Sie war offensichtlich nicht ganz bei Verstand gewesen!

Zu ihrer eigenen Verteidigung musste man jedoch einwenden, dass sie Braddon auf der Leiter erwartet hatte und Braddon hatte sie nicht einmal küssen wollen. Mit Braddon wäre es nie zu dem gekommen, was in der vergangenen Nacht geschehen war.

Patrick starrte seine zukünftige Frau frustriert an. Sophie hielt ihn offensichtlich für jemanden, der ohne zu zögern gleich zwei junge Damen in einer Woche kompromittierte.

»Sophie, du bist wahrscheinlich die einzige junge Dame, die ich in meinem Leben kompromittiert habe, sei es nun mit einem Kuss oder einem längeren Treffen.«

Sophie lächelte ihn besänftigend an, aber Patrick war kein Narr. In ihren Augen konnte er keine Spur von Vertrauen entdecken. Nun, sie würde lernen, ihm zu vertrauen, wenn sie erst einmal verheiratet waren.

»Was hältst du davon, wenn wir Donnerstag in zwei Wochen heiraten?«, fragte er.

»So bald?«

Patrick war selbst ein wenig überrascht über seinen Vorschlag. Es würde nicht schaden, einen Monat oder sechs Wochen zu warten. Aber er spürte eine tiefe Ungeduld bei der Vorstellung, auch nur eine weitere Nacht ohne Sophie zu verbringen.

»Es wird so oder so einen Skandal geben«, argumentierte er. »Warum heiraten wir also nicht und verschwinden auf unsere Hochzeitsreise, bevor die vornehme Gesellschaft begreift, dass du deine Verlobung mit Braddon gebrochen hast?«

Sophie dachte über seinen Vorschlag nach. »Ich werde dem Grafen von Slaslow eine Nachricht zukommen lassen müssen.«

Patrick grinste. »Es wird im Allgemeinen als sehr schick empfunden, den Verlobten davon in Kenntnis zu setzen, dass man einen anderen Mann heiraten will, aber in diesem Fall musst du es nicht, wenn du nicht möchtest. Ich habe es ihm gestern Nacht selber gesagt.«

»Gestern Nacht?« Sophies Blick flog zu Patricks Gesicht. »Hast du ihm alles erzählt?«

Patricks Augen musterten sie durchdringend. »Nein, ich habe ihm nicht alles erzählt. Ich habe ihm einfach nur erklärt, dass du dich entschieden hättest, statt seiner mich zu heiraten.«

Sophie fröstelte ob der unterkühlten Atmosphäre, die plötzlich im Zimmer herrschte. »Es tut mir Leid«, sagte sie verlegen. »Ich wollte nicht andeuten, dass du geprahlt hast. Was hat er gesagt?«

Patrick sah ihren gequälten Blick und seine Augen wurden noch kälter. Bedauerte Sophie etwa, Braddon nicht heiraten zu können? Hatte Braddon etwa Recht mit seiner Behauptung, dass Sophie ihn anbetete?

»Er war natürlich verärgert über deinen Sinneswandel«, sagte Patrick vorsichtig. »Aber weißt du was das Teuflische daran ist, Sophie? Wir können nichts daran ändern.« Plötzlich stand er auf und zog Sophie mühelos aus den Polstern hoch. »Du gehörst mir, Sophie. Ich kann dich Braddon nicht zurückgeben. Die Dinge werden nie wieder so sein, wie sie waren.«

Sophies Augen füllten sich mit Tränen. Sie war völlig erschöpft durch den Mangel an Schlaf und der Richtungswechsel in der Unterhaltung verwirrte sie. Als Patrick sie mit einem leisen Fluch wieder in seine Arme zog, hob sie ihm trostsuchend den Mund entgegen und tat so, als habe die ganze Unterhaltung nie stattgefunden.

»Küss mich, Patrick. Bitte«, hauchte sie an seinen Lippen.

Mit einem leisen Stöhnen kam Patrick ihrer Bitte nach. Es gelang ihm, sie gegen einen Sessel zu drängen, und ihr Körper reagierte auf seine Liebkosungen auf eine Art und Weise, die ihm endlose Freuden verhieß. Einen Augenblick lang lauschte Patrick unbeteiligt auf das leise Stöhnen, das sich Sophies Lippen entrang, während sich ihre Arme mit aller Kraft an ihn klammerten. Es spielte im Grunde keine Rolle, wie groß die unerfüllte Liebe war, die sie für Braddon empfand. Patrick hatte schon einige Liebesschwüre zugeflüstert bekommen, und seiner Meinung nach war es angesichts der Leidenschaft, die zwischen ihnen aufflackerte, nur eine Frage der Zeit, bevor Sophie das Gleiche für ihn empfand. Frauen schienen die körperlichen Freuden stets mit Worten der Liebe rechtfertigen zu müssen – und er und Sophie würden diese Freuden ganz bestimmt in Hülle und Fülle genießen.

Als sie sich also voneinander lösten, nachdem der Marquis diskret an die Tür der Bibliothek geklopft hatte, betrachtete Patrick begierig Sophies errötetes Gesicht, ihre zitternden Hände und ihre geschwollenen Lippen. Sie sah aus wie eine Frau, die ausgiebig geküsst worden war und jede Minute genossen hatte. Er würde sie einfach umwerben und im Handumdrehen würde sie ihn lieben und nicht Braddon. Dieser Gedanke vertrieb das unbehagliche Schuldgefühl darüber, dass er ihr die Jungfräulichkeit genommen hatte.

Als Sophie nach oben gegangen war, um mit ihrer Mutter zu reden, und Patrick mit dem Marquis dasaß, um den Ehekontrakt auszuhandeln, verspürte er jedoch immer noch ein bohrendes Schuldgefühl. Schließlich schob er es energisch beiseite und nannte eine Summe, bei der dem Marquis von Brandenburg beinah die Augen aus dem Kopf traten.

»Mein Gott, sind Sie ein Art Nabob, Mann?«, fragte er schließlich.

»So etwas in der Art«, erwiderte Patrick lakonisch.

George hegte eigentlich nicht den Wunsch, dass seine Tochter einen reichen Mann heiratete. Viel wichtiger war, dass Sophie jemanden fand, der ihrem Stand ebenbürtig war und den sie lieben könnte. Aber es gab keinen Vater auf der Welt, der nicht doch eine gewisses Befriedigung empfand, wenn er erfuhr, dass seine Tochter zufällig einen reichen Mann heiratete.

»Ich werde meinen Anwalt anweisen, den Vertrag aufzusetzen«, sagte George, als sie sich zum Abschied die Hand gaben. Dann warf er einen Blick auf Patricks Auge und die Schwellung auf seiner Wange. »Ich möchte mich noch einmal dafür entschuldigen, dass ich Sie geschlagen habe.«

Patrick erwiderte nichts, sondern lächelte mit einer gehörigen Portion Ironie. »Ich habe es verdient«, wiederholte er. »Zum Glück ist einer meiner Onkel ein Bischof. Ich werde heute Nachmittag eine Sondergenehmigung beantragen.«

»Eine Sondergenehmigung?«, fragte der Marquis überrascht. Er hatte sich schon gedacht, dass die Eheschließung mit einiger Eile vonstatten gehen würde, aber dies kam einer Entführung gleich.

»Wenn wir so bald wie möglich heiraten und uns auf eine ausgedehnte Hochzeitsreise begeben, dürfte der Skandal für Lady Sophie kaum Unannehmlichkeiten mit sich bringen«, erwiderte Patrick.

»Oh, ich verstehe«, sagte George, obwohl er das eigentlich ganz und gar nicht tat.

»Auf diese Weise wird die feine Gesellschaft die Verbindung als Liebesheirat ansehen«, erklärte Patrick geduldig.

»Oh, ich verstehe«, sagte George erneut.

Patrick zögerte einen Moment lang. Sollte er seinem zukünftigen Schwiegervater von dem Titel erzählen, den das Parlament ihm möglicherweise verlieh? Nein, er wartete besser, bis es offiziell war.

Er verbeugte sich zum Abschied. »Soll ich morgen Abend wieder kommen, Mylord?«

»Oh, ja, sicher«, erwiderte George. »Kommen Sie doch zum Abendessen. Dann können wir auch die Verträge unterzeichnen. Und anschließend dürfen Sie mein Mädchen heiraten, wann immer es Ihnen beliebt.«

»Danke, Mylord.« Patrick verbeugte sich erneut und ging.

George starrte ihm hinterher und fühlte sich von den Ereignissen des Morgens ein wenig überrannt. Verdammt, wenn er es nicht besser wüsste, könnte er glatt selber glauben, dass dies eine Liebesheirat war. Patricks Augen hatten so merkwürdig geleuchtet, als er sagte, er wolle Sophie sofort heiraten.

George zog gedankenverloren seine Weste nach unten. Er erinnerte sich sehr gut an den eigenen drängenden Wunsch, Eloise so schnell wie möglich zu heiraten. Wie viele Stunden hatte er damit zugebracht, sie zu überreden, mit ihm durchzubrennen! Aber nein, Eloise war schon immer eine Verfechterin der Konventionen gewesen. Unfreiwillig machte sich ein Lächeln in seinen Augen breit, als er an sein jüngeres Ich zurückdachte, dass vor Lust beinah an Eloises weißem Busen geweint hätte. Nun, die Dinge änderten sich.

11. Kapitel

Sophie schob die Tür zum Kinderzimmer auf und fand Charlotte, die Gräfin von Sheffield und Downes, auf einem Hocker vor dem Kamin vor. Ein kleines, pummeliges Mädchen zog ernsthaft einen Kamm durch Charlottes schwarze Locken.

»Pippa! Aua, Schätzchen!« Charlotte drehte sich ein wenig zur Seite, damit sie ihrer Tochter in die Augen sehen konnte. »Du musst sehr sanft sein, wenn du später einmal die Zofe einer Dame werden möchtest.«

Sophie lachte. »Charlotte, hast du keine Angst, dass Pippa allzu ehrgeizige Pläne entwickeln könnte?«

Charlotte blickte auf und lächelte sie strahlend an. »Schau, wer uns besuchen kommt, Pippa!«

Die Haarkünstlerin ließ den Kamm fallen und warf sich ungestüm gegen Sophies Knie.

»Lady Sophie! Lady Sophie!«

Sophie beugte sich nach unten und hob Charlottes Tochter Pippa lachend in die Höhe. »Meine Güte, Pippa, wenn du noch größer wirst, werde ich dich nicht mehr so leicht hochheben können.«

Pippa klammerte sich an Sophies Seite. »Wussten Sie schon, dass ich bald schon drei werde, Lady Sophie?«

»Ist das wahr?« Sophie drückte Pippa einen

Kuss auf die Nase. »Und ich dachte, dass es bis zu deinem Geburtstag noch lange hin ist ... bis der kommende Sommer wieder vorbei ist.«

»Der Sommer wird schon bald da sein«, erwiderte Pippa mit ernster Stimme. »Dann ist bald Weihnachten, und ehe wir uns versehen, ist es schon wieder Sommer.«

Sophie lachte erneut. »Wann bist du denn so weise geworden, Pippa?«

Pippas schmale Brust wölbte sich vor Stolz. »Manchmal wäre ich lieber als Vogel geboren worden, besonders als Schwalbe, aber Mama sagt, sie hat mich am liebsten so wie ich bin.« Sie zupfte verächtlich an ihrem rosafarbenen Batistkleid.

Sophie drückte Pippa noch einmal an sich und setzte sie auf dem Boden ab. Ihre Augen begegneten Charlottes, in denen ein belustigtes Funkeln stand.

»So, so, Charlotte, du hast also lieber eine Tochter in einem Kleid als eine, die mit Federn bekleidet ist?«

Pippa ließ sich mit einem Plumps auf dem Boden neben den Knien ihrer Mutter nieder.

»Mamas sind so, Lady Sophie«, verkündete sie. »Sie möchten, dass ihre Babys Kleider tragen und immer sauber sind. Eines Tages haben Sie ein eigenes Baby, und dann werden Sie schon sehen!«

»Was, wenn ich einen kleinen Jungen bekomme?«

»Einen kleinen Jungen?« Pippa runzelte die Stirn. Im Kinderzimmer wurde selten über kleine Jungen nachgedacht. »Mama und Sarah sind Mädchen«, belehrte sie Sophie. »Und Katie auch.« Sarah war das Baby der Familie und Katie das Kindermädchen der beiden Mädchen.

»Das weiß ich doch, Pippa.« In Sophies Augen blitzte es schelmisch. »Aber was, wenn ich ein Baby bekomme, und es ist ein kleiner Junge? Vielleicht möchte er nicht für immer Kleider tragen?«

»Das werden Sie nicht«, widersprach Pippa voller Überzeugung. »Sie werden ein kleines Mädchen haben, so wie wir. Glauben Sie, Sie werden bald eines bekommen, Lady Sophie?«

Charlotte kicherte.

»Nein«, verneinte Sophie hastig. »Nein, ich habe nicht vor, in näherer Zukunft ein Baby zu bekommen, sei es nun ein Mädchen oder ein Junge.«

»Warum nicht? Katie sagt, die Party, die Mama für Sie gegeben hat, war wegen Ihrer ›Lobung‹, weil Sie in ein eigenes Haus ziehen werden, und dann haben Sie doch viel Platz für ein Baby. Wen heiraten Sie? Ist er nett?«

Sophie nahm in einem Sessel Platz und blickte das kleine Mädchen, das sich an das Knie ihrer Mama lehnte, augenzwinkernd an.

»Ich hatte vor, einen sehr netten Mann namens Braddon zu heiraten.«

Aus den Augenwinkeln sah Sophie, wie Charlottes Kopf hochfuhr und ihre Freundin sie mit schmalen Augen ansah.

»Will denn der nette Mann Braddon nicht sofort ein kleines Mädchen?«

Charlotte mischte sich lachend in die Unterhaltung ein. »Pippa lässt nicht locker, wenn sie sich erst einmal etwas in den Kopf gesetzt hat, Sophie.« Und dann fügte sie hinzu: »Sagtest du, du *hattest* vor zu heiraten?«

»Die Wahrheit ist die, Pippa«, sagte Sophie und mied dabei Charlottes Blick, »dass ich Braddon nun doch nicht heiraten möchte, und so muss er sich anderswo ein Baby suchen.«

Charlotte grinste gut gelaunt und Pippa ließ von ihren Fragen ab und rutschte auf Knien näher, um Sophies Hand zu tätscheln.

»Wissen Sie was, Lady Sophie, da Sie so bald kein eigenes Mädchen haben werden, kann Mama Ihnen vielleicht erlauben, Sarah mit nach Hause zu nehmen. Da sie zwei Mädchen hat, könnte sie Ihnen eines abgeben.«

»Pippa, ich habe dir doch gesagt, du sollst aufhören, jedem unsere Sarah anzubieten!« Charlotte schnitt Sophie eine Grimasse. »Ich fürchte, du bist nicht die Erste, die in den Genuss von Pippas Großzügigkeit kommt. Bis jetzt hat sie Sarah bereits Katies Schwester, den meisten anderen Dienstboten und mehrere Male meiner Mutter angeboten.«

Sophie hatte große Mühe, nicht über das kleine Mädchen zu lachen, das vor ihr auf dem Boden kniete und keine Spur von Reue zeigte. »Wenn ich irgendwann ein kleines Mädchen habe, werde ich dich gelegentlich ausborgen. Du könntest uns besuchen und ihm beibringen, seine Kleider nicht schmutzig zu machen.«

Pippa rappelte sich hoch und man konnte die beschmutzte, zerknitterte Vorderseite ihres Kleides erkennen. »Das kann ich ganz bestimmt, Lady

Sophie! Wenn Sie heiraten, trage ich mein bestes Kleid und benehme mich sehr brav.«

Die Tür des Kinderzimmer öffnete sich und Katies rundliches Gesicht erschien. »Hier ist das kleine Lämmchen, Mylady«, sagte sie melodisch und hielt ein verschlafenes Bündel in den Armen. »Sie ist gerade aufgewacht.«

Charlotte stand auf und nahm Sarah liebevoll entgegen. »Zeit, dich zu füttern, mein kleines Zuckerpfläumchen. Und« – sie drehte sich um und bedachte ihre beste Freundin mit einem gespielt bösen Blick – »ich würde gerne mit dir reden, Sophie York. Warum nehmen wir nicht den Tee in meinem Salon?«

»Ich will auch, ich will auch«, rief Pippa begeistert.

»Aber Schätzchen, ich glaube, es muss sich jemand um Katies Haar kümmern«, sagte Charlotte zu Pippa, die daraufhin gleich hinüberlief und ihren Kamm holte. Sie war hin und her gerissen zwischen dem Wunsch, unten mit Lady Sophie Tee zu trinken oder sich in ihrer geliebten Frisierkunst zu üben.

»Nun sehen Sie sich nur Ihr Kleid an, Lady Pippa«, sagte das Kindermädchen.

Pippa schaute an sich hinunter und strich sorgfältig ein paar Falten glatt.

»Nun, zuerst war ich ganz vorsichtig, Katie, aber dann habe ich es vergessen.«

»Du meine Güte«, rief Katie. »Da ist mein Haar in völliger Unordnung, und ich habe es nicht einmal bemerkt! Gott sei Dank ist Pippa hier, die mir helfen kann.« Sie setzte sich hin und nahm ihre

Haube ab, und Pippa begann, vorsichtig die Nadeln aus dem glatten Haarknoten zu ziehen.

Sophie beugte sich nach unten und rieb ihre Nase an der Wange der kleinen, vorwitzigen Range. »Darf ich dich schon bald für einen Nachmittag ausborgen? Wir werden Eiskrem essen, und du kannst mir erzählen, was eine Lady so tut. Das ist eine gute Übung für später, wenn Sarah deine Hilfe benötigt.«

»Ja gut«, sagte Pippa glücklich. »Papa sagt, Eiskrem wird noch mein Untergang. Wissen Sie, was er damit meint?«

»Es bedeutet, dass du sehr gerne Eiskrem isst.«

»Was ist Ihr Untergang, Tante Sophie?« Pippas schwarze Augen blickten Sophie neugierig an. Ihre wunderschön geschwungenen Augenbrauen waren eindeutig das Erbe ihres Vaters – und das ihres Onkels.

Der Wunsch nach einem kleinen Mädchen, das genauso aussieht wie du, dachte Sophie unwillkürlich. Und all das, was zur Erfüllung dieses Wunsches führen kann.

»Sie ist genau wie du, Pippa«, ertönte Charlottes Stimme an der Tür. »Sophie mag gerne Eiskrem, und damit genug davon.«

»Sophie mag Eiskrem, Eiskrem, Eiskrem!«, rief die kleine Pippa und schwenkte ihren silbernen Kamm.

Nachdem sie Pippa ein letztes Mal zugewinkt hatte, schlüpfte Sophie aus dem Zimmer und folgte Charlottes schlanker Gestalt die Treppe hinunter zum Salon der Gräfin, der sich im Erdgeschoss befand.

Sobald Charlotte das Zimmer betreten hatte, ließ sie sich in den Schaukelstuhl am Fenster sinken und arrangierte ihr lockeres Hauskleid so, dass sie Sarah die Brust geben konnte. Sophie wanderte ruhelos im Salon umher. Es war ein Raum, dem die elegante Steifheit völlig fehlte, die den Salons der Damen meistens anhaftete. Natürlich verrichtete Charlotte hier nicht ihre richtige Arbeit – sie besaß ein Atelier im zweiten Stock –, aber der Rosensalon war der Mittelpunkt des familiären Lebens. Es war ein gemütliches, freundliches Zimmer, indem es auch einmal gestattet war, ein paar Bücher unordentlich in das Regal zu stellen und Papiere am Kamin liegen zu lassen. In diesem Salon beging die Herrin, noch dazu eine Gräfin, außerdem noch den beispiellosen Affront, ihr Kind selber zu stillen. Dass an sich war schon schlimm genug, aber dass sie sich dazu nicht einmal in die dunkelste Ecke ihres Schlafgemachs zurückzog, war unerhört.

Schließlich blickte Charlotte auf und warf Sophie einen erwartungsvollen Blick zu.

»Nun?«

Sophie hatte wehmütig zugesehen, wie sich Sarah an die Brust ihrer Mutter schmiegte und mit der kleinen Faust ein Miederband umklammerte.

»Nun ...«, wiederholte Sophie neckend. »Ich habe Braddon den Laufpass gegeben.«

»Oh, Sophie, das ist ja großartig«, jubelte Charlotte. »Braddon war nicht intelligent genug für dich. Er hätte dich nie verstanden, und auf seine eigene Art und Weise ist er in seinen Ansichten sehr konservativ und festgefahren. Du hättest ihn zugleich schockiert und eingeschüchtert. Er ist natürlich ein sehr netter Mann, aber für dich nicht der richtige.«

»Und wer ist der richtige?« In Sophies Augen funkelte es schelmisch.

Charlotte schwieg besonnen. Wenn Sophie ihren Schwager nicht heiraten wollte, dann konnte man das nicht ändern. Auch wenn die beiden, zumindest in Charlottes Augen, perfekt zusammenpassten.

»Oh je«, sagte Sophie mit gespielter Verzweiflung. »Ich fürchte, du wirst von meinem neuen Verlobten nicht viel halten.«

»Dein *neuer* Verlobter?«

»Du kannst doch nicht tatsächlich glauben, dass die Frau, über die in London am meisten geredet wird – zumindest seit du so häuslich geworden bist und keine Skandale mehr verursachst –, ganze vierundzwanzig Stunden ohne Verlobten auskommen kann!« Sophie kicherte, während sie kleine Pirouetten durch den Salon vollführte. »Natürlich habe ich Braddon erst den Laufpass gegeben, als ich einen neuen Bewerber an der Hand hatte.«

Charlotte zog die Nase kraus. »Sei bitte nicht so zynisch, Sophie! Das passt gar nicht zu dir, und ich hasse es, wenn du dich wie eine Matrone benimmst, die doppelt so alt ist wie du.«

Sophie hörte auf, sich im Kreis zu drehen und nahm Charlottes Rüge lächelnd hin. »Ich wollte nicht überheblich klingen«, sagte sie und verstummte dann. Es war ihr ja so peinlich, zugeben zu müssen, dass sie nach all ihren gegenteiligen

Protesten nun doch zugestimmt hatte, Patrick zu heiraten.

Also eilte sie zu Charlottes Schaukelstuhl hinüber und beugte sich über Sarah. »Oh, schau dir nur Sarahs kleine Ohren an!«

Es herrschte ein kurzes Schweigen, als sie beide Sarahs runden, mit spärlichen Haaren bedeckten Kopf betrachteten und Sophie sanft mit dem Finger darüber strich.

Aber dann blickte Charlotte auf und runzelte in gespieltem Tadel die Stirn. »Versuch nicht, das Thema zu wechseln, Sophie York! Sag mir jetzt sofort, wem du das Eheversprechen gegeben hast.« Dann tauchte ein entsetzter Ausdruck auf ihrem Gesicht auf. »Du hast doch nicht Reginald Petersham erhört, oder?«

Sophie lachte. »Nein, er ist ein angenehmer Mann, aber ein merkwürdiger Kerl! Hast du noch andere Vorschläge?«

Charlotte presste die Lippen zusammen. Sie würde auf gar keinen Fall noch einmal Patricks Namen ins Spiel bringen, da Sophie ihn erst ein paar Abende zuvor vehement als möglichen Kandidaten verworfen hatte.

»Was hältst du von dem Herzog von Siskind?«, fragte Sophie.

Charlotte war entsetzt. »Oh Sophie, du hast doch wohl nicht! Mein Gott, er ist steinalt und hat acht Kinder!«

Sophie strich erneut über Sarahs Kopf. »Aber ich liebe Kinder, Charlotte«, sagte sie gefühlvoll und wandte den Blick ab, damit Charlotte ihre Belustigung nicht sehen konnte.

»Oh nein«, stöhnte Charlotte. »Er muss mindestens fünfundsechzig sein!«

»Nein, ich habe ihn nicht erhört«, räumte Sophie ein. »Ich hätte gerne meine eigenen Kinder.« Mein eigenes Kind, korrigierte sie sich im Stillen. »Nein, ich habe beschlossen, Patrick zu nehmen. Er schien recht beharrlich.«

Einen Augenblick lang begriff Charlotte nicht, was Sophie meinte. Dann stieß sie ein begeistertes Juchzen aus. Erschrocken fing Sarah an zu greinen, und so musste Charlotte die Unterhaltung unterbrechen und ihr Baby eine Weile wiegen, bis es wieder ruhig an ihrer Brust lag.

Schließlich konnte Charlotte den Blick wieder auf Sophie richten. Sie legte einen Arm um Sophies Schultern und zog sie an sich.

»Nun bist du meine Schwester«, sagte sie und ihre Züge verrieten unbändige Freude.

Als Einzelkind hatte sich Sophie immer sehnlichst eine Schwester gewünscht ... und nun bekam sie eine. »Schwester«, flüsterte Sophie.

Fragen sprudelten aus Charlotte heraus wie Wasser aus einer Quelle. »Aber wie? Wohin werdet ihr eure Hochzeitsreise unternehmen? Oh, und hast du ihm von deinen Sprachen erzählt? Was sagt deine Mutter dazu?«

»Mutter hatte gestern ungefähr drei hysterische Anfälle wegen meiner Undankbarkeit«, sagte Sophie trocken, »aber heute hat sich ihre Empörung meinem zukünftigen Gatten und seinem störrischen Naturell zugewandt. Patrick wünscht, dass die Zeremonie in vierzehn Tagen stattfindet. Daraufhin teilte Mama ihm mit, dass eine Hochzeit innerhalb der nächsten drei Monate gar nicht in Frage käme. Am Ende scheint es, als würden wir in sechs Wochen vermählt werden. Wir werden von seinem Onkel, dem Bischof von Winchester getraut werden.« Sophie schwieg einen Moment lang verwirrt. »Nun, du weißt vermutlich längst, dass der Onkel deines Mannes ein Bischof ist.«

Als Charlotte lächelte, hielt Sophie den Atem an. Würde Charlotte nach den Gründen für ihre skandalös kurze Verlobungszeit fragen? Konnte man es überhaupt eine richtige Verlobungszeit nennen?

Hastig sprach sie weiter. »Mama bereitet nun in aller Eile eine große Hochzeit vor. Mein Vater hat mit allen Mitteln versucht, sie davon abzuhalten, aber sie ist überzeugt, dass mein gesellschaftlicher Ruin nur verhindert werden kann, wenn wir diese Hochzeit so prunkvoll wie möglich gestalten. Sämtliche Dienstmädchen nähen bereits Pferdedecken aus pinkfarbenem Taft. Mama möchte, dass die Einladungen in angemessenem Stil überbracht werden.«

Charlotte zog ihre eigenen Schlüsse über Patricks Wunsch nach einer hastigen Vermählung. »Mein Gott, Sophie.« Ein Lächeln umspielte ihre Mundwinkel. »Als Henrietta Hindermaster ihre Verlobung mit dem Herzog von Siskind löste, wartete sogar sie drei Monate, bevor sie den Butler ihrer Eltern heiratete!«

Sophie spürte, wie ihr die Röte in die Wangen stieg. Sie hatte sich so lange den äußeren Anschein von Weltgewandtheit gegeben, dass es sie jetzt überraschte, wie sehr sie einen Skandal zu meiden suchte. Du meine Güte, ihre knappen Kleider waren seit ihrem ersten Ball überall berüchtigt.

Charlotte lächelte mitfühlend. »Arme Sophie! Ich sollte dich nicht aufziehen. Es ist ein Wunder, dass Patrick nicht zu deinem Fenster hochgeklettert ist und dich nach Gretna Green entführt hat!«

Als die Röte in Sophies Wangen sich vertiefte, weiteten sich Charlottes dunkle Augen. »Sophie! Er hat doch nicht etwa!«

Sophie war hin und her gerissen zwischen dem Impuls zu lachen und noch tiefer zu erröten. Also erhob sie sich schnell und trat ein paar Schritte zur Seite. Dann strich sie sich ihre Locken nach hinten.

Als Sophie schwieg, suchte Charlotte ihren Blick und hielt ihn unnachgiebig fest. »Sophie York«, sagte sie, »ich will *alles* wissen!«

Im gleichen Moment mied Patrick ebenfalls um jeden Preis den Blick seines Gegenübers und fragte sich, wie viel er seinem Bruder erzählen sollte. Verdammt! Warum hatte er Sophie nicht gefragt, was sie Charlotte sagen würde? Er hatte den dumpfen Verdacht, dass Frauen sich alles erzählten. Bedeutete das, dass Sophie Charlotte jede Einzelheit beichten würde, die hinter ihrer hastigen Vermählung steckte?

Alex und Patrick saßen im Umkleideraum von *Jackson's Box Salon* und entspannten sich nach einer anstrengenden Sparring-Runde mit Cribb persönlich. Sie hatten sich gewaschen und neben ihnen standen zwei Diener bereit, um ihnen beim Ankleiden zu helfen. Bei Gentlemen, die ihre Kleidung auspolsterten, musste man zum Beispiel ein letztes Mal alles zurechtzupfen, damit ihre Wadenpolster auch bestimmt glatt lagen.

Der kleine Billy Lumley hatte zugegebenermaßen auf den ersten Blick gemerkt, dass diese beiden Männer nirgendwo Polster benötigten. Es bestand jedoch immer noch die Chance auf ein Trinkgeld, und so wartete er geduldig und hielt den Mantel eines der Herren. Er konnte beim besten Willen nicht sagen, wem von beiden der Mantel gehörte, denn Ihre Gnaden glichen einander, wie es sonst nur bei den aus Amerika importierten Wilden der Fall war. Er hatte erst kürzlich welche gesehen, und wenn man es genau betrachtete, dann ähnelten sie diesen Indianern sogar, denn ihre Haut hatte eine seltsam goldene Tönung und war nicht so teigig und weiß wie die Haut der anderen Männer, die sonst zum Boxen herkamen.

Aber Patrick streckte seine langen Beine aus, holte tief Luft und deutete Billy und dem anderen Diener mit einer Handbewegung an, sich ein wenig zu entfernen. Alex blickte ihn neugierig an, während er sich ein frisches Hemd überzog.

»Ich heirate in sechs Wochen«, sagte Patrick und verbiss sich das Lächeln, das in seinen Mundwinkeln auftauchte. »Ich dachte, du würdest gerne dabei sein.«

Einen Moment lang herrschte Stille. »Daphne Boch?«, fragte Alex schließlich ungerührt.

»Nein. Die Wahl deiner Frau. Sophie York.«

Alex Mund verzog sich zu einem Lächeln, das dem seines Zwillingsbruders aufs Haar glich. »Ich mag Sophie, auch wenn das keine Rolle spielt. Mutter hätte sie ebenfalls gemocht.«

»Ja, das hätte sie, nicht wahr.« Einen Moment lang dachten die beiden Männer an ihre lebhafte Mutter, und an die Art, wie sie stets lachend und nach Glockenblumen duftend ins Kinderzimmer gerannt kam, um sie hochzunehmen und zu umarmen. Bis sie bei der Geburt eines tot geborenen Bruders starb und sie mit einem schweigsamen, gichtgeplagten Vater zurückließ, der sie prompt auf die Schule schickte und sie während der Schulferien an jeden abschob, der sich bereit erklärte, die kleinen Jungen aufzunehmen.

Alex erhob sich als Erster. »Warum so bald?«, fragte er sanft.

»Das war eine spontane Laune«, sagte Patrick gedehnt.

»Eine Laune?« Alex klang nachdenklich.

Er winkte Billy heran und nahm ihm den Mantel aus der Hand. Zu Billys Leidwesen schlüpfte er ohne Schwierigkeiten hinein.

»Du musst gerade reden«, gab Patrick zurück. Er streifte seinen eigenen Mantel über und gab den beiden Dienern geistesabwesend ein großzügiges Trinkgeld.

Ein Lächeln erhellte Alex' Augen. »Und dann?«

»Wir werden auf der *Lark* eine Reise an der Küste entlang unternehmen.«

Alex warf ihm einen durchdringenden Blick zu. »An der Küste entlang?«

Patrick nickte. »Von der *Lark* kann ich unauffällig Breksbys Befestigungsanlagen in Wales überprüfen. Dieser Zeitpunkt ist so gut wie jeder andere auch.«

Alex schnitt eine Grimasse. »Die ganze Idee, dass Napoleon in Wales einfallen könnte, ist absurd. Napoleon – das heißt, falls er überhaupt genügend Boote zusammenbekommt – segelt bestimmt in Richtung Kent oder Sussex. Mein Gott, er besitzt nur flache Schiffe! Er wird von Boulogne direkt nach Kent übersetzen.«

Patrick zuckte die Achseln. »Es ist eine gute Ausrede für eine Hochzeitsreise.«

»Dafür braucht man keine Ausrede, Patrick.« Alex zögerte. Er hatte seine eigene Hochzeitsreise durch einen heftigen Eifersuchtsanfall ruiniert. »Mach' nicht meinen Fehler«, fügte er leise hinzu.

Patrick grinste. »Ich bin nicht solch ein Dummkopf wie du. Ich freue mich darauf. Außerdem habe ich nicht vor, die gleiche Ehe wie du zu führen, Alex. Oh, ich möchte nicht behaupten, dass es keine gute Ehe wird – aber vergiss nicht, dass Sophie eigentlich Braddon Chatwin heiraten wollte. Ich denke nicht, dass wir die gleichen intensiven Gefühle füreinander hegen werden, wie du und Charlotte.«

Alex blickte ihn schweigend und mit hochgezogener Augenbraue an.

»Ich habe es dir doch gesagt. Sie wollte Braddons Titel.«

»Was hat sie dazu gesagt, dass du Herzog wirst?«

»Ich habe es ihr nicht erzählt.« Patricks gelassener Ton verbat sich dennoch weitere Fragen.

Aber Zwillingsbrüder sind nicht für ihre Zurückhaltung bekannt. »Was meinst du, du hast es ihr nicht gesagt? Willst du warten, bis ihr verheiratet seid?«

Patrick zuckte unmutig die Achseln. »Nein, eigentlich nicht. Das Thema hat sich nicht ergeben. Ich werde alleine in die Türkei reisen. Ich kann mir nicht vorstellen, dass Sophie sich für ein Ereignis interessiert, das noch ein Jahr in der Zukunft liegt.«

Alex warf seinem Bruder durch seine dunklen Wimpern einen schrägen Blick zu. »Bist du sicher, dass du dich wirklich vermählen möchtest, Patrick?«

»Wenn ich mir schon Fesseln anlegen lassen muss, warum dann nicht von Sophie? Ich mag sie, und sie ist –«

»Eine unglaublich schöne Frau«, unterbrach sein Bruder ihn.

»Ja, das stimmt.« Patrick lächelte, als das Bild von Sophies goldenen Locken vor seinem geistigen Auge auftauchte.

»Und erstaunlich intelligent«, setzte sein Bruder hinzu.

Patrick zuckte erneut die Achseln und blickte ihn über die Schulter hinweg an. »Ja, auf eine kokette Art und Weise. Sie wird eine angenehme Gesellschaft sein.«

»Kokett?« Alex schien an einem heimlichen Witz zu ersticken. »Kleiner Bruder, du solltest sie irgendwann einmal nach Sprachen fragen.«

»Ich muss weg.« Patrick war so nervös, dass er kaum zuhörte. Das Abendessen mit seiner Zukünftigen und ihren Eltern rückte näher. Er freute sich nicht gerade auf einen Abend mit beleidigten Eltern, aber ihm war danach, dass Sophie sich an ihn klammerte, ihm ihre kirschroten Lippen darbot und nach Atem rang. Er musste sich wieder vor Augen führen, warum er sich auf diese schreckliche Sache eingelassen hatte und bald heiraten würde. Er hatte sich immer geschworen, niemals in die Falle des Pfaffen zu tappen und vor dem Altar zu landen.

»Du stellst dir deine Ehe also wie eine friedliche Angelegenheit vor, die zufällig sechzig Jahre oder länger dauert?«, fragte Alex mit einem Augenzwinkern, während sie *Jackson's Box Salon* verließen und auf den Piccadilly Circus hinaustraten. »Deine Ehe wird sogar so zivilisiert verlaufen, dass Sophie nicht einmal bemerkt, dass du ein paar Monate in die Türkei verschwindest. Und du wirst ihr zum Abschied glücklich zuwinken, so als würdest du eine Woche oder so in deine Jagdhütte verschwinden.«

»Herz und Schönheit haben nichts miteinander zu tun«, erwiderte Patrick. »Glaub mir, ich habe seit Jahren mit schönen Frauen zu tun und mein Herz war noch nie in Gefahr.«

»Na, du kennst dich ja aus«, erwiderte sein Bruder spöttisch. »Wir werden ja sehen. Möchtest du eine Wette abschließen?«

»Worauf?«

»Auf dein Herz natürlich. Ich wette fünfhundert Kronen, dass du morgen in einem Jahr zugeben musst, deine Frau abgöttisch zu lieben.«

»Ich hasse es, von einem abgehalfterten Trottel wie dir Geld zu nehmen« sagte Patrick mit einem trockenen Lachen. »Nachdem du nun ein rechter Pantoffelheld geworden bist, willst du deinen Bruder überreden, es dir nachzutun.«

»Dann dürfte es dir nichts ausmachen, die Wette anzunehmen«, gab Alex zurück.

»Ich werde die fünfhundert Kronen in deinem Namen für einen wohltätigen Zweck spenden«, sagte Patrick mit übertrieben freundlicher Stimme. »Denn bei Gott, ich trage eher ein Nachthemd, als dir auch nur einen Tuppence zu geben.«

Alex konnte kaum ernst bleiben. »Du vergisst, mein lieber Bruder, dass ich dich in Sophies Nähe erlebt habe. Du willst sie so sehr, dass du jedes Mal regelrecht zu hecheln anfängst, wenn sie nur an dir vorbeigeht. Falls, nein, wenn du mir die fünfhundert Kronen gibst, werde ich dir ein Nachthemd aus feinster Brüsseler Spitze kaufen.«

Patrick nahm die Zügel seines niedrigen Phaeton und schwang sich hinein. »Kann ich dich zum Grosvenor Square mitnehmen?«

»Nein danke. Ich werde wohl zuerst bei *White's* vorbeischauen und sehen, wie die Wetten zu Lady Sophies neuem Verlobten stehen.«

Patrick warf ihm einen durchdringenden Blick zu. »Kauf aber eines mit Schleifen und Rüschen!«

»Natürlich.« Der Graf von Sheffield und Downes machte sich auf den Weg und schwang dabei vergnügt seinen Mahagonistock. Seine Haltung verriet, dass ihn das baldige Ende des Junggesellendaseins seines Bruders, das nach einer skandalös kurzen Verlobungszeit in genau sechs Wochen um drei Uhr in der St. George's Chapel zelebriert würde, ganz und gar nicht gleichgültig ließ.

12. Kapitel

Sechs Wochen später hatte Sophie immer noch das Gefühl, dass die Vermählung viel zu schnell näher rückte. Sie hatte gerade zum wiederholten Mal ihr Brautkleid anprobiert. Fünf Näherinnen waren damit in den oberen Teil des Hauses verschwunden und hatten es davongetragen, als handele es sich um ein Altargewand, das der Papst höchstpersönlich bestickt hatte. Sophie seufzte. Wäre das ein gewöhnlicher Nachmittag, würde sie sich hinsetzen und ein oder zwei Stunden arbeiten. Sie schlenderte zu ihrem Schreibtisch hinüber und starrte auf die türkische Grammatik, die dort regelrecht auf sie zu warten schien.

Aber genau in dem Moment, in dem sie das Buch ergriff, das auf ihrem Schreibtisch den Platz einnahm, der bei anderen Damen Briefen und Rechnungen vorbehalten war, öffnete sich die Tür und ihre Mutter betrat das Schlafzimmer.

»Sophie, ich denke –« Eloise blieb stehen. »Sophie, ist das etwa eines dieser Sprachenbücher?«

Sophie blickte auf das kleine braune Buch in ihrer Hand hinunter. »Ja, *Maman.*«

»Wie habe ich nur eine solch törichte Tochter großziehen können?« Ohne eine Antwort abzuwarten sprach Eloise weiter. »Verstehst du nicht, dass man kindische Dinge beiseite schieben muss, wenn man heiratet? Deine Sprachen sind – sind wie das Spielzeug aus Kindertagen, das man zurücklässt.«

Sophie zögerte. »Vielleicht würde es Patrick nicht stören, wenn er wüsste, dass ich ein paar Sprachen beherrsche. Er scheint sehr umgänglich zu sein.«

»Sei nicht albern, Sophie. Männer haben natürlich etwas gegen Blaustrümpfe, und das mit gutem Recht. Übertrieben gebildete Frauen sind die langweiligsten Lebewesen auf der Welt!«

Sophie verbiss sich ihre auf der Zunge liegende Erwiderung. Eloises Tochter zählte wohl zu den blaustrümpfigsten Damen ganz Londons, und keiner der Herren hätte sie je langweilig genannt.

»Gott, ich wünschte, ich hätte dir nie gestattet, diese alberne Beschäftigung fortzusetzen«, sagte Eloise gereizt. »Dem Studium der Sprachen haftet etwas furchtbar Gewöhnliches an.«

Sophie sah Eloise zu, wie sie ruhelos durch das Schlafzimmer wanderte und kleine Gegenstände gerade rückte. Ihre Mutter interessierte sich nicht im Mindesten für Sophies unerwartetes Talent für Sprachen. Mit Ausnahme der Entscheidung, dass Sophie nicht von einem männlichen Lehrer unterrichtete werden sollte, hatte Eloise Sophie freie Hand bei Französisch, Italienisch, Walisisch, Gälisch und schließlich Deutsch und Türkisch gelassen. Letztere Sprache zu lernen war nur möglich geworden, da Sophie das Glück hatte, von der deutschen Frau, die sie jeden Tag unterrichtete, von einer türkischen Immigrantin zu erfahren.

»Ich bin keine Närrin«, sagte ihre Mutter kurz

angebunden, während sie Sophies Schrank öffnete und die Kleider kritisch begutachtete. »Dein Vater versucht, mir etwas vorzumachen, aber ich habe eine recht gute Vorstellung, warum diese Ehe so übereilt geschlossen wird. Ich kann mir also die Erklärungen zur Hochzeitsnacht schenken.«

Sophie schlug vor lauter Scham und Verlegenheit das Herz bis zum Hals.

Ihre Mutter fuhr fort, obwohl ihr das nicht leicht zu fallen schien. »Das ist aber eigentlich nicht so wichtig, Sophie. Ich möchte dir gerne einen Ratschlag geben, damit deine Ehe anders verläuft als meine. Ich weiß jedoch nicht, wie ich es sagen soll.«

Tränen stiegen Sophie in die Augen. »Ist schon gut, *Maman.*«

Eloise drehte sich um und setzte sich in den hohen Sessel neben dem Kamin. »Es ist *nicht* gut, Sophie. Ich habe meine Ehe zerstört. Nachdem ich all die Jahre deinem Vater die Schuld gegeben habe, frage ich mich langsam, ob ich etwas anders hätte machen können. Vielleicht war ich zu bitter.«

Sophie ließ sich in den gegenüberliegenden Sessel sinken. Ihre Mutter war zu dem gleichen Schluss gekommen, den Sophie gezogen hatte: Wenn ihre Mutter nur die Geliebten ihres Vaters ignoriert hätte, hätten sie ein glücklicheres Leben miteinander geführt. Mit Sicherheit hätte Sophie Geschwister bekommen.

»Ich konnte es nicht«, flüsterte Eloise rau. »Es war nicht meine Art und außerdem war ich erst achtzehn, als ich heiratete. Du bist beinah zwanzig, Sophie, und nimmst die Dinge leichter. Bitte, ich flehe dich an, wende den Blick ab, wenn dein Mann andere Frauen hofiert. Heiße ihn ohne ein Wort des Vorwurfs in deinem Bett willkommen, wenn er zurückkehrt. Tue nichts, wodurch er dich weniger mögen könnte, wie zum Beispiel zur Schau stellen, dass du mehrere Sprachen beherrschst.«

Sophie holte tief Luft. »Ich werde es versuchen, *Maman.*« Sie gab sich Mühe, einen überzeugenden Ton anzuschlagen. »Ich werde Patrick nicht wissen lassen, dass ich etwas anderes als Englisch spreche. Und ich werde nicht wütend sein, wenn er mit anderen Frauen schläft. Ich weiß, dass ich einen Lebemann heirate.«

»Lass dir nichts anmerken«, sagte Eloise. Sie hatte sich nach vorne gebeugt und blickte ihrer Tochter ernst in die Augen. »Ignoriere es. Das wahre Vergnügen – die echte Freude – einer Ehe entspringt den Kindern.«

Sophie schenkte ihr ein schiefes Lächeln.

»Ich sehnte mich danach, dir die Geschwister zu schenken, die du so gerne gehabt hättest, Sophie!«, rief ihre Mutter leidenschaftlich. »Erinnerst du dich? Du betteltest mich an, dir eine Schwester zu schenken. Aber was konnte ich tun? Dein Vater und ich sprachen nicht mehr miteinander, und ich wusste nicht, wie ich die Kluft überbrücken konnte. Du bist das Einzige, was wir jetzt noch gemein haben, Sophie. Wir lieben dich beide. Glaube mir, Kinder können wirklich ein Bindeglied zwischen dir und Patrick sein, wenn dir dein Stolz nicht im Weg steht.«

Sophie schluckte erneut und platzte dann heraus: »Patrick möchte nur ein Kind, *Maman.*«

Eloise schwieg einen Moment lang. »Das tut mir sehr Leid. Ich weiß, wie sehr du Kinder liebst. Dann behüte dieses eine Kind sehr gut. Hast du dich je gefragt, warum ich im Hinblick auf deine Spielkameraden so streng war?«

Sophie nickte. Sie durfte niemals die anderen Kinder besuchen und ihr Kindermädchen hatte strikte Anweisungen, jeden wegzuscheuchen, der sich ihnen auf den kurzen beaufsichtigten Spaziergängen näherte.

»Ich musste dich beschützen, Sophie. Du bist mein einziges Kind.« Eloise hatte sich offensichtlich wieder gefangen. »Aber wichtig ist nicht die Anzahl der Kinder, sondern die Freude, die du aus deiner Ehe ziehen kannst. Eine Ehe wie meine – voller Bitterkeit auf der einen und Desinteresse auf der anderen Seite – ist schlimmer, als gar keine Kinder zu haben.«

Eloise wirkte ein wenig peinlich berührt. »Um es ungeschminkt zu sagen: Verwehre deinem Mann niemals den Zutritt zu deinem Bett. Ich denke seit Jahren, dass ich deinen Vater vielleicht nicht so übereilt aus meinem Schlafzimmer hätte weisen sollen. Ich war eine launische kleine Närrin. Nun bin ich beinah vierzig und würde alles dafür geben, diese Worte zurücknehmen zu können. Tu es nicht, Sophie. Egal, wie wütend du bist, lass es Patrick niemals wissen. Verbanne ihn niemals aus deinem Schlafgemach. Es sei denn, du erwartest ein Kind«, fügte sie hinzu.

Sophie nickte schweigend.

»Das werde ich nicht, *Maman*«, flüsterte sie.

In diesem Moment betrat Simone, nun Sophies Zofe, gefolgt von einer kleinen Armee von Dienerinnen das Zimmer. Simone hatte die Arme voller knisterndem Seidenpapier.

»Ich bitte um Verzeihung, Mylady«, sagte Simone und machte einen Knicks vor der Marquise, »aber wir können jetzt anfangen, Lady Sophies Koffer zu packen.«

Eloise nickte und stand auf. Dann blieb sie stehen und schaute auf ihre Tochter hinunter. Sie strich mit der Hand über Sophies Haar. »Er kann gar nicht anders, als sich in dich zu verlieben, *mignonne.* Ich bin sicher, all meine Ratschläge sind überflüssig.«

Sophie lächelte sie an, aber nachdem Eloise den Raum verlassen hatte, saß sie einen Moment lang da und umklammerte das kleine ledergebundene Buch. Ihre Mutter hatte Recht. Eloises Fehler als Ehefrau hatte darin bestanden, ein Verhalten abzulehnen, das sich ihrer Kontrolle entzog. Mit anderen Worten; sollte Patrick sich anderen zuwenden, muss ich so tun, als würde ich es nicht bemerken, dachte Sophie.

Lord Breksby trommelte mit den Fingern auf seinen Schreibtisch, obwohl er sich seine Aufregung sonst nie anmerken ließ. »Das ist infam!«

Ein kleiner, unauffällig gekleideter Mann warf Breksby einen amüsierten Blick zu. »Napoleon war schon immer ein unbequemer Kerl«, pflichtete er ihm bei.

»Das ist jenseits der Grenzen des Erlaubten«,

sagte Breksby und erstickte beinah an seinem Zorn. »Wie zum Teufel glaubt er, damit durchzukommen?«

»Es ist reines Glück, dass wir es herausgefunden haben«, sagte sein Gast.

Breksby seufzte. »Ich nehme an, ich sage es besser Patrick Foakes.«

»Meines Wissens bricht Foakes gerade zu seiner Hochzeitsreise auf ... er segelt an der Küste entlang.« Durch ein leichtes Hochziehen der Augenbraue gab der kleine Mann zu verstehen, dass er die Gründe für Patricks Reise nach Wales kannte.

»Ja, das stimmt. Verdammt.« Breksby trommelte wieder mit den Fingern auf dem Tisch.

»Warum sollte man es ihm sagen?« Der Ausdruck in den Augen des kleinen Mannes war nicht zu deuten.

Breksby musterte ihn eindringlich. Sein Gast wusste mehr über die inneren Abläufe einiger Regierungen als er selber. Es wurmte ihn, entsprach aber nun einmal der Wahrheit.

»Wie kann ich es Foakes nicht sagen? Er könnte der Gefahr direkt in die Arme laufen. Was, wenn die Sache schief geht und das Zepter explodiert?«

»Das Zepter wird erst explodieren, wenn wir den Austausch des Originalexemplars zulassen«, sagte der kleine Mann. »Das Zepter ist der Schlüssel, und es ist nicht in Foakes' Besitz – sondern in unserem.« Er ging zur Tür hinüber. Offensichtlich war sein kurzer Besuch zu Ende. »Wir dürfen nicht riskieren, dass Foakes gegenüber seiner Frau irgend etwas fallen lässt«, murmelte er, bevor er den Raum verließ. »Verliebte Männer sind gefährlich.«

Breksby starrte auf die geschlossene Tür. Der Mann war einfach gegangen und Breksby hatte ihn ziehen lassen. Gott allein wusste, in welchen geheimen Dokumenten er in den nächsten Stunden herumwühlen würde. Breksby zuckte die Achseln. Man konnte ihn sowieso nicht aufhalten.

Breksby nahm Platz und zog ein Blatt Papier hervor. Aber einen Moment später zerriss er die elegant verfasste Nachricht an den Ehrenwerten Patrick Foakes.

Der kleine Mann hatte Recht. Es war ärgerlich, dass er immer Recht hatte, aber ... Vielleicht war es am besten, das Zepter auf anderem Wege zu transportieren. Wenn Foakes das Zepter erst Stunden vor der Überreichung an Selim erhielt, wäre das Risiko recht gering. Ein explodierendes Zepter! Was für eine absurde Vorstellung. Aber – und Breksby wurde bei der Vorstellung todernst – wenn Foakes tatsächlich solch eine Vorrichtung zu Selims Krönung brachte und es in die Luft flog, dann würden die daraus resultierenden Verwicklungen sich für England zu einem Desaster auswachsen. Selims empfindliche Gefühle wären gekränkt, falls er die Explosion überlebte. Er würde sich ohne Zweifel auf Napoleons Seite schlagen und England auf der Stelle den Krieg erklären.

»Verdammt und zugenäht«, murmelte Breksby. Er rief seinen Diener und stülpte sich den Hut auf den Kopf. Das Schatzamt musste über Napoleons kleinen Plan in Kenntnis gesetzt werden.

Am gleichen Abend trafen sich der Marquis und die Marquise von Brandenburg alleine im Salon, wo sie auf die Ankunft ihrer Tochter warteten. Die Familie würde gemeinsam speisen. Das letzte Mal, dachte Eloise mit einem Kloß im Hals. Am nächsten Tag würde ihr Kind das Haus in Richtung St. George's Chapel verlassen und niemals zurückkehren, es sei denn als Besucherin.

Sie nahm das Glas Sherry, das Carroll ihr reichte, und ging zu dem großen Fenster hinüber, das den Blick auf den Garten freigab. Etwas an der Unterhaltung mit Sophie ... Eloise hatte die Dinge, die sie Sophie erzählt hatte, noch nie laut ausgesprochen. Es war ihr sogar ein wenig peinlich, mit ihrem Mann im gleichen Raum zu sein.

Aber falls George die leicht angespannte Stimmung im Zimmer spürte, so sagte er nichts. Fröhlich spazierte er ebenfalls zum Fenster hinüber und stellte sich neben sie.

»Ich denke, sie geben ein hübsches Paar ab, finden Sie nicht auch, meine Liebe?«

Eloise war plötzlich ganz atemlos. Seit sie George noch einmal nackt gesehen hatte, tauchte immer wieder das Bild von seiner Brust und seinen Beinen vor ihrem geistigen Auge auf. Während er vollständig angezogen neben ihr stand, überlief ein Schauer ihren Körper, als die Erinnerungen aus den Anfängen ihrer Ehe auf sie einstürzten.

Plötzlich musste sie daran denken, wie George immer ihren Nacken geküsst hatte. Eloise wandte sich zur Seite und blickte zu ihrem Gatten hoch. Er schaute in den Garten hinaus und hatte offensichtlich gar nicht bemerkt, dass sie seine Frage nicht beantwortet hatte.

»George«, sagte Eloise. Sie spürte, wie Sie errötete.

George blickte sie an und seine grauen Augen wurden ernst. Dann streckte er die Hand aus und legte seine Finger auf ihren Nacken, genau an die Stelle, an die sie eben gedacht hatte. Er hatte sie seit Jahren nicht mehr so intim berührt.

Eloise verharrte regungslos wie ein erschreckter Hase. Es war der richtige Moment, sich ein Herz zu fassen. Aber den Mut, Jahre der Entfremdung zu überwinden, bringt man nicht so schnell auf. Der Atem brannte ihr heiß in der Brust und die Worte blieben ihr im Hals stecken. Sie senkte den Nacken und fühlte sich hilflos und beschämt.

Aber George spreizte die Finger und rieb mit dem Daumen in kreisförmigen Bewegungen über ihre Haut. Er ließ die Hand erst sinken, als Carroll die Türen zum Salon öffnete und Sophie in den Raum ließ.

13. Kapitel

Am nächsten Tag erwachte Sophie, bevor es draußen richtig hell war. Sie kletterte aus dem Bett und betrachtete durch das Fenster die ersten grauen Lichtstrahlen des Tages. Was macht man am Morgen der eigenen Hochzeit? Schlafen, würde ihre Mutter sagen. Schlafen, damit man so gut wie möglich aussieht. Aber Sophie konnte nicht schlafen.

Ihr Herz raste vor Aufregung. Sie lehnte sich auf das Fensterbrett, über das Patrick ihr Zimmer betreten hatte, und sagte sich zum tausendsten Male, dass sie das Richtige tat. Wenn sie genauer hinsah, konnte Sophie die schwachen Kratzspuren sehen, die die Leiter auf dem Holz hinterlassen hatte.

Zwei Männer rumpelten in einem großen offenen Wagen vorbei. Die Unratmänner verließen London mit ihrer Ladung Dünger. Die Stadt erwachte; unten in Covent Garden breiteten die Obsthändler gerade ihre Waren aus und in Spitalfields eröffneten die Vogelhändler ihre Stände. Als kleines Mädchen hatte Sophie sich immer gerne die Gold- und Grünfinken, die Hänflinge und die Heidelerchen angesehen. Heute schnürte ihr der Gedanke an die kleinen Käfige den Hals zu und trieb ihr die Tränen in die Augen.

»Sei nicht dumm, du Närrin!«, flüsterte sie sich

selber zornig zu. Manche Ehen gehen gut, manche nicht. Welches Recht hatte sie, ihre Vermählung zu dramatisieren, als wäre sie Julia, die gezwungen wurde, Paris zu heiraten?

Sophie schlang die Arme um ihren Körper und presste sie durch den dünnen Kambrikstoff ihres Nachtgewandes gegen ihre Brüste. Aber sie wollte ihn. Sie wollte Patrick Foakes so sehr, wie Julia Romeo gewollt hatte. Wahrscheinlich sogar noch mehr, da sie noch vor der Vermählung mit Patrick mit ihm eine Nacht voller Sinnesfreuden erfahren hatte.

Weshalb machte sie sich eigentlich Sorgen? Sophie beugte sich vor, legte die Stirn gegen das kalte Glas und beobachtete aufmerksam das Geschehen auf der Straße. Zwei robuste Lieferwagen bogen um die Ecke und steuerten vorsichtig in die Gasse hinein, die an Brandenburg House vorbeiführte. Der erste Phaeton des Tages klapperte die Straße entlang.

Wäre dies ein ganz normaler Morgen, hätte Sophie nach einer heißen Schokolade geklingelt und zwei Stunden an ihrem Tisch gearbeitet, bevor sie sich ein Bad zubereiten ließ. Einen Moment lang spielte sie mit dem Gedanken, sich an das Studium der türkischen Verben zu machen, aber dann hörte sie erneut die zornigen Worte ihrer Mutter. Kindische Beschäftigungen gehören nicht in eine Ehe. Während sie hinausschaute, stürzte die Haushälterin vor die Tür und prüfte kritisch das Gemüse des Händlers, der vor dem Haus seinen Karren angehalten hatte.

Mama war genauso peinlich berührt wie ich,

dachte Sophie, die immer noch Stirn gegen die kühle Scheibe presste. Aber sie hat mir einen guten Rat gegeben. Falls es Patrick stören könnte, dass ich mehrere Sprachen beherrsche, dann darf er es nie erfahren. Sie konnte sich gar nicht vorstellen, Patrick nicht in ihrem Bett willkommen zu heißen und mit glühenden Wangen verwarf Sophie ganz schnell diesen Ratschlag ihrer Mutter.

Der Schlüssel lag darin, Patrick niemals wissen zu lassen, dass sie inzwischen eine dumme *tendresse,* eine Gefühl der Liebe für ihn empfand. Wenn Patrick die Wahrheit nicht kannte, dann konnte sie mühelos die Rolle der weltgewandten Frau spielen, die ihrem Mann unbekümmert dabei zusah, wie er kam und ging. Aber sollte er je herausfinden, dass sie ihn liebte – der Gedanke an diese Blamage ließ ihr das Blut in den Adern gefrieren.

»Ich werde es nie sagen«, flüsterte Sophie, und unter ihrem Atem beschlug die Fensterscheibe für einen Moment. Dieser Gedanke gab ihr ein wenig Trost. Plötzlich bemerkte sie, dass ihre Zehen eiskalt waren. Sie rannte über den warmen Teppich zurück zu ihrem Bett und kuschelte sich unter die Decke.

Als Sophie das nächste Mal erwachte, fielen bereits breite goldene Sonnenstrahlen auf die Rosenranken im Muster ihres Teppichs. Sophie drehte sich um und blinzelte verschlafen zum Baldachin ihres Bettes hinauf. Sie hatte auf Italienisch geträumt, was ihr nicht mehr passiert war, seit sie die Sprache vier Jahre zuvor erlernt hatte. Es war ein seltsamer kleiner Traum, der ihr entglitt, sobald sie versuchte, ihn zu greifen. Es hatte etwas mit einem Maskenball zu tun, auf dem sie als Zigeunerin verkleidet teilnahm und einen Strohhut trug, den sie unter dem Kinn verknotet hatte. Sophie zog eine Grimasse. Der heutige Tag war ebenfalls der Beginn einer Art Maskerade. Sie streckte die Hand aus und zog an der Klingel neben ihrem Bett. Dann schwang sie erneut die Beine aus dem Bett.

Eloise York spürte ein behagliches Gefühl von Zufriedenheit in der Magengrube, als sie unauffällig die zahlreichen vornehmen Menschen musterte, die sich am Mittwochnachmittag um drei Uhr in der St. George's Chapel eingefunden hatten. Sie hatte jeden Verwandten hervorgekramt, den sie und George überhaupt hatten, und anschließend das Gleiche bei Patrick Foakes' Familie getan – auch wenn diese nur aus seinem Bruder Alex, einem Onkel und einer Tante bestand. Doch obwohl seine Verwandten zahlenmäßig nicht so gewichtig waren, so konnte man sie dennoch nicht übersehen. Patricks Onkel würde die Trauung vollziehen und seine Tante, Henrietta Collumber, nahm einen Ehrenplatz neben der Brautmutter ein.

»Hören Sie auf, sich ständig umzuschauen, Eloise«, sagte Henrietta mit der Ungezwungenheit einer etwas bärbeißigen Frau, die die Siebzig schon lange hinter sich gelassen hatte. »Sie sind alle hier, keine Bange. Halten es wahrscheinlich für die Liebesheirat des Jahrhunderts!« Sie gackerte wie ein Huhn.

Eloise musterte Henrietta mit einem heftigen Gefühl der Abneigung. Konnte sie es riskieren, der alten Vettel einen Dämpfer zu verpassen? Nein. Stattdessen wandte Eloise den Kopf wieder dem Altar zu. Sie hatte zu ihrer Erleichterung erfahren, dass der Graf von Slaslow standhaft zu Patrick hielt. Das dürfte den Klatschmäulern den Mund stopfen! Slaslow sah zwar ein wenig verdrießlich aus, aber er war im Allgemeinen ein griesgrämiger Typ. Und je länger sie darüber nachdachte, desto deutlicher erkannte sie, dass Sophie mit Patrick Foakes eine bessere Wahl getroffen hatte.

Patrick, der zusammen mit seinem Zwillingsbruder vor dem Altar stand, wirkte völlig gelassen. Im Gegensatz zu Braddon, der nervös von einem Fuß auf den anderen trat und an seiner Weste zerrte, sahen die zwei Foakes-Brüder aus, als könne sie nichts erschüttern.

Wie immer vor dem Einzug der Braut in die Kirche entstand auch in diesem Moment in der Kapelle zuerst absolute Stille. Anschließend ging ein leises Raunen durch die Reihen. Dann trat Sophie, die Hand leicht auf den Arm ihres Vaters gelegt, zwischen den Seitenpfeilern hervor.

Eloise hatte sie überredet, Weiß zu tragen, und als Sophie ruhig neben ihrem Vater auf den Altar zuschritt, schimmerte ihr Kleid blass im Licht des Spätnachmittags und sie wirkte unschuldig, zerbrechlich und beinah überirdisch. Niemand würde glauben, dass dies eine junge Frau war, die Skandale anzog wie ein Magnet. Selbst der Boshafteste würde zögern, Spekulationen über die übereilte Trauung anzustellen. Sophies Haar ergoss sich wie eine glänzende Flut über ihren Rücken und wurde nur von cremefarbenen Rosenknopsen verziert, die zwischen die bernsteinfarbenen Locken gesteckt waren. Sie war die Schneeprinzessin aus einem russischen Märchen, die unschuldige Fee aus einer irischen Liebesgeschichte.

Ihr Kleid war aus einem schimmernden, elfenbeinfarbenen Satinstoff geschneidert, der unter dem Oberteil gerafft und mit einem glänzenden Überkleid bedeckt wurde, das sich auf dem Rücken zu einer Schleppe auswuchs. Die Ärmel waren kurz, das Oberteil züchtig, und Sophie trug lange Satinhandschuhe. Als Madame Carême ihr das Kleid zeigte, hatte Sophie sich beschwert, sie würde wie eine richtige Matrone aussehen.

Es war wohl tatsächlich das konservativste Kleid, in dem Eloise Sophie seit deren Debüt gesehen hatte. Aber die Näherinnen von Madame Carême hatten unermüdlich gearbeitet, um ihm den entscheidenden Touch zu geben, der das Kleid zu einer unvergesslichen Kreation machte. Madame hatte goldfarbene Brüsseler Spitze an das Oberteil, sowie an das Überkleid und an die fließende Schleppe nähen lassen. Die Spitze liebkoste Sophies zarte, weiße Haut und betonte die Rundungen ihrer Brüste und die Form ihre langen, schlanken Beine.

Bei Gott, Madame Carême wusste, wie man eine Frau betörend aussehen ließ. Die goldfarbene Spitze hob Sophies Haar hervor und verlieh ihr das Aussehen einer bezaubernden, aus Gold und

Elfenbein gefertigten Ikone. Natürlich wie eine blasphemische Ikone. Kein Mann in der Kirche betrachtete sie mit Ehrfurcht; das lüsterne Verlangen, das in ihren Lenden aufstieg, ließ für solch eine züchtige blutleere Reaktion keinen Platz. Trotz der elfenbeinfarbenen Seide und Sophies cremigweißer Haut zeugten ihre rosigen Wangen davon, dass ihr das Blut durch die Adern pulsierte und sie sehr wohl lebendig war. Sie zeugten von heidnischer Lebenslust in freier Natur, fernab der Kirche, von Sinnesfreuden im Bett, fernab der Gruft.

Patrick stockte der Atem, als Sophie auf ihn zukam, ohne seinem Blick zu begegnen. Sie hob die Augen erst, als sie und der Marquis den Altar erreichten.

Dann, für einen kurzen Augenblick, trafen sich ihre Blicke und sie errötete und schaute auf die Rosen in ihrer Hand hinunter. Ein Lächeln umspielte Patricks Lippen, aber angesichts der eindringlichen, sehnsuchtsvollen Hitze, die in seinem Körper aufstieg, verging ihm das Lachen.

Zumindest wusste er genau, warum er sich vermählte. Er hatte noch nie zuvor solch ein tiefes Verlangen verspürt, wie er es unablässig für Sophie York empfand, und das würde er auch nie wieder. Ohne Aufforderung des Geistlichen nahm er ihre schmale Hand in seine.

Bischof Foakes warf seinem Neffen unter buschigen Augenbrauen einen tadelnden Blick zu. Er hatte aus Respekt vor Patricks totem Vater, seinem Bruder, zugestimmt, die Trauung zu vollziehen. Die Burschen hatten Sheffie weiß Gott viel

Kummer bereitet. Aber Richard war überzeugt, dass Sheffie glücklich gewesen wäre, an diesem Tag dabei zu sein. Richard hatte seinem Bruder immer wieder geraten: Verheirate die beiden und sie werden ruhiger werden. Nicht, dass Sheffie sich daran gehalten hätte. Nein, er hatte die Zwillinge auf den Kontinent und in den Nahen Osten verfrachtet, statt sie in solide Eheverträge zu binden. Es war ein ungeheures Glück, dass die Burschen gesund und munter wieder zurückgekehrt waren. Sein Bruder hatte sie jedoch vor seinem Tod nicht wieder gesehen, erinnerte sich Richard in diesem Moment.

Nun, es war Zeit, mit der Zeremonie zu beginnen. Richard rückte verstohlen seinen Bischofshut zurecht. Er rutschte häufig nach hinten und sah dann aus wie ein sturmgepeitschtes Schiff.

»Liebe Gemeinde«, sagte Richard, »wir sind heute hier vor dem Anblick Gottes versammelt ...«

Sophie begann zu zittern wie ein Blatt im Wind, als die tiefe Stimme des Bischofs sie aus einem traumartigen Zustand riss. Ihre Hand steckte in Patricks großer Hand und diese Berührung löste in Sophie eine Woge des Verlangens nach ihm aus. Vor diesem Gefühl wäre sie am liebsten aus der Kirche geflohen. Sie sah ein tristes, freudloses Leben vor sich, das von der Sorge und der Scham gekennzeichnet war, dass sich ihr Mann mit anderen Frauen vergnügte.

Während Richard die allgemein bekannten Worte des Ehegelöbnisses verlas, bemerkte er, dass der Bräutigam immer noch die Hand der Braut hielt. Nun ja, die Gäste würden es wahrscheinlich als romantische Geste auslegen und es war bei Gott unerlässlich, dass sie den romantischen Aspekt betonten, um diese Vermählung ohne Skandal über die Bühne zu bringen.

Der Bischof richtete seine Aufmerksamkeit auf seinen Neffen. Überrascht bemerkt er Patricks sardonisch geschwungene Augenbrauen, die ihm beinah bis zum Haaransatz reichten. Sogar an diesem heiligen Ort macht der Junge einen zynischen Eindruck, dachte der Bischof.

Schließlich wandte er sich mit den Worten: »Willst du diesen Mann zu deinem angetrauten Mann nehmen, mit ihm leben ...« an Sophie. Aber in Sophies Kopf wirbelten Bilder ihrer weinenden Mutter umher. Plötzlich hallten all die Lügen in ihrem Kopf wider, die sie ihrem Vater zuliebe über seinen Aufenthaltsort erzählt hatte. Es waren hässliche Abbilder einer zerstörten Ehe, die durch Lügen ruiniert und zusammengehalten wurde. Sie blickte zu Patrick hoch und ihre Augen stellten ihm eine qualvolle, unausgesprochene Frage.

Patricks Hand schloss sich fester um ihre, beinah so, als würde er ihre Gedanken kennen. Seine Augen lächelten sie an; jene schönen schwarzen Augen mit den kleinen, durch die Sonne entstandenen Falten in den Augenwinkeln. Sophie straffte die Schultern und sagte deutlich: »Ich will.«

Nun, zumindest scheint Patrick in eine gute Familie einzuheiraten, dachte Richard. Er musterte beifällig Sophies bleiches Gesicht und zitternden Finger, als sie auf das Gebetbuch schwor. Bräute sollten schüchtern und klein wirken, das waren die besten. Richard schlug das Gebetbuch zu und bemerkte plötzlich, dass er bereits die ganze Zeremonie hinter sich gebracht hatte.

»Ich ernenne euch hiermit zu Mann und Frau«, sagte er und rückte mit einer beherzten Geste seinen Hut zurecht.

Sophies Lippen bewegten sich, brachten jedoch keinen Ton heraus.

Richard runzelte die Stirn. Konnte es sein, dass die errötende, zitternde Braut gerade *»Merde«* gemurmelt hatte? Nein, sicherlich nicht. Sie sah so schmal und elegant aus und schien gar nicht fähig, in irgendeiner Sprache zu fluchen. Richard lächelt das Paar, das vor ihm stand, jovial an. »Du darfst die Braut nun küssen«, sagte er zu Patrick.

Patrick drehte Sophie zu sich herum. Er war sehr zufrieden mit sich und hatte bei der ganzen Transaktion ein sehr gutes Gefühl. Er hatte das gleiche Gefühl gehabt, als er seinen Baltimore Klipper von dieser neuen amerikanischen Gesellschaft kaufte. Das Schiff hatte einen Wirbelsturm vor der Küste Trinidads überstanden und befand sich inzwischen auf seiner fünften Reise.

Sophie blickte zu ihm auf und ihre blauen Augen waren so dunkel, dass sie beinah schwarz wirkten. Einen Moment lang war Patrick überrascht über den enormen Vorbehalt, den er darin entdeckte. Er zog seine Braut an sich und senkte den Kopf. Sophie lehnte passiv an seiner Brust und ihre Lippen waren kühl und teilnahmslos.

Oh, verdammt, dachte Patrick. Er musste Sophies Lippen einen romantischen Kuss entlocken, um die Ansicht zu nähren, dass hinter der kurzen Verlobungszeit wahre Liebe steckte. Er glitt mit seinen großen Händen über ihren Rücken und zog sie noch enger an sich, während seine Lippen sich fordernd auf ihre pressten. Plötzlich wurden Sophies Lippen weich und ihr Körper schmiegte sich nachgiebig an ihn. Ihr Atem war wie eine Liebkosung, die sein Blut zum Kochen brachte. Patricks Kopf schwamm und sein ganzer Körper stand in Flammen, als ihm eine Hitzewelle den Nacken hinaufschoss.

Als Mann und Frau sich voneinander lösten, blickten sie sich einen Moment lang an. Patrick war schockiert und sein Atem ging stoßweise. Sein Körper war sich jeder Facette von Sophies Körper schmerzhaft bewusst. Sophie konnte nur an die zügellose Art denken, mit der sie sich an Patrick gepresst hatte. War jemandem aufgefallen, dass ihr die Knie weich geworden waren?

In der Kirche entstand ein Tuscheln. Die Mitglieder der feinen Gesellschaft waren daran gewöhnt, dass sich die Paare flüchtig küssten und dann zum Klang der Trompeten auf das Portal zutrotteten, ohne Zeit darauf zu verschwenden, sich anzusehen.

»Oh je, ich könnte beinah glauben, dass es tatsächlich eine Liebesheirat ist«, sagte Lady Penelope Luster zu ihrer besten Freundin. »Schau dir nur an, wie er sie ansieht! Ich sage dir, ich falle gleich in Ohnmacht!«

»Oh, sei doch nicht so eine Närrin, Penelope«, erwiderte ihre Begleiterin mit einem leisen, aufgebrachten Kiekser in der Stimme. »Das ist der gleiche Blick, den er ihr schenkte, als ich sie vor einem Monat bei meinem Ball erwischte, und ich sage dir, das hat nichts mit Liebe zu tun! Aber du weißt das natürlich nicht, denn du warst ja nie verheiratet.«

Penelope warf ihrer Freundin einen beinah hasserfüllten Blick zu. Was wusste Sarah Prestlefield schon von »Blicken«? Sie war eine korpulente alte Matrone über fünfzig, und Penelope wollte ihren Hut verspeisen, wenn Lord Prestlefield Sarah je auf die Art angesehen hatte, wie Patrick Foakes es gerade bei seiner frisch gebackenen Frau getan hatte. »Es ist mir egal, was du sagst, Sarah«, verkündete Penelope. »Für mich sehen sie aus wie das romantischste Paar auf Erden.«

Lady Prestlefield hob ihre Nase in einer Geste von offenkundigem Unglauben in die Höhe.

»Ich sage dir etwas, Sarah«, beharrte Penelope. »Nur ein Dummkopf würde annehmen, dass eine Frau, die klar bei Verstand ist, Slaslow Patrick Foakes vorziehen könnte.«

Sarah warf ihr erneut einen leidenden Blick zu. »Du bist wirklich eine Närrin, Penelope«, sagte sie unumwunden. »Slaslow ist ein *Graf*. Keine Frau, die klar bei Verstand ist, würde ihn wegen eines jüngeren Bruders laufen lassen, egal, wie reich Foakes auch sein mag.«

Das frisch vermählte Paar näherte sich ihrer Bankreihe, und die Art, in der Patrick Foakes den Arm seiner Frau in den seinen gelegt hatte und sie so dazu zwang, ganz dicht bei ihm den Gang entlangzuschreiten, bestärkte Penelopes Glauben an eine Liebesheirat.

Außerdem ging der Graf von Slaslow direkt hinter seiner ehemaligen Verlobten und seine leichte Ähnlichkeit mit einer Bulldogge ließ sie erschauern. Penelopes Meinung nach waren Patricks schwarzen Augen Braddons plumper Freundlichkeit eindeutig vorzuziehen. Reichtum und Titel hatten nichts mit dieser ... dieser Aura von Sinnlichkeit zu tun, die Patrick Foakes umgab.

»Schau dir das an«, sagte Lady Prestlefield. »Erskine Dewland kann wieder gehen. Ich dachte, die Ärzte hätten behauptet, er würde nie wieder das Bett verlassen können.«

Desinteressiert beobachtete Penelope, wie Erskine – seinen Freunden als Quill bekannt –, den Gang entlangkam. Dann drehte sie sich um, damit sie den frisch Vermählten noch einmal nachsehen konnte. Die großen Türen standen offen, und die Foakes' verharrten mit dem Rücken zur Kirche auf der obersten Marmorstufe. Ein winziger Sonnenstrahl traf Sophies schlanke Gestalt und verwandelte sie in eine goldene Flamme, während Patrick neben ihr wie ein düsterer Wintergott wirkte. Noch einmal beugte sich Patrick über seine Braut.

»Du kannst sagen, was du willst«, sagte Penelope Luster heftig zu ihrer engsten Freundin. »Aber ich werde immer behaupten, dass dies eine Liebesheirat war! Und ich habe nicht vor, je die Meinung eines anderen zu diesem Thema zu vertreten!«

Sarah blickte zur Seite und musterte Penelopes zusammengepresste Lippen. Penelope war die meiste Zeit ein sanftmütiger Mensch, aber wenn sie sich eine Idee in den Kopf gesetzt hatte, dann klammerte sie sich daran fest wie ein Köter an einen Knochen.

»Ist ja gut, Penelope, ist ja gut«, flüsterte Sarah und tätschelte Penelopes Hand. »Ich stimme dir natürlich zu. Und du weißt doch, dass Maria Romanzen liebt. Schau sie dir an – sie schnäuzt sich gerade in ihr Taschentuch.« Die Gräfin Maria Sefton war eine der einflussreichsten Damen der feinen Gesellschaft Londons.

Und so gelang es Patrick tatsächlich, die schönste Frau Londons zu erobern, sie seinem besten Freund auszuspannen, sie unverzüglich zu heiraten und ungeschoren davonzukommen. Statt sie zu schneiden oder hinter vorgehaltener Hand grausame Kommentare zu flüstern, sonnte sich die feine Gesellschaft in ihrer eigenen Großzügigkeit. Patrick und Sophie waren ja so liebreizende, schöne Kinder! Liebende würden immer Liebende bleiben!

Braddon gab tapfer sein Bestes und schluckte seinen Zorn darüber hinunter, schon wieder eine geeignete Frau an die Foakes-Brüder verloren zu haben.

»Es war wie bei Romeo und Julia«, sagte er leichthin, als Lord Winkle sich auf dem Ball, der der Trauung folgte, zu ihm gesellte und fragte, wie es sich anfühle, wenn der beste Freund einem die Braut stahl. »Ich konnte ihnen doch nicht im Weg stehen, oder? Wie bei Tristan und ...« Er war sich nicht ganz sicher. Wie hießen noch mal all diese verfluchten Liebenden, die er in der Schule hatte lernen müssen?

»Tristan und Isolde?«, fragte Miss Cecilia Commonweal, die allgemein als Sissy bekannt war, hilfsbereit.

»Ja, genau.« Braddon lächelte sie dankbar an.

»Obwohl Tristan Isoldes Onkel war«, fügte Sissy spitzfindig hinzu, »und daher ist dieses Beispiel nicht so romantisch wie Romeo und Julia. Abelard und Eloise waren ein anderes berühmtes Liebespaar, das Sie hinzuziehen könnten, aber ich glaube, Abelard ist etwas sehr Unglückliches zugestoßen, also wäre das auch kein passendes Beispiel.«

Braddon bekam einen glasigen Blick. Sissy war gar kein schlechtes Mädchen, aber sie war schon ein bisschen älter und sprach stets merkwürdig atemlos. Vor einer Woche hätte er sie noch als Braut in Betracht gezogen, aber seine Suche war nun vorüber.

Als Braddon keine Antwort gab, fuhr Sissy fort. »Um genau zu sein, geben Romeo und Julia auch ein recht melancholisches Beispiel ab, finden Sie nicht auch, Lord Slaslow? Wenn man bedenkt, dass sie sich vergiftet haben.«

Braddon lächelte Sissy erneut an und blickte sich dann ein wenig gehetzt im Saal um. Wo war seine Mutter? Oder besser gefragt, befand sie sich im Raum? In diesem Fall sollte er besser flüchten.

Seine Mutter hatte die Nachricht von seiner gelösten Verlobung sehr schlecht aufgenommen, war auf dem Sofa in Ohnmacht gefallen und hatte nach ihrem Stärkungsmittel verlangt. Aber als er sich davonzustehlen versuchte, um sie in der Obhut seiner Schwestern zurückzulassen, war sie aufgesprungen und hatte ihn mit einem Redeschwall überschüttet und ihn an seine Pflicht erinnert, sofort zu heiraten.

Nun, er würde sich verheiraten. Nur nicht mit einem Mädchen, wie es seine Mutter für ihn im Sinn hatte. Gott sei Dank hatte er nie einen seiner Freunde eingeladen, Madeleine kennen zu lernen! Nun musste er noch schnell mit Sophie reden, bevor er unter Wahrung des Anstands den Ball verlassen konnte. Er hatte sein Möglichstes getan, um ganz London davon zu überzeugen, dass Sophie und Patrick aus Liebe geheiratet hatten. Das Problem war, dass es in der Stadt in letzter Zeit wenig Neuigkeiten gab, und angesichts der zahlreichen Klatschblätter, die täglich erschienen, stürzten sich die Reporter auf alles, worüber man schreiben konnte.

Plötzlich versteifte sich Braddon wie ein Hund, der eine Witterung aufgenommen hatte. Er hatte etwas Alarmierendes erblickt.

»Miss Commonweal.« Er verbeugte sich tief. Er war von einem Experten (nämlich seiner Mutter) darin instruiert worden, und seine Verbeugungen waren so tief, dass es die Leute stets ein wenig erschreckte. Sissy sah mit einigem Interesse zu, wie sich die kahle Stelle auf seinem Hinterkopf senkte und wieder hob.

Sie legte eine behandschuhte Hand auf seinen Arm und kam seiner Entschuldigung zuvor. »Würden Sie mich zu meiner Mutter geleiten, Mylord?« Sissy wünschte ebenso wenig, Braddon zu heiraten wie umgekehrt, aber sie hasste es, alleine in einem Ballsaal stehen gelassen zu werden.

Braddon biss sich unfreiwillig auf die Innenseite seiner Lippe. »Das kann ich nicht, Miss Commonweal«, sagte er schließlich, als er bemerkte, dass sie ihn überrascht anstarrte. »Ihre Mutter unterhält sich mit meiner Mutter, und ...«

Sissy schenkte ihm ein gequältes Lächeln. Sie kannte sich aus mit gereizten Müttern. Sie bezweifelte sogar, dass sich die Mutter eines älteren unverheirateten Sohns je so gereizt aufführte, wie die einer älteren unverheirateten Tochter.

Plötzlich hellte sich Braddons Blick auf. »Möchten Sie gerne einen Moment mit der Braut und dem Bräutigam plaudern? Sie haben gerade den Saal betreten.«

»Das würde mir große Freude machen, Mylord«, sagte Sissy erleichtert.

Braddon bahnte sich einen Weg durch die Menge, und ehe sie sich versah, stand sie vor Patrick Foakes, den sie kaum kannte.

»Du entschuldigst mich einen Moment, ja, Patrick?«, und mit diesen Worten entführte Braddon Sophie hinter eine große Säule.

Sissy wäre am liebsten vor Verlegenheit gestorben. Worüber zum Teufel sprach Braddon mit der Braut? Und was würde Sophies Ehemann davon halten?

Patrick besaß die Fähigkeit, eine völlig ausdruckslose Miene aufzusetzen, wenn er wollte, aber Sissy spürte dennoch, dass sie diesen Mann auf keinen Fall verärgert wollte. Sie schaute verängstigt zu ihm hoch.

»Ich habe gehört, dass Sie eine Hochzeitsreise unternehmen werden. Ich vermute, angesichts der unfreundlichen politischen Situation auf dem Kontinent wird sie Sie nicht durch Europa führen.«

Patrick lächelte das Mädchen an, das vor ihm stand. Wie hieß sie noch? Sissy, nicht wahr? Warum zum Teufel trug sie diese albernen Federn auf dem Kopf, die bei den anderen Frauen in London schon lange nicht mehr modern waren?

»Wir segeln die Küste entlang – heute Abend brechen wir auf«, antwortete Patrick.

Sissy runzelte die Stirn. »Heute Abend? Ich hatte den Eindruck, dass Schiffe nur bei Gezeitenwechsel lossegeln können. In der *Times* ...«

Patrick blendete ihre Stimme einfach aus und hing seinen eigenen Gedanken nach. Was zum Teufel hat Braddon mit meiner Frau zu bereden?, fragte er sich.

Meine Frau, wiederholte Patrick im Geiste und ein berauschendes Glücksgefühl erfasste ihn. Es klang einfach wunderbar. Seine Augen glitten genussvoll über Sophies schlanken, weißen Arm – das einzige, was hinter der Säule zum Vorschein kam. Sissy Commonweal sprach immer noch über die Gezeiten.

Patrick platzte beinah vor Selbstgefälligkeit. Er hatte das ganze Brimborium richtig eingefädelt. Er hatte seiner Frau vor der Hochzeitsnacht die Jungfräulichkeit genommen, so dass sie beide ungestörte Freuden vor sich hatten. Zuerst würde er ihr das Kleid von einer Schulter streifen und jeden Zentimeter ihres Arms küssen, an der Innenseite ihres Ellbogens entlang ...

Aber Patricks Plan standen zwei Dinge im Weg:

Miss Cecilia Commonweals Stimme war inzwischen verstummt und er ärgerte sich immer mehr darüber, wie Braddon Sophie in Beschlag nahm. So würden sie die feine Gesellschaft Londons nicht davon überzeugen, dass Braddon sich rein gar nichts daraus machte, dass Sophie ihm den Laufpass gegeben hatte! Worüber sprachen sie überhaupt?

Sissy schaute gequält und verlegen auf ihre pinkfarbenen Schuhe hinunter. Der ganze Saal konnte wahrscheinlich die scharfe Stimme des Grafen von Slaslow hören. Mein Gott, er schrie Lady Sophie regelrecht an. Sie hatte genau gehört, wie er sagte: »Das ist das Mindeste, was Sie für mich tun können!«

Dann bemerkte sie, dass Patrick Foakes aus seinem Tagtraum erwacht war und sie mit einem charmanten Lächeln ansah. Sicherlich hatte er Slaslows Bemerkung gehört, aber er machte nicht den Eindruck, als kümmerte es ihn.

»Würden Sie gerne tanzen?« Patrick schob eine Hand unter Sissys Arm und drehte sie in Richtung Tanzfläche.

»Nun ...« Sissy blickte unbehaglich zu Braddon und Sophie hinüber. Sie schienen völlig in ihre Unterhaltung vertieft. »Sollten Sie nicht mit Ihrer Frau tanzen? Ich bin sicher, Sie würden viel lieber mit ihr tanzen.«

Patricks Lächeln kühlte merklich ab. »Ganz und gar nicht. Ich wünsche, mit Ihnen zu tanzen.« Und ohne ein weiteres Wort schob er das lästige Mädchen auf die anderen Paare zu, die sich zu einem Reel aufreihten.

Sissy errötete. Es schockierte sie zutiefst, sich mit Patrick Foakes auf der Tanzfläche wiederzufinden. Sicherlich sahen ihnen alle anderen Gäste zu.

»Oh, du meine Güte«, flüsterte sie. »Werde ich rot?«

Patrick grinste. »Nein, sollten Sie?«

»Ja!« Sissy war völlig aufgelöst. »Ich tanze mit dem Bräutigam, und Ihr Ruf, wissen Sie, und Ihre Frau ...«

»Miss Cecilia, oder darf ich Sissy sagen?« Als sie schüchtern nickte, fuhr Patrick fort. »Nun, Sissy, in einem Jahr können wir durch den ganzen Ballsaal wirbeln und niemand wird uns auch nur einen zweiten Blick schenken.«

Sissy dachte über diese Bemerkung nach und fand sie nicht sehr tröstlich. Sie war gerade dem Blick ihrer Mutter begegnet und diese schien äußerst wütend zu sein.

»Warum in einem Jahr?«, fragte sie. Ihre Mutter predigte ihr stets, es sei die Pflicht einer Dame, die Unterhaltung aufrecht zu halten.

»In einem Jahr werden wir beide alte Eheleute sein, und jeder weiß doch, dass niemand Eheleuten beim Tanzen zusieht.«

»Ihnen schon«, platzte Sissy heraus und fügte dann hastig hinzu, »außerdem werde ich nicht verheiratet sein.«

Patrick lächelte sie an. Das unglückliche Gesicht des Mädchens hatte bei ihm ein leises Mitgefühl ausgelöst. »Doch, das werden Sie.«

»Oh nein, ich bin nie sehr gut angekommen, verstehen Sie.« Sissy war so verwirrt, dass sie ihm ihre innersten, quälendsten Gedanken offenbarte. »Ich habe mich immer in die falschen Männer verliebt, und sie waren nie gut genug, wie meine Mutter immer sagt.« Die letzte Bemerkung schob sie hastig nach, als ihr zu spät klar wurde, wie unglaublich vulgär sie klang.

Aber Patrick lachte nur. Seine Augen blickten sie so warmherzig an, dass Sissy es bis in die Zehenspitzen spürte.

»Ich gebe Ihnen einen Rat«, sagte er. »Suchen Sie sich einen jungen Mann aus, der Ihnen gefällt. Und dann schauen Sie ihm jedes Mal, wenn Sie mit ihm reden, direkt in die Augen. Egal, was er sagt, und egal, wie idiotisch es auch sein mag, sagen Sie ihm, dass er gerade einen unglaublich interessanten Gedanken geäußert hat. Junge Männer sind nervös und sie haben es nicht gern, wenn man sie korrigiert.«

Sissy blickte zu Patrick auf, als sei er ein Orakel. »Glauben Sie? Meine Mutter sagt nämlich immer, dass es an mir ist, die Unterhaltung in Gang zu halten, und oft bin ich es, die das Reden alleine übernimmt.«

»Lassen Sie die Männer das Reden übernehmen«, sagte Patrick zynisch. »Männer lieben den Klang ihrer eigenen Stimme, wissen Sie. Und verraten Sie ihnen nicht, wie viel Sie wissen. Wenn Sie erst einmal verheiratet sind, können Sie den ganzen Tag Vorträge über die Gezeiten halten, wenn Sie möchten.«

Als sie am oberen Ende der Schlange ankamen, tanzten Patrick und Sissy schwungvoll über das Parkett: im Kreis herum, noch einmal, nach vorne, zurück, nach links, Schritt nach links, rechte Drehung – und dann brachte Patrick Sissy sanft vor ihrer Mutter zum Stehen.

Er verbeugte sich mit Schwung. »Miss Commonweal, dieser Tanz war mir ein Vergnügen.«

Sie knickste. »Vielen Dank, Sir.«

Patrick beugte sich näher vor und flüsterte ihr ins Ohr: »Und werfen Sie diese Federn weg, Sissy.«

Mit einem letzten Augenzwinkern war er verschwunden. Sissy starrte ihm nach und wiederholte im Geiste seine Worte. Als sie sich umwandte, lächelte ihre Mutter sie verkniffen an. Diese Lächeln verhieß nichts Gutes, machte aber mehr als deutlich, dass es zwischen Mutter und Tochter dringend eines wärmeren Umgangstons bedurfte.

»Liebste«, sagte ihre Mutter daraufhin. »Ich würde dir gerne Fergus Morgan vorstellen. Mr Morgan ist der Sohn von Squire Morgan, drüben in der Nachbargrafschaft. Er ist gerade von einer ausgedehnten Reise aus dem Ausland zurückgekehrt.«

Cecilia musterte den jungen Mann, bevor er sich vor ihr verbeugte. Er hatte angenehme blaue Augen, war ein wenig kahl auf dem Kopf und wirkte sehr nett.

»Ich habe gehört, Sie sind eine literarische Expertin«, sagte Fergus ein wenig nervös.

»Das ist sie mit Sicherheit«, mischte sich ihre Mutter ein. »Cecilia weiß alles über Literatur!«

»Ich fürchte, meine Mutter übertreibt«, sagte Cecilia liebenswürdig und blickte Fergus direkt in die Augen.

»Das ist schade«, erwiderte Fergus und auf seiner Stirn tauchte einen kleine Falte auf. »Ich hatte nämlich gehofft, einen Poesieklub zu gründen. Ich bin gerade aus Deutschland zurückgekehrt, und dort sind unter den jüngeren Leuten Poesieklubs der letzte Schrei.«

»Oh, was für eine außerordentlich interessante Idee!«, sagte Sissy mit leuchtenden Augen. Es war schön, dass sie tatsächlich dieser Meinung war.

Fergus' Stimmung hob sich merklich. »Darf ich Sie zum Diner begleiten, Miss Commonweal? Nach diesem Tanz, meine ich?«

Sissy lächelte und konnte sich gerade noch verkneifen, auch das Diner als außerordentlich interessante Idee zu bezeichnen. »Sehr gerne. Vielleicht können Sie mir mehr über Ihren geplanten Poesieklub erzählen.«

Auf der anderen Seite des Saals hinter der Säule hatten Braddon und Sophie tatsächlich eine Art Auseinandersetzung, wie Sissy bereits vermutet hatte.

Braddon hatte die Unterhaltung mit seinem üblichen Charme begonnen. »Sophie«, sagte er, »Sie müssen mir genau zuhören.«

Sophie blickte Braddon überrascht an. Während ihrer kurzen Verlobungszeit hatte er sie stets förmlich angesprochen, zumindest, wenn sie in der Öffentlichkeit waren. Und jetzt war sie einfach nur »Sophie«?

Es entstand eine kurze Pause. »Ich brauche Ihre Hilfe«, sagte er etwas weniger vertraulich.

Sophie lächelte ihren ehemaligen Verlobten an.

Sie war außerordentlich glücklich und bereit, jedermann zu helfen. »Ich wäre entzückt, wenn ich Ihnen helfen könnte«, versicherte sie ihm.

Braddon entspannte sich und verlor ein wenig das Aussehen einer ängstlichen Bulldogge. »Es geht um Folgendes, Sophie. Ich muss sofort heiraten.«

Sie nickte und ihre Augen waren voller Sympathie.

»Nun, ich habe eine Frau gefunden, die ich gerne heiraten würde.« Er schluckte. Das war wirklich knifflig. »Das Problem ist, Maddie – Madeleine – ist keine Dame.«

Sophie blickte ihn einen Moment lang perplex an. Dann weiteten sich ihre Augen.

»Nein!«, platzte es aus Braddon heraus. »Sie ist kein leichtes Frauenzimmer, Sophie. Um Himmels Willen!«

Sophie hätte beim Anblick von Braddons schockiertem Gesichtsausdruck beinah laut aufgelacht.

»Sie ist in ihrem Inneren sehr wohl eine Dame, Sophie. Und ich werde niemanden heiraten außer ihr.« Sein Ton duldete keine Widerrede. »Ich hätte bei Ihnen bis zum bitteren Ende gehen können, das wissen Sie, Sophie. Aber ich werde das alles nicht noch einmal durchmachen. Ich will Madeleine heiraten.«

Sophie blinzelte, als sie hörte, wie nüchtern Braddon ihre Verlobung beschrieb. Zumindest musste sie sich keine Gedanken darüber machen, dass sie seine Gefühle verletzt hatte, als sie ihn abservierte. »Wer ... wer ist sie?«

»Ihr Vater heißt Vincent Garnier«, erwiderte Braddon. Seine Augen flehten sie um ihr Verständnis an. »Garnier hat Madeleines Reputation geschützt, als wäre sie eine echte Dame«, sagte er. »Niemand in London kennt sie, Sophie. Das heißt, niemand außer mir. Sie kamen nach den Schwierigkeiten in Frankreich herüber und Madeleine spricht noch kein korrektes Englisch.« Er holte tief Luft. »Ihr Vater trainiert und verkauft Pferde.«

Sophies Herz sank. »Sie können doch nicht die Tochter eines Pferdehändlers heiraten, Braddon.«

Aber Braddon lächelte. »Das werde ich auch nicht. Ich werde die Tochter eines französischen Aristokraten heiraten, der 1793 auf der Guillotine starb.«

Sophie starrte ihn eine Augenblick lang nur fassungslos an. »Oh nein, Braddon, das können Sie nicht!«

»Doch, das kann ich«, erwiderte er unnachgiebig. »Und Sie werden mir dabei helfen, Sophie.«

Sie schüttelte den Kopf.

»Das ist das Mindeste, was Sie für mich tun können! Sie haben die Verlobung gelöst, ohne auch nur zu fragen, und das einen Tag, nachdem Sie mich dazu überredet hatten, mit Ihnen nach Gretna Green durchzubrennen. Wissen Sie, wie ich jetzt dastehe?« Braddons Ton verriet, wie schlecht behandelt er sich fühlte.

Sophie spürte, wie ihr eine verlegene Röte in die Wangen stieg. »Es tut mir Leid, Braddon«, sagte sie ruhig. »Aber ich kann – was zum Teufel könnte ich tun, damit Sie diese ... diese Madeleine heiraten dürfen?«

»Sie werden sie unterrichten«, erwiderte er. »Sie werden sie in eine Dame verwandeln, Sophie. Sie kennen all die seltsamen Feinheiten der Etikette. Sie bringen sie Madeleine bei, und sie wird dann zu einem Ball gehen und vorgeben, eine französische Aristokratin zu sein. Ich werde ihr dort begegnen und sie heiraten, bevor die Leute lange darüber nachdenken können.«

»Sie sind nicht ganz bei Trost, Braddon«, sagte Sophie und starrte ihn fasziniert an. »Dieser Plan wird nie funktionieren. Es ist unmöglich, die Tochter eines Pferdehändlers in ein Mitglied der französischen Aristokratie zu verwandeln.«

»Ich wüsste nicht, was dagegen spricht.« Braddons Gesicht nahm den sturen Ausdruck an, den seine Familie so fürchtete. »Ich wüsste nicht, was so schwierig daran ist, sich wie eine Dame zu benehmen. Schließlich ist Madeleine Französin, also wird niemand erwarten, dass sie sich wie ein englisches Mädchen verhält. Es gibt hier bei uns jede Menge französische Aristokraten und ich wette, die Hälfte von ihnen sind Schwindler.«

Sophie hatte ihren Vater über das gleiche Problem lamentieren hören. »Damit wäre immer noch nicht das Problem gelöst, Ihre Freundin – Madeleine, nicht wahr? – in eine Dame zu verwandeln.«

»Sie ist eine Naturbegabung«, sagte Braddon voller Optimismus. »Es wird ganz leicht, Sophie. Erzählen Sie ihr einfach ein paar Dinge über Fächer und Kleider und so etwas. Das schaffen Sie schon«, drängte er sie. »Und Sie schulden mir Ihre Hilfe. Sie haben mich wieder den Wölfen vorgeworfen. Ich kann diese ganze Scharade nicht noch einmal durchmachen; einer Frau einen Antrag machen, die mir keinen Pfifferling bedeutet.«

»*Ich* habe mir schließlich nicht das Bein gebrochen«, erwiderte Sophie und warf einen misstrauischen Blick auf Braddons offensichtlich gesundes Bein.

Er schaute sie nervös an. »Je weniger über die besagte Nacht gesagt wird, desto besser.«

Schließlich trennten sie sich und Braddon gab ihr noch eine letzte Bemerkung mit auf den Weg. »Ich werde schon einmal mit Madeleine anfangen. Sophie«, sagte Braddon und seine Hundeaugen sahen sie flehend an. »Ich werde ihr beibringen, was ich weiß, aber das beschränkt sich auf die Ermahnungen meiner Mutter, mit denen sie all die Jahre meine Schwestern gequält hat. Sie müssen mir einfach helfen.«

Patrick bahnte sich geschickt einen Weg durch den Ballsaal auf die Säule zu, an der er seine Frau und Braddon Chatwin zurückgelassen hatte. Immer wieder wurde er von Gästen angehalten, die ihm ihre Glückwünsche aussprechen wollten. Er hatte Sophie beinah erreicht, als Lord Breksby vor ihm auftauchte wie ein Kistenteufel.

»Ich muss Ihnen gratulieren, Mylord«, sagte Breksby, »und Ihnen meine Dankbarkeit aussprechen. Ich habe gehört, Sie unternehmen eine kleine Reise an der Küste entlang. Ich vermute, Sie werden hin und wieder ein Auge auf die Küste werfen.«

Patrick verbeugte sich. »Mit Vergnügen«, murmelte er.

»Ich freue mich schon darauf, nach Ihrer Rückkehr einen Bericht über die Befestigungsanlagen zu erhalten«, sagte Breksby freundlich. »Ich hoffe, Ihre Eheschließung hat Ihre Pläne, im kommenden Jahr auf den Kontinent zu reisen, nicht umgestoßen?«

Patrick versteifte sich angesichts der Andeutung, dass er unter dem Pantoffel stand, noch bevor sein Hochzeitstag vorüber war. »Natürlich nicht«, erwiderte er so lässig er konnte.

Breksby senkte die Stimme. »Dann muss ich mit Ihnen sprechen, sobald Sie von Ihrer Hochzeitsreise zurück sind, und zwar über das Geschenk, das ich schon erwähnte.«

Patrick starrte ihn einen Augenblick verständnislos an. Ach ja, das Zepter. Patrick verbeugte sich erneut. »Ganz zu Ihren Diensten.«

Breksby rieb sich die Hände. »Gut, sehr gut. Wir hatten gerade ein wenig Ärger damit. Nur eine kleine Ungelegenheit. Aber ich dachte, ich sollte es Ihnen sagen.«

Worüber zum Teufel sprach der alte Trottel? Wenn sie nicht genügend Rubine zusammenbekamen, um Sie an dieses verdammte Zepter zu stecken, was ging es ihn an? Patrick verbeugte sich erneut. »Ich werde Sie aufsuchen, sobald ich zurück bin«, versprach er.

Als Patrick endlich die Säule erreicht hatte, waren Sophie und Braddon verschwunden. Patrick stand einen Moment da und suchte in der Menge nach ihnen, wobei er die neugierigen Blicke der

Klatschmäuler bewusst mied. Sophie war nirgends zu entdecken. In dem Moment tauchte seine Schwägerin an seiner Seite auf.

»Sophie macht sich gerade etwas frisch«, sagte Charlotte keck und lächelte ihn an.

Er spürte einen Anflug von Verärgerung. War er so leicht zu durchschauen? »Ich dachte, sie wäre mit meinem Trauzeugen durchgebrannt«, sagte er sarkastisch.

Charlottes Lächeln vertiefte sich. »Ach ja, der Eifer eines frisch vermählten Ehemanns.« Sie lachte. »Ich könnte wohl eine Stunde aus dem Ballsaal verschwinden und Alex würde meine Abwesenheit nicht einmal bemerken!«

»Darauf würde ich nicht wetten«, knurrte ihr Mann in gespielter Wut, als er neben ihr auftauchte und einen Arm um ihre Taille legte.

»Oh je«, stöhnte Patrick. »Da kommt Onkel Richard.«

Ihr Onkel hatte sein Bischofsgewand abgelegt und sich zu Ehren der Vermählung seines Neffen prächtig ausstaffiert. In der feierlichen geistlichen Robe wirkte Richard Foakes seinem Amt entsprechend würdevoll, aber mit seiner kirsch- und silberfarbenen Weste und den Aufschlägen sah er aus wie ein weiß-goldener Stutzer.

»Trägt er tatsächlich ein Cachenez?«, flüsterte Charlotte voller Ehrfurcht.

»Jetzt fehlt nur noch ein Zweispitz, und er sieht aus wie ein Stutzer von vor fünfzig Jahren«, erwiderte ihr Mann lachend.

Patrick ging, gefolgt von Alex und Charlotte, auf die Türen des Ballsaals zu. Aber bevor die drei dort ankamen, tauchte Sophie hinter Bischof Foakes im Türrahmen auf. Zu Patricks geheimer Freude begrüßte sie seinen Onkel mit einem charmanten und natürlichen Lächeln. Als Patrick sie erreichte, grinste der Bischof wie ein Kater, der am Sahnetopf genascht hat, und schmunzelte vor sich hin.

»Ja, in der Tat, meine Liebe. Mein Gott, als ich noch jung war, stand für mich als dritten Sohn fest, dass ich eine Laufbahn als Geistlicher einschlagen würde. Aber ich weiß noch, dass Fremde mich mindestens für ein Mitglied des Parlaments hielten, und einmal wurde ich mit einem venezianischen Grafen verwechselt.« Der Bischof tätschelte Sophies Hand und legte dabei eindeutig mehr Begeisterung an den Tag, als er ihr in der Kirche entgegengebracht hatte. »Sie sind ein bezauberndes Mädchen, ein ganz bezauberndes Mädchen, meine Liebe. Ich bezweifle nicht, dass Sie und der junge Patrick sehr glücklich miteinander werden.«

Die Klatschmäuler zu ihrer Linken bemerkten sehr wohl die Bereitschaft der Foakes-Familie, die Verbindung gut zu heißen. Aber Lady Sophie war schließlich eine reiche Erbin, und es wäre eine merkwürdige Familie, wenn sie sie nicht begeistert in ihren Reihen aufnähme. Wäre jedoch etwas Anrüchiges an der Verbindung, würde der Bischof von Winchester nicht so fröhlich wirken.

»Denn es würde ein schlechtes Licht auf den Bischof werfen, wenn in sieben Monaten ein Kind geboren wird, nicht wahr?« Lady Skiffing war für das Intrigen schmieden geboren und erst zufrieden, wenn sie den guten Ruf von jemandem in der Luft zerreißen konnte, den sie nur einen Augenblick zuvor mit äußerster Freundlichkeit begrüßt hatte.

Sarah Prestlefield hielt sich an ihre Entscheidung, Penelopes Überzeugung zu unterstützen, dass die Vermählung romantisch und nicht skandalträchtig war. »Nur außergewöhnlich missmutige Menschen würden so etwas Gemeines andeuten«, verkündete sie großartig. »Lady Sophie ist eine wahre Liebesheirat eingegangen, und obwohl man das unter Leuten von Format nicht sehr häufig sieht«, (eigentlich nie, fügte sie im Stillen hinzu), »möchte doch niemand von uns andeuten, dass die lieben Kinder nicht aus den reinsten Beweggründen heiraten.«

Obwohl sie das sehr bezweifelte, konnte Lady Skiffing Lady Prestlefields Bemerkung nichts mehr entgegensetzten und das wusste sie auch. Daher wechselte sie das Thema. »Haben Sie gehört, dass Mrs Yarlblossom, diese rothaarige Witwe aus Chiswick, damit prahlt, einen indischen Prinzen zum Verehrer zu haben?«

Sarah Prestlefield war fasziniert. »Meinen Sie dieses rothaarige Frauenzimmer, das sich sechzehn Schoßhunde hält?«

Als Sophie aufblickte, stand Patrick plötzlich neben ihr. In seinen Augen lag solch ein berauschendes Versprechen, dass sie nervös zu dem Bischof hinübersah, ob auch er die Nachricht in Patricks Blick bemerkt hatte.

»Mach dir keine Sorgen wegen Onkel Richard«, sagte Patrick gedehnt und trat so nah an sie heran, dass sein Atem ihr Haar streifte.

Sophie stieg eine entzückende Röte in die Wangen. Patricks Hand glitt von ihrer Hüfte zu ihrer Taille hinauf. Würde er immer diese Wirkung auf sie haben? Schon die einfache Berührung seiner Hand machte ihr weiche Knie und schickte eine süße Schwäche durch ihren Körper.

Etwas in Sophies Augen verursachte ein heißes Brennen in Patricks Lenden.

»Zeit zu gehen, Liebling«, sagte er mit rauer Stimme.

Sophie zuckte zusammen. »Gehen?« Ihre Augen weiteten sich. Sie hatte natürlich gewusst, dass sie und Patrick den Ball zusammen verlassen würden. Ihre Koffer waren schließlich schon am Morgen aus dem Haus getragen worden, und wenn ihre Zofe ihre Angst vor dem Wasser überwunden hatte, befand sie sich ebenfalls an Bord der *Lark*. Denn, so hatte Patrick ihr mit einem anzüglichen Lächeln erzählt, das Boot würde zu sehr früher Stunde lossegeln, noch bevor sie das Bett verließen.

Aber Sophie hatte sich nicht konkret ausgemalt, den Ball zu verlassen, mit Patrick *alleine* in eine Kutsche zu steigen und mit ihm das Bett zu teilen!

»Oh, wir können noch nicht gehen«, sagte sie hastig. »Ich habe kaum ein Wort mit deinem Onkel gesprochen.« Sie brachte sich mit einer abrupten Bewegung ihre Hüfte aus der Reichweite ihres spöttisch lächelnden Gatten und trat neben den Bischof, der sich eifrig mit Charlotte unterhielt.

»Seit ich diese neue Diät befolge, sehe ich äußerst gesund aus, und Sie werden mir wohl zustimmen, dass ich eine angenehme Gesichtsfarbe habe. Doctor Read erlaubt mir am Tag nur eine Tasse Schokolade, drei Portionen Haferschleim mit Wasser und einen gerösteten Apfel, den ich eine Stunde vor dem Abendessen zu mir nehmen soll.«

In Sophies Kopf wirbelten elektrisierende Bilder dessen umher, was Patrick mit ihr tun würde, wenn sie endlich miteinander alleine waren.

Der Bischof lächelte sie wohlwollend an. »Bitte, lassen Sie es mich wissen, wenn Sie Fragen bezüglich meiner Diät haben, meine Liebe«, sagte er. »Ich muss Ihnen sagen, dass Doctor Read für seine wunderbaren Verschreibungen langsam recht berühmt wird!«

»Aha ...« Sophie wollte keine Frage einfallen, denn sie konnte nur an Patricks warmen Körper denken, den sie hinter sich fühlte. »Welche Apfelsorte essen Sie denn, Sir?« Eine Hand spielte mit den Locken in ihrem Nacken.

»Eine sehr gute Frage, meine Liebe! Ich bevorzuge einen Golden Runnet. Ich habe meinen Diener instruiert, den Apfel auf einem sauberen Ziegel zu rösten, der mit Quellwasser abgespült wurde.«

Patricks tiefe Stimme mischte sich ein. »Onkel Richard, Sie werden meine Braut und mich entschuldigen müssen. Es ist Zeit für uns, an Bord zu gehen.«

»An Bord? An Bord eines Schiffes?« Richard sah aus, als würde ihm übel. »Erzähl mich nicht, dass du das arme Kind mit auf hohe See nimmst?«

»Wir unternehmen eine Reise an der Küste entlang, Onkel Richard.«

»Ich nehme doch an, dass ihr euch dicht vor

der Küste halten werdet. Sehr schön. Eine Dame wird sich dennoch auf See wie eine Ente an Land fühlen. Ich fürchte, Ihnen wird während der gesamten Reise speiübel sein. Versuchen Sie es mit einem Apfel, meine Liebe«, sagte er tröstend zu Sophie. »Schicken Sie nach ein paar Golden Runnets, und zwar noch heute Abend, bevor Sie aufbrechen. Patrick! Du musst morgen früh als Erstes ein paar Golden Runnets besorgen. Vergiss nicht, nach welchen zu schicken.«

Über den Kopf seines beleibten Onkels hinweg begegnete Patrick dem spöttischen Blick seines Bruders.

»Das werde ich, Onkel Richard«, antwortete er ernsthaft. »Ich bin sicher, dass es Sophies Magen durch einen gerösteten Apfel gleich besser gehen wird.«

Der Bischof war noch nicht fertig. »Möglicherweise befindet sich kein passender Ziegel an Bord, Patrick. Du musst noch heute Nacht jemanden losschicken, einen Ziegel zu besorgen. Ja, in der Tat. Du machst dich besser sofort auf den Weg, damit du vor Tagesanbruch noch all diese Dinge erledigen kannst.«

Trotz ihrer Nervosität musste Sophie lächeln. Onkel Richard war ebenso geistesabwesend wie sie, nur beschäftigten sich seine Gedanken mit einem ganz anderen Appetit als ihre.

»Meine Mutter!«, rief sie plötzlich und blickte sich ein wenig verzweifelt im Ballsaal um.

Patrick zog ihren Arm unter seinen. »Sie steht an der Tür, Sophie, und wartet darauf, sich von dir zu verabschieden.«

Sophie holte tief Luft und begegnete Charlottes fröhlichem Blick. Charlotte umarmte sie liebevoll und flüsterte ihr etwas ins Ohr.

Sophie trat einen Schritt zurück. »Ich konnte dich nicht verstehen, Charlotte.«

Charlotte beugte sich näher heran und wiederholte ihre Worte. Sophie wurde feuerrot, brachte jedoch ein Nicken zu Stande.

»Was zum Teufel hast du Sophie gesagt?«, fragte Alex sie, als sie dem frisch vermählten Paar hinterherschauten, wie es zur Tür ging.

Charlotte wandte sich ihrem Mann zu und in ihren Augen loderte ein sinnliches Verlangen auf.

»Oh«, sagte Alex und seine Stimme klang plötzlich viel tiefer. »Vielleicht solltest du es mir ebenfalls ins Ohr flüstern?«

Charlotte nickte mit schelmischer Miene.

Als zum Menuett aufgespielt wurde, zog Alex seine Frau an sich und sie verfielen in den langsamen, graziösen Rhythmus des Tanzes. Nach einer Sekunde legte Charlotte den Mund an das Ohr ihres Mannes und flüsterte ihm etwas zu.

»Was!«, entfuhr es ihm lauter, als er beabsichtigt hatte.

»Glaubst du, das war zu indiskret?«

Alex verbiss sich ein Lachen. »Natürlich nicht, Liebling. Ich bin überzeugt, dass jede Braut diesen Ratschlag erhalten sollte.« Er schwieg einen Moment. »Wenn du mich entschuldigst, dann werde ich jetzt einen Aufruhr unter den Klatschbasen anrichten und meine Frau mitten auf der Tanzfläche küssen.« Charlotte erwiderte nichts, sondern antwortet ihm mit einer leichten Neigung des Kinns und einem Funkeln in den Augen.

Als Sophie und Patrick die Türen zum Ballsaal erreichten, warteten ihre Mutter und ihr Vater dort auf sie.

Sophie machte feierlich einen Knicks vor ihren Eltern. Eloise schaute auf den goldgelockten Kopf hinunter, der sich vor ihnen verbeugte, und ihre Augen schwammen in Tränen.

»*Ma fille*«, sagte sie und verfiel ins Französische, während sie Sophie in ihre Arme zog. »*Sois heureuse, ma chère! Je te souhaite tout le mieux pour ta vie mariée ...*«

»Ich werde glücklich sein, *Maman*«, versprach Sophie.

Ihr Vater schloss sie liebevoll in die Arme und gab Patrick anschließend fest die Hand. »Passen Sie auf unsere kleine Sophie auf«, sagte er. George sah ein wenig verkniffen aus um die Augen, aber ansonsten wirkte er so jovial als würde Sophie nur zu einem Picknick in den Hyde Park aufbrechen.

Sophie küsste ihn auf die Stirn. »Keine Sorge Papa. Mir geht es gut.«

Als sie und Patrick durch die Tür verschwanden, schluchzte Eloise auf. Überrascht legte George ganz automatisch einen Arm um seine weinende Frau.

»Es wird ihr gut gehen, Eloise«, sagte er unbehaglich. »Kein Grund zur Sorge. Foakes ist ein solider, guter Mann.«

Eloise schubste ihn von sich und steuerte blind vor Tränen auf das Vorzimmer des Ballsaals zu.

George folgte ihr in einen Salon, der vom Korridor abging. Tränen strömten ihr über das Gesicht. George wurde das Herz schwer; er hatte seine Frau noch nie so weinen sehen.

Er nahm ihre Hände in die seinen. »Was ist denn, Liebste?«

Eloise schluchzte erneut auf. »Das verstehen Sie nicht ... sie ist alles, was ich habe!«

George schwieg und einen Moment lang hörte man nur das Schluchzen seiner Frau. Dann zog er ihren schlanken Körper an sich und drückte ihren Kopf an seine Brust.

»Du hast mich, Eloise.«

Als seine Frau nur den Kopf schüttelte, wiederholte er seine Worte. »Du hast mich, Eloise. Du hattest mich immer.«

Aber erst, als Eloise den Kopf hob und ihn mit tränenverschleierten Augen ansah, begriff sie, was er gesagt hatte.

Als sie den Mund zu einer Erwiderung öffnete, legte George seine Lippen auf ihre und erstickte ihren Protest mit einem Kuss. Dann sagte er mit vor Leidenschaft heiserer Stimme: »Nimm mich zurück, Eloise, bitte, nimm mich zurück.«

14. Kapitel

Sophie erwachte ein wenig benommen. Sie hatte tief und völlig erschöpft geschlafen, als sie sanft herumgeworfen wurde und gegen etwas stieß. Wogegen? Das Bett schaukelte sacht auf den rollenden Wellen. Sie vergrub die Nase in den feinen Laken, die nach Zitrone, aber noch stärker nach dem scharfen Geruch der salzhaltigen Seeluft dufteten.

Sie drehte sich um und öffnete die Augen. Hoch über ihr wölbten sich die Schnitzereien von Patricks Bett. Das Bett befand sich einer der elegantesten Schiffskajüten, die sie je gesehen hatte. Zumindest stellte sie sich das vor, da sie zuvor noch nie eine Schiffskabine betreten hatte. Patrick hatte das Bett in Indien gekauft. Von außen sah es aus wie eine Kiste mit einem gebogenen Deckel, die nach vorne hin offen war und von mit geschnitzten Blumen verzierten Holzpfeilern eingerahmt wurde. Die unzähligen geschnitzten Blumen waren rot bemalt und wanden sich die Pfeiler hinauf, um schließlich an dem geschwungenen Dach des Bettes entlangzuranken. Einen Moment lang verfolgte Sophie mit den Augen ihre verschlungenen Wege. Mein Ehebett, erinnerte sich Sophie schläfrig.

Dann vergaß sie die Blumen. Neben ihr lag ein gebräunter, muskulöser Arm. Schließlich vollzog man in einem Ehebett die Ehe, und um die Ehe zu vollziehen, benötigte man einen Ehemann ... *et voilà.* Sophie unterdrückte ein Kichern. Patrick lag auf dem Bauch und hatte das Gesicht von ihr abgewandt. Das einzige, was sie von ihm sehen konnte, war der seidige Schopf schwarz-silberner Locken. Er schien keinerlei Kleidung zu tragen, und Sophie stellte errötend fest, dass sie ebenfalls nackt war.

Bilder der vergangenen Nacht strömten auf sie ein und in ihrem Magen und Kniekehlen breitete sich eine seltsame Hitze aus.

Das Laken war bis zu Patricks Taille hinuntergerutscht und ließ seine breiten Schultern frei. Sophie biss sich auf die Lippen. Verschwommen erinnerte sie sich, wie sie sich an diesen Schultern festgeklammert, sich Patricks Brust entgegen gebogen und ihn atemlos keuchend angefleht hatte.

Vorsichtig setzte sie sich auf und zog ein wenig an dem Laken, so dass es ihr bis zur Taille reichte. Patrick hatte wunderschöne Schultern. Im Morgenlicht schimmerte die glatte Haut seines muskulösen Oberkörpers wie mattes Gold.

Plötzlich gab er ein leises Grunzen von sich und rollte herum. Dabei rutschte das Laken noch tiefer nach unten. Sophie rang erschrocken nach Atem und umklammerte instinktiv ihren Teil des Lakens, damit sie damit ihre Brüste bedecken konnte. Patrick schlief weiter und sein Atem ging langsam und gleichmäßig. Schließlich beruhigte sich ihr hastiger Herzschlag.

Ihr Mann war wirklich ein schöner Mann. Sophie betrachtete ihn fasziniert. Tiefschwarze, gebogene Wimpern lagen auf seinen Wangen, deren Form sich im Schwung seiner Augenbrauen wiederfand. Mutig wanderten ihre Augen zu seiner Brust hinunter. Er war schließlich ihr Mann und sie hatte sich vergangene Nacht auf sehr intime Weise an diese Brust gepresst.

Die rosige Färbung ihrer Wangen vertiefte sich, als sie an Patricks raues Stöhnen dachte. Er würde sich nicht sofort anderen Frauen zuwenden. Etwas in ihr entspannte sich und in ihrem Herzen löste sich eine Knoten, den sie zuvor gar nicht wahrgenommen hatte.

Ganz vorsichtig schob Sophie einen Finger unter das Laken an Patricks Hüfte. Sie konnte die Wölbung des Körperteils unter dem Stoff ausmachen, das sie gerne bei Tageslicht, und ohne dass Patrick es bemerkte, betrachten wollte. Wie seltsam es für ihn sein musste, dass ein Teil seines Körpers ständig vor ihm herumbaumelte.

Es gelang ihr, das Laken ein paar Zentimeter nach vorne zu ziehen. Sie wollte gerade einen verstohlenen Blick darunter werfen, als die schlafende Gestalt zu lachen anfing und sich mit einer geschmeidigen Bewegung herumwarf. Bevor sie wusste, wie ihr geschah, lag sie auch schon hilflos wie eine gestrandete Schildkröte auf dem Rücken. Das Körperteil, das kurz zuvor ihre Neugier erregt hatte, stupste sie sanft an. Ihre Wangen verfärbten sich, als sie in die dunklen lachenden Augen ihres Mannes blickte.

»Wie lange bist du schon wach?«

»Lange genug«, antwortete Patrick mit einem

erregenden, aufreizenden Unterton in der Stimme. Er beugte sich über sie und strich mit den Lippen über ihren Mund. Sophie erzitterte vor Wonne. »Lang genug, um zu wissen, dass meine Frau wach ist. Lange genug, um zu sehen, wie du dieses verfluchte Laken an deine Brüste presst. O Gott, Sophie, weißt du eigentlich, dass du wundervolle Brüste hast?«

Sophie blickte an sich herunter. Da lagen sie rosig schimmernd im Morgenlicht. Sie waren recht schwer für ihren schmalen Körper. »In französisch geschnittenen Kleidern sehen sie recht gut aus«, erwiderte sie unsicher. Was sollte sie sonst sagen? Sie hatte eigentlich nie einen weiteren Gedanken an ihre Brüste verschwendet.

Aber da schloss sich Patricks Mund um ihre Brustwarze und ihr Körper bäumte sich unfreiwillig dem seinen entgegen. Ein ersticktes Stöhnen entriss sich seiner Brust. Er schob ein Bein zwischen ihre Schenkel und murmelte etwas zwischen ihren Brüsten, ohne von seiner Beschäftigung abzulassen.

Erst viel später, nachdem das Laken endlich den Kampf aufgegeben hatte und zerknittert auf dem Boden lag und sich das Bett wieder sanft auf den Wellen schaukelte, fiel es Sophie ein, Patrick zu fragen, was er gesagt hatte. Sie lag auf der Seite und zeichnete mit dem Finger träge die Schweißspur auf der Brust ihres Mannes nach.

»Was hast du über meine Brüste gesagt?«, fragte sie.

Patrick betrachtete sie unter schweren Augenlidern. Er versuchte zu ergründen, warum er beim

Sex mit seiner Frau stets den Tränen nahe war. Es muss etwas mit dem Ritual der Eheschließung zu tun haben, entschied er schließlich. Mit dem Wissen, dass man den Rest seines Lebens mit nur einer Frau zusammen sein wird, und mit keiner anderen mehr. Das machte guten Sex offensichtlich zu etwas Wunderbarem.

»Was hast du gesagt?«, fragte er träge und zog Sophie an sich.

Sie wiederholte ihre Frage schüchtern.

Patrick öffnete ein Auge. »Sagte ich nicht, sie seien wundervoll?«

Sie nickte. »Danach.«

Patrick öffnete beide Augen. »Ich kann mich nicht erinnern«, sagte er mit heiserer Stimme. »Vielleicht fällt es mir wieder ein, wenn ich sie mir noch einmal genauer ansehe.« Er schubste Sophie nach hinten und rutschte nach unten, bis er in Augenhöhe mit den besagten Körperteilen war.

Wie magisch angezogen griff er nach ihren Brüsten und umschloss mit beiden Händen ihre makellosen, üppigen Rundungen. Sophies Rücken entspannte sich, aber ansonsten verharrte sie völlig regungslos.

»Sagte ich, sie seien größer als wilde Äpfel?«

»Nein«, flüsterte Sophie.

»Sie haben natürlich nicht die gleiche Farbe wie Äpfel«, sagte er im Plauderton. »Äpfel sind rot, wie jedermann weiß, und deine Brüste sind weiß wie Milch, mit einem rosigen Schimmer unter der Haut.« Seine Daumen tanzten über ihre Knospen, so dass Sophie der Atem heiß in der Brust brannte.

»Sagte ich, sie schmeckten süßer als Wein?« Patricks Zunge zeichnete die Umrisse ihre Brust nach.

»Nein.«

»Sie schmecken nach Honig, wie der Nektar von Pfingstrosen oder Mohn.« Er zog immer kleinere Kreise und näherte sich mit der Zunge ihrer Brustwarze.

»Ich glaube nicht, dass du das gesagt hast«, sagte Sophie, und ihre Stimme war nur noch ein gepresstes Flüstern.

»Sagte ich, deine Haut sei weicher als ...« Patrick fiel nicht mehr ein, denn er war an der blassrosa Knospe angekommen. Mit einem stummen Stöhnen beugte er sich über sie und saugte sie in seinen Mund.

Als er den Kopf hob, schaute seine Frau ihn mit wachsender, zügelloser Erregung in den Augen an, während sich ihren Lippen ein leises Keuchen entrang.

»Nun«, sagte Patrick mit tiefer, leidenschaftlicher Stimme, »jetzt müssen wir noch die andere Seite untersuchen, meinst du nicht?«

Sophie reagierte sofort und voller Ungestüm. Sie streckte die Hände aus und zog ihn ohne auf seine lachenden Proteste zu hören an den Schultern zu sich hoch, bis er auf dem Bett kniete.

»So warte doch, mein ungestümes Weib! Mir ist gerade eingefallen, was ich gesagt habe.« In seinen Augen blitzte es, als er sie wieder zurück in die Kissen drückte. »Als ich heute Morgen aufwachte, schienst du neugierig auf meine Anatomie zu sein. Ich bot dir die Chance, deinen Wissensdurst zu befriedigen.«

Sophie errötete – senkte jedoch gehorsam die Augen und ließ den Blick von der muskulösen Brust ihres Mannes zu seinem glatten Bauch und noch tiefer wandern. Ein teuflisches Funkeln ließ ihre Augen aufleuchte, als sie mit dem Finger den Weg nachzeichnete, den ihre Augen zuvor genommen hatten.

»Hmmm«, murmelte sie heiser.

Patricks Augen wurden schmal. »›Hmmm.‹ Was soll das heißen?«, fragte er mit halberstickter Stimme. Seine Haut brannte an den Stellen, an denen ihre Finger ihn berührt hatten. Ganz zu schweigen von dem, was sie gerade mit einer täuschenden Unschuldsmiene tat.

Sophie atmete nur noch stoßweise und längst hatte sie den Faden der Unterhaltung verloren.

»Damit ich meine Untersuchung abschließen kann«, flüsterte sie, »muss ich noch einige Nachforschungen anstellen.« Mit den Lippen zeichnete sie die Spur ihrer Finger nach.

Patrick rang nach Luft und stieß dann ein Stöhnen aus. Sein Herz pochte ungestüm in seiner Brust.

»Keine Nachforschungen.« Patrick klang wie ein Fremder. Seine muskulösen Arme versteiften sich, während er Sophie fordernd zu derselben Leidenschaft trieb, die ihn erfasst hatte.

»Wir reden später darüber«, brachte sie noch hervor und dann war die Zeit des Redens vorüber.

Als Patrick und Sophie Foakes schließlich auf Deck der *Lark* erschienen, stand die Sonne bereits hoch am Himmel.

Sophie blinzelte im kühlen, grellen Licht. So weit das Auge reichte gab es nichts außer schaumbedeckten Wellen und kreisenden Möwen.

»Wie weit sind wir auf das offene Meer hinausgesegelt?«

»Nicht sehr weit«, antwortete Patrick. »Solange die Möwen über uns sind, befinden wir uns nicht sehr weit draußen. Wir werden uns während der gesamten Reise in der Nähe der Küste halten. Wir wollen um die Spitze Cornwalls herumsegeln und dann in Wales vor Anker gehen, wo immer es uns gefällt.«

Patrick spielte mit dem Gedanken, Sophie von den Befestigungsanlagen zu erzählen, die er inspizieren musste, verwarf ihn jedoch wieder. Davon konnte er ihr später erzählen. Schließlich war es kein sehr romantisches Thema.

»Es ist eine Schande, dass wir nicht nach Italien reisen können, so wie es meine Eltern auf ihrer Hochzeitsreise getan haben«, sagte er träge. Dann begannen seine Augen zu leuchten. »Wenn du nicht an Bord wärst, würde ich es wagen. Den Kanal überqueren, mich an Frankreich vorbeischleichen und in Leghorn anlegen.«

»*Leghorn*?«, fragte Sophie fasziniert. »Du meinst Livorno?«

»Genau.« Patrick lehnte sich rückwärts gegen die Reling und grinste sie an, während er über die Schulter den Seemöwen Orangenschalen zuwarf. »Hattest du in der Schule Geographie-Unterricht?«

»Oh nein«, sagte Sophie. »Ich habe die *Cheltham Ladys' School* besucht, und höhere Töchter haben keine Verwendung für Geographie, da sie die Grenzen Englands nie verlassen.«

»Woher kennst du dann den italienischen Namen für Leghorn?« Patricks Augen wanderten automatisch über das Deck und überprüften die Takelage des Gaffelsegels, das viereckige Segel am Fockmast und die geschickten, präzisen Handgriffe seiner Besatzung.

Sophie blickte ihn an und sagte: »Oh, das gehört zu dem Wissen, das man sich so aneignet.«

Aber Patrick wirkte nur abgelenkt. »Sprichst du Italienisch?«

Sophie erstarrte innerlich. »Nein«, platzte es aus ihr heraus. »Ich beherrsche nicht viel ...« Was für eine Idiotin sie doch war! Hatte sie gerade etwa gesagt, dass sie nicht viele Sprachen beherrschte? Oder dass sie nicht viel Italienisch beherrschte? Und was war mit der türkischen Grammatik, die in diesem Moment zwischen ihrer Unterwäsche lag? Vielleicht sollte sie sie über Bord werfen, wenn Patrick nicht hinsah.

»Niemand erwartet von Damen, dass sie Sprachen sprechen«, sagte Patrick tröstend. »Ich schwöre, dass die meisten Damen, denen ich bei *Almack's* begegnet bin, nicht einmal ihre eigene Sprache beherrschen. Du musst jedoch fließend Französisch sprechen, da es das Heimatland deiner Mutter ist.«

Sophie nickte nur, aus Angst, den Mund aufzumachen.

»Ich stelle mich bei Sprachen furchtbar dumm an.« Patrick steckte ihr ein süßes Stück Orange in den Mund. »Französisch spreche ich nur sehr schlecht, und in anderen Sprachen beherrsche ich nur ein paar Sätze. Weißt du, was die wichtigste Wendung in jeder Sprache ist?«

Sophie schüttelte den Kopf und konnte sich bei seinen Worten einer gewissen Faszination nicht erwehren.

»Rate mal.«

Sie überlegte einen Moment lang. Ihre Kenntnisse in Fremdsprachen waren so theoretisch, dass sie sich nur schwer eine Situation in einem fremden Land vorstellen konnte. »›Wo finde ich einen Konstabler?‹«

Patrick verdrehte die Augen. »Glaub mir, Konstabler bedeuten mehr Ärger als dass sie nützen.«

»›Führen Sie mich bitte zu einem Gasthof.‹«

»Nein.« Patrick trat näher an sie heran und schob den Rand ihrer Haube nach oben. Dann riss er ein Stück Orange ab und hielt es ihr vor das Gesicht. »›Bitte nehmen Sie diese bescheidene Gabe als Geschenk meines Landes und meiner Person, verehrte Dame.‹«

Sophie lachte, als er mit der tropfenden Fruchtscheibe sinnlich über ihre Lippen rieb, bis sie sie öffnete.

»Ich beherrsche diesen Satz in vierzehn Sprachen«, sagte er, und in seinen Augen blitzte es belustigt. »Unglücklicherweise ist das auch der einzige Satz, den ich auf Walisisch beherrsche, also können wir uns nur mit unserem Englisch in das Land hineinwagen.«

Sophie schluckte. Es war zu spät, zuzugeben, dass sie fließend Walisisch sprach.

Aber Patrick deutete ihren erschrockenen Gesichtsausdruck falsch. »Ist schon gut, Liebling. Das ganze Land spricht Englisch. Und wenn nicht, dann sollten sie es schnell lernen. Und sie sollten bei der Gelegenheit ihr Französisch aufpolieren«, fügte Patrick hinzu. »Manche glauben, dass Napoleon eine Flotte von Brest losschicken will, damit sie um Cornwall herumsegelt, in Wales landet und England von hinten angreift.«

»Ach, Bonaparte.« Sophie hatte Schwierigkeiten, sich auf außenpolitische Belange zu konzentrieren, da Patrick erneut eine Stück von der Orange durchgeschnitten hatte und es ihr verführerisch an die Lippen hielt. Der durchdringende Geruch kitzelte sie in der Nase.

»Mach dir keine Sorgen deswegen. Die *Lark* ist eins der schnellsten Schiffe auf dem Meer. Wir können jeder Flotte davonsegeln, die Napoleon im Kanal herumschippern lässt. Außerdem hat er nur flache Schiffe.«

»Ist die *Lark* ein Baltimore Klipper?«

Patrick warf ihr einen erstaunten Blick zu. »Ja. Sie hat einen V-förmigen Bug, damit sie die Wellen besser durchschneiden kann.«

Sophie zog eine Grimasse und eine leichte Verärgerung verdrängte die sinnliche Benommenheit, die er mit der Orange hervorgerufen hatte. »Glaubst du, ich kann nicht lesen?«, fragte sie mit trügerischer Sanftheit. »Die *Times* berichtet seit mehr als fünf Jahren über die Werften in Fells Points!«

Patrick aß gedankenverloren die Orangenscheibe, die er eigentlich für sie zurechtgeschnitten hatte. »Ich weiß nicht viel über richtige englische

Damen. Meine Mutter starb, als ich noch ein Kind war, und seitdem –« Er zuckte die Achseln. »Ich habe nicht viel Zeit in England verbracht.«

»Ich weiß«, unterbrach Sophie ihn, »und seitdem du wieder hier bist, hast du nicht viel Zeit mit Damen verbracht!«

Patrick lachte. »Es waren durchaus Damen«, zog er sie auf, »aber es waren nur nicht die richtige Sorte ›Damen‹.«

Er grinste. Er mochte seine gewitzte Braut mit ihrer scharfen Zunge und ihren verlangenden Augen. Patrick drängte Sophie sanft gegen die Reling, bis sich sein Körper wie ein fehlendes Puzzleteil an den ihren schmiegte.

Sophie blickte zu ihm auf und in ihren Augen lag eine sehnsuchtsvolle Wehmut. »Warst du denn schon in vierzehn Ländern?«

»Mindestens«, erwiderte Patrick.

»Oh, wie gerne würde ich reisen«, sagte Sophie sehnsüchtig. »Ich würde in den Orient fahren.«

»Was tun richtige Damen eigentlich den ganzen Tag?«

Sophies Laune verdüsterte sich wieder. »Sie ... sie machen Besuche und hinterlassen ihre Visitenkarten.«

»Das kling erstaunlich langweilig. Was sonst noch?«

»Sie gehen einkaufen.«

»Warum?«

Sophie rang überrascht nach Atem. Patrick bewegte ganz sanft seine Hüften gegen ihre.

»Patrick! Was, wenn dich jemand sieht?«

»Es gibt nichts zu sehen«, erwiderte ihr Mann

ungerührt. Er hatte die Hände zu beiden Seiten ihres Körpers auf der Reling abgestützt. »Was kaufen richtige Damen denn in den Geschäften?«

»Oh, Hüte und Kleider«, sagte Sophie unbestimmt. Sie war in dieser Unterhaltung wirklich im Hintertreffen, denn gewöhnlich bestellte sie Madame Carême zu sich nach Hause. Es war auch so schon schwierig genug, Zeit für ihre Arbeit zu finden.

Patrick hatte es aufgegeben, sie zu necken, und blickte mit einem gewissen Maß an Erstaunen auf sie hinunter. »Willst du behaupten, du gehst *jeden* Tag einkaufen?«

»Ich nicht«, erwiderte Sophie vorsichtig. Dann fiel ihr ein, dass Patrick ja ein Lebemann war. Wie sehr er auch vorgab, in diesen Dingen ahnungslos zu sein, so wusste er doch alles über Damen und ihre Beschäftigungen – schließlich verbrachte er seine Zeit damit, ihnen nachzujagen.

»Nun, was gibt es sonst noch zu tun?« Ihre Augen blitzen ihn herausfordernd an. »Wie du sehr wohl weißt, wendet eine Dame die meiste Energie für die Anschaffung einer neuen Garderobe auf.«

»Ach, tatsächlich?«, fragte Patrick gedehnt. Er schob seine Hüften nach vorne und in Sophies Leib breitete sich eine süße Hitze aus.

Arbeit! Plötzlich wurde ihr schmerzlich bewusst, was sie für diese Heirat aufgegeben hatte. Tief in ihrem Inneren konnte sie sich nicht mit der Vorstellung abfinden, eine dieser Matronen zu werden, die unter Arbeit nur einen Besuch auf der Bond Street verstanden. Nicht, dass man sein Äußeres vernachlässigen durfte, aber es war solch ein aufregendes Gefühl, Teile einer Sprache zusammenzutragen, bis sich vor dem Auge ganze Sätze formten.

Patrick beobachtete sie ein wenig verwirrt. Warum wirkten Sophies Augen so traurig, während sie den Tagesablauf einer Dame beschrieb?

»Würde meine Frau sich gerne nach unten zurückziehen und ein Bad nehmen?« Sanft küsste er sie auf die Stirn. »Denn ihr Gatte muss sich nun mit dem Kapitän unterhalten.«

Sophies Augen begannen zu leuchten. »Das wäre wunderbar«, sagte sie aufrichtig.

Ein wenig unwillig löste sich Patrick von Sophie. »Dann los.«

Sobald Sophie die Hauptkabine betreten hatte, schickte sie die ein wenig grün im Gesicht aussehende Simone los, heißes Wasser zu holen. Dann lehnte sie sich mit dem Rücken gegen die geschlossene schwere Eichentür.

Der Raum war spärlich, aber luxuriös eingerichtet. Jedes Möbelstück war entweder an der Wand oder am Boden fest geschraubt, abgesehen von den Stühlen am Esstisch, die man über ein Geländer an der Wand hängen konnte, wenn die See stürmisch wurde.

Sie war alleine. Sie war seit ihrem Hochzeitsmorgen nicht mehr alleine gewesen und mit einem Seufzen nahm Sophie genießerisch die Stille in sich auf.

Dann trat sie schnell von der Tür weg, als Simone eintrat und zwei jungen Besatzungsmitgliedern Anweisungen gab, wie sie mit den großen Eimern mit heißem Wasser verfahren sollten, die sie hereinschleppten. Schnell wurde die kupferne Wanne, die in einer Ecke der Kabine an den Boden geschraubt war, mit Wasser gefüllt und mit Kirschblüten aromatisiert. Dann schickte Sophie ihre Zofe zurück in ihre Kabine, wo diese sich ins Bett legte und sich leise wimmernd den Magen hielt.

Sophie lehnte sich zurück, während das Wasser sanft die wunden Stellen ihres Körpers umspülte. Sie blieb eine lange Zeit so liegen und dachte über den vergangenen Abend nach. Bis jetzt hatte sie dazu noch gar keine Zeit gehabt ... und dabei es gab so viel zu überdenken.

Was zum Teufel sollte sie zum Beispiel mit Braddon anstellen? Sein Plan war unmöglich. Es war nicht nur unmöglich, es war schlichtweg unvorstellbar, dass die Tochter eines Pferdehändlers der feinen Gesellschaft vormachen konnte, dass sie ein Mitglied des französischen Adels war.

Sophie hatte ihre Mutter in Aktion gesehen, wie sie das vornehme Benehmen einer Kaufmannstochter in der Luft zerriss. Eine junge Dame mochte fügsam und schön sein und die gleiche Schule wie Sophie besucht haben, aber letztendlich spielte das keine Rolle. Eloise und ihre Freundinnen waren die strengsten Richterinnen auf der Welt. Sie würden die Art zerpflücken, wie das Mädchen Konversation betrieb, wie es seinen Fächer hielt, wie es die Augen aufschlug ... und bald feststellen, dass falsches Blut durch seine Adern floss.

Es ist absolut unmöglich, dachte Sophie bedrückt. Sie musste Braddon einfach davon überzeugen, diese Idee aufzugeben. Eloise würde eine Schwindlerin schon nach einer Sekunde durchschauen. Ganz zu schweigen von einer Schwindlerin, die in Wahrheit die Tochter eines Pferdehändlers war. Nein, Braddon musste die Hoffnung aufgeben, seine Madeleine je heiraten zu können.

Schließlich kehrte Sophie in die Gegenwart zurück und bemerkte, dass ihr Badewasser kalt geworden war. Sie stand auf und wickelte sich in ein Handtuch. Ohne lange darüber nachzudenken, holte sie ihre türkische Grammatik hervor, die sie sorgfältig versteckt hatte.

Mit einem glücklichen Seufzen vertiefte sie sich in die türkischen Verben. Sie waren erstaunlich interessant, denn sie veränderten sich, je nachdem, wer sprach. *»Seni seviyorum«*, flüsterte sie. »Ich liebe dich. *Seni seviyor.* Er liebt dich.« Sophie schüttelte den Kopf und vertrieb diesen Gedanken. Dann wandte sie sich prosaischen Sätzen zu.

Wissentlich missachtete sie den Rat ihrer Mutter – und es war ein wunderbares Gefühl. Kein Wunder, dass Braddon glaubt, ich könnte Madeleine beibringen, wie sich eine echte Aristokratin benimmt, dachte Sophie schläfrig. Sie war bei der Königin der tonangebenden Aristokratinnen in die Schule gegangen, und zwar bei der Marquise von Brandenburg. Was Eloise nicht über korrektes Verhalten wusste, war es nicht wert, beachtet zu werden.

Schuldbewusst schob Sophie hastig die Grammatik beiseite für den Fall, dass Patrick plötzlich die Kabine betrat. Verlass dich darauf, hörte sie die strenge Stimme ihrer Mutter, dass kein umsichtiger Mann eine Frau akzeptiert, die mehr weiß, als er selber.

Sophie seufzte und dachte an Patricks Geständnis hinsichtlich seiner schlechten Französischkenntnisse. Ihre Mutter hatte ohne Zweifel Recht.

Arme Eloise! Sie hatte jahrelang versucht, Sophie ihre Leidenschaft für Sprachen auszureden. Das Lateinische hatte sie am härtesten bekämpft. »Latein ist so unweiblich wie ein Bart im Gesicht einer Frau«, hatte sie mit vor Zorn weißen Lippen protestiert.

Aber George hatten sich gegen seine Frau durchgesetzt, und so verbrachte Sophie ihre Vormittage mit dem Konjugieren von Verben.

Sophies Grinsen verschwand, als ihr bewusst wurde, worauf die meisten Ermahnungen ihrer Mutter eigentlich abzielten. Eloises Lieblingsspruch lautete: »Junge Frauen müssen nur lernen, wie man sich einen Mann sucht.« Braddons Madeleine würde in der Tat tüchtig lernen müssen, wenn sie hoffte, diesen Plan umzusetzen. Sophie schob die Zwangslage von Braddon und seiner Pferdehändler-Tochter beiseite und nahm sich wieder ihre Grammatik vor. Mit ein bisschen Glück würde sie die komplizierten Vergangenheitsformen beherrschen, bevor Patrick zurückkehrte. Als Patrick die Kabine betrat, fürchtete er, eine gereizte Ehefrau vorzufinden, die ungeduldig auf ihn wartete. All seine Erfahrungen mit Frauen hatten ihn zu der Überzeugung geführt, dass man eine frisch gebackene Ehefrau niemals alleine ließ, vor allem dann nicht, wenn man sie rüde an ihrer Lieblingsbeschäftigung hinderte und sie nicht mehr mit den

Damen Tee trinken und einkaufen konnte. Er hatte drei Stunden mit dem Kapitän über die Meeresströmung vor Cornwall und das Fehlen eines zweiten Maats gesprochen.

Er verspürte ein leicht schlechtes Gewissen wegen seiner unfreundlichen Gedanken, als er die Kabine betrat und Sophie in ein Negligee gehüllt friedlich in einem Sessel saß. Sein Schuldgefühl wurde schnell durch ein anderes Gefühl vertrieben. Gott, er hatte wirklich eine schöne Frau geheiratet! Sophies honigfarbenes, immer noch feuchtes Haar fiel ihr in schimmernden Locken über die Schultern und den Rücken hinunter. Ihre Augen wirkten im Schein der Kerzen wie dunkler Purpur.

»Wo ist deine Zofe?«, fragte Patrick, und sogar ihm selber fiel auf, wie schroff seine Stimme klang.

Sophie blickte ihn überrascht an. »Simone leidet ein wenig an der Seekrankheit. Ich habe sie für heute in ihre Kabine geschickt.«

Patrick schluckte. Sophie musste wund sein; jedenfalls viel zu wund, um erneut die Aktivitäten vom Morgen aufzunehmen. Er schlenderte zu ihr hinüber und ging neben ihrem Sessel in die Hocke.

Sophie lächelte. Ein unbeschreibliches Glücksgefühl erfüllte sie. Ihre Ehe gestaltete sich wunderbar und sie hatte die türkische Vergangenheitsform gemeistert. In ihrem Gedächtnis war der unausgesprochene Satz: »*Seni sevdi*: Ich liebte ihn« verankert.

Mit Absicht lehnte sie sich nach vorne, so dass

das durchsichtige Seidengewand am Hals auseinanderklaffte. »Wusstest du, dass es keine englische Entsprechung für das Wort *deshabillé* gibt, Patrick?«

Patricks Augen verdunkelten sich. »Mein Französisch wird von Minute zu Minute schlechter.« Sein warmer Atem strich über ihren Hals, als er das Negligee mit seinen Lippen auseinanderschob. »Was bedeutet *deshabillé*?«

Sophie stöhnte auf. »Unbekleidet oder nicht vollständig bekleidet, aber es kann auch *negligee* bedeuten.«

Patricks Lippen wanderten weiter nach unten.

»Oh, wehe mir ...«, sagte er mit halb erstickter Stimme. »Meine schlaue Gemahlin hat mir wieder ein Fremdwort an den Kopf geworfen. Was ist ein *negligee*?«

Sophie kicherte und ihre Hände glitten über Patricks muskulöse Schultern. »Als hättest du in deinem Leben nicht schon Tausende davon gekauft!«, sagte sie kess.

Angesichts dieser Bemerkung verharrten Patricks Lippen und er hob den Kopf, um ihr in die Augen zu blicken. »Warum insistiert meine eigene Ehefrau darauf, dass ich ein alter *roué*, ein *libertin* bin?«

»Deine Aussprache ist perfekt! Du hast mich angeschwindelt!«, rief Sophie empört.

»*Je ne suis pas un libertin, et je n'acheterai plus de negligee pour une femme qui n'est pas ma propre femme.* Übersetz dies, meine schlaue Frau.«

Sophie schmollte. »Du behauptest, kein Lebemann zu sein, und versprichst mir, dass du niemals wieder ein Negligee kaufen wirst, es sei denn für deine Frau.«

Patrick wollte gerade diesen Punkt bekräftigen, als sein Blick auf ihre Lippen fiel. »Meine bezaubernde Sophie«, flüsterte er rau. *»Ma belle, ma mariée.«*

Sophie schloss die Augen. Es war unglaublich erotisch, Patrick Französisch sprechen zu hören. Sie war mit der französischen Sprache aufgewachsen und hatte das Englische erst mit sechs Jahren erlernt. In vielerlei Hinsicht war es die Sprache, die ihr am nächsten am Herzen lag. Aber sie hätte nie gedacht, dass sie in der Lage sein würde, sich in dieser Sprache zu lieben.

Plötzlich pochte ihr das Herz ungestüm in der Brust. Sie öffnete die Augen, beugte sich nach vorne und biss ihrem Mann spielerisch in die Lippe. Er reagierte darauf mit einem Knurren, umfing ihre Lippen und zog sie nach vorne, so dass sie auf seinen Schoß fiel.

»Embrasse-moi, mon mari«, hauchte Sophie.

»Dein Wunsch ist mir Befehl, *ma belle.*« Mit einer geschmeidigen Bewegung stand Patrick auf und trug seine Frau zum Bett. Sie ließen sich unter den Blumenranken und den kirschroten Blüten auf die Matratze sinken, als wäre das Bett ein blühendes Gehölz im tiefsten Indien.

Unter Deck klingelte niemand, damit das Abendessen in der Hauptkabine serviert würde. In der Kombüse der *Lark* wurde Patricks französischer Koch, den er mit einer hohen Bestechungssumme dazu überredet hatte, ihn auf der Reise zu begleiten, zuerst wütend und dann hysterisch.

»Mein wunderbares Dinner ist völlig ruiniert.« Floret blickte sich mit einem verzweifelten Blick um. Die Suppe befand sich immer noch in der silbernen Terrine. Den Braten konnte man noch essen, aber sein Meisterstück, die Forelle, war nicht mehr zu retten.

Patricks stämmiger erster Maat, John, schüttelte den Kopf. »Ist zwar ein bisschen ausgefallen, aber man kann es essen«, sagte er, den Mund voller Forelle *au court bouillon.*

Angesichts dieser Worte brach Floret, sehr zu Johns Abscheu, in Tränen aus.

Sophies Zofe blieb dankbar im Bett und durchlitt völlig benommen eine Übelkeitswelle nach der anderen. Für Simone war die Tatsache, dass ihre Herrin keine Hilfe beim Entkleiden benötigte, ein Geschenk des Himmels. Schließlich nahm Simone eine Dosis Laudanum und wurde noch benommener.

»Sie wird schlafen, wie Gott sie geschaffen hat«, murmelte Simone mit einem Kichern. »Seine Lordschaft macht mir diesen Eindruck.«

Erst als auf der *Lark* alles dunkel und still war und nur der erste Maat wach am Steuer stand, schlüpften Patrick und Sophie aus der Kabine und schlichen in die Kombüse.

In einer Terrine fanden sie die Spargelsuppe; noch besser war jedoch die Flasche Champagner, die in einem See aus geschmolzenen Eis vor sich hin dümpelte. Die Brötchen waren inzwischen hart geworden, aber das störte sie nicht. Sie saßen nebeneinander auf dem Küchentisch (es war ihnen zu umständlich, die Stühle von ihrem nächtlichen Platz an der Wand zu holen), tranken die Suppe und tunkten die harten Brötchen in den Champagner.

Sie saßen so eng beieinander, dass ihre Beine sich berührten und Sophies Haar, das ihr in wilden Locken den Rücken herabhing, Patricks Schulter liebkoste.

Es war ein Mahl für die Götter.

15. Kapitel

»Ich werde es nicht tun, Braddon. Das werde ich ganz bestimmt nicht tun.«

Seit die *Lark* zwei Wochen zuvor losgesegelt war, hatte sich der Graf von Slaslow nur mit einer Sache beschäftigt, und zwar der, von der er regelrecht besessen war. Er hatte Madeleine angefleht.

»Was zum Teufel kann es schaden, es zu versuchen, Liebling?«

Madeleine blickte nicht einmal von Gracies runder, harter Flanke auf, die sie mit einem Striegel bearbeitete. »Es ist nicht richtig. Du bittest mich zu lügen.« Störrisch presste sie die Lippen zu einem schmalen Strich zusammen, wie es Braddons Familie bei ihm noch nie gesehen hatten.

Er verdrehte die Augen, und das nicht zum ersten Mal an diesem Tag. »Siehst du denn nicht, dass diese kleine Lüge einer guten, viel größeren Sache dient?«

»Welcher größeren Sache?« Madeleines französischer Akzent wurde stärker, wenn sie etwas nicht verstand.

»Na, eben einer größeren Sache«, wiederholte er wenig überzeugend. »Diese Redewendung bedeutet ... nun, dass es nicht schlimm ist, wenn man etwas unbedeutendes Falsches tut, um eine größere Sache zu erreichen, die gut ist.«

»Da sagen unsere französischen Philosophen

aber etwas ganz Anderes«, fuhr sie ihn an. »Monsieur Rousseau behauptet, dass nur *les bons sauvages*, die wahrlich Unschuldigen, Gutes tun.«

Braddon verdrängte die alarmierenden Beweise ihrer Bildung, die Madeleine ihm in Momenten der Anspannung an den Kopf zu werfen pflegte. Wagemutig streckte er die Hand aus, um ihr über die Wange zu streichen. In letzter Zeit hatte sie sich wie eine Tyrannin aufgeführt und ihm nicht einmal gestattet, sie zu küssen. In diesem Moment zum Beispiel hatte sie dafür gesorgt, dass sich Gracies Körper zwischen ihnen befand.

»Bitte, Maddie. Bitte. Ich möchte, dass du meine Gräfin wirst«, flüsterte Braddon. »Ich möchte, dass du meine Kinder zur Welt bringst. Ich möchte abends dein Haus nicht verlassen und in meines zurückkehren müssen. Ich möchte, dass du bei mir lebst. Verstehst du nicht, ich möchte, dass du meine Frau wirst, nicht meine Geliebte!«

»Du kannst nicht alles haben, was du willst«, murmelte Madeleine, aber Braddon sah ganz deutlich, dass ihre Gesichtszüge etwas weicher wurden. Außerdem bewegte sich ihre Hand gar nicht mehr so energisch über Gracies Kruppe.

Er blickte auf den Kragen von Madeleines gestärktem weißen Schultertuch und schluckte. Er sehnte sich danach, über die süße Haut herzufallen, die züchtig unter der weißen Spitze hervorlugte.

»Nur drei Wochen, Maddie. In drei Wochen kann ich dir bei einem Ball begegnen und mich in dich verlieben. Dann können wir mit einer besonderen Genehmigung heiraten, so wie es Patrick und Sophie getan haben. Und wenn wir erst einmal verheiratet sind, wird keiner mehr einen Gedanken an deine Vergangenheit vergeuden. Du bist dann die Gräfin von Slaslow, und niemand stellt neugierige Fragen über eine Gräfin.«

Zum ersten Mal schien Madeleine die Idee nicht mehr kategorisch abzulehnen.

»Ich könnte es nicht«, murmelte sie und lehnte die Stirn gegen Gracies warmen Bauch. »Ich bin keine Aristokratin, Braddon. Ich bin nur die Tochter eines einfachen Pferdehändlers.«

Nun konnte er den Sieg regelrecht riechen. »Seit wann zitieren einfache Pferdezüchter Rousseau und Diderot?«, fragte er spöttisch. »Dein Vater besitzt mehr Bücher als Sättel!«

Madeleine hob den Kopf und blickte ihm direkt in die Augen. »Ich bin gebildet und ich kann lesen. Das macht mich aber noch lange nicht zu einer Dame. Was verstehe ich vom Tanzen und all den anderen Dingen, die Damen tun? Ich kann ein Vorderbein schienen, aber ich weiß nicht einmal, wie man stickt!«

Braddon runzelte finster die Stirn, duckte sich unter Gracies Hals hindurch und quetschte sich in das hintere Ende der Box neben Madeleine. »Sprich nicht so von dir, Madeleine! Es steckt mehr von einer Dame in dir als in den meisten Frauen, die ich kenne. Die ganze Stickerei ist dummes Zeug. Meine Schwestern können es auch nicht und meine Mutter liegt ihnen deshalb unentwegt in den Ohren. Keine von ihnen hat gelernt, auf dem Spinett oder der Harfe zu spielen, und Gott weiß, dass sie nicht singen können. All das macht noch lange keine Dame aus.«

Madeleine blickte ihn flehend an. »Du verstehst das einfach nicht, Braddon. Was ist mit meinen Kleidern? Ich habe nicht die richtige Garderobe, und Lady Sophie ist so elegant.« Sie hatte über Sophie in der *Morning Post* gelesen, die immer genau beschrieb, wo sie war, mit wem und manchmal auch, was sie getragen hatte. Die bloße Vorstellung, Lady Sophie zu begegnen oder gar von ihr in den Verhaltensregeln einer Dame unterrichtet zu werden, war schrecklich.

»Sophie wird sich um all das kümmern«, sagte Braddon sorglos. »Ich gebe ihr ein paar Scheine, damit sie dir Kleider besorgt.« Er genoss es außerordentlich, wie Gracies kräftiger Körper ihn gegen Madeleine presste.

»Oh, aber das ist unmöglich!«, rief Madeleine leidenschaftlich und schlug mit der Faust auf Gracies Rücken. Gracie schnaubte überrascht und drehte den Kopf, um zu sehen, was da vor sich ging. Dann trat sie einen Schritt zurück, um der störenden Berührung zu entkommen. Braddon hätte beinah laut aufgestöhnt, als Gracie seinen Körper noch stärker gegen Madeleines presste.

»Was tust du da?«

Nun klingt sie wirklich zornig, dachte Braddon benommen.

»Geh weg von mir! Ich kann dich spüren, du ... du verkommener Schuft!«

Statt einer Antwort schlang Braddon seine Arme um sie. »Ich liebe dich, Maddie«, sagte er mit heiserer Stimme. »Ich liebe dich. Ich will dich.

Bitte, Liebling, tu es für mich, damit wir heiraten können.«

»Nein«, sagte sie störrisch und zog ihre Hüften zurück. Braddon wurde wirklich auf sehr ungehörige Art und Weise gegen sie geschoben.

»Dann werde ich dich trotzdem heiraten«, sagte er mit ruhiger Entschlossenheit. »Es spielt für mich keine Rolle, Maddie. Ich werde dich heiraten, und dann leben wir in Schottland – oder in Amerika. Es ist mir egal, solange ich nur mit dir zusammen bin.«

Madeleine verschlug es vor Schreck den Atem. »Das meinst du nicht ernst. Du bist ein Graf. Du wärst dann ein Ausgestoßener.«

Er schlang seine Arme noch enger um sie. »Ich meine es sehr wohl ernst«, sagte er. Er rieb seine Wange an ihrem lieblich duftenden Haar. »Ich heirate keine andere als dich, und wenn du nicht vorgeben möchtest, eine französische Aristokratin zu sein, dann werde ich dich als die heiraten, die du bist.«

»Deine Familie wird nie wieder mit dir reden!« Madeleine war entsetzt.

»Ich mochte meine Familie noch nie besonders«, sagte er ohne zu zögern.

»Deine Mutter!«

Jetzt klang Braddon regelrecht fröhlich. »Ich werde sie nicht vermissen.«

»Nein, nein, nein«, rief Maddie, und ihr französischer Akzent wurde stärker. »Ich kann nicht zulassen, dass du solch ein Opfer bringst.«

»Es ist kein Opfer«, murmelte er. Sie schien gar nicht zu bemerken, dass er sie inzwischen so eng umschlungen hielt, dass er jede Rundung ihres Körpers spüren konnte. »Du brauchst dir keine Sorgen zu machen, Maddie. Unser Sohn wird dennoch den Titel erben.«

»Aber ... er wird ein Ausgestoßener sein!«

Braddon zuckte die Achseln. »Vielleicht hat die feine Gesellschaft es bis dahin vergessen. Außerdem, wen kümmert es? Bis dahin ist es noch eine Ewigkeit.«

Madeleine runzelte die Stirn. Ihre praktische, französische Seele konnte die Zukunft nicht einfach so beiseite schieben, wie Braddon das tat. In Amerika leben? War er verrückt geworden? Jeder wusste, dass Amerika eine große Wildnis war, in der nur Kriminelle und wilde Indianer lebten. Rousseau mochte ja auf den Seiten eines Buches gut reden haben, aber sie bezweifelte, dass die amerikanischen *sauvages* unschuldig danach strebten, nur Gutes zu tun.

»Nein«, sagte sie. »Wenn eine Chance besteht, dass unser Sohn mit dem Einverständnis der Gesellschaft geboren wird, dann müssen wir es versuchen. Selbst, wenn es dazu der Lügen bedarf und ich lernen muss, eine Dame zu sein.«

Braddon antwortete darauf, indem er ihren Mund mit dem seinen verschloss und Liebesschwüre an ihren Lippen murmelte. Aber als er sich gerade ganz dem Kuss hingeben wollte, brach es wieder aus Madeleine heraus.

»Oh nein! Wir haben Papa vergessen! Er wird deinem verrückten Plan niemals zustimmen.«

»Vielleicht hast du Recht.« Braddon strich tröstend über ihren Rücken und hoffte, dass sie nicht bemerken würde, wie seine Hände über die köstliche Rundung ihres Hinterteils fuhren. »Lass uns heute noch heiraten, Madeleine. Der Plan wird niemals funktionieren. Wir reisen sofort zur Grenze.«

Madeleine riss sich von seinen vorwitzigen Händen los und runzelte die Stirn, so dass eine entzückende Falte zwischen ihren Augenbrauen entstand. »Du bist tatsächlich ein verkommener Schuft«, fuhr sie ihn an. »Gott allein weiß, warum ich dich überhaupt heiraten will.«

Sobald sie die Worte ausgesprochen hatte, umschlang Braddon sie erneut. »Ist das wahr? Du willst mich heiraten? Oh, Maddie ...« Er beugte den Kopf und presste seinen Mund stürmisch auf ihre Lippen.

Madeleine erbebte, als eine verzehrende Hitze von ihren Knien zu ihren Brüsten aufstieg. Ihr Braddon mochte nicht der hellste Mann auf der Welt sein, aber etwas an seinen Küssen machte sie völlig willenlos.

Während die *Lark* auf ihren ersten Anlaufhafen an der walisischen Küste zusteuerte, saßen Sophie und Patrick auf Deck und genossen die ungewöhnlich warme Nachmittagssonne. Sophie schlug ihren Gatten haushoch im Backgammon.

»Das ist nicht fair«, sagte Patrick mürrisch. »Du verfolgst keinerlei Strategie, sondern wirfst nur einen verdammten Pasch nach dem anderen.«

Sophie lächelte nur schadenfroh, als sie zwei seiner Steine nahm und sie wieder an den Anfang zurücklegte.

»Mein Großvater sagte immer, das sei mein einziges Talent bei Brettspielen.«

Patrick warf ihr unfreiwillig einen bewundernden Blick zu. »Ich würde nicht gerade behaupten, dass du dich beim Schach wie ein Dummkopf anstellst, meine Liebe.«

»Pah! Bei zwei von drei Partien hast du mich geschlagen.«

»Ja, aber normalerweise verliere ich nie«, sagte Patrick. »Und schon gar nicht gegen eine Frau«, fügte er mit einem leichten Anflug von verletzter Eitelkeit hinzu.

»Liebster Patrick, es bricht mir regelrecht das Herz, zu sehen, wie du leidest.«

»Du bist eine Hexe, Weib«, sagte Patrick grimmig. »Ich habe eine Hexe geheiratet.«

Sophie leckte sich anmutig die Lippen. »Hm ... ich frage mich, mit welchem Zauber ich dich wohl belegen könnte?«

Wie unter einem Zwang beugte Patrick sich nach vorne und zeichnete mit dem Finger den Umriss ihrer Lippen nach. »Deine Lippen sind wahrlich zum Küssen gemacht, du Hexe.«

Ihre Augen funkelten, während Sophie seinen Finger mit der Zunge berührte und ihn dann in ihren Mund saugte. »Vielleicht hast du *mich* ja mit einem Zauber belegt«, flüsterte sie.

Patrick wollte sich gerade erheben, als links neben ihm ein verlegenes Husten ertönte.

»Entschuldigen Sie, Sir.« Kapitän Hibbert stand mit der Mütze in der Hand da und schaute ein wenig besorgt drein. »Würden Sie vielleicht kurz den Blick nach Osten richten und mir sagen, was

Sie davon halten. Ich bitte um Verzeihung, Madam.«

Sophie lächelte ihn an. Sie mochte den schüchternen Kapitän mit seinem ungelenken Benehmen und seinen verlegenen Blicken.

»Ich bitte Sie, Kapitän Hibbert, ich will Ihre Unterhaltung nicht stören«, sagte sie und erhob sich von ihrem Stuhl. »Ich wollte mich gerade in die Kabine zurückziehen.«

Als Kapitän Hibbert eine steife Verbeugung machte und sich wieder dem Barometer zuwandte, warf sie Patrick unter gesenkten Wimpern einen Blick zu. Aber Patrick sah schon mit gerunzelter Stirn nach Osten, wo der Himmel eine wechselhafte blaugrüne Farbe angenommen hatte.

»Zieht ein Sturm auf?«

»Wir nennen das einen Makrelenhimmel«, erklärte Patrick und legte einen Arm um Sophies Schultern, damit er sie eng an sich ziehen konnte. »Siehst du rechts von uns die Schäfchenwolken?«

»Die kleinen bauschigen?«

»Ja, genau. Hibbert hat gut daran getan, uns zu unterbrechen, bevor wir uns in die Kabine zurückziehen konnten.« Patrick lachte, als er sah, wie sich Sophies Wangen rot färbten. »Meine Frau hätte mich womöglich für Stunden nicht aus dem Bett gehen lassen«, flüsterte er.

Sophie erwiderte nichts, sondern lehnte nur ihren Kopf an Patricks Schulter.

Er drückte sie beruhigend an sich. »Du brauchst dir keine Sorgen zu machen. Dieses Schiff kann vor jedem Sturm davonsegeln. Hibbert und ich haben schon einmal einen Wirbelsturm hinter uns gelassen.« Sein Puls raste vor Vorfreude auf den Moment, in dem das Schiff bis in den kleinsten Winkel erzitterte, die Balken ächzten und stöhnten, die Taue flatterten und sie durch den heulenden Wind über den Ozean flogen. Vor einem Sturm zu segeln, war die einzige Möglichkeit, den wahren Wert eines Schiffes zu testen. Kein Boot war schneller als in den Armen eines Sturms.

Plötzlich blickte er auf die weichen Locken hinunter, die sich an seine Schulter schmiegten, und überdachte die Idee noch einmal.

»Natürlich werden wir heute nichts dergleichen tun.«

Sophie blickte überrascht zu ihm auf. »Warum nicht?«

Er beugte sich zu ihr herunter und küsste sie genüsslich auf die Lippen. »Weil du an Bord bist.« Seine tiefe Stimme duldete keine Widerrede.

Sophie starrte ihrem Ehemann hinterher, als dieser Kapitän Hibbert folgte. Dann drehte sie sich um und ging in ihre Kabine.

Sie verstand immer besser, warum die Gentlemen ihre Frauen zu Hause ließen, wenn sie ihren Beschäftigungen nachgingen. Patrick hatte sein Schiff vor einen Orkan gebracht, während sie sich über die außergewöhnliche Freiheit gefreut hatte, Türkisch lernen zu dürfen.

Mit einem Seufzen schob Sophie diesen Gedanken beiseite. Ihre Kinderfrau hatte immer gesagt, dass es sich nicht lohne, Dinge zu bejammern, die man nicht ändern könne.

Eine Stunde später glitt die *Lark* dicht vor der walisischen Küste entlang und suchte einen Platz, wo sie über Nacht ankern konnten.

»Ahoi, Käpt'n!«, kam ein Ruf aus dem Ausguck.

Patrick und Hibbert blickten von ihrem Platz auf dem Achterdeck nach oben.

»Ich sehe ein Licht!«

Patrick nahm sich ein Fernrohr und richtete es auf die Küste. Er entdeckte eine tiefe Bucht, die so schmal war, dass man sie mit bloßem Auge nicht erkennen konnte, zumindest nicht aus dieser Entfernung. Die Lichter, die hinter der Bucht funkelten, schienen zu einem großen Gebäude zu gehören.

»Könnte ein altes Kloster sein«, sagte er zu Hibbert.

Hibbert tat einen Blick durch das Fernrohr. »Das wird reichen«, sagte er mit der für ihn typischen Wortkargheit. Er ging zum Steuer hinüber, denn er traute niemand anderem die schwierige Aufgabe zu, die *Lark* in einen fremden Hafen zu bringen.

Ungefähr eine halbe Stunde später ging Patrick pfeifend unter Deck. Er hätte beinah geklopft, unterließ es jedoch. Wenn er Glück hatte, würde er Sophie bei ihrem täglichen Bad überraschen.

Als er jedoch die Tür öffnete, sah er seine Frau in ihrem Lieblingssessel sitzen und lesen. Sie hatte ihn nicht gehört, also blieb er einen Moment lang stehen und beobachtete sie.

Sie war so in ihre Lektüre vertieft, dass sich beim Lesen die Lippen bewegte. Mein armer Schatz, dachte Patrick. Das Bildungswesen für

Frauen war immer noch so unzureichend, dass Sophie während des Lesens die Worte leise mitsprechen musste. Als er sich Sophie als Schulmädchen vorstellte, versetzte ihm dieses Bild seltsamerweise einen leisen Stich.

Als er einen Schritt nach vorne trat, hörte Sophie das Geräusch seiner Stiefel auf dem Boden und blickte überrascht auf. Zu Patricks Erstaunen war sie sogar so überrascht, dass sie einen kleinen Schrei ausstieß und aufsprang, bevor sie sich in den Sessel zurücksinken ließ und ihn vorwurfsvoll ansah.

»Du hast mir einen ganz schönen Schrecken eingejagt!«

Mit einem leisen Lächeln auf den Lippen ging Patrick zu ihr hinüber und blickte auf seine hübsche Frau hinunter. »Ich hatte gehofft, dich *déshabillé* anzutreffen.«

Widerstrebend erwiderte Sophie sein Lächeln.

»Was hast du gerade gemacht?«

»Auf dich gewartet«, antwortete Sophie und blickte ihn mit großen unschuldigen Augen an.

Patrick runzelte die Stirn. »Du hast gerade gelesen, Sophie. Lüg mich nicht an. Und nun sitzt du auf deinem Buch.«

Sophie blickte ihn gelassen an. »Das stimmt«, erwiderte sie. Eine Bemerkung von Patricks Schulfreund David schoss ihr durch den Kopf. Patrick hasste Lügen und jede Art von Unaufrichtigkeit. Er würde furchtbar wütend sein, wenn er herausfand, was sie gerade gelesen hatte!

Patrick zog eine Augenbraue hoch. Sophie hat bestimmt in einem grässlichen französischen Liebesroman gelesen, von dem ich nichts wissen soll, dachte er. Höflich trat er beiseite und zog sein Hemd aus. Aus den Augenwinkeln beobachtete er jedoch, wie sie ihr Buch mit geübtem Geschick in eine Schublade steckte.

Wahrscheinlich hat Eloise Sophie nie etwas Interessantes lesen lassen, dachte er mit einem Grinsen auf dem Gesicht. Die Marquise war wirklich eine unnachgiebige Frau. Sie würde einen Anfall bekommen, wenn sie ihre Tochter je mit einem leichten Roman erwischte. Wahrscheinlich war Eloise sogar dafür verantwortlich, dass Sophie nicht so gut lesen konnte. Sie hatte ihrer Tochter wahrscheinlich nie etwas Anderes als Predigten zur Lektüre gegeben. Ich muss mit Sophie darüber sprechen, dachte Patrick ein wenig selbstgefällig. Meine Frau darf sich nicht für das Lesen schämen oder Romane für etwas Unmoralisches halten.

»Du solltest nach Simone klingeln«, sagte er und drehte sich zu ihr um. Dabei tat er so, als habe er nicht gesehen, wie Sophie das Buch versteckt hatte. »Wir gehen in ungefähr einer halben Stunde an Land. John war bereits mit dem Ruderboot drüben. Er sagt, dass es dort ein altes Kloster gibt, in dem wir übernachten können. Ich hoffe bei Gott, dass es dort ein ordentliches Bett gibt, denn auf der *Lark* dürfte es heute Nacht ein wenig rau zugehen. Mir wäre es lieber, wir könnten den Sturm in einem achthundert Jahre alten Gebäude abwarten.«

Sophie musterte prüfend sein Gesicht. Als Patrick ihr auf den Kopf zugesagt hatte, dass sie auf ihrem Buch saß, da lag einen Moment lang ein so merkwürdiger Ausdruck auf seinen Zügen – so als wisse er von der türkischen Grammatik und lache sie heimlich aus. Nein, das war unmöglich. Nun sah er wieder aus wie immer.

Sie klingelte nach Simone, während Patrick seine Stiefel anzog und die Kabine verließ.

»Komm nach oben, wenn du fertig bist, Liebling.« Mit diesen Worten gab er ihr einen Kuss auf die Stirn und ging an Deck.

Langsam zog Sophie ein warmes Kleid aus dem Kleiderschrank, der an einer Seite der Kajüte in die Wand eingelassen war. Patrick hatte sie in den letzten Tagen immer wieder Liebling genannt. Obwohl sie wusste, dass es nur so dahingesagt war, verursachte ihr dieses Kosewort weiche Knie und einen Kloß im Hals.

Plötzlich platzte Simone in die Kabine. Ihr Haar hatte sich aus ihrem ordentlichen Knoten gelöst und ihre Wangen waren gerötet.

»Wir müssen los, Ma'am! Es bläst ein schlimmer Wind, das sagt zumindest John. Wir haben einen Garnelenhimmel, sagt er.«

»Das heißt Makrelenhimmel,«, korrigierte Sophie ihre Zofe. Sie war erst bei ihrem zweiten Strumpf angelangt.

»Wie auch immer«, erwiderte Simone ungeduldig. »Er hat jedenfalls eine tückische Farbe, und John sagt, wir müssen sofort von Bord!« Simone hatte einen Flirt mit dem Ersten Maat angefangen und war voller Matrosenweisheiten und Seemannssprache.

Seufzend erhob sich Sophie und Simone streifte

ihr mit ungebührlicher Hast das Kleid über den Kopf.

»Es bleibt keine Zeit, Ihr Haar zu richten.« Simones Finger zitterten, während sie die Locken ihrer Herrin zusammenfasste und in losen Schlingen auf dem Kopf feststeckte. Simone hatte endlich ihre Seekrankheit überwunden, aber dennoch wollte sie auf keinen Fall an Bord sein, wenn der Sturm losbrach. Wahrscheinlich würde sich die *Lark* losreißen, über die Wellen geschleudert werden und direkt auf den Meeresgrund hinuntergezogen werden. Bei diesem Gedanken bewegten sich Simones Finger noch schneller.

Bevor Sophie wusste, wie ihr geschah, hatte Simone sie in einen pflaumenfarbenen Mantel gehüllt, ihr einen Muff über die Finger geschoben und durch die Tür bugsiert.

Oben auf dem Deck herrschte nicht annähernd so viel Panik wie in der Hauptkabine.

Patrick stand an der Reling. Die Besatzung holte die Segel ein und zurrte mit ruhigen, besonnenen Handgriffen die Masten fest.

Sophie stellte sich neben Patrick und starrte einen Moment lang zum Himmel hinauf. Er sah aus wie schillernde, kupferfarbene Seide, die mit dunkleren, feindselig wirkenden Fäden durchwirkt war. Die bauschigen, kleinen Schäfchenwolken hatten sich zu Streifen verjüngt, die sie an das verdrossene Lächeln eines Bankdirektors erinnerten. Plötzlich kam Wind auf, der ihr einige Haarsträhnen aus der Samthaube zerrte und ins Gesicht peitschte.

Patricks Gesicht belebte sich vor Erregung.

»Siehst du, wie bleifarben der Himmel jetzt ist, Sophie? Der Wind weht und dennoch ist die Luft zwischen den Böen schwer und unbeweglich.«

Sophie nickte. Nun war sie froh, dass die *Lark* den Anker gesetzt hatte.

Plötzlich ertönte ein dumpfer Schlag und ein Schrei. Die Besatzung war bereit, ein kleines Boot zur Küste zu schicken.

»Nun kommt das Schwierige«, sagte Patrick und grinste sie an. »Wir müssen dich und deine Zofe die Strickleiter hinunter transportieren. Wir konnten nicht ganz in die Bucht hineinsegeln, da das Wasser dort zu flach ist.«

Sophie trat an die Reling der *Lark* und blickte hinunter. Es schien ein weiter Weg bis zur Wasseroberfläche und die Strickleiter schwankte bedrohlich. Außerdem hatte das Wasser eine graue Färbung, die jedem, der die Leiter losließ, ein eiskaltes Bad versprach.

»Ich werde dich nach unten tragen«, sagte Patrick neben ihr.

»Unsinn«, erwiderte Sophie. Ich werde alleine hinunterklettern. Simone!«

Simone trat neben ihre Herrin, und offenbar hatte sie schreckliche Angst davor, die Leiter hinunterzuklettern.

»Wenn du hinunterkletterst, ohne zu schreien, in Ohnmacht zu fallen, hinunterzustürzen oder Hilfe zu beanspruchen, dann schenke ich dir das Ballkleid mit den Stoffrosen.«

Simone schwieg einen Moment lang. »Das mit der Schleppe?«

Sophie nickte.

Auf Simones schmalem Gesicht tauchte ein Ausdruck wilder Entschlossenheit auf. Ohne auch nur eine weitere Sekunde zu zögern, kletterte sie über die Reling und erlaubte einem Matrosen, sie auf dem oberen Ende der Leiter zu platzieren. Dann kletterte sie entschlossen nach unten.

Sophie sah ihrer Zofe nach, bis diese das Boot erreichte und auf einem Sitz Platz nahm. Aber gerade, als Sophie sich auf die Leiter begeben wollte, umschlossen zwei warme Arme ihre Mitte und eine Stimme flüsterte: »Möchtest du keine Belohnung?«

Sophie kicherte. »Bietest du mir eine deiner bestickten Westen?«

Ein tiefes Lachen kitzelte ihr Ohr. »Das einzige Exemplar, das ich besitze, hat meine Tante Henrietta mit Korn- und Glockenblumen bestickt. Die Weste ist furchtbar aufdringlich und außerdem viel zu groß für dich.«

»Oh je«, sagte Sophie traurig. »Ich fürchte, du hast Recht. Ich habe einfach nicht den Schneid, diese Leiter hinunterzuklettern ... vor allem, nachdem du mir dieses jämmerliche Bestechungsangebot unterbreitet hast.«

»Hexe.«

Seine Zähne knabberten an ihrem Ohr und sie lehnte sich gegen Patricks muskulöse Brust. In ihrem ganzen Körper breitete sich ein heißes Kribbeln aus, trotz der kalten Gischt, die über das gesamte Deck spritzte.

»Mit Kleidern kann ich meine Sophie also nicht bestechen. Du wirkst merkwürdig uninteressiert an Kleidern, wenn man bedenkt, dass dich die feine Gesellschaft Londons fast für eine Französin hält.«

»Ich liebe Kleider!«, protestierte Sophie.

»Nun, du verbringst jedoch nicht Stunden beim Ankleiden«, erwiderte ihr Mann. »Und du sprichst nicht endlos von Spitzenbesätzen und solchen Dingen. Wie wäre es, wenn ich dich mit Küssen besteche?«

»Die scheine ich umsonst zu bekommen«, erwiderte Sophie keck.

»Das stimmt«, sagte Patrick mit tiefer, samtweicher Stimme, während seine Lippen immer noch ihr Ohr liebkosten. »Vielleicht kann ich dich mit Taten bestechen. Schließlich sprechen Taten lauter als Worte, oder als Kleider. Bitte mich um etwas, Sophie, und ich werde dir deinen Wunsch erfüllen.«

Sophie wagte nicht, ihn zu fragen, was ihm genau vorschwebte.

»Na gut«, sagte sie und ignorierte die warme Zunge, die ihr Ohr weiter liebkoste. »Ich wünsche mir ...« Aber ihr fiel einfach nichts ein, das sie laut aussprechen konnte. Immer, wenn Patrick sie berührte, schien sie nicht mehr klar denken zu können.

»Die französische Miss wird bald die Fische füttern, Sir.« Der Matrose, der sich über die Reling gebeugt hatte, zeigte nun nach unten auf das Skiff.

Sophie tat es ihm nach. Simone wimmerte tatsächlich unglücklich und lehnte sich über die Seite des Boots. Sophie trat auf den Matrosen zu, aber wieder hielt ein starker Arm sie zurück.

»Warte, Sophie.« Patrick schwang ein Bein auf die Leiter, hakte einen Arm unter die Reling und streckte ihr den anderen Arm entgegen.

»Ich kann die Leiter ganz bestimmt alleine hinunterklettern«, sagte Sophie ein wenig verärgert.

Er schüttelte den Kopf. »Nein.«

Sie betrachtete die unnachgiebige Miene ihres Gatten, reichte dem Matrosen ihren Muff und zögerte dann erneut. In Patricks Augen lag ein Befehl, keine Bitte.

»Ich verstehe nicht, warum ich nicht alleine die Leiter hinunterklettern kann«, murrte sie, während der Matrose sie in Patricks wartende Arme reichte. Mühelos hielt er ihren schmalen Körper an seine Brust gedrückt, während er die Leiter hinunterkletterte.

»Tut mir Leid, Ma'am«, sagte der Matrose im Boot, als Patrick sie darin absetzte. Simone hing über der Seite und würgte sich die Seele aus dem Leib.

Sophie kletterte zu ihrer Zofe hinüber. »Sollte die Besatzung nicht mit zu uns kommen?«, fragte sie Patrick.

»Die Besatzung bleibt beim Schiff«, sagte Patrick. Er fügte nicht hinzu, dass er die *Lark* zum ersten Mal während eines Sturms verließ. »Das Ruderboot wird ein zweites Mal hinüberrudern, um Floret ans Ufer zu bringen. Er droht, nie wieder einen Kochlöffel in die Hand zu nehmen, wenn wir ihn nicht auf festen Boden schaffen.«

Als das kleine Boot das Ufer erreichte, hatte der Wind zugenommen und eiskalte Regentropfen prasselten auf Sophies Haut. Patrick sprang hinaus und streckte seiner Frau die Arme entgegen.

Als Patrick sich umdrehte, um Simone aus dem Boot zu helfen, lächelte Sophie dem rundlichen jungen Mann zu, der sie an Land erwartete. Er hatte ein pausbäckiges Gesicht und blonde Locken und in seinen Augen lag ein schelmischer Ausdruck. Er trug eine lange Mönchskutte, aber er konnte kein Mönch sein, da es auf den britischen Inseln davon keine mehr gab. Vielleicht gefällt ihm einfach nur die Robe, dachte Sophie.

»Wie geht es Ihnen?«

Der Mann schaute sie an. »Ich gehe gut, sehr gut«, sagte er nach einer Pause. Er hatte die rollende Sprechweise eines Mannes, der in Wales geboren und aufgewachsen war.

Patrick trat hinter Sophie und gab ihm die Hand. »Mein Name ist Patrick Foakes und das ist meine Frau, Lady Sophie.«

»Ich heiße John Hankford«, sagte der Waliser. »Einfach nur Mister John Hankford.«

Sophie fand, dass Hankford reizend aussah, wie ein gesprächiger Puttenengel. Nur schien er nicht gewillt, mehr zu sagen.

»Wir sind Ihnen für Ihre Gastfreundschaft sehr dankbar, Mr Hankford«, sagte sie.

Hankford musterte die vornehmen Leute vor sich nervös. Als er sah, dass das Ruderboot hinter der aufschäumenden grauen Gischt verschwunden war, zog er ein langes, rostiges Gewehr unter seiner Kutte hervor und richtete es auf Patrick.

Sophie zuckte zusammen, sagte jedoch nichts, während Simone einen leisen Schrei ausstieß. Patrick blieb völlig ruhig und warf nur einen hastigen Blick auf das Gewehr.

»Es besteht kein Grund zur Sorge, absolut kein Grund«, brach es aus dem Waliser heraus. »Ich will den Damen wirklich keine Angst einjagen, ganz bestimmt nicht. Die Sache ist nur die ... Sie müssen mir ein Schweigeversprechen geben, bevor ich Sie die Treppe zum Haus hinauflasse. Es gibt dort nämlich etwas, das Ihnen nicht gefallen könnte, oder vielleicht doch, ich weiß es nicht. Aber Sie sind aus London, das nehme ich jedenfalls an, und so müssen Sie mir versprechen, das Geheimnis nicht zu verraten.«

Sophie blickte Patrick fragend an. Er starrte Hankford an und zwischen seinen Augenbrauen entstand eine schmale Falte.

»Tun Sie jemandem ein Leid an oder halten Sie jemanden gegen seinen Willen fest?«

»Oh nein, nein, bestimmt nicht«, rief der Waliser mit seinem rollenden Akzent. »Ganz im Gegenteil, wirklich im Gegenteil. Wir heilen Leute; es geht nur darum, wen wir heilen. Aber ich kann nichts Näheres erzählen, bis ich Ihr Wort habe, dass Sie in London nichts von diesem Geheimnis verraten.«

Patrick blickte Sophie an.

Sie begegnete seinem Blick und lächelte. Es gab nicht viele Gentlemen, die in so einem Moment ihre Frauen nach ihrer Meinung fragten, wenn auch nur in stummer Form.

»Ich denke, wir sollten Mr Hankford begleiten«, sagte sie zu Patrick und ignorierte Simones Entsetzensschrei.

Patrick hatte längst bemerkt, dass Sophie in allen Bereichen sehr wissbegierig war. Er hätte wissen müssen, dass sie sich direkt in Gefahr begeben würde, wenn sie die Chance dazu bekam.

Patrick blickte den Waliser eindringlich an, der daraufhin sichtlich zusammenzuckte. Was Hankford auch ausheckt, so ist er nicht gefährlich, dachte Patrick.

Er nickte knapp. »Gut. Solange Sie niemanden verletzen, haben Sie mein Wort, dass wir die Londoner Behörden nicht von Ihren Aktivitäten in Kenntnis setzen werden.«

Ohne ein weiteres Wort dreht sich John Hankford um und begann, die lange, steile Treppe zu dem alten Kloster hinaufzusteigen.

Sophies Augen funkelten. »Was um alles in der Welt tut er da oben?«

Patrick betrachtete den neugierigen Ausdruck in ihren Augen und stöhnte innerlich auf. Seine Frau war ganz offensichtlich eine Anhängerin französischer Liebesromane. Sie hoffte wahrscheinlich, dass sie auf dem Weg zu einem verwunschenen Kloster waren oder etwas in der Art.

»Ich vermute, er schmuggelt«, sagte er ein wenig abweisend und drehte sich zu Simone um. Das Mädchen zitterte und würde jeden Moment einen hysterischen Anfall bekommen und sich weigern, die Klippen hinaufzusteigen. »Entweder das Kloster oder die *Lark*«, sagte er nicht unfreundlich.

Simone blickte unentschlossen zu den dunkelgrünen Sturmwolken über ihnen hinauf.

»Das Gewehr, mit dem er herumwedelt ist eine selten gebrauchte Antiquität«, sagte Patrick zu ihr. »Außerdem sieht Hankford nicht aus, als sei er besonders vertraut mit Waffen.«

Plötzlich bemerkte Simone, dass Sophie bereits die Treppe hinaufstieg und sich ein Stück von ihnen entfernt hatte. »Lassen Sie die Herrin ja nicht alleine in dieses Diebesnest gehen, Sir!«

Bevor Patrick zu einer Antwort ansetzen konnte, schob sie sich empört an ihm vorbei und folgte Sophie.

Patrick seufzte und machte sich ebenfalls daran, zum Kloster hinaufzusteigen. Als die kleine Gruppe am oberen Ende der Treppe angelangt war, kam sie dort an eine offen stehende, schwere Eichentür. Patrick betrat das Gebäude. Der Raum, den er betrat, war ganz bestimmt kein Räubernest, im Gegenteil. Er war leer wie eine Gruft und ebenso spärlich möbliert. Der dickliche Waliser hatte die Mönchskutte abgelegt und stand neben einem großen, gemauerten Kamin.

Patrick schlenderte zu ihm hinüber. »Und, werden Sie uns nun endlich Ihr dunkles Geheimnis verraten?«, fragte er gereizt.

John Hankford blickte ihn ein wenig unsicher an. Foakes schien einen recht boshaften Zug an sich zu haben. »Es gibt hier nichts Schlimmes. Wirklich nicht. Das hier ist nichts anderes als ein Krankenhaus«, sagte John.

»Ach, und warum sollte ich versprechen, nichts von einem Krankenhaus zu erzählen?«, fragte Patrick mit einem spöttischen Schnauben.

Aber plötzlich wusste er warum. »Gott behüte, wir sind mitten in ein Nest von Anhängern Bonapartes gestolpert!«

John starrte ihn abwehrend an. »Wir sind nicht für die Franzosen, bestimmt nicht. Aber wir sind auch nicht für die Engländer. Wir haben nur ein ein paar junge Burschen zusammengeflickt, die in den Krieg geraten sind und sich hierher geflüchtet haben.«

»Deserteure.« Patricks Körper war völlig starr. »Wie sind sie hergekommen?«

»Man hat sie mit einem betrunkenen Wundarzt in einem Krankenhaus zurückgelassen und sie starben wie die Fliegen. Also hat der jüngste von ihnen so viele er konnte in ein Boot gesetzt und sich mit ihnen davongemacht. Das sind nichts weiter als arme Fußsoldaten. Zwei von ihnen sind erst vierzehn Jahre alt. Die Franzosen haben sie sterben lassen.«

»Wie schrecklich!«, brach es aus Sophie heraus. »Und wie gut von Ihnen, sich um sie zu kümmern.« Sie schenkte John Hankford ein warmherziges Lächeln.

»Es sind und bleiben Deserteure, Sophie«, sagte Patrick gepresst. Vielleicht waren die Männer Deserteure – vielleicht waren es aber auch gesunde Franzosen, die nur vorgaben, verwundet zu sein.

Sophie zuckte die Achseln. »Es sind junge Burschen, die verletzt sind. Wer könnte sich wohl daran stoßen, dass Mr Hankford sich ihrer Wunden annimmt?«

Ganz spontan fielen Patrick gleich ein halbes Dutzend Gentlemen ein, die sehr interessiert wären, von der Existenz walisischer Bonaparte-Anhänger zu erfahren. Ganz oben auf dieser Liste stand Lord Breksby. Dies war genau die Situation, vor der die englische Regierung solche Angst hatte, dass sie Befestigungsanlagen an der walisischen Küste in Auftrag gegeben hatte. Aber was nützten Befestigungsanlagen, wenn eine Gruppe verrückter Waliser die französischen Truppen einfach an Land ließ?

»Weißt du, Sophie, Liebes«, sagte Patrick ein wenig herablassend, »England hat Napoleon letzten März den Krieg erklärt.«

»Natürlich haben wir das«, sagte Sophie und zwischen ihren Augen bildete sich eine entzückende, kleine Falte. »Wir hatten keine Wahl, nachdem Addington erst einmal beschlossen hatte, an Malta festzuhalten. Damit war das Friedensabkommen hinfällig.«

Ein ironisches Grinsen umspielte Patricks Lippen. Seine Frau überraschte ihn immer wieder.

Aber Sophie hatte sich bereits wieder John zugewandt. »Wären Sie so freundlich, uns Ihr Krankenhaus zu zeigen? Ich habe keinerlei Erfahrung in der Wundversorgung«, fügte sie hastig hinzu, »aber ich spreche Französisch.«

Johns Augen begannen zu leuchten. »Wirklich? Das ist ja wunderbar, Madam. Ich kann zwar ein bisschen Französisch, und das gilt auch für den Pfarrer und meine Mutter. Der Junge, der die Verwundeten hier herüber geschafft hat – sein Name ist Henry –, spricht außerdem ein wenig Englisch, aber trotzdem haben wir noch nicht herausgefunden, was manche der Burschen sagen.«

Patrick schnaubte. Der *Pfarrer*? Es war also auch noch ein Pfarrer in diese unpatriotische Durcheinander verwickelt. Dennoch, wenn Hankford und seine Mutter sich um eine Gruppe französischer Soldaten kümmerten, ohne deren Sprache zu sprechen, dann waren sie keine echten Anhänger Bonapartes.

Sophie legte eine Hand auf Mr Hankfords Arm, als er sich einer Seitentür zuwenden wollte. »Ich würde sehr gerne mit Ihren Patienten sprechen«, sagte sie.

John blickte sie zweifelnd an. »Es bereitet mir ein wenig Sorgen, Sie in den Krankensaal zu lassen, Ma'am, wenn Sie mir diese Bemerkung verzeihen wollen. Denn was, wenn Ihr Gentleman es sich in den Kopf setzt, in London davon zu erzählen, und meine Jungs den Kopf abgeschlagen bekommen?«

»Ich habe Ihnen mein Wort gegeben, Mann.« Patrick bedachte den impertinenten Waliser mit einem durchdringenden Blick.

»Schon möglich«, erwiderte John vage. Aber er wollte offensichtlich ihrem Wunsch nachgeben, denn er öffnete die Seitentür und hielt sie auf, während Patrick, Sophie und Simone hindurchgingen.

Schließlich betraten sie einen großen Raum. Patrick schob sich an der Decke vorbei, die in der Türöffnung hing, und blieb neben Sophie stehen. Der Raum war mit Feldbetten gesäumt, auf denen die Verletzten lagen. Manche hatten einem Verband am Kopf, manche am Bein. Wieder anderen fehlte ein Arm oder ein Bein. Die meisten Männer sahen nicht einmal zur Tür hinüber, als sie eintraten. Eine rundliche Frau blickte jedoch auf und fuhr dann fort, einem Soldaten die Brust zu verbinden.

Patrick schaute auf Sophie hinunter. Ihr war sämtliches Blut aus dem Gesicht gewichen und er legte ihr tröstend einen Arm um die Schulter.

»Mein Gott, Patrick, siehst du das? Das sind ja noch richtige Kinder.«

»Sie sehen nur so jung aus, weil sie verwundet sind«, widersprach er sanft.

»Nein.« Sophie holte tief Luft. »Dieser dort kann nicht älter als vierzehn sein.« Patricks Blick folgte ihrem Finger. Er hatte in Indien schon solche Wunden gesehen, und er glaubte nicht, dass der Junge große Überlebenschancen hatte.

Plötzlich tauchte ein schmaler Bursche vor ihnen auf. Er hatte die Arme vor der Brust verschränkt und trug die zerrissenen Überreste einer französischen Uniform.

»Was wollen Sie hier?«, fragte er. Sein Englisch hatte einen starken Akzent, war aber dennoch gut zu verstehen. In seinen grauen Augen blitzte es wütend. Der Junge sah tatsächlich gefährlicher aus als John Hankford samt seinem Gewehr. Er warf Hankford einen durchdringenden Blick zu. »Warum haben Sie sie heraufgelassen?«

John räusperte sich entschuldigend. »Es hat ihren Klipper in den Hafen verschlagen und daher werden sie die Nacht hier verbringen, Henry. Ich musste es ihnen sagen.«

Patrick blickte den Waliser belustigt an und gab den letzten Rest seines Verdachts auf, dass Hankford an einem napoleonischen Komplott beteiligt war. Ganz offensichtlich hatte ihn dieses französische Gossenkind fest in der Hand.

Sophie machte einen Knicks. »Sie müssen der

Mann sein, der tapfer genug war, seine Kameraden zu retten«, sagte sie, und ihre sanfte Stimme war voller Bewunderung.

Henry musterte die wunderschöne Dame vor sich eingehend. »Ich habe sie nur in ein Boot verfrachtet«, sagte er. »Sie lagen im Sterben, waren am ganzen Körper mit Fliegen bedeckt. Ich konnte nicht ... ich konnte sie nicht alle in das Boot schaffen.«

Patrick sah sich im Raum um. »Sie haben zehn Männer gerettet«, sagte er.

Henry blickte zu dem groß gewachsenen Engländer hoch.

Plötzlich machte Patrick eine Verbeugung. »Ich muss Ihnen gratulieren, Henry. Sie haben etwas sehr Tapferes getan.«

Zum ersten Mal, seit sie den Raum betreten hatten, wirkte Henry ein wenig verwirrt. »Ich heiße Henri«, sagte er. Dann vollführte er eine kleine, aber vollendete höfische Verbeugung.

Patrick zog die Augenbrauen hoch und blickte unwillkürlich zu Sophie hinüber. Da gab es mehr, als man auf den ersten Blick vermuten konnte. Henri war ganz bestimmt kein gewöhnlicher, französischer Bursche.

»Wie alt sind Sie, Henri?«, fragte Patrick.

»Ich bin beinah dreizehn.«

»Verdammt«, rief Patrick ungläubig, »ein zwölfjähriger Fußsoldat?«

»Nein, ich war ein ... ich kenne das englische Wort nicht«, sagte Henri. »Ich habe die Fahne getragen. Ich wollte Soldat werden, sobald ich vierzehn werde.«

Sophie schluckte und umklammerte Patricks Arm fester.

Henri, der offensichtlich mehr als bereit für eine jugendliche Schwärmerei war, schaute Sophie schüchtern an. »Soll ich sie Ihnen vorstellen?« Er zeigte auf die Betten.

Sophie antwortete auf Französisch und das brach den letzten Rest von Henris Widerstand. Er strahlte sie an, führte sie durch den Raum und flüsterte ihr den jeweiligen Namen des Soldaten zu.

Patrick beobachtete Henri einen Augenblick lang. Der Junge musste drei oder vier Jahre alt gewesen sein, als die Franzosen anfingen, ihren Adel auf die Guillotine zu schleifen – und er hatte diese Verbeugung bestimmt nicht von einem Bauern gelernt.

»Wie sind Sie in diesem Kloster gelandet?«, fragte Patrick Hankford.

Hankford schaute sich mitleidig im Raum um. »Meine Mutter und ich sind Mitglieder der Familie der Liebe. Haben Sie schon von ihnen gehört?«

Patrick nickte. Wer hatte noch nicht von der Familie der Liebe gehört? Es war eine religiöse, holländische Gruppe, die man seit Elisabeth I schon häufiger des Ehebruchs und des Nudismus bezichtigt hatte. Er musterte die füllige Krankenschwester, die gerade einen Verband gewechselt hatte und nun das Bettzeug eines anderen Soldaten richtete. Sie sah mit Sicherheit nicht aus wie eine Ehebrecherin.

»Ich wusste nicht, dass es diese Familie noch

gibt«, sagte Patrick vorsichtig. Es hatte keinen Sinn, Hankford gegen sich aufzubringen, zumindest nicht vor dem Abendessen.

»Oh doch, oder zumindest in Wales«, sagte Hankford ein wenig entmutigt. »Mein Großvater wurde 1731 Mitglied. Er hat dieses Kloster gekauft und wollte hier eine richtige ›Familie‹ gründen. Aber dann heiratete er meine Großmutter. Sie konnte sich nicht mit der Familie der Liebe anfreunden und warf sämtliche Mitglieder hinaus. Aber später wurden meine Mutter und ich Mitglied. Nun, mein Großvater ist mittlerweile tot, aber wir sind immer noch Teil der Familie. Wir konnten diese französischen Jungen nicht abweisen, als ihr Boot an der Küste landete.«

Patrick fügte langsam die Einzelheiten der Geschichte zusammen. »Henri hat sie in ein Boot gesetzt und es wurde hier an Land gespült?«

»Ja. Sie wurden direkt auf der anderen Seite der Landzunge angetrieben und kamen dann in die Bucht. Wie ich schon sagte, konnten wir sie nicht abweisen, denn die Regierung würde sie erschießen, wenn sie sie in die Finger bekäme. Und die Familie der Liebe hält nicht viel von Exekutionen durch die Regierung.«

Das ist auch verständlich, dachte Patrick. Zahlreiche Mitglieder der so genannten Familie waren während der letzten hundert Jahre von der britischen Regierung exekutiert worden. Er konnte dennoch die Gefahr nicht außer Acht lassen, dass Napoleon von diesem bestimmten Kloster aus eine Invasion anführen wollte.

Das Essen wurde an einem langen geschrubbten

Tisch in der Klosterküche serviert. Nachdem er vom Boot errettet worden war, hockte Floret an einem Ende des Tisches Simone mit gönnerhafter Miene gegenüber. Sophie ließ sich auf der Bank nieder, gefolgt von Henri, der sich offenbar in ihren Schatten verwandelt hatte und ihr nicht mehr von der Seite wich.

»Ist das nicht großartig?«

Patrick beobachtete seine Frau eingehend. Wenn doch nur die Londoner Gesellschaft ihre ungekrönte Königin so sehen könnte! Sophies Frisur saß ganz schief, seit sie sich die Haube vom Kopf gezerrt und in eine Ecke geworfen hatte. Ihre Augen glänzten aufgeregt bei der Vorstellung, sich mit ihren Bediensteten in einem Kloster aus dem dreizehnten Jahrhundert an den Essenstisch zu setzen.

»Ja«, antwortet er auf ihre Frage und kämpfte gegen ein warmes Gefühl der Zuneigung an, das ihn beinah schwindelig machte. Absichtlich gab er sich wie ein verwöhnter, gefühlloser Aristokrat. »Oh ja, das ist wirklich ein unnachahmliches Vergnügen.«

Sophie zog die Nase kraus. »Sie spaßen, Sir«, sagte sie. »Ich wüsste nicht, was ich jetzt lieber täte, als mit Master Henri zu Abend zu speisen.«

Ihrem Gatten fielen jedoch unzählige Dinge ein, die er in diesem Augenblick viel lieber getan hätte. Aber sie waren alle zu gewagt für die Ohren eines jungen Burschen und daher behielt er sie für sich.

16. Kapitel

Am nächsten Morgen erwachte Sophie sehr früh und kletterte leise aus dem Bett. Patrick lag in den zerwühlten, ein wenig muffigen Laken und von seinem Gesicht war nur die Spitze seines Ohrs auszumachen, die zwischen seinen schwarzen Locken hervorlugte. Einen Augenblick lang schreckten Sophies nackte Zehen vor dem kalten Steinfußboden zurück, aber dann streifte sie leise das Kleid über, das sie am Tag zuvor getragen hatte. Es ohne Simones Hilfe auf dem Rücken zuzumachen, war kein leichtes Unterfangen. Schließlich zog sie ihren Mantel über, schlüpfte in ihre Halbstiefel und schlich sich aus dem Zimmer.

Sobald sie den Raum verlassen hatte, drehte sich Patrick um und starrte mürrisch zu den mit Spinnweben überzogenen Balken hinauf, die sich knapp vier Meter über seinem Kopf befanden. Es geschah etwas mit ihm, das er noch nie zuvor erlebt hatte. Egal, wie geschickt er sie auch verführte, aber seine Frau gab sich ihm nie völlig hin. Obwohl er nicht ganz der Lebemann war, für den sie ihn hielt, hatten ihm seine früheren Geliebten an diesem Punkt der Beziehung jedoch stets ewige Liebe geschworen.

Patrick runzelte die Stirn. Was war er doch für ein arroganter Fatzke! Er hatte einfach angenommen, dass Sophie Braddon vergessen würde, den

Mann, den sie eigentlich hatte heiraten wollen. Das Schlimmste war, dass er nie all die Liebesschwüre hören wollte, die die anderen Frauen so freiwillig äußerten, aber nun ... nun sahen die Dinge anders aus.

Patrick stöhnte laut auf. Er musste diese Worte einfach von Sophie hören. O Gott, nun war er dem Pfaffen doch noch in die Falle getappt. Die Worte bekamen eine völlig neue Bedeutung. Es lag nicht so sehr an den archaischen Worten der Zeremonie. Nein, er war gefangen durch sein eigenes quälendes, peinliches Verlangen nach seiner Frau.

Ein leise Lächeln umspielte Patricks Mund. Zumindest war Sophie seine Frau. Wenn er gefangen war, dann war sie es ebenfalls. Was machte es also, dass sie ihm keine süßen Worte zuflüsterte? Vielleicht verspürte sie einfach nicht das Bedürfnis danach? Vielleicht hatten die anderen Frau es nur gesagt, weil sie glaubten, dass er es hören wollte.

Dann dachte er an Sophie, wie sie stöhnte und sich ihm leidenschaftlich entgegenbog. Sophie musste ihm gar nicht sagen, was sie fühlte, zumindest nicht mit Worten. Was, wenn ihre Gefühle keine leeren Liebesbeteuerungen zuließen? Umso besser. Sie hatten eine ehrliche Beziehung miteinander. Zwischen ihnen würde es kein leeres Geschwätz geben.

Langsam setzte sich Patrick auf. In seinem Herzen reifte eine wilde Entschlossenheit heran. Irgendwie, irgendwann würde er Sophie diese Worte entringen. Denn auch wenn sie nur leere Ausschmückungen waren, so wollte er sie dennoch von ihr hören. Nein, er *musste* sie von ihr hören. Denn ...

Aber er kleidete sich lieber an und verließ den Raum, statt sich der Antwort auf dieses »Denn« zu stellen. Warum sollte er, der noch nie etwas von jemandem gebraucht hatte, von einer Frau Worte der Liebe hören müssen?

Patrick nahm sein Frühstück alleine in der Küche ein. Floret hielt Hof, umringt von einer amüsierten Gruppe walisischer Frauen, die wahrscheinlich kein Wort von dem verstanden, was er sagte, aber fasziniert einem von Florets besten Kunststücken zusahen – wie er mit einer Hand ein Ei aufschlug.

Der Himmel, der hinter einem schmutzigen Öltuch zum Vorschein kam, das vor dem Küchenfenster hin und her flatterte, war wieder aufgeklart. Der Sturm war vorübergezogen. Patrick hatte es eilig, auf die *Lark* zurückzukehren und nachzusehen, ob Schaden entstanden war.

Er fand Sophie im Krankensaal. Sie stand auf der anderen Seite des Raums und unterhielt sich mit Hankfords Mutter. Patrick bemerkte sofort, dass Henri ihr wieder nicht von der Seite wich.

»Der junge Henry hat scheinbar Gefallen an Ihrer Frau gefunden«, sagte eine Stimme neben Patrick. Es war Hankford, der in die gleiche Richtung schaute. »Er redet wie ein Wasserfall, über seine Mutter und solche Dinge.«

Patrick blickte den jungen, pausbäckigen Mann an seiner Seite an. »Was werden Sie mit Henri und den anderen Burschen machen, wenn sie gesund sind?«

Hankford wirkte ein wenig besorgt. »Ich weiß es nicht. Ein paar von ihnen geht es gut genug, aufzubrechen, aber ich weiß nicht, wo ich sie hinschicken soll. Es gibt hier in der Gegend wenig Franzosen, und da würden sie ganz sicher auffallen. Zurück können sie auch nicht, denn dort werden sie nur wieder als Kanonenfutter benutzt.«

Patrick seufzte. »Schicken Sie sie nach London«, sagte er.

Hankford blickte ihn misstrauisch an. »Wie meinen Sie das, Sir?«

»Schicken Sie sie nach London und wir suchen ihnen dort eine Arbeit. London ist voller Franzosen, da werden sie nicht so auffallen.«

Blaue, lächelnde Augen blickten zu Patrick hoch, so als habe dieser sich plötzlich in eine goldene Statue verwandelt. »Das ist sehr gütig von Ihnen, Sir, wirklich sehr gütig. Wissen Sie, Ihre Lady hat das Gleiche vorgeschlagen, aber ich habe es abgelehnt, da Sie vielleicht nicht einverstanden sein würden. Es steht schon in der Bibel; das Weib ist dem Manne untertan. Das ist wirklich sehr gütig von Ihnen.«

Patrick schlenderte auf die andere Seite des Raums. Etwas kam ihm seltsam vor. Hatte John nicht gesagt, dass seine Mutter kein Englisch sprach? Und nur wenig Französisch? In welcher Sprache unterhielt sich Sophie dann mit ihr? Als er seine Frau erreichte, war Mrs Hankford zu ihren Patienten zurückgekehrt und Sophie drehte sich lächelnd zu ihm um.

»Guten Morgen, Patrick. Ich habe Henri gesagt,

wir würden uns sehr über einen Besuch von ihm freuen –«

Da mischte sich Henri ein. »Sir, ich habe ihr schon gesagt, dass ich nicht wie ein vornehmer Herr zu Besuch kommen will. Ich dachte, Sie könnten mir vielleicht eine Arbeit in Ihren Ställen geben.«

Patrick blickte auf Henri hinunter. Dessen Gesicht war von Linien der Anspannung durchzogen, und sein Körper war vornüber gebeugt, als wolle er eine Enttäuschung abwehren. In seinen grauen Augen stand jedoch unbändiger Stolz.

»Ich hatte mich darauf gefreut, Sie näher kennen zu lernen«, sagte Patrick ernst. »Als mein Gast, nicht als mein Stallbursche.«

Henri schüttelte den Kopf. »Ich bin kein *cas de charité*. Ich muss das Geld für meinen Unterhalt selber verdienen.«

»Wer war Ihr Vater, Henri?«

Henri straffte die Schultern. »Das ist unwichtig, denn er starb, als ich sehr jung war. Ich wurde von Monsieur Paire, einem Fischer, großgezogen.« Henri hatte offensichtlich einige republikanische Prinzipien aufgeschnappt, während er aufwuchs.

»Wer hat Ihnen die Verbeugung beigebracht?«, fragte Sophie. »Und die englische Sprache?«

»Früher hatte ich eine englische Kinderfrau«, sagte Henri. »Aber sie und Maman sind ebenfalls gestorben.« Er verstummte.

Henri ist der Sohn eines Gentleman, daran besteht gar kein Zweifel, dachte Patrick. Vielleicht kann ich einen seiner Verwandten finden, wenn jemand von ihnen überlebt hat.

»Kennen Sie den Namen Ihres Vaters, Henri?«, fragte Patrick sanft, aber mit einem unterschwelligen Befehlston in der Stimme.

»Monsieur Leigh Latour«, antwortete Henri widerstrebend. Und dann, nachdem er Patricks Blick begegnet war, fügte er hinzu: »Der Graf von Savoyard.«

Sophie kniete sich hin und nahm Henris Hand. »Ich würde mich freuen, wenn Sie als mein Gast mit uns nach London kämen«, sagte sie. »Ich bin manchmal sehr einsam und Sie wären mir ein guter Gesellschafter.«

Patrick unterdrückte mühsam ein Lächeln. Sophie und *einsam*?

Henri schaute hastig unter dichten dunklen Wimpern zu ihr auf und senkte den Blick dann wieder zu Boden. »Ich glaube ... ich gehöre nicht in ein feines Haus«, sagte er. Er klang, als sei er den Tränen gefährlich nahe. »Meine Eltern können die Ehre nicht erwidern.«

»Sie würden mir einen großen Gefallen tun«, sagte Patrick. »Ich bin sehr häufig nicht zu Hause und meine Frau fühlt sich, wie sie bereits erklärte, häufig einsam. Sie könnten ihr – ihr Adjudant sein, wenn ich fort bin.«

Henri kaute auf seiner Lippe.

»Sie können nicht nach Frankreich zurückkehren«, sagte Sophie, »und Sie können nicht für immer hier in diesem Kloster bleiben.«

Der Junge wirkte immer noch nicht überzeugt, und so mischte sich Patrick noch einmal ein. »Ihr Vater hätte es gewünscht«, sagte er entschieden.

»Ich erinnere mich nicht an meinen Vater«, erwiderte Henri.

Verdammt, der Junge war störrisch wie ein Maultier! »Dann müssen Sie eben einfach hinnehmen, dass ich Recht habe«, verkündete Patrick so förmlich er konnte. »Ihr Vater würde wollen, dass Sie im Haus eines Gentleman leben, nicht in einem walisischen Kloster und schon gar nicht in einem Stall.«

Sophie stand auf und strich ihre Röcke glatt. »Das wäre ja dann entschieden«, sagte sie kurz und bündig. »Henri, würden Sie Simone und Floret suchen und sie informieren, dass wir auf die *Lark* zurückkehren?«

Als Henri in Richtung Küche davonging, trat John Hankford nach vorne, der stumm zugehört hatte. »Ich hatte Bedenken, als Ihr Diener sagte, Sie müssten hier über Nacht Zuflucht suchen«, sagte er. »Ich dachte, Sie hätten schlechte Herzen, weil Sie doch aus London kommen. Aber es freut mich sagen zu können, dass das nicht der Fall ist. Es haben nicht alle aus London ein schlechtes Herz.«

Sophie wollte etwas erwidern, aber John fuhr fort. »Und noch etwas ... ich hätte auch nicht gedacht, dass Sie mit uns sprechen würden, Ma'am. Nicht in unserer Sprache. Ich bin bewegt, tief bewegt. Das werde ich meinen Freunden heute Abend im Pub auch erzählen. Londoner, die Walisisch sprechen! Da kann man doch glatt glauben, dass nicht alle Engländer schlecht sind.«

Sophie warf Patrick einen nervösen Blick zu.

Die Wende in der Unterhaltung hatte ihn offensichtlich völlig verwirrt.

Nun ja, die Sache war aufgeflogen. Warum sollte sie also nicht höflich sein? Ohne Patrick zu beachten wechselte sie mühelos ins Walisische und verabschiedete sich von Johns Mutter. Dann wandte sie sich ihrem Ehemann zu und schenkte ihm ein liebliches Lächeln.

»Sollen wir auf die *Lark* zurückkehren?« Ihr Herz pochte nervös. War Patrick wütend? Er sah nicht sehr ungehalten aus. Wenn überhaupt, dann war er belustigt.

Sobald sie den Korridor betreten hatten, fragte Patrick: »Walisisch? Walisisch? Ist deine Mutter eine Franko-Waliserin, falls es so etwas überhaupt gibt?«

»Oh nein«, erwiderte Sophie. »Unsere Waschfrau war Waliserin.«

»Die Waschfrau?« Ihr Gatte war offensichtlich sehr erstaunt. »Welchen Kontakt hattest du mit der Wäsche oder der Person, die sie gewaschen hat?«

»Ihr Name war Mary. Ich habe recht viel Zeit mit den Dienstmädchen verbracht«, erklärte Sophie, »da meine Erzieherinnen häufig gingen – oder entlassen wurden. Schließlich hat mir Mary Walisisch beigebracht.«

Patrick musterte sie misstrauisch. »Was hast du angestellt, um sie zu verjagen? Hast du ihnen Mäuse ins Bett gesteckt?«

Sophie konnte sich nur mit Mühe ein Kichern verkneifen. »Nein, nein, ich war ein sehr braves Kind. Nein, es war die Schuld meines Vaters«, fügte sie unbehaglich hinzu.

»Oh.« Patrick reichte ihr ihren Muff. Henri – der seine Rolle als Adjudant offensichtlich sehr ernst nahm – scheuchte Simone und Floret die Stufen zur Anlegestelle hinunter. Die Sonne war aufgegangen und vor ihnen lag ein klarer, kalter Tag. Hoch über ihnen kreisten zwei Habichte um die verwitterten Kamine des Klosters.

»Schau«, rief Sophie, um das Thema zu wechseln. »Meine Kinderfrau sagte immer, dass Habichte die Spinnweben vom Himmel fegen.«

»Deine Kinderfrau«, wiederholte Patrick. »Wo war deine Kinderfrau, während du dich bei der Waschfrau aufhieltest?«

»Sie war mit Marys Bruder verheiratet«, erklärte Sophie. »Und daher hat Mary eine Anstellung in unserem Haus bekommen. Normalerweise erlaubte mein Vater keine Bediensteten, die keine Franzosen waren.«

Langsam befiel Patrick, was Sophies Kindheit anging, eine schlimme Ahnung. »Also waren alle Bediensteten Franzosen, einschließlich der Erzieherinnen – denen dein Vater ganz freizügig den Hof machte?«

»›Den Hof machen‹ ist nicht gerade der richtige Ausdruck«, widersprach Sophie. »Schließlich riss er sie stets dann in die Arme, wenn er sicher sein konnte, dass meine Mutter vorbeikommen würde. Er machte das sehr offensichtlich. Sogar als Kind begriff ich, dass er das eher tat, um Mama zu verärgern als wegen der Erzieherinnen.«

»Nun, ich denke, das hat ihnen nicht sehr gefallen«, bemerkte Patrick.

»Ja«, sagte Sophie. »Sie hätten womöglich weniger Einwände gehabt, wenn er sie ehrlich bewundert hätte. Ich denke, es wäre meinem Vater ein wenig schwer gefallen, für einige meiner Erzieherinnen Bewunderung zu empfinden. Mademoiselle Derrida zum Beispiel hatte eine Busen wie ein Schiffsbug. Sie blieb eine ganze Weile bei uns.«

»Und was passierte dann?«

»Oh, Papa wurde von seiner letzten Amour abserviert und so blieb ihm keine Möglichkeit, meine Mutter im Ballsaal zu provozieren. Aber zu diesem Zeitpunkt hatte meine Mutter sämtliche Bedienstete durch ältere und sehr unattraktive Frauen ersetzt. Also war Papa gezwungen, sich mit Mademoiselle Derrida zu behelfen.«

»Was hat er getan?«, fragte Patrick entsetzt und fasziniert zugleich.

»Nun, wenn ich mich recht erinnere, umarmte er Mademoiselle stürmisch im Blauen Salon.«

»Und?«

»Sie hat ihm die Brandyflasche über den Kopf gezogen.«

Patrick zuckte unwillkürlich zusammen.

»Es war eigentlich nicht ihre Schuld; es war der erstbeste Gegenstand, der ihr in die Finger kam. Aber es war auch das erste Mal, dass mein Vater und nicht meine Mutter eine Erzieherin entließ. Er hatte tagelang eine Beule über dem Auge. Ich weiß noch, dass ich sehr glücklich war, weil er eine ganze Woche lang jeden Abend zu Hause blieb. Nachdem Mademeoiselle Derrida fort war, kam ich auf die *Cheltham Ladys' School.* Ich glaube, meine Mutter war es leid, sich schon wieder nach einer passenden Erzieherin umzusehen.«

Patrick schenkte Sophie erneut ein grimmiges Lächeln. Kein Wunder, dass sie glaubte, er würde gleich losziehen und Negligees kaufen, sobald sie ihm nur den Rücken zudrehte. Das Leben mit dem Marquis glich dem in einem Irrenhaus.

Sie erreichten die Anlegestelle und das wartende Schiff. Sogar Simone kletterte ohne zu murren die Strickleiter zur *Lark* hinauf, denn sie wollte so schnell wie möglich dem Wind entkommen, der die letzten Sturmwolken auf das Meer hinausblies.

Patrick brachte seine Frau hinunter in die Kabine, gab Henri in die Aufsicht eines verlässlichen Besatzungsmitglieds und suchte anschließend Kapitän Hibbert. Der Sturm hatte keinen offensichtlichen Schaden an der *Lark* verursacht und er wollte ohne weitere Verzögerung die Landzunge vor Milford Haven umsegeln.

Er hatte es plötzlich nicht mehr so eilig, in die Kabine hinunter zu stürmen und sich zu Sophie zu gesellen, wie er es normalerweise tat. Er schickte ihr sogar eine Nachricht, dass er an Deck zu Mittag essen werde, statt wie üblich mit ihr in der Kabine.

Erst als er am Steuer stand und die Landzunge umsegelte, konnte Patrick den Grund für seinen Unmut festmachen. Würde ihn seine Frau je lieben, wenn sie überzeugt war, dass alle Männer dem Beispiel ihres Vaters folgten? Sophie schien ohne Frage zu akzeptieren, dass er, Patrick, ein Lebemann der gleichen Art war. Patricks Herz sank. Wer anders als ein Lebemann würde eine Jungfrau in ihrem eigenen Schlafzimmer verführen? Wer sonst als ein Lebemann der schlimmsten Sorte würde seinem Schulfreund die Verlobte ausspannen?

Unten in der Kabine war Sophie nicht minder verzweifelt. Offensichtlich hatte ihre Mutter Recht gehabt mit ihrer Einschätzung, dass Männer Blaustrümpfe verabscheuten. Patrick war noch nie den ganzen Tag an Deck geblieben. Er war ihrer überdrüssig. Und es schien, dass er hochnäsiger war als sie gedacht hatte – die bloße Vorstellung, dass sie Zeit mit der Waschfrau verbracht hatte, schien ihn aus der Fassung zu bringen, ganz zu schweigen von ihren Walisischkenntnissen.

Ohne weiter darüber nachzudenken öffnete Sophie das Bullauge und warf ihre kostbare türkische Grammatik hinaus. Patrick durfte niemals erfahren, dass sie sieben Sprachen beherrschte.

Als die Schatten auf dem gebohnerten Holzboden der Kabine länger wurden, war Sophie furchtbar unglücklich. Das Schlimmste war, dass sie im Geheimen gewünscht hatte, Patrick von ihren Sprachkenntnissen zu erzählen. Sie hatte sogar die Hoffnung gehegt, mit ihrem Walisisch vor ihm anzugeben. Ich war zu stolz, dachte Sophie. Nun, Hochmut kommt vor dem Fall.

Gnadenlos kämpfte sie den Anflug von Enttäuschung nieder. Patrick war ihr Ehemann. Die Tatsache, dass er wie alle anderen Männer war, spielte keine Rolle. Eines konnte sie von der Situation ihre Eltern lernen, und zwar, dass sich eine Enttäuschung über ihren Angetrauten nicht in ihr festsetzen durfte.

Ich muss akzeptieren und dann vergessen, sagte sich Sophie. Diese Lektion trifft auf kleine und große Dinge zu, auf Sprachen und auf Geliebte.

Als es Zeit zum Abendessen war, tauchte Patrick schließlich in der Kabine auf. Er schämte sich ein wenig. Die *Lark* dümpelte friedlich vor Anker, so dass er am nächsten Morgen gleich den Steinhaufen inspizieren konnte, der ein halb fertiges Fort darstellte. Aber Sophie war den ganzen Tag nicht aus der Kabine aufgetaucht.

Er hatte das Schiff gesteuert, Henris neue Fähigkeit beim Knoten knüpfen bewundert und das Logbuch gelesen. Außerdem hatte er immer wieder zu der Treppe hinübergeschaut, die zur Hauptkabine führte, in der Hoffnung, dass Sophie erscheinen würde. Aber das war sie nicht und er hatte sie vermisst.

Kein einziges Mitglied der Besatzung zuckte auch nur mit der Wimper, als der Herr schließlich die Waffen streckte und die Stufen zu seiner Kabine hinunterstürzte. Sie hatten sich inzwischen an solche Vorkommnisse gewöhnt. Vor allem, nachdem Kapitän Hibbert sie aufgefordert hatte, alle sonderbaren Aktivitäten zu ignorieren, da es ihnen sonst schlecht ergehen würde.

Aber Sophie wartete nicht auf Patrick. Sie hatte sich ins Bett gekuschelt und schlief tief und fest. Mit einiger Überraschung entdeckte Patrick Tränenspuren auf ihren Wangen. Er hatte angenommen, dass sie einfach an Deck kommen würde, wenn sie es wünschte. Nun schämte er sich wirklich aufrichtig. Warum hatte er sie nicht geholt?

Sophie wachte auf, als er ihr übers Haar strich.

»Was ist das hier?« Patricks Finger strich über ihre Wangen und seine Stimme klang ein wenig rau.

Sophie lächelte. »Ich hatte nur einen melancholischen Nachmittag, das ist alles. Du weißt, es ist das Vorrecht der Frau zu weinen.«

Patrick strich mit seinen Lippen über die ihren. »Hast du geweint, weil ich dir keine förmliche Einladung zu einer Partie Backgammon auf Deck geschickt habe?«

»Nein«, erwiderte Sophie.

»Ich habe dich vermisst.« Sein warmer Atem schickte wohlige Schauer über Sophies Rücken. »Ich habe die ganze Zeit gehofft, du würdest oben erscheinen, Ehefrau vieler Sprachen.«

Sophie musterte Patrick eindringlich, aber seine dunklen Augen verrieten nichts.

»Missfällt es dir, dass ich Walisisch spreche?«

»Gott, nein, warum sollte es mir missfallen?«

Seine Stimme klingt aufrichtig überrascht, dachte Sophie.

»Ich war schockiert«, sagte Patrick, »aber nicht so sehr über dein Walisisch – das war eine schöne Überraschung –, sondern über das, was du von deiner Kindheit erzählt hast. Es war bestimmt nicht leicht, mit deinen Eltern aufzuwachsen.«

Sophie sah keine Notwendigkeit, dieses Thema weiter zu diskutieren. »Was ist mit deinen Eltern? Haben sie sich gestritten?«

»Ich habe keine Ahnung« erwiderte Patrick und legte sich auf einen Ellbogen gestützt neben sie auf das Bett. »Ich habe meinen Vater nur bei formellen Anlässen getroffen. Sie müssen ganz gut miteinander ausgekommen sein. Mir ist jedenfalls nichts Gegenteiliges zu Ohren gekommen.« Er brauchte nicht erst hinzuzufügen, dass die Probleme von Sophies Eltern der feinen Gesellschaft sehr wohl bekannt waren.

»Wie war deine Mutter?«, fragte Sophie und schaute ihn neugierig an.

Patrick beugte sich vor und zeichnete mit einem Finger ihren Wangenknochen nach. »Sie ähnelte dir sehr«, sage er. »Sie war klein und zierlich. Ich weiß noch, dass unser Kindermädchen immer mit uns schimpfte. Wenn unsere Mutter ins Kinderzimmer kam, kletterten Alex und ich immer auf ihren Schoß und zerknitterten ihre Kleider. Sie war stets sehr elegant, aber es kümmerte sie nicht, wenn wir ihre Kleider zerdrückten. Sie trug Reifröcke, daran kann ich mich erinnern. Und sie roch nach Glockenblumen.«

»Wie alt warst du, als sie starb?«, fragte Sophie.

Patricks Hand löste sich vom Gesicht seiner Frau und fiel nach unten. »Wir waren sieben. Sie starb bei der Geburt eines Jungen, der ebenfalls nicht überlebte.«

Sophie nahm Patricks Hand und schmiegte ihre Wange hinein. Dann rutschte sie ein wenig näher, bis sich ihr warmer Körper an ihn kuschelte.

»Es tut mir Leid, Patrick. Es tut mir furchtbar Leid.«

Patrick wandte überrascht den Kopf. Er hatte auf die Wand gestarrt und an die Vergangenheit zurückgedacht. »Das ist schon lange her«, sagte er und lächelte auf sie hinunter. Man könnte von einer Frau abhängig werden, die sich an einen kuschelt wie ein Küken in sein Nest, dachte er.

»So, hast du noch weitere Überraschungen für mich auf Lager, Weib? Vielleicht sprichst du auch Norwegisch? Oder Schwedisch?«

In der Kabine herrschte einen Moment lang Stille.

»Nein, bestimmt nicht«, versicherte Sophie ihm und schüttelte vehement den Kopf. »Keine weiteren Überraschungen mehr, Patrick.«

Er rollte sich auf den Rücken und zog sie an seine Brust. »Es ist großartig, so eine gebildete Frau zu haben«, sagte er verträumt. »Morgen werden wir mit dem Schiff eine Woche oder länger vor Anker gehen. Wir suchen uns ein Gasthaus und du kannst das Essen bestellen und mit dem Gastwirt streiten.«

Sophies Wange lag an Patricks Leinenhemd. »Hast du deine Mutter nach ihrem Tod sehr vermisst?« Sie schien den Tränen wieder verdächtig nah zu sein.

»Oh ja«, sagte Patrick sachlich. »Ich war wohl ein Muttersöhnchen. Alex wurde immer zu meinem Vater zitiert, da er der Erbe war und dann hatte ich unsere Mutter für mich. Es sollte ein Trost sein, da ich nicht der Erbe war, aber ich glaube, Alex hätte alles dafür gegeben, bei unserer Mutter bleiben zu dürfen, und das wussten wir beide.«

Eine Träne rollte Sophies Wange entlang und verschwand in dem cremefarbenen Stoff von Patricks Hemd. Sie konnte die Vorstellung nicht ertragen, dass der kleine Patrick seine Mutter vermisst hatte. Sie konnte es einfach nicht ertragen.

»Hast du geweint?« Ihre Stimme war ungewöhnlich hoch, aber Patrick bemerkte es nicht. Er war in Gedanken wieder bei der schrecklichen Woche, in der seine Mutter gestorben war.

»Geweint? Ich konnte gar nicht aufhören. Unglücklicherweise hatte ich mich am Tag vor ihrem Tod schlecht betragen. Ich hatte geschwindelt und sie hatte mich, natürlich zu Recht, dafür getadelt. Aber niemand konnte ahnen, dass die Geburt so gefährlich sein könnte, da meine Mutter mit mir und Alex keine Schwierigkeiten hatte. Ich wartete in jener Nacht auf sie. Sie kam immer und gab uns einen Gutenachtkuss, und ich wusste, sie würde nicht mehr böse mit mir sein. Aber sie kam nicht.«

Weitere Tränen durchtränkten Patricks Hemd. »Oh Patrick!«, flüsterte sie erstickt, aber Patrick war immer noch tief in Erinnerungen versunken, die er fast vergessen hatte.

»Also stand ich auf und schlich in meinem Nachthemd durch die Flure, denn sie war immer zu mir gekommen. Ich war noch nicht weit gekommen –«

»Was ist passiert, Patrick?«

Sein Arm zog Sophie enger an seinen Körper. »Ich hörte sie schreien«, sagte er. »Ich rannte zurück zu meinem Bett und versteckte meinen Kopf unter den Decken. Am nächsten Morgen dachte ich, es sei alles nur ein Traum gewesen, aber sie war gestorben.«

»Oh, Patrick, das ist so traurig!«

Er stützte sich auf den Ellbogen und blickte sie schockiert an. Seine elegante Frau schluchzte hemmungslos.

»Was zum Teufel ist los, Sophie? Weine nicht, Liebling. Es war nicht so schlimm.«

Sophie weinte nur noch stärker und vergrub ihr Gesicht in seinem Hemd. Patricks küsste sie auf die Stirn, denn das war alles, was von ihrem Gesicht zu sehen war. Irgendwann hörte sie auf und erlaubte Patrick, ihr das Gesicht mit seinem Taschentuch zu trocknen.

»Es tut mir Leid«, sagte sie verlegen. »Ich bin heute Nachmittag sehr melancholisch gestimmt.« Dann errötete sie ein wenig, als sie an all die Lügen dachte, die sie ihm erzählt hatte. Sie wusste genau, warum sie melancholisch war.

Patrick sah ihre geröteten Wangen und plötzlich kam ihm ein Gedanke. »Dein Anfall von Melancholie hat nichts mit der Tatsache zu tun, dass ich heute den ganzen Tag auf Deck geblieben bin?«

»Das hat nichts damit zu tun«, sagte Sophie und ihre Stimme zitterte ein wenig, als er ihr eine Reihe von Küssen auf den Hals drückte. »Ich bin nur in einer weinerlichen Stimmung, das ist alles.« Sie klang ein wenig abwehrend.

Aha, schoss es Patrick durch den Kopf. Sophie war an diesem bestimmten Zeitpunkt des Monats angelangt. Nun, es war gut zu wissen, dass seine Frau mit Tränen reagierte statt Dinge nach ihm zu werfen, wie Arabella es getan hatte. Man hätte eine Uhr nach seiner ehemaligen Geliebten stellen können. Pünktlich jeden Monat zerbrach sie ein Teil des Geschirrs, indem sie es ihm an den Kopf warf. Sophie hat wohl noch nicht begriffen, dass man dies nicht vor seinem Ehemann verbergen kann, dachte Patrick.

»Bist du regelmäßig?«, fragte er.

Sophie blickte ihn verwirrt an. »Regelmäßig womit?«

Patricks gebräunte Haut überzog eine leichte Röte. »Regelmäßig ... bei der Frauensache«, sagte er und wedelte verlegen mit der Hand.

Sophie bemerkte fasziniert, dass er auf ihre Taille zu zeigen schien. Schließlich begriff sie, worauf er hinauswollte und dann war es an ihr, zu erröten.

»Ach, ja, mehr oder weniger ... nun, eigentlich nicht.«

»Ach, du bist unregelmäßig. Das liegt wahrscheinlich daran, dass du Jungfrau warst«, sagte Patrick ein wenig blasiert. »Aber jetzt, da du verheiratet bist, wird sich das sicherlich geben.«

Sophie blickte ihn entsetzt an. »Woher weißt du solche Dinge?«

Patrick wich ihrer Frage aus. »Wir müssen offen darüber sprechen, Sophie, denn die Regelmäßigkeit ist wichtig, um ein Kind zu vermeiden.«

Sophie starrte ihn mit offenem Mund an. »Wovon sprichst du?«

»Es gibt gewisse Zeiten im Monat, an denen sich ein Paar lieben kann, ohne dass die Gefahr besteht, ein Kind zu zeugen«, erklärte er. »Und dann gibt es Dinge, die man während des restlichen Monats tun kann, um es zu verhindern. Und ich habe nichts davon beherzigt«, fügte er hinzu und ein grimmiger Ausdruck huschte über sein Gesicht. »Es muss an dir liegen, Sophie.«

»An mir!«

»An deinem Körper«, erwiderte Patrick und sein Mund schwebte dicht über ihrem. »Ich war den letzten Monat völlig verzaubert. Aber wir dürfen nicht weiter wie leichtsinnige Liebende handeln, Sophie. Sobald deine nächste monatliche Blutung da ist, sag es mir, und wir können einen Plan ausarbeiten.«

»Ich habe diese Information noch nie zuvor jemandem mitgeteilt«, sagte Sophie und in ihrer Stimme schwang ein scharfer Unterton mit. »Und es wollte auch noch nie jemand Zeitpläne mit mir aufstellen.«

»Du warst auch noch nie zuvor verheiratet«, gab Patrick zu bedenken. Er knabberte an ihrem Kinn. »Wir hatten bis jetzt sehr viel Glück. Glaubst du, deine Blutung setzt morgen ein?«

»Ich habe keine Ahnung«, sagte Sophie mit eisiger Stimme.

Nun, ich schon, dachte Patrick. Aber es hatte keinen Sinn, seiner Frau seine Kentnisse über weibliche Stimmungsschwankungen zu offenbaren. Sie hielt ihn sowieso schon für einen Don Juan.

»Lass uns im Bett zu Abend essen«, sagte Patrick. »Ich werde dich füttern.«

Sophies Augen weiteten sich. »Du willst mich füttern?«

Patricks lächelte sie verwegen an und ihr Widerstand schmolz dahin. »Es wird dir gefallen. Ich verspreche es.«

Sophie war völlig fasziniert von der Erfahrung, im Bett zu essen. Als Patrick schließlich das Zitronenmousse von ihrem Körper naschte, reagierte sie mit solch einem hemmungslosen Eifer, dass beide sämtliche Gedanken an Zeitpläne, Empfängnis und dergleichen völlig vergaßen.

Als Madeleines Vater vor die Wahl gestellt wurde, seine Tochter an die große amerikanische Wildnis zu verlieren oder ihr zu erlauben, sich ein paar Wochen lang als französische Aristokratin auszugeben, zögerte er nicht lange.

»Liebst du diesen Tunichtgut«, fragte er Madeleine auf Französisch, während Braddon höflich neben ihr stand.

»Oui, Papa«, erwiderte Madeleine mit mädchenhafter Fügsamkeit. »Aber er ist kein Tunichtgut, Papa!«

»Doch, das ist er«, sagte ihr Vater nachdrücklich. »Er ist jedoch auch ein Graf, und du könntest wahrlich eine schlechtere Partie machen.«

»Haben Sie einen großen Besitz?« Durchdringende Augen unter dichten, grauen Augenbrauen richteten sich mürrisch auf Braddon, der zusammenzuckte, da er der Unterhaltung nicht mehr gefolgt war, seit Vater und Tochter ins Französische gewechselt waren. Er war noch nie gut in Sprachen gewesen.

»Ja«, antwortete Braddon hastig, als ihn Madeleines Ellbogen traf. »Ich habe fünfundzwanzigtausend Pfund im Jahr. Mein Anwesen ist in Leicestershire und ich habe Häuser in Delbington und London. Ich besitze einen guten Stall in

Leicestershire«, fügte er hinzu, »Bei der letzten Zählung waren es vierunddreißig Pferde.«

»Vierunddreißig! Kein großer Haushalt hat weniger als fünfzig«, fuhr Garnier ihn an. Dann musterte er seinen zukünftigen Schwiegersohn eindringlich. Unter den englischen Aristokraten gab es einfach zu viel Inzucht. Das war Slaslows Problem. »Und welcher Graf sind Sie?«

Braddon blieb der Mund offen stehen. Was zum Teufel meinte der Alte? »Der Graf von Slaslow«, stammelte er.

»Nein! Der wievielte?«

»Oh«, erwiderte Braddon. »Ich bin der Zweite. Mein Vater wurde in den sechzigern zum Grafen ernannt.«

Er sah, wie Vincent die Stirn runzelte. Wie es schien, wussten sogar Pferdehändler, dass zweite Grafen neue Grafen waren. »Mein Großvater war ein Viscount«, sagte Braddon abwehrend.

»Hm.«

»Ich möchte diesen Mann heiraten«, sagte Madeleine zu ihrem Vater und setzte der lächerlichen männlichen Diskussion über die Anzahl von Pferden und Grafen ein Ende.

»Du wirst ihn nicht heiraten, wenn er plant, dich mit nach Amerika zu nehmen«, sagte ihr Vater.

»Dann werden wir in London bleiben und so tun, als sei ich eine französische Aristokratin«, sagte die praktisch veranlagte Madeleine. »Braddons Bekannte wird mir helfen, mich wie eine vornehme Dame zu benehmen. Ich besuche anschließend einen Ball und Braddon tut so, als würde er sich in mich verlieben. Und das wär's.«

Garnier verzog den Mund. Ganz offensichtlich ging es ihm gegen den Strich, so einen unaufrichtigen Plan zu unterstützen.

»Und was, wenn es jemand herausfindet?«, knurrte er Braddon an.

»Dann heirate ich Madeleine sofort«, antwortete Braddon. »Im Grunde würde ich sowieso viel lieber sofort heiraten. Meine Familie kann nichts dagegen unternehmen und ich gebe nichts auf meine Reputation innerhalb der feinen Gesellschaft.«

Garnier nahm dies beifällig zur Kenntnis.

»Du könntest dich als die Tochter des Marquis de Flammarion ausgeben«, sagte er mürrisch zu Madeleine. »Du bist im gleichen Alter.«

»Oh, Papa«, rief Madeleine, »das ist eine großartige Idee!« Sie wandte sich an Braddon. »Mein Papa hat für den Marquis und seine Familie gearbeitet. Ich war zu jung, als ich Frankreich verließ, um mich an sie zu erinnern, aber Papa hat mir alles über ihr Anwesen im Limousin und das Haus in Paris in der Rue Vosgirard erzählt. Der Marquis war wunderlich und ging selten aus, aber seine Frau war sehr schön und elegant.«

»Was ist mit den Verwandten, Sir? In London wimmelt es nur so von französischen Immigranten und sie scheinen sich alle zu kennen.«

»Niemand kannte die Familie des Marquis«, sagte Garnier. »Er blieb für sich. Seine Frau, ja, sie reiste gelegentlich nach Paris. Aber der Marquis und seine Töchter blieben stets zu Hause.«

»Damit wäre die Sache geklärt«, sagte Braddon erleichtert. »Du brauchst nicht viel aus deiner

Vergangenheit zu erzählen, Madeleine. Wenn die Tochter des Marquis während der Unruhen in Frankreich in deinem Alter war, kann sie sich nicht sehr genau erinnern.«

Er wandte sich an Garnier. »Ich nehme an, der Marquis hat nicht überlebt? Er wird also nicht in London auftauchen, oder?«

Garnier schüttelte vehement den Kopf, die Lippen fest zusammengepresst.

Aber Madeleine wirkte nicht sehr glücklich. »Wie kann ich vorgeben, die Tochter der Marquise de Flammarion zu sein?«, fragte sie unglücklich und blickte ihren Vater an. »Du hast mir immer wieder erzählt, wie elegant und perfekt die Marquise war. Was ist mit den Leuten, die sie gekannt haben? Sie werden einen Blick auf mich werfen und sofort wissen, dass ich nicht wie die schöne Marquise bin!«

Die beiden Männer, die sie von allen Menschen auf der Welt am innigsten liebten, blickten sie verständnislos an.

»Du bist schön«, sagte Braddon mit absoluter Überzeugung in der Stimme. »Außerdem sehen Töchter oft nicht so aus wie ihre Mütter. Schau dir meine arme Schwester Margaret an. Meine Mutter hat immer geschworen, dass das Mädchen zu viele Sommersprossen hat, um ihre Tochter zu sein, aber Margaret hat dennoch eine gute Partie gemacht.«

Nach dieser verworrenen Ansprache herrschte einen Moment lang Schweigen.

Vincent Garnier hatte die Augenbrauen finster zusammengezogen. »Du bist ein bezauberndes

Mädchen«, teilte er Madeleine mit, und seine Stimme duldete keine Widerrede. »Außerdem werden die Leute annehmen, dass du nach dem Marquis schlägst.«

»Aber sie müssen doch wissen, wie er ausgesehen hat«, beharrte Madeleine. »Ich bin sicher, er war ebenfalls schlank und elegant.« Sie blickte an ihrem üppigen Körper hinunter. »Ich sehe einfach nicht aus wie eine Arikstokratin!«

»Du siehst besser aus als jede einzelne dieser frivolen, schafsköpfigen Frauen«, bellte ihr Vater sie an. »Ich will kein weiteres Wort darüber hören!«

Madeleine zuckte überrascht zusammen. Ihr Vater war ein schweigsamer Mann, der nicht viel redete und noch seltener schrie.

»Schon gut, Papa«, sagte sie beschwichtigend.

Braddon nahm ihren Arm und lächelte auf sie hinunter. Seine blauen Augen blickten sie offen und ehrlich an. »Ich möchte dich gar nicht schlank und elegant. Ich will dich genau so wie du bist.« Etwas in seiner Stimme trieb ihr die Röte in die Wangen.

»Ne dîtes pas ça!«, protestierte sie. »Papa wird dich hören.«

Aber als Madeleine zu ihrem Vater hinüberblickte, hatte er sich bereits wieder an seine Bücher gemacht. Seine Mundwinkel umspielte zwar ein leises Lächeln, aber sie konnte nicht deuten, ob er Braddons Bemerkung gehört hatte oder nicht.

»Geht! Geht!«, bellte Garnier. Er blickte Braddon scharf an. »Sie können Lady Sophie bitten, uns zu besuchen, sobald sie von ihrer Hochzeitsreise zurückgekehrt ist. Ich möchte gerne die Frau kennen lernen, die meiner Tochter beibringen soll, sich wie eine Dame zu benehmen. In den Artikeln der *Morning Post* wirkt sie wie eine frivole Person.«

Braddon verbeugte sich respektvoll und hoffte, dass Sophie nicht zu den Frauen zählte, die etwas dagegen hatten, einen öffentlichen Stall zu besuchen. Und er hoffte, dass die *Lark* bald nach London zurückkehren würde.

Lord Breksby teilte Braddons Gefühle hinsichtlich der Rückkehr der *Lark*. Er verbrachte einige Zeit damit, sich über die unangenehme Nachricht zu sorgen, dass Napoleon hoffte, Englands Geschenk an Selim zu sabotieren.

Sophies Mutter, die einige neue, aufwühlende, aber nicht unangenehme Erfahrungen machte, wünschte sich ebenfalls sehnsüchtig, dass ihre Tochter bald nach London zurückkehrte. Eloise fand das Haus merkwürdig still ohne Sophie, auch wenn darin an die vierzig Dienstboten lebten. Andererseits schien sie ständig George zu begegnen, obwohl sie ihn vor der Heirat ihrer Tochter nur an den Abenden gesehen hatte.

Aus irgendeinem Grund hatte ihr Mann kein Interesse mehr daran, sofort in den Klub aufzubrechen. Nun, da er die heiligen Pforten zum Schlafzimmer seiner Frau durchschritten hatte ... nun, es machte wirklich Spaß, immer wieder aufs Neue zu versuchen, seine förmliche Marquise zu einer nachmittäglichen Indiskretion zu verleiten. Aber George vermisste seine kleine Sophie ebenfalls. Es war ihm noch nie aufgegangen, wie sehr er ihre unbekümmerte offene Herzlichkeit und Liebe brauchte, damit er sich weniger – weniger einsam fühlte. George schob den Gedanken beiseite und machte sich auf die Suche nach Eloise. Es war zwar erst zehn Uhr morgens, aber warum sollte er nicht ein wenig seine Frau belästigen?

Im Großen und Ganzen gab es eine Menge Londoner, die an die Rückkehr der *Lark* dachten. In der Gegend, die Whitefriars genannt wurde, äußerte ein schlanker und sehniger Mann den gleichen Wunsch.

»Sobald Foakes zurück ist«, sagte er und wandte den Blick von den Spinnweben ab, die von den dunklen und niedrigen Dachbalken herunterhingen, »sollte wir uns ihm ... vorsichtig nähern.«

Sein Begleiter dachte über die Bedeutung der Worte nach. »Ob wir nun vorsichtig sind oder nicht, Foakes hat das Zepter nicht«, sagte er. »Und nachdem was ich gehört habe, werden sie es ihm erst geben, wenn er drüben ist. Es ist wirklich eine Schande. Eine verfluchte Schande.«

Monsieur Foucault (denn so wurde er in London genannt) seufzte. Er wusste nicht, wie die Information über den köstlichen Plan, Selims Rubinzepter durch eine Bombe zu ersetzen, an die englische Regierung durchgesickert war, aber es hatte keinen Sinn mehr, darüber Tränen zu vergießen. »Clemper wurde entlassen und nun haben wir keinen Zugang zu dem Zepter mehr.« In seiner Stimme schwang ein leiser Tadel mit. »Wir müssen unser Ziel mit anderen Mitteln erreichen.

Und unser Ziel ist es, dafür zu sorgen, dass der englische Botschafter Selims Krönung in Gefahr bringt.«

»Ich finde immer noch, dass es eine Schande ist«, sagte Mole (so wurde er von seinen Freunden genannt.) »Ich hatte alles so gut eingefädelt. Clemper sollte das Zepter einfach blitzschnell austauschen.«

Monsieur Foucault seufzte erneut. Es schmerzte ihn ebenfalls, da er vorgehabt hatte, ein paar der Rubine abzuzweigen, mit denen die englische Regierung das Zepter schmücken wollte.

»Warum ziehe ich nicht einen der Männer auf unsere Seite, die an dem Zepter arbeiten?«, schlug Mole vor.

»Unmöglich« erwiderte Foucault. Der Gestank in Moles Haus war wirklich widerlich. Foucault beschloss, nur noch durch den Mund zu atmen, was seiner Stimme einen seltsam atemlosen Klang gab. »Die ursprünglichen Juweliere wurden alle entlassen und ich bin sicher, dass die neuen Angestellten uns weniger freundlich gesonnen sind als unser Clemper.«

»Nun, da haben Sie womöglich Recht«, räumte Mole ein. »Was sagen wir also zu Foakes, wenn er zurückkehrt?«

»Ich denke, wir werden uns Foakes als Abgesandte von Selims Hof vorstellen«, erwiderte Foucault.

»Oh.« Es entstand eine kurze Stille.

»Sie sprechen doch Türkisch ...? Ich erinnere mich deutlich, dass das eine Voraussetzung für diesen Auftrag war«, sagte Monsieur Foucault sanft, nahm ein Spitzentaschentuch aus seiner Tasche und wedelte damit vor seinem Gesicht herum. Er vermied es, Mole anzublicken.

»Ich spreche die Sprache ein wenig«, sagte Mole und in seiner Stimme schwang ein leiser Zweifel mit. »Das habe ich von meiner Mutter gelernt.«

Monsieur Foucault behielt für sich, dass er Moles Mutter keine besonderen Qualitäten als Lehrerin zubilligte. »*Bu masa mi?* Übersetzen Sie das bitte, mein lieber Mole.« Hinter seinen sanften Worten lag ein eisiger Unterton.

Aber Mole war der Herausforderung gewachsen. »Ja, das ist ein Tisch«, sagte er und klopfte mit den Knöcheln auf die dicke Holzplatte vor sich.

Foucault lächelte und Mole entspannte sich. »Sie müssen nicht mehr sagen«, sagte Foucault. »Ich werde mich als Gesandter von Selims Hof präsentieren, und mein Türkisch ist ausgezeichnet.«

Mole nickte. Er zupfte an seinen Hosen aus Kammgarn.

»Ich werde meinen Schneider vorbeischicken«, sagte Monsieur Foucault und in seinen Augen funkelte es belustigt. Es entsprach seinem Sinn für Humor, seinem zart besaiteten Schneider Francois zu befehlen, die gefährlichen dunklen Gassen von Whitefriars zu betreten.

Mole nickte erneut.

»Sie, mein lieber Mole, können in den nächsten Tagen Patrick Foakes' Stadthaus im Auge behalten. Ich möchte ihn gerne aufsuchen, sobald er zurückkommt. Und wenn Sie dort sind ... wären

Sie vielleicht so freundlich und erkundigen sich nach dem Haushalt, für den unwahrscheinlichen, *sehr* unwahrscheinlichen Fall, dass unsere vorsichtige Annäherung nicht fruchtet.«

Moles Augen begannen zu leuchten. Das begriff er. »Geht in Ordnung«, sagte er fröhlich.

Monsieur Foucault schlenderte mit einem Lächeln auf den dünnen Lippen zu seiner wartenden Kutsche zurück.

17. Kapitel

Die *Lark* dockte nach einer sechswöchigen Seereise an einem Dienstagabend im März in London an. Der ehrenwerte Patrick Foakes und seine Begleiter mussten eine gute halbe Stunde warten, bis sie von Bord gehen konnten, sehr zur Freude von vier Stauern, die am Dock herumlungerten. Sie bemerkten zwar nicht die Anwesenheit des französischen Burschen, aber dafür sahen sie Sophie umso deutlicher. Ihre zierliche Gestalt und ihre helle Locken machten sie zur Verkörperung einer liebreizenden Engländerin, einer sittsamen, echten englischen Dame.

Was sie ganz bestimmt *nicht* war.

Die *Lark* hatte beim Andocken einen Rebellen an Bord. Als Sophie nach Wales gesegelt war, hatte sie nicht im Traum daran gedacht, Braddon zu helfen. Als sich das Schiff jedoch wieder dem Dock näherte, hatte sich in ihr die Erkenntnis gefestigt, dass zukünftig ihre einzige Beschäftigung darin bestehen würde, Einkäufe zu erledigen und Tee zu trinken. Und so war in ihr ganz heimlich ein verwegener, ehrgeiziger Plan herangereift. Eloise brüstete sich mit ihrem gesellschaftlichen Scharfsinn, mit ihrer Fähigkeit, eine nicht ganz perfekte Dame auf zehn Schritte Entfernung ausmachen zu können. Wer eignete sich also besser dazu, die gesamte feine Gesellschaft zu narren und die Tochter eines Pferdezüchters als französische Aristokratin auszugeben?

Wozu sollte sie weiterhin Sprachen studieren, die sie niemals sprechen würde? Sophie wollte eine Künstlerin werden, so wie ihre Freundin Charlotte. Sie wollte das Bild einer französischen Dame erschaffen, einen lebenden Beweis für Eloises strenge Erziehung, von dem diese jedoch niemals etwas erfahren würde. Die moralische Haltung der Marquise verbot es, einen Eindringling in den starren Grenzen der feinen Gesellschaft zu dulden.

Sophie sah sich jedoch einem großen Problem gegenüber. Was würde Patrick von dem ganzen Plan halten? Manchmal glaubte sie, dass er das Versteckspiel und das Risiko genießen würde, und dann fürchtete sie wiederum, dass ihn der Versuch entsetzen könnte.

Als Patrick, Sophie und Henri am gleichen Abend eine späte Mahlzeit zu sich nahmen, fragte Sophie: »Habt ihr beide, du und Braddon, während eurer Schulzeit nicht jede Menge Streiche ausgeheckt?«

Bei der Erwähnung von Braddons Namen blickte Patrick auf. Merkwürdigerweise hatte er sich gerade in diesem Moment gefragt, ob Sophie Braddon bereits vergessen hatte. Offensichtlich nicht.

»Alberne Kinderstreiche«, sagte er schroff und wandte sich wieder seinem Hühnchen zu. »Warum fragst du?«

»Ach, nur so«, erwiderte Sophie leichthin. »Ich habe mir gerade vorgestellt, wie du und Braddon als Kinder wart.«

Das beruhigte Patrick nicht sonderlich. Warum um alles in der Welt sollte seine Frau über Braddon nachdenken, wenn sie nicht hoffte, ihn bald wieder zu sehen?

»Welche Art Streiche?« Henris Augen funkelten vor Neugier.

»Braddon versuchte ständig, einigen Lehrern vorzumachen, er sei jemand anders.«

Henri zuckte die Achseln. Das klang nicht sehr interessant. »Bin ich entschuldigt?«, fragte er. Langsam verwandelte er sich wieder in einen normalen zwölfjährigen Jungen und ließ die brutalen Kriegserlebnisse hinter sich zurück. Er hatte den Nachmittag in Patricks Ställen zugebracht und der Stalljunge wollte ihm später das Bild einer Kuh mit zwei Köpfen zeigen.

»War Braddon mit diesen Streichen erfolgreich?«, fragte Sophie, nachdem Henri den Raum verlassen hatte.

Patrick verdrehte spöttisch die Augen. »Niemals.«

»Oh, der arme Braddon«, sagte Sophie mechanisch, während sich ihre Gedanken überschlugen. Offensichtlich setzte Braddon eine alte Tradition fort, indem er versuchte, seine zukünftige Frau als französische Aristokratin auszugeben. Und ganz offensichtlich wollte Patrick nicht an seinem neusten »Streich« teilhaben. In Anbetracht Braddons fehlgeschlagener Maskeraden in der Vergangenheit kam ihr die Idee nun äußerst idiotisch vor.

Patrick gefiel die Sorgenfalte zwischen Sophies Augenbrauen ganz und gar nicht. Warum hegte seine Frau Sympathie für diesen nichtsnutzigen

Burschen? Patrick vergaß völlig, dass Braddon eigentlich ein lieber alter Freund von ihm war.

»Braddon lügt«, sagte Patrick unverblümt. Als Sophie den verächtlichen Unterton in Patricks Stimme hörte, blickte sie ihn erschrocken an. Sie konnte beinah David Marlowes Stimme hören, der ihr erläuterte, dass Patrick Ehrlichkeit sehr, sehr ernst nahm.

»Er lügt. Wie meinst du das?«

»Er ist ein lockerer Vogel. Und er unterscheidet kaum zwischen Wahrheit und Lüge.«

Sophie musterte ihren Mann fragend, aber Patrick weigerte sich, fortzufahren. Nach all dem war er rundheraus gesagt sehr schlechter Laune. Und er war überzeugt, dass dagegen nur Vertraulichkeiten mit seiner Frau helfen konnten. Also umrundete er den Tisch und setzte sich auf die Armlehne von Sophies Stuhl. Ohne ein weiteres Wort zu verlieren zog er die Nadeln aus ihrem Haar und ließ sie auf den Teppich fallen. Langsam, ganz langsam fielen die honigblonden Locken über Sophies Schultern und Rücken. Und als Patricks lange, geschickte Finger ein letztes Mal durch ihr Haar glitten und zu den Haken ihres Kleides wanderten, hatte es Sophie längst aufgegeben, sich über Braddon und dessen Probleme Gedanken zu machen.

Daher war Patrick äußerst verärgert, als am nächsten Morgen gleich als Erstes ein Brief des Grafen von Slaslow eintraf.

»Was zum Teufel will er?«, knurrte er, ganz wie ein typisch eifersüchtiger Ehemann.

Sophie blickte Patrick überrascht an. »Ich bin sicher, er ist einfach nur höflich. Er lädt mich zu einer Ausfahrt ein.«

Patrick schnaubte. Seit wann war Braddon höflich? Seine Manieren waren alles anderes als geschliffen und korrekt.

»Du hast keine Zeit«, verkündete er anmaßend.

»Habe ich nicht?« Nun war Sophie wirklich überrascht. War Patrick etwa ein besitzergreifender Ehemann? Welch ein aufregender Gedanke. Aufregend aber unpraktisch.

Sie faltete die Hände im Schoß und blickte zu ihrem Ehemann hoch. »Gibt es einen Grund, warum du nicht wünschst, dass ich Braddon treffe?«

»Es würde nicht richtig aussehen!«, erwiderte Patrick.

»Ich bin eine verheiratete Frau«, argumentierte Sophie. »Niemand wird auch nur einen weiteren Gedanken daran verschwenden, wenn ich mit einem Junggesellen durch den Park fahre.«

»Aber du warst mit diesem Junggesellen verlobt!«

»Ich habe dich geheiratet«, gab Sophie zurück. »Du denkst doch sicherlich nicht, dass ich je eine Affäre mit Braddon haben könnte.«

In diesem kalten, vernünftigen Licht betrachtet musste Patrick zugeben, dass Sophie bestimmt nicht das Ehegelöbnis brechen würde – weder mit Braddon noch sonst wem. Seine kleine Sophie war absolut treu und loyal.

»Ach, na gut«, sagte er und wurde das Gefühl nicht los, dass er gerade eine Schlacht verloren hatte. »Sieh ihn so oft du willst! Mach ihn zu deinem ›Gesellschafter‹!«

»Ich glaube nicht, dass ich das tun werde«, erwiderte Sophie ruhig. »Ein Gesellschafter sollte in der Lage sein, mehr als zwei Sätze aneinander zu fügen, findest du nicht?« In ihren Augen lag ein belustigtes Funkeln, so dass Patrick sich gleich viel besser fühlte.

Sophie ging zur Tür des Morgensalons hinüber. »Ich habe außerdem noch meinen Gatten«, neckte sie ihn, »wenn ich eine konfuse Unterhaltung wünsche!«

Patrick stieß ein gespieltes Knurren aus und streckte den Arm aus, um seine kichernde Frau zu packen, aber sie schlüpfte durch die Tür und war verschwunden. Patrick nahm Braddons Brief, den seine Frau zurückgelassen hatte. Die Nachricht sah wirklich nicht so aus, als stamme sie von einem Liebhaber. »Ich muss Sie sehen. Ich hole Sie morgen um vier in meinem Landolet ab.« »Landaulett« war falsch geschrieben.

Patrick musste zugeben, dass er sich unvernünftig aufführte. Es war nur ... es war nur, dass Sophie noch kein einziges Mal gesagt hatte, dass sie ihn liebte. Sie schien nicht einmal daran zu denken. Sie hatten zwei Monate auf engstem Raum miteinander verbracht, und doch zeigte seine Frau keinerlei Neigung, sich ihm zu erklären.

Genau in diesem Moment steckte Sophie den Kopf ins Zimmer. »Und außerdem erwarte ich, dass mein Gesellschafter perfekt Französisch spricht!«, sagte sie kess. Als Patrick aufstand begegnete er ihrem Blick, in dem ein vielsagender, verruchter Ausdruck lag. Es war eine äußerst befriedigende Entdeckung gewesen, dass er seine

Frau durch ein paar geflüsterte französische Worte in eine hemmungslose, leidenschaftliche Verführerin verwandeln konnte.

Dann verschwand ihr Lächeln. »Liest du meinen Brief, Patrick?« Ihre Stimme klang plötzlich sehr kühl. Patrick blickte nach unten und sah, dass er immer noch Braddons Nachricht in den Händen hielt. Er ließ das Blatt fallen, als hätte es plötzlich Feuer gefangen.

»Warum *muss* er dich sehen?«

Sophies Rücken versteifte sich. »Wir haben kein Rendezvous und daher geht es dich nichts an.«

Patricks Mund verzog sich zu einem schmalen Strich.

Das Schuldgefühl, weil er Sophies Korrespondenz gelesen hatte, ließ seine Erwiderung viel härter klingen als beabsichtigt. »Verdammt, es geht mich sehr wohl etwas an! Du bist meine Frau und dein guter Ruf ist ebenso meine Sache.«

»Willst du behaupten, dass mein Ruf Schaden nehmen wird, wenn ich mit Braddon ausfahre?«

»Nun, um deine Reputation ist es schon jetzt nicht gut bestellt«, sagte Patrick unbesonnen. »Nun, da wir verheiratet sind, wird jeder damit rechnen, dass du mich an der Nase herumführst!«

»An der Nase herumführen«, sagte Sophie betont langsam. Das Herz pochte ihr ungestüm im Hals. »Du denkst also, dass meine Reputation so ... beschmutzt ist, dass mein Name in London in aller Munde ist?«

»Es geht gar nicht um deine Reputation«, sagte

Patrick und versuchte, einen Rückzieher zu machen. »Es geht vor allem um Braddons Absichten. Ich verstehe einfach nicht, was ein berüchtigter Lebemann mit einer jungen verheirateten Frau zu schaffen hat, wenn nicht das Offensichtliche.«

»Ja, mit Lebemännern kennst du dich aus, nicht wahr?«, erwiderte Sophie mit deutlicher Missbilligung in der Stimme. »Braddon hat jedoch vor meiner Hochzeit wenig Interesse bekundet, mich zu verführen und ich bin sicher, dass sein Interesse inzwischen bei Null liegt.«

»Braddon ist verrückt«, sagte Patrick und fuhr sich frustriert mit der Hand durchs Haar. »Es gefällt mir nicht, dass er dich womöglich einwickelt. Weiß der Kuckuck, was er beabsichtigt. Nun, ich weiß, was er vorhat! Er will im Revier seines besten Freundes wildern!«

»Das ist eine unglaublich vulgäre Bemerkung«, erwiderte Sophie eisig. »Aber da wir schon einmal dabei sind, uns auf dieses Niveau hinunter zu begeben, so will ich daran erinnern, dass *du* es warst, der in Braddons Revier gewildert hat!«

»Warum soll ich mich nicht fragen, was du mit Braddon zu schaffen hast?«, schrie Patrick zurück und sein Temperament ging nun völlig mit ihm durch. »Mag sein, dass er dich nicht küssen wollte, aber das Gleiche kann man von dir nicht gerade behaupten, oder?«

Sophie rang nach Luft. »Was meinst du damit?«

»Ich meine damit«, sagte Patrick außer sich vor Zorn, »dass Braddon mir erzählt hat, du hättest ihn dazu überredet, mit dir durchzubrennen, weil du verrückt nach ihm warst. Du hattest einfach nur Pech, dass ich die Leiter heraufkam, als du auf Braddon wartetest ... in deinem Schlafgemach!«

Unbändiger Zorn erfasste Sophie. »Du! Du wagst es anzudeuten, dass ich dich verführt habe? Du? Ein Mann, der überall als Lothario bekannt ist! Ein Mann, der die Braut seines besten Freundes verführt!«, fügte sie eisig hinzu. »Du hast kein Recht anzudeuten, dass ich Braddon verführen wollte. Ich hatte vor, meine Verlobung zu lösen – und das weißt du sehr genau! Du hast lange genug gewartet, bevor du mich wissen ließt, wer du bist.«

»Keine Dame lädt einen Mann in ihr Schlafgemach ein, wenn sie ihm nicht zeigen will, dass sie bereit ist. Du hast mich gewiss nicht abgewiesen, als ich zu deinem Bett kam!«

Sophies Hals war ganz heiß und trocken. »Doch, das habe ich«, widersprach sie, hin und her gerissen zwischen dem Wunsch, ihn anzuschreien und in Tränen auszubrechen. »Ich habe dich weggestoßen, bis du deine Kapuze abnahmst.«

»Willst du mir weismachen, dass du nur nachgegeben hast, weil ich es war? Das ist ein bisschen viel verlangt!«

»Es ist die Wahrheit.«

»Ich soll dir also glauben, dass du mich aus Liebe geheiratet hast?«, sagte Patrick höhnisch, während er lautlos auf sie zuging. »Na schön, du warst also so schrecklich in mich verliebt, dass du meinen ersten Antrag ablehntest und einen anderen Mann dazu überredetest, mit dir durchzubrennen?«

»Das habe ich nicht gesagt!«

Patrick zog spöttisch eine Augenbraue in die Höhe. »Was hast du nicht gesagt?«

»Ich habe nicht behauptet, dass ich dich aus Liebe geheiratet habe«, stieß Sophie hervor.

Patrick war nur noch wenige Zentimeter von seiner Frau entfernt und er sah Tränen in ihren Augen glitzern. Bei diesem Anblick verrauchte sein Zorn augenblicklich.

»Du hast mich also aus Lust geheiratet?«, fragte er etwas sanfter. »Nun, dann sind wir wohl in die gleiche Falle getappt, nicht wahr?«

Sophie starrte ihn in dumpfer Enttäuschung an. Dann sprach sie mit fester Stimme weiter. Sie hatte schließlich nicht umsonst Hunderte – wenn nicht Tausende – Ehestreitigkeiten miterlebt.

»Ich habe keine Affäre mit dem Grafen von Slaslow – und ich werde auch keine haben«, sagte sie langsam und deutlich.

»Gut«, sagte Patrick. Er fragte sich langsam, worüber sie überhaupt stritten.

»Und ich hatte nicht vor, Braddon zu verführen, wenn er statt deiner in meinem Schlafzimmer erschienen wäre«, sagte Sophie.

»Ich glaube dir.«

»Und noch eins«, fuhr Sophie mit versteinerter Miene fort. »Ich mag dich aus Lust geheiratet haben, aber ich werde niemals fragen, wer das gegenwärtige Objekt deiner Lust ist. Mag sein, dass wir in der Zukunft andere Amüsements finden, aber ich werde nicht deine Korrespondenz lesen und möchte nicht, dass du meine liest.«

»Gut. Du fragst mich nicht und ich frage dich

nicht. Da planst du ja eine wunderbare Ehe für uns beide, *Liebste.*« Patrick betonte das letzte Wort mit bitterem Sarkasmus.

Mit schneeweißem Gesicht drehte sich Sophie um und verließ den Raum. Erneut erfasste Patrick ein unbändiger Zorn, der sich wie ein Schwelbrand in ihm ausbreitete. Schockiert bemerkte er, dass er unbewusst die Zähne gebleckt hatte.

»Verdammt, verdammt, verdammt«, murmelte er mit unterdrückter Aggressivität. Eines war ganz klar: Er konnte die Vorstellung, dass Sophie sich ein anderes »Amüsement« suchte, nicht tolerieren. Weder mit Braddon noch mit einem anderen Mann.

Patrick blieb stehen. Ohne nachzudenken hatte er Anstalten gemacht, Sophie die Treppe hinauf zu folgen. Stattdessen machte er auf dem Absatz kehrt und verließ das Haus. Grimmig marschierte er in Richtung Süden auf den Fluss zu.

Eine halbe Stunde später fühlte er sich bereits viel besser. Er zuckte zwar immer noch jedes Mal zusammen, wenn er daran dachte, wie Sophie ihm gesagt hatte, sie habe ihn aus Lust geheiratet, aber sie würde sich niemals einen Liebhaber nehmen. Ihre Treue und Loyalität mochte er an ihr am liebsten – abgesehen von der Art, wie sie in einem Moment unglaublich verletzlich und im nächsten kultiviert und welterfahren war.

Wenn er nun sofort nach Hause zurückkehrte, wäre er gegen drei Uhr dort und Sophie würde denken, er wolle auf Braddons Ankunft warten. Aber ich gebe ja keinen Pfifferling, mit wem sie ausfährt, rief sich Patrick in Erinnerung. Vielleicht sollte er sein Kontor an den West India Docks aufsuchen. Sein Vermögensverwalter Henry Foster hatte ungefähr fünfzehn Nachrichten für ihn hinterlassen, die an Dringlichkeit zunahmen, während die *Lark* an der walisischen Küste entlanggesegelt war.

Stattdessen sprang Patrick jedoch in eine Droschke und befahl dem Kutscher, ihn zum Außenministerium zu fahren. Er konnte ebenso gut nachsehen, worüber sich Breksby so aufregte, dass er ihm während seiner Abwesenheit zwei Nachrichten geschickt hatte.

Das Gespräch mit Breksby besserte Patricks Laune nicht gerade. Breksby nahm die Neuigkeiten über die unzureichenden Befestigungsanlagen mit stoischer Gelassenheit auf. Er hatte nichts Gegenteiliges erwartet.

»Wir sind Ihnen sehr dankbar, Mylord«, sagte der Außenminister höflich. »Es ist mir ein Vergnügen, meine Vermutungen so fachmännisch und noch dazu so pünktlich bestätigt zu sehen.«

Patrick neigte den Kopf. »Ist das alles?«, fragte er.

»Nein, nein.« Zum ersten Mal, seit Patrick sich erinnern konnte, wirkte Lord Breksby – der tüchtige, wichtige Breksby – ein wenig unbehaglich, beinah sorgenvoll. »Da wäre noch die andere Angelegenheit ... die Sache mit dem Geschenk.«

Es entstand eine Pause, während Breksby seinen Plan überdachte, Patrick Foakes über Napoleons geplante Sabotage im Dunkeln zu lassen. Der Mann war so – so eindrucksvoll, wenn man ihm persönlich gegenüberstand.

»Ja?«, fragte Patrick ungeduldig. Er wollte nach Hause zurückkehren, bevor Sophie mit Braddon wegfuhr. Dann würde er sich in der Angelegenheit großzügig zeigen und Braddon vielleicht zum Abendessen einladen. Damit konnte er Sophie beweisen, dass er keinen Pfifferling darauf gab, mit wem sie ihre Zeit verbrachte.

»Was das Geschenk angeht, das wir zu Selims Krönung schicken wollen, so hat es einige Schwierigkeiten gegeben«, sagte Breksby und blieb bei seinem Entschluss, nichts von dem befürchteten Austausch des Zepters zu erzählen. »Offensichtlich gibt es einen Plan, das Zepter zu stehlen. Und daher haben wir natürlich vor, das Geschenk sehr sorgfältig zu bewachen. Wir möchten Sie auf gar keinen Fall einer Gefahr aussetzen, vor allem, wenn man bedenkt, welche Verlockung das Zepter für Diebe darstellt. Daher werden wir es auf einem alternativen Weg zu seinem Ziel transportieren. Unser Repräsentant wird das Zepter ein paar Stunden vor der Zeremonie zu Ihrer Unterkunft in Konstantinopel bringen.«

»Sie glauben ernsthaft, dass die Gefahr eines Diebstahls besteht, nicht wahr?«

Breksby nickte. »Ja, das tue ich.«

Sein Ton schien keine Fragen zu dulden, und so stellte Patrick auch keine. »Ich habe vor, Anfang September in die Türkei zu reisen«, sagte Patrick. »Ich nehme an, dass Ihr Repräsentant keine Schwierigkeiten haben wird, in Konstantinopel Kontakt mit mir aufzunehmen.«

»Ich sehe da keinerlei Probleme«, erwiderte Breksby.

Patrick erhob sich.

»Mr Foakes«, sagte Breksby sanft. »Da wäre immer noch die Angelegenheit mit Ihrem Titel.«

Patrick setzte sich wieder und ein Gefühl der Ungeduld machte sich in seiner Magengegend breit. Verdammt, Sophie war inzwischen längst mit Braddon aufgebrochen.

»Ich habe alles Nötige in Gang gesetzt«, sagte Breksby. »Ich möchte hinzufügen, dass mir bis jetzt nur günstige Reaktionen zu Ohren gekommen sind.«

Patrick nickte.

Breksby unterdrückte ein Seufzen. Es ging ihm gegen den Strich, einem Mann die Herzogswürde zu beschaffen, der die Ehre als Nichtigkeit zu betrachten schien. »Es wurde nur die Frage gestellt, ob es sich bei dem Titel des zukünftigen Herzogs von Gisle um einen Erbtitel handeln wird«, sagte er.

Patrick wartete einfach ab, bis sein Gegenüber weitersprach.

Bei Gott, dachte Breksby, der Mann ist nicht normal. Jeder andere würde sich darum bemühen, dass sein Sohn den Titel erbt. »Ich werde alles in meiner Macht stehende tun, damit es ein Erbtitel wird«, sagte er.

Patrick grinste. Breksby war ein guter Mann, und Patrick wusste genau, das er dem, was der Minister unter Dankbarkeit verstand, nicht gerecht wurde. »Ich stehe wirklich in Ihrer Schuld, Lord Breksby.«

Wie viele vor ihm fiel Breksby auf den betörenden Charme von Patricks Lächeln herein. »Ach, wissen Sie«, sagte er, »ich bin immer bemüht, meine Pflicht zu tun.«

Patricks Lächeln wurde breiter. »Ich bin sicher, dass mein Sohn, sollte ich jemals einen haben, noch dankbarer sein wird als ich.«

Breksby musste sich ein Grinsen verkneifen. »Dessen bin ich mir ganz sicher!«

Lord Breksby trennte sich äußerst zufrieden von dem zukünftigen Herzog von Gisle. Er hatte gut daran getan, Foakes nicht darüber zu informieren, dass sie sich weniger um den Diebstahl des Zepters sorgten als vielmehr um den Austausch. Er persönlich erachtete das Risiko sowieso als minimal. Warum sollte sich Napoleon die Mühe machen, ein Zepter mit Sprengstoff zu füllen? Der Plan klang viel zu weit hergeholt, um Breksbys gesunden Menschenverstand zu überzeugen. Wahrscheinlich würde gar nichts passieren – und wenn er nichts darüber verriet, würde es ihm eine Peinlichkeit ersparen. Was, wenn Foakes überall verbreitete, dass Breksby sich unnötig aufregte?

Am Himmel zog Regen auf, als Patrick das Außenministerium verließ. Er hatte Sophie und Braddon nun ganz sicher verpasst. Er stieg die großen Marmorstufen hinunter, die zur Themse führten, und starrte einen Moment lang in die trübe Tiefe des Flusses. Dann drehte er sich um und rief sich eine Droschke. Was hatte er sich nur dabei gedacht, seine Arbeit zu vernachlässigen? Normalerweise hätte er nach einer Reise sofort sein Kontor ausgesucht. Er war erst sechs Wochen verheiratet und schon vernachlässigte er seine Pflichten.

Als er die West India Docks erreichte, kam sein untersetzter Vermögensverwalter mit sichtbarer Erleichterung zu ihm herüber. »Bei George, ich bin froh, Sie zu sehen, Sir!«

Und so wurde Patrick von der turbulenten Atmosphäre seines Lagerhauses mitgerissen. Eines seiner Schiffe war vor der Küste von Madras auf Grund gelaufen und hatte eine Ladung Baumwolle verloren; sein Mann in Ceylon hatte eine dringende Nachricht hinsichtlich der Lieferbarkeit von Tee geschickt; Foster hegte den Verdacht, dass der Kapitän auf der *Rosemary* sie um einen Teil der Zuckerladung betrog. Patrick machte sich mit Feuereifer an die Arbeit. Dort, in den staubigen, geschäftigen Büros, in denen die Rufe und das Poltern aus den benachbarten Speichern zu hören waren, gab es keine störenden Ehefrauen, keine vorwurfsvollen Blicke und keine Schuldgefühle. Er nahm ein leichtes Abendessen an seinem Schreibtisch zu sich und arbeitete bis spät in den Abend hinein.

Sophie sah sich misstrauisch auf der Straße um, bevor sie in Braddons Landaulett stieg, aber sie konnte keine Spur ihres Ehemanns entdecken. Sie hatte immer noch einen dicken Kloß im Hals, aber äußerlich wirkte sie völlig gefasst. Ohne zu Zögern stimmte sie zu, am nächsten Tag Madeleines Vater kennen zu lernen.

»Vielleicht könnten wir uns danach ein oder zwei Mal die Woche treffen, wenn es Miss Garnier recht ist«, sagte sie.

Braddon stimmte ihr eifrig zu.

»Ich stelle nur eine Bedingung«, sagte Sophie.

Braddon rutschte unruhig auf seinem Sitz hin und her. Er hatte diesen Blick schon oft bei anderen Frauen gesehen und er hasste ihn. »Alles, was Sie wollen«, sagte er nach einem stummen Stöhnen.

»Mein Mann darf nichts davon erfahren.«

»Patrick? Meinen Sie Patrick?«

»Natürlich meine ich Patrick«, fuhr sie ihn an. »Habe ich noch einen zweiten Ehemann?«

»Aber, aber –« Braddon war völlig verwirrt. »Warum in alles in der Welt nicht? Patrick hat sich immer an meinen Streichen beteiligt. Ich will nicht behaupten, dass er sie immer gutgeheißen hat, aber ...«

»Sollte er es herausfinden, werde ich zukünftig für Miss Garniers Instruktionen nicht mehr zur Verfügung stehen«, sagte sie in einem Ton, der keine Widerrede duldete.

Braddon konnte jedoch ausgesprochen stur sein. »Aber Sophie, wie wollen Sie denn Ihre Abwesenheit während der Nachmittage erklären? Was wird Patrick denken, wenn Sie so viel Zeit mit Madeleine verbringen?«

Sophie warf ihm einen durchdringenden Blick zu. »Ehemänner überwachen ihre Frauen nicht, als wären es Schoßhunde. Meine Mutter tut genau das, was sie möchte.«

Braddon schwieg einen Moment lang und überlegte, wie er Sophie darauf hinweisen sollte, dass ihre Eltern kein besonders passendes Beispiel abgaben.

»Meine Mutter hätte nicht jede Woche verschwinden können, ohne dass mein Vater misstrauisch geworden wäre«, erwiderte er schließlich.

»Ich bin mir sicher, dass Patrick und ich in dieser Sache keine Differenzen haben werden«, versicherte Sophie ihm. »Ich bezweifle, dass Patrick sich dafür interessieren wird, wo ich meine Nachmittage verbringe, aber wenn doch, dann werde ich ihm mitteilen, dass ich die Kinder in Bridewell besuche.«

»Bridewell! Patrick würde Sie niemals nach Bridewell lassen«, rief Braddon und dachte an das Armenhospital, das in einer wenig respektierlichen Gegend der Stadt lag.

Sophie zog eine Augenbraue in die Höhe. »Haben Sie vor, Madeleine so unter der Knute zu halten?«, fragte sie mit zuckersüßer Stimme. »Denn es dürfte Sie interessieren, dass die Damen der feinen Gesellschaft Bridewell regelmäßig aufsuchen und mit den Waisenkindern spielen. Wir sind bei den Krankenhausangestellten sehr willkommen.«

»Oh je«, sagte Braddon erregt. »Sind Sie sicher, Sophie? Warum sagen wir es Patrick nicht einfach? Dann wären die Dinge viel einfacher.«

»Das werde ich nicht. Und wenn Sie es ihm sagen, werde ich keinen Finger rühren, um Madeleine zu helfen.«

»So ein Unfug!«

Sophie hatte sich bis dahin zusammen genommen, aber nun verlor sie die Beherrschung. »Wenn es Unfug ist, dann können Sie sich ja auch jemand anders suchen, der Ihnen dabei hilft!«

Braddon warf ihr einen entsetzten Blick zu. Ein

Mann konnte sich darauf verlassen, dass eine Frau immer just dann zu schreien anfing, wenn man gerade die Zügel in die andere Hand wechselte.

»Machen Sie sich keine weiteren Gedanken darüber«, sagte Braddon, nachdem er das schwierige Manöver durchgeführt hatte und seine Pferde sanft durch den Torbogen in den St. James's Park trabten. »Sie haben sicherlich Recht. Wenn ich es mir recht überlege, war Patrick nicht sehr begeistert von meinem letzten Streich.«

Je länger Braddon über Patricks Reaktion auf sein »gebrochenes Bein« nachdachte, desto erleichterter war er, dass Patrick niemals von seinem neusten Plan erfahren würde. Der Ausdruck auf Patricks Gesicht, als Braddon angefangen hatte, den Gips zu zertrümmern, würde er nie vergessen. Das Gleiche galt für die Predigt, die er im Anschluss erhalten hatte. Ihm hatten regelrecht die Ohren geklungen.

»Ja, Sie haben Recht«, sagte Braddon mit überraschendem Nachdruck. »Je weniger Leute die Wahrheit kennen, desto besser. Sie, Madeleine, ihr Vater und ich reichen völlig.«

Genau in diesem Moment beugte sich Sophie vor und winkte mit ihrer behandschuhten Hand jemandem zu. »Oh, bleiben Sie stehen, Braddon. Schauen Sie, da sind Charlotte und Alex!«

Braddon hielt an und Sophie sah erwartungsvoll zu, wie Alex seine zweirädrige Kutsche parallel neben Braddons Landaulett steuerte und ebenfalls anhielt.

»Nettes Gespann hast du da«, sagte Braddon zu

Alex. Er war eher ein Freund Patricks als von Alex und er verspürte immer noch ein wenig Ehrfurcht vor Patricks Zwillingsbruder. Patrick besaß zwar auch ein hitziges Temperament, aber in Alex' Augen lag oft ein hartes, unnachgiebiges Funkeln, bei dem Braddon stets ein unangenehmes Gefühl beschlich.

»Wo ist Patrick?«, fragte Charlotte auf der anderen Seite des Zweiräders fröhlich.

Sophie rutschte unruhig auf ihrem Sitz hin und her. Wäre es für eine Frau doch nur kein unerhörter Verstoß gegen die Anstandsregeln, aus einer Kutsche zu steigen und zu einem anderen Gefährt hinüberzulaufen. Sie schüttelte einfach nur den Kopf und hoffte, dass ihr Schweigen Charlotte zu verstehen geben würde, das etwas nicht stimmte.

Ihre Freundin reagierte sofort. »Willst du heute Abend nicht zu einem leichten Essen zu uns kommen, Sophie.«

Sophie beugte sich vor und versuchte, an Braddons massigem Körper vorbeizusehen. »Sehr gerne, Charlotte. Ich weiß jedoch nicht, wie Patricks Pläne lauten. Wir sind gestern erst in London angekommen.«

»Sie sind noch nicht lange verheiratet«, sagte Alex. »Ich bin sicher, Patrick wird Ihnen schon folgen. Wir müssen nun jedoch nach Hause zurückkehren, Charlotte.« Er zwinkerte Sophie zu. »Manche Männer stehen unter dem Pantoffel ihrer Frauen, aber wir stehen unter dem unseres Kindermädchens. Es ist bald Zeit für Pippa und Sarah, in den Salon zu kommen.«

Charlotte zog die Nase kraus. »Die armen Kleinen. Pippa wird ganz förmlich und unglücklich im Salon erscheinen und eine ganze halbe Stunde lang versuchen, sich wie eine echte Dame zu benehmen. Sehen wir dich dann um acht Uhr?«

Sophie nickte.

Als Patrick um acht Uhr immer noch nicht zurückgekehrt war, hinterließ Sophie eine neutrale Nachricht bei ihrem Butler Clemens, wünschte Henri eine gute Nacht und gab dem Kutscher Anweisungen, sie zum Haus ihres Schwagers zu fahren.

Als sie dort ankam, war Sophie selber überrascht, dass sie nicht sofort mit den Einzelheiten ihres Streits herausplatzte. Sie hatte sich so danach gesehnt, es Charlotte zu erzählen ... aber wollte sie ihrer Freundin tatsächlich verraten, dass ihr Mann ganz offen zugegeben hatte, sie nur aus Lust geheiratet zu haben? Man musste sich doch einen letzten Rest Würde bewahren.

Während des Essens plauderten sie über die neuen Zähne von Baby Sarah und die französischen Soldaten, die in Wales gesund gepflegt wurden. Erst, als Alex sich in sein Arbeitszimmer zurückgezogen hatte, stellte Charlotte Sophie zur Rede.

Ihre Freundin hielt sich nicht mit Nettigkeiten auf. »Wo zum Teufel ist er, Sophie? Habt ihr gestritten?«

Sophie setzte sich auf ein niedriges Sofa, und eine Klammer schien ihr die Brust zuzuschnüren. »Oh, Charlotte«, sagte sie und bemühte sich, nicht jämmerlich zu klingen. »Du weißt, dass ich ein höllisches Temperament habe.«

Charlotte ließ sich von dieser leicht dahingesagten Bemerkung nicht täuschen und ihre Augen bohrten sich ernst in Sophies. »Sophie«, sagte sie unheilschwanger und in diesem Wort lag ein unmissverständlicher Befehl.

»Ich weiß nicht, wo er ist«, sagte Sophie. Dann straffte sie die Schultern. »Er verbringt wahrscheinlich den Abend mit seiner Geliebten.«

»Pah!«, erwiderte Charlotte. »Er hat keine Geliebte und du bist eine Närrin, wenn du glaubst, dass Patrick Augen für eine andere hat als dich.«

»Wir haben wegen Braddon gestritten«, sagte Sophie.

»Braddon!« Was immer Charlotte auch erwartete hatte, so war es ganz bestimmt nicht das. »Was zum Teufel gibt es da zu streiten?«

»Braddon hat mich eingeladen, mit ihm auszufahren, und Patrick wollte mir nicht erlauben, die Einladung anzunehmen.«

»Ach du meine Güte«, sagte Charlotte schwach. »Er muss eifersüchtig sein. Wie seltsam.« Sie begegnete Sophies Blick und beide mussten unweigerlich grinsen. »Eifersüchtig auf Braddon! Mein Gott, Männer sind doch wirklich absurd! Nun, du hast zum Glück nicht vor, viel Zeit mit Braddon zu verbringen.« Sie kicherte. »Aber ja, Braddon der fröhliche Herzensbrecher, der Patrick die schöne Gattin stiehlt! Wenn die Eifersucht der Grund für euren Streit ist«, fügte Charlotte hinzu, »dann dürfte es reichen, Braddon zu meiden.«

Da Sophie Braddon versprochen hatte, niemandem von ihrem Plan zu erzählen, Madeleine die strengen Regeln der feinen Gesellschaft beizubringen, konnte sie angesichts Charlottes weisem Rat nur zustimmend nicken.

Wieder zu Hause nahm Clemens Sophies Mantel entgegen und fragte, ob sie eine Erfrischung wünsche. Als sie verneinte, gab er ihr die Nachricht zurück, die sie für Patrick hinterlassen hatte. »Seine Lordschaft ist noch nicht zurückgekehrt«, sagte Clemens und verbeugte sich, als seine Herrin die Treppe hinaufstieg.

Sophie blickte auf die zierliche Uhr in ihrem Schlafzimmer. Es war halb zwölf. Sie war so lange wie möglich bei Charlotte geblieben, in der Hoffnung, dass Patrick vor ihr nach Hause zurückkehren würde.

Nun, dachte Sophie, zog die Hutnadel aus ihrer Haube und warf diese auf einen Sessel, das Eheglück von Mama und Papa hat genau zwei Monate gehalten, aber wir waren nicht ganz so erfolgreich. Sie zählte nach. Ihr Mann hatte sie bereits nach nur sieben Wochen verlassen ... offensichtlich war der Charme ihrer Mutter dem ihren überlegen. All die Verse auf die »himmlisch reine« Eloise mussten der Wahrheit entsprochen haben.

Oder vielleicht hatte ihr Vater geglaubt, er habe aus Liebe geheiratet, und erst später herausgefunden, dass er nur Lust für seine Frau empfand. Wohingegen ihr klarsichtiger Mann die Liebe erst gar nicht als Heiratsgrund in Betracht gezogen hatte.

Sophie ging schließlich um ein Uhr zu Bett. Sie konnte jedoch weder schlafen, noch auch nur eine Träne vergießen. Sie lag einfach nur da, starrte zur Decke hinauf und lauschte angestrengt auf etwaige Geräusche aus dem angrenzenden Schlafzimmer. Aber es war nichts zu hören. Gegen sechs Uhr morgens betrat schließlich Patricks Kammerdiener Keating das Zimmer und öffnete die Gardinen. Vielleicht glaubt Keating, dass er in meinem Zimmer geschlafen hat, dachte Sophie trübsinnig. Aber das spielt auch keine Rolle.

Um acht Uhr morgens hörte Sophie schließlich forsche Schritte, die das Zimmer nebenan betraten. Dann sagte eine joviale Stimme: »Oh, ja, Mann. Sieh dir mein Gesicht an. Ich brauche eine Rasur und ein Bad.« Sie hörte ein Rascheln und ein Poltern, als Patrick seine Sachen ablegte.

Sophie hatte das Gefühl, als läge ein großer Felsbrocken auf ihrer Brust. Dennoch wollten immer noch keine Tränen fließen. Endlich verstummten die Geräusche im Nebenzimmer. Als sich ihre eigene Tür öffnete, winkte sie ihre Zofe fort und schlief endlich ein.

Patrick wanderte den ganzen Tag im Haus herum und wartete darauf, dass Sophie sich erhob, bis ihm klar wurde, dass sie in ihrem Zimmer blieb, um ihm aus dem Weg zu gehen. Er rief Simone zu sich und durchbohrte sie mit Blicken, als sie darauf beharrte, dass die Herrin tatsächlich noch schlief. Um drei Uhr nachmittags, als Braddon bei ihnen erschien war er schließlich mit seiner Geduld am Ende.

»Hallo, Patrick«, sagte Braddon fröhlich. »Wo ist deine Frau? Ich wollte mit ihr ausfahren.«

»Sie ist noch nicht aufgestanden«, sagte Patrick.

Sophie trat gerade in diesem Moment aus ihrem

Zimmer, blieb jedoch auf dem oberen Treppenabsatz stehen, als sie Patricks Stimme vernahm.

»Bist du nicht gestern schon mit Sophie ausgefahren?«

»Ja, das stimmt«, sagte Braddon. »Und heute nehme ich sie wieder mit. Na, wie gefällt dir das Eheleben?« Braddon war wirklich ausgezeichneter Laune. Madeleine würde seine Frau werden, und so war in seinem Leben alles in bester Ordnung.

»Dafür, dass ich mir habe Fesseln anlegen lassen, ist es gar nicht so schlimm«, sagte Patrick mit beißendem Sarkasmus.

»Fesseln?«

Für einen Mann, der mir die Frau unter der Nase wegstehlen will, sieht Braddon ziemlich schockiert aus, dachte Patrick.

»Du bist mit einer der schönsten Frauen der feinen Gesellschaft verheiratet, wahrscheinlich sogar mit der schönsten, und das nennst du ›sich Fesseln anlegen lassen‹?«

»Ja, es könnte schlimmer sein«, sagte Patrick lakonisch. »Wenn man bedenkt, wie wenig Geschwister sie hat, dann ist es nicht sehr wahrscheinlich, dass mir viele Bälger zwischen den Füßen herumlaufen werden.«

Sophie empfand seine Worte wie Pfeile, die sich ihr in die Brust bohrten.

»Ist das nicht ein bisschen grob, alter Freund?« Braddon klopfte seine Taschen ab, um nach seiner Tabakdose zu suchen. »Patrick, hast du schon meine neue Mischung probiert? Sie enthält Hagebutten ... wo hab ich sie nur?«

»Ich mag keine Hagebutten in meinem Schnupftabak«, stieß Patrick mühsam hervor.

Braddon bediente sich ungerührt. »Glaubst du, Sophie wird noch lange brauchen? Meine Pferde stehen auf der Straße.«

»Woher soll ich das wissen?«, erwiderte Patrick.

Braddon zog eine Augenbraue in die Höhe. »Also, wirklich Patrick, du klingst nicht gerade wie ein glücklicher Ehemann.«

»Oh, ich bin glücklich, nahezu wahnsinnig glücklich.« Patrick fühlte sich wie ausgewrungen. Er hatte die halbe Nacht im Kontor gearbeitet und war dann zu Hause in seiner Bibliothek mit einem Brandy in der Hand eingeschlafen.

»Hast du immer noch vor, deiner Geliebten in Mayfair ein Haus einzurichten?«, fragte Patrick unauffällig.

»Nein«, antwortete Braddon. »Außerdem gehen wir inzwischen getrennte Wege.« Er mied Patricks Blick, der leider die unangenehme Fähigkeit besaß, Braddon genau anzumerken, wann er log.

Als Patrick Braddons gesenkten Kopf sah, zog er sardonisch die Augenbraue in die Höhe. Schämte er sich etwa? Nun, das sollte er verdammt noch mal auch, denn er hatte offensichtlich seiner Geliebten den Laufpass gegeben, um sie durch Sophie zu ersetzen.

Beide Männer drehten sich um, als Sophie in einem eleganten, schimmernden, blassrosafarbenen Kleid die Treppe herunterkam. Ihre Augen begegneten dem Blick ihres Mannes mit ungetrübter Freundlichkeit.

»Ich hoffe, du hattest einen schönen Tag.«

So sehr er sich auch bemühte, so konnte er doch keine Spur von Bissigkeit in ihren Worten entdecken.

Sie nahm Braddons ausgestreckten Arm und schenkte ihrem Gatten ein charmantes Lächeln. »Sehe ich dich später?«

Patrick schüttelte den Kopf; nicht weil er Pläne hatte, woanders zu essen, sondern weil er wissen wollte, ob er sie aus der Ruhe bringen konnte. Offensichtlich nicht.

»Nun, in diesem Fall wünsche ich dir eine gute Nacht«, sagte Sophie freundlich. Sie und Braddon verließen das Haus.

»Verdammt«, sagte Patrick. Er drehte sich um und kehrte in die Bibliothek zurück, in der er die vergangene Nacht verbracht hatte.

Sophie schluckte schwer, als sie in Braddons Kutsche kletterte, und verdrängte den Wunsch, sich wieder in ihr Schlafzimmer zurückzuziehen. Der Nachmittag gestaltete sich jedoch sehr vergnüglich. Als Sophie Braddons Bitte in Erwägung zog, hatte sie noch keinen weiteren Gedanken an die Frau verschwendet, in die er sich verliebt hatte. Die Tochter eines Pferdezüchters? Unmöglich. Aber Madeleine war wunderbar; durch und durch französisch, pragmatisch und sehr witzig.

Sie und Sophie brachen immer wieder in schallendes Gelächter aus, während sie die komplizierten Einzelheiten des feinen Benehmens besprachen. Madeleine fand einige Regeln, die Sophie einfach als gegeben hingenommen hatte, lächerlich.

»Aber warum muss ich lügen, wenn mich jemand mit Suppe bekleckert?«

»Weil das so ist«, argumentierte Sophie nicht sehr schlagkräftig. »Vielleicht wird eines Tages eine betrunkene Herzogin Bratensaft über Ihr ganzes Gesicht spritzen. Das kommt vor; ich habe es schon gesehen. Und noch während Sie sich das Gesicht abwischen, müssen Sie bestreiten, dass das Malheur je geschehen ist.«

»So ein Unsinn!« Und dann lachte sie wieder ihr temperamentvolles, ansteckendes Lachen, das stets wie eine kleine Feuerwerksrakete aus ihr herausbrach.

Ihr beizubringen, sich wie eine Dame zu benehmen, war gar nicht so schwer, wie Sophie geglaubt hatte. Madeleine besaß eine angeborenen, natürliche Grazie, die ihre Lektionen vereinfachte. Sophie lehrte sie den Hofknicks, *la révérence en arrière*. Am Ende des Nachmittags beherrschte Madeleine ihn perfekt. Sie sank mit anmutiger Eleganz nach hinten, wobei sie den hinteren Fuß über die Zehenspitzen nach hinten führte, so dass sich nur ihre Absätze berührten.

Sophie blieb vor Überraschung der Mund offen stehen. »Ich habe wochenlang üben müssen, um das zu erlernen, Madeleine!«

Madeleine grinste. »Ich werde morgens vor jedem Pferd einen Knicks machen.« Und damit wandten sie sich der Kunst der förmlichen Begrüßung zu.

18. Kapitel

»Ich könnte es schaffen«, drängte Mole. »Würde nur einen Moment dauern, ehrlich. Der Junge ist den ganzen Tag in den Ställen.« Monsieur Foucault erwiderte nichts und Mole wusste nicht, ob sein Auftraggeber die gute Gelegenheit zu schätzen wusste oder nicht.

»Ich sage Ihnen, Sir, der Bursche frisst mir aus der Hand. Ich habe ihm erzählt, ich wüsste von einem Pferd, das bis fünf zählen kann. Ich überrede ihn, mich vor dem Haus zu treffen, werfe ihn in eine Kutsche und dann hätten wir es geschafft!«

Monsieur Foucault zog die Augenbrauen in die Höhe. »*Was* hätten wir geschafft?«

»Nun, wir hätten den jungen Herrn des Hauses in unserer Gewalt«, prahlte Mole, auch wenn er das beunruhigende Gefühl hatte, als stünde er auf Treibsand.

»Wenn Sie damit andeuten wollen, dass der junge Henri Foakes' Sohn ist«, sagte Foucault gelangweilt, »er ist es nicht. Der Junge ist ein französisches Gossenkind, den Foakes Gott weiß wo aufgegabelt hat.«

»Aber sie mögen den Jungen, oder nicht? Ich habe gehört, dass er nächste Woche einen Lehrer bekommt und er hat mir selber gesagt, dass er im Frühling auf eine dieser teuren Schulen geschickt wird. Wir müssen schnell handeln, aber er frisst mir aus der Hand«, wiederholte Mole. »Und wenn sie ihn genug mögen, ihm einen Lehrer einzustellen, dann werden sie auch ein schönes Lösegeld für ihn zahlen. Ich glaube, er ist ein Ausrutscher von Foakes, jawohl.«

»Aber wir brauchen kein Lösegeld«, sagte Foucault und auf seinen Zügen zeigte sich ein Anflug von Gereiztheit. »Haben Sie nichts Wichtiges herausbekommen, während Sie in den Ställen Hinz und Kunz unterhalten haben?«

»Sie haben Streit«, sagte Mole prompt. »Die Flitterwochen sind vorbei, heißt es. Er ist jede Nacht weg. Er bleibt bis in die Morgenstunden im Kontor und kehrt gar nicht in sein Schlafzimmer zurück, und sie fährt ständig mit so einem feinen Pinkel aus. Man erzählt sich in den Ställen, dass sie den zuerst heiraten wollte und dann irgend etwas passiert ist und sie ihm den Laufpass gegeben hat.«

»Interessant, aber nicht besonders nützlich«, murmelte Foucault. »Hat François schon Ihre bescheidenen Unterkünfte aufgesucht, mein lieber Mole?« Als dieser nickte, fuhr Foucault fort. »In diesem Fall möchte ich, dass Sie mich am Dienstag in zwei Wochen begleiten. Wir werden Patrick Foakes einen Besuch abstatten. Sie sind dann ein gewisser Bayrak Mustafa, und ich habe mir überlegt, dass Sie offiziell des Englischen nicht mächtig sind. Wäre das zu machen?«

Und ohne eine Antwort abzuwarten, entfernte Monsieur Foucault ein Staubkorn von seinen kniehohen Stiefeln und schlenderte aus dem Zimmer.

Patrick saß in der hinteren Reihe seiner Loge im *Drury Lane Theater,* streckte die Beine aus und betrachtete seine Frau, die im vorderen Teil der Loge saß. Lady Sophie York, die schöne Tochter des Marquis von Brandenburg, war bereits ein gesellschaftlicher Erfolg gewesen, aber Lady Sophie Foakes, die liebreizende Gattin des Ehrenwerten Patrick Foakes, würde ganz bestimmt zu einer der Ersten der feinen Gesellschaft aufsteigen. In diesem Moment war Sophie von Gentlemen nur so umringt. Heiratsfähige Mädchen waren ja schön und gut, aber junge Ehefrauen scharten stets einen Kreis von Bewunderern um sich, die befürchteten, zur Ehe gedrängt zu werden, wenn sie einem einzelnen Mädchen besondere Aufmerksamkeit schenkten. Außerdem waren verheiratete Frauen für geistreiche Bemerkungen zu haben, die für die Ohren von unschuldigen Mädchen als zu gewagt galten.

Patrick verzog die Lippen, als Sophie erneut zu lachen begann. Ihre Bewunderer bogen sich ihr entgegen wie Weidenbäume im Sturm. Sie versuchen wahrscheinlich, ihr in den Ausschnitt zu schauen, dachte er mürrisch. Sophie trug ein goldfarbenes Opernkleid mit einem ganz besonders tiefen Ausschnitt.

»Ist das Kleid nicht ein wenig zu elegant für das Theater?«, hatte Patrick gefragt, als sie in der Eingangshalle ihres Hauses erschien und ihre langen Handschuhe glatt strich.

Sophie hatte ihm von unten herauf einen aufreizenden Blick zugeworfen. »Manchmal kleide ich mich absichtlich zu elegant, damit die anderen sich in ihrer eigenen Kleidung unwohl fühlen.«

Patrick fiel darauf keine Antwort ein. Beim bloßen Anblick ihrer weißen Brüste, die in dem Kleid beinah vollständig zu sehen waren, spürte er ein heißes Verlangen in den Lenden. Hastig hüllte er Sophie in ihren Samtumhang und schob sie vor die Tür, damit sie den Beweis seiner Lust nicht bemerkte.

Was zum Teufel tat er eigentlich? Sie war schließlich seine Frau. Sophie verriet mit keiner Miene, dass sie ihm ihren Streit übel nahm. Aber Patrick hatte die letzten Wochen damit zugebracht, die Gassen Londons zu durchstreifen, statt sich in seinem Bett mit seiner Frau zu vergnügen, wie es eigentlich normal gewesen wäre.

Patrick holte tief Luft. Er saß hinter den zahlreichen Galanen, die Sophies Hofstaat bildeten, aber sogar von seinem Platz aus konnte er sehen, wie ihre weichen, üppigen Brüste durch das Kleid nach vorne gedrückt wurden. Er schlug die Beine übereinander. Bald musste doch dieses verdammte Theaterstück weitergehen. Wie hieß es noch gleich? *Vom Christen zum Türken.* Der besagte Christ brauchte verflucht lange, um zum Türken bekehrt zu werden, und so hatte Patrick viel zu viel Zeit, um über Sophies Körper nachzudenken. Zumindest würden beim Ende der Pause endlich all die Tölpel ihre Loge verlassen, die seine Frau umringten. Natürlich zählte Braddon ebenfalls zu dieser Gruppe. Patrick entwickelte langsam ausgeprägte Hassgefühle gegenüber seinem alten Schulfreund.

Sophie war sich jeder unruhigen Bewegung ihres Mannes bewusst, obwohl sie es vermied, ihn anzusehen. In diesem Moment lachte sie und klopfte Lucien Boch mit ihrem Fächer auf das Handgelenk. Er war ihr erklärter Liebling, vor allem, weil er einen leichten, geistreichen Witz besaß, der nicht zu anzüglich wirkte.

Lucien hatte ihre Hand in die seine genommen und hob sie an die Lippen. »Ich bin zu einem Sklaven Ihrer Augen geworden, schöne Dame.«

»Dann rette Sie Gott, denn ich werde es nicht tun«, sagte Sophie schelmisch.

»Niemand außer Ihnen kann mich erretten ... Sie sind eine Göttin!«

»Dann befehle ich Ihnen, an Ihren Platz zurückzukehren.«

»Das kann ich nicht.« Lucien schlug sich theatralisch auf die Brust. »Ich bin ein Apostel Ihrer Schönheit, Lady Sophie. Ich fürchte um mein Leben, wenn ich mich zu weit von der Quelle meiner Glückseligkeit entferne.«

»Oh, was für einen Schwulst Sie reden!« Sophie kicherte. »Irgendwann gehen Sie noch zu weit!«

»Mit Ihnen, in meinem Bett?«, erwiderte Lucien und lachte ebenfalls.

Sophie schaute unwillkürlich zu Patrick hinüber, der angesichts dieser Unterhaltung die Stirn runzelte. Sie hatte sich noch nicht an den Grad der Vertrautheit gewöhnt, der bei Unterhaltungen mit verheirateten Frauen üblich war. Es brachte sie aus der Fassung, dass ihr etwas peinlich war. Bevor sie Patrick geheiratet hatte, war sie für ihre gewagte Ausdrucksweise berüchtigt gewesen. Aber da war sie auch nur ein Mädchen gewesen, das, wie sie nun erkannte, die meiste Zeit gar nicht gewusst hatte, wovon es sprach.

Und wenn sie ehrlich war, schenkte sie ihrem Flirt mit Lucien gar nicht ihre volle Aufmerksamkeit. Jeder Teil ihres Körpers konzentrierte sich auf ihren Mann – obwohl Patrick die begehrlichen Blicke der anderen Männer nicht einmal zu bemerken schien.

Lucien ergriff sanft ihr Handgelenk. »Ich sprach nur im Scherz, Lady Sophie.« Sein Blick begegnete ihrem. »Ich schmeichele und flirte, weil es modern ist, aber ich möchte Ihre sensiblen Gefühle bestimmt nicht verletzen.«

Sophie lächelte. »Wollen Sie damit sagen, dass Sie diese Freundlichkeit also jeder Dame erweisen würden?«

»Genau«, bestätigte Lucien. »Ich mag Sie zu sehr, um Ihnen ein anzügliches Angebot zu machen, Mylady. Und Ihr Erröten verrät mir, dass Ihnen dieses Spiel noch nicht vertraut ist.«

Sophie errötete noch heftiger.

Patrick blickte zufällig genau in diesem Augenblick zu ihnen herüber und verzog mürrisch das Gesicht. Da er Sophies Vorliebe dafür kannte, mit der französischen Sprache verführt zu werden, traute er Lucien nicht. Verdammt, knurrte er innerlich. Wenn ich nicht aufpasse, ende ich noch wie Sophies Mutter und dulde nur ältliche und gebrechliche Franzosen in meinem Haus.

Sophie flüsterte vertraulich mit Lucien. Bleib vernünftig, befahl Patrick sich. Jeder weiß, dass

Lucien seiner toten Frau treu ist. Er will Sophie nur mit einem Flirt amüsieren.

Gereizt erhob sich Patrick und schlenderte aus der Loge. Warum sollte er herumsitzen und zusehen, wie andere Männer seiner Frau den Hof machten? Ich bin besessen, dachte er und ging schnell den Flur des Theaters entlang ... besessen von unrealistischen und eifersüchtigen Gedanken. Wo war Sophie zum Beispiel am Tag zuvor gewesen? Braddon hatte sie um Punkt zwei Uhr abgeholt und sie erst um sieben Uhr zurückgebracht, so dass sie kaum genug Zeit hatte, sich für das Hauskonzert umzukleiden, das sie gemeinsam besuchen wollten. Und das Gleiche war am Freitag der vergangenen Woche geschehen.

Er marschierte die ungepflasterte Gasse entlang, die neben dem *Drury Lane Theater* entlangführte und sein Herz raste vor Zorn. Er war einfach nicht fähig, seine Frau zu fragen, was sie den ganzen Nachmittag mit ihrem alten Verehrer tat.

Sophie, das wusste Patrick genau, war wie ein Wassertropfen; klar, ehrlich und treu. Sein Liebesspiel zum Beispiel genoss sie ohne Scham oder Hemmungen. Sie flüsterte ihm keine unaufrichtigen Liebesbeteuerungen zu, die allein auf ihrem Verlangen basierten. Obwohl Patrick einräumen musste, dass er auf diesen Aspekt ihres ehrlichen Naturells gerne verzichten konnte.

Das Schlimmste war, dass Patrick sich so verrannt hatte, dass er sich nicht dazu überwinden konnte, das Schlafgemach seiner Frau zu betreten, sie in seine Arme zu nehmen ... während seine süß duftende Frau ihre Nächte allein verbrachte.

Hätte Sophie Wut oder Kummer gezeigt oder wenigstens angedeutet, dass sie seine Abwesenheit in ihrem Bett bemerkte, so wäre es leichter für ihn, das Thema anzuschneiden. Aber sie war stets freundlich und reizend.

»Es interessiert sie nicht im Geringsten, ob ich in ihrem Bett liege oder nicht«, murmelte Patrick leise. Er machte kehrt und ging zum Theater zurück. Es war schlimm genug, dass er nachts die Straßen Londons durchstreifte oder bis zum Morgengrauen in seinem Büro blieb; Sophie sollte nicht alleine im Theater sitzen, während ihr Mann herumspazierte und nach einer inneren Ruhe suchte, die er nirgends zu finden schien.

Als Patrick zwischen den schweren Samtvorhängen hindurchtrat, die die Logen abtrennten, traf er nur noch Sophie und Braddon an. Der Christ hatte sich offensichtlich endlich in einen Türken verwandelt, denn es fand ein hitziger Schwertkampf statt, bei dem der ehemalige Christ einen Krummsäbel benutzte.

Patrick musste zugeben, dass Braddon und Sophie ein schönes Paar abgaben. Sophies Locken hatten fast die gleiche Farbe wie Braddons Haare. Zwischen ihnen schien eine Kameradschaft wie zwischen alten Freunden zu bestehen, was Patrick ganz und gar nicht gefiel.

Patrick ging nach vorne und nahm direkt neben Sophie Platz. Braddon blickte auf, sah ihn und erhob sich. Einen Augenblick lang blieb er hinter

Patricks Stuhl stehen und versetzte ihm einen freundschaftlichen Knuff auf die Schulter.

»Ich muss gehen, Patrick. Meine Mutter wartet auf mich.«

Ja, da saß die Gräfin von Slaslow in der Loge direkt gegenüber und warf ihrem Sohn einen durchdringenden Blick zu.

»Sie ist wütend wie ein Bär, weil ich noch keine Frau gefunden habe«, sagte Braddon trübselig. Bevor Patrick daran denken konnte, wie groß seine Abneigung gegen Braddon war, schenkte er ihm ein mitfühlendes Grinsen.

Während die Handlung auf der Bühne ihren Verlauf nahm, drang noch ein rationaler Gedanke in Patricks Bewusstsein vor. Slaslow hatte noch nie sehr gut ein Geheimnis für sich behalten können. Schon allein Braddons ungezwungenes Benehmen bewies, dass seine Freundschaft mit Sophie keinerlei Ungebührlichkeiten beinhaltete. Aber das erklärte Patrick noch lange nicht, warum Sophie seine Abwesenheit in ihrem Bett mit solch einem friedlichen Verhalten quittierte.

Was zum Teufel machten Sophie und Braddon bei ihren langen Ausfahrten, wenn sie keine Affäre miteinander hatten? Patrick spürte einen Knoten im Magen. Kein Mann und keine Frau konnten so viel Zeit miteinander verbringen ohne ... Und Sophie wirkte so *zufrieden*.

Ein paar Tage später schaute Patrick von seinen Frachtpapieren auf und erblickte seinen Zwillingsbruder, der vor seinem Schreibtisch stand.

»Alex!«

Falls Alex ein wenig überrascht war, dass sein sonst so zurückhaltender Bruder beinah den Tisch umwarf, als er aufsprang und ihn umarmte, so sagte er nichts dergleichen.

»Ich wollte schon die ganze Zeit mit dir reden«, sagte Patrick lahm.

Alex zog eine Augenbraue in die Höhe und ein leichtes Lächeln umspielte seine Lippen. »Lass mich raten ... du hast deine Ehe nach Art der Foakes-Männer vermasselt, und nun möchtest du, dass ich dir helfe, es wieder gerade zu biegen.«

»Ganz und gar nicht«, sagte Patrick und begegnete dem Blick seines Bruders, ohne mit der Wimper zu zucken.

»Unsinn«, erwiderte Alex. »Du glaubst doch nicht, dass ich Charlotte bei diesem Wetter den ganzen Weg nach London geschleppt habe, nur damit du mir jetzt ausweichst, oder?«

Patrick starrte ihn frustriert an. »Ich habe dich nicht hergebeten«, sagte er.

»Das musstest du auch gar nicht«, sagte Alex und in seiner Stimme schwang mittlerweile ein scharfer Unterton mit. Es war seltsam. Obwohl die Zwillinge den körperlichen Schmerz des anderen nicht spüren konnten, so wussten sie sofort, wenn der andere in seinen Gefühlen verletzt war. Als Alex' erste Ehe so schlimm endete, hatte Patrick zwei Monate unter einem nervösen Magen gelitten. »Raus mit der Sprache, Patrick.«

Einen Augenblick lang herrschte Stille. »Na gut«, sagte Patrick schließlich, drehte Alex den Rücken zu, durchquerte den Raum und starrte aus dem Fenster. Schnee fiel in Regenpfützen, wie es im März häufig vorkam. »Ich habe nach echter Foakes-Manier meine Ehe vermasselt, aber ich glaube nicht, dass du daran etwas ändern kannst.«

Alex wartete einen Moment lang darauf, dass er fortfuhr.

»Wir teilen nicht länger das Bett miteinander«, sagte Patrick und drehte sich um. »Ich weiß nicht, wie ich die Situation ändern soll.«

»War das deine Entscheidung oder ihre?«

»Meine, verdammt noch mal! Aber das ist es ja. Ich habe gar keine Entscheidung getroffen. Ich weiß nicht, wie es geschehen ist. Wir haben uns wegen etwas Albernem gestritten und ich bin an diesem Abend nicht nach Hause gekommen –«

»Ein schrecklicher Fehler«, unterbrach ihn sein Bruder.

»Ich war in meinem Kontor, nicht in einem Hurenhaus.«

»Mein Ratschlag für alle Verheirateten lautet, niemals im Streit das Haus zu verlassen«, sagte Alex. »Frauen vergeben dir das nie. Charlotte würde mir jedes Glied einzeln abreißen.«

»Das ist es ja«, erwiderte Patrick. »Sophie schien es nicht einmal bemerkt zu haben. Also blieb ich auch die darauf folgende Nacht fort.« Er blickte zu Alex hinüber, der ihn überrascht und nachdenklich ansah. »Es ist absurd – aber ich wartete auf eine Reaktion, weil ich ihr Bett verlassen hatte. Aber sie ist so freundlich wie eine verdammte Herzogin bei einer Party und offen gesagt glaube ich nicht, dass es sie im Mindesten interessiert, ob ich je wieder ihre Schlafzimmer aufsuche.«

Alex runzelte die Stirn. »Hat es ihr Freude gemacht, mit dir das Bett zu teilen?«

Patrick blickte ihn ratlos an. »Das ist es ja. Ich glaubte, ja. Nein, ich weiß, dass es ihr gefällt. O Gott, von mir ganz zu schweigen. Aber nun ... es ist schon über zwei Wochen her. Sie begrüßt mich jedes Mal so freundlich, als würden wir jede Nacht miteinander verbringen. Sophie ist die Liebenswürdigkeit in Person, egal, was ich tue.«

»Dann musst du das Thema anschneiden«, sagte Alex.

Patrick warf ihm einen widerwilligen Blick zu. »Wie fragt man eine völlig zufriedene Frau, ob sie bemerkt hat, dass ihr Mann nicht mehr in ihr Bett gekommen ist? Sie macht nicht den Anschein, als würde ihr etwas fehlen!«

»Das weißt du nicht sicher«, argumentierte Alex. »Finde es heraus. Geh in ihr Zimmer. Du musst das Thema nicht unbedingt ansprechen. Geh einfach zu ihr.«

Einen Augenblick herrschte Schweigen. »Ich könnte es versuchen«, sagte Patrick langsam.

»Du hast nichts zu verlieren.«

Patrick zog eine Grimasse. »Da hast du wohl Recht.«

»Hast du ihr gesagt, dass du sie liebst?«

Daraufhin warf Patrick ihm einen gereizten Blick zu. »Natürlich nicht!«

»Nun, das tust du aber«, versicherte Alex ihm. »Ansonsten würde es dich nicht so fuchsen, dass Sophie hinsichtlich der ehelichen Freuden nicht so begeistert ist wie du.«

»Begeistert? Du verstehst nicht«, fuhr Patrick

ihn an. »Sie ist glücklich und zufrieden, das Leben einer verdammten Nonne zu führen. Teufel, ich weiß nicht, warum sie nicht in ein Kloster eingetreten ist.«

»Das wirst du erst wissen, wenn du wieder ihr Schlafgemach betrittst«, sagte Alex. Dann grinste er. »Was mich angeht, so werde ich langsam anfangen, meine fünfhundert Kronen auszugeben. Und du solltest dich langsam an den Gedanken gewöhnen, jede Nacht in einem spitzenbesetzten Nachthemd zu schlafen.«

Patrick runzelte die Stirn »Was zum Teufel –«

»Es hat nicht einmal ein Jahr gedauert«, sagte Alex spöttisch. »Erinnerst du dich? Ich habe mit dir um fünfhundert Kronen gewettet, dass du innerhalb eines Jahres hoffnungslos in deine Frau verliebt bist. Deine Ehe ist erst ein paar Monate alt und da wären wir.«

Dann wurde er ernst. »Warum sagst du es Sophie nicht? Sag ihr, dass du sie liebst.«

Patrick hob den Blick vom Teppich und in seinen Augen war seine ganze Seele bloßgelegt. »Das Gefühl ist nicht gegenseitig, Alex. Sie gibt keinen Pfifferling, ob ich bei ihr bin oder nicht. Sie ist absolut glücklich damit, ihre meiste Zeit mit den zahlreichen Männern zu verbringen, die den ganzen Tag lang das Haus belagern. Braddon lebt praktisch bei uns.«

Das klang tatsächlich schlimm. Alex legte seinem Zwillingsbruder den Arm um die Schulter. »Wir werden in den nächsten Wochen nach London zurückkehren, aber du kannst uns jederzeit auf Downes besuchen.«

Patrick schenkte ihm ein schiefes Lächeln. »Danke.«

»Ich muss Charlotte abholen«, sagte Alex. »Sie möchte noch ein paar Einkäufe tätigen, bevor wir aufs Land zurückkehren. Sie besucht heute Abend ihre Eltern – wie wäre es mit einer Partie Billard?« Als Patrick nickte, ging Alex zur Tür und blieb noch einmal stehen.

»Ehen gehen nicht immer gut, Patrick.« Dies wusste Alex aus eigener Erfahrung, denn seine erste Ehe war ein schreckliches Desaster gewesen, dem er knapp entkommen war. »Man darf sich keine Vorwürfe machen.«

Als sich die Tür hinter seinem Bruder schloss, ließ Patrick sich in einen Sessel fallen und versuchte, seine verspannten Muskeln zu lockern. Alex hatte Recht und Unrecht zugleich. Die Vorstellung, mit Sophie Angelegenheiten des Schlafzimmers zu besprechen, war unvorstellbar. Aber er konnte einfach ihr Gemach betreten. Ja, das konnte er tun. Heute Abend würde er mit Petersham dinieren und anschließend mit seinem Bruder Billard spielen – aber am nächsten Abend würde er ihr Zimmer betreten. Das, oder ich verliere langsam den Verstand, schoss es Patrick durch den Kopf. Egal, was seine kühle kleine Frau von der Angelegenheit hielt, aber ihr verrückter Ehemann brannte darauf, mit ihr ins Bett zu gehen – egal, in welches.

Ohne dass Patrick davon wusste, weinte seine kühle kleine Frau heiße, ungewollte und leidenschaftlich zornige Tränen.

Henri platzte in ihren Salon und blieb dann bestürzt stehen. »Lady Sophie! Was bedrückt Sie?« Henri sprach noch immer ein seltsames, gebrochenes Englisch, aber Sophie bestand darauf, dass sie das Französische mieden, damit Henri die Sprache fließend genug spräche, um in ein paar Wochen zur Schule gehen zu können.

Sophie wischte sich die Tränen von den Wangen. »Es ist nichts, Henri. Ich werde nur langsam zu einer Heulsuse, das ist alles.«

»Eine Heulsuse?« Henri runzelte fragend die Stirn.

»Jemand, der häufig weint«, erklärte Sophie.

Henri zögerte. Sogar er wusste, dass das Thema delikat war. »Weinen Sie, weil Sie von Monsieur Foakes – weil Sie von ihm *séparée* sind?«

Sie hätte wissen müssen, dass inzwischen das ganze Haus darüber sprach, dass Patrick ihr Bett verlassen hatte. Natürlich wussten die Bediensteten, mit wem Patrick seine Nächte verbrachte – so etwas wussten sie immer.

»Sagt man unten, wer Patricks Freundin ist?«, fragte sie direkt.

»Was?« Henri war perplex.

»Mit wem ... Patrick seine Abende verbringt?«

Auf Henris Gesicht tauchte ein wissender, mitfühlender Ausdruck auf, den sie einem so jungen Burschen nicht zugetraut hätte. Er schüttelte verneinend den Kopf und versuchte erst gar nicht die Tatsache zu verheimlichen, dass die Bediensteten an die Existenz einer Geliebten ihres Gatten glaubten. Aber er verschwieg ihr, was die Bediensteten von Sophies häufigen Ausfahrten mit dem Grafen von Slaslow hielten.

Tränen brannten in Sophies Augen. Sie holte tief Luft. Diese Unterhaltung mit Henri war äußerst unangebracht. Einen Augenblick lang kämpfte sie dagegen an, die Fassung zu verlieren.

»Ich könnte es herausfinden«, sagte Henri eifrig. »Heute Nachmittag werde ich Monsieur Foakes folgen, wie ein – ein Bow Street Runner. Und ich werde sehen, mit wem er seine Zeit verbringt.«

»Auf gar keinen Fall, Henri«, erwiderte Sophie und blickte den Jungen liebevoll an. »Ich denke, wir sollten so tun, als hätte diese Unterhaltung niemals stattgefunden. Wollten wir uns nicht den Löwen an der Börse ansehen?«

Henri stimmte ihr zu, aber am frühen Abend schlich er sich so bedrückt in den Salon, dass Sophie sofort wusste, dass etwas nicht stimmte.

»Was ist geschehen, *Chéri*? Ist alles in Ordnung?«

Henri trat neben sie. Dann platzte es aus ihm heraus. »Ich bin ihm doch gefolgt, Lady Sophie. Auch wenn Sie mir befohlen haben, es nicht zu tun. Er hat ... ich dachte, ich hätte ihn auf der Bond Street verloren, aber dann kam er aus einem Gebäude heraus. Oh Lady Sophie, Monsieur Foakes hat tatsächlich eine Freundin.«

Sophie wurde übel in der Magengegend. »Henri«, sagte sie, »das war nicht richtig. Es war außerordentlich ungehörig von Ihnen, Patrick zu folgen.« Erstaunt merkte sie, wie gefasst ihre Stimme klang.

In Henris Augen spiegelte sich wider, wie verwirrt und verraten er sich fühlte. Er betete Sophie an, und Patricks Verhalten widersprach seinem Sinn für Loyalität.

»Es ist nicht richtig!«, sagte er zornig. »Das werde ich ihm auch sagen! Diese ... diese schwarzhaarige Frau ... pah! Im Vergleich zu Ihnen ist sie – ein Schwein!«

Sophie hätte beinah gelächelt, aber ihr Herz schmerzte zu sehr. Patrick hatte sich also von einer schwarzhaarigen Frau bezirzen lassen. Wahrscheinlich war die Frau bereits vor ihrer Hochzeit seine Geliebte gewesen und er hatte die Beziehung niemals beendet.

»Henri, es war nicht richtig von Ihnen, ihm zu folgen, vor allem nicht, um ihm mit seiner ... seiner Freundin zu beobachten.« Ihre Augen musterten ihn streng.

Er spürte einen Anflug von Verlegenheit. »Aber ich habe ihnen nicht geglaubt«, platzte er heraus. »Als sie unten sagten, Monsieur Foakes sei bei einer Kurtisane, da habe ich ihnen nicht geglaubt!«

Sophie spürte einen Stich im Herzen. Henris spitzes Gesicht sah so unglücklich aus. »So ist das Leben nun einmal, Henri«, sagte sie sanft und legte einen Arm um den Jungen. »In einer Ehe bedeutet das gar nichts ... so ist das nun einmal.«

Henri war ganz und gar nicht überzeugt, als sie sich ins Speisezimmer begaben. Sophie nahm sehr unglücklich an der Tafel Platz. Sie hatte von Anfang an keine Chance gehabt, Patricks Herz zu gewinnen. Eine schwarzhaarige Frau war ihr zuvorgekommen. Und Patrick teilte wahrscheinlich in diesem Moment ein intimes Mahl mit seiner Geliebten, denn er erschien nicht zum Essen.

In dieser Nacht lag Sophie bis drei Uhr morgens wach in ihrem Bett und hoffte, betete, dass Patrick in ihr Bett kommen möge. Aber schließlich hörte sie, wie er sein Zimmer betrat, den Diener wegschickte und in sein Bett fiel.

Patrick schlief so tief, dass er sich während der Nacht nicht ein einziges Mal herumwarf. Sophie wusste, wie gut er schlief, weil sie die Verbindungstür zwischen ihren Zimmern einen kleinen Spalt offen gelassen hatte. Er musste sich völlig erschöpft haben. Aber Sophie konnte angesichts Patricks Aktivitäten nicht einmal echten Zorn aufbringen.

Statt des Zorns spürte sie einen Anflug von Furcht. Obwohl sie sich an Bord der *Lark* geweigert hatte, ihre monatliche Regel mit Patrick zu besprechen, konnte sogar sie nicht darüber hinwegsehen, dass sie kein einziges Mal ihre Blutung gehabt hatte, seit Patrick über die Leiter in ihr Zimmer geklettert war. Offensichtlich komme ich in allem nach meiner Mutter, dachte Sophie bitter; mit der frühen Schwangerschaft und mit der gescheiterten Ehe.

Das Baby veränderte bereits ihren Körper. Ihre Brüste waren schwerer und empfindlicher, und ihr Bauch wies eine kleine, süße Schwellung auf, die sie heimlich liebkoste. Sie schlief morgens immer länger, aber außer ihrer Zofe hatte es noch niemand bemerkt.

Bald würde sie dick und unansehnlich sein, und dann würde Patrick, der sich bereits anderswo amüsierte, niemals mehr in ihr Bett zurückkehren. Also schluchzte Sophie hemmungslos in ihre

Kissen, und das nicht nur, weil Patrick sich mit anderen Frauen herumtrieb, sondern weil sie so wollüstig war, dass sie sich nicht einmal über das Kind freute, das sie sich doch anfangs so gewünscht hatte. Es erschien ihr unfair, dass es so früh kam. Patrick hatte bereits das Interesse an ihrem Körper verloren, und er wollte nur ein Kind. Nun gab es für ihn keinen Grund mehr, jemals wieder in ihr Bett zurückzukehren.

Das bedeutete, dass sie die kommenden Jahre ihrer Ehe wie ihre Mutter verbringen würde. Sie würde ihren Mann beim Abendessen treffen, um sofort wieder getrennte Wege zu gehen. Bei Hauspartys würden die Gastgeberinnen sie automatisch in getrennten Schlafzimmern unterbringen und diese würden sich an unterschiedlichen Enden eines Flurs oder, noch schlimmer, in verschiedenen Stockwerken befinden.

Ein Teil des Problems war, dass sich, wann immer sie Patrick sah, eine prickelnde Wärme in ihrem Magen entzündete, die sich anschließend in ihrem ganzen Körper ausbreitete. Es war eine Schwindel erregende, hungrige Hitze, für die sie sich umso mehr schämte, weil es ihm offensichtlich nicht so erging. In jener Nacht lag Sophie in ihrem Bett, während ihr das Blut heiß durch die Adern pulsierte. Sie konnte sich gerade noch beherrschen, nicht nach nebenan zu schleichen und sich auf Patricks schlafenden Körper zu werfen.

Aber der Stolz kam ihr zur Hilfe. Wollte sie zu einem Mann gehen, der sich bei einer anderen Frau ermüdete? Was, wenn er sie einfach abwies?

Was, wenn er nach dem Parfüm der anderen roch? Was, wenn er sagte ... Die Möglichkeiten waren endlos und gleichwohl schrecklich. Sophie blieb, wo sie war, und zwar in ihrem eigenen Bett.

19. Kapitel

Am nächsten Morgen zwang Sophie sich, ihre Situation zu überdenken. Ja, ihr Mann hatte ihr Bett verlassen, um in das einer Kurtisane zu steigen. Aber das Wichtigste war jetzt, weiterhin gut mit ihm auszukommen, da sonst ihr ungeborenes Kind die gleiche Kindheit erleben würde, die sie hatte durchmachen müssen. Außerdem war es besser, wenn jeder annahm, dass es sie kein bisschen kümmerte, wo Patrick sich herumtrieb. Ein Anzeichen von Eifersucht ihrerseits würde die gleichen Gerüchte auslösen, unter denen ihre Eltern litten.

»Liebste Mama«, schrieb Sophie auf ihrem besten Briefpapier. »Ich hoffe, dass du und Papa einen angenehmen Aufenthalt auf dem Land genießt. Deine Beschreibung von Mrs Braddles Frühlingsfest war sehr amüsant. Patrick ist in den letzten Tagen erstaunlich beschäftigt und daher können wir euch nicht besuchen, aber dennoch vielen Dank für die Einladung. In London findet man immer noch wenig Gesellschaft, aber ich habe eine Menge Zeit mit Madeleine Corneille verbracht, der Tochter des Marquis de Flammarion. Du musst Madeleine kennen lernen, sobald ihr nach London zurückkehrt. Ich bin überzeugt, dass du sie ebenso entzückend finden wirst wie ich. Henri geht es sehr gut, danke der Nachfrage.

Er ist sehr aufgeregt, weil bald das Semester in Harrow beginnt. Patrick wird ihn nächste Woche hinfahren. Ich werde mir Mühe geben, die Glaswaren zu finden, die du gerne hättest, und sie dir sofort zuschicken.« Sie unterzeichnete den Brief mit »Deine dich liebende Tochter«. Sie versiegelte den Brief mit einem unguten Gefühl und übergab ihn dem Lakaien. Sollte ihre Mutter auch nur ahnen, dass sie schwanger war, dann würde sie noch vor Anbruch der Nacht in London eintreffen.

Eloise las den Brief mit einem leichten Stirnrunzeln. Sophie erwähnte ihren Mann nur selten in den regelmäßigen Briefen und Eloise konnte sich nicht entscheiden, ob sie sich einfach etwas einbildete oder ob die Ehe ihrer Tochter tatsächlich einen schlechten Verlauf nahm.

»George«, sagte sie an diesem Abend beim Essen. »Was weißt du über Patrick Foakes?«

George starrte sie überrascht an. »Wie war das, meine Liebe?«

»Verkehrt Foakes mit leichten Frauenzimmern?«

Man kann sich stets darauf verlassen, dass Eloise die Dinge beim Namen nennt, dachte George im Stillen. Er wählte seine Worte mit Bedacht. »Foakes hat in seiner Jugend bestimmt nichts anbrennen lassen, meine Liebe.«

»Ich bin nicht an seiner Jugend interessiert«, erwiderte Eloise ungeduldig. »Denkst du, dass er sich nebenbei eine Geliebte hält?«

Nach dem, was George über die feine Gesellschaft wusste, hätte es ihn tatsächlich gewundert, wenn Patrick sich keine Geliebte hielt. Sein Schweigen beantwortete Eloises Frage zur Genüge.

»Ich wusste es«, sagte sie wie zu sich selber. »Ich habe Sophie schließlich geraten, einen Lebemann zu heiraten, nicht wahr? Was war ich doch für eine Närrin!«

George schickte den Lakaien mit einem Kopfnicken aus dem Raum, ging zu Eloise hinüber und zog sie von ihrem Stuhl hoch. »Eloise, Liebes, vielleicht schlägt Sophie nach ihrer Mutter.«

Eloise blickte ihn perplex an.

George senkte den Kopf und strich mit seinem Mund über ihre Lippen. »All diese Kurtisanen können ihrer Mutter nicht das Wasser reichen«, flüsterte er.

Eloises schaute ihn unwillig an. »Also, wirklich, George«, sagte sie vorwurfsvoll. »Glaub ja nicht, dass ich mich auf diese haarsträubende Art und Weise von dir ins Bett locken lasse. Deine Metzen mögen ja das eine oder andere Dinner verpasst haben, um ... um sich mit dir zu vergnügen, aber *ich* werde das ganz bestimmt nicht tun.« Sie ließ sich mit kerzengeradem Rücken wieder auf ihrem Stuhl nieder. »Und würdest du bitte läuten. Phillipe scheint seinen Posten verlassen zu haben.«

George grinste und kehrte zu seinem Platz auf der anderen Seite des Tisches zurück. Verdammt, er genoss diese Wortduelle mit seiner Marquise. Sie war wirklich störrisch wie ein Maulesel.

»Ich denke nicht, dass wir uns Sorgen um die kleine Sophie machen müssen«, sagte er gemütlich und nahm ein Aprikosentörtchen von der

Platte, die vor ihm stand. »Sie hat einen vernünftigen Kopf auf den Schultern.«

»Du bist ein Narr, George«, erwiderte Eloise, aber in ihren Augen lag ein zärtlicher Ausdruck.

20. Kapitel

»Denken Sie daran, mein Lieber, dass Sie nur Türkisch sprechen«, wandte sich Monsieur Foucault an Mole und entblößte beim Sprechen seine weißen, spitzen Zähne.

Mole nickte. In Anbetracht seiner Türkischkenntnisse sollte er sich wohl besser als schweigsamer Typ präsentieren.

Monsieur stieg aus der Kutsche und schwebte regelrecht auf die offene Tür von Patrick Foakes' Stadthaus zu. In seiner gestreiften Jacke war er die Eleganz in Person. Sein Haar war *à la Titus* geschnitten und in seiner Hand hielt er ein Spitzentaschentuch. Unglücklicherweise konnte Mole es ihm an Eleganz nicht nachtun, obwohl er dank des geplagten François ebenfalls eine gestreifte Jacke trug.

»Wir sind Repräsentanten vom Hofe des großen Sultan Selim III«, erklärte Foucault Patrick einige Minuten später.

Patrick machte eine förmliche Verbeugung. »Es ist mir eine Ehre, Ihre Bekanntschaft zu machen«, murmelte er. Er kannte sich sehr gut mit den langatmigen internationalen Höflichkeitsbezeugungen aus und machte sich innerlich auf eine endlose halbe Stunde gefasst.

»Ich muss Ihnen bedauerlicherweise sagen, dass mein lieber Begleiter, Bayrak Mustafa, noch nicht die englische Sprache beherrscht«, sagte Foucault. »Er ist ein treuer Freund Selims. Darf ich fragen, ob Sie vielleicht Türkisch sprechen?«

»Unglücklicherweise nein«, erwiderte Patrick. Er verbeugte sich vor Mole und wandte sich dann wieder an Foucault. »Darf ich Ihnen und Mr Mustafa eine Erfrischung anbieten?«

Foucault wandte sich an Bayrak Mustafa, und ein Schwall Türkisch kam über seine Lippen. Patrick beobachtete ihn mit Interesse. Einen Moment lang hatte er ihn für einen Hochstapler gehalten, aber offensichtlich sprach er fließend Türkisch. Patrick merkte, dass Foucault sein Gegenüber nicht als Gleichgestellten behandelte. Bayrak Mustafa musste eine Art niederer Gefolgsmann des ach so eleganten Foucault sein.

Mustafa grinste, nickte Patrick zu und erwiderte etwas auf Türkisch.

»Mein Begleiter und ich wären entzückt, Ihre nähere Bekanntschaft zu machen«, sagte Foucault auf seine schleppende Art.

Patrick klingelte nach einem Diener. »Ich muss Ihnen ein Kompliment über Ihre Türkischkenntnisse machen«, sagte er wieder an Foucault gewandt.

Monsieur lachte geschmeichelt und wedelte mit seinem Spitzentaschentuch. »Ach, Sir, wie Sie vielleicht bemerkt haben, bin ich kein gebürtiger Türke.«

Als Patrick ihn fragend ansah, fuhr er fort. »Ich habe den teuren Selim kennen gelernt, als er 1788 nach Frankreich reiste. Wir entdeckten, dass wir ... Geistesverwandte sind.« Ein Lächeln umspielte Foucaults dünne Lippen. Es stimmte tatsächlich. Er hatte den albernen Selim tatsächlich getroffen, als der Türke Paris unsicher machte, Frauen kniff und überall Chaos anrichtete.

Diese Erklärung leuchtete Patrick ein. Er war Selim ebenfalls begegnet und dieser aalglatte Franzose war genau die Sorte Mann, mit der sich Selim umgab.

»Als es zu den unglückseligen Ereignissen kam, durch die Selim seine Beziehungen zu Frankreich abbrechen musste« – mit einer einzigen Handbewegung tat Foucault Napoleons Invasion von Ägypten, der größten Provinz des Osmanischen Reichs, ab – »flehte mich Selim regelrecht an, unsere Freundschaft nicht zu beenden. Ich hatte schon lange den dringenden Wunsch verspürt, in der englischen Hauptstadt zu leben, und daher war er so freundlich, mich zu seinem Abgesandten zu machen. Der liebe Mustafa ist mein ergebener Helfer und gemeinsam erwarten wir Selims Sendschreiben. Gelegentlich erfüllen wir kleinere Aufgaben. So hat Selim zum Beispiel eine Vorliebe für Husarenstiefel und jeder weiß, dass in England die besten Stiefel gefertigt werden.« Foucault warf einen liebevollen Blick auf seine eigenen Stiefel.

»Selim hat erfahren, dass Sie, mein verehrter Herr, zu seiner Krönung ins Osmanische Reich reisen werden – was für ein großartiger Anlass – und so wollte er natürlich, dass ich Ihre Bekanntschaft mache.« Foucault nippte geziert an seinem Fruchtlikör.

Patrick nickte. Er fragte sich langsam, was Foucault von ihm wollte. Der Mann strahlte eine leichte Anspannung aus, die Patricks Misstrauen weckte. Und sein Begleiter sah aus wie ein Aufrührer. Wahrscheinlich war Foucault tatsächlich eine Art Beschaffer für Selim, und er wollte verdammt sein, wenn das, was an englischen Produkten seinen Weg in die Türkei fand, nur aus englischem Leder gemacht wurde.

Aber Monsieur Foucault konnte man nicht drängen. Nachdem sie eine in seinen Augen angemessene Anzahl an Nettigkeiten ausgetauscht hatten, kam er schließlich zur Sache. »Ich würde furchtbar gerne an Selims Krönung teilnehmen«, sagte er, »aber leider ist meine Anwesenheit in London unerlässlich.«

Er versuchte, den Eindruck zu vermitteln, dass er in jedem vornehmen Haus sehnsüchtig erwartet wurde. Patrick konnte sich jedoch nicht erinnern, ihn je in einem respektablen Haus gesehen zu haben.

»Da dies der Fall ist«, fuhr Foucault fort, »frage ich mich, ob es Ihnen sehr ungelegen wäre, wenn ich Ihnen ein kleines Zeichen der Zuneigung für den Sultan mitgebe ... oder sollte ich besser ›Kaiser‹ Selim sagen? Ich möchte auf gar keinen Fall, dass mein liebster Selim auch nur einen Augenblick lang annimmt, dass ich bei diesem historischen Moment nicht mit dem Herzen bei ihm bin.«

Patrick seufzte innerlich. Offensichtlich wollte sich Foucault einen herzlichen Empfang in der Türkei sichern, sollte er je gezwungen sein, England zu verlassen. Denn wenn er sich nicht sehr täuschte, dann war Foucault ein Schwindler, wenn nicht sogar ein Krimineller.

Aber Patrick versicherte Monsieur Foucault, dass er sehr gerne das Geschenk zur Krönung mitnehmen und es Kaiser Selim persönlich überbringen würde.

Foucault verließ unter zahlreichen Verbeugungen den Raum und ließ nur den schwachen Geruch nach Ambra und das Versprechen zurück, in zwei Monaten mit seinem Geschenk vorbeizukommen. »Selim liebt Rubine«, sagte er eifrig. »Ich spiele mit dem Gedanken, ihm ein silbernes, mit Rubinen besetztes Tintenfass zu schenken.«

Und damit waren Patricks letzte Zweifel besänftigt. Hatte nicht Breksby von Selims Vorliebe für Rubine gesprochen? Es war nicht sein Problem, wie der unappetitliche Foucault solch einen teuren Gegenstand erwarb.

Patrick starrte blind auf die geschlossene Tür. Er hatte seit Tagen nicht mehr an Selims Krönung gedacht. Aber nun gewann sie eine völlig neue Bedeutung. Er würde Sophie alleine lassen müssen, um in die Türkei zu reisen, und Monate fort sein. Nach seiner Rückkehr würden sie und Braddon wahrscheinlich völlig unzertrennlich sein.

An diesem Abend, als sein Diener ihm sorgfältig seine Jacke über den breiten Schultern glatt strich, traf Patrick eine Entscheidung. Alex hatte Recht. Verdammt, er benahm sich wie ein unreifes Mädchen. Hatte er nicht vorgehabt, seine Frau dazu zu bringen, sich in ihn zu verlieben?

Ihr Bett zu verlassen war wirklich nicht die richtige Methode.

Als er den Salon betrat, stand Sophie auf der anderen Seite des Zimmers und blickte aus dem Fenster. Sie trug ein schlichtes Abendkleid aus blassgrüner Seide. Der Raum war nicht sehr hell, da nur wenige Kerzen brannten und es bei Anbruch der Abenddämmerung plötzlich zu regnen angefangen hatte. Die Diener waren offensichtlich noch nicht dazu gekommen, die Kandelaber zu entzünden, die an den Wänden hingen.

Sophies Kleid war nicht besonders aufreizend. Es hatte zum Beispiel nicht den tiefen Ausschnitt des goldenen Abendkleides, das sie im Theater getragen hatte. Sophie hatte sich sogar einen kleinen Schal um die bloßen Arme gelegt. Aber Patrick blieb wie angewurzelt stehen, als er sah, wie der Stoff über ihren Brüsten spannte, sich unter ihren Rundungen zusammenfand und dann auf die Füße hinterfiel.

»Speist Henri heute Abend mit uns?«

Sophie drehte sich erschrocken um. »Nein, er –«

Patrick durchquerte hastig den Raum und zog Sophie in seine Arme.

Mit einem überraschten Schrei ließ sie ihren Schal fallen. Patricks Mund legte sich auf den ihren, so dass ihr der Atem wegblieb. Ihre Lippen öffneten sich unter seiner Berührung, als hätten sie sich gerade erst gestern das letzte Mal geküsst. Eine verzehrende Hitze jagte ihre Beine entlang. Er war zurück. Er war zurück. Dankbarkeit, Triumph, Verlangen; all das vermischte sich, als sie in Patricks Armen dahinschmolz.

Langsam, ganz langsam ließ er sie los und setzte sie auf dem Boden ab.

Er blickte auf sie hinunter und fuhr mit einem Finger ihre geschwollene Unterlippe entlang. Seine Augen waren pechschwarz und unergründlich.

Sophie erwiderte den Blick und wagte kein Wort zu sagen. Nun, da Patrick sich plötzlich an die Existenz seiner Frau zu erinnern schien, lagen ihr unzählige Vorwürfe auf der Zunge: *Wo gehst du nachts hin? Warum küsst du mich? Steht deine Kurtisane nicht zur Verfügung?* Mühsam setzte sie ein Lächeln auf.

Patrick schwieg, also stammelte Sophie: »Das war sehr ... sehr ... angenehm, Patrick.« Er sagte immer noch kein Wort, also nahm Sophie seinen Arm und sie gingen schweigend ins Esszimmer.

Patrick war am Boden zerstört. Als Sophie sich so hingebungsvoll in seine Arme schmiegte, hatte ihn ein unglaubliches Glücksgefühl erfasst. Als sie atemlos keuchte und sich an seinen Körper presste, da hatte er gewusst, dass alles gut würde.

Aber als sie ihn mit diesem sanften Ausdruck in den Augen ansah und ihm sagte, seine Küsse seien »angenehm«, da wäre er am liebsten aus dem Zimmer marschiert und nie wieder zurückgekehrt.

Er trank während des Abendessens beinah drei Mal so viel Wein wie sonst. Jedes Mal, wenn er Sophie ansah, die ihm am Tisch gegenübersaß, pochte ihm das Blut in den Lenden und er griff nach seinem Weinglas. Er konnte nur noch daran denken, was er mit seiner Frau tun würde, wenn dieses endlose Abendessen endlich zu Ende war.

Sie hatte ihr honigfarbenes Haar zu einem achtlosen Knoten hochgesteckt, aus dem sich einzelne Locken gelöst hatten, die ihr in schimmernden Spiralen über die Schultern fielen. Eine vorwitzige Locke hatte sich an der hohen Rückenlehne des Esszimmerstuhls verfangen und das helle Bernstein hob sich deutlich gegen das beinah schwarze Holz ab. Patrick starrte die Strähne wie hypnotisiert an und dachte an die Gelegenheit, bei der Sophie mit ihrem Haar über seine Brust gestrichen war.

Clemens entfernte das Filet und trug eine Wildkeule auf.

Sophie rutschte auf ihrem Stuhl hin und her, als würden lauter Ameisen über ihren Körper krabbeln. Etwas an Patricks Blick beunruhigte und erregte sie zugleich. Ein kalter Regen prasselte gegen die Fenster des Speisezimmers und ließ die kleinen diamantförmigen Scheiben klappern, so dass eine Unterhaltung sehr schwierig war. Sophies Konversationstalent ließ sie völlig im Stich. Jedes Thema, das sie anschnitt, wurde von Patricks einsilbigen Antworten im Keim erstickt.

Verzweifelt suchte sie nach einem neuen Thema, als Patrick sie unterbrach.

»Alex war gestern in der Stadt.«

Sophies Gesicht wurde von einem strahlenden Lächeln erhellt. »Wie geht es Charlotte?«

Warum lächelt sie mich nicht so an? »Ich habe ihn nicht danach gefragt.«

Sophie zögerte. »Und den Kindern?«

»Habe ich vergessen.«

Sophie seufzte und suchte nach einem anderen Thema. Verheiratet zu sein war wirklich nicht einfach. Sie zermarterte sich das Hirn. Vielleicht Literatur? Es blieb immer noch ein weiterer Gang, den sie durchstehen mussten, bevor Patrick zu seinen abendlichen Vergnügungen aufbrach.

»Hat dir *Die Rivalen* gefallen?« Sie waren ein paar Tage zuvor im Theater gewesen.

»Das Stück ist fünfundzwanzig Jahre alt und das konnte man sehr wohl merken.«

Sophie blieb beharrlich. »Ich fand Lydia Anguish sehr amüsant«, sagte Sophie unbeirrt.

»War das die Heldin? Die stets diese schlechten Romane las?«

»Ja.«

Patrick schnaubte verächtlich. *»Der unschuldige Betrug! Die köstliche Pein!* Was für eine Zeitverschwendung.«

»Ich habe *Die köstliche Pein* gelesen.« Sophies Augen funkelten. »Es sind die Memoiren der Lady Woodford. Sie hat ein recht aufregendes Leben geführt, musst du wissen.«

Die Unterhaltung kam erneut zum Erliegen. Sophie stocherte auf ihrem Teller herum. Sie konnte nur noch an Patricks Kuss denken. Warum hatte er sie geküsst? Und viel wichtiger: würde er es noch einmal tun?

Schließlich wagte sie über den Tisch hinweg einen Blick auf ihren Mann. Er saß lässig zurückgelehnt in seinem Stuhl und starrte auf sein Weinglas. Er war ganz in Schwarz gekleidet und sah aus wie ein Teufel. Dieser Eindruck wurde noch durch sein schwarzes, mit silbernen Strähnen durchzogenes Haar unterstrichen, das er sich mit seinen rastlosen Händen zerzaust hatte. Eine der Kerzen, die zwischen ihnen auf dem Tisch standen, flackerte im Luftzug und verlöschte und Patricks Gesicht wirkte im Schattenspiel der Flamme noch kantiger. Wie hatte sie je hoffen können, einen so schönen Mann zu halten.

Allein bei seinem Anblick schlug ihr Herz einen Trommelwirbel. Vielleicht würde er an diesem Abend nicht ausgehen. Vielleicht machte sich ihre Beherrschung bezahlt, und sie konnte ihn tatsächlich zurück in ihr Bett locken.

Bevor sie noch länger darüber nachdenken und den Mut verlieren konnte, winkte Sophie den Lakaien aus dem Zimmer und schob ihren Stuhl zurück. Patrick, der tief in Gedanken versunken war, bemerkte es gar nicht.

Leise schlich sie auf Zehenspitzen um den langen Tisch herum. Jeder Zentimeter ihres Körpers schien von einem verzehrenden Feuer erfasst zu sein, das sie alle Hemmungen vergessen ließ. Mit einer Drehung ihrer Hüfte schob sie sich zwischen Patrick und den Tisch.

Überrascht blickte er auf, als Sophie sich nach vorne beugte und mit der Zunge aufreizend die Umrisse seiner Lippen nachzog. Patricks Hände griffen wie von selbst nach ihr und zogen sie auf seinen Schoß. Sophie bemerkte es kaum. Wochenlang hatte sie verzweifelt ihr drängendes Verlangen unterdrückt, und nun, da sie Patrick endlich berühren durfte, nahm sie ihre Umgebung nur noch wie in Trance wahr.

Ungestüm presste er seine Lippen auf ihre, bis sie stöhnte. Plötzlich wurde ihm bewusst, dass seine sanfte, angenehme Frau ihm mitten im Speisezimmer das Hemd vom Körper riss. Clemens konnte jeden Moment den Raum betreten, ganz zu schweigen von den Lakaien.

Dennoch unternahm er nichts, was den Zauber brechen könnte, der sie umfangen hielt. Sophie hatte keinerlei Widerspruch erhoben, als seine Hand ihr Kleid nach oben schob, und nun presste sie ihren warmen Körper an seinen und stieß immer wieder leise, erstickte Schreie aus.

Plötzlich wurde sich Patrick bewusst, dass er kurz davor stand, seine Frau auf dem Perserteppich zu nehmen, und das womöglich vor den Augen des Butlers und der Lakaien.

Er stand auf und nahm Sophie auf die Arme. Dann schob er sich wortlos an dem Lakaien vorbei, der draußen vor der Tür stand. Der Mann würde ohne Zweifel selber darauf kommen, dass im Speisezimmer niemand nach einem Dessert verlangen würde.

Während Patrick entschlossen die Treppe hinaufstieg, hatte Sophie das Gesicht an seinem Hals vergraben, so als wolle sie sich dort vor den Blicken der Lakaien verstecken. In Wahrheit liebkoste ihre Zunge seine erhitzte Haut und ihre Zähne knabberten an seinem Hals, so dass ein erregtes Zittern seinen ganzen Körper durchlief.

Sobald Patrick die Schlafzimmertür mit dem Fuß zugestoßen hatte, wand sich Sophie aus seinen Armen. Unter seinen wollüstigen Blicken riss sie die Bänder an ihrem Ausschnitt und ihrer

Taille auseinander und zerrte sich, ohne auf die Haken und Knöpfe zu achten, das Kleid über den Kopf. Da war sie ... die Frau, von der er jede Nacht geträumt hatte.

Mit einem tiefen männlichen Stöhnen stürzte sich Patrick auf sie und gemeinsam fielen sie auf das Bett. Sophies Hände schlangen sich nicht um seinen Hals, sondern wanderten zu seinen Hüften hinunter, um ihm dabei zu helfen, die Knöpfe an seinen Hosen zu öffnen. Ungestüm befreite sich Patrick von dem lästigen Kleidungsstück, umfasste die Hüften seiner Frau, zog sie an den Rand des Bettes und vergrub sich in ihrer einladenden, feuchten Wärme. Sophie schrie und bäumte sich ihm entgegen, so dass Patrick unbeherrscht aufstöhnte und noch einmal in sie hineinstieß.

Als Sophie später erwachte, hatte ihr Mann sehnsuchtsvoll seine Hände unter ihr Gesäß gelegt und zog sie an sich. Und als der Morgen anbrach, war es Patrick, der erwachte und sah, dass sich Sophies weißer, in der Morgensonne aufleuchtender Körper über ihn beugte. Er begegnete dem forschenden Blick ihrer blauen Augen, beantwortete ihre Frage mit einem Lächeln und zog sie erneut an sich.

Patricks Vermögensverwalter kam pünktlich um elf und wartete eine halbe Stunde in der Bibliothek, bevor ihm der Butler mit unbewegter Miene mitteilte, dass Mr Foakes unabkömmlich sei. Madame Carême wartete auf Sophie ebenfalls vergebens, obwohl sie eine zweite Anprobe für ein reizendes *costume parisien* hatte.

Die Foakes' begegneten sich nicht zum Frühstück, sie begegneten sich nicht zufällig auf dem Flur und sie gingen auch nicht zu der Wiederaufführung des Stücks *Der Widerspenstigen Zähmung,* das im *Covent Garden Theater* gegeben wurde. Sie begegneten sich nicht, weil sie sich gar nicht trennten. Das Verlangen, das Patrick gequält hatte, konnte nur durch Stunden des Liebesspiels und der sinnlichen Berührungen gestillt werden. Die Verzweiflung, die Sophie geplagt hatte, wurde durch einen Mann gelindert, der sich immer wieder an ihrem Körper ergötzte.

Sie sprachen nicht von ernsten Dingen, aber die Welt war für sie dennoch ins rechte Licht gerückt worden. Ohne Worte befanden sie sich wieder in der intimen Welt der *Lark.* Sophie wusste ohne zu fragen, dass Patrick in dieser Nacht nicht ausgehen würde. Patrick wunderte sich, wie er zu der idiotischen Annahme gekommen war, dass Sophie keinen Wert darauf legte, ihn in ihrem Bett zu empfangen. Er hatte schon einige wollüstige Mätressen gehabt, aber keine war so unersättlich und voller spielerischem Verlangen gewesen. Also entschuldigte er sich ohne Worte und ihm wurde auf die gleiche Art bereitwillig vergeben.

21. Kapitel

Am nächsten Morgen trennten sie sich nach einem letzten Kuss. Unten im Dienstbotentrakt ertönten zwei Klingeln gleichzeitig.

»Es ist für Sie, Keating«, bellte Clemens mit dem Cockney-Akzent, den er niemals benutzte, sobald er durch die Bronzetür trat, die das restliche Haus vom Bereich der Dienstboten abtrennte. »Und das für dich, Simone.«

Simone verdrehte die Augen und schob ihr halb aufgegessenes Brötchen beiseite. »Der Herr hat sie wohl endlich aus dem Bett gelassen. Ich hoffe, sie kann noch gehen.«

Keating warf ihr einen finsteren Blick zu. »Sprich nicht so über den Herrn«, knurrte er.

Simone schnitt hinter seinem Rücken eine Grimasse, als er die Dienstbotentreppe hinaufeilte. »So ein hochnäsiger Kerl«, murmelte sie. »Was glaubt er, was sein geliebter Herr den ganzen gestrigen Tag im Bett gemacht hat. Schach gespielt?«

Sophie begrüßte Simone mit einem seligen Lächeln. »Lässt du mir bitte ein Bad ein, ja? Ich werde das grüne Reitkostüm tragen.«

Simone verbarg ein Lächeln. Ihr brauchte niemand erklären, was der Herr und die Herrin getrieben hatten. Man musste sich ja nur ansehen, wie glücklich Lady Sophie wirkte.

Sie fragte sich jedoch, ob die Herrin ihm schon

von dem Baby erzählt hatte. Simone ahnte es seit langem, aber der Herr schien keine Ahnung zu haben. Simone blickte sich im Zimmer um. Er würde Lady Sophie bestimmt ein Schmuckstück schenken, wenn er die Neuigkeit erfuhr. Vielleicht Diamanten. Jeder wusste doch, dass der Herr ein Nabob war.

Sophie war so glücklich, dass sie regelrecht in Braddons Kutsche schwebte, als er sie abholte. Sie und Madeleine hatten vor, sich an diesem Nachmittag den komplizierten Regeln bei Tisch zuzuwenden.

Sie hatten Braddon gebeten, bei dieser Lektion zugegen zu sein. Meist hatten sie ihn verbannen müssen, da er Madeleine ständig anstarrte oder, noch schlimmer, versuchte, unauffällig durch den Raum zu schlendern und sich neben sie zu setzen.

»Männer«, hatte Madeleine auf ihre köstlich unumwundene Art erklärt, »denken nur daran, Frauen zu küssen. Das habe ich von meinem Vater gelernt. Er hat nie zugelassen, dass ich den Galanen begegne, die den Stall aufsuchten. Er sagte, sie würden nur versuchen, sich einen Kuss zu stehlen.«

»Wie sind Sie Braddon überhaupt begegnet?«

»Ach, Braddon.« Madeleine lachte. »Eines Tages, als der Stall noch nicht geöffnet war, kümmerte ich mich gerade um meine Lieblingsstute Gracie. Ich weiß noch, dass ich ihr eine Mischung aus warmem Hafer zubereitete. Sie wird langsam alt«, erklärte Madeleine, »und ich gebe ihr ab und zu gerne etwas Besonderes. Nun, ich blickte auf und sah diesen blonden Riesen vor mir stehen, der mich beobachtete. Es war Braddon. Er hatte am Tag zuvor seinen Stock verloren und suchte nun danach.«

Sie kicherte. »Papa hat Recht. Männer versuchen tatsächlich bei jeder Gelegenheit, sich einen Kuss zu stehlen.«

Braddon bot ihnen gerade in diesem Moment einen lebendigen Beweis, dass Madeleines Vater gut daran getan hatte, sie vor den Londoner Gentlemen zu beschützen, die seinen Stall aufsuchten. Er starrte Madeleine unaufhörlich an, als wäre sie ein Trüffel, den er verspeisen wollte.

»Braddon«, sagte Sophie streng. »Wenn Sie sich nicht benehmen können, dann werden wir Sie bitten müssen, uns allein zu lassen.«

Braddons blaue Augen nahmen einen Ausdruck von verletzter Unschuld an. »Ich habe gar nichts getan«, sagte er und nahm hastig seinen Arm von Madeleines Taille.

Sophie lachte. Heute fand sie alles amüsant. »Madeleine muss sich konzentrieren«, sagte sie mit einem strengen Blick. »Nun wollen wir Platz nehmen.«

Die drei setzten sich an den viereckigen Esstisch der Garniers. Er war mit einem groben weißen Tuch bedeckt, aber darauf standen drei Gedecke des feinsten Porzellans, die jeweils mit vierzehn Bestecken umgeben waren. Braddon hatte all das in der Picadilly Street gekauft.

»Mein Butler hält ein scharfes Auge auf das Silber«, hatte er erklärt. »Er soll nicht denken, das wir einen Dieb im Haus haben.«

Sophie musterte den gedeckten Tisch. »Sehr gut, Madeleine. Sie haben den Tisch perfekt gedeckt.«

Braddon runzelte die Stirn. »Solche Dinge braucht sie nicht zu lernen, Sophie. Du meine Güte, ich habe vierzehn oder fünfzehn Lakaien, die den ganzen Tag nichts anderes tun als –«

»Die Lakaien decken nicht den Tisch«, unterbrach ihn Madeleine. »Das übernimmt eines der Dienstmädchen, das dabei vom Butler beaufsichtigt wird.«

»Die Herrin des Hauses muss alles wissen, was ihre Diener tun«, erklärte Sophie Braddon. »Wie soll sie sonst wissen, wenn etwas falsch gemacht wurde?«

»Hmmm«, brummelte Braddon. Er wirkte nicht sehr überzeugt. Er nahm neben Madeleine Platz, und Sophie setzte sich ihnen gegenüber.

»Wir befinden uns mitten in einem formellen Dinner«, wies Sophie sie an. »Links neben Ihnen steht ein Lakai, Madeleine, und er hält eine Platte mit Rollbraten in der Hand.«

Madeleine schenkte dem imaginären Lakaien ein Lächeln und deutete ihm mit einem Nicken an, dass sie das Fleisch versuchen wollte. Dann nahm sie die passende Gabel auf.

»Verdammt, ich habe in meinem ganzen Leben noch nicht so viel Besteck gesehen«, murrte Braddon. »Finden Sie nicht, Sie übertreiben es ein wenig, Sophie?«

»Nein«, erwiderte Sophie ungerührt. »Was, wenn Madeleine in den St. James's Palace eingeladen wird?«

»Das ist ziemlich unwahrscheinlich«, sagte Braddon grimmig. »Ich lasse keinen dieser geilen königlichen Prinzen in Madeleines Nähe.«

»Wenn ich gerade mit Ihnen speiste, Madeleine, dann wäre ich gezwungen, Braddon an dieser Stelle eine ernste Rüge zu erteilen«, sagte Sophie. »Er spricht quer über den Tisch mit mir, was ein schlimmer Verstoß gegen die Etikette ist. Eine Dame spricht nur mit den Personen zu ihrer Linken und Rechten.« Ihr Blick wurde streng, als sie bemerkte, was Braddon tat. »Und sie erlaubt einem Gentleman nie, *niemals,* dass er sein Bein gegen ihres presst. Nehmen Sie Ihren Fächer in die Hand, Madeleine.«

Madeleine blickt sich verwirrt um. »Ich dachte, den hätte ich zusammen mit meinem Schal dem Lakaien gegeben.«

»Oh nein, eine Dame gibt niemals ihren Fächer aus der Hand. Nun, wenn der Gentleman nur Ihr Gefühl des Anstands verletzt hat, indem er möglicherweise einen fragwürdigen Scherz gemacht hat, dann können Sie Ihr Missfallen dadurch ausdrücken, dass Sie sich einfach einem anderen Tischnachbarn zuwenden.«

Madeleine schenkte Braddon einen zornigen Blick und bewegte dann ihren Kopf ruckartig zur linken Seite.

»Nein, nein! Das ist viel zu stark. Er ist Ihrer Aufmerksamkeit gar nicht würdig.«

Madeleine schaute Braddon von oben herab an und drehte dann ihren Oberkörper mit vernichtender Gleichgültigkeit zur linken Seite.

»Genau so!«, rief Sophie und klatschte in die Hände.

Braddons Reaktion fiel weniger begeistert aus. Er packte seine Verlobte an den Schultern und drehte sie gewaltsam zu sich herum. »Diese Sorte Blick von dir behagt mir ganz und gar nicht«, beschwerte er sich.

»Wie würde es Ihnen denn gefallen, wenn ein alter Lebemann Madeleine gegenüber eine anzügliche Bemerkung machte?«, fragte Sophie.

Braddons Augen begannen zu leuchten. »Sie hat Recht, Madeleine! Tu es noch einmal!«

Madeleine kicherte. »Genau so hat *Maman* immer einen unverschämten Dienstboten angesehen«, sagte sie.

Sophie runzelte die Stirn. »Dienstboten? Welche Dienstboten?«

Madeleines überraschter Gesichtsausdruck wirkte beinah komisch. »Ich weiß es nicht«, sagte sie langsam. »Ich habe den Ausdruck einfach vor mir gesehen und ihn imitiert.«

»Wenn Ihr Vater für die Ställe der Flammarions verantwortlich war, hat Ihre Mutter möglicherweise auch für die Familie gearbeitet, bevor sie geheiratet hat«, mutmaßte Sophie.

Madeleine nickte.

»Nun wollen wir so tun, als hätte Braddon etwas wirklich Unentschuldbares getan«, sagte Sophie. »Als hätte er zum Beispiel sein Bein gegen Ihres gepresst.«

Madeleine nahm ihren Fächer auf und schlug Braddon damit kräftig auf die Knöchel.

»Aua!« Braddon zog seine Hand zurück. »Maddie, du hast mir die Finger gebrochen!«

»Seien Sie kein Spielverderber, Braddon«, sagte

Sophie. »Versuchen Sie es noch einmal, Madeleine.« Sie zeigte ihr die Geste. »Nur ein leichter Klaps auf die Hand. Er darf nicht zu stark ausfallen, damit derjenige, der es zufällig sieht, glauben könnte, dass Sie nur mit ihm flirten. Sie wollen den Gentleman für sein anmaßendes Verhalten tadeln, aber gleichzeitig soll es niemand merken. Wenn die Leute wissen, dass er es gewagt hat, sein Bein an Ihres pressen, werden Sie Ihnen dafür die Schuld geben.«

»Das stimmt«, mischte sich Braddon ein. »Die alten Hühner, wie zum Beispiel meine oder Sophies Mutter denken immer, dass das Mädchen ihn dazu aufgefordert hat. Na, dann mal los«, sagte er fröhlich und presste unter dem Tisch sein Bein gegen Madeleine.

Madeleine zog ihr Bein zurück, schenkte Braddon einen vernichtenden Blick und klopfte ihm sacht auf die Knöchel. »Oh, vergeben Sie mir«, säuselte sie mit zuckersüßer Stimme, doch ihr Blick war eisig. »Ihre Hand muss sich zu meinem Teller verirrt haben.«

»Mein Gott«, sagte Braddon ehrfürchtig. »Ich will verdammt sein, wenn du nicht genauso kalt dreinblickst wie Sophies Mutter, Maddie. Und sie hat den gemeinsten Blick in ganz London.«

Madeleine wirkte entzückt.

»Um Madeleine als Tochter eines Marquis' auszugeben muss sie kühler sein als meine Mutter«, erinnerte Sophie die beiden. »Ihre Manieren müssen über jeden Zweifel erhaben sein. Nun mal angenommen, der Lakai erscheint mit einer italienischen Cremespeise.«

Ein paar Wochen später starrte Patrick grimmig auf die Papiere, die sich auf seinem Schreibtisch aus Rosenholz stapelten. Immer wieder sah er vor sich, was er am Morgen in seinem Bett zurückgelassen hatte und er konnte sich nicht mehr auf die Ladepapiere und die Briefe seines Vermögensverwalters konzentrieren. Er sah eine weiße, weiche Hand, die er sacht von seinem Ellbogen lösen musste. Sophie hatte geseufzt und sich im Bett herumgedreht, wobei der zarte Baumwollstoff ihres Nachthemds am Kragen auseinandergeklafft war. Er hatte sich zwingen müssen, zu gehen.

Plötzlich öffnete sich die Tür zur Bibliothek, und Patrick blickte verärgert auf. Die Dienerschaft hatte strenge Anweisungen, ihn tagsüber nicht zu stören. Aber es war weder sein Sekretär noch ein entschuldigend dreinblickender Lakai. Stattdessen schlüpfte seine Frau durch die schwere Tür und schloss sie hinter sich.

Lautlos ging Sophie über den dicken Teppich zu Patricks Schreibtisch hinüber. Er wirkte beinah überrascht, sie zu sehen und beinah hätte sie den Mut verloren. Dennoch ging sie weiter, blieb neben seinem Stuhl stehen und legte ihre Hände auf seine nackten Arme. Er hatte seine Manschettenknöpfe abgenommen und die Ärmel hochgekrempelt, um den Stoff nicht mit Tinte zu beschmutzen. Ihre Finger legten sich liebkosend um seinen muskulösen Arm.

»Hast du keine Verabredung mit Braddon?« Patrick hatte den ganzen Tag daran gedacht, das Donnerstag war, und Sophie verbrachte diesen

Tag fast immer mit Braddon. Er nannte ihn bereits heimlich den Braddon-Tag.

»Ich habe abgesagt«, erwiderte Sophie. »Womit warst du gerade beschäftigt?«, fragte sie.

»Ach, nur mit meiner Arbeit«, antwortete Patrick.

Als sie ihn daraufhin mit leicht hochgezogener Augenbraue ansah, warf er einen Blick auf seinen Tisch. »Ich sehe die Ladedokumente der letzten Lieferung aus Russland durch.«

»Was tust du mit ihnen?« Sophie wirkte aufrichtig interessiert. Sie beugte sich ein wenig nach vorne, um die unleserlichen Zahlenkolonnen zu entziffern.

»Was bedeutet das hier?« Ein rosiger Fingernagel verharrte in einer Reihe, in der etwas wie »14.40SL« stand.

»Das –«, Patrick kniff die Augen zusammen, »sind Samoware. Wir haben vierzig – nein, vierzehn – Samoware an einen Händler im East End geliefert, der sie bestellt hatte.«

Sophie seufzte. »Ich würde furchtbar gerne nach Russland reisen.«

»Wirklich?«

Sophies Augen leuchteten. »Hast du Kotzebues Bericht über seinen Reisen durch Sibirien gelesen?«

Nein«, erwiderte Patrick. Er stellte seine Feder in die dafür vorgesehene Halterung. Dann lehnte er sich zurück und musterte seine junge Frau. Seiner Erfahrung nach empfanden wohlerzogene englische Damen eine Reise nach Bath bereits als schreckliche Entfernung.

Sophie sah an diesem Morgen wie eine der best erzogenen englischen Damen aus, die er kannte. Sie trug ein weißes Hauskleid aus Musselin, das am Saum mit komplizierten Stickereien versehen war. Es war wunderschön gearbeitet, aber weder besonders Aufsehen erregend noch furchtbar aufreizend. Es fiel ihm nicht zum ersten Mal auf, dass Sophie seit ihrer Hochzeit ein wenig ihren Stil verändert hatte. Nicht, dass er sich beschweren wollte. Beim bloßen Anblick ihres rosafarbenen Beins, das durch die weißen Stofflagen hindurchschimmerte, spürte er eine wachsende Hitze in seinen Lenden.

Abrupt beugte sich Patrick nach vorne und unterbrach Sophies begeisterte Beschreibung von Kotzebues Abenteuer, indem er Sie mühelos auf seinen Schoß zog.

Sophie kicherte, machte aber keine Anstalten, von seinem Schoß herunterzuspringen. Stattdessen blickte sie ihn an und ihre blauen Augen verdunkelten sich zu einem dunklen Lila, was Patrick als sehr gutes Zeichen wertete. Er senkte den Kopf und legte seinen Mund auf ihre kirschroten Lippen, bevor sie protestieren konnte.

Sophie schien jedoch gar nicht protestieren zu wollen. Ihre Lippen öffneten sich, als wäre ihr diese eheliche Intimität seit Jahren vertraut, als hätte sie sich längst an das heiße Brennen gewöhnt, das sich in ihren Beinen und anschließend in ihrem ganzen Körper ausbreitete. Eine starke Hand presste ihren Kopf näher an den seinen. Dann zog Patrick die Haarnadeln aus ihrer kunstvollen Frisur, warf sie auf den Boden und zog an ihren honigblonden Locken, bis sie sich plötzlich mit einem leisen Flüstern über Patricks braune Hand ergossen.

Er zog sie noch enger an sich und ihr leidenschaftlicher Kuss vertiefte sich. Seine Zunge entlockte ihr kleine Schreie, während seine Hand ihren Ausschnitt nach unten schob und ihre Brüste befreite. Sein Daumen strich ungestüm über ihre Knospen und Sophies Körper schmiegte sich in hilflosem Verlangen an ihn. Ihre Hände umklammerten seinen Nacken und sein Mund wurde zum Zentrum ihres Seins. Die Welt verwandelte sich in einen Strudel der Sinne und ihr Körper schmerzte beinah vor Lust.

Sie presste sich noch enger an Patrick, und als seine Hand ihren Kopf losließ und verführerisch ihr Bein hinaufglitt, ließ sie es geschehen. Sie hielt die Augen geschlossen und ihr Kopf fiel nach hinten, als er etwas an ihrem Hals flüsterte und seine Zunge eine sengende Spur auf ihrer Kehle hinterließ.

Als seine Hand plötzlich innehielt, riss Sophie überrascht die Augen auf. War er schockiert? Mit einem Mal bemerkte sie, dass er sie auf seinen Schreibtisch auf seine Papiere gelegt hatte. Ihr Mann stand über sie gebeugt und sein weißes Hemd fiel an der Brust auseinander – hatte sie seinen Kragen geöffnet? –, so dass unter schwarzen gelockten Haaren seine muskulöse Brust zum Vorschein kam. Unwillkürlich legte Sophie die Hand auf seine Brust und ihre Finger strichen sanft über die harten Muskeln und verkrallten sich in seinem Haar.

Patrick blickte nachdenklich auf seine Frau hinunter, während seine Hand die Liebkosung fortsetzte. Wo war das schmale, gekräuselte Band, unter das er normalerweise seine Finger schob?

Sophie ließ erneut den Kopf nach hinten fallen und ein weiterer Schrei löste sich in ihrer Brust, als er den trägen Tanz seiner Finger fortsetzte.

»Keine Unterhosen?«

Sophie schluckte schwer, öffnete die Augen und schaute ihn an, ohne ihn richtig wahrzunehmen. Wie konnte er so ruhig klingen, während er ... er ... Ihr Körper wand sich unfreiwillig unter seinen Berührungen.

»Nein.« Ihre Stimme zitterte.

»Warum nicht?«, fragte Patrick und stellte stolz fest, wie gelassen er klang. Natürlich wusste er längst, warum sie keine Unterwäsche trug. Heute war Donnerstag; heute war Braddons Tag. Verdammt, wahrscheinlich trug Sophie an Donnerstagen nie Unterhosen. Seine Hand verharrte erneut, und etwas an der unbehaglichen Stille, die sich plötzlich über den Raum senkte, machte Sophie unruhig. Sie sah ihn an wie ein Rehkitz, das ein unbekanntes Geräusch, nämlich das gefährliche Bellen der Meute, näher kommen hört. Sophie schluckte.

Patrick starrte auf seine schöne Frau hinunter. Seine Frau! *Seine, seine, seine.* Das Wort hämmerte ihm in den Ohren und sein Blut jagte ihm ungestüm durch die Adern. Sie war nicht *seine* Frau.

Seine Frau richtete sich auf, schlang die Arme um seine Taille und barg ihr Gesicht an seiner

Brust, während ihre Lippen über seine harten Muskeln glitten.

»Als ich noch ein Kind war, hörte ich, wie meine Kinderfrau sich mit einer der Dienerinnen unterhielt, die bald heiraten sollte. Ich hätte nicht zuhören dürfen, aber ich tat es dennoch. Und meine Kinderfrau erzählte, dass sie, wenn sie ihren Mann ... verführen wollte, manchmal absichtlich vergaß, ihre Unterwäsche anzuziehen.«

Ihre Stimme wurde noch leiser. »Heute Morgen, nun, du erinnerst dich wahrscheinlich nicht, aber du hast mich heute Nacht liebkost. Du hast geschlafen«, fügte sie hastig hinzu. »Jedenfalls habe ich mir heute Morgen überlegt, ich könnte meine Unterwäsche *vergessen*, aber Simone kleidet mich immer an, also konnte ich sie nicht vergessen.«

Patrick war sich schmerzlich Sophies Lippen bewusst, die über seine Brust strichen und jeden ihrer Sätze mit einem Kuss unterstrichen, während ihr Atem seine Haare kitzelte.

»Also wartete ich, bis sie nach unten ging«, fuhr Sophie fort, »zog meine Unterhose aus, faltete sie genau so zusammen, wie sie es tut, und legte sie in die Schublade zurück. Damit sie es nicht merkt«, fügte Sophie hinzu. »Aber beim Mittagessen erinnerte ich mich daran, dass Simone mir abends häufig beim Entkleiden hilft. Was hätte sie von mir gedacht, wenn ich keine Unterhosen getragen hätte?«

Patrick spürte, wie Erleichterung ihn durchflutete und all seine Anspannung von ihm abfiel. Das war typisch für seine dumme Sophie. Sie war

Französin genug, überhaupt Unterhosen zu tragen – die von vielen Engländerinnen immer noch als gewagt angesehen wurden –, aber sie war Engländerin genug, um sich wegen der Reaktion ihrer Zofe zu sorgen, wenn sie sie nicht trug.

»Also kam ich nach unten, um zu sehen, was du tust«, fuhr Sophie mit atemloser Stimme fort.

Sie verstummte, als Patrick ihren köstlichen Popo an sich zog, und schlang instinktiv die Beine um seine Hüften. Mit drei großen Schritten trug er sie zum Diwan hinüber, legte sie hin und kniete sich neben seine überraschte Frau auf den Boden. Eine ungeheure Erregung hatte ihn ergriffen, ein köstliches Sehen danach, den Körper *seiner* Frau in Besitz zu nehmen!

»Patrick!«

Patrick gab keine Antwort, sondern blickte mit seinen lachenden, teuflisch-schwarzen Augen auf sie hinunter. Dann beugte er sich über sie und verschloss ihre Augen mit sanften Küssen. Gleichzeitig schob er ihr das Kleid bis zur Hüfte hinauf.

Ihre Weiblichkeit war geschwollen und lieblich weich, weicher als alles, was er je zuvor berührt hatte und jede seiner Liebkosungen entlockte ihr einen keuchenden, flehenden Atemzug. Patrick grinste und zähmte ganz bewusst das Feuer, das in ihm tobte und seinen Körper zu verschlingen drohte. Seine damenhafte Frau war ohne Unterhosen in sein Arbeitszimmer spaziert, und er sollte verdammt sein, wenn er sich diese Gelegenheit entgehen ließ.

Er schloss die Tür ab und riss sich die Kleider vom Leib. Dann legte er sich vorsichtig auf sie ...

und verharrte. Immer wieder reizte er sie und genoss ihre erstickten Schreie. Schließlich riss sie die Augen auf und rief ungeduldig seinen Namen.

Er beugte den Kopf und strich träge mit der Zunge über Sophies Mund, bis sich ihre Lippen öffneten. Gleichzeitig rieb er sich immer wieder an ihrer Weiblichkeit und wich geschickt ihren drängenden Hüften aus, die ihm ungeduldig entgegenstrebten.

Plötzlich rutschte Sophie mit einer überraschenden Drehung unter ihm hervor. Kleine, entschlossene Hände schubsten ihn nach hinten auf den breiten Diwan.

In den Augen seiner Frau lag ein schelmisches Funkeln, das sich sehr wohl mit dem in sein Augen messen konnte. Ihre herausfordernden Blicke trafen sich. Sophie setzte sich rittlings auf Patrick und drückte seine Schultern mit ihren Handflächen auf den Seidenbezug des Sofas.

»Nun werden wir ja sehen, wie dir das gefällt«, flüsterte sie an seinem Mund, und ihr Atem liebkoste süß seine Lippen. Sie drängte sich mit einer Bewegung an ihn, die eher von Unerfahrenheit als geschickter Verführung zeugte, aber dennoch stand Patricks Körper in Flammen. Ein Keuchen entriss sich seiner Brust und Sophie lächelte zufrieden.

Sie rutschte noch ein Stück an seinem Körper herunter und genoss das Gefühl ihrer Brüste, die sich an seine behaarte Brust pressten. Ihre Lippen fanden seine Brustwarzen und sie imitierte das, was er stets mit ihr tat. Glücklich lauschte sie auf seinen keuchenden Atem und seinen rasenden Herzschlag unter ihren Fingerspitzen.

Dann ließ sie sich von der Couch rutschen und ihr Kleid glitt mit einem seidigen Rascheln über ihr nacktes Gesäß nach unten. Jeder Nerv in ihrem Körper war gespannt und forderte sein Recht. Sophie biss sich auf die Lippen und zwang sich, geduldig zu sein. Sie nahm ihn in die Hand und küsste ihn immer wieder sanft, beinah schmetterlingsgleich.

»Sophie!« Patricks Stimme hatte einen rauen, gequälten Ton, den sie noch nie zuvor gehört hatte. Sie wurde mutiger und ignorierte den Umstand, dass seine Hände über ihren Körper wanderten und es ihm gelang, ihr das Kleid nach oben zu zerren, obwohl sie auf dem Boden kniete. Zaghaft glitt ihre kleine, rosafarbene Zunge über seine harte Männlichkeit und schließlich öffnete sie den Mund und umschloss ihn mit den Lippen.

Ein ersticktes Keuchen belohnte sie.

Dann zwickte sie ihn sanft mit den Zähnen, wie es ihm zu gefallen schien, wenn sie seine Brustwarzen küsste. Aber er reagierte nicht mit einem Stöhnen, sondern mit einem Schrei.

»Sophie!«

Patrick rollte so schnell von der Couch herunter, dass Sophie gar nicht wusste, wie ihr geschah. Eine Sekunde später lag sie auf dem dicken Teppich. Das Kleid war ihr zu den Hüften hochgerutscht und ihre Beine umschlangen instinktiv seine Taille, während sich die Liebenden zu einem primitiven, ungestümen Tanz vereinten. Sophies erstickte Schreie erfüllten den Raum, unterbrochen von Patricks rauem Stöhnen.

»O Gott, Sophie, Sophie«, schrie Patrick. Sie strebte ihm voller Wonne entgegen, während jeder Nerv in ihrem Körper in Flammen aufging.

Die darauf folgende Stille ähnelte ganz und gar nicht der Stille in der Bibliothek, bevor Sophie hereingekommen war. Patrick rollte zur Seite und zog Sophie an seine Brust. Ihr Atem ging stoßweise und immer wieder lief ein winziges Zittern durch ihren Körper.

»Patrick?«

»Hm?«

»Hat es dir nicht gefallen, als ich dich, hm, gebissen habe?«

»Nein«, sagte Patrick entschieden. Er bettete sie etwas bequemer in seine Armbeuge. »Wir werden üben«, fügte er hinzu und in seiner Stimme schwang unverhohlene Vorfreude mit.

»Ich muss dir etwas beichten«, flüsterte Sophie. »Ich war nicht ganz ehrlich zu dir.«

Patrick lauschte träge auf die süße Stimme seiner Frau, ohne wirklich auf ihre Worte zu hören.

»Ich habe dich nicht gestört, um ... das Problem mit meiner Unterhose zu lösen. Ich wollte dich verführen. Ich konnte den ganzen Morgen an nichts anderes denken.«

Patrick gab keine Antwort. Sein Arm zog sie enger an sich und presste ihren süßen, schmalen Körper gegen seine Brust. O Gott, wie wunderbar war es, eine Frau zu haben, die er auf den Ladepapieren, auf der Couch und auf dem Boden der

Bibliothek lieben konnte. Eine Frau, die den ganzen Morgen an nichts anderes denken konnte.

Erst später am Nachmittag stahl sich ein ganz anderer Gedanke in Patricks Bewusstsein. Ohne dass er es richtig wahrnahm, durchlebte er noch einmal den Moment, als er Sophies loses Kleid zu ihrer Taille hinuntergezogen hatte. Er konnte nur mühsam ein lautes Stöhnen unterdrücken, als er daran dachte, wie ihre üppigen Brüste in seinen Händen lagen und ihn regelrecht anflehten, sie zu küssen.

Sie sind gewachsen, dachte er. Sophies Brüste sind gewachsen. Von seinen Liebkosungen? Langsam drang der Gedanke in den vernünftigen Teil seines Hirns vor. Die Wahrheit war weitaus unromantischer.

Plötzlich versteifte sich Patricks Rücken. Vor seinem geistigen Auge erschien das Bild von Sophies kurvenreichem Körper. Ohne es zu merken, stand er auf und rechnete verzweifelt nach. Die Nacht, in der er das erste Mal ihr Zimmer betreten hatte – Jesus, wann war das gewesen? Vor über drei Monaten.

Was war er doch für ein unglaublicher Idiot. Seit er denken konnte, hatte er Frauen vor einer Schwangerschaft bewahrt – Frauen, aus denen er sich rein gar nichts machte. Und nun, da er eine Frau gefunden hatte, die er liebte – warum sollte er es sich nicht eingestehen? Er liebte sie, liebte Sophie mit ganzer Seele und aus tiefstem Herzen. Nun hatte er sie endlich gefunden und er machte ihr den Hof – und es würde funktionieren, da war er sich sicher ... Nun hatte er sie wie ein unbedachter Trottel der schlimmsten Gefahr ausgesetzt, die es für eine Frau gab.

»Idiot! Idiot!« Patrick war sich nicht einmal bewusst, dass er, sein Gesicht den aufwändigen Stuckverzierungen an der Decke zugewandt, heulte wie ein Wolf.

Patrick hatte tatsächlich vorgehabt, Sophie den Kinderwunsch auszureden. Seine bezaubernde Frau war zu klein, zu zierlich. Er sah ihre schlanken Hüften und ihre Taille vor sich, die er früher mit beiden Händen hatte umfassen können. Wie hatte er so blind sein können? Die Anzeichen waren doch nicht zu übersehen.

Sie würde eine Geburt niemals überleben. Man brauchte sich nur seine Schwägerin anzusehen. Charlotte war viel größer als Sophie und sie wäre beinah gestorben. Verdammt, verglichen mit Sophie war sie eine Amazone. Seine Mutter ... Sogar die Inderin, die er im Kindbett hatte sterben sehen, war größer als Sophie gewesen.

Wütend betrat er Sophies Schlafzimmer. »Sophie! Sophie!«, brüllte er.

Sie blickte erwartungsvoll auf, als ihr Mann die Tür aufstieß. Nachdem sie ihre türkische Grammatik den Wellen übergeben hatte, hielt sich Sophie immer noch an ihren selbst auferlegten Sprachbann. Mit Ausnahme der Besuche bei Madeleine verliefen ihre Tage unglücklicherweise sehr langweilig. Sie sprach mit der Haushälterin oder machte Einkäufe. Hinzu kam, dass die Saison noch nicht angefangen hatte und sich viele ihrer Freunde noch auf dem Land befanden.

Zurzeit las sie die Werke von Ben Jonson, wobei

sie recht wahllos vorging. Sie wurde aus den altmodischen Dialogen einfach nicht schlau. Sophie musste sich eingestehen, dass sie keine Gelehrte war. Sie besaß eben nur ein Talent, und zwar für Sprachen.

Patrick durchquerte mit wenigen großen Schritten den Raum und ging neben ihrem Sessel in die Hocke. »Hör mir zu, Sophie! Ich bin vor *dreieinhalb* Monaten die Leiter zu deinem Zimmer hinaufgestiegen. Hattest du – hast du in dieser Zeit deine Blutung gehabt?«

»Ist es schon so lange her?« Sophie hatte sich noch nicht ausgerechnet, wann es geschehen war.

Patricks Züge wurden weich. »Ja, das ist es«, erwiderte er. »Falls du keine sehr unregelmäßige Frau bist, fürchte ich, dass wir ein Kind erwarten.«

»Es ist merkwürdig, nicht wahr?«, sagte Sophie verträumt. »Es erscheint mir beinah unmöglich. Wir sind noch nicht lange genug verheiratet.«

»So etwas wie *lange genug* gibt es nicht«, sagte Patrick. »Ein Tag ist genug.«

»Das stimmt nicht!«, erwiderte Sophie. »Mein Mutter hat mir gesagt ...« Aber dann verstummte sie, als ihr das Gerede der Dienerinnen einfiel, die bestimmt mehr von den praktischen Fragen bezüglich der Empfängnis wussten, als ihre arme Mutter.

Patrick deutete ihr Schweigen falsch. »Manche Frauen empfangen nicht so leicht. Vielleicht gehört deine Mutter zu der Sorte Frau, und du bist deshalb ein Einzelkind. Ich bin sicher, deine Eltern haben versucht, ein weiteres Kind zu bekommen, wenn man bedenkt, dass der Titel nur an die männlichen Nachkommen weitergegeben wird.«

Er richtete sich auf, ging ruhelos zum Fenster hinüber und blickte hinaus.

Sophie dachte stumm über die getrennten – äußerst getrennten – Schlafzimmer ihrer Eltern nach. Es kam ihr vor wie Verrat, mit der Wahrheit herauszuplatzen.

Im Raum herrschte absolute Stille. Sophies Gedanken überschlugen sich. Sie hatte versäumt, Patrick sofort von dem Kind zu erzählen. Das Glück der letzten Wochen war ihr zu zerbrechlich erschienen, um es zu stören. Und dennoch war ein Teil ihres Inneren bei jedem Gedanken an das Kind vor Freude erblüht. Es war wirklich an der Zeit, dass ihr Mann von seinem Kind erfuhr.

Ein kleines Stück dieser Freude verwelkte, als sie den Kopf wandte und einen Blick auf die Miene ihres Mannes erhaschte.

Er sah ungefähr so glücklich aus wie eine Katze, die in eine Pfütze gefallen war. Sein Gesicht war starr und seine Augen blitzten wütend.

»Was ist denn?«, fragte Sophie, und es gelang ihr rechtzeitig, das Zittern in ihrer Stimme zu unterdrücken.

Patrick blickte sie an, als schien er sie gar nicht wahrzunehmen. Als er schließlich sprach, klang seine Stimme kalt und distanziert. »Ich habe es dir bereits zuvor gesagt, Sophie. Ich bin nicht die Sorte Mann, der vor Freude aufheult, wenn er sich fortgepflanzt hat. Ich habe früher immer sehr darauf Acht gegeben, dass es nicht dazu kam!«

»Aber wir sind verheiratet!«

»Welche Entschuldigung ist das?«

»Ich dachte, wir hätten uns geeinigt, ein Kind zu bekommen«, sagte Sophie vorsichtig.

»Das haben wir auch«, fuhr Patrick sie an. Er wusste, dass er sich wie ein Unmensch aufführte, aber er konnte sich nicht helfen. Seit ihm die Tatsache so richtig bewusst geworden war, war er wie gelähmt vor Furcht. Warum hatte er nicht besser Acht gegeben? Warum zum Teufel hatte er eine langjährige Angewohnheit aufgegeben und auf so achtlose, verantwortungslose Weise mit seiner Frau geschlafen?

»Warum bist du dann so wütend?« Sophie war völlig verblüfft.

»Ich bin wütend auf mich selber«, sagte er und fügte dann gegen jede Logik hinzu: »Verdammt, Sophie, du bist bestimmt fruchtbar wie ein Kaninchen!«

Sophie wurde kreidebleich. »Das war eine grausame Bemerkung«, sagte sie langsam und ihre Augen suchten in seinem Gesicht.

Patrick drehte sich um und starrte wieder aus dem Fenster. »Lassen wir es einfach dabei bewenden, ja? Ich sehe keinen Grund, die Sache weiter zu diskutieren. Die Würfel sind gefallen.«

Sophie nickte, aber Patrick konnte ihr Gesicht nicht sehen. Sie hatte das Gefühl, als würde sie durch eine Eisschicht sprechen. »In diesem Fall«, bemerkte sie und ging zu dem Klingelzug hinüber, »werde ich nach Simone läuten. Es ist Zeit für mein Bad.«

Patrick betrachtete seine Frau verwundert. Ihr

Gesicht war entspannt und freundlich, während sie an der Tür stand und ihn abwartend anblickte. Also stürmte er hinaus. Es war schwer, angesichts dieser ... Freundlichkeit ... zornig zu bleiben. Mit jedem Schritt, den er die Treppe hinunterging, fiel sein Ärger von ihm ab und es blieb nur kalte, bittere Furcht.

Wieder flammte Zorn in ihm auf und jagte ihm, gemischt mit seiner Angst, wie ein Blitzschlag durch den Körper. Er riss die Haustür auf und stürzte an dem Lakaien vorbei, der sie ihm hatte öffnen wollen.

Dann marschierte er die Stufen hinunter und rief eine Droschke herbei, ohne auch nur einen Moment inne zu halten. Er musste weg, weg aus diesem Haus.

Zwei Stunden später war der Hauptring von *Jackson's Box Salon* von neugierigen anfeuernden Gentlemen umgeben, die zusahen, wie Patrick Foakes den nächsten Gegner niederschlug.

»Junge, Junge!«, sagte einer der professionellen Boxer zu Cribb, während sie von einer Ecke des Rings zusahen. »Für einen feinen Pinkel ist er gar nicht schlecht, oder?«

»Macht auch 'ne gute Figur«, sagte Cribb geistesabwesend, während seine Augen aufmerksam Patricks Arme beobachteten. »Gehen Sie zuerst mit der Rechten ran, Sir!«, rief er.

»Der braucht keine Ratschläge«, sagte der Boxer ein wenig neidisch. Und da hatte Foakes auch schon einen weiteren von Cribbs Boxern mit einem letzten dumpfen Schlag k.o. geschlagen.

Foakes blickte schwer keuchend zu Cribb hinüber und machte ihm ein Zeichen. Cribb schüttelte den Kopf.

»Gott sei Dank«, murmelte der Boxer neben ihm. Er wäre als Nächster an der Reihe gewesen, gegen einen der zahlenden Gentlemen zu kämpfen, die vor Publikum boxen wollten.

»Es ist nicht gut kämpfen, wenn man wütend ist«, sagte Cribb zu Patrick. Er wandte sich ab und konzentrierte sich auf Reginald Petersham, der gerade in den Ring kletterte.

Patrick stellte sich neben den Ring und wischte sich den Schweiß von seinem Gesicht und seiner Brust, während Komplimente auf ihn niederprasselten.

Was geschehen war, war geschehen. Sophie war schwanger. Heimtückisch tauchte das Bild eines kleinen Mädchens vor seinem geistigen Auge auf, das die Locken und das wunderschöne Lächeln seiner Mama besaß.

Er ließ das Handtuch fallen und ging in den Umkleideraum. Wenn er richtig vermutete, dann hatte Sophie noch keinen Arzt konsultiert. Er musste für sie den besten Arzt in London finden – jemand vom Royal College – und Sophie musste ihn noch am nächsten Tag aufsuchen.

Patrick schrieb hastig eine Nachricht auf das Briefpapier von *Jackson's Box Salon.* Dann gab er einem Burschen eine Krone, damit er sie zum Haus seines Anwalts, Mr Jennings von Jennings & Condell, brachte.

Eine halbe Stunde später betrachtete Jennings perplex die Nachricht. »Finden Sie heraus, wer der beste Arzt für Geburten ist« lautete sie. Das war alles, unterzeichnet mit Patricks kühner, schwungvoller Unterschrift.

Warum war die Nachricht am Abend überbracht worden? Was zum Teufel glaubte Foakes, was er am Abend in dieser Sache unternehmen würde, das nicht bis zum nächsten Tag warten konnte? Und warum hatte er die Nachricht von einem Boxetablissement geschickt und nicht von zu Hause aus?

Jennings rutschte unbehaglich in seinem hohen Lehnstuhl in der Bibliothek hin und her. Es würde ihm sehr missfallen, wenn Foakes mit jemand anderem als seiner Frau ein Kind gezeugt hätte. Illegitime Kinder verursachten stets unschöne finanzielle Transaktionen. Er, Jennings, musste es schließlich wissen, denn Jennings & Condell hatten die Ehre, die königliche Familie juristisch zu vertreten.

Bis dato war die Geschäftsbeziehung mit Foakes und seinem kleinen Hausstand das reinste Vergnügen gewesen. Die komplizierteste Transaktion war der Ehekontrakt gewesen, durch den Foakes seine Frau mit einer hübschen Summe bedacht hatte. Aber nun sah es ganz so aus, als würde Jennings & Condell bereits nach nur wenigen Ehemonaten zum Handlanger bei einer unmoralischen Angelegenheit gemacht.

Jennings schürzte missbilligend die Lippen. Er war ein strenger Methodist, und obwohl er für seine zügellosen, aristokratischen Klienten bittere Rechtsstreitigkeiten ausfocht, sah er keinen Grund, privat ihr Verhalten gut zu heißen.

Erst auf dem Nachhauseweg erinnerte sich Patrick an die unschöne Art, wie er sich von seiner Frau getrennt hatte. Da habe ich wohl wieder die Beherrschung verloren, dachte er. Zumindest war Sophie nicht wütend geworden. Oder doch?

Die Erinnerung an ihr lächelndes Gesicht, als sie ihm die Tür aufgehalten hatte, kam ihm ins Gedächtnis. Doch da war etwas in den Augen seiner Frau gewesen. Sie hatte gesagt, er sei grausam. Daran erinnerte er sich. Und dann hatte sie ihn angelächelt, als seien sie im Begriff gewesen, zu einer Gartenparty aufzubrechen. Aber ihre Augen hatten nicht gelächelt. Das muss ich mir für die Zukunft merken, dachte er, Sophies Augen sagen die Wahrheit.

Er kletterte die Treppe hinauf und betrat vorsichtig Sophies Schlafzimmer. Es war ein feuchter, kalter Abend und im Kamin brannte ein Feuer. Sophie saß neben dem Kamin und trug ein Nachthemd aus dünnem Batist.

Patrick ging zu ihr hinüber und ließ sich in den zweiten Schaukelstuhl fallen. Er streckte seine Beine aus und blickte zu ihr hinüber. Sophie lächelte ihn an, aber in ihren dunklen blauen Augen lag ein argwöhnischer Ausdruck. Patrick spürte einen kleinen Anflug von Triumph. Er hatte gelernt, die Reaktionen seiner Frau zu deuten. Das war gut. Ein unwissender Mann mochte annehmen, dass sie glücklich war, aber Patrick wusste es besser.

»Ich entschuldige mich«, sagte er.

Sophie nickte. »Ich hätte es dir gesagt, wenn du mich gefragt hättest, Patrick.« Sie hatte nervös die Hände im Schoß verschränkt.

Eine weitere Möglichkeit, ihre Gefühle zu deuten, dachte Patrick. Ihr Gesicht trug einen freundlichen, gelassenen Ausdruck, aber ihre Hände bewegten sich unruhig. Sie sagte nichts und richtete den Blick auf die Flammen, die an den Holzscheiten im Kamin hoch züngelten.

In Wahrheit war Sophie vor Zorn wie gelähmt. Aber was konnte sie sagen? Sobald sie den Mund öffnete, würde sie ihn anschreien und heftige Vorwürfe machen, weil er im Bezug auf ihr ungeborenes Kind so gefühllos war und sich überhaupt so unsagbar dumm verhielt.

Es war besser, sie sagte nichts. Also verschränkte sie die Hände so fest ineinander, dass ihre Knöchel weiß hervortraten.

»Hast du schon einen Arzt konsultiert, Sophie?«

Überrascht blickte sie auf. »Nein.«

Patrick runzelte die Stirn. »Dann werde ich einen aussuchen.«

Nach einem Moment stand er auf, machte einen großen Schritt auf sie zu, hob Sophie hoch und ließ sich mit ihr in ihren Stuhl fallen. Der Körper seiner Frau versteifte sich zuerst, lehnte sich dann jedoch entspannt an seine Brust.

»Eine Frau und ein Baby«, flüsterte Patrick an ihrem Hals. Er schlang seine Arme um sie, als könne er sie so vor allem Übel beschützen. So saßen sie eine lange Zeit beieinander.

22. Kapitel

Anfang Mai kehrte der Adel in Scharen nach London zurück. Klopfer tauchten an den prächtigen Eichentüren auf und Staubbezüge wurden von den damastenen Polstern entfernt. Haushälterinnen überprüften eilig die Anzahl der Wachskerzen und den Zustand des Leinens.

Die Butler beschwerten sich untereinander über die Unverantwortlichkeit der Jugend und verschickten verzweifelte Anfragen an die Agenturen für Dienstpersonal. »Lady Fiddlesticks benötigt *dringend* bis nächste Woche vier erfahrene Lakaien.« »Ohne zwei gute Hausmädchen – wir bevorzugen selbstverständlich Mädchen vom Land – wird Baron Piddlesfords Haushälterin ganz bestimmt den Verstand verlieren.« »Lady Brimticky sucht nach zwei Lakaien von gleicher Größe, gleichem Gewicht und gleicher Haarfarbe, die in Livree hinter ihrer Kutsche stehen. Sie würde dunkles Haar vorziehen; rothaarige Bewerber sind nicht erwünscht.«

Die Saison würde bald beginnen. Nachdem sie die vergangenen Monate damit zugebracht hatten, die Bilder in *La Belle Assemblée* zu studieren, bestellten die Damen nun die Umhangschneider ihrer Wahl ins Haus und verbrachten unbehagliche Stunden damit zu, sich von Nadeln pieksen zu lassen.

Gentlemen suchten ihre Schneider auf oder kauften neue Husarenstiefel, die so auf Hochglanz poliert waren, dass sich die Herren darin spiegeln und ihre komplizierten Halsbinden richten konnten. Die unerschrockenen, oder wohl eher die eitlen unter ihnen, probierten die neusten Bein- und Schulterpolster aus, die sie von ihren Dienern unter höchster Geheimhaltung erwerben ließen. Mit Waden, die dem modischen Umfang entsprachen, schlenderten sie dann bei *White's* vorbei oder suchten das Oberhaus auf.

Nach einer Woche blockierten bereits unzählige Kutschen Piccadilly Circus und die Straße vor dem Royal Exchange. Hohe Phaetons rollten durch den Hyde Park und gelegentlich stiegen die Passagiere aus und spazierten über das feuchte Gras. Die Früchtehändler von Covent Garden wurden fröhlicher; Lavendelverkäufer spazierten wieder über die Straßen in Mayfair und um den Hanover Square und boten mit heiserer Stimme duftende Sträußchen feil.

Henri wurde, ausgestattet mit einer neuen Garderobe und einem Fundus an englischen Flüchen, die er von Patricks Stallburschen gelernt hatte, nach Harrow gebracht. Er trat die Reise mit glänzenden Augen an; dank der zähen Widerstandskraft der Jugend hatte Henri das Trauma des Krieges abgestreift und war bereit für die aufregende Schulzeit eines Gentleman. Sophie und Madeleines Lektionen näherten sich ebenfalls ihrem Ende. Madeleine war weitaus mehr als eine ›einfache‹ Dame geworden. Sie hatte das Wissen wie ein Schwamm aufgesogen. Nach nur einem Nachmittag mit *Debrett's Peerage*, dem einschlägigen Adelsführer, wusste Madeleine mehr über die adligen Familien Englands, als sich Sophie je die Mühe gemacht hatte zu erlernen.

Sogar die schwierigsten Aspekte des Lebens einer Dame fielen Madeleine wie von selber zu. Sie wusste haargenau, wie sie einen anmaßenden Diener abkanzeln musste und sie benutzte ihren Fächer wie eine gefährliche, aber dennoch zierliche Waffe. Das Tanzen erlernte sie wie eine Ente das Schwimmen. Nach der neusten französischen Mode gekleidet sah sie aus wie ein Mitglied der königlichen Familie, und ganz und gar nicht wie die Tochter eines Pferdehändlers.

Warum bin ich dann nicht glücklich?, fragte sich Sophie. Ihr Projekt war ein voller Erfolg. Nach Sophies Einschätzung würde Madeleine eine perfekte Gräfin abgeben. An diesem Abend hatten Sophie und Patrick zu einem Dinner eingeladen, bei dem Sophie Madeleine in die feine Gesellschaft einführen wollte.

Aber Patrick ... Patrick sprach nie von dem Kind. Nicht ein einziges Mal, seit er ihr den Namen des Arztes genannt hatte.

»Er heißt Lambeth«, hatte er gesagt. »Er wird dich morgen aufsuchen.«

Sophie hatte ihren Mann wie betäubt angesehen. »Ich dachte, wir könnten Charlottes Arzt konsultieren.«

»Charlottes Arzt? Bist du verrückt? Charlotte ist bei der Geburt von Sarah beinah gestorben.«

Sophie zuckte angesichts Patricks Bemerkung

zusammen und erwiderte nichts. Wenn sie sich recht erinnerte, war es nicht die Schuld des Arztes gewesen, dass Charlotte Probleme bei Sarahs Geburt gehabt hatte, aber was nützte es, darüber zu streiten? Es spielte für sie im Grunde keine Rolle, welchen Arzt sie konsultierte.

»Wie bist du auf Doktor Lambeth gekommen?«

»Gar nicht. Mein Anwalt hat die Todesrate bei Müttern überprüft. Lambeth schneidet in dieser Hinsicht sehr gut ab.«

Sophie fröstelte und sagte nichts weiter.

Nachdem Dr. Lambeth sie aufgesucht hatte, berichtete sie Patrick gehorsam, dass der Arzt keinen Grund zur Besorgnis sah. Er nickte und erwiderte nichts.

Sie aßen gemeinsam zu Abend, sie frühstückten gemeinsam – aber sie sprachen nie über das Kind, das Sophie unter dem Herzen trug. Bei ein oder zwei Gelegenheiten wusste Sophie ganz genau, dass Patrick über das Baby nachdachte, denn er umspannte plötzlich ihre wachsende Taille mit den Händen, so als wolle er sie messen. Er sagte jedoch nichts und jedes Mal, wenn sie ihren Zustand ansprach, wechselte er das Thema oder verließ den Raum.

»Er will unser Kind nicht«, flüsterte Sophie leise und in ihren Augen lag ein ängstlicher Ausdruck. Sie verschränkte die Hände über ihrem Bauch. Das war nichts Neues. Patrick hatte ihr vor langer Zeit seine Gefühle hinsichtlich Kindern deutlich gemacht.

Vielleicht ärgert ihn die Tatsache, dass wir uns nicht lieben können, dachte Sophie hoffnungsvoll. Ihre Mutter hatte ihr gesagt, dass eine Frau in diesem Zustand keinen ehelichen Verkehr haben durfte. Als sie dies Patrick gegenüber erwähnte, hatte er nur genickt und sie von diesem Tag an kaum berührt. Sophie wusste nicht, wie sie ihm beichten sollte, dass sie gar nicht vorgehabt hatte, den Rat ihrer Mutter zu befolgen. Zumindest fand sie, dass sie Dr. Lambeth dazu befragen sollten.

Aber sie war zu schüchtern, das Thema anzuschneiden. Also kehrten sie wieder zu dem Zustand zurück, der nach ihrer Rückkehr aus Wales geherrscht hatte. Patrick nahm auf dem Weg zum Abendessen ihren Arm. Er geleitete sie die Treppe hinauf. Er blickte sie bewundernd, aber ohne Verlangen an. Und jeden Abend wünschten sie sich an Sophies Schlafzimmertür höflich eine gute Nacht.

Was Sophie anging, so verzehrte sie sich nach ihrem Mann. Häufig blickte sie verstohlen auf seine langen Beine und sehnte sich danach, seinen Rücken zu berühren. Sie träumte von seinen Küssen, von der Art, wie er ihren Körper mit schmetterlingsgleichen Berührungen liebkoste. Sophie war jedoch zu scheu, den ersten Schritt zu tun. Schließlich war sie es gewesen, die die Meinung ihrer Mutter über den ehelichen Kontakt während einer Schwangerschaft vorgetragen hatte. Und Patrick schien ihr gegenüber so uninteressiert wie das letzte Mal, als sie aufgehört hatten, miteinander zu schlafen. Er war sicherlich in die Arme seiner schwarzhaarigen Geliebten zurückgekehrt; zwei oder drei Mal die Woche kehrte er erst in den frühen Morgenstunden in sein Zimmer zurück.

Vielleicht, dachte Sophie unglücklich, vielleicht missfällt Patrick die Tatsache, dass ich dicker werde. Einen Moment lang betrachtete sie sich im Spiegel und entdeckte überall Anzeichen dafür, dass sie zugenommen hatte ... an den Brüsten, den Wangen und am Bauch. Angewidert ließ sie die Hände sinken und wandte sich von ihrem Spiegelbild ab.

Im Park gesellten sich die Kutschen der teuren Kurtisanen zu denen der Aristokratie. Sophie betrachtete die Gesichter der Schwarzhaarigen unter ihnen und verglich deren schlanke Körper mit ihren eigenen rundlichen Formen, verglich deren dunkle Schönheit mit ihrer faden Blondheit.

Aber ich bin klug, sagte Sophie sich tapfer in Momenten der Verzweiflung und der Scham. Ich bin nicht dumm.

Resolut nutzte sie ihre beträchtliche Intelligenz, um die abendlichen Mahlzeiten mit ihrem Gatten interessant zu gestalten. Sie las die *Times* und die *Morning Post*; sie las die Theaterstücke und die satirischen Balladen, die man an den Straßenecken kaufen konnte. Sie verwandelte das Abendessen in ein interessantes und fesselndes Zusammentreffen, bei dem sie und Patrick kleine Kämpfe wegen der erfolgreichen militärischen Kampagnen Napoleons im Osten ausfochten oder Diskussionen über die Moral von neuen Arbeitergesetzen führten, die Lehrlinge in den Fabriken schützten. Sie besprachen Patricks Importe und in der Nacht träumte Sophie von hochmastigen

Schiffen, die von den West India Docks in London ablegten.

Das einzige, worüber sie nicht sprachen, waren Kinder und den Klatsch, über den auf den Seiten der *Morning Post* berichtet wurde. Die Zeitung schien besessen von ehebrecherischen Paaren. Sophie las diese Seiten nur, um herauszufinden, wohin Patricks des Nachts ging. Sein Name wurde nie erwähnt, was bedeutete, dass er viel diskreter als ihr Vater war.

Sophie hegte keinerlei Illusionen darüber, was er tat. Ihr Mann mochte die Nächte mit seiner Geliebten verbringen, aber sie wollte dafür sorgen, dass er wenigsten abends zum Essen nach Hause kam.

Da Sophie London erst gar nicht verlassen hatte, musste sie keine Vorbereitungen für die neue Saison treffen. Madame Carême hatte bereits eine Anzahl von eleganten Schwangerschaftskleidern geliefert, die so geschnitten waren, dass das Kind verborgen blieb, das in ihrem Leib heranwuchs. Aber dank Sophies zierlicher Gestalt und ihrem schnell wachsenden Bauch konnten nicht einmal mehr Madame Carêmes Kleider ihren Zustand verbergen.

Charlotte jedenfalls wusste es sofort, als sie Sophie erblickte. »Sophie!«, rief sie begeistert. »Schau dich an! Warum hast du mir nichts davon geschrieben?«

Ihre groß gewachsene, schöne Freundin nahm sie liebevoll in die Arme. Einen Augenblick später schlenderte Alex in den Raum und entdeckte seine Frau auf einem schmalen Diwan, wo sie ohne

Unterlass auf ihre Schwägerin einredete. Einen Blick auf Sophie, und er wirbelte herum und trat zu seinem Zwillingsbruder hinüber.

Unwillkürlich verzog sich Patricks Mund zu einem Grinsen, als er Alex' Blick begegnete. Er wollte sich wegen des Babys nicht freuen, aber nun konnte er einen Anflug von Stolz nicht unterdrücken.

Alex umarmte seinen Bruder raubeinig. »Hat sich die Situation wieder eingerenkt?«

»Wir schlafen immer noch nicht im selben Raum«, sagte Patrick begleitet von einem Achselzucken. »Aber nun liegt es an Sophies Zustand, und das ist immerhin eine Verbesserung.«

Alex blickte ihn entsetzt an. »Klingt in meinem Ohren nach einem unerträglichen Zustand. Was sagt dein Arzt dazu?«

»Ich habe ihn nicht gefragt«, erwiderte Patrick. »Aber immerhin ist Sophie schwanger. Wenn sie nicht will, kann ich sie nicht zwingen.« Patricks Stimme klang so angespannt, dass Alex' Magen sich zusammenzog.

»Ich halte das für ein Ammenmärchen«, sagte Alex. »Wie heißt der Arzt? Ich bin verdammt sicher, dass andere Paare nicht so handeln.«

»David Lambeth«, erwiderte Patrick. »Er soll angeblich der beste in London sein.«

»Verstehe ich das richtig?«, fragte Alex resigniert. »Letzten Monat habt ihr nicht das Bett miteinander geteilt. Nun scheinst du wegen ihrer Schwangerschaft einen Moralischen zu haben. Mein Gott, Patrick, ich hatte den Eindruck, dass deine Ehe kurz davor stand, in die Brüche zu gehen.«

Alex zögerte. »Wenn ein Mann und eine Frau nicht miteinander schlafen, dann kann sie das entfremden. Wenn du mich fragst, ist diese Regel Unsinn.«

»Es ist Sophies Vorrecht«, sagte Patrick kurz angebunden. »Jedenfalls wird dies unser einziges Kind bleiben. Ich werde ihr nicht erlauben, das alles ein zweites Mal durchzumachen.«

»Sophie ist eine gesunde junge Frau. Ich bin sicher, sie wird das Kind ohne Probleme auf die Welt bringen.«

»So wie Charlotte?«

Alex' Körper versteifte sich. Patrick wusste ebenso gut wie er, dass Charlottes gefährliche Geburt ihrer Tochter nichts mit ihrer Größe oder ihrem Körperbau zu tun hatte.

»Ich sage doch nur«, fuhr Patrick fort, »dass sogar große Frauen wie Charlotte in ernster Gefahr schweben, wenn sie ein Kind erwarten. Sophie ist ein Winzling ... wie Mutter.«

Alex blickte zu seiner liebreizenden, schlanken Frau hinüber und musste beinah lächeln angesichts der Worte Patricks. »Große Frauen wie Charlotte«? Aber er hielt sich zurück. Er wusste besser als jeder andere, wie sehr Patrick unter dem Tod ihrer Mutter glitten hatte.

»Sophie ist nicht Mutter«, sagte er entschieden. »Erinnerst du dich nicht, wie zerbrechlich Mutter immer wirkte? Sophie ist zwar klein, aber nicht zerbrechlich.« Patrick setzte zu einer Antwort an, aber in diesem Moment erschien Clemens in der Tür zum Salon und verkündete die Ankunft des Marquis' und der Marquise von Brandenburg.

»*Maman!*« Sophie eilte auf die Tür zu.

Eloise empfing sie mit einem französischen Wortschwall; ihr Vater lächelte nur liebevoll und schlenderte auf die andere Seite des Zimmers. Obwohl Eloise ihre Tochter erst zwei Tage zuvor gesehen hatte, war sie voller Ermahnungen und guter Ratschläge.

»Oh *Maman*«, sagte Sophie belustigt. »Ein Milchbad? Puh!«

Eloise verfiel ins Englische. »Ein Milchbad ist unabdingbar für die Konstitution einer Frau, und du musst auf dich achten, während du *enceinte* bist. Denk an Marie Antoinette! Sie hat jede Woche in Milch gebadet.«

»Ich möchte gar nicht an diese arme Frau denken«, sagte Sophie mit einem Frösteln und verdrängte den Gedanken an die Gattin von Louis XVI. »Und ich möchte auch nicht in Milch baden, *Maman.* Das klingt furchtbar klebrig. Außerdem bin ich überzeugt, dass Marie Antoinette diese Bäder nur wegen ihrer Haut und nicht wegen ihrer Gesundheit genommen hat.«

Clemens erschien erneut im Türrahmen. »Lady Skiffing; Lady Madeleine Corneille, Tochter des Marquis de Flammarion, und Mrs Trevelyan; Mr Sylvester Bredbeck; Mister Erskine und Peter Dewland.«

Sophies Herz schlug ein wenig schneller. Es war ein unglücklicher Umstand, dass Madeleine zufällig gleichzeitig mit anderen Gästen ankam. Sophie hatte gehofft, sie Eloise ohne Zuschauer vorstellen zu können. Aber Sylvester Bredbeck war einer von Eloises liebsten Freunden, und so begrüßte Eloise die neue Freundin ihrer Tochter hastig und plauderte dann angeregt mit Sylvester.

Madeleine für ihren Teil verspürte nichts als Dankbarkeit, als die angsteinflößende Marquise sie mit einem freundlichen Lächeln entließ. Sie wandte sich um und begrüßte den Gentleman an ihrer Seite, aber der Ausdruck in ihren braunen Augen wurde sofort weicher, als sie sah, dass Erskine – Quill – das Stehen schwer fiel.

Mit ihrer ganzen angeborenen Vornehmheit brach sie sofort eine der Regeln, die sie von Sophie gelernt hatte. Eine junge Dame bat nie darum, Platz nehmen zu dürfen, solange ältere Personen noch standen. Doch Madeleine verkündete, dass sie nach der Kutschfahrt ein wenig müde sei, und wenige Sekunden später saßen sie und ihre Anstandsdame. Quill ließ sich mit einem erleichterten Seufzen in einen Sessel sinken.

»Das ist ein wohlerzogenes Mädchen«, sagte ihr Vater zu Sophie, als er an ihr vorbeiging. »Ich habe gesehen, was sie für den älteren Dewland-Burschen getan hat. Den mit dem albernen Spitznamen – Quill, nicht wahr?« Er schnaubte. »Wenn du mich fragst, sollte ein Mann nicht nach einem Schreibgegenstand benannt werden. Sehr wohlerzogen, und auch noch hübsch dazu. Viele junge Mädchen haben heutzutage kein Fleisch mehr auf den Rippen.«

Sophie warf ihm einen scharfen Blick zu. Ihr Papa würde doch wohl nicht versuchen, mit Madeleine eine Tändelei anzufangen! Aber George lächelte Madeleine mit väterlicher Anerkennung an. Sophie schickte ein stilles Dankgebet zum

Himmel. Ein amouröses Interesse von Seiten ihres Vaters wäre ein Desaster für Sophies Pläne. Denn dann würde ihre Mutter die arme Madeleine ganz bestimmt ablehnen.

»Habe noch nie von dem Marquis de Flammarion gehört, Sie?« Der Ehrenwerte Sylvester Bredbeck hatte gerade ein delikates Gerücht über eine gemeinsame Bekannte erzählt und blickte sich nun im Raum um. Er war ein kleiner, geschäftiger Mann mit einem knirschenden Korsett und einer heißen Vorliebe für Klatsch.

»Selbstverständlich habe ich das«, erwiderte Eloise entschieden. Sie war stolz auf ihr umfangreiches Wissen über die französische Aristokratie. »Der Marquis führte ein recht zurückgezogenes Leben. Ich bin ihm persönlich nie begegnet.« Sie runzelte die Stirn. »Ich kann nicht genau sagen, wo seine Besitztümer lagen. Im Limousin vielleicht.«

»Man kann heutzutage nicht vorsichtig genug sein«, sagte Sylvester.

Eloise warf beleidigt den Kopf in den Nacken. Sylvester hatte beinah angedeutet, dass ihre eigene Tochter eine Hochstaplerin in ihr Haus geladen hatte. Sylvester bemerkte ihren Blick und verzagte.

»Es lag mir natürlich völlig fern, so etwas über die Tochter des Marquis anzudeuten«, sagte er hastig. »Wo sie doch eine besondere Freundin Ihrer Familie ist.«

»Nicht nur aus diesem Grund«, fuhr Eloise ihn an. »Lady Madeleine ist von Kopf bis Fuß eine echte französische Aristokratin, Sir. Das sieht man auf den ersten Blick. Ich wäre ganz bestimmt in der Lage, sofort zu erkennen, wenn sie eine Hochstaplerin wäre, und das ist sie ganz bestimmt nicht.«

Sylvester nickte energisch. Er hatte nicht den Wunsch, mit Eloise die Waffen zu kreuzen (um ehrlich zu sein, fürchtete er sich regelrecht vor ihr) und außerdem wirkte das Mädchen in der Tat reizend.

»Sie haben mich missverstanden, teure Dame«, sagte er und versuchte die Wogen zu glätten. »Ich hatte nie beabsichtigt, einen Verdacht über Lady Madeleines Herkunft zu äußern. Ich sprach nur ganz allgemein. Jemand mit Ihrem scharfen Auge muss doch bemerkt haben, dass sich in London mehr französische Aristokraten aufhalten als in Paris während der Regentschaft von Louis XVI.«

Eloise beruhigte sich. »In dieser Hinsicht haben Sie völlig Recht, Mr Bredbeck.« Sie senkte die Stimme. »Haben Sie von dem so genannten Comte de Vissale gehört, der sich als französischer Niemand entpuppte? Madame de Meneval hat mir sogar erzählt, dass sie den Verdacht hegt, er sei nichts weiter als der Musikerzieher der Kinder des echten Comtes gewesen.«

Sylvesters Augen begannen zu funkeln. »Du meine Güte«, sagte er. »Und dabei hatte ich gerade erst vergangene Woche das Vergnügen, mit dem Comte zu plaudern – oder besser gesagt mit dem falschen Comte.« Er kicherte vergnügt.

Sophie trat neben ihre Mutter. »*Maman*, nun, da unsere Gäste vollzählig sind, würde ich vorschlagen, dass wir uns zu Tisch begeben.«

Eloise warf einen Blick in Richtung Tür. Sophie hatte bereits den Grafen und die Gräfin von Sheffield und Downes, Patricks Bruder und Schwägerin, zusammengetrieben.

Aber Sylvester hatte noch eine andere Frage. »Und wo ist der ehemalige Comte nun? Vielleicht bewirbt er sich ja an der Musikakademie.«

»Madame de Meneval hat mir berichtet, dass er außer Landes geflohen ist«, erwiderte Eloise. »Wahrscheinlich ist er nach Amerika geflüchtet. Ich habe gehört, dass dort alle Arten von Dieben und Betrügern leben.«

»Meine Güte«, sagte Sophie leichthin. »Wovon um alles in der Welt redet ihr da?«

Sylvester wandte sich an sie. »Ihre Mutter ist sehr gut mit Madame de Meneval befreundet und hat mir gerade amüsante Anekdoten über falsche Franzosen erzählt. Kennen Sie Madame?«

Sophie schüttelte den Kopf. »Wer ist sie?«

Eloise mischte sich ungeduldig in die Unterhaltung ein. »Du meine Güte, Sophie. Ich habe dir doch letzte Woche von Madame erzählt. Du hast mir wahrscheinlich nicht zugehört. Sie war ein angesehener Gast am Hofe Louis XVI, und sie kannte jedes Mitglied der französischen Aristokratie persönlich. Nun ist sie in London, und eine ihrer weniger angenehmen Aufgaben ist es, die große Anzahl von Betrügern zu entlarven, die unsere Straßen bevölkern und vorgeben, französische Aristokraten zu sein!«

Sophies Augen weiteten sich vor Schreck. Madame de Meneval war eindeutig eine Person, die Madeleine um jeden Preis meiden musste. Aber

Eloise wandte sich ab und gesellte sich zu ihrem Mann, der bereits an der Tür stand.

Sophie hatte Madeleine zwischen Quill und Reginald Petersham platziert. Quill würde niemals etwas tun, was eine Dame aus der Fassung brachte, während Reginald Madeleine bestenfalls mit ein paar langatmigen Galanterien zu Tode langweilen würde und ebenfalls keine Gefahr darstellte.

Braddon war nicht eingeladen. Sophie hatte die Befürchtung gehegt, dass er sich bestimmt vergessen und Madeleine vertraulich anlächeln würde. Obwohl sie zugeben musste, dass Braddon diesen Plan todernst nahm. Er war es gewesen, der darauf bestand, dass Madeleine eine Anstandsdame bekam, die aus den höchsten Kreisen der englischen Gesellschaft stammte. Mrs Trevelyan war eine hoch angesehen Witwe, die früher mit einem Bischof verheiratet gewesen war, der wiederum der jüngere Sohn eines Herzogs war.

Da sie nun in bescheidenen Umständen lebte, hatte sie freudig zugestimmt, eine mutterlose junge Französin zu begleiten, die eine liebe Freundin von Lady Sophie Foakes war. Sophie erkannte, dass Mrs Trevelyan Madeleine ungeheure Respektabilität verlieh. Braddon hatte Recht gehabt, eine vornehme Engländerin auszuwählen, statt eine der vielen Französinnen, die überall in ganz London anzutreffen waren.

Als jeder an seinem Platz saß, war Sophie zu nervös, ihren Hummer auch nur anzurühren. Sie blickte an den vier Kerzenhaltern vorbei, die zwischen ihr und Patrick standen, der am anderen

Ende des Tisches saß. Er lehnte sich leicht zu linken Seite und unterhielt sich mit Lady Skiffing.

Sophie hatte so viele Klatschmäuler wie möglich eingeladen, ohne dass ihre Absichten zu offensichtlich wurden. Sie wollte damit erreichen, dass ihre Gäste Madeleine in Sophies Haus und unter dem strengen Blick der Marquise von Brandenburg kennen lernten. So würden sie Madeleines Herkunft nicht so schnell in Frage stellen.

Der Plan schien aufzugehen. Lady Skiffing lächelte glücklich über jede Bemerkung, die Patrick machte. Lady Prestlefield dozierte mit schriller Stimme und berichtete in allen Einzelheiten von den neusten Schandtaten des Prinzen von Wales, der den Gerüchten zufolge siebentausend Pfund Schulden gemacht hatte. Keiner der drei schien einen Verdacht gegen Madeleine zu hegen.

Madeleine selber spielte die Rolle der jungen Frau, die in die obersten Kreise der französischen Gesellschaft hineingeboren worden war, ohne sich auch nur das Geringste anmerken zu lassen. Sie hatte nicht einmal besondere Angst. Sie war viel zu sehr damit beschäftigt, an all die Regeln zu denken, die Sophie ihr eingetrichtert hatte. Just in diesem Moment zählte sie innerlich. Neun Minuten, zehn Minuten ... es war an der Zeit, Lord Petersham freundlich anzulächeln, den Kopf nach links zu wenden und sich mit Erskine Dewland zu unterhalten.

Oh, welch eine Überraschung, Mr Dewland hatte gerade seine Unterhaltung mit Chloe Holland beendet, die zu seiner Linken saß. Wir müssen aussehen wie eine Tanztruppe, dachte Madeleine und kicherte innerlich in sich hinein. Alle drehen ihre Köpfe genau zur selben Zeit hin und her.

»Darf ich fragen«, erkundigte sich Quill, »was Sie gerade in diesem Moment denken, Lady Madeleine? Ich muss Ihnen sagen, dass englische Dinners sehr ernste Angelegenheiten sind und dabei nur selten jemand lacht.«

Madeleine lächelte ihn an. »Ich dachte gerade, dass wir einem choreografierten Ballett ähneln. Ich habe als junges Mädchen in Frankreich mal eines gesehen. Alle Tänzer balancierten auf den Zehenspitzen und drehten ihre Köpfe zuerst in die eine und dann wieder in die andere Richtung. Hier sitzen wir nun alle an einem Tisch und wenden genau zeitgleich die Köpfe.«

In Quills grünen Augen tauchte ein amüsierte Funkeln auf. »So wie Sie das beschreiben, klingt es viel mehr nach einem Pausenfüller an der Bankside.«

Madeleine blickte ihn fragend an.

»Ein Puppenspiel«, erklärte Quill.

Madeleine schenkte ihm ein kleines Lächeln. »Sir, ich würde es niemals wagen, so unhöflich zu sein und die Creme der englischen Gesellschaft als Marionetten zu bezeichnen.«

Daraufhin lachte Quill laut auf und zog damit die Aufmerksamkeit von Lady Skiffing, Lady Prestlefield und dem Ehrenwerten Sylvester Bredbeck auf sich.

Lady Skiffing runzelte leicht die Stirn. »Lady Madeleine könnte eine viel bessere Partie machen als Erskine Dewland«, sagte sie zu Patrick.

»Es stimmt zwar, dass er eines Tages ein Viscount wird, aber man muss sich doch fragen, ob er dem auch gewachsen ist. Obwohl er sich beinah vollständig von seinem Unfall erholt zu haben scheint, so ist mir zu Ohren gekommen, dass sein Vater den jüngeren Sohn mit einer indischen Erbin verheiraten wird. Die Familie muss also etwas wissen, das uns nicht bekannt ist.«

Patrick widerstand dem Impuls, seine Tischnachbarin streng zurechtzuweisen. Sophie hatte sich so um den Erfolg der Abendgesellschaft gesorgt, dass er keine Störung verursachen und ihre Gäste abkanzeln wollte, aber Lady Skiffing war in der Tat eine bockige alte Hexe.

Also gab er sich großmütig und blickte sie mit unbeweglich freundlicher Miene an. »Quill ist ein guter Freund von mir. Ich versichere Ihnen, dass Lady Madeleine es nicht besser treffen könnte, als seinen Antrag zu akzeptieren, sollte er ihr einen machen.«

Lady Skiffing rümpfte missbilligend die Nase. Sie verbrachte den ganzen Tag damit, Gerüchte mit leisen Untertönen zu würzen und zarte Andeutungen über Verfehlungen oder lobenswerte Eigenschaften zu machen. Daher war sie eine Meisterin in der Sprache der feinen Nuancen.

Sie lächelte huldvoll und neigte den Kopf. »Sie beschämen mich, mein lieber Herr«, säuselte sie. »Man sollte natürlich nicht vergessen, dass viele Leute glaubten, Sie würden den Titel Ihres Bruders erben, als er so lange im Ausland war, und sehen Sie, was aus Ihnen beiden geworden ist.« Sie lächelte Patrick fröhlich an und wandet sich dann dem Marquis von Brandenburg zu, der zu ihrer Linken saß.

Touché!, dachte Patrick anerkennend. Es ist ihr gelungen, mich daran zu erinnern, dass ich der jüngere Sohn bin und keinen Titel habe.

Und er fragte sich zum tausendsten Male, warum Sophie zu ihrer ersten gemeinsamen Abendgesellschaft so eine merkwürdige Mischung von Gästen eingeladen hatte. Quill schien ganz zufrieden, sich mit Sophies Freundin Madeleine zu unterhalten, und das war wunderbar, wenn man bedachte, dass Quill selten das Haus verließ. Es war eine Freude, Will Holland und seine reizende Frau Chloe zu sehen. Und wenigstens zählte Braddon nicht zu den Gästen.

Aber warum zum Teufel hatte Sophie diese alte vertrocknete Ziege Lady Skiffing eingeladen? Und warum in Gottes Namen war Lady Sarah Prestlefield dabei, die sie beim Ball der Cumberlands beim Küssen erwischt hatte?

Mit einem Seufzer wandte er sich Sophies Mutter zu. Eloise stocherte unzufrieden in ihrem gefüllten Kapaun herum.

Patrick neigte sich zu ihr hinüber. »Soll ich einen Lakaien herbeirufen, der Ihren Kapaun abräumt?«

Eloise zuckte ein wenig zusammen. Eine echte Dame erschrak natürlich niemals, denn sie war nie in Gedanken versunken. Ihre Aufmerksamkeit galt stets ihren Tischnachbarn.

»Ich habe über Sophies Baby nachgedacht«, sagte Eloise freimütig.

Nun war es an Patrick, überrascht zu sein. Er

und Sophie hatten zu einer Art friedlichem Gleichgewicht gefunden. Sie sprachen nie über das Thema und manchmal gab es Tage, an denen er glatt vergaß, dass seine Frau ein Kind erwartete. An diesem Abend hatte er ganz bestimmt nicht daran gedacht. Sophie saß am anderen Ende des Tischs und strahlte wie der Stern auf der Spitze eines Weihnachtsbaums. Sie sah nicht schwanger aus. Sie sah so köstlich aus wie Zuckerwatte.

Eloise sprach weiter. »Ich bin nicht überzeugt, dass Sophie einen korrekten Nahrungsplan befolgt.«

»Sie scheint regelmäßig zu essen«, erwiderte Patrick matt.

»Ich bin der Meinung, dass ein Milchbad ihre Konstitution stärken würde.« Eloise blickte Patrick an und in ihren Augen entdeckte er einen besorgten Ausdruck. »Sie weigert sich, diesen Rat zu befolgen. Und als ich ihr empfahl, Orangen in ihren Speiseplan aufzunehmen – Orangen beruhigen nämlich den Magen –, da hat sie sich diesbezüglich ebenfalls geweigert.«

»Aber sie hat doch keine Probleme mit dem Magen, oder?«, fragte Patrick beiläufig. Es war ihm ein wenig peinlich, dass er nicht wusste, ob seine Frau unpässlich war.

»Ich glaube nicht«, sagte Eloise. »Aber ich wünschte dennoch, sie würde jeden Tag eine Orange essen, und vielleicht jede Woche ein Glas Magenbitter trinken.«

»Magenbitter?«

»Magenbitter ist äußerst gut für die Gesundheit. Er stärkt das Blut.«

»Das wusste ich nicht«, erwiderte Patrick ernsthaft.

Es entstand eine kurze Gesprächspause, so dass der Lärm der sechzehn anderen Gäste, die sich über dies oder das unterhielten, umso lauter an Patricks Ohr drang. Dann teilte die Marquise ihm mit, dass sie Sophie außerdem geraten habe, regelmäßig Rebhuhn zu essen. Patrick blickte zu seiner Frau hinüber.

An diesem Abend sah Sophie äußerst elegant und vornehm aus, so gar nicht wie der sinnliche, kleine Kobold, der auf der *Lark* mit ihm das Bett geteilt hatte. An den Ohren und um den Hals trug sie Diamanten, deren kaltes Glitzern perfekt zu dem schimmernden Stoff ihres Kleids passte.

Von der Decke hing ein Kronleuchter herunter, den Patrick aus Italien importiert hatte, lange bevor Napoleon sich das Land einverleibt hatte. Die funkelnden Kristallscherben, die hoch über ihren Köpfen hingen, schaukelten und drehten sich im Luftzug, den die Lakaien durch ihr Kommen und Gehen verursachten. Immer wieder blitzten sie im flackernden Schein der Kerzen auf und verstärkten das Glitzern von Sophies Diamanten.

Aber der Schmuck ließ seine Frau nicht kalt und unnahbar wirken. Im Gegenteil; die weiß glitzernden Steine ließen die rosige, makellose Haut ihres Busens noch wärmer, weicher und köstlicher erscheinen.

Patrick schluckte. Eine Sache durfte ein Gentleman niemals tun, ganz besonders nicht bei seiner eigenen Dinnerparty; er durfte niemals seine Frau anstarren, bis ihm die Hosen eng wurden.

Patrick gab sich Mühe, seine Frau ganz unbeteiligt zu betrachten. Warum hatte er sich noch nie danach erkundigt, ob sich Sophie durch ihren Zustand unpässlich fühlte? Offensichtlich kam dies sehr häufig vor. Warum hatten sie nie von dem Kind gesprochen, das sie unter dem Herzen trug?

Einen Augenblick konzentrierte er sich wieder auf Eloises Monolog. Sie schien wieder zu den Vorzügen von Milchbädern zurückgekehrt zu sein.

»Ich werde es Sophie empfehlen«, sagte er mit ernster Miene und ließ dann wieder seine Gedanken abschweifen.

Er war sich der wachsenden Distanz zwischen sich und seiner Frau sehr wohl bewusst, aber er war in einen Teufelskreis geraten. Blind vor Furcht wollte er nicht über das Baby nachdenken, da er sich dann auch mit seiner Geburt auseinander setzen musste. Blind vor Eifersucht wollte er nicht darüber nachdenken, was Sophie bei ihren langen Nachmittagsausflügen mit Braddon tat, und dennoch konnte er nicht aufhören, den ganzen Tag an Braddon zu denken. Also marschierte er nachts stundenlang durch die Straßen und kämpfte gegen seine ärgsten Feinde an: seine Angst und seine Eifersucht.

Sein Verstand wusste, dass Sophie und Braddon keine Affäre miteinander hatten, obwohl er sich manchmal das Gegenteil einredete. Denn seine Frau begrüßte Braddon stets mit einem liebevollen Lächeln, wenn sie ihn trafen. Sie schienen diesem Mistkerl einfach überall über den

Weg zu laufen. Wenn sie ins Theater gingen, war er da. Wenn sie in die Oper gingen, konnte man sicher sein, dass der Graf von Slaslow ebenfalls dort auftauchte. Patricks einzige Erklärung war, dass Sophie Braddon über ihre Pläne informierte.

Warum? Damit sie ihren ehemaligen Verlobten mit diesem unerträglich vertraulichen Lächeln begrüßen konnte? Damit Braddon sich in ihrer Nähe aufhalten und ihr die Hand auf den Arm legen konnte, bis Patrick am liebsten vor Wut platzen würde? Seine Ohren glühten regelrecht vor Zorn, wenn er daran dachte und er zwang sich zur Ruhe. Wenn Gentlemen während eines Dinners nicht lüstern ihre Frauen anstarren durften, dann durften sie sich auch nicht wegen unlösbarer Fragen in Rage bringen.

Er wandte seine Aufmerksamkeit wieder seiner Schwiegermutter zu, doch ihre zehn Minuten waren bereits um und sie unterhielt sich angeregt mit Peter Dewland. Zerknirscht wandte er sich an Lady Skiffing, die so gütig war, ihm seine Unaufmerksamkeit zu verzeihen.

»Ihre Frau sieht in Anbetracht ihres Zustands ausgesprochen gut aus«, bemerkte Lady Skiffing.

Patrick stöhnte innerlich.

»Ich nehme an, sie wird sich bald aus der Öffentlichkeit zurückziehen«, fuhr Lady Skiffing fort. »Ich muss schon sagen, es ist sehr ungewöhnlich, dass eine Dame in ihrem Zustand eine Dinnerparty gibt. Zu meiner Zeit ruhten wir uns mindestens sechs Monate auf einer Couch aus. Aber heutzutage scheinen sich die jungen Frauen auf den Straßen herumzutreiben, so lange es ihnen beliebt.«

Patrick nickte. Er hatte völlig vergessen, dass Frauen sich die letzten Monate der Schwangerschaft vom gesellschaftlichen Leben zurückzogen. Wieder blickte er zu seiner Frau hinüber. Zufällig sah Sophie ihn im gleichen Moment ebenfalls an.

Eine sanfte Röte schoss ihr in die Wangen, als ihre klaren blauen Augen über das gestärkte Leinentischtuch hinweg seinen schwarzen begegneten. Stumm hob Patrick sein Weinglas und prostete ihr zu. Sie war seine Frau; sie trug sein Kind; sie war unerträglich schön.

Ein winziges Lächeln umspielte Sophies Lippen und sie erhob ebenfalls das Glas. Patrick betrachtete sie mit dem gleichen bedeutsamen Lächeln, das er ihr immer geschenkt hatte, bevor ihre Mutter verkündet hatte, dass Sex während der Schwangerschaft tabu war.

In solchen Momenten hatten sie beim Essen zusammengesessen und sich unschuldig über den Krieg in Frankreich unterhalten, während Patricks Augen träge über ihr Gesicht und über ihre Schultern glitten und schließlich auf ihren Brüsten verharrten, bis Sophie sich vorkam wie ein Feuerwerkskörper, der jeden Moment explodieren konnte. Jeder Nerv ihres Körpers vibrierte, als Patrick sich schließlich von seinem Stuhl erhob und ihr den Arm hinhielt, um sie aus dem Speisezimmer zu führen.

Bei dem Gedanken an diese Abende setzte Sophie abrupt ihr Weinglas ab und riss ihren Blick von Patricks Gestalt los. Dies war nicht der richtige Moment für verführerische Spiele. Sie wandte sich entschlossen Patricks Bruder Alex zu, der zu ihrer Rechten saß und sie amüsiert angrinste. Sophie errötete erneut. Offensichtlich hatte er Patricks Blick bemerkt.

»Wissen Sie«, sagte Alex im Plauderton und beugte sich näher zu ihr herüber, »ich bin sehr froh, dass Sie meinen Bruder geheiratet haben, Lady Sophie.«

»Danke sehr«, erwiderte sie zögernd.

Viel später waren Patrick und Sophie endlich allein. Sophie ließ sich mit einem erschöpften Seufzer in einen der Sessel im Salon sinken.

Patrick stand einen Moment lang da und blickte auf sie hinunter. »Es war ein großer Erfolg, Sophie«, sagte er ruhig.

Sie blickte auf und lächelte ihn an. »Danke. Ich fand, dass Madeleine sich sehr gut gehalten hat, du nicht?«

Patrick wirkte ein wenig überrascht. »Natürlich. Sie ist eine bezaubernde junge Frau.«

Sophie konnte ihm nicht erklären, warum sie so stolz war, dass Madeleine alles genau richtig gemacht hatte. Sophie wollte wetten, dass kein einziger Gast auf der Party auch nur im Entferntesten in Betracht zog, dass Madeleine nicht in die französische Aristokratie hineingeboren worden war.

»Hast du Probleme mit dem Magen, Sophie?«

Nun war es an Sophie, überrascht zu sein. »Nein, überhaupt nicht.« Dann grinste sie. »Ach ja, ich habe dich neben meine Mutter gesetzt. Hat sie zufälligerweise Milchbäder erwähnt?« Und als Patrick zu grinsen begann, fragte sie weiter: »Und Magenbitter?« Sophie tat so, als würde sie sich angeekelt schütteln. »Ich hasse Magenbitter.«

Patrick lachte und streckte ihr die Hand entgegen, um ihr hochzuhelfen. »Es war Lady Skiffing, die sagte, du solltest dich häufiger ausruhen.«

Sophie blickte ihn mitfühlend an. »Das klingt, als hätten sie dir den ganzen Abend in den Ohren gelegen. Und auch noch zu einem Thema, das dir gar nicht behagt. Es tut mir Leid.«

Patrick schaute seine Frau nachdenklich an, nahm dann ihren Arm und führte sie zur Treppe. »Zeit fürs Bett.«

Seine Stimme klang sanft, beinah verführerisch, aber als Sophie ihn ansah, war seine Miene unergründlich.

An ihrer Schlafzimmertür blieb sie stehen und drehte sich zu ihm um. »Gute Nacht, Patrick«, sagte sie unsicher.

Aus heiterem Himmel schenkte Patrick ihr ein bedeutungsvolles, liebevolles Lächeln.

Sophie war so überrascht, dass sie beinah zusammengezuckt wäre.

»Warum spiele ich heute Abend nicht deine Zofe?«

Sophie wollte etwas erwidern, aber es fiel ihr nichts ein. Patrick ging auf sie zu und blieb so dicht vor ihr stehen, dass sie die Hitze seines Körpers spüren konnte.

»Aber Mama ...«, flüstere Sophie.

»Sie hat nicht gesagt, dass wir uns nicht küssen

dürfen«, erwiderte Patrick. Er senkte den Kopf und presste mit einem wilden Hunger seine Lippen auf ihre. Er drängte sie rückwärts in ihr Schlafzimmer, bevor er seinen Mund von ihrem löste, Sophie sanft auf den Hocker vor der Frisierkommode setzte und Simone mit einem Nicken entließ.

Sophies Haar war zu einem schlichten, glatten Knoten aufgesteckt. Patrick suchte das Ende, das Simone so geschickt verborgen hatte, und zog es heraus. Dann schüttelte er energisch ihr Haar. Goldfarbene Haarnadeln flogen in alle Richtungen, fielen mit einem Klirren gegen den Frisierspiegel, verschwanden in dem dicken Teppich und landeten in ihrem Schoß.

Sie lachte. »Ich komme mir vor wie ein Pony, dem du den Schweif schüttelst.«

Patricks Augen verdunkelten sich, als er im Spiegel Sophies Blick begegnete. Er ließ eine Hand sinken und liebkoste sanft ihren Nacken. Ein Zittern lief durch ihren Körper. »Wenn du mein Pony wärst«, flüsterte er mit samtweicher Stimme, »dann würden wir jetzt einen Ausritt machen.«

Ein rosiger Schimmer stieg ihr in die Wangen. Patricks Blick glitt zu ihrem tiefen Ausschnitt hinunter, und er hätte beinah laut aufgestöhnt.

»O Gott, Sophie, ich weiß nicht, ob ich das aushalte.« Eine Hand schob sich in ihr Oberteil und legte sich um die sanfte Rundung ihrer Brust.

Sophie musste unwillkürlich lächeln. Es war wunderbar zu entdecken, dass sie Patrick während der letzten Wochen nicht gleichgültig gewesen war.

»Dann stört es dich nicht, dass ich so dick geworden bin?«, fragte sie ein wenig besorgt.

»Dick? Du hast genau an den Stellen zugenommen, die einen Mann um den Verstand bringen können, Sophie.« Patricks andere Hand umfasste ihre zweite Brust.

Sophie betrachtete sich und ihren Mann einen Moment lang im Spiegel und warf dann wollüstig den Kopf in den Nacken.

»Küss mich, Patrick. Bitte.« Ihre Stimme kam wie ein raues Murmeln tief aus der Kehle.

Er ließ sich neben dem Hocker auf die Knie sinken, zog ihr Gesicht näher an seines heran und presste seine Lippen auf die ihren. Sie schlang ihre Arme um seinen Hals.

Sehr viel später löste sich Patrick von Sophie, hob sie von seinem Schoß, auf dem sie plötzlich saß, zurück auf ihren Hocker. Seine Augen waren tiefschwarz und voller ungezügeltem, wilden Verlangen und das Herz pochte ihm ungestüm in der Kehle.

Einen Augenblick lang starrten sich Mann und Frau nur an.

»Wahrscheinlich sterbe ich, bevor das alles vorbei ist«, sagte Patrick im Plauderton und versuchte, die Fassung wiederzugewinnen.

Sophie nagte mit ihren kleinen, weißen Zähnen an ihrer Unterlippe und schaute ihn besorgt an. »Es tut mir Leid, Patrick, aber Mama war diesbezüglich sehr beharrlich.« Sie schwieg einen Moment. »Vielleicht können wir mit diesem Ratschlag genauso verfahren wie mit den Milchbädern und dem Magenbitter?«

Einen Moment lang diktierte ihm sein wild pochendes Herz ein freudiges Ja. »Besser nicht«, sagte er betrübt. »Schließlich ist es nur das eine Mal. Ich werde es schon noch überleben.«

Sophie biss sich auf die Lippe, um ihm nicht einzugestehen, dass dies bei ihr nicht der Fall war.

»Nun«, sagte Patrick mit einem Seufzen, »dann gehe ich mal hinüber in mein einsames Bett.«

Sophie erhob sich so hastig, dass sie beinah den Hocker umgestoßen hätte. »Würdest du – vielleicht könntest du hier schlafen«, sagte sie hastig. »Wir könnten einfach nebeneinander liegen.« Als Patrick nicht sofort antwortete, stieg ihr eine heiße Schamesröte in die Wangen.

Er trat einen Schritt näher. »Sophie«, sagte er, »du verstehst es nicht, oder?«

Sie schüttelte den Kopf.

»Sophie, Geliebte, schau dir einen Moment lang die Vorderseite meiner Hosen an.«

Gehorsam folgte Sophie seiner Aufforderung. Er trug die hautengen Hosen, die dem Modediktat entsprachen. Verlegen senkte sie den Blick zu Boden und errötete heftig.

»Ich kann nicht neben dir schlafen, Sophie, denn ich würde kein Auge zutun. Stattdessen liege ich lieber dort drüben« – er wies mit dem Kopf auf die Verbindungstür zwischen ihren Zimmern – »und kämpfe gegen den Drang an, die Tür niederzutreten. Wenn ich neben dir schliefe, würde ich dich wahrscheinlich im Schlaf nehmen, so sehr will ich dich.«

Sophie grinste. Es machte ihr nichts, dass Patrick manche Abende mit seiner Geliebten verbrachte. Wie es schien, langweilte ihn ihr eigener Körper noch lange nicht.

»O Gott«, flüsterte Patrick und betrachtete das honigfarbene seidige Haar, das ihr unordentlich auf die Schultern hinunterhing, das erotische Lächeln in ihren Augen und ihr rosiges, wunderschönes Antlitz. »Ich gehe jetzt besser.« Er machte hastig auf dem Absatz kehrt und knallte die Tür hinter sich zu.

Alleine in ihrem Schlafgemach fing Sophie an zu kichern. Sie schlang die Arme um ihren runden Bauch und drehte sich um die eigene Achse. Er wollte sie! Er wollte sie immer noch!

Als Zofe ließ Patrick einiges zu wünschen übrig. Zwar hatte er ihr Haar gelöst, aber die Haken und Ösen auf dem Rücken ihres Kleides waren immer noch geschlossen. Schwindelig vor Seligkeit klingelte Sophie nach Simone.

Unten in der Küche registrierte Simone das Klingeln mit einem missbilligenden Stirnrunzeln. Sie würde die Adeligen wohl nie verstehen. Rein ins Bett, raus aus dem Bett. Jede Woche etwas Anderes. Seufzend stapfte sie die Hintertreppe hinauf.

23. Kapitel

»Sie können nicht aufhören«, insistierte Braddon mit einem panischen Unterton in der Stimme.

»Warum um alles in der Welt nicht, Braddon? Madeleine war gestern Abend ein voller Erfolg, und ich wüsste nicht, was ich ihr noch beibringen könnte.« Sophie öffnete ihren Sonnenschirm. Braddon hatte sie in seinem Phaeton abgeholt, und die Sonne schien schräg in die Kutsche hinein. »Wir wissen ohne Sie nicht, welche Einladungen Madeleine auswählen soll.«

»Unsinn!«, sagte Sophie ein wenig scharf. »Wir haben das bereits besprochen. In den nächsten Wochen wird Madeleine an acht oder neun öffentlichen Anlässen teilnehmen und Sie werden ihr bei allen Ihre Aufmerksamkeit schenken. Schließlich werden Sie auf dem Ball von Lady Greenleaf Ihre Verlobung bekannt geben.«

Braddon blickte sie verzweifelt an. »Aber *warum* wollen Sie denn nicht weitermachen?«

»Nun«, erwiderte Sophie ein wenig gereizt, »wenn Sie es unbedingt wissen müssen, so würde ich von nun an gerne häufiger zu Hause bleiben. Ich würde gerne mehr von meinem Gatten sehen.« Patrick war unweigerlich jedes Mal abends abwesend, wenn Sophie die Nachmittage mit Braddon verbrachte und sie war fest entschlossen,

Patrick von seiner schwarzhaarigen Dirne zurückzuerobern.

»Ich habe Ihnen doch gesagt, dass es Patrick nicht gefallen wird«, sagte Braddon. »Ist wohl wütend wegen all der Ausfahrten mit mir, was? Wenn ich es recht bedenke, dann war er in den letzten Monaten mir gegenüber teuflisch mürrisch.«

»Er hat kein Wort darüber verloren. Offen gesagt glaube ich nicht, dass er es überhaupt bemerkt hat.« Sophies Stimme klang ruhig, aber entschlossen.

»In dem Fall«, sagte Braddon, dem sein eigenes, viel wichtigeres Anliegen wieder einfiel, »haben Sie keinen Grund, Madeleine nicht mehr zu besuchen.«

Sophie klappte ihren Sonnenschirm zu und wandte sich Braddon zu. Wie sie mit einiger Verärgerung bemerkte, fuhren sie die Water Street entlang in Richtung *Vincent's Pferdemarkt*, obwohl sie unmissverständlich Nein gesagt hatte. »Lord Slaslow, bitte lenken Sie die Kutsche an den Straßenrand.«

Braddon zog die Schultern hoch und war sehr froh darüber, dass er Sophie nicht geheiratet hatte.

»Braddon!« In diesem einen Wort lag ebenso viel Nachdruck wie in den eisigen Befehlen ihrer Mutter.

Er fuhr an die Seite und band die Zügel fest.

»Warum möchten Sie, dass ich Madeleine weiterhin jede Woche besuche?«, fragte Sophie.

»Sie will mich nicht sehen, wenn Sie nicht dabei

sind, Sophie. Verdammt, sie weigert sich sogar, mich zu küssen!«

»Sie werden Madeleine an den Abenden sehen. Wenn Sie es wünschen, können Sie sie kommende Woche zu einer Kutschfahrt durch den Park oder einem ähnlichen Anlass einladen. Natürlich nur in Begleitung einer Anstandsperson«, fügte Sophie hinzu.

Braddon blickte sie rebellisch an.

»Seien Sie nicht töricht, Braddon. Und nun möchte ich gerne nach Hause zurückkehren.« Sophie nahm wieder ihren Sonnenschirm in die Hand.

»Ich fürchte mich, Sophie!«

Sie wandte den Kopf. Hatte sie richtig gehört? Offensichtlich ja. Braddons traurige Hundeaugen hefteten sich flehend auf ihr Gesicht.

»Wir brauchen Ihre Hilfe, Sophie, und zwar bis zum Ende. Es sind doch nur noch drei Wochen«, drängte Braddon. »All das fällt mir nicht leicht, wissen Sie. Ich fürchte, ich werde mich zum Affen machen und jeder wird wissen, wer Madeleine wirklich ist, und – oh, Sophie, als ich diesen Plan ausheckte, dachte ich nur an mich und Madeleine. Es ist mir erst vor ein paar Tagen aufgegangen, wie sehr es meine Mutter verletzen könnte, wenn die Sache auffliegt.«

Sophie saß einen Moment lang schweigend da. »Ich weiß immer noch nicht, was ich Madeleine sonst noch beibringen könnte«, sagte sie.

»Sie können ihr noch den letzten Schliff geben«, erwiderte Braddon. »Meine Mutter ist eine gemeine alte Streitaxt, das wissen Sie selber. Aber einen Dummkopf wie mich hat sie als Sohn nun auch nicht verdient. Und wenn mein Plan, die feine Gesellschaft zu täuschen, fehlschlägt, dann kann sie sich nie wieder blicken lassen.«

Sophie musste die Wahrheit hinter Braddons Worten anerkennen. »Vielleicht hätten Sie daran früher denken sollen«, sagte sie.

»Das weiß ich doch«, erwiderte Braddon unglücklich, »aber ich war noch nie besonders gut im Pläne aushecken.«

»Oh, na gut«, gab Sophie schließlich mit einem Seufzer nach.

Als sie am nächsten Morgen erwachte, erfüllte sie ein Gefühl tiefer Zufriedenheit. Madeleine war am Abend zuvor mit Mrs Trevelyan bei einem Hauskonzert erschienen und niemandem konnte entgangen sein, dass der Graf von Slaslow sehr von ihr angetan war. Er saß während des zweiten Teils des Programms neben ihr und versorgte sie aufmerksam mit Champagner. Da die feine Gesellschaft nun schon seit drei Jahren Zeuge wurde, wie Braddon zielstrebig nach einer passenden Frau suchte, fiel es niemandem schwer zu schlussfolgern, dass die hübsche junge Französin, Lady Madeleine Corneille, nun das Ziel von Slaslows ehelichen Absichten war.

Sofort wurden bei *White's* Wetten darüber in die Bücher eingetragen, ob Madeleine ihn erhören würde. Noch größere Summen wurden darauf gesetzt, ob sie ihn im letzten Moment abservieren und einen anderen Mann heiraten würde wie Lady Sophie Foakes es getan hatte. Braddon las die Wetten mit einem Stirnrunzeln, war jedoch innerlich erleichtert. Es gab auch nicht das leiseste Anzeichen eines Gerüchtes, dass Madeleine Corneille etwas anderes war, als die Tochter eines französischen Marquis.

Die feine Gesellschaft wusste es noch nicht, aber Madeleine und Braddon hatten für den Abend noch eine größere Sensation geplant. Sie würden zum Ball bei Lady Eleanor Commonweal gehen, der zu Ehren der Verlobung ihrer Tochter Sissy gegeben wurde und Madeleine würde Braddon gestatten, sie zum Diner zu führen.

Um neun Uhr war Patrick noch nicht nach Hause zurückgekehrt, um Sophie zu dem Ball bei den Commonweals zu begleiten und so wanderte sie durch das Haus, bis sie schließlich die Kutsche vorfahren ließ und sich mit hoch erhobenem Kopf alleine auf den Weg machte.

Zufällig befand sich gerade der Herzog von Cumberland an der Tür, als sie den Ballsaal betrat. Er musterte sie wie üblich mit einem lüsternen, aber harmlosen Blick. An diesem Abend war er ganz der königliche Herzog. Er trug einen königsblauen Umhang, der von einer Ehrenmedaille gehalten wurde, die er vor einen Jahren vom König erhalten hatte.

»Habe gehört, dass Sie nun eine Herzogin sind, meine Liebe«, sagte er und drücke ihr seine feuchten Lippen auf die Hand.

»Ich bitte um Verzeihung, Euer Gnaden?«

»Sie sind doch nun eine Herzogin? Warten Sie, die Herzogin von Gisle, das war es! Sie erzählen mir nicht viel«, sagte er und trat so nah es ging an die schöne Herzogin heran, »aber das konnten sie mir nicht verschweigen. Habe gehört, dass es heute Nachmittag vom Parlament verabschiedet wurde.«

Als er ihre völlige Verwirrung bemerkte, lächelte der Herzog. Offensichtlich hatten die Gerüchte über die Schwierigkeiten zwischen der bezaubernden Lady Sophie und ihrem Gatten nicht übertrieben. Sobald sie das Balg geworfen hat, das sie austrägt, wird er sich davonmachen, dachte der Herzog.

»Das Parlament hat Ihrem Mann einen Titel gewährt«, erklärte er langsam. »Sie haben ihn zum Herzog von Gisle ernannt. Dadurch werden Sie zur Herzogin von Gisle.«

Sophie trat instinktiv einen Schritt zurück, um dem heißen Atem des königlichen Herzogs an ihrem Hals zu entkommen.

»Oh, aber natürlich«, murmelte sie und machte einen tiefen Knicks. »Einen Augenblick lang hatte ich das völlig vergessen. Danke, dass Sie mich erinnert haben, Euer Gnaden.«

In Cumberlands Augen las sie die ungeheure Blamage, die sie gerade erlitten hatte. Er würde niemals in der Lage sein, diese Angelegenheit für sich zu behalten – nämlich die köstliche Neuigkeit, dass der Herzog von Gisle es nicht einmal für nötig gehalten hatte, seiner Frau mitzuteilen, dass er zum Herzog ernannt wurde. Eine Herzogin, die nichts von ihrem Titel wusste!

Patrick erschien nicht auf dem Ball. Nach einer Stunde kehrte Sophie nach Hause zurück. Cumberlands Neuigkeit hatte sich wie ein Lauffeuer verbreitet. Sie konnte es nicht mehr ertragen, dass Leute sie mit »Euer Gnaden« anredeten, während ihnen die blanke Neugier in den gierigen Augen stand. (»Wo ist denn der Herzog heute Abend, Euer Gnaden? Welch eine Ehre! Man könnte meinen, er sei nicht an seinem neuen Titel interessiert!«)

Als sie zu Hause ankam, gab sie Clemens einige Anweisungen und ging dann in die Bibliothek.

Patrick saß bequem vor dem Kamin und las ein Buch.

Sophie stieg eine tiefe, zornige Röte in die Wangen. »Wie kannst du es wagen, nicht rechtzeitig nach Hause zurückzukehren, um mich zu dem Ball der Commonweals zu begleiten?«

Patrick blickte auf und erhob sich höflich. »Zufälligerweise«, erwiderte er lässig, »hast du mir nicht gesagt, wohin wir gehen oder dass wir eine Einladung angenommen haben, meine Liebe. Hättest du mich darüber informiert, dass du meine Begleitung wünschst, wäre ich sicherlich mitgekommen.«

Sie hatte ihm ganz sicher von dem Ball erzählt. Obwohl sie tatsächlich in letzter Zeit alle möglichen Dinge vergaß. Vielleicht hatte sie es doch versäumt.

»Du hättest dich erkundigen müssen, ob ich deine Begleitung benötige«, erwiderte Sophie.

Patricks tiefschwarze Augen musterten sie reserviert. »In diesem Fall entschuldige ich mich.«

»Nun«, sagte Sophie ungeduldig und erinnerte sich plötzlich wieder daran, warum sie zornig war, »das ist auch nicht so wichtig. Du – du hast mir nicht gesagt, dass du nun ein Herzog bist!«

»Oh, hat Breksby es so schnell durchgesetzt?«

Sophie blickte ihren Mann an wie einen völlig Fremden. Patrick schien nicht sehr an der Neuigkeit interessiert und reagierte nur, als habe sein Lieblingspferd gerade in Ascot gewonnen.

»Hast du völlig den Verstand verloren? Wovon sprichst du?«, rief sie mit erhobener Stimme, die beinah wie ein Kreischen klang.

»Ich spreche von dem Titel«, erwiderte Patrick ein wenig überheblich. »Es war mir nicht bewusst, dass Breksby ihn bereits im Parlament durchgesetzt hat.«

»Und es ist dir nicht in den Sinn gekommen, es mir zu erzählen?« Sophie war inzwischen fuchsteufelswild. »Weißt du eigentlich, wie peinlich es ist, wenn einem der Herzog von Cumberland mitteilt, dass man eine Herzogin ist? Hast du auch nur eine Ahnung, wie furchtbar es ist, gar nicht zu wissen, warum man plötzlich zur Herzogin ernannt wird? Kennst du das Gefühl, plötzlich vor einem Raum voller Leute zu stehen, die sich totlachen, weil der Ehemann es offensichtlich nicht für nötig hielt, die eigene Frau darüber zu informieren?«

Auf Patricks Gesicht erschien ein spöttisches, unergründliches Lächeln. Er trat neben seine Frau, nahm ihren Arm und führte sie zu einem Sessel. »Ich verstehe, dass dich das sehr erregt«, sagte er beschwichtigend. »Um ehrlich zu sein, hatte ich es völlig vergessen.«

»Du hattest es vergessen!« Sophie starrte ihren Mann an. Dann sprang sie aus dem Sessel hoch.

»Du hast es vergessen, dass du ein Herzog des englischen Königreiches wirst! Du hast es vergessen, deiner Frau mitzuteilen, dass sie eine Herzogin wird!«

»Ich verstehe nicht, warum du dich so sehr darüber aufregst«, erwiderte Patrick, der inzwischen die Beherrschung zu verlieren drohte. »Du wolltest doch stets einen Titel heiraten, wenn ich mich recht erinnere. Nun, jetzt habe ich deinen kostbaren Braddon übertrumpft!«

Eine Sekunden lang herrschte absolute Stille. Sophie suchte krampfhaft nach einer Antwort auf Patricks Angriff, aber sie war so außer sich, dass ihr nichts einfiel.

»Wie kommst du darauf, dass ich einen Titel heiraten wollte?«, fragte sie schließlich.

Patrick zuckte die Achseln. »Das wusste ich schon immer.« Er würde sich bestimmt nicht mit dem Argument blamieren, dass Braddon ein dicker, dummer Mann sei. Außerdem gelangte er immer mehr zu der Überzeugung, dass Sophie tatsächlich eine echte Zuneigung – wenn auch nicht Liebe – für diesen Tölpel hegte. Und Braddon war auf seine eigene Art wirklich sehr liebenswert.

Sophie spürte eine unendliche Leere in ihrer Brust, die ihr Herz ergriff. Die Gedankengänge ihres Mannes waren ihr völlig unverständlich. »Würdest du mir bitte erklären, warum dich das Parlament zum Herzog ernannt hat«, sagte sie mit gefährlich sanfter Stimme, während sie sich wieder hinsetzte. »Herzog von Gisle, nicht wahr?«

»Ich reise nächsten Herbst als Botschafter ins Osmanische Reich«, sagte Patrick mit einem Schulterzucken. Nun kam er sich tatsächlich vor wie ein Mistkerl.

»Du reist ins Osmanische Reich ... hat es etwas mit Selim III zu tun?« Patrick wunderte sich erst gar nicht über das ungewöhnliche Wissen seiner Frau. Sophie war eine erstaunlich intelligente Frau. Zumindest *das* hatte er während ihrer Ehe gelernt. »Im Herbst?«

Sophie blickte ihn an. Im Schein der Kerzen waren seine Augen so schwarz wie ihre. »Nun, um *uns* brauchst du dir wirklich keine Sorgen zu machen«, sagte sie und ihre Stimme triefte vor Sarkasmus. »Ich werde zurück zu meiner Mutter ziehen.« Ihre Hände strichen zwanghaft über ihren Bauch.

»Natürlich wirst du nicht zurück zu deiner Mutter ziehen«, erwiderte Patrick gereizt.

»Warum um alles in der Welt nicht? Ich werde Anfang des Herbstes mein Kind zur Welt bringen, wie du offensichtlich vergessen hast.«

Es versetzte Patrick einen schmerzhaften Stich, dass Sophie von *ihrem* Kind sprach. »Du wirst nicht zurück zu deiner Mutter ziehen, weil es nicht richtig aussehen würde«, sagte er abweisend.

Sophies Augen wurden schmal. »Es würde nicht *richtig* aussehen.« Ihr Ton war eisig. »Vermutlich verbringst eine Menge Zeit damit, dir Gedanken darüber zu machen, wie unsere Ehe nach außen hin wirkt, *Euer Gnaden.*« Sie betonte diese Anrede mit bissiger Ironie.

Patrick errötete. »Ich entschuldige mich dafür, dass ich dich nicht früher über diesen Titel in Kenntnis gesetzt habe, Sophie.« Aber er sah nicht ein, warum er weitere Erklärungen abgeben sollte. Was sollte er sagen? Zugeben, dass er diesen sinnlosen Titel völlig vergessen hatte? Seine Frau hielt Titel nicht für wertlos! Man musste sich ja nur den Aufstand ansehen, den sie verursachte, weil sie Herzogin wurde.

»Du bist jetzt eine Herzogin. Kannst du dich nicht einfach darüber freuen?«

Sophie starrte den Rücken ihres Mannes an, der ins Feuer schaute. Freuen? Ihre Ehe war ein Desaster, schlimmer, als sie es sich in ihrer Jugend in ihren schlimmsten Träumen ausgemalt hatte.

»Vielleicht wäre es tatsächlich besser, wenn du bei deiner Mutter bliebest«, sagte Patrick und trat gegen einen Holzscheit. »Ich werde wahrscheinlich einige Monate fort sein.«

Das ist das Ende, sagte Sophie sich. Nicht einmal ihre eigene Mutter war von ihrem Mann zurück zu ihrer Mutter geschickt worden. Patrick machte sich so wenig aus ihr, dass er ihre Existenz scheinbar völlig vergessen hatte. Wieso konnte er es sonst versäumt haben, ihr von seiner bevorstehenden Herzogswürde zu erzählen? Die Geburt ihres Kindes schien ihn jedenfalls überhaupt nicht zu interessieren. Wie es aussah, würde er bei diesem Ereignis nicht einmal im Land sein.

Sophie musste schlucken, so sehr brannten ihr die Tränen in den Augen. Also erhob sie sich und verließ schweigend den Raum. Es bestand wirklich kein Anlass, weiter darüber zu reden.

Nur ihr tiefer, unbändiger Stolz ermöglichte es Sophie, die nächsten Wochen mit hoch erhobenem Kopf zu überstehen. Erfreut verfolgte sie Madeleines soziale Triumphe. Doch Patrick kam nun jeden Abend spät nach Hause. Zwei Mal schickte sie Charlotte eine Nachricht und schloss sich ihnen am Abend an, da ihr Mann sie nicht mehr zu gesellschaftlichen Anlässen begleitete.

Alex musterte sie eindringlich mit seinen schwarzen Augen, die Patricks einerseits ähnelten, andererseits so ganz anders waren, aber weder er noch Charlotte fragten, warum Patrick nicht mehr am gesellschaftlichen Leben teilnahm. Sophie zog jedoch ungeheure Kraft aus Charlottes stummer Unterstützung.

Nur Eloise verlangte eines Nachmittags eine Erklärung. Sophie trank Tee mit ihrer Mutter und lehnte geistesabwesend den Vorschlag ab, wenigstens einmal die Woche Rebhuhn zu essen, um das wachsende Kind zu stärken.

Plötzlich faltete ihre Mutter die Hände im Schoß und blickte sie an. Wie üblich war Eloises Rücken kerzengerade.

»Lag es an den Sprachen, Sophie, *chérie*?«

Einen Augenblick lang verstand Sophie die Frage nicht.

»An den Sprachen?«

»Haben die Sprachen dich und Patrick entfremdet?«

Sophie errötete. »Oh nein, Mama. Zumindest glaube ich das nicht.«

Eloise musterte sie scharf. »Du glaubst es nicht?«

»Als er es in Wales herausfand, schien er –«

»Es ist meine Schuld«, rief Eloise mit gequälter Stimme. »Ich hätte niemals zulassen dürfen, dass dein Vater seinen Willen durchsetzt! All diese Bildung hat dazu geführt, dass er sich nichts mehr aus dir macht, nicht wahr?«

Sophie schüttelte den Kopf. »Das glaube ich nicht, *Maman*. Patrick macht sich so oder so nichts aus mir. Er vergisst, dass ich existiere.«

»Das könnte er nicht«, widersprach ihre Mutter.

Sophie lächelte sie an. Was immer ihre Mutter auch an Fehlern haben mochte, so war sie dennoch bedingungslos loyal. »Es ist nicht so schlimm, Mama, wirklich nicht. Es macht mir nicht viel aus. Und Patrick ... nun, er amüsiert sich anderswo.« Sie zuckte die Achseln. »Er scheint nicht zu bemerken, ob ich da bin oder nicht. Er hat sogar vorgeschlagen, dass ich im Herbst zu dir und Papa zurückziehe. Er wird als Botschafter in das Osmanische Reich reisen.«

Eloises Züge wurden hart. »Da kennt er aber deinen Vater schlecht! Foakes glaubt also, er könnte seine Braut wegwerfen wie einen Sack Wäsche! Und was ist mit dem Kind?«

Sophie verschränkte die Hände im Schoß. Es klang viel schlimmer, wenn ihre Mutter es aussprach. Ihre Augen füllten sich mit Tränen. Sophie weinte in letzter Zeit wegen jeder Kleinigkeit.

»Bitte, *Maman*«, sagte sie mit erstickter Stimme. »Können wir es nicht einfach auf sich beruhen lassen? Es ist nichts daran zu ändern – bitte, erzähl es nicht Papa.«

Eloise setzte sich neben ihre Tochter auf die Couch und legte liebevoll den Arm um sie. »Mach dir keine Sorgen, *mignonne*«, sagte sie tröstend. »Denk nur an dich und das Baby. Und wir würden uns sehr freuen, wenn du im Herbst auf einen langen Besuch zu uns kommst.«

Tränen fielen auf Sophies Hände. »Ich möchte nicht darüber reden.« Dennoch fuhr sie fort. »Ich habe nie etwas wegen Patricks Mätressen gesagt, aber es hat keinen Unterschied gemacht. Er kam einfach abends nicht mehr nach Hause. Und dann ... und dann. Wir reden nicht mehr miteinander. Also wusste ich nicht, dass er ein Herzog ist, und ich wusste nicht, dass er in die Türkei reisen wird – genau dann, wenn das Kind geboren wird ...«

»Wir werden es nie wieder erwähnen«, sagte Eloise tröstend.

Nach einem Moment sammelten sie sich und die Marquise von Brandenburg nahm wieder ihren alten Platz ein. Eloise betrachte ihre liebreizende Tochter, die nun die Herzogin von Gisle war.

»Habe ich dir je gesagt, wie stolz ich auf dich bin, Liebling?«

Sophie lachte. Sie sah nichts, worauf Eloise stolz sein könnte. Es war ihrer Tochter gelungen, eine von vornherein zum Scheitern verurteilte Ehe zu schließen.

»Ich bin stolz auf dich, weil du in letzter Zeit deine wahre Herkunft beweist«, sagte Eloise nachdrücklich. »Ich weiß, wie grausam die so genannten Freunde sein können, wenn es nicht gut um eine Ehe steht. Aber du hast dich bei jeder Gelegenheit mit beispielloser Würde verhalten. Ich bin wirklich stolz auf dich, Sophie.«

Sophie schluckte die Tränen hinunter, die ihr wieder in die Augen stiegen. Es war ein merkwürdiges Erbe, das von einer Mutter an ihre Tochter weitergegeben wurde: die Fähigkeit, stolz und aufrecht in den Trümmern der eigenen Ehe zu stehen.

»Danke, *Maman*«, sagte sie schließlich und schluckte den schrecklichen Kloß in ihrer Kehle hinunter.

24. Kapitel

Am folgenden Morgen hatte Sophie kaum ihre Toilette beendet, als Clemens Lady Madeleine Corneilles Besuch ankündigte.

Ein wenig besorgt betrat Sophie den Salon. Sie hatte Madeleine am vergangenen Abend gesehen und diese hatte nichts von einem Besuch gesagt.

Mit ihrem üblichen Charme überzeugte sich Madeleine zuerst, dass Sophie bequem saß – angesichts ihres gewachsenen Leibesumfangs kein leichtes Unterfangen –, bevor sie zum Grund ihres Besuchs kam.

»Ich habe beschlossen, die Maskerade zu beenden«, sagte Madeleine mit klarer, unerschütterlicher Stimme.

»Warum?«, fragte Sophie erschrocken.

»Es ist nicht ehrlich. Ich kann keine Ehe auf dieser ... diesem Lügengebilde aufbauen. Können Sie sich vorstellen, für den Rest Ihres Lebens vorzugeben, jemand anders zu sein, Sophie? Ich kann es nicht.«

»Aber das brauchen Sie doch auch nicht«, argumentierte Sophie. »Wenn Sie erst einmal mit Braddon verheiratet sind, werden Sie die Gräfin von Slaslow sein und niemand wird sich einen Deut um ihre Vergangenheit scheren.«

»Doch, ich«, erwiderte Madeleine schlicht.

»Braddon und ich werden Kinder haben ... und was soll ich ihnen sagen? Wann werde ich meinem Sohn sagen, dass ich eine Lügnerin, eine Betrügerin aus den unteren Klassen bin? Wie alt wird er sein, wenn ich ihm sage, dass ich über einem Stall aufgewachsen bin und dass er sich den Rest seines Lebens Sorgen machen muss, dass die Leute die Wahrheit über die Vergangenheit seiner Mutter erfahren könnten?

Und was ist mit dem Großvater meiner Kinder? Werde ich meinen Vater zu Braddons Stallmeister machen? So etwas könnte ich meinem Vater niemals antun! Es ist unmöglich, Sophie. Wir waren Narren, etwas anderes zu glauben.«

Tränen traten Sophie in die Augen. »Es tut mir Leid«, sagte sie. »Ich wollte nie ...«

Madeleine wirkte ebenso traurig. »Oh Sophie, es ist ganz bestimmt nicht Ihre Schuld! Ich bin Ihnen so dankbar für Ihre Freundschaft und auch für das, was Sie mir beigebracht haben. Aber Braddon und ich haben in einem Wolkenkuckucksheim gelebt. Auf dieser Basis könnten wir niemals eine glückliche Ehe führen.«

»Das können Sie nicht wissen«, protestierte Sophie. »Braddon liebt Sie so sehr, Madeleine.«

»Wir können keine glückliche Ehe führen, wenn unser Leben auf einer Lüge aufgebaut ist«, erwiderte Madeleine mit dem für sie typischen französischen Pragmatismus. »Liebe ist nicht genug.«

»Ja«, murmelte Sophie. Schließlich liebte sie Patrick und dennoch schien ihre Ehe in einem Scherbenhaufen unterzugehen ... Liebe hin oder her. »Was werden Sie nun tun?«

»Braddon und ich haben gestern Nacht darüber gesprochen. Vielleicht gehen wir nach Amerika. Braddon sagt, er wird ohne mich nicht in England bleiben und er ist sehr entschlossen.«

»Er wird Sie niemals aus den Augen lassen«, stimmte Sophie ihr zu. »Aber was ist mit seiner Familie, Madeleine?« Dabei dachte sie an Braddons große Angst, dass seine Mutter eine Blamage erleiden könnte.

Madeleine nickte. »Ja, das ist ein Problem. Wir mussten uns also einen neuen Plan einfallen lassen, Sophie. Ich werde die Maskerade bis nächste Woche fortsetzen. Beim Ball von Lady Greenleaf geben wir unsere Verlobung bekannt und am nächsten Tag machen wir allen weis, dass ich plötzlich erkrankt sei. Und wenn ich dann an einem Fieber gestorben bin«, fuhr sie munter fort, »wird Braddon eine Reise nach Amerika unternehmen, um dort seinen Lebensmut wiederzufinden.«

»Und Sie werden mit ihm gehen? Oh, dieser Plan sieht Braddon ähnlich!«, rief Sophie und ihre Mundwinkel umspielte ein Lächeln.

Madeleine zog die Nase kraus. »Ich – mir gefällt dieser Plan auch nicht. Aber ich habe nun einmal mit dem Lügen angefangen und muss das Spiel nun zu Ende bringen. Ich werde nach Amerika gehen und als einfache Tochter eines Pferdehändlers leben, und wenn der Graf von Slaslow dumm genug ist, die Tochter eines amerikanischen Pferdehändlers zu heiraten, dann wird es so sein. Unsere Kinder kehren vielleicht irgendwann nach England zurück, ich jedoch nicht.«

»Ich werde Sie vermissen«, sagte Sophie. Und es war die Wahrheit.

»Ich bin Ihnen so dankbar, Sophie, dass Sie mir beigebracht haben, mich wie eine Dame zu geben«, sagte Madeleine. »Ich werde Sie ebenfalls vermissen.« Sie zögerte und sprach dann hastig weiter. »Ihr Patrick ... er liebt Sie, wissen Sie.«

Sophie zuckte zusammen. Ein Gefühl der Demütigung erfasste sie und es schoss ihr eine Hitzewelle den Nacken hinauf.

Madeleines braune Augen verrieten ein tiefes, aufrichtiges Mitgefühl. »Er liebt Sie«, wiederholte sie. »Ich habe gesehen, wie er Sie ansieht. Er beobachtet Sie, wenn Sie es nicht merken und in seinen Augen kann man lesen, wie es um ihn steht.«

Sophie lächelte ein kleines, verkniffenes Lächeln. Sie und Madeleine umarmten sich zum Abschied innig.

Ein paar Minuten, nachdem Madeleine gegangen war, erschien Clemens in Sophies Salon und hielt ein Tablett mit einer Visitenkarte in der Hand. »Mr Foucault und Mr Mustafa«, sagte er.

In seiner Stimme schwang Feindseligkeit mit und Sophie wusste sofort, dass Clemens mit seiner unbestechlichen Menschenkenntnis von diesen speziellen Gästen keine sehr hohe Meinung hatte.

»Kenne ich sie?«, fragte Sophie.

»Sicherlich nicht, Euer Gnaden«, erwiderte Clemens. »Sie sind Bekannte – entfernte Bekannte – von Seiner Gnaden.«

»Das verstehe ich nicht, Clemens. Haben sie nach mir gefragt?«

»Sie haben nach Seiner Gnaden gefragt«, sagte Clemens, »und als ich sie informierte, dass er nicht zu Hause ist, da verlangten sie, Sie zu sprechen.« Der Schwung seiner Unterlippe verriet allzu deutlich, was er von solch einem Mangel an Benehmen hielt. Zu verlangen, die Herrin zu sprechen, wenn der Herr des Hauses nicht anwesend war! Absurd! »Ich werde ihnen mitteilen, dass Sie nicht zu Hause sind.«

Sophie nickte und Clemens verließ rückwärts den Raum. Ein paar Minuten später kehrte er wieder zurück. Nun stand ein kleines silbernes Schloss auf seinem Tablett; ein filigranes, wunderschönes Schloss, dessen Türmchen mit funkelnden Rubinen verziert waren.

Sophie zog die Augenbrauen in die Höhe.

»Ein Geschenk für den Sultan, Selim III«, verkündete Clemens. Sein Ton war immer noch voller Groll, aber der augenscheinliche Wert des Schlosses schien ihn ein wenig besänftigt zu haben. »Mr Foucault behauptet, dass Seine Gnaden das Tintenfass erwartet und zugestimmt habe, es in Mr Foucaults Namen dem Sultan zu überreichen.«

»Oh je«, sagte Sophie und erhob sich aus ihrem Sessel. »Dann muss ich ihn wohl begrüßen, nicht wahr? Mein Gott, was für eine bezaubernde Arbeit!« Sie trat näher und streckte die Hand nach dem Dach des Schlosses aus. »Das muss der Deckel des Tintenfasses sein.«

Aber Clemens schüttelte den Kopf. »Mr Foucault hat sich dringend ausgebeten, dass das Tintenfass vorerst nicht geöffnet wird, da es für die

Reise ins Osmanische Reich versiegelt wurde. Offensichtlich ist der Behälter mit Tinte in der Lieblingsfarbe des Sultans gefüllt – mit *grüner* Tinte.« Clemens Unterlippe verriet, was er von grüner Tinte hielt.

»Oh, natürlich«, sagte Sophie und zog ihre Hand zurück. »Warum setzen Sie das Schloss nicht dort drüben ab?« Sie zeigte auf einen kleinen Tisch in der Ecke. »Wo sind die Herren jetzt?«

»Im Salon«, erwiderte Clemens.«

»Wenn Sie Simone bitten würden, zu mir zu kommen, werden wir die Gentlemen in fünfzehn Minuten empfangen.«

Clemens verbeugte sich und verließ erneut rückwärts den Raum. Seit Patrick den Titel des Herzogs von Gisle verliehen wurde, hatte Clemens' Selbstwertgefühl – und sein Ansehen unter den anderen Butlern Londons – unvorstellbare Ausmaße angenommen. Und seitdem legte er eine Förmlichkeit an den Tag, die womöglich nur im St. James's Palace ihresgleichen fand.

Als Simone gefunden worden war und sie Sophies Haar gerichtet hatte, waren mehr als nur fünfzehn Minuten vergangen. Aber Monsieur Foucault tat Sophies Entschuldigung mit einer wegwerfenden Handbewegung ab.

»Es ist mir eine große Ehre, mit solcher Eleganz in einem Raum zu sein«, sagte er und strich mit seinem Mund über ihren Handrücken. »Viele Engländerinnen sind so – so kurios, was ihr Äußeres betrifft!«

Sophie gelang es nur mit Mühe, ein Schaudern

zu unterdrücken, als Foucaults Lippen ihre Haut berührten. Als er ihr seinen Begleiter, Bayrak Mustafa, vorstellte, überlegte Sophie einen Moment lang, ob sie ihn auf Türkisch begrüßen sollte. Sie beherrschte die Sprache gut genug, um eine einfach Konversation zu führen. Aber die Schwangerschaft hatte eine verheerende Wirkung auf ihr Gedächtnis und so machte sie sich womöglich noch zum Narren. Also nickte sie nur und begrüßte ihn höflich auf Englisch, in der Hoffnung, dass Monsieur Foucault es übersetzen würde.

Es bereitete ihr keinerlei Schwierigkeiten, Monsieurs Übersetzung ihrer Worte zu verstehen, aber Mr Mustafas Erwiderung war sehr merkwürdig. Um genau zu sein ergab sie, zumindest nach Sophies Verständnis, überhaupt keinen Sinn. Seine Äußerung – die er mit einer tiefen Verbeugung begleitete – schien eine Zeile aus einem Kinderlied oder einem Abzählreim zu sein. Sicherlich hatte sie ihn missverstanden! Schließlich zeigte Monsieur Foucault kein Anzeichen von Überraschung. Er übersetzte ihr den unstimmigen Satz als eine ganz konventionelle Begrüßung.

Sophie ließ sich daraufhin vollends verwirrt in einen Sessel sinken. Aber ihre Neugier war geweckt. Monsieur Foucault war ganz erpicht darauf, die französischen Gepflogenheiten mit denen in England zu vergleichen, aber nach einer Weile gelang es Sophie, die Unterhaltung auf Bayrak Mustafa zurückzubringen.

»Es tut mir Leid, dass wir Mr Mustafa aus unserer Unterhaltung ausschließen müssen«, sagte sie mit zuckersüßer Stimme zu Monsieur Foucault. »Würden Sie ihn bitte in meinem Namen fragen, wie ihm unsere englischen Städte im Vergleich zu dem großartigen Konstantinopel gefallen?«

Ein Ausdruck von Verärgerung flog über Monsieur Foucaults Züge, aber dann setzte er ein strahlendes Lächeln auf. »Wie überaus gütig von Euer Gnaden«, säuselte er, »an das Wohlergehen meines Begleiters zu denken. Aber wir haben die Gastfreundschaft in diesem schönen Haus schon viel zu lange in Anspruch genommen und müssen uns nun wieder auf den Weg machen.«

»Bitte«, sagte Sophie ebenso charmant und entschlossen wie er. »Erlauben Sie mir, Sie noch einen Augenblick aufzuhalten. Ich bin ja so neugierig auf Konstantinopel!«

Monsieur Foucault nickte höflich und wandte sich an Mustafa. Sophie hörte aufmerksam zu und bemühte sich um eine höflich interessierte Miene.

Monsieur Foucault gab ihre Frage tatsächlich an seinen Begleiter weiter, aber Mustafas Antwort war eine unzusammenhängende Aneinanderreihung von Worten. Und wenn sie sich nicht sehr täuschte, benutzte Mr Mustafa nur Substantive, keine Verben.

Monsieur Foucaults Übersetzung beinhaltete keinesfalls das, was sie gehört hatte; nicht einmal dann, wenn man ihre bei weitem noch nicht perfekten Türkischkenntnisse mit bedachte. Wenn man Monsieur Foucaults Worten Glauben schenkte, dann hielt Mr Mustafa die englische Hauptstadt, im Vergleich zu Konstantinopel für weitaus überlegen.

Foucault wechselte geschickt das Thema, indem er zu einer schwülstigen Entschuldigung ansetzte. »Vergeben Sie uns, Euer Gnaden, aber wir müssen uns nun auf den Weg machen.« Er beugte sich vor und küsste erneut Sophies Hand. »Ihr ergebenster Diener. Ich bin sicher, der Herzog wird das Tintenfass amüsant finden.« Er schwieg einen Moment. »Ich muss Sie jedoch bitten, ihm auszurichten, dass der Behälter versiegelt ist und dies während der langen Reise ins Osmanische Reich auch bleiben soll.«

»Selbstverständlich werden wir das Tintenfass nicht öffnen«, versicherte Sophie ihm. »Darf ich Ihnen zu Ihrem aufmerksamen und wunderschönen Geschenk gratulieren, Sir?«

Monsieur Foucault verbeugte sich ein weiteres Mal und schob Mr Mustafa mit einem englischen Wortschwall auf die Tür zu. Dieser verbeugte sich stumm und verzichtete diesmal auf das Türkische.

Nachdem die Herren gegangen waren, begab sich Sophie nachdenklich hinauf in ihren Salon. Sie trat vor den Tisch mit dem Tintenfass und berührte den zierlichen, mit Juwelen besetzten Turm des Miniaturschlosses. Etwas an Monsieur Foucault und Mr Mustafa stimmte nicht.

Seit dem Debakel beim Ball der Commonweals hatte sie Patrick jedoch kaum gesehen. Wie konnte sie die Sprache auf Monsieur Foucault bringen? Während sie darüber nachdachte, trug Clemens weitere Visitenkarten auf seinem silbernen

Tablett herein. Die Herzogin von Gisle war sehr gefragt und so schob Sophie ihre Besorgnis vorerst beiseite.

Einige Tage später begegnete Patrick auf einer belebten Straße zufällig seinem Bruder und überrascht blieben die beiden stehen.

»Du bereitest mir wirklich Magenschmerzen, Mann«, sagte Alex schließlich.

»Dein Magen ist nicht mein Problem«, erwiderte Patrick mürrisch. Seine Laune war auf Grund der schlaflosen Nächte, in denen er durch die Straßen lief, nicht gerade die beste.

Alex blickte ihn finster an. »Du könntest deinen Lakaien zumindest die Anweisung geben, deiner Frau behilflich zu sein«, sagte er scharf. »Ich wurde gestern Zeuge, wie Sophie alleine aus der Kutsche kletterte. Sie wäre beinah auf das Pflaster gestürzt.«

Unbändiger Zorn erfasste Patrick. Er neigte höflich den Kopf. »Ich werde die Lakaien natürlich umgehend dazu anhalten, aufmerksamer zu sein.« Er ignorierte jedoch den unausgesprochenen Vorwurf – dass er seine Frau nicht begleitete, obwohl ihre Schwangerschaft schon so weit fortgeschritten war.

Alex stieß einen leisen Fluch aus. Er hatte seine zierliche Schwägerin sehr lieb gewonnen und etwas in ihrem verletzten, verwirrten Blick verriet ihm, dass sie keine Ahnung hatte, warum sich ihr Mann so unmöglich aufführte.

»Hast du mit Sophie über deine Angst vor der Geburt gesprochen?«, fragte er abrupt.

Patricks Körper wurde, wenn überhaupt möglich, noch starrer. In seinen Augen glomm unverhohlener Zorn. »Meine Angst, wie du es nennst, ist eine völlig vernünftige Reaktion auf die Tatsache, dass eine von fünf Frauen bei der Geburt eines Kindes stirbt. Im Gegensatz zu dir hatte ich eigentlich vorgehabt, meine Frau *nicht* in Gefahr zu bringen, nur weil ich den stupiden Wunsch hege, mich fortzupflanzen.«

Der Ausdruck in den Augen der Männer war nun mörderisch und passte gar nicht zu der höflichen Atmosphäre der Oxford Street.

»Wärst du nicht mein Bruder, so würde ich dich für diese Bemerkung fordern«, sagte Alex mit eisiger Höflichkeit. »So wie die Sache aber aussieht, *Bruder*, kann ich nur feststellen, dass du offensichtlich völlig den Verstand verloren hast. Du machst dich und deine Frau sehr unglücklich, und das nur wegen deiner sinnlosen, kindischen Angst.«

Patrick musste all seine Selbstbeherrschung aufbringen, seinen Bruder nicht auf der Stelle niederzuschlagen.

»Nun verrate mir bitte«, sagte er schließlich, »was ›sinnlos‹ daran ist, eine Chance von eins zu fünf als schlecht zu bewerten?«

»Diese Berechnung schließt Frauen ein, die ihre Kinder ohne Arzt oder Hebamme zur Welt bringen oder krank sind und im Sterben liegen. Wie viele vornehme Damen fallen dir ein, die im Kindbett gestorben sind?«

»Eine Menge«, sagte Patrick mit leisem Nachdruck. »Dir sollte es ebenso ergehen, wenn man bedenkt, dass deine Frau beinah dazu gezählt hätte.«

Einen Moment lang sprach keiner der Männer ein Wort. »Charlotte hatte keinerlei Probleme bei der Geburt, bevor ich auftauchte, Patrick«, sagte Alex schließlich erstickt. »Und das weißt du sehr genau. Du weißt, dass es meine Schuld war. Willst du mir das Herz brechen?«

Das Schweigen wurde nur von dem Rattern der vorbeifahrenden Kutschen unterbrochen.

»O Gott«, sagte Patrick leise. »Ich sollte mich am besten gleich erschießen, oder?«

Ein zaghaftes Lächeln tauchte in Alex' Mundwinkeln auf. »Nicht, bevor ich nicht zuvor einen Versuch bekomme.«

Die beiden Männer umarmten sich unbeholfen. Patrick schluckte schwer und Alex klopfte ihm raubeinig auf den Rücken. Er wusste nicht, was er sagen sollte.

»Es sind nur noch, was – drei oder vier Monate?«

Patrick blickte seinen Bruder hilflos an. »Ich weiß es nicht. Sophie und ich sprechen nicht über das Kind.«

»Die ganze Stadt redet darüber, dass du Sophie nicht gesagt hast, dass sie eine Herzogin wird. Was zum Teufel hast du dir dabei gedacht, Patrick?«

»Ich habe es vergessen. Ich habe es komplett vergessen.« Er zuckte die Achseln. »Du weißt, wie wenig mir ein Titel bedeutet. Ich dachte, Sophie würde sich darüber freuen, Herzogin zu werden, aber sie ist fuchsteufelswild, weil ich es ihr nicht gesagt habe. Wir reden nicht mehr häufig miteinander.«

Alex nickte. Er hatte bereits gespürt, dass die Ehe seines Bruders an einem seidenen Faden hing.

»Ich glaube, Sophie ist nun im siebten Monat«, sagte Alex völlig urteilsfrei. »Sie hat Charlotte erzählt, dass sie sich nach Lady Greenleafs Ball morgen Abend aus der Öffentlichkeit zurückziehen wird.«

Patrick hatte keine Ahnung gehabt, dass Sophie plante, die restliche Saison aufzugeben. »Ich werde sie begleiten«, sagte er leise. Er wusste, dass Sophie sich abends häufig Charlotte und Alex angeschlossen hatte.

Alex nickte. »Ich nehme nicht an, dass es etwas nutzen würde, wenn ich dir den Rat gäbe, mit deiner Frau zu reden?«

Patrick zuckte zusammen. »Ich werde es versuchen, Alex.«

An diesem Abend klopfte Clemens an Sophies Schlafzimmertür und informierte Simone, dass der Herzog die Absicht geäußert habe, das Abendessen zu Hause einzunehmen. Der Herr hatte seit zwei oder drei Wochen nicht mehr zu Hause gespeist, und Clemens war der Meinung – und das mit Recht –, dass die Herzogin wissen sollte, dass sie an diesem Abend mit ihrem Mann essen würde und nicht allein.

Sophie, die gerade ein Armband an ihrem Handgelenk befestigte, hielt einen Moment inne. Simone schaute sofort in das Gesicht ihrer Herrin und senkte blitzschnell den Blick zu Boden. Natürlich wusste das ganze Haus von der Entfremdung zwischen den Herrschaften.

Simone und Patricks Kammerdiener Keating hatten sogar einen heftigen Streit darüber, wo sich der Herzog nachts aufhielt. Keating blieb beharrlich dabei, dass der Herr kein Techtelmechtel hatte; Simone quittierte dies mit einem spöttischen Schnauben und behauptete, der Herzog verbringe seine Zeit mit einer anderen Frau und Keating solle sich was schämen. Der Streit zwischen den beiden wurde schließlich so hitzig, dass Keating sogar eine Jacke von Patrick nach unten brachte, damit Simone sich davon überzeugen konnte, dass sie nicht nach weiblichem Parfüm oder Puder roch.

Sophie schloss das Armband und tat so, als habe sie Clemens Ankündigung gar nicht gehört. Sie trug ein lose geschnittenes meergrünes Abendkleid, in das vorne ein Einsatz eingearbeitet war, damit sie mit ihrem gewölbten Bauch hineinpasste.

Einen Moment lang blieb sie zögernd vor dem Spiegel stehen. Sie fühlte sich in letzter Zeit hässlich, wie eine hässliche, ungeliebte Frau. Eine *schwangere* Frau, dachte sie grimmig. Vielleicht sollte ich mir lieber ein Tablett aufs Zimmer kommen lassen.

Dann nahm sie all ihren Mut zusammen und ging die Treppe hinunter. Sie musste sehr langsam gehen und das zusätzliche Gewicht ausbalancieren, das sie vor sich trug. Patrick wartete am Fuß der Treppe auf sie.

Sophie lächelte ihn höflich an und nahm seinen

Arm und gemeinsam gingen sie ins Speisezimmer.

Automatisch aß sie ihr Rebhuhn.

»Ist das nicht schon das zweite Mal diese Woche, dass Floret Rebhuhn zubereitet hat?«, fragte Patrick.

»Ja, das stimmt. Ich fürchte, meiner Mutter ist es gelungen, ihn zu bestechen.« Sophie nahm zwei weitere Bissen und fragte sich, woher Patrick wusste, dass Floret am Dienstag ebenfalls Rebhuhn serviert hatte. An jenem Abend war er erst nach Hause gekommen, nachdem sie eingeschlafen war. In letzter Zeit wartete sie nicht mehr darauf, dass er nach Hause kam. Sie brauchte ihren Schlaf dringender als die Bestätigung, dass ihr Mann noch vor Morgengrauen nach Hause zurückkehrte.

Sophie nahm einen weiteren Bissen. Das Rebhuhn schmeckte wie Sägemehl.

»Ich werde dich morgen zu dem Ball bei den Greenleafs begleiten, wenn ich darf«, sagte Patrick. »Es verspricht ein großes Gedränge zu werden.«

Sophie nickte. Ihr Gatte war zum Abendessen nach Hause gekommen, und nun begleitete er sie auch noch zu einem Ball?

Als Sophie schwieg, sprach Patrick weiter. »Es wird dich freuen zu hören, dass bei *White's* darauf gewettet wird, ob Braddon nächste Woche seine Verlobung mit deiner Freundin Madeleine bekannt geben wird.«

Sophie schwieg und Patrick fluchte innerlich. Was zum Teufel hatte er sich dabei gedacht? Sophie würde bestimmt nicht sehr begeistert darüber sein, dass Braddon jemand anderes heiratete, denn schließlich empfand sie etwas für diesen Mann.

»Vielleicht können wir ein Picknick auf dem Land machen, wenn es am Wochenende schön bleibt«, sagte er plötzlich. Es würde ihm bestimmt leichter fallen, mit Sophie zu reden, wenn sie alleine miteinander wären und nicht an einem Tisch säßen, der von zwei Lakaien flankiert wurde.

Plötzlich fuhr Sophies Kopf nach oben, und Patrick sah zu seinem Erstaunen, dass ihre Augen ihn zornig anblitzten.

»Ich will verdammt sein, wenn ich dir gestatte, in dieses Speisezimmer zu spazieren, als wäre nichts gewesen, und mich zu einem Picknick einzuladen«, sagte sie außer sich vor Wut.

Patrick nickte Clemens zu, der daraufhin die Lakaien aus dem Zimmer schickte und ihnen dann hastig folgte.

»Warum nicht?« Patrick blickte seine Frau völlig entgeistert an. Dies war eine neue Sophie, und es bereitete ihm keinerlei Schwierigkeiten, den Zorn in ihren Augen zu lesen.

Sophie erhob sich und warf ihre Serviette auf den Tisch. »Ich habe mich nicht beschwert, wenn du deine Geliebte besucht hast. Ich habe dir keine Vorwürfe gemacht – nicht ein einziges Mal. Wenn du zu ihr gehen willst, dann geh! Geh! Aber komm nicht zu mir zurück, als wäre ich ein Fisch, den du immer wieder an Land holen kannst, wenn dir danach ist. Du hast wohl angenommen, ich würde dich dankbar anlächeln und mit dir ein Picknick unternehmen, wenn du plötzlich beschließt, deiner Frau ein bisschen Zeit zu widmen?«

Patrick sah seine Frau mit undurchdringlicher Miene an.

»Ich gehe nun auf mein Zimmer«, sagte sie abrupt. »Ich nehme dein Angebot, mich morgen zum Ball zu begleiten, dankbar an. Deine freundliche Einladung zu einem Picknick muss ich jedoch leider ablehnen. Ich fühle mich heute nicht wie eine lüsterne Dirne und ich werde mich wohl auch morgen nicht wie eine fühlen. Daher«, sagte sie mit ätzender Ironie, »würdest du dich in meiner Gegenwart sicherlich nicht sehr wohl fühlen!«

Und mit diesen Worten verließ sie so schnell es ihr in ihrem Zustand möglich war, das Zimmer und stieg die Treppe hinauf.

Der Herzog und die Herzogin von Gisle lagen in dieser Nacht in ihren Betten und starrten zur Decke hinauf. Hätte ein Engel durch das Dach in das Haus in der Upper Brook Street geschaut, so hätte er zwei schlaflose Gestalten entdeckt. Patrick war wohl der verzweifeltere von beiden, denn Sophie fand ihren wiederentdeckten Zorn nicht unangenehm.

Hätte der gleiche Engel sich die Mühe gemacht, am folgenden Abend durch das mit Seide ausgeschlagene Dach der herzöglichen Kutsche zu schauen, die vor dem Haus der Greenleafs am Hanover Square vorfuhr, hätte er erneut zwei stumme Gestalten erblickt. Es bestand nur ein

Unterschied: Sophie starrte die Wand an, während Patrick den Blick nicht von seiner Frau losreißen konnte.

Sophie trug ein Ballkleid, das ganz bewusst ihre neue, üppige Figur betonte. Hauchdünne, glänzende, blassblaue Seide zierte ihr Oberteil und verdeckte und entblößte gleichwohl die Rundungen ihrer Brüste.

Als die Kutsche schließlich anhielt, zog Sophie, ohne sich der Blicke Patricks bewusst zu sein, ihren Kaschmirschal enger um die Schultern. Bei dieser Bewegung wären ihr beinah die Brüste aus dem hauchdünnen Stoffgebilde gerutscht.

Ich bin nicht lüstern, dachte Patrick im Stillen. Ich bin nicht eifersüchtig. Die Hoffnung, dass diese beiden Behauptungen durch ständiges Wiederholen wahr würden, ging nicht in Erfüllung. Na gut, gestand er sich, ich bin lüstern. Er sprang aus der Kutsche und streckte automatisch die Hand aus, um Sophie aus dem Gefährt zu helfen. Und ich bin eifersüchtig, dachte er grimmig, als er die großen Augen des Londoner Pöbels sah, der die feinen Pinkel beobachtete, die zu dem Ball gingen.

Wenn Sophie ihm ... wenn Sophie ihm doch nur einen fröhlichen Blick zuwerfen und sich zufällig an seinen Arm pressen würde. Wäre sie doch nur aus der Kutsche in seine Arme gestolpert. Stattdessen ließ sie sofort seine Hand los, sobald sie sicher auf dem Boden angekommen war. Offensichtlich konnte sie seine Berührungen nicht ertragen. Einen Augenblick lang zog sich

Patricks Herz schmerzhaft zusammen. Er war besser dran, die Straßen von London zu durchstreifen statt bei seiner wunderschönen, erregenden, gleichgültigen Frau zu sein.

Sobald man auf dem Ball von Lady Greenleaf ihren Namen ausgerufen hatte, stürzte eine Gruppe von Gentlemen auf sie zu und stritt um die Ehre, mit der schönen jungen Herzogin tanzen zu dürfen. Patrick stand einen Moment lang stumm neben ihnen und unterbrach dann rüde einen jungen Grünschnabel, um sich den Tanz vor dem Abendessen zu sichern.

Sophie warf ihm einen flüchtigen Blick zu, sagte jedoch nichts. Wie Patrick sehr wohl wusste, würde sie im Ballsaal nie eine Szene machen. Er verbeugte sich vor ihr und schlenderte davon.

Sophie sah ihm nach und vergaß für einen Moment die plappernde Menge um sich herum. Ihr gerechter Zorn ließ allmählich nach, und das ausgerechnet in dem Moment, in dem sie ihn am nötigsten brauchte. Sie holte tief Luft. Dies war das letzte Mal, dass sie an einem dieser quälenden gesellschaftlichen Anlässe teilnahm. Nach dem Ball war für sie die Saison zu Ende. Die Tradition, dass schwangere Frauen sich aus der »Öffentlichkeit zurückzogen«, erschien ihr immer verlockender. Und es war auch gut so, dass sie an diesem Abend mit Patrick tanzen würde. Sie hatte die unverhohlenen besorgten Kommentare über die häufige Abwesenheit ihres Mannes langsam satt.

Der Tanz vor dem Abendessen begann und Patrick erschien an ihrer Seite. Als er sich gerade vor ihr verbeugen wollte, schüttelte Sophie den Kopf und nickte zum anderen Ende des Ballsaals hinüber. Patrick drehte sich um. Dort stand Braddon und hielt Madeleines Hand.

Lord Greenleaf räusperte sich gewichtig und verkündete laut: »Ich habe die Ehre zu verkünden, dass Lady Madeleine Corneille zugestimmt hat, den Grafen von Slaslow zu heiraten.«

Braddons Mutter stand neben ihnen und lächelte glücklich. Als die ersten Töne eines Menuetts erklangen, wandte sich Braddon an Lord Greenleaf und dankte ihm. Dann nahm er seine Verlobte in die Arme und wirbelte mit ihr auf die leere Tanzfläche. Das frischverlobte Paar hielt züchtig zehn Zentimeter Abstand voneinander, und Braddon Chatwin vermied es tunlichst, mit dem Bein ihr Kleid zu streifen oder sie zu vertraulich zu berühren.

Doch als er seine Maddie so verliebt anlächelte, dass sie ihre Scheu verlor, vor den Augen der feinen Gesellschaft zu tanzen, und sein Lächeln erwiderte, da war Sophie nicht die einzige Frau im Saal, die einen Kloß im Hals verspürte und feuchte Augen bekam.

Der Knoten in Patricks Brust hatte nichts mit derartigen Gefühlsduseleien zu tun. Braddon, dieser Lump, hatte offensichtlich rücksichtslos mit Sophies Gefühlen gespielt. Und da stand sie nun und weinte beinah vor den Augen aller, weil Braddon wieder verlobt war.

Aber man konnte Braddon schlecht die Schuld geben. Patricks schlechtes Gewissen regte sich. Sophie wäre längst mit Braddon verheiratet, dachte er voller Selbsthass, wenn ich nicht zuerst mit ihr geschlafen hätte.

Schwungvoll führte er seine Frau auf die Tanzfläche. Zumindest kann ich sie vor den neugierigen Blicken der anderen bewahren, dachte Patrick. Sophie würde sich völlig lächerlich machen, wenn sie nun wegen eines Mannes Tränen vergoss, dem sie zuvor den Laufpass gegeben hatte.

Sie tanzten schweigend miteinander. Sophie mied Patricks Blick, damit er nicht in ihren Augen sehen konnte, dass ihre Wut verraucht war. Es war ihr zu peinlich, die Tatsache zu akzeptieren, dass sie ihren untreuen Ehemann wohl immer wieder zurücknehmen würde, egal, wie lange er auch von ihr fernblieb. Sie liebte ihn einfach zu sehr.

Schließlich wurden sie von den anderen Tänzern, die angeregt miteinander plauderten, in den Speisesaal gezogen, wo sie an einem großen, runden Tisch Platz nahmen. Als Patrick während des Essens losging und ihr eine Erfrischung holte, entschuldigte sich Sophie bei den anderen Gästen.

»Bitte, Sissy, würden Sie meinem Mann bitte sagen, dass ich in den Puderraum gegangen bin.«

Sissy Commonweal blickte sie mit dem gleichen mitleidigen Blick an, dem Sophie in letzter Zeit bei fast allen Angehörigen der feinen Gesellschaft begegnete. Sicherlich weiß sie, mit wem Patrick seine Nächte verbringt, dachte sie müde. Es ist ein Wunder, dass mir noch niemand den Namen der schwarzhaarigen Frau verraten hat. Sie verließ den Tisch, ohne sich noch einmal umzusehen und so bemerkte sie auch nicht ihren Mann, der sich mit ihrer Erfrischung in der Hand einen Weg durch die Menge bahnte.

Sie konnte jedoch nicht ewig im Puderraum bleiben und so fand Patrick sie später und bat sie um einen weiteren Tanz. Zum Glück war es ein Bauerntanz, so dass sie sich nicht allzu nahe kamen. Sophie bewegte sich mechanisch über die Tanzfläche, als sie plötzlich etwas sah, das ihren Puls heftig beschleunigte. Ihre Mutter, Eloise, lächelte freundlich und zerrte Madeleine zu einer älteren Französin hinüber – ohne Zweifel Madame de Meneval, die für ihre Fähigkeit bekannt war, falsche französische Aristokraten zu entlarven. Ohne zu Zögern unterbrach Sophie ihre Schritte, ließ die Hand ihres Mannes los und überquerte die Tanzfläche.

Patrick blickte ihr völlig verdattert hinterher. Töchter der Furcht erregenden Marquise von Brandeburg ließen ihre Tanzpartner nicht einfach stehen. Er schüttelte sich innerlich wie ein junger Hund und eilte seiner Frau nach.

Aber Sophie kam zu spät. Als sie sich gerade hastig an einer Menschentraube vorbeischob, sah sie, wie Madeleine vor Madame de Meneval einen anmutigen Knicks vollführte.

»Merde!«, flüsterte Sophie und blieb stehen. Eloise blickte auf und streckte ihr einladend eine Hand entgegen.

»Mein Schatz, komm her und begrüße Madame de Meneval. Ich habe ihr gerade unsere liebe Madeleine vorgestellt.«

Mit sinkendem Herzen trat Sophie an die Seite ihrer Mutter. In einer Sekunde würde Madame de Meneval verkünden, dass Madeleine eine Betrügerin war, und somit Braddons Plan wie ein Kartenhaus zum Einstürzen bringen.

Patrick erschien an ihrer Seite und berührte ihren Arm. Sophie warf ihm einen verzweifelten Blick zu.

Er runzelte verwirrt die Stirn. Was zum Teufel ging hier vor? Sophie schien offensichtlich aus Angst, einer alten Französin in abgetragener schwarzer Seide vorgestellt zu werden, am ganzen Körper zu zittern. Die Frau hatte zwar eine Nase, die einem Geier zur Ehre gereicht hätte, aber ansonsten war wirklich nichts Beängstigendes an ihr. Patrick kam sie sogar ein wenig gefühlsduselig vor. Weinte sie nicht sogar?

Ja, Madama de Meneval weinte, wenn auch nur eine einzelne Träne. Sie ließ ihren Stock fallen und streckte Madeleine die Hände entgegen.

»Madeleine, meine liebe Madeleine! Ich dachte, du wärst tot. Deine Mutter hat mir so gefehlt, und hier bist du nun ... Du siehst genau aus wie sie. Ich erinnere mich an dich als kleines Mädchen, als du erst fünf Jahre alt warst. Deine Mutter hat dich den weiten Weg nach Paris mitgenommen, damit du eine Ballettaufführung sehen konntest. Deine Mutter liebte das Ballett. Oh, sie liebte es zu tanzen.«

Sophie sagte kein Wort und auch Madeleine brachte kein Wort heraus. Beide starrten sie Madame de Meneval an, als wäre dieser ein Horn auf der Stirn gewachsen. Aber Madame bemerkte es nicht. Sie zog ein Taschentuch aus feinster Spitze aus ihrem Retikül und tupfte sich vorsichtig die Augen ab.

»Du siehst aus wie deine Mutter, wenn sie bei Hofe die anderen Damen ausstach. Es ist mir, als würde ich meine liebe Hélène vor mir sehen. Du hast ihre Augen und ihr Haar ... und deine Figur ist genau wie ihre. Es kommt mir vor, als wäre es gestern gewesen, dass König Louis Hélènes Busen anstarrte. Marie Antoinette war immer furchtbar wütend auf deine Mutter! Aber sie konnte nichts sagen. Schließlich benahm sich deine Mutter immer völlig korrekt. Sie war eine sittsame Dame, die sich nie in den Vordergrund schob. Es war schließlich nicht Hélènes Schuld, das König Louis sie immer *très désirable* fand.«

Dann bemerkte Madame plötzlich den überraschten Ausdruck auf Madeleines Gesicht. »Wusstest du nicht, dass du deiner Mutter wie aus dem Gesicht geschnitten bist, meine Liebe?«

»Das hat mein Vater auch immer behauptet, Ma'am«, sagte Madeleine langsam, »aber ich habe es nie geglaubt.«

In diesem Moment trat Braddon hinter Madeleine und berührte leicht ihren Ellbogen. »Ich glaube, das ist mein Tanz«, sagte er und verbeugte sich.

»Braddon!«, rief sie und verstieß gegen die Regel, ihn in der Öffentlichkeit stets förmlich anzureden. »Madame de Meneval sagt, ich sehe aus wie meine Mutter!«

Braddon klappte die Kinnlade nach unten und einen Moment lang versteifte sich Sophies ganzer

Körper. Er wird etwas furchtbar Dummes sagen, schoss es ihr durch den Kopf. Ihre Finger klammerten sich schmerzhaft an Patricks Ärmel.

Patrick schaute auf die weißen Finger seiner Frau hinunter. Er hatte nicht die leiseste Ahnung, warum seine Frau so erregt war.

Glücklicherweise sagte Madame de Meneval etwas, bevor Braddon Madeleines wahre Identität preisgeben konnte.

»Sie müssen der Graf von Slaslow sein«, sagte sie und musterte Braddon kritisch. Sie persönlich machte sich nichts aus den typisch englischen Burschen; all dieses blonde Haar und dann diese blauen Augen. »Mir ist zu Ohren gekommen, dass Sie die Ehre haben, die Tochter meiner teuren Freundin, der Marquise de Flammarion, zu heiraten.«

»Das stimmt«, erwiderte Braddon unsicher. Er verbeugte sich erneut.

Madame schnaubte. Und obendrein noch einfältig, dachte sie im Stillen. Nun, zumindest war er nicht so wunderlich wie Hélènes Ehemann.

»Dein Vater, der Marquis, hat also ebenfalls überlebt?«, wandte sie sich neugierig wieder an Madeleine. Das Mädchen stand immer noch kreidebleich und stocksteif vor ihr.

»Mein Vater hat mich 1793 nach England gebracht«, erwiderte sie.

»Oh, 1793.« Madame fröstelte. »Das war ein schreckliches Jahr, ein ganz furchtbares Jahr. Ja, in diesem Jahr wurde deine Mutter verurteilt. Es war im April. Ein schreckliches Jahr.«

Madeleine wurde noch bleicher. »Mein Vater

hat mir immer erzählt, meine Mutter sei an einem Fieber verstorben«, sagte sie.

»Oh nein«, widersprach die Französin. »Sie wurde verhaftet. Fouquer, dieser Schlächter, benötigte keinen Grund. Sie kam selten nach Paris, weißt du, da dein Vater so zurückgezogen lebte. Aber sie war dort, möglicherweise, um Einkäufe zu tätigen ... neue Kleider. Ich bin mir nicht sicher.«

Madeleine wusste es. Im Geiste hörte sie, wie ihr Vater immer wieder die Mode und vor allem die weibliche Schwäche für die Mode verdammte.

»Sie wurde gefangen genommen«, fuhr Madame fort. »Ich weiß noch, dass dein Vater nach Paris kam und das Tribunal anflehte, sie am Leben zu lassen. Der einzige Grund, warum er nicht ebenfalls verhaftet wurde, war der, dass er sich immer so sonderbar verhalten hatte. Ständig arbeitete er in den Ställen und war immer über und über mit Mist beschmutzt. Es ging sogar das Gerücht um, dass er das Schmiedehandwerk erlernt hat.«

»Ja, das stimmt«, sagte Madeleine wie betäubt.

»Nun, es hat ihm das Leben gerettet«, erwiderte Madame. »Das Tribunal hielt ihn für etwas Besseres, nicht für einen ›nutzlosen Aristokraten‹. Diese Kanaillen! Nichts als degenerierter Abschaum, der sich anmaßte, über das Leben von höher Gestellten zu richten!« Ihre Augen funkelten Madeleine wütend an. »Hier drüben wird es dir besser ergehen, Mädchen. Sogar, wenn du einen Engländer heiratest. Sogar ohne die Besitztümer deines Vaters. Ist es ihm gelungen, etwas nach England zu retten?«

»Ja«, antwortete Madeleine und dachte an die großen Geldsummen, über die ihr Vater plötzlich verfügt hatte, als es darum ging, ihre Kleider und Mrs Trevelyan zu bezahlen. »Ja, das ist es.«

»Nun«, sagte Madame de Meneval mit unfreiwilligem Respekt, »ich habe nie viel für Vincent Garnier übrig gehabt. Er war ein seltsamer Kauz, sogar als junger Mann. Aber Hélène liebte ihn. Sie war völlig verrückt nach ihm und wollte kein Wort gegen ihn hören. Und nachdem sie ihn geheiratet hatte, nahm er sie mit auf seinen Besitz im Limousin und ließ sie nur äußerst selten an den Hof reisen. Ich weiß nicht, wie sie seine Erlaubnis erhielt, 93 nach Paris zu kommen.« Sie verstummte.

Madeleine wandte sich an Braddon und in ihren Augen glitzerten ungeweinte Tränen. Er reagierte sofort. »Ich fürchte, ich muss Ihnen meine zukünftige Braut nun entführen«, sagte er und verbeugte sich tief vor Madame de Meneval. »Madame, Ihr ergebenster Diener.«

Madame senkte das Kinn einige Zentimeter, so als wäre sie und nicht Louis der Herrscher von Frankreich gewesen. Der Ausdruck in ihren Augen wurde jedoch weicher, als sie sich an Madeleine wandte.

»Mein liebes Kind, ich habe dir wohl unwissentlich einige unangenehme Neuigkeiten erzählt. Du musst mir vergeben.«

»Nein, nein«, protestierte Madeleine sanft. »Es ist wunderbar, jemanden zu treffen, der meine Mutter kannte. Ich fürchte, ich habe nur wenige Erinnerungen an sie.«

»Vielleicht kommst du einmal zum Tee zu mir. Ich kannte deine Mutter vom Tag ihrer Geburt an. Es würde mir große Freude machen, Hélènes Tochter von ihr zu erzählen. Sie wäre so stolz auf dich gewesen, meine Liebe!«

Bei dieser Bemerkung drohte Madeleine in Tränen auszubrechen. Nachdem sie sich hastig verbeugt hatte, zog Braddon sie sanft aus dem Ballsaal. Braddon mochte nicht besonders helle sein, aber er kannte seine Maddie. Ohne ein Wort zog er sie in einen angrenzenden Salon, schloss die Tür und legte die Arme um sie.

»Braddon, Braddon«, schluchzte Madeleine. »Es ist meine Mama, Hélène ist meine Mama.«

»Was?«

»Madame ... sie sprach von *meiner* Mutter.«

»Unmöglich«, sagte Braddon sanft. »Deine Mutter hat einen Stallmeister geheiratet. Sie konnte unmöglich mit einem Mitglied des französischen Königshofes befreundet sein.«

»Verstehst du denn nicht, Braddon?« Madeleine blickte mit großen braunen, tränenfeuchten Augen zu ihm auf. »Mein Vater ist der wunderliche Marquis, der das Schmiedehandwerk erlernte. Als mein Vater mich nach England brachte, eröffnete er einen Pferdestall. Deshalb schlug er auch vor, ich solle mich als Tochter des Marquis de Flammarion ausgeben. Ich fand es merkwürdig, dass er sich so schnell auf diesen Plan einließ.«

»Du meinst, du bist wirklich die Tochter dieser Frau?«

Madeleine blickte ihren Geliebten an. Seine blauen Augen musterten sie immer noch voller

Verwirrung. »Mein Vater ist der Marquis de Flammarion«, erklärte sie geduldig. »Als meine Mutter verurteilt wurde, ist er mit mir nach England geflohen. Als er hier ankam, eröffnete er einen Stall.«

Braddon starrte sie mit offenem Mund an. »Dann bist du wirklich eine französische Aristokratin?«

Madeleine nickte. Immer noch liefen ihr Tränen über die Wangen.

»Aber meine Mama, Braddon!«

Er strich ihr unbeholfen über das Haar. »Du wusstest doch, dass sie tot ist, Maddie.«

»Aber auf diese Weise, auf der Guillotine ...«

»Ich sage dir was, Maddie, die alte Frau hat Recht. Deine Mutter wäre stolz auf dich. Du hast all die Dinge gelernt, die sie dir gerne beigebracht hätte und du hast dich in die schönste, vornehmste Dame verwandelt, die ich kenne.«

Madeleine vergrub ihr Gesicht an Braddons Schulter. »Oh, Braddon«, sagte sie mit erstickter Stimme. »Ich liebe dich.«

»Wirklich? Du liebst mich? Maddie? Wirklich?«

Als sie dies hörte, musste Madeleine trotz ihrer Tränen lachen. »Ja, das tue ich.«

»Oh, Maddie.«

Als er wieder den Kopf hob, sagte er: »Heirate mich, Maddie, bitte.«

»Ich habe doch bereits Ja gesagt«, flüsterte sie und nun klang sie wieder fast so wie die alte, schelmische Maddie.

»Nein, ich meine, heirate mich jetzt. Lass uns morgen heiraten.«

»Du willst mit mir durchgehen?«

»Für dich würde ich sogar auf eine Leiter klettern«, sagte Braddon ernsthaft.

Maddie lachte ihr bezauberndes Lachen. »Ich schlafe im Erdgeschoss, Braddon.« Dann fuhr sie etwas ernster fort: »Nein, ich kann nicht mit dir durchbrennen. Meinem Vater würde das nicht gefallen. Aber vielleicht können wir sehr bald heiraten.«

»Morgen.«

»Nein, nicht morgen.«

»Übermorgen.«

»Nein!«

Braddons Küsse waren so süß, dass Maddies Herz tausend Purzelbäume schlug. »Na gut, nächste Woche«, willigte sie ein.

25. Kapitel

Am folgenden Morgen betrat Sophie mit neu erwachter Energie ihren Salon. Bis dahin hatte Sophie den Raum einfach nur genutzt; nun wollte sie ihn zu *ihrem* Raum machen. Die vorherige Bewohnerin hatte den Raum mit einer Tapete dekoriert, auf der so dicke, fette Rosen eine Pergola hinaufrankten, dass es einem ganz schwindelig werden konnte. Dieser Anblick störte Sophie jedoch nicht weiter. Sie hatte vor allem Einwände gegen die Galionsfigur einer halb nackten Frau, die eine der Wände zierte und so gar nicht in das Zimmer passen wollte.

Als Erstes klingelte Sophie nach einem Lakaien. Dann begann sie, Bücher aus dem unteren Regal unter dem Fenster zu entfernen. Die Bücher stammten ursprünglich aus Patricks Bibliothek im Erdgeschoss und waren irgendwann hier oben untergebracht worden. Sophie zog die Bücher wahllos aus dem Regal heraus und schichtete sie zu wackeligen Stapeln auf den polierten Holzboden. Dabei stieß sie auf eine seltsame Mischung. *Eine Anleitung und Geschichte zur Landwirtschaft*, *Gottes Ermahnungen gegen Hexerei* und schließlich eine Reihe staubiger, gebundener Pamphlete, die sich mit dem Wunder der Dampfmaschine beschäftigten.

Als sich die Tür öffnete, sagte Sophie nur knapp

»Guten Morgen«, ohne sich umzudrehen. »Bitte trag diese Bücher hinauf auf den Speicher, zusammen mit dieser ... dieser Frau.« Sie zeigte auf die Galionsfigur, die die Südwand zierte.

»Sophie! Du solltest vorsichtiger sein.« Patrick betrachtete sie mit gerunzelter Stirn. »Du hebst doch keine schweren Bücher, oder?«

Sophie wischte sich die Hände an ihrem Kleid ab, ohne an Simones Reaktion auf die braunen Streifen auf ihrem zitronenfarbenen Hauskleid zu denken. Sie blickte zu ihrem Mann auf und bemühte sich, den Sarkasmus aus ihrer Stimme zu verbannen. Schließlich hätte sie in den vergangenen Monaten ganze Bücherkisten herumtragen können, ohne dass er es bemerkt hätte.

Dann zeigte sie auf die schmalen Bände, die auf dem Boden lagen. »Sie sind nicht besonders schwer; bei den meisten scheint es sich nur um Pamphlete zu handeln.«

»Warum willst du die Galionsfigur auf den Speicher bringen lassen? Angeblich ist es Galatea, die Seenymphe.«

»Ich möchte nicht, dass in meinem Salon eine halb nackte Frau aus der Wand ragt.«

»Sie ist nicht halb nackt«, sagte Patrick und schlenderte zur Wand hinüber, um sich Galatea genauer anzusehen. »Schau, sie hat einen kleinen Stofffetzen über der linken Brust. Sehr geschmackvoll.«

Sophie warf zwei weitere staubige Pamphlete auf den Stapel zu ihren Füßen, ohne etwas zu erwidern.

»Na gut«, sagte er. »Ich lasse sie auf den Speicher bringen.« Er schwieg einen Moment. »Alex hat mich darauf aufmerksam gemacht, dass ich dich nicht hätte alleine ausgehen lassen dürfen«, sagte Patrick steif. »Ich wünsche von nun an, dass du mir Bescheid gibst, wenn du die Kutsche benutzen möchtest. Ich werde dich dann begleiten.«

Sophies Mund verzog sich zu einem schmalen Strich. Es gab also eine Erklärung für das plötzliche Auftauchen ihres Mannes. Alex!

»Ich habe beschlossen, mich von nun an vom gesellschaftlichen Leben zurückzuziehen«, erwiderte sie. »Ich werde dich wohl nicht sehr oft bemühen müssen.« In diesem Moment fasste sie sogar den Entschluss, nie wieder das Haus zu verlassen.

Patrick starrte seine zierliche Frau verzweifelt an. Ihm fiel absolut nichts ein, was er zu ihr sagen könnte. Rede, hatte Alex von ihm verlangt. Über was? Offensichtlich hatte er wieder etwas Falsches gesagt, denn Sophies ganzer Körper war völlig starr geworden.

Er zögerte, verbeugte sich vor ihr und wandte sich zur Tür. Als er sie öffnete, stand er einem Lakaien gegenüber, der gerade anklopfen wollte. Patrick trat beiseite und blickte sich noch einmal um.

»Sophie, hättest du gerne eine neue Tapete?« Er fand, dass die Rosen aussahen wie pinkfarbene Pilze.

Sophie blickte hoch und ein Anflug eines Lächelns lag auf ihren Lippen. »Nein, mir gefällt das Muster ganz gut. Es ist sehr fröhlich. Ich habe jedoch vor, für dieses Zimmer neue Möbel zu kaufen. Es sei denn, du hast etwas dagegen.«

»Sollen wir heute Nachmittag einkaufen gehen?«

»Vielleicht später in der Woche.«

Aber Patrick wollte sofort etwas für sie tun. »Bist du sicher, dass du keine Ausfahrt in den Park unternehmen möchtest?«

»Ganz sicher, danke.«

»Möchtest du, dass ich Charlotte oder deiner Mutter eine Nachricht schicke und sie hierher einlade?«

»Nein danke, Patrick.« Sie wartete offensichtlich, dass er endlich ging.

Also verschwand er. Was konnte er sonst tun? Er ging nach unten und grübelte darüber nach, was schwangere Frauen glücklich machte. Er schickte einen Lakaien nach oben, der Galatea in ihr neues Zuhause auf dem Speicher brachte. Dann schickte er einen zweiten Lakaien los, drei große Rosensträuße zu kaufen, und zwar die »fette, schlappe Sorte«. Wenn Rosen sie fröhlich machten, dann würde er das ganze Haus damit füllen.

Sophie hatte schließlich sämtliche Bücherregale so geordnet, wie sie es wollte. Soweit es möglich war, benutzte sie eine alphabetische Anordnung. Und so standen nun neben ihrer deutschen Grammatik die französischen, holländischen, italienischen, portugiesischen und walisischen Lehrbücher. Zwischen der portugiesischen und der walisischen Grammatik ließ sie ein wenig Platz für die türkische Grammatik frei. Sobald ich die Gelegenheit habe, kaufe ich mir eine neue türkische Grammatik, versprach sich Sophie.

Beim Mittagessen fragte Patrick Sophie erneut, ob er sie am Nachmittag nicht begleiten solle, und wieder verneinte sie. Sie war müde und spürte einen stechenden Schmerz im Rücken.

»Ich bin Monsieur Foucault und seinem Begleiter Bayrak Mustafa begegnet, als sie das Tintenfass brachten«, unterbrach Sophie plötzlich die angespannte Stille beim Mittagstisch. »Er gefällt mir gar nicht, Patrick.«

Patrick blickte überrascht von seinem Pfirsich auf, den er gerade schälte. Er hatte gerade mit offenen Augen davon geträumt, dass Sophie ihn so anlächelte wie früher.

»Monsieur Foucault? Nein, er ist kein sehr angenehmer Mensch«, stimmte er ihr zu.

»Es ist keine Frage von angenehm oder nicht«, erwiderte Sophie. Sie war wirklich todmüde. »Ich verstehe etwas Türkisch und sein Begleiter sprach kein richtiges Türkisch. Monsieur Foucault schon, aber zwei Mal antwortete Mr Mustafa ihm in einem seltsamen Kauderwelsch.«

»Kauderwelsch?« All die schlechten Ahnungen, die Patrick bei der ersten Begegnung mit Monsieur Foucault gehegt hatte, kehrten nun mit aller Macht zurück. Daher reagierte er auch nicht auf das, was Sophie ihm gerade über ihre Türkischkenntnisse verraten hatte. »Ich wusste, dass an diesem Burschen etwas faul ist«, sagte Patrick. »Verdammt, ich hätte von Anfang an mit Lord Breksby darüber reden sollen!«

Sophie wusste nicht, worauf er abzielte, aber sie war auch zu müde, um sich Gedanken darüber zu machen. Nach dem Mittagessen stieg sie langsam die Treppe hinauf und bemerkte dabei gar nicht, dass Patrick am Fuß der Treppe stand und ihr besorgt nachsah.

Sie hielt einen Mittagsschlaf, aber als es Zeit für das Abendessen war, fühlte sie sich noch erschlagener. Schließlich ließ sie sich ein Tablett aufs Zimmer bringen. Es war ermüdend genug, aus dem Bett zu klettern, auch ohne Patrick gegenüber zu sitzen. Patrick aß alleine (es gab schon wieder Rebhuhn – er musste wirklich einmal mit Floret reden) und fragte sich, ob Sophie ihn mied oder ob sie sich wirklich unpässlich fühlte.

Den ganzen Abend über kämpfte er gegen den Impuls an, nach oben zu gehen und nach ihr zu sehen. Als er es schließlich tat, lag sie im Bett und schlief tief und fest. Patrick betrachtete sie einen Moment lang. Sophie sah völlig erschöpft aus. Ihr Gesicht war bleich und unter ihren Augen lagen dunkle Schatten.

Patrick legte sanft eine Hand auf ihren Bauch, aber Sophie rührte sich nicht.

»Hallo«, flüsterte er. Dann riss er seine Hand zurück. So verlegen hatte er sich seit langem nicht mehr gefühlt. Er verließ das Haus und seine Füße trugen ihn durch die inzwischen vertrauten Straßen.

Am nächsten Morgen fühlte sich Sophie immer noch nicht besser, im Gegenteil. Das matte Gefühl hatte sich in ihrem ganzen Körper ausgebreitet. Es gelang ihr aufzustehen, aber sie kam nur bis zu ihrem Sessel. Vielleicht würde sie sich die nächsten zwei Monate so fühlen. Bei der bloßen Vorstellung bekam sie Kopfschmerzen.

Langsam, ganz langsam setzte sich ein ängstlicher Verdacht in ihr fest. Sie fühlte sich apathisch, ihr war heiß und sie hatte Kopfschmerzen. Aber warum regte sich das Baby nicht? Ängstlich legte sie die Hände auf ihren Bauch, aber sie konnte keine Bewegung spüren.

Eine Minute später schreckte Sophie aus ihrem benommenen Zustand hoch und zerrte an dem Klingelzug. Als Simone erschien, sagte sie: »Schicke bitte eine Nachricht an Dr. Lambeth. Ich muss ihn sofort sehen. Der Bote kann warten und ihn in unserer Kutsche zurückbringen.«

Simone machte einen Knicks. Sophie hörte, wie sie den Flur entlang auf die Treppe zulief. Dann setzte sie sich hin, legte die Hand auf ihren Bauch und wartete sehnsüchtig auf eine Regung, ein leises Strampeln, irgendetwas ... Nichts. Ihr Bauch wölbte sich träge und schwer vor ihr auf. Das Baby schläft, redete Sophie sich ein. Ich werde krank, und deshalb ist es müde.

Als Dr. Lambeth das Zimmer betrat, blickte sie ihn mit verängstigten Augen an.

»Es tut mir Leid, dass ich darauf bestanden habe, Sie sofort zu sehen, Doktor.«

»Unsinn«, sagte der Doktor nur barsch und kam auf sie zu. Er beugte sich vor und legte seine breite, weiße, saubere Hand auf ihren Bauch. Nach einem kurzen Moment richtete er sich auf.

»Ich muss Sie bitten, Ihr Nachthemd aufzuknöpfen, Euer Gnaden«, sagte er sanft.

Simone stand bereits hinter dem Arzt und er trat diskret ans Fenster und blickte hinaus, während Simone Sophie beim Aufknöpfen ihres Nachthemdes half und es nach vorne zog, damit ihr Bauch freilag.

Sophie betrachtete den roten Haarschopf des Arztes, als er sich über ihren Körper beugte.

Als seine Hände sie immer wieder berührten und abtasteten, ohne dass der Doktor etwas sagte, erkannte Sophie tief in ihrem Herzen die niederschmetternde Wahrheit.

»Warum ziehen Sie sich nicht wieder an, Euer Gnaden?« Lambeth hatte die Erfahrung gemacht, dass die Patienten viel ruhiger reagierten, wenn sie vollständig angezogen waren.

Sophie sah den Doktor stumm an und nickte Simone zu. Dr. Lambeth verließ das Zimmer und wartete auf dem Flur. Er starrte die Wand an und dachte an das strenge Gesicht von Foakes' Anwalt, als der ihn nach seinen Referenzen fragte. Dr. Lambeth war überzeugt, dass der Ehemann sich ziemlich über den Tod des Kindes aufregen würde. Er seufzte. Manchmal fragte er sich, warum er so viel Zeit mit adligen Patienten verbrachte. Wegen des Geldes, rief er sich in Erinnerung.

Simone öffnete die Tür und rief ihn zurück in das Schlafzimmer der Herzogin. Als Dr. Lambeth dem Blick seiner Patientin begegnete, sah er keine Angst. Diese Regung hatte einer tiefen Verzweiflung Platz gemacht.

»Es tut mir sehr Leid«, sagte er sanft. »Ich halte es für sehr wahrscheinlich, dass das Kind nicht überlebt hat. In so einem Fall bleibt mir nur zu sagen, dass es Gottes Wille ist.«

»Es ist tot«, sagte sie teilnahmslos.

»Wir werden sehen«, erwiderte Dr. Lambeth. »Ich äußere ungern endgültige Prognosen, aber ich kann keinerlei Lebenszeichen feststellen. Manchmal überleben Kinder die Schwangerschaft nicht ... niemand kann sagen, warum. Spüren Sie hier irgendwelche Schmerzen?« Sanft berührte er Sophies Bauch.

»Nein.«

»Sollte das Baby nicht mehr am Leben sein, werden heute oder morgen die Wehen einsetzen.«

»Die Wehen?«

»Das Kind muss so oder so auf die Welt kommen, Euer Gnaden.«

Sophie wusste nicht, was sie sagen sollte.

»Möchten Sie, dass ich es Ihrem Mann mitteile?«

Sophie blickte ihn stumm an und schüttelte den Kopf.

Dr. Lambeth blieb beharrlich. »Ich werde klingeln und nachsehen, ob der Herzog im Hause ist, ja?«

»Nein!« Sophies Gesicht war nun leichenblass. »Ich muss nachdenken. Ich ...«

»Sind Sie sicher, dass ich Ihren Mann nicht informieren soll?« Dr. Lambeth wandte sich an Simone.

»Nein«, sagte Sophie unglücklich. »Ich sage es ihm später selber. Bitte, Dr. Lambeth.«

Der Doktor nickte und drehte sich zu Simone um. Leise gab er ihr einige Instruktionen. Dann wandte er sich wieder an Sophie.

»Ich habe Ihrer Zofe gesagt, welche Symptome zu erwarten sind«, sagte er und nahm ihr Handgelenk hoch, um ihren Puls zu messen. »Bitte, schicken Sie mir sofort einen Boten, sobald Sie erste Anzeichen der Wehen oder der Geburt feststellen. Ich schlage vor, Sie legen sich ins Bett. Ich werde morgen früh gleich zu Ihnen kommen.«

Das Wort »Geburt« kam Sophie seltsam vor. Es gehörte zu Babys, die am Leben waren.

»Das kann ich nicht«, erwiderte Sophie. Sie sollte sich ins Bett legen und *warten*? Was für ein schrecklicher Gedanke. Ihre angeborene Höflichkeit und die Erziehung ihrer Mutter trieben sie aus ihrem Sessel.

»Morgen, sagten Sie?«, fragte sie, so als würden sie über eine Gartenparty reden.

Dr. Lambeth nickte und seine Augen erkannten Sophies schlafwandlerischen Zustand. Sie hat einen Schock, dachte er. Nun, das ist wohl besser so.

»Halten Sie sie warm«, sagte er zu Simone.

Die Zofe nickte und ihre Augen füllten sich mit Tränen.

Dr. Lambeth verbeugte sich höflich. »Ich werde morgen wieder kommen, wenn ich darf.«

»Ich werde Sie nach unten begleiten«, erwiderte Sophie.

Dr. Lambeth sagte nichts. Es war sicherlich nicht normal, dass seine adligen Patienten ihn zur Tür begleiteten, aber er bezweifelte, dass diese Patientin klar dachte.

Er versuchte es noch einmal. »Madam, sind Sie

ganz sicher, dass ich nicht mit Ihrem Mann sprechen soll?«

»Ganz sicher, danke«, erwiderte sie mit teilnahmsloser Höflichkeit.

Gemeinsam gingen sie die breiten Stufen der Marmortreppe hinunter; Dr. Lambeth, eine seltsame, würdevolle Gestalt mit roten Haaren und müden Augen, und die wunderschöne Sophie. Ihr Gesicht war längst nicht mehr kreidebleich; auf ihren Wangen waren kreisrunde, rote Flecken erschienen, die Dr. Lambeth große Sorge bereitet hätten, hätte er sie bemerkt.

Aber er war in Gedanken bereits bei dem, was an diesem Tag noch vor ihm lag. Er würde als Nächstes die Viscountess aufsuchen – eine Mutter von vier Kindern, die an diesem Tag ihr Fünftes erwartete. Die Geburt würde leicht verlaufen, da sie mit den ersten vier Mädchen keine Schwierigkeiten gehabt hatte, aber sollte das Kind wieder ein Mädchen sein, musste er wahrscheinlich eine hysterische Mutter bändigen, von dem Viscount ganz zu schweigen. Den Viscount hatte bereits die Geburt seiner vierten Tochter schwer mitgenommen. Bei einer Fünften ...

Also verbeugte sich Dr. Lambeth hastig und versprach beim Abschied, am nächsten Morgen wiederzukommen. Er sprang in seine Kutsche und gab dem Fahrer Anweisungen, ihn zum Haus des Viscounts zu bringen. Als die Pferde anzogen, legte er sich bereits tröstende Worte zurecht.

26. Kapitel

Sophie begleitete den Doktor zur Tür, so als würde sie nicht innerlich am ganzen Körper zittern. Als sie wieder die Treppe hinaufstieg, trat Patrick aus der Bibliothek.

»Hattest du vor, mir zu erzählen, was der Arzt gesagt hat?«

»Ja, später.«

»Nein«, stieß Patrick zwischen zusammengebissenen Zähnen hervor. »Komm bitte einen Augenblick herein. Ich würde gerne erfahren, warum du den Arzt gerufen hast.«

Sophie blickte sich hastig in der Halle um, aber es schien gerade kein Lakai anwesend zu sein.

»Ich denke nicht, dass ich das gerade möchte. Ich werde auf mein Zimmer gehen.«

»Sophie!«

Diesen Schrei haben sie wahrscheinlich sogar bis in den Dienstbotentrakt gehört, dachte Sophie. Sie machte kehrt und blieb drei Stufen vor dem Fuß der Treppe stehen.

»Er hat gesagt ... er sagte ...« Sie konnte nicht aussprechen, was er gesagt hatte. »Er hat gesagt, er werde morgen früh wieder kommen.« Das war die Wahrheit, wenn auch nur ein winziger Teil davon. Sophies Herz zog sich qualvoll zusammen. O Gott, sie wollte unbedingt nach oben gehen, fort von Patricks harter, fragender Miene.

In ihrem Kopf pochte ein unerträglicher, qualvoller Schmerz.

»Du wolltest das Kind nicht«, hörte sie sich teilnahmslos sagen und ihre Stimme klang, als befände sie sich unter Wasser.

Als sie Patricks grimmigen Blick sah, klammerte sie sich erschrocken am Geländer fest. Was war nur mit ihrem Kopf? Patrick sagte etwas, aber sie konnte ihn nicht hören. Der Rhythmus ihres heftig pochenden Herzens war noch schneller als das Klopfen in ihrem Kopf und dieses gleichzeitige pulsierende Hämmern in ihrem Körper machte ihr Angst. Sophie klammerte sich noch fester an das Geländer und der Schmerz in ihren Fingern riss sie einen Augenblick lang aus dem Malstrom der Schmerzen.

Patrick schrie sie an und hinter ihm blieb Clemens mit entsetztem Gesicht stehen. Sophie versuchte sich krampfhaft auf Patricks Worte zu konzentrieren. Sie blickte von oben in seine schwarzen Augen, die sie zornig anfunkelten ... wahrscheinlich verabscheut er mich, dachte sie teilnahmslos.

»Was zum Teufel redest du da?«, rief Patrick außer sich. »Wie kannst du so etwas zu mir sagen? Ich will das Kind!«

Sophie lächelte ihn zaghaft an. Plötzlich hatte sie das Gefühl, als würde ihr Kopf über ihren Schultern schweben. Zumindest ließ dieser schreckliche, pochende Schmerz nach. »Ich weiß, dass du keine Kinder möchtest«, sagte sie und ihre Worte klangen beinah tadelnd, als wäre er ein kleines Kind.

»O Gott Sophie, wovon sprichst du nur?«

»Du warst froh, mich zur Frau zu bekommen, weißt du nicht mehr? Weil ich wahrscheinlich wie meine Mutter wäre, und dir keine Bälger zwischen den Füßen herumlaufen würden. Aber ich bin nicht wie meine Mutter –« Bei diesem Gedanken verstärkte sich das schwerelose Gefühl in ihrem Kopf.

Patrick bemerkte plötzlich, dass Clemens in der Halle stand, und starrte ihn so wütend an, dass der Butler blitzschnell hinter der Tür zum Dienstbotentrakt verschwand. Patrick versuchte, den unbändigen Zorn niederzukämpfen, der ihm die Brust abschnürte. Sophie wusste nicht, was sie sagte. Sie war schwanger. Schwangere Frauen waren immer irrational.

»Wovon redest du?«, fragte er langsam und deutlich, als wäre sie ein ungezogenes Kind.

Sophie schaute ihn überrascht an. Wie sehr wünschte sie sich, dass diese dumme Unterhaltung endlich ein Ende nahm und sie sich in ihr Bett legen konnte. »Du hast es Braddon gesagt«, erinnerte sie ihn. »Du hast es Braddon gesagt, und ich habe es mit angehört. Du sagtest, wenn du dir schon Fesseln anlegen lassen müsstest ..., dann wolltest du lieber mich nehmen, denn ich wäre bestimmt so unfähig wie meine Mutter und dann würden dir nicht viele Bälger zwischen den Füßen herumlaufen.«

Einen Augenblick lang herrschte absolute Stille.

»Darf ich nun zu Bett gehen?« Sophie machte Anstalten, wieder die Treppe hinaufzugehen. Inzwischen war sie sich ganz sicher, dass ihr Kopf hoch über ihren Schultern schwebte und ihr Herz pochte so heftig, dass ihr ganz schwindelig war. Vorsichtig tastete sie rückwärts nach der nächsten Stufe und klammerte sich am Geländer fest. Sie hatte Angst, ihm den Rücken zuzudrehen und wegzugehen, solange in seinem Gesicht noch dieser unsagbare Zorn geschrieben stand. Sie fröstelte.

»Ich habe es nicht so gemeint, Sophie«, presste Patrick heiser hervor.

Sophie blickte ihn wortlos an. Seine Stimme klang nun wieder, als würde sie ihn durch Watte hören.

Sie nickte eifrig. »Du hast sicherlich Recht«, murmelte sie.

Patrick betrachtete seine Frau verzweifelt. Mit einem starren Lächeln auf den Lippen wich sie zurück. Vor ihm tat sich hoffnungslose, unendliche Verzweiflung auf. Sophie glaubte die schrecklichen Worte, die er gesagt hatte. Kein Wunder, dass sie sich nicht in ihn verliebt hatte. Kein Wunder, dass sie ihn ansah wie den Teufel höchstpersönlich.

»Sophie!«, schrie er, und mit diesem einen Wort brach all seine unterdrückte Enttäuschung und der Schmerz, der in seinem Herzen anschwoll, aus ihm heraus. »O Gott, Sophie, ich will das Kind!«

Aber Sophie begriff gar nicht, was er sagte. Sie deutete seinen Ausruf als einen weiteren zornigen Schrei, und dies war mehr, als sie ertragen konnte. Sie stöhnte beinah dankbar auf, als sich eine süße Dunkelheit in ihrem Kopf ausbreitete und das schmerzhafte Pochen in ihren Ohren betäubte. Dann entspannte sie ihre Finger, mit denen sie krampfhaft das Geländer umklammerte.

Sophie schwankte leicht und fiel nach vorne und Patrick stürzte entsetzt auf sie zu. Es schien alles ganz langsam zu geschehen. Ihr Körper fiel wie eine Flickenpuppe nach unten, ihre Knie schlugen auf der letzten Stufe auf und ihr gewölbter Leib prallte auf den Marmorboden. Patrick gelang es nur noch, mit seinen verzweifelt ausgestreckten Händen ihren Kopf zu schützen, bevor er auf dem Marmor aufschlug.

Vorsichtig, ganz vorsichtig drehte er sie um und zog sie in seine Arme. Das Gesicht seiner Frau war leichenblass, bis auf die roten Flecken auf ihren Wangenknochen. Mein Gott, es ist gar kein Rouge, dachte er entsetzt. Ihr Gesicht glühte vor Fieber und ihr Körper war völlig regungslos. Das einzige Geräusch, das er hörte, war das Blut, das ihm in den Ohren rauschte, und eine innere Stimme, die immer wieder »bitte, bitte, bitte« zu rufen schien.

Hilfe. Er brauchte Hilfe. Sophies Augen waren geschlossen und ihre Lieder schimmerten bläulich.

»Clemens!«

Clemens erschien Sekunden später in der Halle, ein sicheres Zeichen dafür, dass er sich nur auf die andere Seite der Tür zum Dienstbotentrakt zurückgezogen hatte.

»Holen Sie den Arzt«, fuhr Patrick ihn an.

Clemens starrte die auf dem Boden liegende

Herzogin benommen an. Dann richtete er den Blick auf seinen Herrn und das Entsetzen in seinen Augen machte einem Ausdruck des Vorwurfs Platz.

»Dr. Lambeth, Mann! Sofort!« Die Schuldzuweisung im Blick des Butlers verstärkte das Schuldgefühl in Patricks Herzen. Er wandte sich wieder Sophie zu und küsste sanft ihre Lider. Sie rührte sich nicht.

Geschickt tastete er ihre Knochen ab, aber sie schien sich nichts gebrochen zu haben. »Sophie, ich trage dich jetzt nach oben«, flüsterte er, aber sie gab keine Antwort.

Er nahm sie auf die Arme und dabei fiel Sophies Kopf nach hinten auf seinen linken Arm. Zwischen ihren Schultern und ihren Knien wölbte sich ihr Bauch in die Luft.

Patrick schluckte schwer. O Gott, wenn dem Baby etwas geschehen war! Das Pochen in seinen Ohren verstärkte sich. *Bitte, bitte, bitte, bitte*, rief die innere Stimme.

Als Sophies Zofe angerannt kam, hatte Patrick Sophie bereits das Hauskleid ausgezogen und streifte ihr gerade ein Nachthemd über den Kopf. Simone half ihm stumm und dafür war er ihr dankbar. Als sie Sophie ins Bett gelegt und ihr die Decke bis zum Hals hochgezogen hatten, blickte Patrick Simone hilflos an.

»Was machen wir nun?«

»Hat sie sich bewegt oder etwas gesagt?«

Patrick starrte sie an.

»Hat sie noch etwas gesagt, nachdem sie die Treppe hinuntergestürzt ist?«

»Nein«, sagte er und seine Stimme war vor Sorge ganz heiser.

»Wir müssen sie abkühlen«, sagte Simone pragmatisch. »Sie glüht ja vor Fieber, das arme Lämmchen.«

Patrick verließ das Zimmer und gab den Befehl ungeduldig an einen Lakaien weiter, der am Ende des Korridors stand. Dann sah er zu, wie Simone sanft Sophies Gesicht abrieb. Sophie bewegte sich unruhig und stöhnte und versuchte, dem kalten Tuch auszuweichen. Schließlich konnte es Patrick nicht mehr ertragen, hilflos herumzustehen, nahm Simone das Tuch aus der Hand und schob sie beiseite. Dann setzte er sich auf die Bettkante.

»Wach auf, Sophie«, befahl er ihr mit sanfter Stimme und rieb seiner Frau mit dem Tuch über die Stirn. Nach ein paar Minuten öffnete sie die Augen.

»Es tut weh.« Sie blickte ihm in die Augen.

»Sophie, es tut mir Leid, ich wollte dich nicht anschreien ...« Vor Erleichterung wusste er schon nicht mehr, was er sprach.

Sophie musterte ihn stirnrunzelnd. »Es tut weh«, wiederholte sie.

Patrick nahm ihr schmales Gesicht in die Hände und drückte ihr einen Kuss auf die Stirn. Ihre Haut fühlte sich unter seinen Lippen erschreckend heiß an.

»Du hast Fieber, Liebes. Das tut immer weh. Mach dir keine Sorgen. Dr. Lambeth ist bald hier.«

»Nein! Er soll nicht kommen. Dann passiert es.«

»Nichts wird passieren, Liebling.« Wieder rieb

Patrick ihr das Gesicht ab. »Ich lasse nicht zu, dass etwas passiert.«

»Ich glaube nicht, dass du es aufhalten kannst«, flüsterte Sophie. Ihre dunklen mitternachtsblauen Augen waren immer noch auf ihn gerichtet. »Du wirst mich bestimmt hassen.« Tränen traten in ihre wunderschönen Augen und rannen ihr über die Wangen.

Patrick spürte einen Stich im Herzen. Sie fantasiert wohl, dachte er und beugte sich über sie, um ihr die Tränen fortzuküssen.

»Nichts könnte mich dazu bringen, dich zu hassen, Sophie. Weißt du das denn nicht. Weißt du nicht, wie sehr ich dich liebe?«

Aber Sophie hatte den Blick von seinem Gesicht abgewandt. »Es tut so weh!«, schrie sie plötzlich.

Erst als Simone ein anderes Tuch reichte, bemerkte Patrick, dass das erste bereits ganz heiß war.

Und so ging es weiter. Gelegentlich öffnete Sophie die Augen und murmelte etwas Unverständliches, dass er sie hassen werde und Ähnliches ... und in der Zwischenzeit wusch er ihr immer wieder das Gesicht ab, bis die Tropfen, die ihr die Schläfen hinunterliefen, das Laken unter ihr völlig durchnässt hatten. Er wusste nicht, was er sonst tun sollte und er musste unbedingt etwas tun. Mehrmals schickte er zornige Nachrichten an Dr. Lambeth.

Als sich die Tür schließlich öffnete, starrte Patrick den guten Doktor so grimmig an, dass es einen weniger zähen Mann bis ins Mark erschüttert hätte. Aber Dr. Lambeth war schon mit einigen wütenden Angehörigen fertig geworden, so zum Beispiel erst kürzlich mit einem Viscount, der zum fünften Mal Vater einer Tochter geworden war. Und all diese Erfahrungen hatten den Doktor zu dem Schluss geführt, dass Ehemänner selten rationale Wesen waren. Er betrat geschäftig das Zimmer und legte Sophie sanft zwei Finger auf die Stirn.

»Sie hat Fieber«, sagte er nachdenklich. Dann wandte er sich an Patrick. »Hat es schon angefangen?«

»Was hat angefangen?«

»Die Fehlgeburt natürlich!«, fuhr der Doktor ihn an. Er hatte wirklich keine Zeit für solch einen Unsinn.

»Fehlgeburt ... Sind Sie sicher, dass sie das Kind verlieren wird?« Patrick hatte das Gefühl, als habe ihm jemand ein Messer ins Herz gestoßen.

»Ja.« Der Arzt sparte sich weitere Erklärungen, und als Patrick zu einer Frage ansetzte, hob er nur mahnend den Finger. Patrick sah, dass er Sophies schlaffes Handgelenk hochhielt und ihren Puls maß. Schließlich hob Lambeth Sophies Kopf und flößte ihr etwas Laudanum ein.

Dann warf er Patrick einen Blick zu. »Ich muss Sie bitten, nun den Raum zu verlassen, Euer Gnaden.«

Patrick erwiderte seinen Blick ohne Worte. Im Stillen dachte Lambeth, dass sich die meisten Ehemänner in so einer Situation zwar wie Teufel aufführten – schlimme Sache, wenn man den Erben verlor –, dieser hier jedoch sogar wie ein Teufel aussah. Und es gefiel ihm gar nicht, dass die junge Herzogin die Treppe hinuntergestürzt war. Nicht, dass es einen Unterschied gemacht hätte.

Als Patrick sich erhob, dicht vor ihn trat und ihn mit seinen schwarzen, zornigen Augen beinah durchbohrte, da schoss es Lambeth durch den Kopf, dass Foakes nicht nur wie ein Teufel aussah, sondern sich tatsächlich auch wie einer gebärdete.

Patricks Stimme klang gemessen, aber der Zorn, der bald losbrechen würde, war nicht zu überhören.

»Ich werde bleiben.« Er trat einen Schritt zurück.

Der Arzt zuckte die Achseln. Energisch zog er die Decke nach unten und zog Sophies Nachthemd nach oben. Dabei ignorierte er die empörte Reaktion des Ehemannes. Was glaubte er, was Ärzte taten, wenn sie ihre Patientinnen untersuchten? Sie quer durch den Raum ansehen? Er untersuchte Sophie mit geübtem Geschick. Gut, es sah so aus, als sei ihre Fruchtblase schon geplatzt. Es konnte nicht mehr lange dauern.

Er drehte sich um und machte sich bereit, den Kampf mit dem Ehemann aufzunehmen, dessen Gesicht inzwischen, wie Lambeth sachlich feststellte, kreidebleich war. Wirklich, Männer hatten wirklich nichts bei einer Geburt zu suchen. Und er wusste auch nicht, warum sich dieser hier weigerte zu gehen. Der Mann sah aus, als würde er jeden Moment in Ohnmacht fallen, obwohl nur wenig Blut zu sehen war. Lambeth drehte sich um und zog die Decke der Patientin nach oben.

»Ich muss darauf bestehen, dass Sie gehen«, sagte Dr. Lambeth so bestimmt und autoritär wie er konnte.

Patrick richtete seine brennenden Augen auf das Gesicht des Arztes.

»Warum?«

»Weil mich Ihre Anwesenheit nervös macht«, gab Lambeth unumwunden zu. »Ich benötige meine ganze Konzentration für die Geburt des toten Kindes und das Wohlergehen der fiebernden, halb bewusstlosen Mutter. Ich kann es nicht gebrauchen, dass Sie herumstehen und mir bei jeder Routineuntersuchung einen bitterbösen Blick zuwerfen.«

Patrick begegnete dem mitleidlosen Blick des Arztes. »Ist es nicht möglich, dass das Baby doch lebt? Es ist ... sieben Monate alt.«

»Nein.« Der Ton des Doktors war endgültig. »Das Kind lebt nicht mehr.«

»Ich werde nichts tun. Ich werde einfach nur dort drüben bleiben.« Patrick zeigte auf die Wand.

»Nein.«

Patrick betrachtete den Arzt und erkannte, dass er ihn nicht einschüchtern konnte. Lambeth wusste nur zu gut, wie wichtig er war.

»Schwebt meine Frau in Gefahr?«

»Das bezweifle ich«, erwiderte Lambeth ruhig und blickte nicht einmal zu seiner Patientin hinüber, die in einen unruhigen Schlaf gefallen war. »Es ist wahrscheinlich sogar besser, dass Ihre Gnaden die Geburt nicht bei vollem Bewusstsein mitbekommt. Auch wenn sie nicht besonders schmerzhaft werden wird, denn schließlich ist das Kind noch nicht ganz ausgewachsen.«

Patrick schluckte hart. Er ging auf die Tür zu. Dann blieb er stehen und drehte sich noch einmal um.

»Ich will das Baby sehen, wenn es da ist.« Seine heisere Stimme konnte kaum die Qual verbergen, die in seinem Inneren tobte.

Mein Gott, was soll denn das?, dachte Lambeth im Stillen.

»Ich kann Ihnen mitteilen, ob Sie einen Erben gehabt hätten«, sagte er missbilligend.

Patricks Augen blitzten ihn aus seinem kreidebleichen Gesicht wütend an. »Was zum Teufel spielt denn das Geschlecht für eine Rolle? Ich will das Kind sehen, Doktor. Falls Sophie nicht rechtzeitig aufwacht, wird sie wissen wollen, wie es ausgesehen hat.«

Dr. Lambeth schenkte dem Mann seiner Patientin ein kleines Lächeln. Nun, das war eine Antwort genau nach seinem Geschmack.

»Ich werde Sie im passenden Moment rufen lassen, Euer Gnaden«, sagte er spröde und schob Patrick auf die Tür zu. »Es wäre mir lieber, Sie gingen nach unten, vielleicht in Ihre Bibliothek. Ich werde dann klingeln und Sie rufen lassen, wenn es soweit ist.«

Patrick ließ sich ohne Gegenwehr auf den Korridor hinausschieben. Wie ein Geist ging er die Treppe hinunter und ließ die Hand über das Geländer gleiten, auf dem vor nur zwei Stunden Sophies Hand gelegen hatte. Am Fuß der Treppe blieb er völlig regungslos stehen und trat erst zur

Seite, als eine Krankenschwester in einer weißen Tracht durch die Tür kam und begleitet von Clemens die Treppe hinaufging.

Wenn er sie doch nur nicht angeschrien hätte. Wenn er doch nur bemerkt hätte, dass sie Fieber hatte und sich nicht wohl fühlte. Warum hatte er sie angeschrien und sie dadurch die Treppe hinunterstürzen lassen? Patrick wusste nicht, was er tun sollte, ging in die Bibliothek, schenkte sich ein Glas Brandy ein und setzte es zwanzig Minuten später unangetastet wieder hin.

Ein, zwei Stunden lang ging er immer wieder auf dem Teppich auf und ab. Sein Weg führte ihn von dem Bücherregal aus Eichenholz zu dem Buchständer seines Vaters und wieder zurück. Die einzigen Gedanken, die ihm durch den Kopf gingen, rührten von seinem verwundeten Herzen und immer wieder stellte er sich die gleichen Fragen. Warum hatte er nicht sein Temperament gezügelt? Warum hatte er nicht bemerkt, dass seine Frau Fieber hatte? Er wusste doch, dass sie *niemals* Rouge trug!

Als es schließlich leise an der Tür klopfte, fühlte sich Patrick zwanzig Jahre gealtert und völlig ausgelaugt. Er hasste sich selber. Die Krankenschwester stand auf der Schwelle und schaute ihn zaghaft an. Sie hatte vor einer Stunde eine Teepause gehabt und alles über diesen Herzog gehört, der seine Frau dermaßen erschreckt hatte, dass sie die Treppe hinuntergestürzt war. Er klang nicht nach der Sorte Mann, die man verärgern wollte.

»Euer Gnaden –« Sie verstummte. Sie hatte noch nie einen Vater erlebt, der sein *totes* Kind sehen wollte. Sie hatte den Vätern ihre Söhne gebracht und sie ihnen stolz als »Erben« angekündigt, und sie hatte den Vätern ihre Töchter gebracht und sie als »wunderschöne Wesen« bezeichnet. Aber diesmal ließ ihre Erfahrung sie im Stich. »Es ist ein Mädchen«, sagte sie schließlich.

Patrick trat schweigend auf sie zu und nahm ihr das kleine Bündel aus den Armen. Die Krankenschwester starrte ihn mit offenem Mund an.

»Gehen Sie«, sagte er barsch.

Schwester Mathers floh mit polternden Schritten die Treppe hinauf und teilte dem Arzt mit, dass er dem Vater selber das arme tote Kind abnehmen sollte, da sie mit so einem teuflischen Mann nichts zu tun haben wollte. Diese Augenbrauen! Ein wohliger Schauer durchlief sie, als sie sich ausmalte, wie sie ihn ihrer Mutter beschreiben würde.

Derweil hatte Patrick sich in der Bibliothek in seinen Lieblingssessel gesetzt. Sie hatten das kleine Gesicht seiner Tochter mit einem Tuch zugedeckt. Er zog es nach unten und legte es sanft um ihren Hals. Dann lehnte er sich eine Sekunde zurück und hielt das winzige Menschenkind im Arm, das so leicht war, dass es von seinem Arm hätte davonschweben können. Sie war blass, ihre Haut weiß wie frisch gefallener Schnee.

Schließlich stand er auf und stieg langsam die Treppe hinauf. Er fühlte sich wie neunzig, nicht wie dreißig.

Als Sophie vier Tage später zu sich kam, wusste sie sofort, was geschehen war. Furcht stieg in ihrem

Herzen hoch und ihre Hand glitt automatisch zu ihrer Mitte ... aber das Baby war fort. Es war fort, so als hätte das strampelnde Wesen in ihren Bauch nie existiert.

Sie sagte zwar nichts, aber die Stille im Raum veränderte sich. Patrick saß in einem Sessel neben ihrem Bett und er sah, wie sie mit einem schrecklichen Wissen in den Augen auf die Wand starrte. Der Moment, vor dem er sich seit Tagen gefürchtet hatte, war da. Sie schien ihn gar nicht wahrzunehmen, sondern starrte auf die Wand, während ihr Tränen über die Wangen liefen.

Patrick stürzte mit einem großen Schritt auf das Bett zu und sank auf die Knie. Er nahm ihre kleinen zerbrechlichen Finger in seine großen braunen Hände und vergrub sein Gesicht darin.

Sophie betrachtete ihn stumm. Ihre Tränen fühlten sich seltsam kühl an, wie sie eine nach der anderen über ihre Wange rollten.

»Es tut mit Leid, Sophie!«, stieß Patrick aus den Tiefen seiner Seele hervor. »Ich weiß, ich kann es nie wieder gutmachen, aber bei Gott, es tut mir unendlich Leid!«

Sophie runzelte die Stirn. »Wolltest du das Kind denn?«

Er hob den Kopf, und sie bemerkte erschrocken, dass seine Wangen von Tränen nass waren. »Ich wollte das Kind. Ich weiß nicht, warum ich so grausamen Dinge zu Braddon gesagt habe. Ich habe gelogen. Ich habe doch die ganze Zeit nur an das Kind gedacht.«

Sophie schluckte. »Es tut mir Leid, Patrick. Ich weiß nicht, was ich falsch gemacht habe.«

»Was redest du da?«, fragte Patrick mit halberstickter, rauer Stimme.

»Das Baby. Ich weiß nicht, was ich falsch gemacht habe, aber ich bin Schuld, dass unser Baby gestorben ist.« Sophie entzog Patrick ihre Hände und ihre Finger krallten sich immer wieder hilflos in die Decke. Unglücklich begegnete sie Patricks Blick.

Der schockierte Ausdruck, den sie darin sah, überraschte sie. »Was sollst du getan haben?«, flüsterte er. »*Ich* habe dir Angst gemacht. Du bist wegen *mir* die Treppe hinuntergefallen.«

Sophie schüttelte den Kopf. Sie erinnerte sich nur verschwommen an die vergangenen Tage und wusste nichts von einem Sturz. »Welche Treppe?«

»Du bist die Treppe hinuntergefallen«, sagte Patrick langsam. »Du bist gestürzt und hattest eine Fehlgeburt, Sophie. Es tut mir Leid.«

»Nein.« Sophie schüttelte den Kopf. »Ich weiß nichts von einem Sturz, aber das Baby hat einfach aufgehört zu leben. Das hat zumindest Dr. Lambeth gesagt. Ich war so krank, dass ich nicht klar denken konnte.« Sie verstummt und holte tief Luft. »Aber ich wusste es bereits, bevor es der Arzt mir sagte, denn es bewegte sich nicht mehr.«

»Sie«, verbesserte Patrick sie automatisch.

»Sie?«

»Wir hatten ein kleines Mädchen, Sophie. Ein bezauberndes kleines Mädchen. Hatte der Sturz etwa nichts mit der Frühgeburt zu tun, Sophie?« Seine Stimme klang so heiser, dass seine Worte beinah wie ein Krächzen herauskamen.

Sie nickte und murmelte dann etwas.

Patrick legte den Kopf auf die Bettdecke, als ein heftiges, gequältes Schluchzen in seiner Brust aufstieg. Er spürte, wie sich zwei schlanke Arme um seine Schultern legten.

»Nicht, Liebster, nicht! Wir hatten beide keine Schuld«, flüsterte Sophie mit einer neu gefundenen Weisheit im Herzen. »Sie war einfach noch nicht bereit für diese Welt.«

Patrick verharrte völlig regungslos und genoss das süße Gefühl, Sophies Arme um sich zu spüren. Die unbändige Freude in seinem Herzen vermischte sich mit Kummer – aber es war ein reinigender Kummer, auf den sich eine Zukunft aufbauen ließ.

»Leg dich hin.« Sanft drückte er sie zurück in die Kissen.

»Hast du sie gesehen?« Sophies Stimme klang so leise, dass sie beinah durch die Luft zu schweben schien.

»Sie war ein wunderschönes Baby, Sophie. Sie sah genau aus wie du.« Sanft wischte er ihre Tränen fort. »Ich habe ihr gesagt, wie sehr du sie geliebt hast.«

Tränen strömten über Sophies Wangen. Patrick saß am Bettrand und strich ihr immer wieder über die Locken.

»Sie sah aus, als würde sie in der Decke frieren, in die sie sie eingewickelt hatten. Also brachte ich sie hierher und wickelte sie in eine meiner Halsbinden. In eine aus Kaschmir, die ich immer im Winter trage.« Er blickte auf seine Frau hinunter, die immer noch weinte.

Sophie hob eine zitternde Hand und zog an Patricks Schultern, bis er sich vorsichtig vornüber beugte und sich neben sie auf das Bett legte. Mit einem Seufzen barg sie ihr Gesicht an seiner Schulter.

»Wo ist sie?«

»Sie ist auf dem Familienfriedhof begraben«, sagte Patrick ruhig. »Ich wollte dich nicht alleine lassen, also haben Alex und Charlotte sie nach Downes gebracht. Sie liegt neben meiner Mutter ... meine Mutter liebte Babys.« Er rieb seine Wange an dem weichen Haar seiner Frau.

Sophie schmiegte ihr Gesicht enger an seine Schulter. Als sie schließlich sprach, war ihre Stimme so leise, dass er sie kaum verstehen konnte.

»Hast du ihr einen Namen gegeben?«

Patrick schüttelte den Kopf, aber dann wurde ihm klar, dass sie ihn nicht sehen konnte. »Ich dachte, wir könnten das gemeinsam tun.«

Er wollte ihr nicht erklären, dass Priester keine Kinder taufen konnten, die vor der Geburt gestorben waren. Oder dass der Priester der Familie nicht mehr der Priester der Familie war, weil er sich geweigert hatte, das Kind in heiliger Erde beizusetzen. Alex hatte ihn auf der Stelle entlassen und war sofort nach London geritten, um David Marlowe zu holen.

»Alex hat einen Brief geschickt und es ist auch einer von Charlotte gekommen. Sie treffen morgen in London ein. David hat die Predigt für das Baby gehalten – du erinnerst dich doch an David, nicht wahr?«

Sophie nickte. Natürlich erinnerte sie sich an

den freundlichen braunäugigen Geistlichen, mit dem Braddon und Patrick seit ihrer Schulzeit befreundet waren.

Dann begann Sophie so heftig zu schluchzen, dass es ihren ganzen Körper schüttelte und Patrick konnte nichts anderes tun als sie zu halten und ihre sanfte, liebevolle Worte zuzumurmeln.

27. Kapitel

Während der nächsten Tage lag Sophie teilnahmslos im Bett und aß nur wenige Bissen von den Mahlzeiten, die Floret der Patientin liebevoll zubereitet hatte. Patrick saß stundenlang bei ihr und las ihr Passagen aus ihren Lieblingsromanen, die Klatschseiten der *Morning Post* und die internationalen Nachrichten aus der *Times* vor. Sophie hörte jedoch gar nicht richtig zu. Anfangs lauschte sie noch auf seine Worte, aber dann schweiften ihre Gedanken wieder ab. Manchmal liefen ihr stumm Tränen über das Gesicht und Patrick legte das Buch beiseite, trocknete ihre Wangen und zog sie an sich. Manchmal starrte sie einfach an die Wand und spürte, wie sich eine ungeheure Leere in ihr ausbreitete.

Ihre Mutter kam jeden Tag zu Besuch und machte aufmunternde Versprechen über zukünftige Schwangerschaften. Einmal schlich ihr Vater auf Zehenspitzen in ihr Zimmer und stand stumm neben ihrem Bett.

»Ich wünschte, wir hätten ein weiteres Kind gehabt«, sagte er schließlich. »Dann hättest du vielleicht eine Schwester, die dir in dieser Stunde zur Seite stehen würde.«

Sophie blickte ihn nur ungerührt an. »Es würde nichts ändern, Papa.«

»Wir haben eine Menge Fehler gemacht, deine

Mutter und ich. Ich war ein Narr.« Sophie schaute ihn nur stumm an. Vielleicht gab ihr Vater ja endlich all die anderen Frauen auf. Aber nachdem sie sich ein ganzes Leben lang danach gesehnt hatte, bemerkte sie nun, dass es ihr gleichgültig war.

»Das ist schön, Papa«, flüsterte sie.

George zögerte und hielt mühsam die Tränen zurück. Dann verließ er den Raum.

Nach einigen Wochen der Bettruhe ließen endlich ihre Blutungen nach und Dr. Lambeth verkündete, dass sie aufstehen dürfe. Sophie stieg vorsichtig aus dem Bett und kletterte in die heiße Wanne, die Simone ihr eingelassen hatte. Sie konnte ihren Körper nicht mehr betrachten, ohne ihn für sein Versagen zu hassen; dafür, dass er ihrer Tochter kein schützendes Heim geboten hatte.

Also saß sie in dem abkühlenden Wasser und starrte die Wand an, bis Simone schließlich den Lappen nahm und ihre Herrin wusch.

Patrick betrat gerade in dem Moment den Raum, als Simone Sophie auf die Füße zog und sie in ein warmes Handtuch wickelte. Sophie bewegte sich wie eine Schlafwandlerin und bemerkte nicht einmal, dass ihr Mann das Zimmer betreten hatte.

Mit einem Nicken entließ Patrick Simone und zog seine Frau hinüber zu dem Samthocker vor dem Kamin. Er half ihr, sich hinzusetzen, und trocknete dann ihr langes nasses Haar. Ihre Teilnahmslosigkeit begann ihm langsam Sorgen zu machen. Dr. Lambeth sagte, es sei normal. Aber was wusste der Arzt schon? Es war nicht normal für seine lebendige, lachende Sophie. Furcht überschattete jedes Mal Patricks Herz, wenn er ihr regungsloses Gesicht und ihre traurigen Augen sah.

Aber er sprach trotzdem von dies und jenem, bis Sophies Stimme ihn plötzlich unterbrach.

»Ich möchte zu Charlottes Haus fahren ... um das Grab zu sehen.«

Patrick hielt einen Moment inne und rubbelte dann umso kräftiger weiter.

»Wir werden gleich morgen früh nach Downes aufbrechen«, versprach er.

»Ich will sofort fahren«, erwiderte Sophie. »Und ich will alleine fahren.« In ihrer Stimme lag etwas Unversöhnliches.

Patricks Herz setzte einen Schlag aus und er ließ das Handtuch zu Boden fallen, trat vor Sophie hin und kniete sich vor sie auf den Boden.

»Schließ mich nicht aus, Sophie«, flüsterte er. »Bitte nicht.« Etwas schnürte ihm die Kehle zu und er konnte nicht mehr weitersprechen.

Sophie musterte ihn ungerührt. Ihre Tränen waren während der vergangenen zwei Tage weniger geworden. Sie hatte das Gefühl, als würde sie die Welt durch eine Wolkenschicht wahrnehmen.

»Natürlich schließe ich dich nicht aus, Patrick«, erwiderte sie. »Das erste Mal möchte ich jedoch das Grab alleine besuchen.«

Patrick starrte sie an und seine Augen wirkten in seinem erschöpften Gesicht wie dunkle Höhlen. »Warum?«

»Ich bin ihre Mutter.« Dann verbesserte sie sich. »Ich war ihre Mutter.«

»Ich bin ihr Vater«, erwiderte Patrick.

»Ich habe sie sieben Monate lang in meinem Körper getragen«, rief Sophie, »und ich muss ihr sagen, dass es mir Leid tut.«

»Was tut dir Leid?«

»Ich ...« Sie begann zu zittern. »Es war *mein* Körper, verstehst du das nicht?«

»Nein«, sagte Patrick bestimmt. »Wovon redest du?«

Nun stiegen Sophie erneut Tränen in die Augen. Er zerstörte ihre hart erkämpfte Selbstbeherrschung, indem er sie dazu zwang, darüber zu reden. »Ich habe sie im Stich gelassen ...«

»Du hast sie nicht im Stich gelassen«, sagte Patrick mit sanfter, tröstender Stimme, während er ihr über die Wange strich.

Sophie wandte den Blick ab. »Ich möchte alleine fahren«, sagte sie störrisch. »Ich muss –«

»Du hast sie nicht im Stich gelassen!« Patrick fasste Sophie an den Schultern und schüttelte sie sanft. »Sie war noch nicht bereit für diese Welt, weißt du nicht mehr, Sophie? Du hast es selber zu mir gesagt. Es lag nicht an deinem Körper. Sie war zu zart.«

Patrick zog Sophie in seine Arme und trug sie zu einem Sessel. Er setzte sich hin und schmiegte sie an sich wie ein Kind, das hingefallen war und sich die Knie aufgeschürft hatte.

»Es ist passiert, weil sie wusste, dass ich sie nicht wollte«, sagte Sophie und ihre Stimme brach.

»Wie kannst du so etwas sagen? Du wolltest sie so sehr, dass du mir in den letzten Monaten nicht einmal erlaubt hast, dich anzurühren.«

Im Raum wurde es ganz still. »Ich hatte Angst«, sagte Sophie schließlich. »Ich hatte Angst, mein Kind zu verlieren.«

»Wie kannst du dann sagen, dass du sie nicht wolltest?«

»Du warst bei deiner Geliebten und kamst nicht mehr zu mir. Ich wusste, wir würden kein zweites Baby bekommen. Ich wollte dieses Kind so sehr, aber manchmal dachte ich, du würdest in mein Bett kommen, wenn ich nicht schwanger geworden wäre –« Heiße Schluchzer stiegen ihr in der Kehle hoch. »Ich hätte nicht so denken dürfen«, sagte sie mit brüchiger Stimme. »Ich hätte es akzeptieren und mich über das Baby freuen müssen.«

Patrick saß wie betäubt da und umklammerte den Arm seiner Frau. »Ich war nicht bei einer anderen Frau, Sophie.«

»Ich konnte es merken«, fuhr Sophie fort, ohne auf seine Worte zu achten, »dass es dich langweilte, mit mir zu schlafen.«

»Es hat mich nicht – Warum sollten wir kein zweites Baby bekommen?«, fragte Patrick mit angespannter Stimme, während Sophie versuchte, ein Schluchzen zu unterdrücken. Sie hatte nun nicht mehr den Wunsch, etwas vor ihm zu verbergen.

»Weil«, sagte sie mit erschütternder Ehrlichkeit, »du nicht mehr verheiratet sein willst. Daher werden wir keine weiteren Kinder mehr bekommen, da du nicht an einem Erben interessiert bist. Als ich schwanger wurde, hasste ein Teil von mir das Kind, weil es das Ende bedeutete ...« Erschöpft verstummte sie.

»Sophie«, sagte Patrick mit rauer, erstickter Stimme. »Was redest du denn da? Weißt du denn nicht, dass ich jede Nacht voller Qual in meinem Bett lag, weil ich nicht zu dir durfte? Was du sagst, ergibt überhaupt keinen Sinn! Wenn es mich so gequält hat, während deiner Schwangerschaft nicht mit dir zu schlafen, warum um alles in der Welt sollte mein Verlangen nach dir nach der Geburt des Kindes nachlassen?«

Sophie blinzelte verwirrt. Ihre Argumente hatten zuvor völlig vernünftig und logisch geklungen. »Aber ... aber im letzten Monat warst du fünf von sieben Nächten nicht zu Hause.« Sie schluckte und dachte an all die Tränen, die sie alleine zu Hause vergossen hatte. »Ich weiß Bescheid über deine Geliebte«, sagte sie gequält. »Über die schwarzhaarige Frau. Ich mache dir keinen Vorwurf«, fügte sie hastig hinzu. »Ich wusste, was auf mich zukam, als ich dich heiratete. Ich hatte nur nicht gewusst, wie weh es tun würde.«

Patricks Arme schlossen sich so eng um sie, dass sie aufstöhnte und verstummte. »Das ist nicht wahr«, sagte er grimmig, hob ihr Kinn in die Höhe und sah sie an. »Gott ist mein Zeuge, aber ich war bei keiner anderen Frau mehr, seit ich dich auf dem Ball der Cumberlands geküsst habe.« Sophie starrte ihn überrascht an. »Seit jener Nacht habe ich mit keiner anderen Frau mehr geschlafen außer mit dir. Es gibt keine schwarzhaarige Frau in meinem Leben. Verdammt, ich habe andere Frauen nicht einmal angesehen! Ich habe nur an dich und deinen Körper gedacht. Oh Sophie, du hast mich für das Leben eines Schwerenöters völlig verdorben, siehst du das nicht?«

Sophie sagte kein Wort. Ihre Gefühle hatten sie zu sehr erschöpft, um das ganze Ausmaß seiner Behauptung zu verarbeiten.

»Heißt das, dass du immer noch, dass du –«

»O Gott, ja!« Seine unterdrückten Gefühle ließen Patricks Stimme ganz rau klingen. Seine Arme schlossen sich eng um sie.

Sophie brachte kein Wort hervor, sondern legte einfach nur den Kopf an seine Schulter. Sie war immer noch verwirrt, aber eines wusste sie ganz genau: Patrick begehrte sie noch immer! Das hatte er gerade gesagt. Und es bedeutete, dass er, wenn sie vollkommen geheilt war, wieder in ihr Bett kommen würde. Sie würden sich lieben und vielleicht würden sie ein zweites Baby haben. Unfreiwillig entspannten sich die verkrampften Nerven und Muskeln ihres Körpers und sie schmiegte sich an Patrick.

»Meinst du das ernst?«, murmelte sie an seinem Hemd. »Du willst wirklich mit mir schlafen? Ich langweile dich also nicht?«

»Du mich langweilen? Mein Gott, Sophie, wo hast du denn diese Idee her?«

»Ich dachte, du hättest eine Geliebte. Du bliebst Nacht für Nacht von Zuhause weg, Patrick.« Er senkte den Blick unter ihrem klaren Blick.

»Ich habe mich selber gequält«, gab er zu. Patrick konnte sich nicht überwinden, Sophie auf ihre Nachmittagsausflüge anzusprechen. Auch wenn sich sein Magen vor Eifersucht zusammenzog, so wollte er sie dennoch nicht über ihre Gefühle für Braddon reden hören. Er könnte es nicht ertragen und er war überzeugt, dass sie ihn nie körperlich betrogen hatte. Warum sollte er seine Frau also zwingen, zuzugeben, dass sie sich etwas aus einem anderen Mann machte. Sophie hatte Ehrgefühl und sie hatte ihn nicht hintergangen – wie konnte er obendrein noch ihre Liebe verlangen? Vor allem, wenn man die Art und Weise bedachte, mit der er sie in diese Ehe gelockt hatte.

Sophie wartete immer noch auf eine ausführliche Antwort. »Warum hast du dich gequält? Ich war doch hier –« Sie senkte den Blick auf ihre Hände. »Ich habe auf dich gewartet«, flüsterte sie schließlich.

Patrick hatte das Gefühl, als würde ihm etwas die Kehle zuschnüren. Was sollte er sagen? *Ich wollte dich nicht sehen, nicht mit dir essen, nicht mit dir reden – weil ich wusste, dass du mich nicht liebst?* Seine Frau hätte ihn glatt ausgelacht.

»Ich weiß nicht, was ich da eigentlich tat«, gab er schließlich kläglich zu. »Aber ich habe nicht mit anderen Frauen geschlafen, Sophie, das schwöre ich. Die meiste Zeit bin ich durch die Straßen gelaufen; manchmal war ich in meinem Kontor.«

Sophie hörte die unmissverständliche Aufrichtkeit in den Worten ihres Mannes.

»Ich ... ich bin sehr froh«, flüsterte sie. »Auch wenn ich – auch wenn ich weiß, dass es nicht für immer ist –«

»Verdammt noch mal, Sophie!«, rief Patrick wütend. »Warum hältst du mich für so einen furchtbaren Menschen? Was hast du über mich gehört?«

Plötzlich erkannte Sophie, wie sehr sie ihren Mann beleidigt hatte. »Ich habe nichts Spezielles gemeint, Patrick«, sagte sie ängstlich. »Aber ich weiß, wie Männer und Frauen sind, oder zumindest die Männer«, sagte sie. Es bestand kein Grund, so zu tun, als würde sie je das Interesse an Patricks Körper verlieren. »Ich weiß, dass du nicht auf ewig mit nur einer Frau zufrieden sein wirst, aber ich werde keine lästige Frau sein. Das war ich auch nicht, oder? Ich habe mich nie beschwert, wenn du von Zuhause fortbliebst.«

»Das stimmt«, stieß Patrick mühsam hervor. »Und ich dachte, es wäre dir egal, ob ich bei dir bin oder nicht.«

»Oh«, rief Sophie atemlos. »Aber ich wollte nicht, dass du dir gefangen vorkommst –«

»Denn dann wäre ich nicht wieder in dein Bett zurückgekehrt, nicht wahr?« Langsam erkannte Patrick das Muster hinter ihrem Verhalten. Und dieses Muster kam ihm bekannt vor.

Als Sophie nickte, sagte er sanft: »Ich bin nicht wie dein Vater, Liebes, und du bist nicht wie deine Mutter. Ich weiß ganz sicher, dass ich immer noch jede Nacht in dein Bett kommen werde, wenn ich vierundachtzig Jahre alt bin. Ich glaube, ich werde sogar das Bett in deinem Zimmer verbrennen und dann haben wir nur noch ein Bett. Was hältst du davon?«

Sophie blickte ihn verdattert an. »Warum?«

»Weil ich jede Nacht mit dir schlafen will«, sagte er hitzig. »Wir haben nicht genug geredet, Sophie. Wir hätten in all den Nächten reden sollen, in denen ich durch die Straßen lief und mich mit jeder Faser meines Körpers danach verzehrte, zu dir in dein Bett zu kommen.«

Wieder vermied es Patrick es, über Sophies Gefühle für Braddon zu reden. Ja, sie mussten reden – aber das hatte Zeit, bis sie wieder gesund war und er sich nicht so zerschlagen fühlte. Dann würde er es ertragen können, dass sie ihm von Braddon erzählte. Das Wichtigste war, dass sie ihn, Patrick, in ihrem Bett wollte.

Patrick beugte den Kopf und drückte schmetterlingsgleiche Küsse auf ihre Wange. »Ich war ein Idiot«, gab er zu. »Vergibst du mir? Darf ich die nächsten sechzig Jahre mit dir schlafen?«

Sophies kleine Hand legte sich an Patricks Wange. »Ja, oh ja.« Sie drehte den Kopf ein kleines Stück zur Seite, bis sein Mund über dem ihren war und dann beugte sie sich nach vorne, so dass ihre weichen Lippen sich auf seine pressten. Der Kuss enthielt Leidenschaft, aber vor allem Liebe.

Schließlich zog sich Patrick zurück und blickte in ihre feuchten Augen. »Ich muss dir noch eine Sache sagen, Sophie.«

Sie schluckte und nickte, während sich ihre kleinen Zähne in ihre Unterlippe gruben.

»Ich möchte Kinder. Ich wollte dieses Kind mehr als ich dir sagen kann.«

Einen Moment lang herrschte absolute Stille.

»Warum warst du dann so grausam? Warum hast du all diese Dinge gesagt?«

»Meine Mutter.« Patrick räusperte sich. »Nachdem meine Mutter gestorben war, wollte ich nicht, dass irgendjemand – meine Frau – diese Schmerzen durchmachen muss und womöglich stirbt. Ich weiß, es ist unlogisch, aber nach ihrem Tod waren wir alleine, Alex und ich. Wie hatten niemanden. Während der Schulferien gingen wir irgendwo hin, wo man uns aufnahm. Aber das war besser, als in dieses leere Haus zurückzukehren. Ich schwor mir, niemals Kinder zu haben. Und ich wollte auch nie welche, bis ich dich traf.«

Sophie schlang die Arme um Patricks Hals. »Alex und ich waren allein«, dieser Satz erzählte anschaulich von Kindern, die von Dienstboten aufgezogen wurden.

»Aber ich würde furchtbar gerne Kinder mit dir haben«, flüsterte Patrick mit sanfter und zugleich rauer Stimme. »Wir werden ein zweites Baby haben, Sophie. Ich kann nicht versprechen, dass ich keine Angst um dich haben werde, aber wir können so viele Kinder haben wie du möchtest – drei oder vier oder zehn.« Seine Stimme nahm einen neckenden Ton an, als er sich an Sophies Äußerung gegenüber Braddon erinnerte, sie wolle zehn Kinder.

Sophie presste stumme Küsse auf seinen Hals. Sie hatte Angst zu sprechen, hatte Angst, hysterische Liebesschwüre zu stammeln. Patrick hatte gesagt, dass er sich nach ihr verzehrte und nicht mit anderen Frauen schlafen wollte. Er hatte gesagt, dass er Kinder wolle. Das war genug, das war mehr als genug.

»Ich liebe dich«, flüsterte sie, unfähig diese Worte zurückzuhalten. »Ich liebe dich.«

Patrick zog sich ein Stück von ihr zurück und

hob ihr Kinn. »Du brauchst das nicht zu sagen, Sophie. Ich weiß, was du fühlst. Wir werden Kinder bekommen.«

Überrascht und verlegen wandte Sophie den Blick ab. Er wusste, was sie empfand? Nach dem Versteckspiel und der Maskerade der letzten Monate hatte er die ganze Zeit gewusst, dass die ihn liebte? Ein entsetzliches Gefühl der Scham durchflutete sie und sie biss sich auf die Unterlippe und ließ den Kopf an seine Schulter sinken. Aber sie hatte ja gar keine Wahl. Sie liebte ihn. Sie liebte ihren Mann mit aller Macht.

Patrick wiederum hatte das Gefühl, als würden tausend kleine Dolche sein Herz durchbohren. Nach all den Monaten, in denen er sich nach diesen Worten gesehnt hatte, erkannte er nun, dass er sie gar nicht hören wollte. Er wollte keine Liebe, die auf Dankbarkeit und seinem Versprechen basierte, ihr ein Kind zu schenken. Er wollte nicht die Zärtlichkeit, die seit dem Verlust des Kindes zwischen ihnen erblüht war – oder zumindest wollte er nicht, dass sie dies Liebe nannte. Er wollte, dass sie die gleiche brennende, heftige Liebe wie er empfand, jene quälende Überzeugung, dass er den Verstand verlieren würde, wenn ihr je etwas zustieß.

»Sophie«, sagte er an ihrem Haar und plötzlich wurde ihm die Kehle eng. Sophie wartete, aber Patrick sagte nichts, sondern küsste nur immer wieder ihr Haar und ihr Ohr. Als er schließlich sprach, ging es um etwas ganz anderes.

»Möchtest du immer noch heute nach Downes aufbrechen?«

Sophie blickte zum Fenster hinüber. Wundersamerweise schien immer noch die Sonne, obwohl es ihr vorkam, als hätten sie stundenlang geredet. Sie holte tief Luft.

»Ja, bitte.«

»Ich werde alles Nötige arrangieren«, sagte er leise. Nach einer kurzen Pause, fragte er: »Darf ich in ein paar Tagen nachkommen, Sophie?«

Sophie vergrub das Gesicht an seinem Hals. »Komm mit mir«, flüsterte sie mit zitternder Stimme.

Patrick legte ungestüm den Mund auf ihre weichen Lippen. »Ja, ich werde mit dir kommen. Ich werde überall mit dir hingehen, wohin du auch willst.«

Als Sophie ein paar Tage später in einem großen Bett in Downes Manor erwachte, hatte sie das Gefühl, als habe ein Atem der Barmherzigkeit Balsam auf ihre Seele gelegt. Ihr Baby war tot, aber sie würde ein anderes Baby haben. Neben ihr auf dem Bett lag ihr Mann. Er trug ein lächerliches spitzenbesetztes Nachthemd, das sein Bruder ihm aus irgendeinem ihr unbekannten Grund aufgezwungen hatte. Patricks Gesicht wirkte hager und erschöpft und sein Kinn war von schwarzen Bartstoppeln bedeckt, doch sie fand, dass er nie schöner ausgesehen hatte.

28. Kapitel

Jemand kitzelte sie an der Nase. Als Sophie die Augen öffnete, entdeckte sie, dass es eine Blume war. Dann lächelte sie träge.

»Wie lange habe ich geschlafen?«

»Ungefähr eine Stunde«, sagte Patrick, beugte sich über sie und ließ seine schwarzen Augen zärtlich über ihr Gesicht gleiten.

Sophie streckte sich und spürte die kitzelnden Grashalme an ihren Schulterblättern. Patricks Blick fiel unwillkürlich auf ihre Brüste, als sich diese gegen den weichen Baumwollstoff ihres Kleides pressten. Das Gänseblümchen verließ ihre Wange und strich sanft über ihren Hals und verharrte an ihren Brüsten.

»Diese Kleid benötigt etwas Zierrat«, sagte Patrick mit heiserer Stimme. Geschickte Finger verwandelten das Gänseblümchen in einen weißen Blütenregen, der sanft auf ihr Oberteil niederging.

Sophies Körper überlief ein Schauer und sie blickte zu ihrem Mann hinauf.

Patricks Haar war völlig zerzaust. Er hatte offensichtlich ebenfalls geschlafen. Sie hatten ein elegantes Picknick veranstaltet ... mit kleinen Leckerbissen und einer Flasche Sekt.

Es waren inzwischen zwei Monate vergangen, seit Patrick und Sophie mit kranken Herzen auf dem Herrensitz angekommen waren.

Sie besuchten das Grab ihres Kindes und wählten einen schlichten weißen Grabstein aus. Sie ließen den Namen, Frances, und davor das Wort »geliebte« einmeißeln. Nach einiger Zeit gingen Charlotte und Sophie zum Familienfriedhof und pflanzten unzählige Schneeglöckchen auf das Grab, während Charlottes Gärtner hinter ihnen stand und sich nicht über die Vorstellung beruhigen konnte, dass die Damen sich die Hände schmutzig machten.

Sophie und Patrick kehrten nicht nach London zurück.

Der Gedanke an ihr Stadthaus mit all seinen Erinnerungen an sprachlose Tage und kalte Nächte war beiden unerträglich. Stattdessen suchten sie wie zwei verwundete Vögel in einem der Schlafzimmer des Herrenhauses der Downes Schutz.

Es war eine Zeit des Heilens und Charlotte und Alex gaben ihnen mit ihrem fröhlichen Wesen Halt und Trost. Downes Manor war in der Tat nicht mehr der leere, düstere Ort, den Patrick als Kind gehasst hatte. Das Sommersemester in Harrow war zu Ende und Henri war, sehr zu Pippas Freude, ebenfalls bei ihnen eingetroffen. Nun hallte das Lachen der Kinder und das fröhliche Geplauder der Erwachsenen durch die Flure des Herrenhauses.

Viel wichtiger war jedoch, dass Patrick Sophie keine Minute von der Seite wich. Er war ihr beim Aufstehen behilflich. Er nahm ihr alles ab, was schwerer als ihr Handarbeitsreifen war. Abends entließ er Simone und hingebungsvoll bürstete er mit langsamen verführerischen Strichen Sophies Locken.

Beim Zubettgehen vergrub Patrick das Gesicht an Sophies Hals und sie schliefen ineinander verschlungen ein. Wenn sie nachts von ihm wegrollte, wachte sie davon auf, dass seine Arme sie wieder an seinen Körper zogen. Sogar in seinen Träumen wollte Patrick sie nicht loslassen.

Als nun an diesem Abend einige Gäste zu einer Hausparty erwartet wurden und allgemeiner Aufruhr entstand, weil zehn bis zwölf Schlafzimmer vorbereitet werden mussten, hatte Patrick Sophie gegriffen und sich mit ihr und einem Picknickkorb davon gemacht.

»Wo ist der Kutscher?«, fragte Sophie träge. Sie lagen auf einer Decke, die Patrick auf dem Gras ausgebreitet hatte und neben ihnen befanden sich die Überreste ihres Picknicks, aber die Kutsche war verschwunden.

Patrick blickte nicht einmal auf, sondern beschäftigte sich eifrig mit dem Gänseblümchen. »Ich habe ihn nach Hause geschickt«, sagte er geistesabwesend.

»Nach Hause? Aber wie kommen wir zurück zum Haus?«, fragte Sophie. Es war so wunderschön, am Fluss in der warmen Sonne zu liegen, dass sie seine Erwiderung eigentlich nicht sonderlich interessierte.

Patrick gab keine Antwort. Er hatte ein neues Spiel entdeckt. Ihre Decke lag im Schatten einer Geißblatthecke und Patrick zog Blüten heraus und steckte sie in die hellen Locken seiner Frau.

»Patrick?« Sophie lächelte träge und streckte

sich erneut. Es gefiel ihr, wie sich die Augen ihre Mannes verdunkelten.

»Ja?«

»Meine Kinderfrau zupfte stets die Blütenblätter eines Gänseblümchens ab, genau wie du es gerade tust«, neckte sie ihn.

»Warum?«

»Man erfährt so, ob man von jemandem geliebt wird«, sagte sie. Plötzlich überfiel sie eine schüchterne Verlegenheit und sie setzte sich auf. Ihre mit Geißblattblüten geschmückten Locken verbargen ihr Gesicht, aber eine starke Hand reichte ihr ein perfekt geformtes Gänseblümchen.

»Er liebt mich«, sagte sie langsam und zupfte ein Blütenblatt ab. Zärtlich schoben seine Finger die hellen Locken beiseite, die Sophies Gesicht verdeckten.

»Er liebt mich nicht«, sagte sie. Seine Zähne knabberten an ihrem Ohr und Sophie zitterte, als sie die das nächste Blütenblatt wählte.

»Er liebt mich.« Plötzlich setzte sich Patrick dicht hinter sie und zog sie blitzschnell auf seinen Schoß.

»Er liebt mich nicht.«

»Er liebt mich.« Seine starken Arme umschlangen sie, und Sophie lehnte sich entspannt gegen Patricks Brust. Sanft liebkosten seine Lippen ihre Stirn. Eine weiteres Blütenblatt fiel aus ihren Fingern.

»Er liebt mich nicht.«

Und schließlich: »Er liebt mich.« Das letzte Blatt flatterte zu Boden.

»Er liebt dich«, sagte Patrick und seine tiefe, feste

Stimme gab ihr das Versprechen, dass er ihr Leben lang und darüber hinaus für sie da sein würde.

»Weiß du eigentlich, wie sehr ich dich liebe, Patrick Foakes? Ich liebe dich.«

Langsam drangen Sophies sanfte Worte in Patricks Bewusstsein vor. Eine Sekunde lang kam es ihm vor, als würde die ganze Welt den Atem anhalten. In diesem Moment hörte Patrick weder das Zirpen der Grillen noch das Brummen der Bienen. Seine ganze Welt bestand nur noch aus den lebendigen blauen Augen seiner Frau.

Er wollte nichts sagen, was diesen Moment vielleicht zerstört hätte.

»Wirklich?«, krächzte er schließlich heiser. »Du liebst mich?«

Sophies Wangen hatten eine rosige Farbe angenommen, die sich bis zu ihren Brüsten ausdehnte.

Sie drehte sich um und legte die Hände an seine Wangen. »Natürlich liebe ich dich.« Dann fügte sie hinzu: »Warum siehst du so überrascht aus? Ich dachte, du wüsstest es. Du hast mir doch gesagt, du wüsstest, was ich fühle.«

»Ich dachte ...« Seine Stimme klang immer noch ein wenig heiser. »Ich dachte, du liebst Braddon.«

»Braddon!« Patrick bemerkte benommen, dass Sophie ihn durchdringend, beinah schockiert anstarrte. »Wie kann ich Braddon lieben? Er liebt Madeleine!«

»Das bedeutet nicht, dass du ihn nicht lieben kannst«, beharrte Patrick. Es war an der Zeit, all das zu klären.

Sophie ließ die Hand sinken. »Wie zum Teufel bist du denn auf diese verrückte Idee gekommen?«

»Eine verrückte Idee«, wiederholte ihr Mann mit einem ironischen Unterton in der Stimme. »Braddon sagte, du seist völlig verrückt nach ihm, und du machtest tatsächlich diesen Eindruck. Mein Gott, du hast sogar darauf bestanden, mit ihm durchzugehen. Und als er dann seine Verlobung mit Madeleine bekannt gab, da hast du geweint.«

»Ich habe was?«

Sophie versuchte sich krampfhaft zu erinnern. »Nun, ich kann gar nicht wegen Braddons Verlobung mit Madeleine geweint haben«, sagte sie pragmatisch, »weil es mir offen gesagt völlig egal ist, wen er heiratet.«

Einen Moment lang herrschte Schweigen. »Braddon hat dir gesagt, *ich sei völlig verrückt nach ihm*?«

Patrick nickte.

Sophies Augen verdunkelten sich und blitzten ihn wütend an. »Dieser aufgeblasene, egoistische Wurm! Ich! Verrückt nach *ihm*!«

Patrick zog sie wieder auf seinen Schoß. Ein ungeheures Glücksgefühl machte sich in seiner Brust breit. »Lass mich überlegen, ob ich mich richtig erinnere«, sagte er neckend. »Er sagte wortwörtlich, du würdest ihn anbeten.«

»Das wird er mir büßen«, rief Sophie empört. Dann lachte sie. »Ich werde Maddie bitten, für mich Rache zu üben. Sobald sie von ihrer Hochzeitsreise zurückkehren.«

»Ich mag Madeleine«, sagte Patrick. »Wo, sagtest du, hast du sie kennen gelernt?«

»Ach«, sagte Sophie ausweichend, »ich glaube, das war auf dem Ball der Cumberlands.«

Patrick schüttelte den Kopf. »Nein, das kann nicht sein, sie hat mir erzählt, dass ihr erster Ball der war, den Lady Commonweal zu Ehren von Sissys Verlobung gab, und dein Abendessen zu Ehren Madeleines fand davor statt.«

Er musterte Sophie, aber sie hatte den Kopf abgewendet. Ihre Gedanken überschlugen sich. Sie hasste es, Patrick anzulügen.

Schließlich entschied sie sich für eine halbe Lüge. »Ich glaube, Braddon hat sie mir vorgestellt, aber ich kann mich nicht mehr erinnern, wo das war.«

»Braddon!« Patrick schwieg einen Moment lang.

Er verfügte über ein ausgezeichnetes Gedächtnis, das sich bei seinen internationalen Geschäftsverhandlungen schon oft als sehr hilfreich herausgestellt hatte. In diesem Moment fiel ihm ein Satz von Braddon wieder ein. »Das mit Madeleine ist etwas Anderes: Sie wird mir gehören.« Braddons neue Geliebte – die Geliebte, die Arabella ablösen sollte. Er wollte sie in Mayfair unterbringen, damit er immer in ihrer Nähe sein konnte ...

Dann traf es ihn wie ein Blitzschlag: Braddon hatte Sophie in einen seiner Streiche hineingezogen, und dieser war, zumindest gesellschaftlich gesehen, sehr gefährlich.

Und endlich die erlösende Erkenntnis: Sophie war an den Donnerstagen bei Braddons Geliebter gewesen. Madeleine. Madeleine war Braddons Geliebte.

»Du hast dem Mädchen beigebracht, wie es seine Handschuhe zu tragen und wann es zu knicksen hat, nicht wahr?«

Sophie kicherte schuldbewusst. »Madeleine benötigte nicht viel Anleitung.«

Patrick holte tief Luft. »Ich dachte, du hättest die ganze Zeit mit Braddon verbracht.«

»Nun, das habe ich auch«, sagte Sophie ein wenig geistesabwesend. Sie dachte immer noch an Madeleine. »Aber meistens mussten wir ihn fortschicken. Braddon benahm sich wie ein junger Welpe und wich Madeleine nicht von der Seite.«

Patrick schlang die Arme noch enger um seine Frau. Was war er doch für ein Idiot gewesen.

»Du hast doch nicht ... Doch, das hast du! Du warst eifersüchtig!«, sagte Sophie vorwurfsvoll und blickte ihm direkt in die Augen.

Einen Augenblick lang wollte Patrick alles abstreiten, aber sie hatten sich versprochen, von nun an ehrlich miteinander zu sein.

»Ich war außer mir vor Eifersucht«, gestand er und berührte Sophies Lippen sanft mit den seinen. »Ich kochte regelrecht vor Eifersucht.«

»Aber du – ich dachte, du hättest eine Geliebte!«

»Ich wollte dich schon die ganze Zeit danach fragen«, sagte Patrick neugierig. »Wer war die schwarzhaarige Frau, mit der ich angeblich meine Zeit verbrachte?«

Sophie musste immer noch über Patricks irrationale Eifersucht lachen. »Charlotte meinte, du seist auf Braddon eifersüchtig, aber ich wollte es nicht glauben.« Dann riss sie überrascht die Augen auf. »Charlotte! Oh Patrick, deine Geliebte war ganz sicher Charlotte.«

Patrick lachte. »Das hätte ich doch bemerken müssen.« Er zog seine zauberhafte Frau wieder auf seinen Schoß.

»Versteh doch, Henri hat dich mit einer schönen schwarzhaarigen Frau gesehen –«

»Und Henri hatte Alex gar nicht kennen gelernt, bevor er nach Harrow aufbrach, und so wusste er auch nicht, dass ich einen Zwillingsbruder habe«, beendete Patrick den Satz für sie. »Das wird dich lehren, deinem Ehemann zu misstrauen!«

Er holte tief Luft und legte seine Stirn gegen ihre. »Wir sind schon zwei ausgewachsene Dummköpfe, Sophie. Warum haben wir nicht miteinander geredet?«

Sophie rieb sanft ihre Nase an seiner. »Ich konnte es nicht«, gab sie unumwunden zu. »Ich dachte, du würdest dich wie mein Vater aufführen. Was hätte es da für einen Sinn gemacht, darüber zu reden? Ich war dankbar, dass du die Frau nicht direkt vor meinen Augen im Ballsaal vorgeführt hast. Welches Recht hatte ich, mich zu beschweren?«

»Welches Recht!« Patrick war entsetzt. »Du hattest jedes Recht, dich zu beschweren. Du bist meine Frau, verdammt noch mal!«

»Du hast dich auch nicht über meine Ausflüge mit Braddon beschwert«, erinnerte ihn Sophie sanft. »Braddon befürchtete, dass du wütend werden könntest, aber ich dachte, du hättest es gar nicht bemerkt.«

»Ich konnte es nicht«, sagte Patrick. »Wie hätte ich mich darüber beschweren können, dass du Braddon sehen wolltest? Hätte ich mich nicht so unmöglich verhalten, wärst du nun glücklich mit ihm verheiratet!«

Die bloße Vorstellung versetzte ihm einen heftigen Stich ins Herz. »Sophie«, sagte er plötzlich, »bist du sicher, dass du mich liebst? Alex sagt, Braddon sei sehr liebenswert.«

»Braddon ist tatsächlich sehr liebenswert«, erwiderte Sophie. Sie nahm sein Gesicht in beide Hände und strich sanft mit ihren Lippen über seinen Mund. »Du bist ganz und gar nicht liebenswert. Du bist streitsüchtig und ziehst furchtbar lächerliche Schlüsse. Du hast mich ignoriert und dann tatsächlich behauptet, du hättest an mich gedacht.« Sie senkte die Stimme. »Du erweckst in mir das Verlangen, dich in meinem Bett zu haben, und verlässt mich, ohne einen Grund zu nennen. Du wirst zum Herzog des englischen Königreichs ernannt und vergisst, es mir zu erzählen. Ich verstehe einfach nicht, wie du denkst. Und ich weiß mit Sicherheit nicht, warum ich dich so sehr liebe.«

Zu seinem Entsetzen spürte Patrick, dass ihm Tränen in die Augen traten. Ungestüm schubste er seine Frau nach hinten und presste seinen Mund mit gnadenloser Wildheit auf ihren. Wie üblich flammte heftiges Verlangen zwischen ihnen auf und Sophies ganzer Körper schien zart und weich zu werden. Patrick zügelte seine Leidenschaft und küsste sie sanfter.

»Ich weiß ganz genau, warum ich dich liebe, Sophie. *Du bist* liebenswert.«

»Hmmm«, erwiderte seine Frau. Sie fuhr mit den Händen durch seine wilden Locken und bog sich ihm zu einem weiteren Kuss entgegen.

In ihrer beider Augen lag ein stummes Versprechen. »Es tut mir Leid«, sagte Patrick mit heiserer Stimme. »Ich war eifersüchtig ... und als du dann schwanger wurdest, da hatte ich solche Angst – und ich bin es nicht gewöhnt, Angst zu haben. Ich war wütend auf dich und sorgte mich wahnsinnig um dich. Von dir fernzubleiben erschien mir die einzige Lösung.«

Sophie küsste ihn und ihre Lippen verziehen ihm ohne Worte. Einen Moment lang verharrten sie völlig regungslos, dann umfasste Patrick das zarte Gesicht seiner Frau mit beiden Händen und starrte auf sie hinunter.

»Ich werde nie wieder von dir fernbleiben, Sophie.« Dies war der bedeutsamste Schwur in Patricks Leben und er gab ihn aus tiefstem Herzen. »Weder mit meinem Körper, noch mit meinem Geist.«

»Und wenn du es doch tust, werde ich dich anschreien wie ein Fischweib. Was hältst du davon?«

Patrick biss sie sanft in die Unterlippe. »Ich gehe das Risiko ein«, sagte er. »Obwohl ich zufälligerweise genau weiß, dass viel zu intelligent bist, um eine angenehme Ehefrau abzugeben.«

Sophie grinste ihn an. »Du warst also eifersüchtig auf meinen Erfolg mit Madeleine? Mein nächstes Projekt«, flüsterte sie an seinen Lippen,

»ist der Versuch, den Herzog von Gisle in einen echten Herzog zu verwandeln.«

»Ach ja?« Patrick küsste sie erneut. »Was stimmt denn nicht mit dem jetzigen Herzog von Gisle?«

»Er weiß einfach nicht, welch bedeutende und einflussreiche Person er inzwischen ist«, sagte Sophie. »Seine Kutsche ist mit einfacher blauer Seide ausgeschlagen und trägt nicht einmal ein Wappen. Er ist ganz selten rüde zu seinen Untergebenen und er hat nicht einmal seine eigene Schnupftabakmischung.«

»Ich hasse Schnupftabak, Sophie!«

»Das spielt keine Rolle.« Sie lachte. »Alle richtigen Herzöge haben eine eigene Mischung, die in den Läden ausgestellt wird und die niemand sonst kaufen darf.«

»Ich glaube, das wahre Problem ist die Herzogin«, sagte Patrick und strich mit der Hand über Sophies Körper. Die Berührung ließ sie erbeben.

»Ich habe gehört, dass die Herzogin eine Meisterin der Etikette ist«, flüsterte Sophie. »Mir ist zu Ohren gekommen, dass sie die Tochter eines Pferdehändlers in eine Gräfin verwandelt hat.«

»Das Problem ist, dass die Herzogin ihrem Herzog etwas vorgespielt hat«, sagte Patrick.

In seinen Augen lag eine winzige Spur von Ernst, so dass Sophie sofort auf der Hut war. Sie schüttelte den Kopf. »Ich konnte dir nichts über Madeleine erzählen, Patrick.«

»Davon spreche ich doch gar nicht«, erwiderte er, richtete sich auf und fuhr sich mit den Händen durch das Haar, bis es ihm vom Kopf abstand.

»Erinnerst du dich, dass du mir von Kotzebues Reisen durch Sibirien erzählt hast, Sophie?«

Sie blickte ihn verwirrt an, während sie sich auf beide Ellenbogen stützte.

»An dem Nachmittag in meinem Arbeitszimmer«, erinnerte er sie.

Sophie errötete. »Oh ja.«

»Ich bin zu Water's Buchhandlung gegangen und wollte eine Ausgabe kaufen.«

Der Ausdruck in Sophies Augen wurde augenblicklich misstrauisch.

»Ja, ganz recht, Weib«, sagte Patrick und nickte. »Das einzige Buch, das sie mir anbieten konnten, war *Das merkwürdigste Jahr in meinem Leben.*«

Sophie errötete bis in die Haarspitzen. »Ich glaube, ein Mann namens Reverend Beresford arbeitet an einer Übersetzung«, sagte sie mit leiser schuldbewusster Stimme.

»Du kannst sie mir ja zu Weihnachten schenken«, sagte Patrick. Er lächelte, obwohl er sich um einen strengen Ton bemühte. »Und ich habe gestern einen Brief von Lord Breksby erhalten, Sophie. Bayrak Mustafa ist kein Türke, obwohl seine Mutter offensichtlich Türkin war. Mustafa ist und bleibt jedoch ein ungebildeter Engländer, der überall als Mole bekannt ist.«

Sophies Augen weiteten sich erschrocken. »Warum hat er uns dann dieses Tintenfass gebracht?«

»Monsieur Foucault und Mr Mole stehen im Dienst von Kaiser Napoleon«, sagte Patrick genüsslich. »Sie hatten vor, Selim III in die Luft zu jagen.«

»Das Tintenfass!«, stieß Sophie atemlos hervor.

»Genau, meine Liebe.« Patrick strich mit dem Finger über Sophies Nasenspitze. »Ganz genau. Offensichtlich dachte Napoleon, dass die Explosion Selim – sollte er sie überleben – dazu bewegen würde, England den Krieg zu erklären. Seine Handlanger wurden jedoch leider durch die Intelligenz meiner Gattin entlarvt.«

Patrick beugte sich über Sophie und blickte ihr direkt in die Augen. »Warum hast du es mir nicht erzählt, Sophie?«

»Meine Mutter«, antwortete Sophie mit erstickter Stimme. »Meine Mutter sagte, du würdest mich verabscheuen, wenn du wüsstest, dass ich ein Blaustrumpf bin. Sie sagte, kein Mann wolle eine Frau, die mehr Sprachen beherrscht als er.«

»Ein Blaustrumpf!« Einen Moment lang blickte Patrick sprachlos auf seine zierliche, wunderschöne Frau hinunter. Sogar nach ihrem Schläfchen und dem Picknick im Freien sah sie aus, als sei die den Seiten von *La Belle Assemblée* entsprungen.

»Ich war so stolz, als mir klar wurde, dass du Deutsch lesen kannst«, sagte Patrick. »Ich bezweifle, dass es noch einen Mann in London gibt, dessen Frau Französisch, Walisisch, Türkisch und Deutsch beherrscht!«

Es entstand eine kurze Stille; ganz wie in dem Moment, bevor der Stein, der in einen Brunnen gefallen ist, auf der Wasseroberfläche auftrifft.

»O mein Gott«, sagte Patrick. »ich bin wirklich ein Trottel, nicht wahr? Wie viele Sprachen spricht die Herzogin von Gisle denn nun?«

Sophie errötete noch heftiger. »Nun, Italienisch

zählt nicht richtig, weil es dem Französischen so ähnlich ist.«

»Das hätte ich mir denken können«, sagte Patrick resigniert, doch in seinen Augen funkelte es belustigt. »Ich hätte es in dem Moment merken müssen, als du den italienischen Ausdruck für Leghorn kanntest.«

Sophie grinste ihn an.

»Was noch?«, fragte Patrick mit gespieltem Grimm.

»Ich beherrsche ein wenig Portugiesisch und ein wenig Holländisch«, sagte sie schnell.

»Ein wenig?« Er beugte sich über sie und küsste sie hart auf die Lippen. »Heißt das, du sprichst diese Sprachen fließend?«

»Nein«, widersprach Sophie hastig. »Wir konnten keine angemessene Frau finden, mit der ich das Holländische üben konnte ...«

»Ist das jetzt alles?«

»Bist du böse?« Ängstlich betrachtete sie das Gesicht ihres Mannes.

Er erwiderte ihren Blick ehrlich erstaunt. »Warum sollte ich böse sein, Sophie, Liebes? Ich reise für mein Leben gern und du hast ein großes Talent für Sprachen. Du bist ein Schatz und ich finde, dass ich verdammtes Glück mit dir habe. Und vor allem bin ich froh, dass du Türkisch sprichst!«

In Sophies großen Augen lag eine unausgesprochene Frage.

»Hast du nicht gewusst, dass ich dich mitnehmen werde?«

Sie schüttelte den Kopf.

»Ich bin nicht glücklich, wenn du nicht bei mir

bist«, sagte Patrick und diesmal war sein Blick ernst. »Ich will nie wieder alleine schlafen. Und das bedeutet, dass wir nächsten Monat gemeinsam in das Osmanische Reich reisen.«

»Oh Patrick«, rief Sophie, »das wird ganz wundervoll.«

»Gut«, erwiderte er ein wenig geistesabwesend. Seine Hände wanderten auf sehr verwirrende Art und Weise über ihren Körper.

Sophie packte seine Handgelenke. »Es macht dir nichts aus, dass ... ich all diese Sprachen spreche und du nicht?«

In Patricks Augen lag ein sündiges Versprechen. Er beugte sich erneut über sie und liebkoste langsam und verführerisch mit seiner Zunge ihre Mundwinkel.

»Du hast so süße Lippen«, sagte er heiser. »Es ist mir egal, in welcher Sprache du mit mir redest, Sophie. Solange –«

»Solange ich was?«, fragte Sophie neckend.

»Solange ich morgens, mittags und abends mit dir tun kann, was ich will.«

»Ist das alles?«

»Und solange du mich ewig lieben wirst.«

»Na gut.« Sie lachte.

»Und du musst mir verzeihen, dass ich dir nicht erklärt habe, was in mir vorging.«

Sie stützte sich auf einen Ellenbogen. »Ich habe doch auch nicht mit dir geredet. Ich hatte Angst. Ich dachte, es wäre das wichtigste, die erbitterten Streitigkeiten zu vermeiden, die meine Eltern hatten. Aber wahrscheinlich ist höfliches Schweigen genauso schlimm.«

Patrick nickte. »Sobald du wieder anfängst, einmal wöchentlich mit Braddon auszufahren, werde ich dir zeigen, wie laut ich sein kann.«

Sophies schaute ihn halb belustigt, halb ernst an. »Und wenn du erst um vier Uhr morgens nach Hause kommst, verwandele ich mich in einen Hausdrachen und werfe den Nachttopf nach dir.«

»Ich habe eine weitere Bedingung«, flüsterte Patrick. »Du musst mir mindestens fünf Kinder schenken.«

Einen Moment lang konnte sie nichts erwidern. Tränen füllten ihre Augen. »Meinst du das ernst, Patrick?«

»Ich werde fürchterliche Angst um dich haben«, gab er offen zu. »Ich werde mich wahrscheinlich aufführen wie ein wahrer Höllenhund. Aber ich ... ich liebte die kleine Frances vom ersten Moment, in dem ich sie sah. Ich finde, wir sollten ein zweites Kind bekommen.«

»Ach, mein kleiner Liebling«, sagte er, als Sophie die Tränen über die Wangen liefen. In seine Augen trat ein hinterlistiges Glitzern. »Ich sollte wohl besser versuchen, dich sofort von deinem Kummer abzulenken.« Sanft küsste er ihre Tränen weg, während seine Hand einen weniger unschuldigen Weg nahm und über die weiche Haut ihres Oberschenkels nach oben glitt.

Hoch über ihnen zogen ein paar Wolken am azurblauen Himmel entlang. Irgendwo in ihrer Nähe bauten Bienen einen Stock und ihr Summen gesellte sich zu den Geräuschen der Grillen und der Singvögel. Nach einer Weile schloss sie die Augen und überließ ihren Händen das Sehen. Sie ließ sie über Patricks Muskeln, seine nackte Haut wandern, spürte das sanfte Zittern seines Körpers und krallte sich dann in das krause Haar auf seiner Brust.

Nachwort

Dezember 1807

Sophie erwachte abrupt und stützte sich auf einen Ellenbogen. Es war mitten in der Nacht, und das einzige Licht im Raum war der schwache Schein des Kaminfeuers. Einen Augenblick lang beobachtete Sophie verschlafen die tanzenden Schatten auf den Wänden ihres Schlafzimmers. Der Raum war warm, obwohl sie einen außergewöhnlich kalten Dezember hatten.

Dann hörte sie es erneut: ein leises Gurgeln, gefolgt von einem tiefen Lachen. Verschlafen kniff Sophie die Augen zusammen und schaute angestrengt zu der Lehne des hohen Schaukelstuhls hinüber, der neben dem Kamin stand. Ganz eindeutig wippte er gemütlich vor und zurück.

»Patrick?«

»Wir sind hier.«

Sophie lächelte und lehnte die Kissen gegen das hohe Kopfteil aus Mahagoni. Sie und Patrick hatten dieses Ehebett in der königlichen Zimmerflucht eines türkischen Palastes entdeckt. Patrick hatte daraufhin hartnäckig gehandelt und das Bett schließlich dem Pascha abgekauft, dem es eigentlich gehörte. Als sie nach Hause zurückkehrten, hatte er sein Versprechen wahrgemacht und das Bett aus Sophies Zimmer entfernt.

»Dies ist das einzige Bett, in dem die Herzogin von Gisle und ihr aufopferungsvoller Gatte schlafen können«, sagte er, schlang die Arme um Sophie und zog sie auf die seidene Überdecke. »Wenn du wütend genug bist, mich aus dem Bett zu verbannen, dass muss ich auf dem blanken Boden vor der Tür schlafen.«

Sophie hatte gelacht und seit diesem Moment hatten der Herzog und die Herzogin ein Bett miteinander geteilt, das wahrlich für einen König bestimmt war.

Wieder drangen gurgelnde Laute aus dem Schaukelstuhl zu ihr herüber.

»Oh Patrick, das solltest du nicht tun«, sagte Sophie. Es war nicht leicht, streng zu sein, wenn das Gelächter eines Babys den Raum erfüllte. »Wenn du nun mit ihr spielst, wird sie nicht wieder einschlafen.«

»Doch, das wird sie«, sagte Patrick liebevoll. »Du wirst doch wieder einschlafen, mein Liebling, nicht wahr? Wirst du deiner Mama diesen Gefallen tun? Ja, das wirst du.«

Das Baby antwortet zuerst mit einem leisen Krächzen und dann mit einem lauten Lachen.

»Zeit fürs Essen?«, fragte Patrick. »Ja, wahrscheinlich.«

Er erhob sich und trug das kleine Bündel langsam auf das Bett zu. Sophie konnte aus dieser Entfernung nur eine winkende kleine Faust ausmachen.

Beim Gehen beugte sich Patrick über seine Tochter und rieb seine Nase an ihrer. »Aua!« Die Faust hatte sich in seinem Haar festgekrallt.

»Katherine?«

»Eine kluge Mutter sollte stets den Namen ihres Kindes kennen«, sagte Patrick mit gespieltem Vorwurf in der Stimme, als er Sophie das Kind in die Armbeuge legte. »Dieser kleine Spaßvogel ist natürlich Ella.«

Ella wurde augenblicklich ernst und wandte sich erwartungsvoll ihrer Mutter zu.

»Schon gut, Liebling ...« Sophie öffnete ihr Nachthemd.

Ihr Mann ließ sich auf das Bett fallen und sah ihr mit offener Begeisterung zu. »Katherine schläft den Schlaf der Gerechten. Als die Kinderfrau Ella herbrachte, sagte sie, sie hoffe, Katherine werde bis morgen früh durchschlafen.«

»Sie ist eine Optimistin.«

»Ein wichtiger Charakterzug bei einer Kinderfrau«, bemerkte Patrick. »Aber nicht einmal unsere optimistische Kinderfrau hegt die Hoffnung, dass Ella so bald durchschlafen wird.«

Sophie blickte auf die kleine Ella hinunter, die begierig ihre Milch trank. »Sie ist ein kleines Ferkel«, sagte Sophie liebevoll. »Sie möchte nicht zu lange schlafen, denn schließlich könnte sie ja eine Mahlzeit versäumen.«

»Oder einen Spaß«, ergriff ihr Vater loyal für sie Partei. »Sie spielt gerne, sogar, wenn sie hungrig ist.«

»Ich glaube, sie isst so regelmäßig, weil sie zuerst kleiner als Katherine war«, mutmaßte Sophie.

»Nun, sie hat die letzten drei Monate eifrig aufgeholt«, erwiderte ihr Mann. »Sieh dir diesen Bauch an!« Sanft stupste er Ellas runden Bauch an.

»Wir haben eine Nachricht erhalten, nachdem du zu Bett gegangen bist«, sagte Patrick.

Sophies Augen glänzten neugierig. »Von Mama?«

»Ja. Deine Mutter ist wieder Mutter geworden. Sie und das Kind sind wohlauf. Und in Georges Nachricht stand, dass die Geburt keine vier Stunden gedauert hat. Deine Mutter schlägt also offensichtlich nach dir, Liebling.«

Patrick betrachtete seine Frau mit einem Funkeln in den Augen. Nach all seinen Ängsten, die sehr akut wurden, als Sophie schließlich behäbig wurde wie ein Schiff, kamen die Zwillinge so schnell auf die Welt, dass Dr. Lambeth gerade noch rechtzeitig eintraf und keine Zeit mehr hatte, Patrick aus dem Zimmer zu schicken. Und so hielt Patrick gerade Katherine in den Armen, als Dr. Lambeth überrascht lachte und Ellas Kopf hielt, als diese ihrer Schwester mit großer Eile in die Welt folgte. Patricks Herz pochte überglücklich, wenn er nur an diesen Moment dachte.

»Habe ich eine Schwester oder einen Bruder?«

»Sie haben einen kleinen Jungen bekommen, und ich vermute, dein Vater schwebt im siebten Himmel.«

»Er hat sich nie viel aus dem Titel gemacht.« Nun war es an Sophie, sich loyal auf die Seite ihres Vaters zu schlagen.

»Nun hat er jedenfalls einen männlichen Erben. Der zukünftige Marquis heißt Alexander George.«

Sophie musterte Patrick neugierig. »Wünschst

du dir nun, nachdem du von Alexander gehört hast, auch einen männlichen Erben?«

»Nein«, erwiderte Patrick. »Obwohl ich zugeben muss, dass ich, nachdem du die Geburt der Mädchen so leicht verkraftet hast, manchmal schon an einen Sohn denke. Nicht an einen Erben, an einen Sohn.«

Sophie lachte glücklich. Der einzig kritische Moment während der Geburt der Zwillinge war der, als Dr. Lambeth sich zu der Bemerkung hinreißen ließ, dass die Herzogin die Hüften einer Bäuerin habe, ein Kommentar, an dem Patrick heftigen Anstoß nahm.

»Ach, ich weiß nicht, Patrick«, zog Sophie ihn auf. »Charlotte hat gerade eine dritte Tochter bekommen und wir hatten Frances, und nun die Zwillinge. Insgesamt haben du und dein Bruder also sechs Mädchen gezeugt. Vielleicht ist das euer Los im Leben?«

Patrick lachte nur und küsste seine Frau sanft. »Übung macht den Meister«, flüsterte er leise an ihren Lippen.

Ella grunzte leise, und als ihre Eltern auf sie hinunterblickten, war sie tief und fest eingeschlafen.

»Ich bringe sie zurück ins Kinderzimmer.« Patrick streckte die Hände aus und nahm seine kleine Tochter geschickt auf den Arm.

»Ich könnte nach Betsy klingeln«, schlug Sophie lächelnd vor, während ihr Mann die Decke enger um Ellas pummeligen Körper zog.

»Es macht mir Spaß, meine Töchter zu holen und wieder wegzubringen. Als ich klein war, sagte ich meinem Vater, dass ich gerne ein Lakai werden würde. Mir gefielen ihre Livrees.«

Sophie grinste. »Was hat er gesagt?«

»Ich kann mich nicht erinnern. Er war wahrscheinlich außer sich. Er hielt sich immer für eine sehr bedeutende Persönlichkeit und das ließ keinen Platz für einen Lakaien als Sohn.«

Als Sophie gerade wieder einschlief, öffnete sich die Tür zum Schlafzimmer und Patrick kam herein.«

»Oh je«, stöhnte Sophie. Nun hatte er zwei kleine Bündel auf den Armen.

»Das hier ist für dich«, sagte er mit beinah unerträglicher Fröhlichkeit und reichte ihr ein strampelndes rotwangiges Baby.

»Ich vermute, das ist Katherine?«, murmelte Sophie und streckte die Arme aus.

»Ja, es ist Katherine«, erwiderte Patrick. Er schlüpfte aus seinen Hausschuhen und legte sich mit der schlafenden Ella in der Armbeuge auf das Bett. Als Katherine es sich schließlich für ihren kleinen Mitternachtssnack gemütlich gemacht hatte, blickte Sophie ihren Mann fragend an und zeigte mit dem Kopf auf Ella.

Patrick lächelte sie ein wenig schuldbewusst an. »Das Kindermädchen war im Sessel eingeschlafen, als ich ins Zimmer kam und Betsy lag ebenfalls schlafend auf ihrem Feldbett. Katherine war als Einzige wach. Sie strampelte ein bisschen und wollte wohl gerade zu greinen anfangen, also habe ich sie beide mitgebracht.«

»Ella sollte in ihrem Bett liegen«, sagte Sophie mit gespielter Strenge.

Patrick gab keine Antwort, sondern betrachtete Ellas Gesicht.

»Sie wird einmal eine Schönheit, Sophie. Ich werde die Männer mit einem Stock abwehren müssen.«

Nachdenklich betrachtete Sophie das kleine Mädchen, dass sie in den Armen hielt. Die Zwillinge glichen sich aufs Haar. Beide hatten sie sowohl die hochfliegenden Augenbrauen ihres Vaters als auch die seidigen rotgoldenen Locken ihrer Mutter geerbt. Es war eine interessante Kombination.

Einen flüchtigen Moment lang fragte sich Sophie, ob ihre erste Tochter, die kleine Frances, ebenso schön geworden wäre, wenn sie überlebt hätte.

Patricks Schulter stieß an ihre, als er ihr einen Kuss auf das Ohr drückte. »Sie war sehr schön, Liebling, aber auf eine andere Art und Weise. Sie hatte deine Augenbrauen.«

Sophies Augen wurden ein wenig feucht. Sie lehnte den Kopf an die Schulter ihres Mannes, als er seinen freien Arm um sie legte.

»Weine nicht, Sophie«, flüsterte er zärtlich.

Sophie hob den Kopf und begegnete Patricks Blick. In ihren Augen spiegelte sich der Kummer um ihre Tochter wider, die sie für immer lieben würden. Einen Herzschlag lang bildetet ihre Trauer und die heilende Kraft der Liebe ein Band zwischen ihnen, das sie enger zusammenschloss als es ein Ehering je vermocht hätte.

»Ich kann mich glücklich schätzen, einen Ehemann zu haben, der immer weiß, was ich denke.«

Sophie rieb die Wange an Patricks Schulter wie eine zufriedene Katze.

Patrick grinste ein wenig selbstgefällig. In den drei Jahren seit ihrer Hochzeit hatte er gelernt, Sophies Blicke genau zu deuten. Mittlerweile ärgerte es sie sogar ein wenig, dass sie nichts vor ihm verbergen konnte.

Patrick küsste seine Frau auf die Augenbraue. »Eine gute Frau weiß auch stets, was ihr Mann denkt. Weißt du es?«

»Denkst du gerade an das Frühstück?«

»Nein.«

Katherine machte ein Bäuerchen und ihr kleiner Körper entspannte sich in Sophies Armen. Ein winziges Schnarchen erfüllte den Raum.

Patrick seufzte. »Ich bringe die beiden wohl besser ins Kinderzimmer zurück.« Er verschwand kurz und als er ins Schlafzimmer zurückkehrte, war Sophie immer noch wach.

Er blieb einen Moment stehen und betrachtete seine bezaubernde Frau, die zwar müde, aber wunderschön anzusehen war, wie sie aufrecht in den Kissen saß.

»Hast du entschieden, woran ich gerade denke?«

»Vielleicht ...«, sagte sie neckend. »Ich weiß es! Du denkst gerade an die *Sophie*!« Patrick hatte sein neustes Schiff nach seiner Frau benannt.

Patrick stützte sich auf einem Arm auf und betrachtete sie. »Die *Sophie* wird morgen von ihrer Reise nach China zurückkehren«, sagte er mit einem Funkeln in den Augen. »Ich kann es kaum erwarten, an Bord zu gehen.«

Der Ausschnitt von Sophies zartem Nachthemd war immer noch nach unten geschoben. Patrick zog sanft daran und entblößte eine ihrer Brüste. Sie erbebte, als er seine starke braune Hand unter ihre weiße, weiche Brust legte.

»Nun sag mir, Liebste, an was ich gerade denke.« Eine seiner Augenbrauen schickte ihr eine verführerische Botschaft.

Sophie betrachtete sein geliebtes Gesicht und die ausgeprägten Konturen seiner Wangen, die durch die unterbrochene Nachtruhe der vergangenen Wochen ein wenig eingefallen wirkten. Und sie erkannte das starke Verlangen und seine ebenso starke Liebe für sie.

»Solltest du daran denken, an Bord der *Sophie* zu gehen«, sagte sie ein bisschen zittrig, rutschte näher an ihn heran und schlang einen Arm um seinen Hals, »so glaube ich, dass sie gerade angelegt hat.«

Der Kapitän der *Sophie* rollte zur Seite und presste hungrig seinen Mund auf ihren.

Hinter ihnen fiel der letzte Holzscheit in sich zusammen und schickte einen kleinen Funkenregen in den Kamin hinauf. Die Schatten der sterbenden Flammen tanzten ein Menuett an der Decke über dem Ehebett, aber niemand bemerkte es. Der Holzscheit brannte mit einem leisen Knacken nieder, aber niemand legte neues Holz aus dem Korb neben dem Kamin nach.

Die einzigen Geräusche waren unverständliche Laute: Laute des Verlangens, Laute der Leidenschaft und dann Laute der Ekstase. Schließlich, im Moment höchster Erfüllung erklangen Worte der Liebe.

Dann wurde es still im Raum. Sogar das Feuer, das zu einem glimmenden Häufchen zusammengesunken war, das einen roten Schimmer im Zimmer verbreitete, verstummte.

Die Stille wurde von einer tiefen Stimme unterbrochen. »*Etre avec toi, c'est toujours comme retourner à la maison,* Sophie. Wenn ich bei dir bin, dann habe ich stets das Gefühl nach Hause zu kommen.«

Sophie streckte die Hand aus und liebkoste die Wange ihres Mannes. In ihren Augen stand unbändige Liebe. »Du bist mein Zuhause, Patrick.« Und als er sein Gesicht in ihrem Haar vergrub und sie ganz eng an sich zog, da sagte sie noch einmal: »Bei dir bin ich zu Hause.«

Eine Anmerkung zu Zeptern, Sultanen und über das Vergnügen, mit Fremden durchzubrennen.

1613 wurde in London Robert Tailors Stück *The Hog Hath Lost His Pearl* aufgeführt. Im ersten Akt steht ein junger Mann namens Carracus unter dem Fenster seiner geliebten Maria und wartet, dass sie die Leiter hinunterklettert und mit ihm durchbrennt. Aber oh weh! Sein bester Freund, Albert, klettert aus diesem Fenster. Er hat sich als Carracus ausgegeben und hat (nach seinen eigenen Worten) »Carracus etwas genommen, das kostbarer ist als sein Blut« – Marias Jungfräulichkeit.

The Hog Hath Lost His Pearl wird nach dieser

spannenden Szene ein wenig langweilig, da alle drei schließlich verkleidet durch den Wald wandern. Und aus romantischer Sicht ist der letzte Akt sehr enttäuschend: Carracus und Albert schwören sich, sich niemals zu trennen – »nichts als der Tod / soll uns noch trennen« – und die drei kehren gemeinsam nach London zurück. Offensichtlich waren im 17. Jahrhundert männliche Bindungen äußerst stark!

Die Freiheiten, die ich mir bei Tailors Handlung herausgenommen habe, sind nichts im Vergleich zu meinem Kunstgriff, Napoleon mit einem explodierenden Zepter in Verbindung zu bringen. Selim III (Osmanischer Sultan von 1789–1807) erkannte in der Tat 1804 Napoleon als Kaiser an und er erklärte England tatsächlich 1806 den Krieg. Aber die Vorstellung, dass Selim den edlen Titel des Sultans gegen den eines Kaisers eintauschen wollte, entstammt meiner Fantasie. Und Kaiser Napoleon war viel zu sehr mit seinen unrealistischen und gefährlichen Plänen für eine Invasion Englands beschäftigt, um sich um ein Rubinzepter zu scheren – es sei denn, es wäre für seine eigene Krönung im Dezember bestimmt gewesen.